JN195448

山本周五郎［未収録］時代小説集成

末國善己【編】

作品社

山本周五郎［未収録］時代小説集成

目次

宇都宮釣天井

徳川家康公第七回忌の法要を営む為、将軍家に於ては、当日日光に御参詣——その前夜は宇都宮城に御一泊。このお布告を聞いて、飛上るほど喜んだのは、予て二代御次男国千代君を傅立てて、三代将軍に押し、自分達はその功によって、大奥の権力を握ろうと企んでいた本多上野介である。早速、腹心の家老河村靭負に命じて、宇都宮城内に、四方を毛縄で吊って、二千貫の重石を載せた怖ろしい釣天井の新御殿を作らせた。この御殿に二代将軍秀忠公を泊らせ、後継ときまっている竹千代君（即ち家光公）もろ共、毛縄を切ると同時に、ペチャンコの煎餅往生をさせようというのである。将軍家では、そんなことは一向に知らない。で、いよいよ江戸御出発ということになったが、その当日になって、将軍秀忠公には、俄かに御発熱。そこで西の丸竹千代君の、家光公が御代参ということになって、行列物々しく江戸城を練出し、その日は岩槻で御一泊、翌日宇都宮御到着の予定である。

宇都宮では時こそ来れりと老臣河村靭負が、豊臣家の旧臣石田三成の実子だという車三丸を、味方に抱きこみ、手ぐすねひいて待っていた。ところが、江戸表から来た遽かの早飛脚。将軍家御不例家光公御代参とあって、大きにがっかりしたが、「その家光公こそ目ざす敵、宜しい、将軍は来なくとも、家光だけでも殺せばよい！」

と、予定通りの手筈をきめ、もし釣天井でやり損じた時には、その逃げ道を襲うつもりで、三百人の屈強な武士をつれた車三丸を、栗橋に出張らして置いた。

　こちらは将軍家のお供行列、先着第一番は仙台青葉の城主伊達政宗で、すでに宇都宮の咽喉首雀の宮に本陣を張り、お乗込みを待っている。第二番は井伊掃部頭直孝これは少し遅れて、今しも雀の宮の入口の松並木を、駕籠に乗ってやって来ると、傍の松の根方に平伏していた、年の頃六十二三と思われる、人品卑しからぬ麻裃の一人の老人が、いきなりムクムクと頭を上て、声高らかに「お訴え申上げます。お願いの者でございます」と、乗物の側へツカツカと進んで来た。びっくりしたのは、駕籠側の武士三浦新太郎。

「控えろ控えろ、狼藉相成らぬ、控え居ろう！」と怒鳴つけ、大力にまかせてどんと老人の胸板をついた。老人は一溜りもなく、ヘタヘタ尻餅をついたが、ガバと跳ね起き「上様の一大事、御尊命にかかわる儀にございます。一刻も猶予はなりませぬ。どうぞ、どうぞお取上げを願います」新太郎突きのけようとするが、今度は老人の方で倒されないように、胸倉にしっかりしがみついた。この有様を、じっと駕籠の中から見ていた掃部頭。「上様御一大事！」と聞いては、そのまま聞捨てにはできない。「コレコレ新太郎、手荒なことを致すな」「ハッ」「老人の願い、一応取糺すであろう。採上げさせい！」「ハハッ、これ老人願いの筋お取上げに相成るぞッ。書面でも持居らば差出せ！」「お取上げ下さいますか、有難うございます。お願いの筋はこれに認めて置きました」と、懐中から取出した奉書の折紙。表には「上」の一字が書いてある。中は臣下には見られないが、三浦新太郎これを受取って、掃部頭のお駕籠に入れると、「老人は本陣に引立てるよう……」「ハッ、畏まりました」老人は腰縄を打って、お供方の後に引添えられる。行列はそのまま、ホウホウ、トツトツとやがて雀の宮の本陣に到着した。

　これから掃部頭お人払いをして老人を調べてみると、これぞ本多上野介の恐ろしい大陰謀の註進。掃部頭肝をつぶして、直ちに二通の密書を認め、木股久之進をよんで、早馬で伊達政宗の本陣と、家光公の本陣へ届けさせる。「上野介謀叛ッ、……御城下へ侵入お見合せあるよう……フフン、さても大椿事！　政宗きっとお引受け致した」

さア伊達の本陣も大騒ぎ。続いて家光の本陣に報らせると、早速評定を開くことになった。豪気活達の家光公は、烈火の如く憤り、「憎ッくき上野介、これより宇都宮城を取囲み、唯一戦に打滅さん！」と猛り立ったが、穏健深慮の土井大炊頭、「驚き入ったる上野介の振舞、憎んでも余りある奴なれど、今回の御下向は日光御社参の為にて、上野介退治の為にあらず。されば合戦の用意もなし、また、この反逆は決して上野介一人でなく、多くの同志がありましょう。ここは一先ず御病気と称せられ、御社参には、御代参を立てられてはいかがでございましょう？」家光公これを聞いて、「大炊の一言手ぬるし手ぬるし宇都宮城何かあらん！　上野介を生捕って、二代上様の手土産にせん」といきり立つ。それを、大久保彦左衛門がうまくおだてて置いて、しかし高が上野介ごときに、上様お自身の御出馬はみっともないとなだめて、結局、家光公は大炊頭の提案通り、江戸へお引揚げということに決った。

「さて上様御名代の儀にござりまするが、これは釣天井の下に寝て、ペシャンコとならねば相ならぬ。イヤなかなかの大役、この人選は何卒拙者にお任せ下されますよう」とシャなり出たのは、茶目で我儘で変り者の大久保彦左衛門だ。家光公、「よいよい、彦左に任せよう」とお許しになる。さア一同気が気ではない。何しろ役柄が役柄故、どうか当てられぬようにと、亀のように首を縮めて俯向いている。彦左衛門ジロジロ見廻していると、たった一人頭を持上げ、端然と控えたのが板倉内膳正だ。

「アイヤ内膳殿、この大切なお役儀は其許ならでは勤まりそうにもないテ。いかがでござるな？」

「ハハ、手前お見出し下され有難き仕合せ。内膳確とお受け致しまする」「イヤそれでこそ内膳正殿だ。では確かに、日光御社参御名代の儀申し附ける」と、茲で板倉内膳正、生命を投げ出して宇都宮へと乗込んだ。

また、将軍江戸御帰還に就いても、釣(つ)天井の大陰謀露見と知っては、本多上野、必(かな)らず追討(おいう)ちをかけるに違いない。そこで替玉を使わねばならぬ。それには、これも大久保の差金で、松平越中守(えっちゅうのかみ)を将軍身代りとして、将軍家の御駕籠に乗せ、本通りを堂々と行列して帰る。将軍家光は越中守の粗末な駕籠に召し、大名は土井大炊頭一人を従えて、間道から御微行(おしのび)になった。お駕籠の数はただ二挺、それに松平紋太郎、水野十郎左衛門、長坂血槍九郎、石川八右衛門、近藤登之助(のぼりのすけ)等。いずれも旗本の面々ばかりが附添(つきそ)うて、僅(わず)か七十人ばかりのお供揃い。しかも皆馬には乗らぬ徒歩(かち)旅で、見かけは、甚(はなは)だ貧弱なる一行である。

　こちらは宇都宮城の河村靱負、いよいよ事露見と知るや、直ちにハイヨオと馬を打たせて、間道から栗橋にと向った。家光公の一行は、この河村靱負の思う壺に嵌(はま)ったものと言おうか、やがて早駕籠でトットトットと、栗橋に向ってやって来る。早くも、それと見附けた森の中の車三丸、す早く河村靱負に註進する。

「フフン、敵は五六十人の小人数とな、駕籠は二つか。ヨーシ、その二つのうち、前なる粗末な駕籠に乗ったのが家光公に相違ない。車氏(うじ)、貴公はかねてより鉄砲の妙手と聞いた。まず飛道具で、前なる駕籠を目当に一発撃って貰(もら)いたい。家光公さえ仕留めれば、後はもう烏合の衆だ」

「畏まってございます」と車三丸、恨重(うらみかさ)なる父祖の仇(あだ)を討つはこの時ぞとばかり、靱負から与えられた南蛮風花霰(はなあられ)の鉄砲に、強薬(ごうやく)をこめて待ち受ける。それとは知らぬ家光公の一行。やがてここを通りかかると、時分はよしと、三丸が狙いの一発、「ドン！」と美事(みごと)に、前なる駕籠の胴まん中を撃(う)ち抜(ぬ)いた。「ワアッ！」と騒ぐ供の面々。駕籠を投出(なげだ)すかと思いのほか、撃たれた一挺は、そのままツーッと足を早めてドンドン駆け出す。「確かに手応え？」と、三丸は鼻うごめかしたが、逃(に)がしたのでは仕方がない。靱負はそれと見て、「この上は、其許(そこもと)は百五十騎を以(もっ)て、後なる乗物を襲い、打散らして置いて駕籠の後を追われい。拙者は残る百五十騎をつれて、間道を横切り、先廻りして挟み撃ちにせん。彼の駕籠が進退谷まる隙に、貴公必ず家光公の首級をあげるよう！」と、言い残して、バッと横道から馬を飛ばした。「さらば、者共ッ！」三丸は靭負の言葉に従って、土井大炊頭の駕籠の横合から、物をも言わずに斬って出た。大炊頭でも、こんな火急の場合、悠々と乗物に乗っているわけには行かない。

いきなり駕籠を飛出して、

「ソレ、者共必死に防げ！　此の同勢を喰とめれば、家光公は一刻も早く虎口を逃れ給う。馬前の討死とはこの時だぞッ！」と大音に呼わって指揮をする手勢はわずか三十人だが、撰りすぐりの精鋭ばかりだ。忽ち、敵味方入乱れての猛烈な斬合となったが、車三丸の百五十人は、数は多いが、三丸は最近に来た外来の大将だから、一向統一がとれない。とうとう小一時間も戦って、勝負がつかぬ。三丸は考えた。

「これはこんな所にまごまごしていては、目ざす敵の家光公を逃がしてしまう。ヨシ、ここはこの儘にしておいて、家光の駕籠を、追込もう！」

と、馬に乗っている強みで、馬の頭を立て直して一目散……。土井大炊頭、「アレヨ！」と思う間に、もう車三丸の姿は見えなくなる。「ソレ、者共続け！」と下知したが、徒歩兵だからとても追附けない。するとそこへ、井伊掃部頭の使者が馬を三頭つれて来た。

これ屈強と大炊頭、ヒラリ打ち誇がり、

「者共続けッ！」と叫んで追いかける。

こちらは河村靭負畦道伝いに、一目散に裏街道に出ると、まだ家光公の一行よりは先きになっている。ほっと一息吐いていると、行列は、汗みずくの旗本に取巻かれてやって来る。さっき三丸の撃った鉄砲玉は、家光公が駕籠の後に深くもたれかかって居たので、ブスッと御簾を突通っただけで、家光公には何の怪我もなかったのであった。靭負は、自分がつれて来た百五十人の手勢はまだ来ないが、じっとしていられない。そこで、いきなり二間柄穂長の槍を扱(しご)いて、真正面から突いて出た。「ソレ、ここにも狼藉者だッ！」「おのれ、不敵者そこのけッ！」「相手は唯一人の老耄、それ撃ちとめよ！」というので、水野十郎左衛門同じく槍を扱いて立向(たちむか)ったが、相手は本多家随一の腕利(うできき)、しかも縦横自在に馬を乗廻すものだから、さすがの水野も徒歩(かち)の悲しさ、散々に持て余している。所へ、「ワアッワッ！」と、鯨波の声をあげて来たのは、遅れた靭負の手勢百五十人だ。これを見た大久保彦左衛門、さすがにぎッくりしたが、「高の知れたる木ッ葉共、片っ端から打殺して進め進めッ！」と言った。が、どうして進めるものではない。

この時、駕籠側についていたのは、彦左衛門と石川八右衛門ただ二人、他の者は皆働いている。「オイ、石川どうしたお手前は？」「どうもせんよ」「どうもせんとは怪(け)しからん、こんな時に悠々と見ている奴があるか。お手前なぞは若いんだ、早く出て働かっしゃい」「いや、万一の場合に君のお供をするのは、この八右衛門ばかりだ。拙者はここを動かぬよ」「いや、万一のお供はこの彦左衛門だ。お手前は働け！」

二人はこんな場合に臨んでも、お供争いをしている。

護衛の武士はみんな遠く離れて靭負の勢と戦っている。駕籠の側には大久保、石川の他には四人の駕籠舁(か)きがいるばかり。そこへ、馬を跳(おど)らせて一目散に飛こんで来たのが車三丸。この機を逃しては、又と家光公を殺す折がない。おのれ家光、タンダ一突きとばかり槍を突出す。「どっこい、そうはさせぬぞ」と大力の石川八右衛門。傍の松の木を一本摑んだと見ると、ぐいッと根こぎにして防ぐ。八右衛門は当時徳川随一の怪力武士であった。根こぎの松を水車の如く振廻し、「ヤアヤア卑怯未練の曲者(くせもの)、名前も名乗らず仔細も言わず、無法の振舞ッ！　さア来い来れ！」と打ちかかる。三丸もにっこり笑って槍を合した。側では、彦左衛門がサッと扇を開いて、「ウム、石川豪(えら)いぞ。そこだ、馬の面(つら)を叩け。馬の面を！」これには三丸も驚いた。馬の面を叩かれてはすぐに振落される。よけいな口出しをする老爺だと思って、警戒厳重に馬を乗廻して槍を入れる。彦左衛門又もや「拙者が検分役だ、さア陸尺共も出て働けッ」声に応じて四人の駕籠舁も、生命がけの勇気を振って加勢に出た。しかし強くても陸尺だ、すぐに三丸のため一人は刺され、一人は石突で突伏せられる。あとの二人も、折柄馬で駆けつけた土井大炊頭と、河村壱岐を敵とまちがえて、バラバラ逃出してしまった。

　土井大炊頭、馬上から高らかに声をかけて、

「ヤアヤア、此奴は我等が引受け申した。上様を早く……」と一言。すぐに馬を一文字に乗附けて、車三丸に打ってかかる。大久保、石川の両人、大炊頭の下知に従って引上げようとしたが、大久保がよけいな差図をしたばかりに、肝腎の駕籠舁きがいなくなつた。これには彦左衛門も、大きに閉口である。石川はニヤリニヤリ笑いながら、「大久保氏、先刻上様万一のお供と申したのは此処でござる。老人、気の毒ながら片棒担がっしゃい」「よし来た、サアよいか」「老人担げますかな」「担げますかとは無礼千万、年こそ取ったが彦左衛門忠教、十六歳の初陣に鳶の巣文字山に於いて……」「アアコレ老人、斯様な場合に長談議は御無用、サア上げますぞ」「心得たり！」と彦左衛門駕籠の柄に肩を入れたが、忽ちペチャンと尻餅をついてしまった。「アハハハ老人、それでもいざという時は、お供ができますかな」と、石川はすかさず一本やる。「しかし石川、お前だって一人ではどうすることも出来まい」と、大久保は飽までも負けていない。「その心配は御無用、このお駕籠、拙者一人で引受け申した」「ナニ、一人で担げると？」「左様、一人でお担ぎ申す」「ヤアこれは面白い。果して担げるものかどうか、賭をいたそう。大久保は担げぬ方をゆく。負けたら拙者の生肝をやろう」「よろしい、万一担げぬ節は、拙者も首を賭ける」「いよいよ面白くなった、あとで変改はならぬぞッ」「老人こそ、泣面をなさらぬがよい」「では、さア担がっしゃい！」実に気楽な話で、こんな賭をしている。そのうちに八右衛門は、どこからか十四五貫もある大石を抱えて来て、之を麻縄で八重十文字に縛り上げ、お乗物先棒のトッ先へぶら下げた。そして石と駕籠の間に肩を入れると、「ウントコドッコ

イ！」と安々腰を切る。この目方がざっと四十貫ばかり、六人力の力量だ。「老人いかがでござる、生肝は変改なりませぬぞ」大久保はずるい。「いや石川豪いな、彦左感服いたしたよ」と、お世辞でごまかそうとする。「いや感服なんぞはなさらなくとも宜しい、生肝はきっとお約束申したが」「ウン、たしかに進上いたす。しかし江戸表へ帰ってからだ、途中で腰を抜かさぬように」おやおや、いつのまにやら、彦左衛門賭におまけをつけてしまった。

さて怪力の八右衛門、家光公の駕籠を担いだばかりでなく、どんどん馳出したのだ。こうして、その日の夕刻に千住大橋へ着いた。もう此処まで来れば、江戸へ帰ったも同然。やがて大手御門へ懸ったのは夜明け少し前だ。八右衛門、門前に突立ち大音あげて、「西の丸様仔細あって、日光御社参より急にお立戻りに相成った。早々開門開門ッ！」と呼ばわった。この時大手の御門を預っていたのは、真田信濃守であったが家来を差出し、「大手の御門は、たとえ将軍家の御通行でも、夜中に開門の儀は相成りませぬ」と言わせる。八右衛門肝癪玉を破裂さし、あたりを見廻すと、上州から駕籠の先へつけて来た大石がある。それを持上げて、「やアやア門内の人々、もはや夜明け、人通りもボツボツあるに、勿体なくも上様を曝し者にするとは不届千万。早々開門なきに於ては、御門を打破ってお通し申すッ」と叫んで、

「上様御免ッ」とばかり、大石を振上げて、ズシンズシンメリメリと門扉に打突けた。その勢いで門の扉はサッと開く。こうして、家光公は、石川八右衛門のお蔭で、無事危きを免れて、江戸城へお入りになることができた。

孝行力士　佐野山権平

馬鹿野郎面白ずくで孝行する奴があるか　佐野山関の母者はナ　永の病気で　足腰も立たぬ哀れな病人じゃ

　芝新銭座の横綱谷風梶之助の家では、今日、仙台侯のお望みで、選りすぐった八人の強力士を向うにまわし、みんごと、八人抜きの剛勇ぶりを示して、御褒美の剣一口に、金百両を貰（もら）った祝いに、力士一同へ酒肴の大盤振舞い。取的（とりてき）共は、底無しの腹の皮を伸ばすのはこの時とばかり、飲むわ食うわの大はしゃぎです。

「やいやい、いいかげんに止（や）めねえか」

「なんじゃい、今日は関取が飲めと言ったのじゃ。祝いの酒じゃい。これしきに裂けるような腹なら、一生取的だ。べらぼうめ！」食うが自慢の力士稼業。まるで、鯨と象が酒盛をしているような光景（ありさま）。

そのうちに一人の力士が、

「おう、佐野山はどうした。どこへ失せたぞ」

　と、舌の廻（まわ）らぬ怪しい口調でいう。

「佐野山は、とっくに帰っちまったわい」

「なに、帰っちまったと?」

「そうよ。お前、あいつの帰ったのを知らねえのか。あんなけちな奴はねえ。俺たちは土俵が戦場だ、土俵へ上れば死ぬる覚悟。今日あって、明日は知られぬ命じゃねえか。だから、旨い物は宵に食って寝る。すきな酒は、今日のうちに飲むのじゃ。それに、あの佐野山と来た日にゃ、二段目の頭をとって、やがては関取と顔が合う身分じゃねえか。そいつが見ろ! 今日は折角の御馳走になって置きながら、ここで食うということをしねえで、御馳走を折に詰めて持って帰りやがったんだ。あんなケチな野郎は、力士の風上にも置けやしねえやい」

「そうだ、あいつは貧乏神だ」

「まてまて、わい等そんな事を言うが、それは、佐野山関を知らねえというもんだ」

「知らねえことはねえ。毎日この部屋で、顔を合わしとる間柄じゃ」

「まアさ、顔は知ってるだろう。しかし腹の中は、知るまいと言うのだ。佐野山関はああ見えても、感心な親孝行者なんだぞ」

「孝行者、人面白くもねえ」

「馬鹿野郎、面白ずくで孝行する奴があるか。佐野山関の母者はな、永の病いで、足腰立たぬ哀れな病人じゃ。それで佐野山関が、何かにつけて母者を慰める。お客が一緒に、御馳走をたべに連れてってやろうと言っても、母が待っておりますからと断って帰る。旨い物があれば、自分が食わずに持って帰って母に食べさせ、贔屓の旦那から祝儀を貰えば、母が頸にかけてある頭陀袋に入れてやって、〈母さん、こんなにお銭があるのだから、どうぞ安心して下さい〉と慰める。そうして薬を買うために、始終貧乏をしながら、孝行しているのだ。御馳走を食わずに持って帰っても、やはり母者に食わせるので、どこもほかへ持って行くのではないぞ、人のことを悪く言うない。手前たちにゃ、いくらいばったって、あの立派な真似はできやしねんだ」

みんなが糞味噌に、佐野山のことを貶している中で、たったひとり、こう言って、佐野山の為に弁じた力士があった。

横綱谷風は、丁度この時、次の間で、弟子共の騒ぎを聞きながら、取的の一人に肩をもませていたが、ふと今の佐野山の噂を聞くと、

「待て、肩はもういい。いま佐野山の噂をしていたのはありゃ誰じゃ」「へい、あれは滝の音でごんす」

「そうか、ちょっと滝の音を、ここへ呼べ」

「へい畏まりやした……おい滝の音、関取が御用じゃ。ちょっとごんせ」

「関取、何か御用で……」

滝の音は、恐る恐る入って来た。

「なに外のことじゃ無え。今聞いてりゃ、佐野山はてえそう親孝行だそうだな」

「さようでごんす。全くの孝行者で……」

「うん、今皆が貧乏神じゃというたのに、お前一人が、佐野山を褒めたのは面白い。佐野山の母というのはいくつだ」

「さようでごんす。確か六十八だと聞きました。永らく腰が悪くて寝とりますが、胃は丈夫だと見えて、食べ物が一番の楽しみだそうでごんす。今日も佐野山が、親方の御馳走を、自分が手もつけずに持って帰ったのを、皆が悪口言うものだから、取消しをしたのでごんす。佐野山もえらい貧乏で、薬代に追われて気の毒な身分でごんす」

「ふふん、そうか。佐野山の家はどこじゃ」

「京橋の三十間堀で、ひどい家です」

「うん感心な男じゃのう。待て待て」

谷風は、ひどく心を動かされた様子で、取的共の溜りへやって来たが、

「やい手前たち、今佐野山の孝行話を聞いたが、この中に、孝行なんぞ面白くねえと言った奴があったな。不心得者だ、佐野山は感心な男だぞ。お前たちも、佐野山のような心掛をもたなくちゃ、立派な力士にはなれんぞ。解ったか」

と言いきかせ、それから「俺アこれから、佐野山の家へ行く。二人ばかり供をして来い」

義侠に富んだ、横綱谷風梶之助がわざわざ佐野山の病母を見舞い涙の金一封を与える

京橋三十間堀、佐野山の陋居の手前まで来ると、弟子の一人は、

「親方、この紺屋の裏が、佐野山の家でごんす」と教える。谷風は、不意に自分が訪れたならば、佐野山は驚くであろうと思ったので、

「おい、手前先に行って、俺が阿母の見舞に来たと、そう言ってやんねえ」「ええ、畏まりました」と、弟子の一人が、佐野山の家へ駆込んだ。何しろマッチ箱のようなひどい家。

「佐野山関、家かい」

佐野山はその時、大きな手で、やさしく阿母の腰をさすっていた。

「おお、いますが、何か御用で……」

「うちの親方が、あんたの阿母さんの見舞に来ましたよ。今、そこの路地口に立ってござるんだ。ちょっとお知らせしますぜ」これを聞いて、佐野山権平は驚いた。

今飛ぶ鳥を落す勢いの、日下開山の横綱谷風が、こんなあばらやへ来るとは、破格のことである。

「やア、それではあの谷風親方が……。そいつは困った。こんな汚ない家へ……。嘘じゃないかね」

「何の嘘を吐くものか……モシ親方え、いま佐野山にそう申したら、嘘だろうと驚いております」

「ははは、そうか。どの家だ」

「その奥の掃溜の向でごんす」

「ああ此処か」と権平の家に入る。権平あわてて出迎え、

「これは関取、こんなむさくるしい家へ、ようこそお出で下さんした。コレ阿母さん！　日頃御厄介になる谷風関でごんす。ちょっと、お礼を言って下され」

と、病みほうけた母親を抱き起そうとする。

　谷風はそれを制めて、

「おお佐野山、寝かして置いた方がええ。それじゃ俺が来ても何にもならんから……」

「これはこれは、関取さんでございますか。悴がいつも御厄介になりまして、また今日は、結構な御馳走を有難うございます。この上ともに何分宜しゅう」

と、母親も病いを忘れて三拝九拝する。

「阿母さん、安心さっせい。お前さんの息子は、今に、俺なんぞ及ばぬ位強い力士になりやんすぞ。ことに権平どんの孝行にゃ、感心いたしやした。ええ息子もって仕合せじゃ。ついては、何か見舞物をと思うたが、生憎ええ思いつきも無いので、これは僅かばかりで失礼じゃが、小遣にして下んせ。佐野山、何か買ってあげてくれ」

　こういって、谷風が佐野山に出したのは、今日八人抜の褒美として、仙台侯から貰ったばかりの、まだ手もつけぬ大枚百両入りの紙包。

「おおこれや関取、こんな大金を……」

「まあええから、取って置かっせ」義侠に富んだ谷風は権平親子にやさしい言葉を残して、自分の家へ帰って行った。権平母子は、その後姿に手を合せて拝んだ。

果然！　佐野山のもたれ込み見事に極って横綱谷風は下敷にどうと倒れた

佐野山はその後、一層母を大切にした。また角力の稽古は、人一倍に力を入れたので、めきめきと力士としての素質を現わして行った。谷風は、ベツに、佐野山を褒めそやすではなかったが、時々こんな事を人に洩した。

「俺は力士として、天下に怖ろしいと思う者は一人もないが、あの佐野山だけは、どうも苦手だ。あの男は、恐ろしい所をもっている」

間もなく、深川八幡の奉納相撲があった。

そして計らずも、この奉納相撲で、日下開山の横綱谷風と、二段目筆頭の佐野山権平とが、顔を合せることとなったのである。

さていよいよ、その当日となった。人気は無論、谷風関に集まるのだが、今日の取組はあまりにあっけない。

一方は天下無敵の横綱だ。それに立向う力士が二段目の筆頭では、段違いの顔合せである。勝負は戦わぬ先きに決っていると、見物はてんから馬鹿にしている。が、勝負というものは面白いもので、片方が余り強いと、却って弱い方に勝たせてやりたいのが人情である。やがて、「エーひがアし谷風、にーし佐野山ア」と呼出しの声がかかり、二人が土俵に上ると、さすがに谷風は、大きく強そうなのに引きかえ、佐野山の方はいかにも小さくて貧弱だ。見物はこれを見て、勝手なことを言合っている。

「どうです、谷風は大きいもんだね」

「佐野山は小さいね」

「佐野山、今のうちに詫ってしまえ」

「詫って土俵を下りちまえ！」

「へーえ、引分(ひきわけ)だの預り相撲てのはあるが、詫(あや)まり相撲というのはないじゃないか」

「佐野山逃げろやい」

「とても叶わねえ、だめだい」

「稼業だ、逃げるわけにも行くめえ。顔が合ったからにゃ、殺されてもとらにゃならない。かわいそうだな」

「あたしゃ、胸がどきどきする。谷風も好きだが、佐野山も嫌いじゃない。どっちも負けてくれるな」「それじゃ、いっそ見に来ない方がいい」

「そうはいかねえ。佐野山アしっかりやれ、負けるのは当り前だ。無理はねえ」見物はもう夢中だ。

互いに声を嗄(か)らして、「タニカゼー」「サノヤマー」と、わめき立てる。両力士はその間に、互(たがい)に口を嗽(すす)ぎ塩をまいて、型の如(ごと)くに仕切る。化粧立(けしょうだち)二回、佐野山が「ヤッ!」と立上るのを、谷風は「オウ!」と清く受けて立上る。まさに龍虎相搏(あいう)つの場面が展開された。いったい力士は、横綱になると、いつでも相手が立上れば、潔(いさぎ)よく之(これ)を受けて立上るのが当り前。それをあべこべに、自分の方から立上るようでは、横綱の貫禄はなくなるというものだ。谷風はいつも待ったなしの力士である。で、二人は立上った。

一合二合、互いに揉み合っているうちに、谷風の右手が、佐野山の首にかかった。

そして左手は、右腕を押えている。

「いけねえ、もうだめだ。これで息を引取るんだ!」

「情けねえこと言ってくれるない」

「だって、佐野山は徳利に引懸(ひっかか)った。谷風の徳利にかかっちゃ堪(たま)りっこはねえ」俗に言う徳利投、首投という奴で、こういう格好に、相手の頭を自分の胸に引きつけて置いて、はずみをつけて抛(ほう)り出す。谷風はこの手が得意だったのだ。佐野山は、到底助かる見込はなかった。ところがどうであろう、見物が沸き立つように騒いでいるうちに、一旦佐野山の首を抱込んだ谷風の手がゆるんだものか、アレッというまに、佐野山の首がするりと、谷風の手をくぐり抜けた。

「おやッ、徳利が助かった」

「徳利が残って、少しは酒があるだろう」

「意地の汚ねえこと言うない」

「旨くやったな。これで佐野山も、負けても惜くはないぞッ」

「おやおや、今度は谷風が押されて行くじゃないか」

「谷風どうした、しっかりやれ」「佐野山そこだぞ」

なるほど見物が沸立つのも道理、日下開山の横綱谷風は、どうした事か、佐野山のために遮二無二、土俵際、剣の峯という所へ押しつめられている。谷風のからだは、土俵の外に向いて弓のように反った。


もう身体が半分、土俵に出ている。

果然！　佐野山のもたれ込みが見事に極って、谷風は下敷、佐野山が上になって二人共どうと倒れた。「わアッ！」とあがる喊声、場内は割れるような騒ぎである。

「佐野山が勝った。日の下開山の谷風が、佐野山に負けた！」

「鼠が猫をとったようなものだ。佐野山は大したものだッ」この番狂わせの一番相撲で、佐野山の人気は急に揚ってしまった。而してこの奉納相撲では、佐野山は土附かずの好成績、とうとう天下の名力士となった。阿母の喜びは一通りでない。が、それから寛政七年正月になって、谷風は病気になって、明日をも知れぬ重態となった。枕元には、大勢の弟子が詰めきり、今は、押しも押されもせぬ関取となった佐野山権平も、側を離れず看病をしていた。


と、九日のことである。谷風は何を思ったのか、急に人払をして、佐野山一人を枕元に残し、しみじみとした声で、「佐野山」と呼びかけた。「お関取何でごんす」

「俺はもういかん、今日明日のうちじゃ」

「どうかそんな事を言わねえで、今一度よくなって下さい。私は毎晩水垢離とって、不動様にお関取の全快を祈っております」

「その親切も知っているが、この谷風の寿命もきまった。佐野山、お前もこの頃は楽に暮せるようになったようじゃな」

「ありがとうございます。お関取、あの深川八幡での相撲、この佐野山、御恩は片時も忘れてはおりませぬ。お蔭様で一人前になれました」と、佐野山は涙を流して、礼を言った。

「おお、それを聞いて、俺も安心して成仏できる」

谷風はにっこり笑って目をつぶった。まこと、あの深川八幡における勝負は、侠気に富んだ谷風が、佐野山に出世させせんための、四十八手にもない、涙ぐましい相撲の一手だったのである。

伊勢音頭恋寝刃（こいのねたば）

失われた名剣の詮議

伊勢山田の若く美しき御師福岡貢（みつぎ）は、古市の遊女お紺の情けが身に沁（し）みて忘れられなかった。お紺もまた、さざれ石のように粗雑で心底のない浮れ男の中にまじって、ただ一粒、純真な光を放つ真珠のような貢の姿が、二つと掛換えのない大切（だいじ）な物になった。

貢は宵の灯のつくのを待ちかねて、古市へ通いつづける若者となった。お紺は貢ひとりがお客のように、他のよい旦那衆を粗末にする、情のこわい素人（しろうと）臭い遊女になった。

古市第一等の美しい女郎衆、油屋のお紺と、界隈（かいわい）きっての美男福岡貢の間には、こうして灼熱の恋が成立（なりた）った。

「末は夫婦に……」二世までもという起請は、とっくに二人は取交（とりかわ）していた。

「あれ見よ！　今夜もまた山田の阿呆御師が、油屋の狐にだまされに行くぞ」と、格子口まで駆出（かけだ）して指差しする町人を尻目にかけて、黒小袖に黒縮緬（くろちりめん）の羽織ぞろりと、宵暗（よいやみ）を急いで行く貢。

「お紺さま！　ちっとは商稼（しょうばい）冥利も考えるものよ。あんな若蔵（わかぞう）に、いつまで血道をあげたとて先（さ）きが知れている。たかが貧乏御師の悴（せがれ）、遊びの金がいつまで続くものか。それよかも、金に糸目をかけぬ立派な旦那衆を、こねて丸めて金を搾るのが女郎の技倆ではないかいな」そういう仲居新造の意見を聞流して格子先にさんざめく嫖客共の頭越しに、

「貢さまは未だかえ？」と、処女のように胸轟かして待ちかねるお紺であった。

　こういう物狂わしい恋の日が、何日か何十日か続いて、と或る日、二人の間に思いがけない大事件が出来した――というのは、二人の恋がさめたからでもなく、第三者が闖入したためでもなく、元々貢の身に、被いかかっていた免れ難い宿命のいたずらが原因だった。山田の御師福岡貢は、その前身を洗ってみると、阿波の家老今田九郎右衛門が家来福岡孫太夫の一子。祖父青井刑部は鉄砲大将として、百五十石の知行取りであったが、もって生れた刃物道楽。或る時不如意の中から手に入れた名剣青江下坂の祟りで、朋友を斬捨てて自ら切腹。翌々年の同月同日には父が死に、次の年の同じ月同じ日には、母が死んだ。

　そのために、貢は伊勢に来て、福岡家の養子となったのだった。

ところが、その後、阿波の蜂須賀家では、この失われた青江下坂の刀を探ね求めて、将軍家へ献上する必要に迫られている。この大切な刀詮議の役目をうけて、遥々伊勢へ入り込んでいるのは、家老今田九郎右衛門の嫡子萬次郎だった。

　萬次郎は、一旦山田で下坂を手に入れたが、古市でおぼえた遊蕩の金に困って質に入れた。が、実はそれも萬次郎を陥れて、阿波一国を横領しようと企らむ、伯父大学の間者徳島岩次の奸計に乗せられたのである。

　貢は主筋に当る萬次郎のために、粉骨砕身、失われた名剣の詮議に努めた。と図らずも、質に取って夜逃げをした町人が売払った下坂の刀を、鳥羽の伯母おたねが買取って、貢の手許に届けて来た。

　貢は雀躍して喜んだが、さてもう一つ欲しいのは刀の折紙。それも、先日不注意な萬次郎が、敵間者岩次に騙取られてしまったのである。

貢は間者の岩次と、一味の藍玉屋北六の顔を知らない。しかしこの頃古市の油屋に入浸り、お紺お岸の二人を揚げ詰めにしている「阿波の客というのが怪しい」と、恋にかこつけ、油屋へ日参をしているのだった。

もう一つは、たまに油屋へ来る萬次郎にも逢いたかった。

貢が刀の折紙を取戻すに就いて、第一に相談相手にしたいのは、恋人の油屋お紺だった。お紺を通じて、先ずその阿波の客という者の素性を洗うのが第一の手段。

しかしこの四五日は、いつ行っても阿波の客の揚げ詰めで、お紺に逢うことができなかった。それは一つには、仲に入った悪仲居の萬野が、阿波の客に買収されて、わざと邪魔するためであったが、貢はそこまで気が附かなかった。

その夜も貢が油屋に行くと、意地悪の萬野が出て来て、悪辣な手管で貢を困らせた。

おまけに萬野は、貢の差している青江下坂に目をつけているのだった。

「萬野！　ほんの一目でよいわ、お紺に逢わしてたもれ」と、貢が頼んでも萬野は冷やかに、

「お紺さまは今日は芝居の初日で、お客と連立って見物に行かしゃんしたが、戻りに大阪屋で立てじやといな。所詮、ちょっとの首尾もなりますまい。マア今夜は諦めてお帰りなされ」

「サア、そんならお紺に逢われいでもよいが、ちっと此処で待合わさねばならぬこともあり……コレ萬野！　なんと、奥の舞の会を見ても大切あるまいか？」

賑やかに、奥座敷から聞えて来る伊勢音頭のざわめきに聞耳を立てて、貢はふと攻め手を変えてこう言った。今宵古主の萬次郎が、油屋へ遊びに来るということを、さっき顔見知りのお岸から、聞込んでいたからである。

萬野はしかし、その手でも陥落しなかった。

「滅相な！　そりゃなりませぬ、奥のお客は内方だけでも席が狭いのでござんす。その上、外のお客

などとは思いも寄らぬ。舞の場へ顔出しもして下さんなえ、わたしが迷惑するわいな。お前、朝まで待ったとて、所詮お紺さまには逢われぬゆえ、ちゃッちゃと去んで下さんせ。エエ鬱陶しい！　一文にもならん客に、いつまでも構うてはいられはせんわいな」

　貢はむッとした。その実、お紺はもうとっくに芝居から帰って、阿波の客と一緒に、奥の広間で舞を見ているのだった。

身に覚えのない濡れ事

　萬野は、貢の顔色の変ったのを見て、今度はガラリと調子をかえ、

「ホホホホホ、わたしとしたことが。ひよかすか言うて……貢さん！　必らず気に触えておくれなえ。そうじゃ、そのように此処にいたければ、誰れぞ代りに呼ばしゃんせいなア」

「そりゃもう、どうなりとしょうが……」

「そんなら代りを呼びなさるか。ヤレヤレようお出でたなア、マア酒でも出そうわいな」

　実にあきれた達者さである。萬野はちやほやと、銚子を持って来た。そして、不愉快そうに口をつぐんでいる貢の前に坐ると、

「貢さま！　お遊びなさるなら、お腰の物を預かりましょう」チラリと上目で、油断のならぬ目附き。

「アノ腰の物を？」ギックリ、思わず堅くなる貢を嘲笑うように、

「オホホ、この里の習いを知らぬか何ぞのように。ドレ、お預かり申しましょう」貢の眉は、キリリと上った。無作法に柄頭へかける萬野の手を、突退けた権幕が尋常でない。

「ならぬ。イヤ、腰の物は滅多に預けぬぞッ」

「そんなら去になされ、好かん客じゃ」

「やァ！」「ハテ、伊勢の茶屋で腰の物を預かるのは昔からの仕来りじゃ。それに預けられぬとあれ

ば、こっちもお客には仕難うござんす。早うお帰りなさんせ」

「イヤサ、ちっと此処に……」「用があるなら、腰の物を預りましょう」

「でもこの……」「否ならお帰り……」

「サア」「預りましょうか？」

「サア」「お帰りなさるか？」

「サアサアサア」

「エエ埒の明かぬ、キリキリ去んで貰いましょうぞ」

萬野は突慳貪に言いまくる。貢が進退に困りきっている所へ、料理番の喜助が飛出して来た。

「イヤ、そのお腰の物は、キット私がお預かりいたしましょう」

「そんなら喜助どん、こなたがそれを預かるか？」

「ハテ、貢さまも今でこそ山田の御師じゃが、もとは立派なお侍だそうな。じゃによって、女のこなさんに大事の腰の物は預けられぬ。賤しけれども男の端くれ、おれが預かる。ハイ、お気遣いはございませぬ」

「ウム、然らば喜助！　そちに預ける大事の一腰、必らず粗末のないよう、頼むぞよ」

「しっかりと預りましてございます」

「ドレ、それでは喜助どん！　貢さんを後から連れましてごんせ。お紺さまの代りに、わしがよい女郎を、世話して上げようかい」

萬野は奥に引込んだ、あとで喜助が身の上話。それによると彼の父は、もと貢の父の仲間だった。だから喜助は、貢を主人と思っている。心を許してよい男だった。貢は彼に刀のしさいを打明けて、間違いのないように用心を頼んだが、壁に耳あり、さとくもこれを聞き込んだ萬野が奥の岩次に知らせて、二人が奥へ入った留守の間に、す早く刀の中味をすり換えてしまったのである。

そうとは知らぬ福岡貢――一室に通って旨(うま)くもない酒をチビリチビリやっていると、萬野が見立てた名代女郎のお鹿が出て来て、ベッタリと寄添(よりそ)うて坐った。「マア貢さん、キット嬉しいぞえ」その容子(ようす)がいかにも色っぽい、貢はとんと合点が行かなかった。

「ウム、そんなら萬野が、アノこなたを？」

「アイ、お紺さんという深い馴染(なじみ)のあるお前に、何のかのと言うたはみんな私の悪性なれど、どう思っても思い切れぬ。たびたび上げた文のお返事見るたび毎(ごと)に、わたしの嬉しさ、推(すい)しておくれいなア」

何という青天の霹靂(へきれき)！　貢は身に覚えのない濡事(ぬれごと)に驚きながら、いろいろと訊いて見ると、これも萬野の悪辣な奸計(からくり)で、お鹿が貢に横恋慕しているのを幸い、偽筆を使ってお鹿を貢に押しつけ、お紺との仲を割こうとしているのだった。お紺は急に、阿波の岩次に大金で身請けの相談が持ち上っていた。萬野はこれが成功すれば、多分のコムミッションが貰える筈(はず)になっている。

貢がだんだん訊いてみると、萬野は手紙ばかりでなく、貢からの無心という形で、二両三両と、少からぬ金さえ度々(たびたび)お鹿から捲上(まきあ)げているのだった。

貢は徹頭徹尾身に覚えがないと説聞(ときき)かしたが、一図(いちず)に惑わされ切っているお鹿は、それを本当にしないばかりか、今更(いまさら)そんなことを言って白ばくれる貢に腹を立てた。そして口悔(くや)しがって貢の膝に取附きオイオイ泣いている所へ入って来たのは、お紺の手を引いた岩次と、お岸の手をとった北六、それに芸者末社の大一座だ。

己れやい売女め

思いがけなく現われたお紺のあで姿。貢はなつかしさ恋しさに、我を忘れて立上(たちあが)りさま、

「オオ、お紺！」と、走り寄ろうとしたが、お紺はすげなくツンと澄(すま)していた。

「貢さま、きつう派手なことじゃなア」

その声は氷のように冷たい。ああこれが、今の今まで、二世を契った恋人お紺の言葉であろうとは
……貢はまだしかし、甘えていた。

「お紺！　そんならわが身は、うちに居たのか？」

と、呼びかける声もおろおろ。

「知れたことといなア」お紺の言葉は、出る毎に辛辣味を加えて行く。

「ムウ、うちに居るものをまだ戻らぬと、なんのために嘘をつかすのじゃ」

「わしゃ知らぬわいなア、そりゃお前の心がらじゃわいなア」

「おれが心がらとは？」

「この間ここにござんすお客様で、間違（まちご）うて逢わぬを幸い、ちゃんとモウ代りを呼んで、ホンに殿たちほど水臭いものはない。岩さま、そうでござんしょうなア」

　さも親しげに、しなだれかかる岩次が膝。

「ハテ滅相な、身共はあんな無茶はせぬてや。ノウそうじゃないか？」

「そうともそうとも。こちらがように、一人をこのように守っている者は少（すく）ないてや」憎らしや藍玉屋の北六奴（め）までが、相槌を打つ。

「ハハハハ、箒（ほうき）じゃ、箒客じゃ」

「アハハハ」

「オホホホ」並んでいるだけの者が、口をそろえて嘲笑う。貢の憤（いか）りは心頭に発した。

「イヤコレお紺、この鹿はおれが方から呼んだのではない」と、有りようを正直に言ってのけると、お鹿がいきなり貢の胸倉をとって、

「コレ、貢さま、お紺さまの前じゃと思うて、そんな体裁のよいこと言うは卑怯じゃ卑怯じゃ。そん

なら私も、有りように言わにゃならぬ」と、洗いざらいに今まで萬野のからくりで騙されていたのを、まことと信じて打ちまける。貢はたまりかねて、お鹿を引廻した。

「おのれ！　大概なことは女子と思い聞捨てにもしようが、貢に金をやったとは聞捨てにならぬ。サアその訳を言え」

　するとお鹿は、証拠の文殻を出し、

「これでもか」というのを見れば、紛れもない萬野の偽筆。萬野を呼ばせてそれを詰ると、アベコベに貢は言いくるめられてしまった。一座の者は更に更に小ッぴどく貢を笑う。貢の肝癪玉はとうとう破裂してしまった。

「おのれ、身不肖なれども福岡貢。女を騙かり、金をとる所存はない。馬鹿な奴めッ」と、お鹿を突放した。と、この時、暫く口を噤んでいたお紺が思いなしか、顔色蒼ざめ、

「イイエ貢さん、滅多に潔白とは言われますまい。お鹿さんと訳もなし、金も借らしゃんせぬお前が、なんで今夜お鹿さんを呼ばしゃんした……」

「ウム、それもあの萬野が……」

「サイナア、今夜お鹿さんを呼ばしゃんしたばっかりに、お鹿さんと訳もあり、無心状をやらしゃんしたも、金を取らしゃんしたも皆お前じゃ」「やア」

「とサア、こういう私でさえ思うもの、ほかのお方は猶のこと……」「でも……」

「それほど手詰の金ならば、なんで私に言うて下さんせぬ。そりゃもう腑甲斐ない私故、言うて下さんせぬも尤もでござんす。忝のうござんす、よう隔てておくれた。きッと礼を言うたぞえ。これから随分、お鹿さんをいとおしがらしゃんせ。わたしへの面当じゃと言うて、同じ家の女郎を捉え、何のかのと、その上にまだ金の無心。あたしゃお前を、そんな人とは思わなんだ。私や口惜しい、恥かしい」

「イヤサ、たとえどのような事があったとて、女（おなご）を騙して金を取る貢と思うか？」

「イエイエ、もう何（な）にも言うて下さんすな。私ゃ口惜（くや）しゅうてならぬわいなア」

「ササササ、その腹立（はらだち）も尤もじゃ。こりゃ正（まさ）しゅうあの萬野めが仕業（しわざ）……というて女のこと、言えば言う程馬鹿になる。何（な）にも言うことはない、追（おっ）つけ国へ帰ると元の身に立帰る。その時そちを請け出し、武士の女房に……」

「お前、国へ去（い）んで侍になると言わしゃんすがわしゃその侍が、きつう嫌いでござんす」

「ナニ、侍が嫌いじゃ？」

「いやでござんす」「何と？」

「アイ、わたしが父さまも元は侍。朋輩のざん言（げん）とやらで永々の浪人、常々言わしゃんすには、必（かな）らず侍と二世の約束などすなと、くれぐれのお言葉。それじゃによって、わしゃ侍はいやでござんす」

「そんなら初手からなぜそう言わぬ。今となって、何で侍がいやになった？」

「ハテ初めから言おうにも、お前は御師、何時（いつ）なりと私が身儘（みまま）になったなら、御城をやめさせ町家の住居（すまい）、町人と女夫（めおと）になれば父様の言葉も立つ。わしゃ侍が嫌い、町人がよいわいなア」

「ウム、ああ言えばこういい、こう言えばああ言って出来ぬ無体を言うのは、コリャ何か急に思案が変ったな。そんならいよいよ、女房になることはいやじゃな」

「イイエ、いやじゃないぞえ……ハテ、侍をやめて町人にならしゃんしたなら、たとえ貧しい暮しでも、得心でござんすほどに、きっと町人になって下さんすか？」

「じゃと言うて、それがまア……」

「ならぬかえ、お前がならにゃ私もいやじゃ。ナア岩様、そうじゃないかいな。コレ、寝た顔せずとお聞きいなア」

「ウム、よいワ。われが侍嫌いなら、おれも町人は嫌いじゃ。いやな侍に、今までよう附合（つきお）うてくれ

た。忝けない、礼はまた緩りといおう」すっくりと立上る背後から、

「そんならいよいよ、これ限りでござんすぞえ」

「念には及ばぬ、勝手にしおれやい」可愛さ余って憎さが百倍、おのれやれこの売女奴と、血相かえてお紺の側へ行こうとする貢を、萬野が停めた。

「コレ、大事のお客の附いたお紺さま。指も触えて貰いますまいぞえ。こなたのような無法者は、間夫客にはせぬ。キリキリ去んで貰いましょう」

「オオ去ぬ。側へ居いと言うたとて、誰がこんな所に居るものかッ。さっき預けて置いた、腰の物を寄越せ」

「オット、お預かり申したはこの喜助、ちゃッと差いてお帰りなされませ」と、待構えていたように、喜助が出て来て岩次の刀を渡す。貢は腹立まぎれに、よく改めもせずに引奪って差した。口惜しさ、憎さ、なさけ無さ。腸の煮えくり返るような絶望を堪えて嚙みしめた貢の唇は今にも裂けてタラタラと血が滴りそうだ。と、憎々しさの駄目を押すように、

「エエ、去ぬならキリキリ、去にけつかれ！」

　と、萬野が背後から、表に突出した。

「コレ、わしを騙したわけを立てさんせ」

　と、まだお鹿が未練そうに取附こうとする。

「エエ知らぬわい、勝手にさらせ」

　貢は後をも見ずに、すたすたと、油屋の軒先を離れて消え去った。

血潮に飢えた妖刀下坂

　暫くして静まった油屋の裏口——不意に中から、

「そんならきっと、アノ喜助奴が取違え顔に、わざとあの刀を貢に渡しくさったに違いない。チャッと行てわたしが取返して参じましょうわいなア」と、萬野が慌だしく駆け出した。

あとはまた、奥の伊勢音頭のぞめきを遠聞にして表の方が静まった時、今度はあたふたと貢が、元来た道を引返して来た。

「コリャ喜助、萬野、萬野ッ！」貢は途中で、腰の刀が岩次のものであることに気附いて、駆け戻って来たのだ。中味がちゃんと、青江下坂の刀に擦代っていることには気がつかなかった。

と、その声を聞きつけたか、二階の障子がすッと開いて、思いがけなくお紺が顔をつき出した。

「貢さん、また御座んしたか？」

「お紺か？」見上げる貢の瞳には、まだ生々しい憤りの炎が燃えている。

「わしゃどうあっても、侍はいやで御座んす。書いて置いたこの起請、これ取って置かしゃんせ」何やら巻紙の中へくるんで投げた。それを拾って開けて見る貢の顔には、驚きと喜びの複雑した表情が泛ぶ。

「すりゃコレ」声と共に、お紺はピッシャリ障子を閉めた。貢は解く手も悟かしく、油屋と書いた軒行灯の光りに透し見て、

「コリャこれ誠の、青江下坂の折紙。エエ忝けない」と、押し戴き、更に巻紙に認められたお紺の手紙を拡げて見ると、それにはお紺がわざと貢に愛想づかしと見せかけ、敵の間者徳島岩次と藍玉屋北六に油断をさせた。決してさっきの事は真心から言ったことではないから、どうぞ心変りをして下さるなと嬉しい文言。貢は読むより元気百倍して、

「アア忝けない。この上はさっき擦換えられた青江下坂、取返さねばならぬ」と、身仕度直すところへバタバタと駆けて来たのは仲居の萬野。そこにいる貢の姿を見附けるや否や、

「オオ、この刀を……」と、貢の一腰に手をかけるその手をムンズと摑んで、

「萬野！　此方の刀も返さず、よう贋せ物を渡したなア。身が刀を返せ返せ」

「オオ、何を言いじゃいなア。お前の刀は喜助が預ったじゃないかいなア。それをわしが、何で知ろかいなア。サアその刀は、お客様の刀じゃ。こっちへ寄越さんせ」

「おれが刀から出しおれやい」「知らぬわいなア」

「おのれ、知らぬとは野太い奴め」と、鞘ごと引抜いた刀で、滅茶滅茶に萬野を叩き据えるうちにこれが妖刀の執念い祟り。いつの間にやら鞘がはじけて、心にもなく萬野を斬ってしまった。萬野は何気なく肩口に手を当てて見ると、ベットリ血が吹いているから、

「アア、斬った、斬った！」と、悲鳴をあげる。貢は「しまった！」と思ったが、声を立てられるともう夢中だった。

「エエ観念さらせ！」スパリと打下した一刀で、萬野はギャッと一声落入ってしまう。

そこへ若い衆次郎助が、寝呆け顔で奥から出て来た。貢はそれには気附かず、刀をさがしに奥へ行こうとした。が、次郎助がいきなり萬野の死骸に躓いて、

「やア、斬ったッ！」と、大声をあげたので、貢は振返りざま、次郎助に一太刀浴びせた。次郎助は「キャッ！」といって、奥の間に転げ込む。

貢は黙々として、のれんの陰の戸棚に置いた刀架を探した。が、自分の差料が見附からぬので、血刀をさげたまま二階へ上ろうとした。物音に驚いて奥から出て来た北六が、足音を忍ばせて、背後から貢を羽掻締めにした。しかしすぐに振解かれて、真向を斬割られた。

岩次が二階から下りて来た。出逢頭に刀を抜いて斬りかかったが、貢のために難なく片腕を斬落された。血を吸った妖刀青江下坂の、砂流しの焼刃はいよいよ凄味を帯びて来るばかり……

正気に返った北六が、起上って再び武者振りつこうとするのを、ズッカリ尻こぶたを斬りそいだ。もうあたりは血の海である。

貢は憑かれたような足取で、フラフラと二階に上って行った。間もなく二階は、蜂の巣を突ついたような騒ぎになった。

中二階から、先ずお紺が庭に飛下りて、うろうろした末、柴垣の陰に隠れる。続いてわッと血みどろになったお鹿が、斬られた肩先を押えて転げ落ちて来た。二つ弾丸のように後を追って飛下りた貢が、息もつがせずお鹿を斬殺した。

「アレエ、アレエ！」という、絹を裂くような悲鳴をあげて、着飾った踊子たちが右往左往に廊下を逃げ廻る。貢は抜身を背後に隠して、踊子たちを遣り過した。千野が来た、吉野が飛出した。お絹が逃げて来た、みんな一太刀ずつ斬られて逃げた。と、不意に現われたおきのが、

「貢さま、待たしゃんせ」と、勇敢に抱き留めにかかるのを、振解こうとする拍子に、横腹を突いた。おきのは、うんとのけ反って其の場に倒れた。

貢がこの態を見て、ちょっと怯む所を、縁の下から北六が足を引張った。貢はヒラリと庭に飛下りる。北六が柴垣の陰へ逃込んだので、お紺が逃げ出した。貢は北六と間違えて、どこまでもお紺を追詰めるとお紺は怖ろしさに身を震わせて手を挙げる。薄青い灯籠の光に、二人は顔を見合せた。

貢ははじめて、荒れ狂った身の疲れを思出した。そして振上げていた妖刀下坂の血刀を下して、フウフッと大きな息を吐いた。気を落ちつける為だ。

お紺は震えながら貢のうしろに廻り、優しく背を撫で下した。

「お紺！　お逃げ、先にお逃げ！」口で言うのではない。蒼ざめた顔をあげて貢が無言に促すのである。

「いや、いや、あたし、ひとりで逃げるのいや。お前もいっしょに！」これも声は立てず、かぶり振り振り泣くのである。

「先へおじゃ、わしも後から行く。一緒にいては手足まといになる」叱るような貢の眼顔に、お紺は

ようよう気を取直し、そっと庭の木戸から、後振返り振返り闇の中に落ちて行った。北六がまた飛出して、「ヒ、ヒ、人殺しィッ！」と、かすれた声で叫んだ。貢はまたキッと刀を取直す。

　ザザザッと、夕立が降って来た。

　その夜、福岡貢は一人で鳥羽まで落延び、伯母のおみねに他所ながらの別れをして、死にに行くつもりだった。だがそれは、炯眼な伯母に見破られ、泣く泣く先日来のいきさつを話していると、そこへ、主と仰ぐ藤浪左膳も来合せて、ともども貢の不覚を責める。

　貢は遂に覚悟をきめて、申訳のため隠し置いた血刀で腹を裂いた。そこへ料理番の喜助が、一足違いで駆込んで来て、貢が自刃した。その刀が紛う方なき青江下坂であることが判って、萬次郎は芽出度帰参となった。

生血を吸う闇峠の妖怪

奇怪なる謎の言葉

「闇の峠に怪しい化物が出て人を啖う！」

そういう噂がぱっと拡まったので、鳥取藩の武士たちは捨てておかれなくなった。

「人の噂なんか分かるものか」といって笑う者もあったが、多くの人々は、

「いや噂だけにもせよ、人を啖い殺すとあっては、藩の武士として打捨てはおかれぬ」

「そうだ、そんな噂をなくすためにも早く何とかしなければならぬ」

そういって息巻いた。そこで、若い血気の武士たちの中から、剣術の達者な姉崎多門というのを選び出して、怪異を探りに闇の峠へとむかわせた。

ところが姉崎は帰ってこなかった。——さっそくに人をやって探させると、姉崎の刀が、抜身のまま峠の道に落ちている。それから附近を探しまわると二丁ばかり離れた林の中に倒れている姉崎の死体をみつけ出した。しらべてみると、姉崎の体は細い絹糸のようなもので十重二十重に巻き緊められ、喉笛が無惨に嚙破られていた。

「よし、こん度は己が行く!!」と、いって立ったのは、姉崎の親友で、木下三之助という若者、槍を

執(と)っては、藩中五本の指に折られる使いてだった。

しかし、姉崎の仇(かたき)を討ってくると勇んで出ていった木下も、ついに戻ってはこなかった。

「又やられたのだ。せめて亡骸(なきがら)でも探し出して来てやれ」

そういって四五人の同僚が集まって探しにゆくと、峠の道の上にぽとぽとと無惨に血の痕(あと)が散っている。それを伝ってゆくと、松林の中に倒れている木下を発見した。やはり絹糸のようなもので固く体を巻き緊められ、喉を噛破られて死んでいる。

「何だろう!?」

人々は思わずぞっとして顔を見合せた。二人が二人とも同じ死にざまである。しかも藩中きって武術のできる者が、手向いした容子(ようす)もなく殺されているのではないか。

「これはなにか大変な妖怪に違いないぞ!」

と、皆は顫(ふる)えあがって城へ帰った。

「私達が行ってみましょう!!」

三度目にそう願い出たのは、太田主水(もんど)、同(おな)じく主馬(しゅめ)という兄弟であった。兄主水は神蔭流(しんかげりゅう)の達者、弟主馬は吉岡流の小太刀と柔術(やわら)をよくした。

「二人でいったらまさかやみやみ負けはいたしますまい」

そういって充分に身拵(みごしら)えして、二人は闇(くらやみ)の峠へ向った。

「あの兄弟なら大丈夫だ。こん度こそ妖怪を退治てくるに相違ない」と、人々も心強く思って帰りを待ったが、どうしたことかこの二人も帰ってこないのである。

「それ、行って見ろ!!」

と若侍たちが馬を駆ってかけつけてみると、峠の上に主水の倒れているのがみえた。駆けよって抱き起しざまに、体に巻きついている絹のような糸を切りとって、

「主水氏、しっかりなされい」と、叫ぶと、主水はかすかに眼を開いて、

「あ、琴だ、……その琴を弾くな！」

と、恐ろしそうに云ったまま息が絶えてしまった。附近を探すと主馬の死体もあったが、これも同じように絹糸のような物で巻かれた上に、喉を裂かれていた。――人を喰う妖怪！　体に巻かれた糸！　琴！　弾いてはいけないという琴!!

「ああ恐ろしい、これは容易ならぬ怪物だ」

人々は蒼白になって峠を降りた。

弓か？　槍？　命を賭けて

鳥取藩の槍術指南番に山田雲龍という男があった。強情我慢の性質で、常々天下に己より偉い者はないだろうと威張っていたが、事実腕も達者だったから誰も頭をおさえる者がない、それをいいことにして、ますます傍若無人に振舞っていた。

或る日、雲龍が城下を歩いていると、び――んび――んと弦音がする。誰だろうと覗いてみると同藩で弓術指南をしている長谷部壮太郎という男、まだ若いが遠箭にかけては近国にも聞えた名人である。

「おいおい壮太郎、また子供遊びの真似をしているな、止せよせそんなこと」と、雲龍が垣の隙から声をかけた。――振り返った壮太郎は怒る容子もなく問い返した。

「弓を射るのがなぜ子供遊びだ」

「何故だと、わからなければ教えてやる、そもそも弓という物は、騎射戦といって、馬を駆って進退しながら戦った時代の武器だ。今のように徒歩、足軽の歩兵戦では、槍か剣でなくては役に立たぬぞ。役にも立たぬ物をひねくっているから子供遊びの真似だというんだ、分かったか」

「分かった」と、壮太郎はにっこり笑って答えた。

「だがただ理屈だけで分かったのでは仕方がないなあ雲龍。実際にあたって、槍術が良いか弓術が優れているかを試した上でなければさ」

「何だと、試すだと!?」日ごろ強情高慢な雲龍、若い壮太郎の言葉に嚇(かつ)として詰寄(つめよ)った。

「面白い！　弓術と槍術、雲龍と壮太郎、いずれが強いか試合をしょう、さあ立て、来い！」

「まあ急くな」壮太郎は落着(おちつ)いている、「試合をするといっても、弓と槍では立合(たちあ)って勝負をつけるわけには行かぬ、それについて良いことがある。というのはあの闇(くらやみ)の峠の妖怪だ！」壮太郎がそういった時、雲龍もはたと膝を打った。

「そうだ、それは良い思いつきだ。闇(くらやみ)の峠の妖怪を退治た者が勝ちだというんだな」

「そうだ、首尾よくゆけば世間のためにもなるというものだ、どうだ承知か」

「承知だ、面白い、では何方(どっち)が先にゆくか定(き)めよう！」そこで二人は籤(くじ)を抽(ひ)くと、山田雲龍が先と云うことになった。

「どんな計略で討取(うちと)るのか」と、壮太郎が訊くと、雲龍はからからと笑って、

「己(おれ)の槍術は計略なんか使わないさ、たかが化物一疋(いっぴき)、ただひと突きだ！」

「そうか、勇ましいな、あっははは」

　壮太郎は大きな声で笑った。そして槍を担いで肩をいからして闇(くらやみ)の峠へ向かってゆく雲龍の後姿を見送って、

「ばかな奴だ、又血を吸われるだろう」と、云って、もう一度腹の底から笑った。

　体を絹糸で巻かれ、喉を嚙裂かれている山田雲龍の死体が、峠から運びおろされたのはその翌(あく)る日のことであった。

臆したか長谷部壮太郎

「いよいよ長谷部壮太郎が立つそうだ」そういう噂が立ってから空しく二十日余りの日が経った。

「どうしたのだ、長谷部はまだ行かないのか」

「奴は臆病風に誘われたのだ」「卑怯な奴だ」

人々はやがてそういって壮太郎を罵（ののし）るようになったが、壮太郎は平気で、昼は庭へ出て熱心に弓をはげみ、夜は居間に閉じ籠（こも）ってこつこつと何かやっていた。

或る日のこと我慢できなくなった友人達五六名が訪ねてゆくと、壮太郎は、

「とうとうやって来たな」といって笑顔で一同を居間へとおした。「いや、何もいうな、皆がきた用は分かっている。実は今日こそ皆に来て貰（もら）って、今日までぐずぐずしていたわけを話そうと思ったのだ」

「で、その訳と云うのは？」

「これだ！」と云って壮太郎は、居間の隅においてあった物の布（きれ）をとった。それはちょうど人の大きさ位の木彫の人形であった。

「これは人形じゃないか、これが妖怪退治にどういう関係があるんだ」

「どういう関係かって？　そうさな、お身達は聞かなかったか、太田主水が死ぬときに――琴を弾くな。と云ったことを――だがまあ今は何も訊いてくれるな、計略は秘密を尊ぶからな、しかし今日まで遅れたわけは、この人形を彫っていたためだから、それだけは分かってくれたはずだ、その外（ほか）のことは明日分かるよ」

「明日だって!?」

「うん、私は明日闇（くらやみ）の峠へゆくんだ」

魔の糸に巻かれて絶体絶命

闇の峠へ着いたのはまだ午前だった。

鳥の声さえせぬ森閑とした峠の道は、日が照っているだけにかえって物凄かった。壮太郎は峠の上までくると、背負ってきた人形をとり出して、峠の道の上に立て、自分は急いで十二三間離れた雑木林の中へ身をかくした。

人を喰う妖怪――人形――闇の峠。

「長谷部壮太郎はすこしいままでの者と違うぞ」

壮太郎はそう呟きながら、愛用していた弓と箭を取り出して、木蔭からじっと峠の上下を見張っていた。

一刻は過ぎ二刻は過ぎた。日は傾き、肌寒い風が谷から吹上がってきた。

「もうそろそろ出るな！」

壮太郎はいつでも射かけられるように構えながら、なおも峠の上に眼をつけている。

と――どこから出たか、眼もさめるような友禅の大振袖に高島田の髪、匂うばかりに化粧をこらした美しい姫が一人、琴を抱えてあらわれたのである。

「案の定琴を持っているな、畜生」壮太郎は固く唇を噛みながら息を殺して見ている。――すると姫はしずかに木彫の人形の方に近か寄って、

「のう、都のお人、この琴を弾いて下され」

と、抱えていた琴を人形の前においたのである。

「そうか」と、壮太郎は見ていて頷いた。「あれで琴を弾こうとすると、琴糸が指に粘りついてしまうのだな」人形はしかし黙って動かなかった。姫はうらめしそうに袖でなかば顔をかくしながら、

「のう、この琴弾いて下され」と、云って人形にすりよった。「都のお人、ぜひにこの琴お弾き下され、のう頼みまする」無論相手は人形だから、返辞もせず動きもしない。姫はさも悲しそうに、

「私は継母に育てられし者、継母は私を憎んで指の腹を火で焼き、その焼爛れた指で日に一度ずつ琴を弾けと責めまする。琴の音がすればよし、琴が鳴らねば私は鉄の鞭で打たれねばなりませぬ。のう旅のお人、情にこの琴弾いて下され」

　あまりに姫の容子がいじらしいので、壮太郎さえ思わずその琴を弾いてやりたくなって来た。とたん、今まで涙ながらに頼んでいた姫は、人形があくまで黙って立っているのを見ると、遂に怒りの声をあげ、

「おのれ、か程頼んでも弾かぬよな、さらばよし、弾かしてみせん」そう叫んだかと見る間に、両手口から雨のように絹糸のような物を出して、人形に投げかけながら、そのまわりを狂いまわった。

「さ、弾け、琴を弾け!!」そう叫ぶ姫の声は、峯々谷々に響いて、物凄い木魂をおこした。

　木蔭から見ていた壮太郎、手早く弓に箭を番えると、きりきりきり、引絞って満を持し、狙いを定めて姫の胸板、ひょう、ふっつと射て放った。

「ぎゃあ!!」と、いう声、箭はあやまたず姫の胸元深く射こんだ。つづいて二の矢、三の矢、射かけておいて壮太郎、太刀を抜くより早く、隠れていた雑木林からまっしぐらに駆け出した。

「おのれ妖怪！　よくも今日まで多くの人を取り啖ったな、長谷部壮太郎今こそ仇を報いにまいった、往生せ!!」喚きながら斬りかかる、三本の箭を受けながらもひるまぬ妖怪ひらりと体をかわして、

「推参なり若者、我は因伯丹の山奥に五百歳の齢を保ちたる土蜘蛛の精ぞ、討てる物なら討ってみよ」

「えやっ!!」さっと薙ぐ刃先、霧のようなものがかかったと思うと、ねっとりした無数の糸が、雨のように壮太郎の体へふりかかってきた。「卑怯な、寄れ」と、降りくる糸の中を、追い打ちに斬る、

突く、薙ぐ、払う、秘術をつくして闘ったが、体に巻きついた糸は次第に固く緊まって、手足の動きもだんだん不自由になってくる。「え、残念!!」と云ったが、ついにはその場へ撞と倒れてしまった。

「見よ見よ、今こそ汝の血を吸おうぞ」

妖怪は喘ぎながら進みよって、壮太郎の体を抱きあげ、まさにその喉笛を噛破ろうとした、刹那、

「いえッ」と喚いて必死の力、突上げたのが妖怪の脾腹のあたりを柄まで刺した。

「ぎゃ、ぎゃあ——ッ」反ざまに倒れかかる奴、一念神仏を念じながら壮太郎乗かかって二太刀三太刀刺した。しかしそれで壮太郎自身も、がっくりと前へのめって気を喪ってしまった。

夜が明けて、城中から探しにきた人々の手によって、長谷部壮太郎は無事に助かった。なお、血潮の痕をたどってゆくと、闇の峠の奥、仙洞窟といわれる洞穴の中に、小牛ほどもある土蜘蛛の死んでいるのが見出されたのであった。以来長谷部は「蜘蛛切り壮太郎」と云われて長く栄えたのである。

幽霊奴の助太刀

馬鹿につける薬は

　五月雨に降りこまれた宿場の夜は、破れ傾いた木賃宿の軒場から洩れて来る巡礼客の潤んだ鈴の音に更けて、いとど侘しく旅人の胸をつまらせる。

　ここ信州は松井田の宿、木賃旅宿上州屋の主人与平次は、宿帳の多くもない泊り客の名をしらべていた目をあげて、のッそり鼻先に立っている伜の与太郎を見た。

「おい、与太郎、人が忙しがってるのに、何をぼやぼやそんな所に突立っているのだ。お客衆の御食事はみな済んだのか?」

「ああ。飯も風呂もみんな済んだだ」

　与太郎はぶッきら棒に答えて、十九歳、五尺七寸の大きな図体をもぞりと揺ったまま、何か物欲しげな容子で相変らず突立っている。親一人子一人、小さい時から二人切りで育って来た一人子の与太郎は、少し足りない白痴のようでもあれば、甘ッたれた大きな子供のようでもあった。

「与太、何か用でもあるのか。そんな所に立っているのは」父の与平次は、その十九にもなる我が子のあどけなさが可愛くて、口の利き方こそ素気ないが、与太郎の姿を見る眼は、いかにも慈愛に輝いている。

「う、うん、別に用というわけでもないが、俺アこの間うちから、父に話してえと思っていたが……」

「どんなことだい？」

「ほかでもねえ、俺ももう十九だ。早く嬶ア貰ってもれえてえだよ」

与太郎は真面目だ。与平次は呆れて暫しは物も云わずに、我が子の顔をまじまじと見つめていた。

「与太！　手前はまア、よくもしゃアしゃアとそんなことが言えるなア。そりゃアお前に言われるまでもなく、俺もとッくの昔から考えているんだ。貰いてえなら貰ってもやろう。だが、全体俺は江戸の生れで、お前のおッ母の所へ入婿になって、こうしてこの松井田の宿に足を留め、どうせこの土地に骨を埋める覚悟だが、この家は今でこそ木賃同様な詰らないことをしているが、元は相当に売った店だ。手前に嫁を貰うにしても、相当の家柄から貰える身分だ。だが、この宿はいうまでも無えこと、近在の村にも、お前の嫁にしようという娘はまだ見当らねえじゃねえか」

「親父、ところがそういう娘がつい手近にあるんだよ」

「なに、手近にある……」

「ああ、言おうか。ソラあの奥の座敷に、永らく病人といっしょに逗留しているあの江戸者の娘よ。あれを、俺の嬶に貰っておくれよ」「初めやがった。馬鹿ッ！　いけねえよ」

「なぜ、いけねえんだ」

「今も云ったばかりじゃねえか。この上州屋は今でこそ落ぶれてはいるが、元は相当に売った家だ。あんな乞食同様な、巡礼娘なんぞ嬶に貰えるかッ」

「だッて本人の俺は、あの女ッ子が気に入ってるんだ。たとえあの娘が乞食の子でも、俺が気に入っていりゃア、お互えに仲良く肥桶の尻でも磨き合って暮したなら、ちったアお前にも孝行ができると云うものじゃアねえか」

「生意気云うな。孝行なんざどうでもいい。あてがっていい時分にゃ、黙っていても俺の方からあてがってやる。脛ッ齧りのくせに生意気をいうな」

「脛ッかじりだって、生意気だって、これでも朝は早くから野良へ出て、帰って来りゃア、お客の世話もすりゃ、風呂の水も汲まア。俺の頼み聞いて、あの女ッ子を貰ってくれなけりゃア、俺アもう、何にもしねえで寝ているからいい」

「勝手にしろ、ふざけやがって。間抜け奴」

　言い争っている所へ、忙しい時に手伝いに来ている近所の百姓婆さんが、客座敷の戸締りをすまして、帰り支度で出て来た。

「おお、お直婆さん！　御苦労だったね。なアに、相変らず詰らねえことで親子喧嘩をしていたところだ。心配しなくともいいんだよ。時に婆さん、二三日尋ねてもやらねえが、あの奥の病人はどういう工合だね」

「うん、それだよ。先刻えらアく悪いようだったが、今し方とうとう、おッ死んだようだ」「なに、おッ死んだア？　こりゃいけねえ」

「かわいそうに！　あの女ッ子は連れの男に死なれて、これから先きの道中をどうすべえッて泣えてるだよ」

「ソレ見ろ与太、アノ男は亭主でもなく、兄弟でもねえようだが、死んでしまったら後は女ひとり。二十日の余も留っている旅籠賃や薬礼も、あの容子じゃ取れるか取れぬか判りゃしねえ」

「それじゃ俺ア、これで帰らして貰うべえよ」と雇い婆さんは帰って行く。

「さて、困ったなア。死んだとなると打捨っても置けめえ。ちょッと見に行って来るかな」主人の与平次が奥へ立って行くと、与太郎もその後へついて来た。

「かええそうに！　何の仲でも、俺も悔みの一言ぐれえ言ってやるべえ」

「野郎ッ、何かというとあの座敷へ行きたがる。勝手にしろ。ああ姐さん、ご免下せえ」

「はい、どうぞ此方へ」

　奥の間では、死者の枕許で泣いていた娘が赤くなった眼を上げて二人を迎え入れた。

「ああ、どうぞそのまま。そのまま。さて姐さん、いま雇い婆さんから聞きましたが、どうも誠に御丹精甲斐もなくて、飛んだことになりました。さぞお力落しでございましょう。御愁傷さまで……はい」

「はい、ありがとうございます。どういう御縁か知りませぬが、此方様へ御厄介になりましたその晩から患いついて、とうとう、こんなことになりました。いろいろ御手数をかけましたが、これまでの因縁でございましょう。私も旅の空のひとり身で、この先どうしたものかと、途方に暮れるのでございます」娘は身なりに似合わぬ上品さ、三ツ指をついてお辞儀をしながら、首を垂れている。与平次はその細そりした頸を見おろして、

「ご尤も。お年若のことではあり、さぞお力落しでございましょう。所でこの仏のことでげすが、このまま焼いて江戸へお送りになりますか？　それともこの近郊に、お知合いでもありますするか？　またはこの近所へでも葬りますか、どうしたものでございましょう」

「実はそれでございます。江戸と申しましても、もう家を畳んで出てまいりましたような仕末。それに親類と云えば、遠い所にたった一軒、それも改めて尋ねなければ分りません位のことでございます」

「ふうむ、それでは如何でげしょう。この裏に卵塔場が見えましょう。あそこは国分寺と申して、あそこの和尚さんは俺もごく心易うしておりますから、あそこへ頼んで葬って貰おうではございませんか」

「そう願えますれば、私も安心でございます。不思議な御縁で、飛んだ御厄介になりまする」

「何んの、これも因縁でげしょう。仕方がありません……コレ与太郎、何をぼんやり突立っているんだ。御挨拶をしねえか？」言われて、今まで瞬きもしずに娘の美しい姿に見惚れていた与太郎、いきなりそこに這いつくばって、ぴょこぴょこ頭を下げた。

「いやどうも、えれえことになって、まことにどうもえれえことで、ハア、えれえことに……」

「何んだそりゃア、何から何までえれええれえと、まるで死んだのを褒めてるようじゃねえか。そんな間抜けなことをいっていねえで、早く国分寺へ行って都合を聞いて来ねえ」

「ああ、俺ア行って来るよ。何ねえ、姐さん、俺ア何もかも引きうけただから心配することアねえ。でえ丈夫、俺が引受けた。心配ぶッて、お前さん軀でも悪くしねえでくんろよ。お前が煩れえでもすると、俺ア悲しいだ。銭がなけりゃア、俺が呉れてやるからのう」

「馬鹿野郎、何を失礼なことを言うのだ。サッさと行って来い」追い立てられて与太郎は、自分の真心を見せるのはこの時とばかり、サッそく裏の国分寺に駆けつけ、墓穴も自分で掘り、早桶も自分で買いこんで来て、翌日は滞りなく旅人の葬いを出した。

泣かぬ娘

さてその翌晩、主人の与平次は改まッた様子で、娘の座敷を訪れた。

「この度はいろいろと御厄介をかけまして……」

「いえ、どうも行き届きませんで――あなた様も、さぞさぞお淋しゅうございましょう。さて――」と、主人は流石に言い難いと見え、外方を向きながら切り出した。「ほかのことでもございませんが、こんな木賃同様なものでも、旅籠でござえます。いつまでもこの座敷を塞げられていては、まことに困りますので。それに、今までの旅籠賃のことですが、聞いてみりゃ、お前さんも身寄たよりのない人だと云うし、親類はあっても遠いというから、そこまで一緒に行って貰いに行くわけにはならねえし、だと云って、お前さんの着ている物を剝がしたところで鐚一文にもなりそうにねえ。本来なら、お前さんの顔に鍋炭を塗って宿送りにするのが法なのだが、それも可哀そうだ。そこは、こんなものを泊めたのが因縁と諦めて、今までの宿料薬代はかんべんしてあげるから、その代りたった今、この家を発って貰えてえ」

所定めぬ旅先で、頼りに思う同伴者に死なれた貧しげな娘にとって、これは何よりも辛い悲しい宣告であるに違いない。娘はよよと泣き崩れるだろう——と思われた。

いつの間にか、そこに来て立っていた伜の与太郎が、この時、父の言葉に反抗するように口を挿んだ。

「父やん！　そりゃア可哀そうじゃねえか。それに俺あこの娘さんに……」

「馬鹿ッ！　又出しゃばりやがって——手前の出る幕じゃやアねえ。引ッ込んでろ。姐さん、どうかそういうわけで直ぐにお発ちになって……」と、娘は意外にもきッと顔を上げて、

「御尤も様です。私も、こんなに長く御厄介になる積りではなかったのですが、何を云うにも、泊った夜からあの患い。少しでもよくなったら発とう発とうと思っております内に、こういう事になってしまいました。お座敷をふさげて何とも申訳がありませぬ。せめて仏を出して、初七日にもなったらとこう思っておりましたが、此方さまの御都合を伺ってみればそうもなりませぬ。それでは直ぐに、ただ今から発つことにいたしましょう。しかし只今までの旅籠賃、薬代ぐらいの金子は持合せておりますつもり——お払いいたしますから、如何程になりますか、御遠慮なく仰有って下さいませ」

「そんな痩我慢を云ったところで、どうにもなるまい。それはいいから発って下さい」

「いいえ、そうはなりませぬ。さア、これで宜いだけお取り下さい」と、きっぱり言う。そこは江戸生れの気性、見くびられたのが癪にさわったと見え、娘は懐中に手を入れると、いきなりずるずるッ

と引出した浅黄縮緬の胴巻、蛙を呑んだ蛇のように胴ぶくれのしたのを片端つかんで振うようにすると、ざらざらッと畳の上に積上げられたのは山吹色の小判。目分量で数えても、二百両は下らぬ大金。

「あッ！」驚く亭主の与平次を尻目にかけて、「さアどうぞ、これで宜しいだけお取り下さいませ！」

「うーむ。いえ、どうも……こんなにいりません。なに、こんな詰らない旅籠でござんすから、この中の一枚だけ頂けば、薬礼その他をまぜても釣銭が出ます。ヘイヘイ、ただ今受取と釣銭をもって参ります」

「いえ、お釣銭はいりませぬ。余りましたら、それは御宅の若旦那にさし上げて下さい。いろいろ御世話になりましたから」聞いた伜の与太郎が、急に反りかえっていばり出した。

「ソレ見ねえ。だから、俺が言わねえことじゃねえ。父は眼がねえから駄目だア」

「ヤイ黙っていろ。へい、唯今お受取を差上げます」

「いえ、それもいりませぬ。では直ぐに、駕を一挺そう云って下さい」

「へい、お発ちになりますか」

「たッた今発ちます」

「そいつは困ります。わたくしがツイ老いぼれまして、ひどいことを申しましたが、それは何卒御勘弁を願って、どうかそれでは、せめて初七日が済みまするまで、御逗留を願います。きのう仏を出したばかりで、四十九日は家の棟を去らぬという譬えも厶います。その代り初七日には心ばかりのお手向けもいたしましょう。そしてお発ちの時は、途中までお送りいたしますれば」

　黄金の色を見て、がらりと変った亭主の態度を、憐れむように、娘はそれでも素直に折れて出た。

「では、お言葉に従って、初七日まで御厄介になりましょう」

虫づくしの附文

さて、アト一週間の逗留と云うことになると、あわて出したのは上州屋の伜与太郎。この一週間の内に何とかしなければ、娘は永久に自分の手から去ってしまう。どうしたものかと考えあぐんだ末、日頃懇意にしている馬方の作蔵という者に相談した。その作蔵の知慧で、何はともあれ、附文をして見ようということになった。その附文の文案は作蔵の口伝で、虫尽しという珍妙きわまるものである。

覚え一つ

虫尽しにて書きしるしまいらせそうろう。玉虫のお前さまを見るより、いなごばったではねえけれど、飛蛙(とびがえる)ほどに思いまいらせそうろう、簑虫(みのむし)を着草鞋虫(わらじむし)をはき、かまぎッちょを腰にさし野良へ出ても、お前の姿が赤とんぼのように目の先へちらちらして忘れる縞蛇(しまへび)もござなくそうろう。お前と一緒に暮らすなら、血を吸う蛭(ひる)の股ッたぶら、取附(とりつ)いたら放(はな)れまじくそうろう。親父がガチャガチャ虫のやかましく、好いたで虫と思い召さらば、酒のむ時は尺取虫、肴(さかな)を箸ではさみ虫なら、オイシイツクツクと喰(くら)い申しそうろう。虻蚊蠅、屁ッぴり虫にとりつかれたが因果だと、晩げえ俺(おら)を松虫なら、お前の寝床まで藪蚊のように飛んで参り、すぐさま、思いのおッ晴(ぱら)したく思いまいらせそうろう。青大将の長々しく、蟻々かしく。

この妙ちきりんなラヴレターを、与太郎は多大の期待をもって、娘の袂(たもと)にそッと抛(ほう)りこんで置いた。

そして、今日か明日かと色よい返事を待ったが、一向に反応が見えない。

そこでいよいよ最期の手段――面(つら)の皮を千枚張にしたような心持で、或(あ)る夜直接談判に出かけた。

「へえ、ええ、ちょッくら」

「何ですの？」

「あのオ、ちょッくら」

「何か御用なの？」

「ウン、この間俺ア、お前の袂に、差紙をして置いただが……」

「ああ。あの何だか虫の名ばかりならべた……」

「そうだ。あれハア、お前読んでくれたけ？」

「何のことだか解らないから、捨てちまったわ」

「そいつはひでえや。それじゃ仕方がねえ。じかに話を打つが、実はハア、俺アおめえに、うふふ、きまりが悪いな」「どうしたのさ」

「俺、おめえに惚れてるだ」

「まア、いやねえ。そんな詰んない冗談を云うものじゃないわ」

「冗談じゃ無え、ふんとだ。親父ももう長えこたアねえ。親父が死ねばこの家ア、俺のものになるだから、俺がような者にでも、嬶になって貰えてえのだがどうだね」

「ほほほほ冗談じゃないわよ。そんな失礼なことを言うと承知しませんよ、馬鹿馬鹿しい」

「冗談じゃない、俺アふんとに言ってるだ。よう、俺がの嬶アになってくんろ。お願えだからよウ」

「馬鹿ねえ、あんたは――いやですよ」

「なに、いやだッ？　どうしてもいやだというなら、よし、俺がにも覚悟があるだ。お前がこの宿を発つ時に、途中に待伏せして、鉄砲を打ッ放してやるからそう思え」与太郎の態度がガラリと変った。

　娘はその剣幕に驚いた。というは、普通の知慧をもっている者ならばいいが、相手が馬鹿だから、何を仕出来すか知れたものではない。娘は実は、江戸のさる侍の娘で、父親を討取られた仇敵を探しに、若党ひとりを供につれて旅に出た大事の軀である。こんな馬鹿者に、もしものことでもされたら

本望をとげることもできない。娘は考え直して、

「それじゃ、初七日の晩まで待って頂戴ね。初七日さえ済めば、仏に対しても差支えないから、その晩にここへ忍んで来て頂戴！」

恋と慾から

その初七日がやって来た。

宿の主人は、茶飯に滑汁などを作って、仏の為めに追善供養をする。丁度その日、泊り合せた旅僧に頼んでお経をあげて貰う。そうして、いよいよ明日は出発と定めて、娘は寝に着く。

――寝間着に着更えた娘は、丁度、その隣室に泊ることになった旅僧に向って、

「御坊様、ただ今は御回向をありがとうございました。就きましてはわたくし、今晩もう一つお頼みがございますですが……」

「何か、わしに出来るようなことですかい」

「ええ。今晩夜中に、ひょッとするとわたくし、あなた様のお部屋に参りたいのでございますが……」

「ほほう。年若いあなたが、夜中に私の部屋へ……わしは坊主だがな」

「いえ。実は今晩、当家の伜が私の部屋へ忍んで参るかも知れませぬので。――そうしたら、あなた様のお部屋へ逃げこみたいと存じますのです」

「なるほど。女ひとりと侮って、無体の恋慕じゃな。よろしい！　そういう奴なら、手籠にも仕兼ねまい。そんな時は声を立てなされ。拙僧が行って、この如意で懲らして、しかと意見をしてやりましょうわい」

「どうぞお願いいたします」

旅寝の夢は結びがたい。深切な僧と泊り合せて安心はしたものの、旅の娘お竹は、はや初七日の亡き家来の事、越し方行末のことが気にかかってなかなか寝つかれない。夜はしだいに更けて行く。ふと小用を催したので、娘は便所に立った。そして手洗鉢の所から五月雨に曇った戸外の闇を見るともなく透して見ると、地つづきの荒れた空地の先きに、黒々と横わる卵塔場が見える。

　その手前の薄の茂みの所に、頬冠りをした人影が立って、頻りにお竹の方を向いて手招きをしている。

「おや、誰だろう？　弟の宗五郎が、仇敵の在所が知れて迎えに来たのかしら？　いやいや弟ならば、私が此宿にいることを知るよしがない。はてまア――」思っているうちに、お竹は何かの力で手繰り寄せられでもするように、ふらふらと庭に下りた。そして夢遊病者のように、怪しい人影の方へと歩いて行く。

　闇の中の人影は、お竹が近づくにつれて一歩一歩後じさりつつ、卵塔場の間を風のように音もなく飛んで行く。

　そうして墓地の中まで来ると、ふッと掻き消すように姿を消した。

「おやッ！」気がついてみると、お竹は一週間前、若党三平の死骸を葬った新らしい土饅頭のそばまで来て倒れていた。

「ああ、今のは奴三平であったか。死んでも、あたしの身を守っていてくれるのだ……」

　お竹は思わず念仏を唱えて、三平の新墓の前にひれ伏し、いつまでもいつまでも動かずに泣いていた。

　こちらは上州屋の伜与太郎。いよいよ今宵は本望が遂げられると、勇みに勇んでお竹の部屋に忍込んでみると、お竹はいないで寝床はもぬけの殻。しかし手を入れてみると、寝床の中はぬくぬくと温かい。

「おお。女(あま)ッ子は小便にでも行ったと見えるな。よしよし、こん中へ入って隠れていてやろう。女(あま)ッ子が帰って来て驚くべえ」夜具の移り香に胸を高鳴らせつつ、お竹の床の中に入って待っていると、やがて廊下にミシミシと音がして、障子を開けて入って来た人の気配。

「ヤレ嬉しや、女子(あまこ)が帰って来たぞ」

思う間もなく、ふッと行灯(あんどん)の灯を吹き消して件(くだん)の人影は、いきなり与太郎の寝ている上に馬乗りになり、用意の出刃庖丁をふり上げて、柄(つか)も通れと突刺した。

「ぎゃアッ！」

と、呻(うめ)く与太郎。どたばたッとさわぐ足音に、隣室の旅僧があわてて飛びこむところを、又もや曲者(くせもの)の出刃庖丁がきらり！　しかし旅僧は、かっちりそれを受留めて、鉄如意で打ち据えてみると、それはお竹の路銀に目がくらんで、暗討(やみうち)にしようとした上州屋の亭主与平次であった。

天罰てき面因果応報、皿山奇談、奴三平幽魂誠忠録の一節。

乱刃ふたり蔵人

霜の朝

その一

南国薩摩ノ国にも、霜月となれば厳しい冬が訪れる。遠い国境の山脈には白々と雪が積り、朝な朝な里郷の小川には薄氷が凍て、餌を漁る孤雁の姿も見るからに寒げである。

島津家久の城館を北に望む、鹿児島の中小路のはずれに、土岐蔵人の古びた屋敷があった。——天正十二年十一月はじめの或朝、まだ夜明け前で、地上には針を植えたような霜柱が、薄明のなかに鋭く光っている頃。……土岐家の裏戸がひそかに明いて、切下げ髪にした一人の婦人が忍びやかに庭へ出て来た。

「ひどい霜柱じゃ、今日も晴れよう」

婦人はそっと呟きながら、庭の裏木戸を明けて屋敷の背戸にある杉の森へ入って行く、履物の下に砕ける霜柱の快い音を聞きつつ、森の中に祠ってある八幡神社の小さな祠堂の前まで来た。——と、

「おや？」と云って婦人は歩みを停めた。

祠堂の階段に額づいて、熱心に祈願を籠めている者がある。年は十六あまりか、柔かいふっくらとした体つきで、匂うような眉の美しい武家の娘、

「まあ山内の小雪さま」

婦人は驚きの声をあげて近寄った。

娘は隣邸に棲む御旗奉行、山内弾正の息女で小雪と云う、土岐家の若い主人蔵人とは許婚の間柄である。——背後へ人の気配がしたので、小雪はぎくりとして振返った。

「まあ、小母さま」

「こんなに早くからどうなさいました、何を御祈願なさいます」

「はい、あの……」

さっと頰を染める顔を見て、

「小雪さま、貴女はわたくしのする事を御存じだったのですね」

「——小母さま」

小雪は思切ったように云った。

「小雪に代って祈願をさせて下さりませ、でないと小母さまのお体が続きませぬ、これからはわたくしが代って致します」

「有難う、よく云って下さいました」

娘らしい労わりの心に思わずほろりとしたが、然し静かに頭を振って、

「けれど其はいけませぬ、だいいち夜明け前の霜風に当って、若し体でも悪くなすってはお家へ対して申訳ありませんし、——そうでなくとも世間を憚る祈願、こんな事から人に知れでもしたら土岐家の恥になりまする。どうか貴女は何も知らぬ心算でいて下さりませ」

「でも、わたくし是非……」

「いけませぬ、是ばかりは何と仰有っても、お断り申します。さあ、お家の人に気付かれぬうち、早くお帰り遊ばせ」

強く云われて小雪は、うらめし気に面を伏せたが、婦人の気持が折れそうにもないのを知ると、やがて悲しげに会釈をして、静かに自家の方へと去って行った。

婦人はその後姿が隣屋敷の中へ隠れるまで見送っていたが、小雪の姿が全く見えなくなると、——おもむろに社の階段へ額づいて、今まで小雪のしていたように、熱心に何事かを祈りはじめた。

小雪と云い、この婦人と云い、まだ夜も明けぬ暁暗の霜を踏んで何を斯くまで祈願するのであろうか？——この婦人は土岐家の夫人でお弓と云う。七年前に死去した土岐十郎兵衛の後妻で、良人亡きあと、十郎兵衛の遺児で継しい仲に当る一子蔵人を、女の手ひとつに守育てている、藩中でも貞淑の評判高き女丈夫であった。

身動きもせずに、階段へ手を突きひれ伏して祈願を籠める夫人の肩のあたりに、いつかほのぼのと朝の光が動きはじめた。

その二

爽冷な朝の光が、いっぱいに輝いている土岐家の庭前で烈しい矢声が聞える。

色白で骨組の細い体に短袴を着け、木剣を構えて継母に対き合って居るのは今年十八になる蔵人であった。継母のお弓は稽古用の薙刀、裾をからげ襷をかけた甲斐甲斐しい姿で——昵と蔵人の構えに眼をつけていたが、

「——えい！」叫ぶと、大きく右上段から打込んだ。蔵人は受けずに跳退って継母の薙刀が流れるはなを、猛然と下から払上げた。

手」

「参りました。お見事――」と声をかけた。

「今の気合は是までにない鋭さでした。めきめき腕があがって来るようですね。――さあ、もうひと手」

「やあっ！」ぱちリッ、と鋭い音がして、お弓は思わず薙刀を取落しながら、

「参りました。お見事――」と声をかけた。


そう云ってお弓が薙刀を拾いあげると、蔵人は気乗りのしない様子で云った。

「今朝はもう是迄にして下さい」

「そんな事を云わずに」

「厭です、私は毎も申す通り武芸は嫌いなのです。継母上が余り熱心に仰有るから、仕方なしに木刀を持ちますが、生来嫌いなものが上達する筈はございません」

「これ、何を云います蔵人」

「今だって、継母上は私の気を引立てようとなすって態と薙刀を落したんです。そのくらいの事は分ります」

そう云うと、呆れている継母を尻眼に、蔵人はさっさと座敷へあがって了った。

こんな事は今朝が初めてではない。亡き十郎兵衛は島津家屈指の勇士であったが、蔵人は幼い頃から温順柔弱の質で、木剣を取るより書物を見る方が好きと云う風だった。十郎兵衛は其が唯一つの心残りであったか、死ぬ間際にもお弓を呼んで、

「蔵人を立派な武士に育て上げよ、それまで儂は死んでも成仏せずにいるぞ」と遺言した程であった。

それから七年この方、お弓はどうかして蔵人を遖れ勇士に育てあげようと、日夜苦心し続けて来た。蔵人も遉に十郎兵衛の子だけあって、気が向いて木剣を持ちさえすれば、驚くほど鋭い腕を見せるのだが、なにしろ生れつき武芸が嫌いなので、なかなかお弓の云うことを肯かない。強く叱れば、

「継母だから」と僻むし、優しくすればするで、

「実の母なら隔てなく叱って呉れように」と思うのであった。

世に継しい仲ほど悲しいものはない。継母の心と子の気持は毎もちぐはぐなのだ。実の母になら頬を打たれても怨まぬ子が、継母の優しく訓す言葉に烈しい憎しみさえ覚える、――その朝とても同様、自分で見事に継母の薙刀を打落しながら、却って継母が御機嫌取りにした事だと僻んで了うのだ。

「真実の母上だったら」と、自分の部屋へ入った蔵人は、急いで外出の身仕度をしながら呟いた。

「厭だと云っても無理に稽古をさせずには置かないだろう、叱りつけても行らせるだろう。それを……どうせ継母だ。稽古をつけるのは世間態だけの事で、実は蔵人なんかどう育とうと構わないに相違ない」

蔵人は涙ぐみながら、支度を了えるとぷいと家を出て行った。

大手筋に屋敷のある友達、朝岡三之丞を訪ねようとして、二丁ばかり行くと、向うから相手の三之丞が足早にやって来るのと出会った。

「蔵人ではないか」

「うむ、いま貴公を訪ねようとして来たところだ。何処へ行く」

「己も其方を訪ねるところなのだ。おい！」

三之丞は肩をつきあげて、

「喜べ、愈よ時節到来だぞ」

「――どうしたのだ」

「大友の枝城、肥後国白松城へ、殿御出馬の総攻めが定った。我等若手組の手柄を立つべき時が来たのだ。吉報だろう？」

「うん、……うん――」

蔵人の額がさっと蒼白んだ。三之丞は胸いっぱいに脹れあがる野心を抑えかねているように、力拳を握りながら続けた。

「なにしろ白松城へは、大友義興が手兵三千を率いて乗込んで来ているんだ。城兵を加えると一万に近い軍勢、今までの吹けば飛ぶような戦さとは違うぞ、重役方もこの一戦こそ島津家の武運を賭するものと云っている」

「し、然し、それは、出陣は、いつの事なのだ、人数はどれ程行くのだ？」

「精しくは己も聞かなかったが、出陣はこの二三日内だろう。今日夕刻まではそれぞれ御達が出て明朝早く馬揃えがあると云う話だった」

聞いている内に、蔵人は自分の膝頭がガクガクと慄えて来るのを感じた。

——怖れていた時がきた。

蔵人は半ば夢中で三之丞に別れ、何処をどう歩いたか知らぬ間に大浜の汀へ出ていた。頭の中はまるでその汀に打寄せて居る激浪のように、怖ろしさと絶望とが渦を巻いている。

——人の斬合う恐ろしい姿、閃めき飛ぶ剣槍、血潮……死の呻き。

「ああ、厭だ、厭だ、己は厭だ」

蔵人は全身冷汗にまみれながら、人眼につかぬ松林の中へ身を投出した。幼い頃から怖れに怖れていた戦い、——それが遂に我身の上にのしかかって来たのだ。

卑怯なる子

その一

蔵人が家へ帰ったのは日暮れ近い頃だった。——裏手からそっと忍んで、自分の部屋へ入ろうとす

ると、継母(はは)がみつけて、

「蔵人、何処へ行っていました」と呼びかけた。その顔をちらと見た丈(だけ)で、蔵人には既に御達がきているのを感じた。

「お城から御達状が来ています。仏間へおいでなさい」

「――は、はい」

蔵人は又しても身慄(みぶる)いに襲われながら、継母(はは)の後から仏間へ入って行った。――お弓は静かに仏壇の扉を明けて、礼拝しながら其処(そこ)へ正座すると、

「蔵人、――」と低い声で云った。

「此度(このたび)お上には、急に白松城総攻めの軍(いくさ)をお催し遊ばすとの事に就(つい)て、其方へも御達状が参りました」

「――そ、それで……?」

「それに依(よ)ると、残念ながら土岐家は――お留守役申附けるとの御意です」

蔵人は自分の耳を疑った。

「留守役――と?」

「後に残って城の守護をせよとの事です。然し其方は無論不服でしょう。母もお受けは出来ぬと考えます。――土岐の家は代々御旗本筆頭、島津家の戦と云えば、必ず土岐の旗を先陣にひるがえした程の家柄です。薩摩藩中、武勇随一の家と人からも云われて居ります。殊(こと)に此度は其方にとって初陣(ういじん)、ぜひとも御馬前を勤めねばなりますまい」

「けれど――継母上(ははうえ)」

蔵人は嗄(か)れた声で遮った、「一度御意が出たうえは、今更(いまさら)なんとも致方(いたしかた)はござりますまい」

「ですから直(すぐ)に歎願書(たんがんしょ)を差上げました」

「――え!? 歎願書を……」

「御先祖以来、戦場には必ず五百人頭を拝命するが習し、この度も枉げて御申附け下さるようにと、神文を添えてお係りまで申上げておきました」

留守役と知って、地獄から甦えったように、ほっと息をついた蔵人は、継母の意外な扱いを聞くと再び恐怖が盛返してきて、我にもなく声を荒げて云った。

「それは、私の承知もなく、余りに御勝手ななされ方ではございませぬか」

「何を云います蔵人」

「御上意で、留守役と決ったものを、押して歎願するなどと、もし――もし……お咎めでも受けたら何となさいますか」

「その申訳は継母が致します。例えどのようなお咎めがあろうとも其方の出陣さえ適ったら本望です。――明朝は早く馬揃えがあるとのことゆえ、どんなに遅くとも今夜の内にはお沙汰がある事でしょう。其方はすぐに出陣の支度をなさい」

蔵人は逃げるようにして、自分の部屋に這入ると、崩れるように坐って、

「折角留守役と決ったものを、何の必要があって継母は歎願書など出したのだ。――それも己に一応の話もせずにやるとは、――勝手だ、ひど過る」

蔵人は歯ぎしりをしながら呟いた。戦の怖ろしさよりも、今は継母を怨み、憎む気持が火のように強くなってきた。

「継母はこの蔵人を是非とも戦場へ出そうとするのだ。戦場へ出れば……武芸も満足に心得ぬ己の事だ、必ず殺されるに違いない、もし己が死ねば土岐家千五百石の家は……?」

そこまで考えた時、蔵人の頭に鋭く閃めいたものがある。

「おお菅谷の菊之助がいる」

菊之助とは、――お弓の実家を継いだ菅谷靫負の二男で、お弓の甥に当る蔵人と同い年齢の少年である。

「そうか」

蔵人は蒼白な顔に眼を光らせて呟いた。

「己が死んだら継母は菊之助を入れて土岐家の跡目に直す気なのだ。そうすれば千五百石は手を濡らさずして菅谷一族の物になる、――そうだ、継母の本心はそこだ!」

追詰められた野獣のように、蔵人の心は猛りたつのだった。

猛り立つ心に、継母の心をそう邪推すると蔵人の心はいよいよ出陣に対する怖れでかきむしられ始めた。

今度の戦いに出陣することの怖しさが一方ではまた、一度留守役と決ったものがそう易々と変更する筈はあるまいと云う空頼みをしていたのである、――然し、それは一刻ほど後にむざと打消された。

「――願いの趣殊勝に思召され、亡十郎兵衛同様、当白松攻めには旗本組五百人頭として、出陣するようとの上意!」

そう云うお沙汰が来たのである。

その二

お弓がお沙汰を伝えにきた時、蔵人は紙のように血気を失くした顔で、部屋のまん中に突立ったまま、

「厭です、私はお受け致しません」と叫んだ。お弓は仰天した。

「それはどう云う意味ですか蔵人」

「私は殺されに行くのは御免です。継母上は蔵人の死ぬのを願っているのでしょう。然し私は行きま

せん。私は留守役を仰付けられたのです。歎願書を差出したのは私ではありません。継母上が勝手に」

「蔵人、口が過ぎまするぞ」

お弓はきっと色をなして云った。

「殿の御馬前に討死するこそ武士の面目、殺されに行くとは何事です。そなたは留守役など仰付けられて便々と居残る所存だったのですか」

「それが上意なれば……」

「お黙りなさい。一応そう御意のあったは、まだ年若なればとの御配慮、それを黙ってお受けするような卑怯者とは、よも思召さるる筈がない。必ず出陣の歎願があろうと御意遊ばしての事です。――亡きお父上の御霊位に対してもそんな臆病な事は云えぬ筈。さあお起ちなさい。飽くまで否とお云いなら、継母はこの場で其方と刺違えて御先祖への申訳を致しまするぞ」

懐剣の柄へ手をかけて、膝をすり寄せる継母の態度は、今までに嘗てない殺気を見せていた。遉に蔵人もぎょっとして思わず体を辷らせたが、継母の態度が強くなればなる程、――自分を戦場に出して討死させ、甥の菊之助に千五百石の土岐家を継がせる腹なのだ――と云う疑いが濃くなるばかり、――蔵人は唇を顫わしながら叫んだ。

「刺すならお刺し下さい。戦場へ出たところで死ぬのは分りきった事です。――私が戦場で死ねば、継母上が菊之助を土岐家の跡目に直すのは好都合でしょう。然しそうはさせません。私は厭です。私は例え……」

「蔵人！　おまえ、その言葉は――」

お弓の顔から潮の退くように血の気が失せた。蔵人の言葉は正に青天の霹靂であった。お弓は初めて蔵人の気持を知ったのである。――蔵人を戦場へ出して殺し、その跡目を自分の甥に継がせる魂胆だろう……とは？　若し是が実の子であったら、ここまで卑しい邪推は有得よう筈がない、悲し、お互は生さぬ仲、そしてこうまで縺れた疑いは、最早どう云い解く術もないのだ。

「よく分りました」

やがてお弓は静かに云った。

「では、是以上なにも申しますまい。お上へは継母から宜しく申上げます。夜も更けたことゆえ、其方はお寝みなさい」

「――――」

刺違えるとまで云った継母の態度が、意外に容易く挫けたのを見て、蔵人は却って訝しく思いながらも、早々に座を立って寝間へと去って行った。寝苦しい一夜が明けた。二度も三度も悪夢に悩まされて、明け方にぐっすり眠った蔵人が、ようやく眼覚めたのは既に陽も高い頃であった。

「戦場へ出ずに済んだ」

蔵人は起上がるなり呟いた。

「馬揃えは明け六つ（午前六時）との事だから、今頃はもう皆出陣した時分、――もう心配はないぞ」

元気に着換えをして立った。庭へ下りて顔を洗いに井戸端へ行こう、としていると隣邸の方から、ばたばたと急しい跫音をさせて小雪が走って来た。

「蔵人さま、貴方は……」

と息を弾ませて呼びかけた。

「おお、小雪どの、お早うございます」

「そんな事より貴方は、御出陣なすったのではありませんの？」

ふっくりとした娘の頰が、烈しい驚きに赧く色づいている。蔵人は遉に眼を外らして呟くように答えた。

「拙者は、留守役です」

「そんな、そんな筈は有りません。一度お留守役に仰付けられたのを押返し出陣を願出たと云うことで、父も蔭ながら悦んでいましたし、――それに、今朝の馬揃えにはお出で遊ばしたのでしょう？」

「拙者がですか――否え」

「でも甲冑で馬に召し、御家来を伴れてお出掛けなされたではありませんの？」

「何か見違えたのでしょう」

小雪は大きく眼を瞠った。――今朝まだ暗いうちに、此家の門から慥に出て行った武者は確かに土岐家の紋を染抜いた旗差物、鹿の角の前立打った兜を被って、――長巻を小脇にしていた。

「あっ！」

小雪は低く叫声をあげた。小脇に搔込んだ長巻で凡てを思出したのだ。

「小母さまです。小母さまが」

「なにを……？」

「今朝ここから出ていらしったのは小母さまです。貴方の代りに、小母さまが御出陣なすったのです」

「そんな馬鹿な事がある筈はない、――母は拙者を戦場へ出して討死にさせ、この土岐の家を甥の菊之助に継がせようとしたくらいだ。その母が何でそんな事を」

「蔵人さま、貴方はそれを本気で――」と小雪は思わず詰寄った。

その三

「小雪どのは何も知らぬのです。一度お留守役と定ったのを、押して出陣するように歎願したのは母です。拙者が武芸も満足に知らぬのを幸い戦場へ出して」

「貴方は、――貴方は」

小雪は蔵人の言葉を遮って叫んだ。

「そんなにまで僻んでいたのですか、例え継しい仲にもせよ、それでは余りです。――蔵人さま、御覧に入れるものがありますから此方へお出で下さい」

小雪は蔵人の手を執らん許りにして庭を裏手へぬけると、杉林の中にある八幡神社の古びた社殿の前へ導いて、

「其処を御覧下さい」と階段の一部を指示した。訝しく思いながら蔵人が見ると、階段の中央に浅く凹みが出来ている。

「それを貴方は何だと思いますか、お分りになりませんでしょう。――その窪みこそ、何年となく其処へ額づいて、貴方が立派な武士になるよう、亡き小父さまに劣らぬ勇士になるようと御祈願を遊ばし続けた小母さまの手の跡ですよ！」

「継母の……手の、――跡？」

「石を穿つ雨滴の故事は聞いたばかり、けれど祈願を籠める人の手の跡が、何年となく繰返されて階段の板に穴を穿つ――こんな例が何処にあったでしょう、よく見て下さい。その跡には小母さまの真心があるのです。毎朝毎朝、夜の明けぬ暗いうちに来て、貴方のために祈った小母さまの真心があるのです」

「――う……む」

蔵人は低く呻いた。

「今日までは小母さまに固く口止めされていましたので、父母には勿論、貴方にも申上げずにいましたが、今こそ云います。是程の真心さえ貴方には分らなかった。それ許か戦場へ出るのが怖さに、あ

の神のように優しい小母さまに思うも卑しい疑をかけたのです。小母さまはきっと貴方に代って土岐家の名誉の為に討死をなさるでしょう。婢女のように居残って慄えている貴方は卑怯者です。大臆病者です。どんな卑しい者にも劣る未練者です。——蔵人さま、わたくし改めて申上げます。貴方とわたくしとの許婚の約束は唯今限りお断り申します」

　そう叫ぶと、小雪は袂で顔を蔽いながら、わっ、と咽び泣きつつ小走りに家の方へさっていった。

　蔵人は、まるで雷に撃たれでもしたように、小雪を呼戻す事さえ忘れて茫然とそこに立尽していたが、やがて崩れるように階段の上へうち伏すと、——古びた窪みを手でまさぐりながら狂ったように、

「継母上……継母上——」と暫し夢中で叫んでいた。間もなく蔵人は地を蹴ってたつと、脱兎のごとく母屋へ走りこんで行った。

　濛々と立昇る土埃、硝煙のなかに、白松城の大櫓が霞んで見えた。

　大手口ではいま凄惨な白兵戦が展開している。島津勢は優勢を保って、鉄砲を撃ちかけ、弓の雨を注ぎつつ、槍組の先鋒が無二無三に敵陣へ殺到していた。——乱軍の中に騎馬がとび交い、白刃が舞い、喚きと、悲鳴と、死の呻きが、宛らの地獄変を描き出している。

　午の刻さがり、大手口の一角が崩れた。わあっ！　とあがる鬨声と共に、島津家名代の旗本組が、怒濤の如く突入した。——その真先駆ける一騎、鹿の角の前立うった兜を被った五百人頭は、馬上に大長巻を執って、水車の如く振廻しながら、

「是は島津薩摩守の家臣にて、さる者ありと知られたる土岐蔵人基光なり、命惜まぬ武士は出会えや!!」と叫び叫び、馬を煽って乗入れる。島津の旗本で土岐といえば、九州全島知らぬ者なき豪勇の士である。

「それ土岐の荒神が来たぞ」と敵兵は雪崩のように退きかかる——と、その時であった。退き口の方

に当って、天に響けと許り大音に、

「ややあ、大友家中の武者共に物申さん、我こそ島津家にその人ありと知られたる土岐十郎兵衛の一子蔵人なり、我と思わん者は出会え!!」

と名乗る声が聞えて、兜は着けず、小具足に大槍を抱込んだ若武者が、阿修羅の如く突込んで来た。

いやどうも、大友勢の驚いたこと、いきなり土岐蔵人が二人出て来たのだ。

「おい冗談じゃない、何方が本物だい」

「何でも宜いから逃げろ、偽物でも土岐を名乗るくらいなら孰れ鬼のような強い奴に相違ない。兎に角逃げるが勝だ」

浮足立った敵兵は、算を乱して敗走した。この機を遁すなと追いこみ、追い込み大手口の馬出しまで殺到する島津勢、——蔵人は馬を煽って乗りつけると、

「継母上……ッ」

と絶叫した。その声に、長巻を持った騎馬武者が振返った。——鹿の角の前立打った兜の下に、なつかしい継母お弓の顔。

「おお其方は蔵人……」

「継母上!」

「やはり、来て呉れましたか」

「蔵人は生変りました。今は何も申上げませぬ。今日までの言葉に尽せぬお詫びには、只今これから一番槍一番首をして御覧に入れます」

「蔵人……母は」とお弓は涙にしめる声で云った。

「もう死んでも本望です」

「いけません、生きていて下さい。そして蔵人の一番槍を御検分下さい」

「適(あつぱ)れです、矢張(やは)り貴方は十郎兵衛殿の子でした。その勇気を忘れずに、いざ」

「——御免！」

一礼すると共に、蔵人は馬腹を蹴って、わきかえる乱軍の中へ、面もふらず乗入れていった。——蒙々と立昇る土埃の中に、悪鬼の如く斬(きり)こむ蔵人の姿を、昵と見送るお弓の眼には、今こそ喜悦と安堵とに輝く涙が溢れるのであった。

「是でわたしの務めは終った。蔵人は適れ勇士の名をあげるであろう、——地下に在(おわ)す我良人(つま)さま、今こそ御成仏遊ばしませ。蔵人はあんなに立派な武士(もののふ)になりました」

呟くお弓の頬を伝って、熱い熱い涙が條(すじ)をなして流れた。

戦は勝った。土岐蔵人は果して一番槍と兜首五級をあげて、白松城合戦随一の手柄をたてたのである。

それから凱陣して二年めに、小雪とめでたく婚姻の式をあげたことも書遺(かきのこ)してはなるまい。

化物五十人力

蚊とんぼ玄二郎

足軽仲間で「蚊とんぼ玄二郎」と云えば有名である。蚊とんぼのように小柄で痩っぽちで、蚊とんぼのように臆病者だと云う意味なのである。

飛騨国村岡藩、佐々木信濃守の国詰として、五両二人扶持で召抱えられたのが半年前。組頭石川岩右衛門だけは、

「彼奴どこかに見処がある」と云っていたが、誰一人としてそんな事を信用する者はなかった。

楯野玄二郎、年は二十一歳、ちょいと見ると十八九にしか思えない、色白で痩形で、毎も気の好い笑顔をしていて、声ときたらまるで小娘のように優しいのである。気風の荒い寛永時代のことだから、こんな様子では「蚊とんぼ」などと馬鹿にされるのも当然であった。

玄二郎が仕官をして間もなくの事であった。村岡城の搦手にある曾根山と云う処は、弓の箭に用いる淡竹の産地で、毎年秋になると是を伐出すのが足軽組の仕事のひとつになっていた。——その日は石川岩右衛門の組の当番で、玄二郎もその役に当っていたが、仕事もひと片附け済んで、自分の伐出した分を背に寄場へ戻ろうとする途中、杉丸谷という処へかかって来ると向うから、

「あれ、何をなさいます」

と云う女の悲鳴が聞えて来た。玄二郎は急いで声のする方へ走って行った。——すると切通しを曲ったところに、一人の巨きな男が娘を捉えて何か喚き立てていた。

「おや、お津弥さんだ」

捉えられているのは組頭石川岩右衛門の一人っ子でお津弥と云う、今年十八になる愛くるしい娘だった。玄二郎は驚いて、背負っていた竹の束を下すと、夢中に其方へ走つけて、

「此奴め、何と云う事をする」

と大声に叫んだ。それを聞いて両手を摑まれたまま娘が振返った、そして相手が玄二郎だと見ると、

「危い！　玄二郎さま」と悲しげに叫んだ、「この方に手出しをしてはいけません」

「そうだ、若造は引込んで居れ」

その巨きな男もせせら笑うように云った。

玄二郎はその男を見上げた、——いやどうも大変な奴である。背丈の高さ七尺に余り、筋骨隆々たる体は大巖が揺ぎだしたかと思うばかり、熊のように顔一面の髯で、その中から閻魔様のような大目玉がぎょろりと光っている。気の弱い者ならひと眼見た許で気絶しそうな格好だ。玄二郎が思わずぶるぶるッと身顫いするのを見ると、件の男は、

「さあお津弥坊、拙者と一緒に参るが宜い、今日から其方は陣守武兵衛の妻じゃ」

にたにた笑いながら引寄せようとする、お津弥は懸命に振放そうとしたが、恐ろしい大力に摑まれてびくとも動かない。

「わははは幾ら騒いでも無駄だ」

「どうぞ、どうぞお放しなされて……」

「べそを掻かずと温和しくしろ」

尚も引寄せようとするのを見て、玄二郎は我慢できず、いきなり、

「この狼藉者！」と喚きながら飛掛った。

「何だ何だ小僧――」

男はひょいと身を捻って、のめる玄二郎の衿髪を摑むと、まるで藁束でも持上げるように片手で吊し上げて了った。何と云う力であろう、迚も人間業とは思われぬ。

「わはははは、どうじゃ蚊とんぼ、是でも己様に手向いしようと云うのか、察するところこの悪武兵衛様を知らぬな貴様」

「ぐう！」咽が詰ったから玄二郎は変な声を出した。

「なんという声を出すんじゃ蚊とんぼならぶんと鳴け、それとも己様の脛の血でも吸うか、どうだ」

「――ぐう」

「情無い声だな貴様」

悪武兵衛と名乗る男は、吊下げたままぐいぐい揺ぶったが、

「然し村岡藩中、この悪武兵衛に楯突いたのは貴様が始めてだ、蚊とんぼのような体だが、その勇気だけは買ってやる、――その褒美じゃ、今日は勘弁するから失せろ」

そう云うと、悪武兵衛はひょいと玄二郎を抛出した。玄二郎は道の右側にある籔畳を越して、葱畑の中へどしーんと尻餅をついた。

力は五十人力

「いや驚きました」

「吃驚なさる筈ですわ――化物ですもの」

「え？　ば、化物――？」

玄二郎が正直に眼を瞠ると、お津弥は苦笑しながら、

「本当の化物では有りませんけれど、体と云い力と云い武芸と云い、まるで人間放れがしているでは有りませんか」

「ま、全くです！」

玄二郎は唾を呑みながら頷いた。――その日の夕方、玄二郎の小屋へお津弥が訪ねて来ての話しである。

「わたくし危いからお手出しなすってはいけませんと申上げたでしょう。――あれは陣守武兵衛と云って村岡藩ばかりか、近国にも隠れのない乱暴者なのです。体はあの通りだし力は五十人力有るんですって。おまけに槍術も剣術も達者ときているんですから、心掛さえ良ければそれこそ古今の英雄豪傑と肩を並べる勇士になれるでしょうに……何しろ御主君の仰せさえ肯かぬ持余し者で、城下の弱い者はどんなに泣かされたか分りません」

「誰か、やっつける者はいないのですか」

「とんでもない、些っと悪口を云っただけで足を踏折られたり、腕を挫かれたりした者が数え切れぬ程います、――悪武兵衛と聞けば誰でも道を除けて通るくらいですわ」

「ふうん、恐ろしい奴がいたものだ」玄二郎は呻った。

「それで困ったことがあるんです……」とお津弥は太息をついた。

「どうしたのです、何か……」

「その悪武兵衛の奴が、わたくしを嫁に呉れと云って、厳重な掛合をしているんですの」

「それでは昼間の騒ぎも――？」

「ええ、是から自家へ引張って行って、どうでも嫁にするのだと肯かないのです。折良く貴方がおいで下すったので、あの時はあれで済みましたが、これからどんな乱暴をしかけて来るかと思うと、わ

たくし本当に怖くて……」

急に顔色も蒼白めて、肩を竦めながら身を慄わせるお津弥の姿を見ると、玄二郎は奮然として叫んだ。

「大丈夫です、私が附いています」

「まあ、玄二郎さま」

「私が貴方を護って差上げます」

色の白い顔を赧くしながら力むのを見て、お津弥は誘われるように頰を染め、思わず縋り寄ろうとしたが、

「でも――駄目ですわ」とやるせ無げに呟いた、「御家中の腕達者な方達が何十人寄っても敵わないのですもの、若し手出しでもなされば殺されて了います」

「だ、大丈夫です、幾ら強くたって、彼奴だって人間です、人間と人間なら勝負はやってみなければ分りませんよ」

「否え、否え駄目ですわ。どうかわたくしの事は構わずに置いて下さいませ、若しも貴方の身にお怪我でもあったら、それこそお津弥は死ぬより辛うございますもの」

「なあに」玄二郎はきっと胸をはって、「私も男一匹です。そんなに御案じなさることはありません」

「でも、玄二郎さま！」と云うと、お津弥は何故か袂で面を蔽いながら、ばたばたと家の方へ走去って行った。

「う――」玄二郎は呻った、「宜し、己は強くなるぞ、そしてあの武兵衛の奴からお津弥様を護ってあげるのだ。何だあんな化物野郎」

肩を怒らせて力んだが、何しろ衿首を持って猫の仔のように吊しあげられた覚がある。それに殿様も持余していると云う程だから、玄二郎如きが些とやそっと力んでみたところで問題にならない。

「構うものか、思う一心岩をも徹すと云う事がある、やってやるぞ」と悲壮な決心をしたのであった。

その日悪武兵衛が「蚊とんぼ」と云った言葉は、そのまま玄二郎の綽名になって了った。仲間の足軽たちは、顔さえ見ると、

「おい蚊とんぼ、どうした」

「蚊とんぼ玄二郎、ぶーんと鳴いてみろ」

などと悪口を云う。始めは癪にも障ったし口惜しくもあったが、却ってそれが一層玄二郎の決心を固めさせた。

「宜し見ていろ、今に悪武兵衛をやっつけてあっと云わせてやるぞ」

そう思って機会の来るのを待っている。

或る日のこと、矢張り曾根山へ、矢竹を伐りに行った帰り道で、ばったり陣守武兵衛と行会った。武兵衛は、

「よう――蚊とんぼ、景気はどうだ」と寄って来た。

「は、は、是は陣守様……」

「蒼い面をするな、何も貴様を取って喰おうとは云わぬ、怖がらずに並んで歩け」

「は、はい、恐入ります」

捉われたお津弥

仇敵のように憎い奴だが、面と向うと体が慄えて来て、舌が硬張って、足が竦んで、眼がくらくらしそうになる。

「わははは何を慄えている馬鹿者!」

悪武兵衛は益す意地悪くなって、

「少し性のつくようにまた吊し上げて呉れようか」

「そ、それには及びません」

「遠慮をするな蚊とんぼ」

喚いて、ぐいと玄二郎の衿首へ手を伸ばしたが、どうしたことか途端に、

「け……！」と不思議な声をあげて、悪武兵衛は二三間向うに跳退いた。玄二郎は吻りして、

「ど、ど、どうなされました」

「か、か、か、か……」

武兵衛は吃りながら、「蛙だ、雨蛙が貴様の背中の竹にとっついている――」

振返ってみると、成る程淡竹の束に小さな雨蛙がぴょこんと留っていた。

「蛙がお嫌いでございますか」

「馬鹿野郎、何処の世界に蛙の好きな奴がいるか、早く取って捨てろ」

「は、はい」

玄二郎は急いで雨蛙を取捨てた。――いつかの日お津弥に向って「悪武兵衛だって人間だ」と云ったが、玄二郎は偶然なことから自分の云った事が本当だという事実を慥めたのである。鬼をも拉ぐ蛮勇武兵衛も、嫌いな物となれば一疋の雨蛙に色を失って了う、……矢張り彼とても人間だ。決して悪魔鬼神ではなかったのだ。

この出来事ですっかり勇気をつけられた玄二郎、それからと云うものは寝る間も惜んで剣術の修業を始めた。

「人間同士なら腕と腕だ、今にみろ」

と夢中で鍛錬する、「向うが五十人力で来れば此方は剣の秘術で行こう。強い木紙でも縦には裂ける。手のつけられぬ火でも水には消える、物には表裏、硬軟がある、敵の備えに隙をみつけるのが兵

法だ、やってみせるぞ」

　死物狂いであった。

　寛永十二年十一月七日のことである。玄二郎が朝の稽古を済ませて、飯にしようとしていた時、隣の石川岩右衛門の家で不意にどしんばたんと人の格闘する烈しい物音がして、

「きゃ――あ！」と云うお津弥の悲鳴が聞えた。

「あっ！　お津弥様が」と玄二郎は咄嗟に刀を提げてとび出すと、跣のまま隣へ駆込んで行った、――と、上り框のところに、岩右衛門が一刀浴びせられて倒れて居り、今しも悪武兵衛が、お津弥を小脇に抱えて出ようとするところだ。

「あ、お津弥様」

「玄二郎さま助けてッ」お津弥は絶叫した。

「父を斬ったうえ、わたくしまで手籠にしようとする無道、どうかお助け下さいませ」

「うぬ……!!」玄二郎はぎらり抜いた。

「どうする、蚊とんぼ」武兵衛は冷笑って、「貴様その痩腕で、武兵衛様にお手向いをする気か、つまらぬ腕立てをすると又いつかのようにぶんと鳴かして呉れるぞ、すっ込んで居れ」

「なにを、この化物！」

　懸命に叫んで斬込んだ。とたんに武兵衛が右足を引いて、大きく体をひらきながらびゅっと大剣を横に薙ぐ、恐るべき力だ、じいんと玄二郎の腕が痺れて、持った剣は十二三間も先へすっ飛んだ。まるで段が違う、玄二郎は呆れてぺたりと其処へ座って了った。

「ぷはははは何と云う態だ。蚊とんぼは蚊とんぼらしく、医者でも呼んで来て岩右衛門の傷の手当でもするが宜い、愚者め」

「な、なにをッ」と口では云ったが、立上る元気も出ないのである。お津弥は悲しげに、

「玄二郎さま、――」と叫んだ。然し、迚も玄二郎に助けて貰うことは出来ぬと思ったのであろう。

「お津弥は諦めました、貴方はどうかお父さまの介抱をして上げて下さい」

「お津弥様！」

玄二郎は無念の涙をはらはらとこぼしながら、そこへ俯向いた。

「やい蚊とんぼ、岩右衛門が生返ったらそう云え、お津弥は武兵衛が貰った、是から殿の御前へ出て結婚のお許しを願い、家の妻にするからとな、――忘れまいぞ」

「………」

「泣面をするな、馬鹿者め」

さも憎そうに罵ると、お津弥を小脇に抱えたまま大手を振って立去って行く、玄二郎はそれを見送るまでもなく、家の裏手から恐ろしそうに覗いている足軽仲間の方へ、

「医者を呼んで来て呉れ、早く頼む」

と呼びかけながら、倒れている岩右衛門を抱起した。

村岡城の大騒動

村岡城にひっくりかえるような騒ぎが持上っていた。領主佐々木信濃守が大庭で弓の稽古をしていると、血刀を持ち、お津弥をひっ抱えた悪武兵衛がやって来て、

「殿、拙者この娘を家の妻に欲いと存ずる、恐入るが御自身お仲人をして頂き度うござる」と申出た。主君の前へ押掛け願いをするさえあるに、血刀を提げて来るとは無礼もまた極まると云うべきであろう。日頃から我慢強い信濃守も是には嚇ッと怒った。

「無礼者――」と云うと、いきなり侍臣の捧げる佩刀を執って抜討に斬りつけた。然し武兵衛は体を躱して、

「何をなさる」と眼を剝いた、「此方が下手に出ればつけ上り、高が五万や五万五千石の小大名の癖に、殿様風を吹かすと容赦せぬぞ!!」

喚きたてる暴逆！　信濃守は切歯して、

「ええ吐いたり痴者、誰ぞある武兵衛を討取れ、此場を去らすな」

「はっ、——」と答えて両三人、抜きつれて斬りかかったが、力量武芸ともに抜群の武兵衛、忽ちそこへ斬って伏せた。信濃守は益す怒り、

「手ぬるし、弓矢鉄砲を以て撃取れ」と命じた。是には遉の武兵衛も驚いたか、お津弥を抱えたまま大股に走って行って、佐々木家の持仏堂の中へ入って了った。

「さあ、矢でも鉄砲でも持って来い、この持仏堂の宝物を、一つ一つ鉄砲玉で打壊したらさぞ気持が良いだろうて」と胸を叩いて嘲笑った。

武兵衛の云う通りである。その持仏堂は佐々木家の祖先から代々伝えられた名建築で、堂の中には重代の宝物が数多く納められてある。その中へ立籠られたのだから、弓や鉄砲を射てば必ず大切な宝物を傷けるに違いない、遉に悪武兵衛と云われるだけあって、咄嗟の気転も凡物でなかった。

「弓鉄砲ではならぬ、誰ぞ行って武兵衛を討つ者はないか、見事首を挙げた者には百石の加増を与えるぞ」

信濃守は声を張上げて叫んだ。——百石が二百石の加増でも生命あっての物種だ、頓には誰も出ようとしなかったが「拙者、仕ります」と云って、渡辺久之進、柚山忠吉の二人が進出た。渡辺は一刀流の使手、柚山は半田流の槍術で名がある、二人は主君に一礼すると、左右に別れて持仏堂へ迫って行った。

この時、——お庭の隅の方で、慄えながらこの様子を見ている男があった。我等の楯野玄二郎である。血の気を失った唇は寒さの中にでもいるようにぶるぶると慄え、紙のように生気を無くした顔が、

時々ぴくりぴくりと痙攣れる。

「どうかして、討ち度い、あの化物め」

医者を呼んで岩右衛門の手当を終えると、その足で城中へ駆けつけて来たのだ。ふだんなら足軽など近寄ることも出来ぬ大庭だが、なにしろ武兵衛討ちの騒ぎで沸きたっているから、誰も咎める者がない。

「あの二人に討てるかしら」と見ていると、——左右から迫って行った二人が、気合を計って持仏堂の中へ踏込む、だ！　だ！　と烈しい跫音がして、

「えい！　おっ!!」

「があ——ッ」

掛声と悲鳴が同時に起って、右側の縁先へ渡辺久之進が血まみれた姿でのめり出たと思うと、正面から左手を斬放された柚山忠吉が、まるで俵でも転げ出るように顛落した。

「あっ……」

人々は言葉も出ずに立竦んだ。するとまた一人、鞍重作馬と云う若手の武士が、

「御免！」

と云って進出た。次には本泉一角、続いて地塚顕太郎、——と、出ては行ったが、誰一人として生きて還る者はない。みんな一太刀合せたと思うと斬斃されて了うのだ。

「どうじゃ木偶共」

武兵衛はいつかお津弥を柱へ縛りつけ、血刀を提げて縁先へ仁王立ちになったまま、此方へ向いて悪口をとばした。

「何奴も此奴もヘラヘラ武者、一人としてこの武兵衛様のお手に合う奴はないじゃないか、斬るなら早くしないと、そろそろ拙者は退散するぞ、——どうだ信濃守」

「うぬ、斯くなる上は」

信濃守は堪らず、「余が直々に成敗してやる、そこ退け」と出ようとした。侍臣は仰天して、

「殿、お危うござる」

「お待ち下され、万一お怪我でもあってはなりません」

「お待ち下さい、お待ち下さい」と必死に押止めようとした時、

「――このお役、私が致しまする」と走つけた者がある。

誉れの蚊とんぼ

「誰だ」

信濃守が振返って見ると、足軽姿の見馴れぬ若者、然も貧弱なか細い体をしている――楯野玄二郎である。

「其方か、武兵衛を討つと云うのは」

「はい、慥に討取ります」

「今迄にも腕自慢の者が何人となく返討になっているぞ、見れば未だ年若な足軽、怪我でもすると危い退って居れ」

「お言葉ではございますが、身分は軽くとも殿に捧げる生命に変りはございませぬ、――些か所存もございまするゆえ枉げて」

と云う顔を昵と見た信濃守、

「そうか、では行け、骨は余が拾ってやるぞ」

「は、忝のう存じまする」

玄二郎は平伏したが、

「就いては少々支度がございまするゆえ、暫くのあいだ逃がさぬように取詰めて置いて下さいませ」

そう云うと、一散に来た方へ走った。

さあ人々は妙な顔をした。なにしろ日頃から「蚊とんぼ玄二郎」と卑めていた弱虫、現に武兵衛の為に猫の仔吊しにされてぐうの音も出なかった奴である、それが「武兵衛討ち」を名乗って出たから不思議だ。

「どうして討つ気だろう」

「なに忽ち首にされるさ」

みんな口々に噂をしていた。

支度をすると云って走去った玄二郎、何処へ行ったか却々帰って来ない、いつか四半刻の余も過ぎたから、

「彼奴め臆病風に誘われて逃げたな」

とざわざわし始めた。そこへようやくの事で戻って来た玄二郎、見ると厳重に襷鉢巻をして、袴の股立を取上げ、大剣を抜いて静かに御前へ会釈をする。

「では是から始めまする」

見世物の口上のような事を云って、すたすたと持仏堂の方へ進んで行った。顔色は依然として蒼いし、ぶるぶる胴顫いをしているが、身構えや足取はひどく大胆で自信あり気だった。皆は驚いて、

「彼奴め本当にやるぞ」と囁き合っている。

持仏堂の前へ進寄った玄二郎は、顫えながらもよく徹る声で叫んだ。

「陣守武兵衛、神妙にしろ」

「おやおや、貴様蚊とんぼじゃないか」

武兵衛はからからと笑った。「貴様ここへ何しに来たんだ、武兵衛様の足の垢でも舐めようと云う

のかい、それとも蚊とんぼらしく脛の血の一滴も吸わして呉れと云うのか」

「血は血だが――」と玄二郎が怒鳴り返した。「血は血だが一滴や二滴ではない。貴様の体にある限りを貰うのだ、出て来い」

「ぷははははは此奴は大笑だ。お臍の宿換えとは此事だぞ。やい蚊とんぼ、つまらぬ事を云わずにひっ込んでいろ、此処は貴様などの出る幕ではないぞ」

「卑怯者、玄二郎がそれほど怖いか」

「な、なに――!?」武兵衛め怒ったの怒らないの、いきなり大剣を執直して踏出そうとする、刹那！

玄二郎が一歩ひらいて、

「是でも来るか」と左手を前へ突出した。そのとたんに意外な事が起った。是でも来るかと突出した玄二郎の左の手をひと眼見るなり、武兵衛はさっと顔色を変えた。

「け、け、け……」

と妙な叫声をあげながら、たじたじと後へよろめいた。と見るや、玄二郎は大きく一歩踏出しざま、

「えい――ッ」と一刀、脾腹へ斬込んだ。

「あっ、うぬッ」

遉に蛮勇武兵衛、斬られながら横から、凄じく逆襲して来る恐ろしい力、戛！　剣が鳴って玄二郎は右へ、ばっとはね飛ばされた。

「この小伜め!!」

得たりと附入る武兵衛の鼻先へ、玄二郎は再びぐいと左手を差出して、

「こいつを喰わそうか?」と叫んだ。とたんに武兵衛が、

「あっ、け、け、けけけけ」

再び怪しく悲鳴をあげながらよろめく、隙だ、玄二郎は蝗のように跳躍するや、全身の重みを一剣に托して、武兵衛の体へ必死の突きを入れた、充分に入る。

「ぐわっ、う――む」

武兵衛は野獣のように咆えると、大地を響かせながら朽木のように倒れた。

「やった、蚊とんぼがやった」

「武兵衛を討った」

「蚊とんぼが悪武兵衛を討取った」

「わあ――わっ」

と村岡城を震撼させて、玄二郎を褒める歓呼の声が怒濤のように湧上った。


一刻の後である、――信濃守の御前へ、お津弥と共に召出された玄二郎は、数々の下され物の外に、今日より士分に取立て、お馬廻り二百石に扶持すると云う仰せを受けた。

「然し、不審な事がある」信濃守は改めて云った、「あれ程豪勇の武兵衛が、其方の左手を見ると急に脅え、何やら悲鳴をあげていたが、あれは何の禁呪じゃ」

「は、こ、是でございます」

玄二郎はそう云って、今まで握っていた左の手をひらいて見せた。意外、そこにはぴょこんと一疋の雨蛙が載っている。

「雨蛙、これがどうして――？」

「はい、――」玄二郎は苦笑しながら答えた、「私は武兵衛に辱められて以来、どうかして恨を晴してやろうと考えました、それには正面から向ってもあの強さに敵う筈がありませんから色々と思案しました、それはどんな強い者にも弱い反面があります。大黒柱を刃物で切るのは大変ですが、白蟻は一本の針も持たずにがらん洞にする。……化物のような武兵衛にも、人間なら必ず弱点があるに違いない、そう思ったのです、すると或る日、偶然なことから武兵衛が雨蛙を見て真蒼（まっさお）になるのをみつけました。例えば蛇の嫌いな人が蛇を見ると身が竦（すく）んで動けなくなる、丁度（ちょうど）それと同じように、武兵衛は雨蛙を見ると足が竦むのです。——私はさっきお庭でそれを思出（おもいだ）し、是なら必ず討てると思ったのでございます」

「そうか、では支度に戻ると云ったのは」

「はい、雨蛙を取りに行ったのです」

いや笑った笑った、い並ぶ連中は「雨蛙」という珍妙な策戦（さくせん）に、さっきまでの怖ろしさを吹飛（ふきと）ばすように笑った。

「適（あっぱ）れ適れ」

信濃守は膝を打って云った、「其方の計略こそ兵法の極意、よくぞ致した——これで佐々木家の面目も万歳じゃ」

それに和するように、一座の人々はどっと賞讃の声をあげるのであった。「蚊とんぼ」は見事に名誉を恢復（かいふく）した。——お津弥は、顔いっぱい悦（よろこ）びの色ではちきれ相（そう）に微笑しながら、いつまでも玄二郎の眼を覓（みつ）めていた。

颱風（たいふう）・静馬の唄

慶びの家

その一

「旦那さま、――大変でございます」

庭先で老僕左内のけたたましい声がした。居間で正月の床飾りに使う軸物を選んでいた瀬尾新兵衛は、眉をひそめながら立って、

「騒がしいぞ、――」と障子を明（あ）けた。

沓脱石（くつぬぎいし）のところに、隣郷の知己へ歳暮の礼物を届けに行った左内が、まだ支度（したく）も更（か）えぬ姿のまま息を弾ませながら立っている。

「帰着の挨拶もせずに、何事じゃ」

「お叱りは承知のうえにございます、一刻も早くお知らせ申上（もうしあ）げ度（た）いため、宙を飛んで参りました、――旦那さま、し、静馬さまが生きておいで遊ばしましたぞ」

「——静馬？　……静馬——？」

直ぐにはそうとも気附かぬ様子に、

「ええお分り遊ばしませぬか、十三年以前、お行衛の知れなくなった若さま」

「おお静馬！」さっと顔色を変える新兵衛、

「左内、それは——真か」と縁先へ乗出した。

瀬尾新兵衛は信濃松本藩で食禄六百石物頭を勤めていた。今から十三年以前、当時十歳になった許りの一子静馬が、同家中の少年十数名と共に春雪を冒して白馬岳へ健脚行に出掛けて行った。——尚武の気風の旺んな松本藩でも、そんな幼少年の雪中登山は初めてである。殊にまだ十歳にしかならぬ静馬は、危ぶまれて何度も思止まれと注意されたのだが、利かぬ気の性質で無理に参加して了ったのだ。

「——静馬は瀬尾の一人息子だ。間違いのないように皆でよく注意するのだぞ」

と一同は呉々も云い含められて出発した。然しその心配は事実になったのである。——降り頻る雪のなかを強行して、白馬岳の頂上を極めた一行は、下山の途中、猿倉沢にかかる処で大雪崩に遭った、一行の先達は太田良助という十六歳の少年だったが、ごーと、云う地鳴りを聞いて、

「——何だろう」と振返ると、白馬の中腹にある断崖の上へまるで怒濤のように、さあっと銀白の飛沫があがっていると見る間に、白馬岳がそのまま崩れかかるかと思われるような恐ろしい雪の壁が、頭の真上へのしかかって来た。

「雪崩だ、逃げろ！」

良助は色を喪って、猿倉沢の淵に面した崖の方へ駆けだした。その崖の断面には岩窟があった。杣人や農夫が風雪を避ける場所にしている、其処へ逃込めば安全なのだ、——少年たちは敏捷に走った。雪崩の飛沫は既にみんなの足に流れている、然し其所から白樺の林になっていたので、雪崩の勢はほ

んの一瞬そこで堰止められた、その一瞬が少年たちを救ったのである。十数名が岩窟の中へとび込んだ刹那、白樺林を引千切り、薙倒しつつ雪崩は凄じい地響きと共に峡谷を埋め尽した。

気味悪い余崩の響を聞きつつ、半刻あまり生きた心地もなく、暗い岩窟の中に抱合っていた少年たちは、恐怖が鎮まると共に暗闇の中で互の名を呼び合った、――そして瀬尾静馬の欠けていることを知った。

少年たちは三日間その岩窟に籠っていたが、四日めの朝、藩から駆けつけた救援隊のために助け出されて帰った。然し静馬だけは、救援隊の必死の捜索の甲斐もなく、遂に死体さえ発見することが出来なかったのである。そのうえ静馬の遭難の知らせを聞くと、新兵衛の妻花世は、悲しみの余りその日から病床に臥し、明る年の春を待たずに逝って了った。

殆ど一時に妻と子を亡った新兵衛の嘆きは、傍の見る眼も気毒な程だった。雪解の来るのを待って、せめて骨だけでも拾ってやろうと、猿倉から二岐尾のあたり、峡谷の隅々まで探し廻ったが、狼の餌食にでもなったか、遂にそれさえ見当らなかったのである。――それから星霜十三年、今では家老職野上源右衛門の二男庄三郎を貰って養子にし、妻は娶らず、静かに老の日を送っている新兵衛だった。

その静馬が生きていると聞いたのだから、驚きもひと通りではない。

「何処にいる、静馬は何処に、――？」

「もう其処へお見えになって居りましょう。私めは先にお知らせ申上げようと存じ、街道口から駆けぬけて参りましたので」

新兵衛は気もそぞろに、玄関の方へと出て行った。

その二

広間には明るく燭台が輝いていた。

上座には新兵衛、それから養子の庄三郎に老僕の左内まで特に同席を許されている。——新兵衛の次には静馬が坐っていた。山男のような巌丈な体つきである。顔こそ色白で眉の秀でた両眼の涼しい美男だが、頭は蓬のように伸びた総髪で、間に合せに着せられた父の小袖が肱の覗くほど短い。

「どうじゃ、父の顔を覚えて居るか」

新兵衛は祝いの酒に微醺を帯びて、嬉しさの溢れる眼を細めながら訊いた。

「お眼にかかるまでは覚えも薄らいでいましたが、斯うしてお眼にかかるとはっきり思出されます。——唯、母上の亡くなった事が」

「ああ其れを云うな、今宵のようなめでたい時には、悲しい事は忘れるものだ。それよりどうして生命を助ったかそれを話して呉れ」

「お話し申しましょう。実に不思議なめぐりあわせでございます」

静馬は容を改めた。

雪崩に遭った時、静馬は仲間のいちばん殿を走っていた。利かぬ気でも未だ十歳の少年である。いつか皆に後れたと思うと、怒濤のように襲いかかって来た雪崩のために足を抄われ、あっと思う間に巻込まれて、そのまま気を失って了った——然し体の軽いのが幸いとなって、雪の表を押流され、鹿児岳の裾にある崖地へと叩き落されたが、岩角でやや強く頭を打っただけで、別に大した怪我もなく倒れているところをその明る朝早く通りかかった猟人のために助けられたのである。

猟人は権平と云って、松代藩の仙人岳の山中に棲んでいた。助けて帰って手当をすると、幸い体は順調に恢復したが、岩角で打った頭が治らず、其後暫くは父の名も自分の名も思出せず白痴のようになって暮した——然し猟人権平は静馬が武士の子であることを承知して、手許で育てるよりはと仙人岳に隠棲している無名の老剣士に養育を托したのである。

その老剣士が誰であったかは遂に知らずに了ったが、静馬はその剣士の許で十余年のあいだ修業して来た。そのうち段々頭も恢復してくるに従って、朧ろ気ながら自分の名も思出し、松本城の天守の有様や、故郷の家の記憶などが甦って来たのであったが、修業なかばの事ゆえ、矢の如き帰心を抑えて更に数年を過したのである。――然しそのうちに猟人権平も死に、老師からも、

「――最早これ以上、儂から教える事はない。早く帰って父を安堵させよ」

と云う許しを受けたので、静馬は始めて仙人岳を下って来たのであった。

「そして、――松本へと志す途中、佐久郷でばったり左内に会ったのでございます」

「そうであったか」

静馬の話が終ると、新兵衛は幾度も頷きながら云った。

「儂も死体が見当らぬので、若しや生きているのではないかと思わぬではなかったが、生きていたら十歳にもなるゆえ、必ず帰らぬ筈はないと諦めていたのだ。――なる程、頭を痛めていたのではのう」

「でもまあ斯うしてお戻りなされて、爺にはまだ夢のようにしか思われませぬが、――おめで度い限りでございます」

乳呑の頃から静馬を背に負って育てた左内は、新兵衛以上の喜びであった。――そこへ若侍が入って来て、

「申上げます」と膝をついた。

「村井様がお嬢さま御同道にておみえ遊ばしました」

「おおそれは宜うこそ、直ぐに是へ」

若侍は戻って行ったが、直ぐに一人の老武士と、美しい娘を案内して来た。老人は村井重右衛門と云う納戸頭、娘は名を双葉といって――今年二十になる、松本藩でも美しいので評判の乙女だった。

「静馬どのが戻られたと聞いたで、何は兎もあれ祝いに参った」

「宜うこそ、さあ是へ」

「――御免」と座に直った重右衛門、「正月は来る、十三年のあいだ死んだと思っていた息子は帰る。瀬尾家は日本中の慶びを掠ったぞ」と豪快に笑った。

　元気な重右衛門の来訪で、一座は弥が上にも活気を帯びて来た。重右衛門は静馬の助かった仔細を聞いて眼を剝いたり岩のような腕に触って驚嘆したりしたが、やがて側にいる娘を振返りながら、

「静馬どの、こやつを覚えて居るか」と訊いた。――さっきから、勤めて其方を見ないようにしていた静馬は、そう云われるとぼっと頰を染めながら、

「は、――双葉どのでござりましょう」

　娘は自分の名を云われると、耳の根まで赧くなって、思わず両の袂を唇へ押当てたが、

「宜うこそ……御無事で、――」と顫える声でやっと挨拶をした。

「なんだ子供みたいに」

　重右衛門は笑って、

「大きな体をして二人とも赧くなる奴があるか、それとも昔のままごと遊びでも思出したか、わっははは」

「静馬、――」と父の新兵衛が云った。

「双葉どのは、近く庄三郎と祝言をする運びになって居る。――其方には妹になる訳じゃ、その積で仲良く致せよ」

「――!?」

　静馬の顔色が一瞬、紙のように白くなった。庄三郎は恥かしそうに俯向いている、――そして双葉は、鳩のように顫える眸子で、昵と静馬の顔を見戍っていた。

　一座は更に賑かにわき立った。

荒れ雲

その一

「――参った」

「まだだ！　えいッ」

ぽきんッと烈しい音がして木剣が折れる、庄三郎が大きく横へ避けるやつを、追い込んで行って、

「来い、組打だ」叫びざま、ひっ組んだ静馬、強力に任せてずしりと投出す。

「参った。参った」と云うところを押えつけて、

「意気地なし、是しきの事に参ったなどと悲鳴をあげる奴があるか。さあ起きてみろ、元気を出すんだ。えい！」

「――苦しい、参ったと云うに」

武芸も膂力も段違いの庄三郎、喉を絞上げられて、苦痛の呻きをあげる。静馬が憎々しげに舌打をして、尚も絞上げようとした時、

「静馬、荒稽古にも程があるぞ」

と叫びながら新兵衛が庭へ下りて来た。静馬は狂気じみた眼で振返り、

「何を仰せられる父上、武士が武芸の修業をするに程があるとは奇怪なお言葉、――父上からして左様な思召ゆえ、斯様な柔弱者が出来るのでござる。仙人岳に於て刻苦十余年、老師より一流の達人と折紙を附けられたこの静馬、例え父上とて武芸に就てはお口出し、御無用になされ度い」

「黙れ静馬、稽古には稽古の法があるぞ」

余りの暴言に新兵衛は怒って、

「其方のは稽古で無くて唯の乱暴じゃ、そんな事で武芸の上達が計れるか、――また、父に対して口出し無用とは聞捨てならぬ一言、増長も過ぎるとそのままには置かぬぞ」

「面白い、そのままに置かぬとは、――」

さっと顔色を変えた静馬いきなり庄三郎を放して起つと、新兵衛の前へ大手をひろげて突立った。

「その儘に置かぬとはどうなさる」

「此奴――」

思わず新兵衛が刀の柄に手をかけた。さっきからこの様子をはらはらしながら見ていた、老僕左内は、仰天して駆けつけると、

「旦那さま、危い！」と立塞がり、片手で静馬を押しやりながら必死に、

「若さま彼方へ！　早く!!」

と叫んだ。新兵衛は苛って、

「放せ左内、此奴！　僅ばかりの腕前に慢心して、父を父とも思わぬ無礼、斬って呉れる、放せ、――」

「斬るなら斬れ、父上如き痩腕で斬れる静馬ではないぞ、なんだ老耄れが」

「云ったな、動くなッ」

「危い、危い、庄三郎さま旦那さまを！」

左内は怒りたつ新兵衛を庄三郎に任せると、静馬を引摺るようにして自分の小屋へ伴れ込んだ。静馬はまるで人相も変り、兇猛な眼つきをしてどっかと其処へ座るや、

「ちぇッ面白くもない」

と吐出すように云った。

「左内、――酒を持って来い、頭がくしゃくしゃして堪らん」

「お頭が……？」左内はぎくりとした。

雪崩に遭った時、岩角で打った頭、――それ以来ながいこと、自分の名さえも忘れて白痴のようになっていたと云う、その頭が……若しやまた悪くなったのではあるまいか、左内はそう思うと慄然とする程怖ろしくなった。

「何を愚図愚図している、酒だ」

静馬は野獣のように喚きたてた。

その二

静馬の帰って来た喜びは、間もなく暗い憂いの雲となって瀬尾家を包んだ。

帰って二三日うちは温和しかったが、庄三郎に撃剣の稽古をつけるようになってからは、人柄ががらりと変って、稽古振りが柔弱だと云っては庄三郎を散々に苦しめ、それを制止する父にさえ刃向う始末、――少し声がしないと思うと酒を呑んで泥のように酔っているか、外へ出たきり二日も三日も帰って来ない。

「立派な息子が帰ってさぞ嬉しかろう」

と云っていた家中の人たちも、「いや、とんだ奴になったぞ静馬は、あれは昔打った頭の古傷がまた悪くなったに違いない、――あの様子ではいまに瀬尾家は潰れて了う、気毒なのは庄三郎だ」と悉く評判が悪くなった。

正月二十日のことであった。その日は「二十日正月」の祝儀があるので、諸士は孰れも登城する。新兵衛も庄三郎を伴って祝賀に参上し、下城して戻ると、村井重右衛門父娘を招いて自邸で祝宴を張った。

庭前の綻び初めた梅を前に、縁先の障子を払った広間で酒宴が始まった。――その日は庄三郎と双葉の内盃の意味も兼ねているので、二人は上座に並んでいた。

盃が回り始めた時である。

「えい、退け退け、邪魔だ」と喚く声がして、廊下を此方へ荒々しい跫音が近寄って来る。

「若さま、暫く、暫くどうぞ」

と必死に押止める老僕左内を、引摺るようにして現われたのは、二三日何処かへ姿を消していた静馬だった。――新兵衛は見るより、

「静馬、控えろ！　お客来だぞ」

「わはははお客来か、いやお客来結構、拙者の方は些かも差支えござらぬ」

静馬は酔眼を血走らせて、

「見れば美しい娘どのも御入来、静馬一人を除け者にするとは奇怪至極、――よう、美しい筈よ、双葉どのではないか」

どっかと娘の側へ坐った。

「静馬、控えぬか！」

「控えぬ、控えませぬぞ、双葉どのが来ている以上、泰山崩るるとも動きません。――第一拙者は当家の相続人なのだ。父上が明日でも死ねば此家は静馬のもの、自分の家で何を控える要がござろう。わはははは双葉どのお酌」

盃を取ってぐいと差出した。荒んだ静馬の様子に双葉は堪りかねて、

「静馬さま――」と怨むように云う「今日は二十日正月のお祝い、左様に我儘を仰せられずと、機嫌宜うなさって下さりませ」

「なにが二十日正月だ。真は庄三郎の青二才と、おことの内盃の祝い、そのために静馬を邪魔にした

事は分っているぞ——だいたい双葉は拙者が妻に娶ろうと思っていたのだ。それを父上も重右衛門殿も老耄したとみえて、庄三郎などと云う柔弱者に——」

「——静馬、其の言葉は正気か」

新兵衛が片膝を立てた。

「正気なら何と遊ばす。お二人とも老耄したから老耄と申したまで、それでなくてこんな青瓢箪の柔弱者に……」

云いながら、持った盃の酒をぱっと庄三郎の顔へ浴びせかけた。

「勘弁ならぬ、動くな！」と起上る新兵衛、がそれより疾く庄三郎が大剣を執って、

「義父上、庄三郎仕ります」と突立ち上って居た。

「義兄上、重ねて柔弱者との一言、武士として庄三郎一分が立ちませぬ。まして父上を老耄と罵る段、子として最早堪忍なりかねます。——父上に代ってお相手申す、庭へお下りなされい」

「笑止な、——来いッ」

静馬は喚きざま、大剣をひっ摑んで庭へ跳下りる。庄三郎も続いて出た。

双葉が生きた心地もなく、眼を閉じたまま其処へ俯伏している。重右衛門も今は止める術がない、——新兵衛と共に唇を白くして見戍っていた。

庭へ下立った静馬と庄三郎、大剣を青眼につけて相対したが、酔っている静馬、眼がちらつくとみえてひょいひょいと首を振る、刹那！　庄三郎の剣尖がすりあがって、

「えい——ッ」

真向へ、たッ！　と一刀。

「応!!」静馬の体が沈む、頭上を流れる剣。だ！　と地を蹴って右へ一歩ひらきざまに薙ぐ、戞！

剣が鳴るよと見えて庄三郎の上体が伸びて断鉄の一刀、きらりと尾を曳く。

「とうッ」

「あっ――」

躱そうとして足が辷る。静馬は撞と横ざまに倒れた。踏込んだ庄三郎が、拝討ちに斬りつける、刃の下を転々と逃げる静馬、

「許せ、許せ、拙者の負けだ。生命だけは助けて呉れ――助けて呉れ」と悲鳴をあげた。

「見苦しいお起ちなさい」

庄三郎が喚く、静馬は泥まみれのままひょろひょろと立上るや、

「もう分った、――」

と卑屈に頭を下げ、「どんなにでも詫びをするから、生命だけは助けて呉れ、この通りだ」

「卑怯者、それでも貴様武士の子か」

縁先から新兵衛が喚いた。

「其方から頼まんでも久離切って勘当じゃ望みに依って生命だけは助けてやる、何処へなりと失せ居れい」

「生命さえ助かれば何とでも仰せのまま、やれ有難い皆さま御免」

卑屈に腰を跼めると、そのまま裏庭の方へひょろひょろと立去って行った。

泣けよ夜鳥

晩い月が雲を割って冴えていた。

清源寺の墓地、――もう戌の下刻（午後九時頃）になろう、処々に残雪のある庫裡の裏手続き、石で畳みあげた瀬尾家の墓前に、さっきから額づいている青年がいる。云うまでもなく瀬尾静馬であ

った。

　小半刻近くも何事か念じていたが、やがて静かに礼拝すると。

「――母上、これでお別れ申しまする。何日また墓参が出来るか分りませぬが、片時も母上の事は忘れませぬ、御冥福を……祈ります」

　はらはらと落つる涙、押拭って静かに立った時、――後の暗がりから、

「わ、若さま、――」と走り寄った者があった。

「誰だ、――や、左内爺……」

「若さま？」叫ぶように云いながら近寄った老僕は、月の光に熟々と静馬の顔を覓めた。――あれほど兇猛だった眸子の色が、今は山湖のように澄んでいる。あんなに荒々しかった人相が、今は昔の幼顔をそのまま、美しく端麗にひき緊っている。この変りようはどうだ。

「若さま、あなた様は、――」と云いかけて、老僕左内はわっと其処へ泣伏して了った。

「あなた様は、この爺までもお騙しなさるお積りでござりまするか」

「騙すとは、な、何を、――」

「お隠しなされますな。今日まで数々の御乱暴は、御尊父さま始め皆さまを欺く作り慢心、御本心は泣いておいで遊ばした筈」

「――や！」

「いまこの蔭で、亡き奥様へ御祈念遊ばすお姿を、篤と拝見致しました。――他の者なら知らぬこと、貴方さまを乳呑児の頃よりお守立て申したこの爺まで、お騙しなさるとはお情のうござりまする。どうぞ……どうぞ御本心をお明し下さりませ。もし、――お慈悲でござります」

「爺……　赦して呉れ」

　静馬は堪らず左内の手を執った。

「其方まで騙すと云われては辛いぞ。誰にも云わず立退こうと思ったが、——爺にだけ打明ける、聞いて呉れ」

「伺いまする、……伺いまする」

「静馬は、知らなかったのだ」

　悲しげに静馬は云った。「庄三郎が養子として入家していた事も、また——双葉どのが庄三郎の妻になると云うことも」

「は、——はい」

「爺……静馬はなあ、家に帰ったら、双葉どのが待っていて呉れる……と思っていた。おまえも知っていよう、静馬と双葉どのとは幼い頃から、夫婦遊びをした仲だった。——子供同志の戯れながら、成人したらこの遊びを真実にして、本当の夫婦になろう——と誓ったこともある。静馬の心には……爺よ、今でもその時の双葉の面ざしが、焼絵のように刻みつけられているのだ」

　静馬は涙をのんで続けた。「だが、帰ってみるとその双葉は既に義理ある弟の許嫁となっていた——庄三郎は気性の良い奴だ、双葉も庄三郎が気に入っているらしい。若し……其処へこの静馬が割込んだらどうなる、双葉が若し昔の約束を思出して、この静馬へ心を移したらどうなる。——拙者は苦しんだ。二人のためには静馬の居ない方が宜いのだ。拙者に取っても、庄三郎の妻になる双葉を見ていることは辛い、辛いのだ……爺」

「お、お察し申しまする。若さま」

「静馬は乱暴をした、庄三郎と双葉どのに憎まれるために、そして——父上の御勘当を受けるために、だが……心では泣いていたぞ、骨を削られるほど苦しかったぞ」

　静馬は耐えかねて咽びあげた。

「だがその甲斐はあった。望み通りこれから退国する、——さっき庄三郎にわざと負けて、大地に額づいた時……心では父上にお詫びを申上げていたのだ。拙者は些か腕に覚えもある。何処へ参ろうと出世の途に不自由はせぬ積だ。――唯気懸りなは御老体の父上。庄三郎ともども、爺もお労り申して呉れよ」

「ああそれほど迄の御決心を、――御尊父さま始め世間で知ったなら」

「断じて成らぬ。知られては折角の苦心も水の泡、このまま静馬を無頼者にして置いて呉れ、分ったな！」

「は、――はい」

左内は涙を押拭って、「誰知らずとも、亡き御母堂のお霊とこの爺めが存じて居ります。この上はどうぞ遖れ御出世を遊ばすよう」

「爺も健固で百年の寿を祈るぞ」

「――勿体ない若さまこそ……若さまこそお厭い遊ばして」

静馬は左内の手を犇と握った。――鐘楼の方からこうこうと、四ツ（午後十時）を告げる鐘の音が響いて来た。

「もう四つか」

静馬は振返って、「父上が寝所へお入り遊ばす刻だな。今宵はどんな夢を御覧になるであろう、――爺？」

「若さま」二人は犇と抱合った。

月の表を斜に截って高く高く、一群の雁が悲しく鳴きながら飛んで行く。それに和する如く、老僕左内の咽び泣きが、墓地の夜気をいつまでも顫わせていた。

斑猫（まだらねこ）呪文

じだらく三昧

其の一

初め自分たちに吠えているのだとは思わなかった。

「――うるさいな」

と静馬が舌打をしたので振返（ふりかえ）ると、茶色の逞しい唐犬が、牙を鳴らしながら凄（すさまじ）い勢（いきおい）で吠えかかっている。

「叱（し）ッ！」陣守（じんもり）伊兵衛は蹴る真似（まね）をした。

犬はさっと身を躱（かわ）したが、益（ますま）す猛（たけ）りたって、双の眼を憎悪に光らせ、がくがくと顎（あご）を噛鳴（かみな）らしながら今にも跳掛（とびかか）らん許（ばかり）に迫って来る。だいたい往来なかで犬に吠えられるというのは態（てい）の好いものではない。――殊（こと）に河村静馬も陣守伊兵衛も、仕官の途（みち）を捜しに江戸へ出て来た許で、土地馴（な）れぬうえに身妝（みなり）も侘（わび）しいし、浪人者というひけ目があるから一層癪（しゃく）に障（さわ）る。

「構うな構うな、――」

静馬に促されて行過ぎようとする、とたんに、相手を見縊ったか、いきなり犬が伊兵衛の袴の裾へ噛みついた。

「――くそっ」嚇となった伊兵衛が力任せに蹴上げる、びりりり！　袴の裾を噛裂いて犬は巧に跳退いた。

「うぬ、打ち斬るぞ！」

癇の強い伊兵衛が思わず刀の柄に手をかける――とたんに、

「わはははは犬と果合いか」と笑う者があった。

はっとして振返ると、いつか往来の者が遠巻きにして、面白そうに此方を見ている、その中にぐっと近寄っている一人、――見たところは武家だが、正月二十日というのに羽織も着ず、結城紬、藍微塵の袷を重ね、白博多の帯に雪駄穿きで、蠟色鞘のすばらしく長いのを落し差にした、御家人崩れといった恰好の男がある。ぬけるように色の白い、眉の秀でた、やや眸子に険はあるが、歌舞伎役者とも見紛う水際立った美男……それが腕組をしてにやにや笑いながら此方を見ている。

「いま笑ったのは貴公か」

伊兵衛は犬を捨てて向直った。

「左様、――」相手は平然として、「昼日なか、両刀差した武士が青筋立てて犬を相手に喧嘩をしている図は珍しい、面白いのでつい笑ったが、――お気に障ったか」

「伊兵衛、止せ！」

静馬が止めるのを、

「いや止めるな」と伊兵衛は一歩出て、「気に障った、気に障ったぞ。拙者は田舎者で知らぬが、路上で野良犬に吠えつかれ、扱いに困っているのを見て気毒とも思わず、好い見世物かなんぞのように笑う──それが江戸の武士道か」

「そう固苦しく云うな、可笑いから笑ったのに不思議はあるまい」

「無礼者ッ」伊兵衛は嚇怒して叫んだ。

「ものの作法を知らぬ奴、武士を笑ってそのままには済まぬぞ」

「──喧嘩を売るか」

とにやり笑う刹那！　伊兵衛の体がさっと沈んで光のように飛ぶ剣、必殺の居合をどう躱したか、相手はたっと右へ開いて、

「面白い」と大きく叫ぶ。足を浮かして右手を大剣の柄にかけたまま、

「良い気合だ、──久しく相手らしい相手にぶつつからなかったが、是なら面白い勝負が出来そうだ。名乗れ……拙者は浪人宮部鮎二郎」

「出羽浪人、陣守伊兵衛」

伊兵衛の名乗を聞きざまに、宮部鮎二郎は大剣を抜き、一歩さがって正眼につけた。

犬に始まった浪人同士の果合、遠巻きにしていた群衆はいつか数を増して、逃腰のままわいわい囃したてている、──静馬も今は止める術がない、刀の鍔元を摑んで引そばめながら、危しと見たら出る積で身構えた。

伊兵衛は舌を巻いた。高が御家人崩れのならず者ぐらいに思っていたのだが、どうして、──正眼に執った相手の構えからは、圧倒するような鋭い剣気が迸って来る。

──刻を移しては負ける、と思ったから、いきなり中段の剣を眉の上まですり上げる、刹那！

「えいーッ」

相手が右足を踏出す、びゅっ！　と脾腹へ風を截って来た剣、伊兵衛は一髪の差でいなすや、上段から真向へ打下した。

其の二

「とうッ」

鮎二郎は左足で地を蹴る、二三間跳退くところを伊兵衛が隙かさず、

「やーッ」と踏込んだ。そのとたんに、

「暫く、暫く!!」と絶叫しながら二人のあいだへ跳込んだ老武士がある。伊兵衛は危く踏止まって、

「——邪魔だ、無用！」甲高に喚く、

「どうぞ、どうぞお待ち下さい」

老武士は必死に両手で抑えながら、「お詫びは手前が仕る、孰れに怪我が有ってもなりません、暫く、暫くお待ち下さい」

「——貴公が詫びると？」

意外な言葉に、伊兵衛は息をつきながら刀を下げた。老人は小腰を跼めて、

「如何ようとも、御一分の立つようにお詫びは仕る、——若！」

と鮎二郎の方へ振向き、「お詫びをなされませい、仔細はあれなる町人共に聞いて参りました、素より此方様がお悪いのじゃ。さ、お詫びを申上げて、早く此方様は彼方へおいで遊ばせ——最早……梅さまには半刻あまりもお待兼ねでござりまするぞ、怪しからん」

「やれやれ」鮎二郎は苦笑いをしながら、「陣守氏、変な邪魔が入った、是迄に致し度いがお引き下さるか」

「若！　それではお詫びになりませんぞ」

「いや御老人」

伊兵衛が云った。「考えてみれば拙者にも不心得がござる、改めてお詫びには及ばぬが。宮部氏、

——良い剣筋を拝見して江戸へ参った甲斐があった、孰れまたお目にかかる折もあらば、この勝負の片をつけましょうぞ」

「それは此方も望むところ」

にやりと笑った鮎二郎「爺、——」と老武士を見て、

「陣守氏の諏訪流、安く見ても二百石の値打があるぞ。貴様に任せる——計え」

「——若……？」

「分らぬ奴、伯州の件よ」

「は！」老武士が頷くのを後目に、

「陣守氏失礼、——」と云い残してすッと踵を返した。

いま果合をしたとも見えぬ寛濶さ、一筋二筋ほつれた鬢の毛が、ぼっと赤みの潮した頰へかかるのを、うるさそうに額で払いながら群衆のあいだを池の端の方へと立去った。

「見たかおい」

見物していた連中はその後姿を見送りながら、がやがやと品評に騒ぎたった。

「あれが有名な若様浪人てんだ」

「おめえ知ってるのか」

「下谷にいて若様浪人を知らなけりゃあもぐりだ、今こそ彼の通り浪人份して流してるが、元を洗えば御書院番で七千石、宮部蔵人という大旗本のれっきとしたお世継ぎだ」

「へえ——だがその若様が何だって又」

「その仔細なら己等が聞かせよう、まあ斯う云った訳だ、聞いて呉んねえ——」

「止しねえ馬鹿馬鹿しい」

一人が側から茶々を入れる、「てめえの話に真当な事のあった例がねえ、さあ行こうぜ」

と人々は散って行った。

宮部鮎二郎は池の端を弁天島の方へ、懐手のまま大股に行く、——池畔には茶屋が並んでいる。夏時分には蓮見で賑うのだが、俗に出会い茶屋と云われるくらいで、大奥の女中たちが上野へ御代参の折など、密男との逢曳によく使われるので有名だ。

鮎二郎がいま「おもだか」と云う茶屋の前を通過ようとした時、

「あの……もし、——」と店先から声をかけながら武家風の老女が小走りに出て来た。

「此方でござります」

「——おお」鮎二郎は立戻って、「途中でちと所用が出来たため遅参仕った、——したが、お許はどうしてこれへ？」

「五郎兵衛殿からお聞きなされましたか」

「幾之進殿が拙者に会い度いと申され、この茶屋で落合うと云う事は承わったが、御老女まで御一緒とは思わなかった」

老女は慌てて、

「ま、とも角もお入り遊ばせ」

そう云い紛らせながら、鮎二郎を茶屋の中へ導き入れた。

大剣を右手に提げて、老女の後から廊下をふた曲り、離室造りになっているひと間の前まで来ると、

「——若様」と老女が声をひそめて、「卑怯なお振舞いはこの蔦乃がお赦し申しませぬよ」

云いさま、部屋の中へ鮎二郎を押入れ、自分は外からぴたりと襖を閉した。

其の三

「——これは、……」

鮎二郎はぎょっと色を変えた、――部屋の中には娘が一人いるだけである。

小麦色の肌で肉の緊まった体つき、匂うような遠山眉に、睫の長い憂いを含んだ双眸、しめった朱い唇を羞いに顫わせながら――身を固くして俯向いている。然もその膝の前には酒肴の膳が据えてあった。

鮎二郎は、そのまま踵を返そうとしたが、消えも入り度げな娘の容子を見ると、思い直したとみえて静かに、

「おつう様、――思いがけぬ対面でござるな」

そう云いながら坐った。

「――御機嫌……宜しゅう」

娘は顫えながら辞儀をしたが、いちど言葉を口にすると勇気が出たか、ぼっと上気した顔をあげて、

「――無理強いにお運びをお願いして、さぞ不躾とお怒りでござりましょう？」

「一盞頂戴致そう」

鮎二郎は手を伸ばして盃を取った。娘は男の顔を燃えるような眼で瞶めながら、

「怒っておいで遊ばす」

「貴女も一杯召上らぬか」

鮎二郎は手酌で呷った盃を、娘の方へぐいと差出した。

娘は遉に唇をそばめた、――生れも育ちも違うのだ。伯耆国八幡の城主、七万二千石を領する酒井伯耆守忠知の女で、名を節子と云い、宮部鮎二郎とは五年以前から許嫁の仲であった。

鮎二郎は評判の美男で、学問武芸とも非凡の才能があり、娘を持つ諸侯たちは、我先に自分の娘を縁附けようと争っていた程であった。その競争のなかから見事選ばれて許嫁となった節子は、まだ見ぬうちから乙女心を火と燃やしていたので、婚姻の日を千秋の思で待焦れた。

ところが今から二年まえに、どうした事か鮎二郎はふいっと生家を出奔し、そのまま市井に隠れて一介の無頼と思われるじだらくな生活に陥って了ったのである。

事情は何も分らなかった。宮部家からは、鮎二郎出奔に就て、縁組をひと先ず取消して貰い度いと云って来たが、――節子は、

「一度良人と定った鮎二郎さま、例えどのような事があろうとも、わたくしの心は変りませぬ、――お帰り遊ばすまで何年なりとお待ち申します」

そう云って破約を承知しなかった。

鮎二郎の悪い噂は次々と伝わって来た。泥酔して街を彷徨していたとか、無頼の徒と喧嘩をしたとか、悪い女と同棲しているとか、――然し節子はどんな噂を聞いても、鮎二郎が本心から堕落しているのでない事を信じていた。

「是には何か仔細があるに相違ない、お目にかかって御本心を伺うまでは、どんな評判も信じてはならぬ」と固く己に誓ったのである。

それにしても、然し、――乙女心にいちど燃えあがった愛情の焔は、相見ぬ日が続くほど烈しくなって、この頃ではわきあがって来る思慕の情に、夜ひと夜身もだえしつつ明かすことも稀ではなかった。そしてこの初春から、根岸の下邸に移ったのを幸い老女蔦乃の智恵を借りて、鮎二郎を呼び出すところまで突詰めた気持になったのである。

「鮎二郎さま、――」

節子はつと表情を変えた。

「呑めと仰せがあれば、お酒も頂きまする、けれどそのまえに、――伺い度い事がございます、お聞かせ下さいます……？」

「固苦しい話なら御免を蒙り度いが」

「――いま貴方は、わたくしをおつうとお呼び下さいました」

節子の声はふっと潤みを帯びた。――おつうとは節子が稚い頃自分で自分の名を呼んだ幼な訛りで、邸隣に育った鮎二郎だけが、今でも呼んで呉れる愛称である。

「わたくしもあの頃、貴方様を、あいさまとお呼び致しました――あの頃のおつうと思召して、どうぞ隠さずにお話し下さいませ、貴方はどうしてお家をお出になりました、どうしてこんなじだらくな……」

「その事なら訊かないで頂き度い」

鮎二郎は遮って云った。

「家にいるのが面白くないから出たまでのこと、今の境涯が拙者の性に合っているまでのことでござる」

「つうはお信じ申しませぬ」

節子は強く頭を振って、「他の千万人がそうであろうとも、あいさまだけはそんなお人ではありませぬ、――何か、何か仔細があっての御放埒でございましょう、ねえ、……どうぞつうにだけその仔細を」

「おつう様」鮎二郎の眼がきらりと輝いた。

其の四

「実は、――」

と口許まで言葉がつきあげて来たのだ、然し鮎二郎の眼の輝きは直ぐに消え、その唇は苦しげに歪んだ。

「そう思って下さるのは忝い、――忝いが、拙者には却って迷惑でござる」

鮎二郎は手酌で盃を重ねながら、

「御書院番で七千石、お旗本で候と四角張って暮すより、飲んで寝て仕度い三昧、誰に憚ることもない浪人暮しは、俗に云う三日すれば止められぬ気楽さ、——極楽浄土とは今の身上でござるよ」

「嘘です、そんな悲しい事を仰有っても、つうは騙されは致しませぬ」

節子はつと膝を寄せ、

「鮎二郎さま」と息をつめて云った、「それほどお隠しなさるなら、つうは改めてお伺い致します、——若しやわたくしとの縁組がお厭なため……」

「馬鹿な、そんな事が」鮎二郎は慌てて打消した。

「でも兄の幾之進の名を偽ってまで、こんな場所へお誘い申上げた、つうの気持をお察し下さらず、どこまで御本心をお明しなされぬからは、——つうをお嫌いなされての事としか思えませぬ」

「——」

「貴方がお家を出られてから、破約のお話がございました。けれどわたくし……貴方のお口から厭だとお聞きするまでは、何年でもお待ち申上げる覚悟でいたのです」

「おつう様」鮎二郎は、ひたむきな節子の愛情にたじたじと心の崩れを感じて、思わず膝を寄せようとした。

「——あいさま」

節子も男の心の動きを感じ、潤みの出た眼で縋るように瞶上げながら体いっぱいに嬌めかしい媚びを見せてすり寄った。——その時である、不忍の池に面した小窓が、いつか音もなく外から明いて、一疋の大きな猫がひらりと部屋の中へ入って来た。

すり寄る節子の手を、引寄せようとしていた鮎二郎は、その猫を見るなり、

「あっ！」と云って顔色を変えた。節子も男の様子に驚いて振返ったが、意外な場所に猫をみつけて、

思わず、

「――あれ」と鮎二郎の胸へ縋り附いた。

「静かに、おつう様」鮎二郎は娘の肩を抱寄せながら、声をひそめて囁いた。

猫は壁際の暗がりにいる、濃鼠色の体毛に黒く豹のような斑紋のある斑猫、頭から尾の先まで四尺はあろうと云う、気味の悪いほど大きな奴が、――金緑色に眼を光らせ、背筋の毛を逆立てて節子の顔を睨んでいる。それは慄然とするような妖気のある身構えだった。

「あ……小窓が明いている――」

「黙って、黙って」

鮎二郎は囁きながら、片手で節子を引緊めつつ、右手で密かに脇へ置いた大剣の小柄を抜いた。

初め、その辺の猫がまぐれ込んだのであろうと思っていた節子は、猫の体から放つ妖気と、鮎二郎のひどく緊張した様子を見て、――是は何か異常な事が起る、と云うことが初めて分って来た。

猫は背筋の逆立てた毛をぴりぴりと顫わせながら今にも跳掛ろうとするように、熒々と双眸を光らせていたが、――鮎二郎が小柄を抜取ると同時に、

「ぎや――」と牙を剝出して鳴いた。それは人の心を刺す声だった。節子は身顫いをしながら、犇と鮎二郎の胸へ身をすり寄せる。

「えいッ」鮎二郎の右手が躍った。光のように飛ぶ手裏剣、刹那！

「ぎやぎやッ」凄じい叫びが聞えたと思うと、猫は身を翻えして壁を辷り登り、天床を伝い走りに、節子の横手へ飛鳥のように跳下りた。

「あ、怖い！」節子が悲鳴をあげる。

「うぬ、――」鮎二郎が脇差を抜いた時、猫はまるで風のように、小窓の上へ跳躍していた。見ると口へ何か銜えている。はっとして見直す暇もなく猫の姿は外へ消えた。

「――あいさま、守り刀が……」

「え――!?」節子は帯を押えながら、「母上から遺品(かたみ)に頂いた守り刀、毎(いつ)も肌身離さず着けているのですが、――つい今しがた胸が苦しくて、ここへ置いたのを」

「――しまった」

鮎二郎の顔は紙のように白くなった。

辻幻術

其の一

麻布飯倉の片町坂にある酒井伯耆守の邸から二人の武士が出て来た、――河村静馬と陣守伊兵衛である。

「幸運だったな」門を出ると伊兵衛が云った。

「この浪人の多い江戸で、出府してから未(ま)だ五十日にならぬ我等が、大した困難もなく仕官の途に有(あり)附(つ)けようとは、我ながら些(いささ)か夢のようだ。おまけに二人一緒ときている」

「だが、貴公の腕で五十石と云う法はない」

「まあ宜(い)いさ、是が云々(しかじか)の手柄を立てた仕官と云うではなし、扶持の不平を云える場合ではない、――それにしても、何が仕合(しあわ)せになるか世の中の事は分らんな」

灯の点きはじめた街を、二人は陋屋(ろうおく)のある芝の方へ向って歩いていた。

「あの犬に吠えつかれて喧嘩になった時は、もう此処(ここ)で斬死(きりじに)かと思ったが、それが却(かえ)って幸運を拾う結果になった」

あの日、鮎二郎が立去った後、北原五郎兵衛と云う老武士が二人に詫びを述べたうえ、若し望みならば——と、伯耆守家へ推挙を約したのであった。

「だが、唯一つ問題がある」

と伊兵衛は振返って、「今度の推挙は、あの宮部と云う男の口添から出ているのだが、あの時の勝負が預けになっているから、今度会った時にちと面倒だ」

「なに其は其、是は是さ、あの生白い歌舞伎役者のような面つきは、見た許で拙者も胸くそが悪かった。今度若し会うような時には、足腰の立たぬ程」

「いや却々そうは行かぬ、体つきこそ華奢だが、彼奴どうして一流の達者だ。——おや、なんだあれは」

伊兵衛がふと足を止めた。

飯倉から増上寺の切通しへ出る途中の、左にある青龍寺というのが縁日で、道の左右に物売りの店が並び、まだ暮れたばかりで人通りは疎らだったが、——寺の門前にひと所、ひどく人集りがしていた。

覗いて見ると、群衆の中に壇を設けて、その上に女が一人、左右に少女を二人控えさせて何か口上を云っている、——女は歌舞伎風の衣装を着けた上背のある体つきで、絖のように艶のある肌、眉細で眼の大きな、上品とは云えぬが見る者の心を蕩けさせるような嬌めかしさのある美しい顔だちをしていた。今しも壇上の立机に向って、

「物売り口上ではござりませぬ、閑話はこれ程にして、鞍馬流幻術のひと手ふた手御覧に供えまする」

そう云いながら、女は一粒の種子をそこへ取出した。

「ほう、幻術とは今どき珍しいな」

伊兵衛は呟いて思わず前へ乗出した。

「是に取出しましたは胡瓜の種子でござります、唯今はまだ梅も散り初めぬ正月下旬、この種子が芽を出し蔓を伸ばし、瓜を生らせしたら、お褒めを頂きまする――いざ」

女は立机の上に種子を置いて、それへ丹塗の小筐をかぶせた。そして静かに瞑目し、両手を懐中へ入れて印を結び、口の内に呪文を唱えながら暫くは身動きもしない、――集っていた群衆は息をのみ、孰れも眼を瞠って待っている。

「――迦留那破羅 薩陀邪仏」

呻くように叫んで、女はつと丹塗の小筐を取った。――机上にはまさに胡瓜が、葉を繁らせ蔓を伸ばして、花を二三、瓜一箇を実らせていた。

「わあ――」と群衆は拍手と歓声をあげた。

「なんだ、幻術の初歩ではないか」

静馬が苦笑しながら呟く。――と、どうしてその声を聞きつけたか、壇上の女はきっと静馬の方へ振向いた。

「いま、幻術の初歩と仰せられましたは、貴方さまでござりますか」

女の表情が一瞬にして変ったので、群衆は一斉に静馬の方へ見返った。

「いや、思わず口が滑った」静馬は困って、「別に悪気があって申したのではない、許せ」

「否えお詫びには及びませぬ、どうやら初歩ではお気に召さぬ様子ゆえ、改めて初歩でないのを御覧に入れまする」

女はそう云うと、控えの少女を指図して手早く立机を片付けさせ、そのあとへ一箇の箱を取出させた。それは丁度人間の胴を入れる形に出来ていて、下に四本の脚がつき、上と左右と底とに合せて五つの穴が明いている。

「お武家さま――」女は振返って、「鞍馬流幻術の秘手『函術』の御披露を致します、恐入りますがどうぞこれへお上り遊ばして下さいまし」

「馬鹿な、そんな事が、――」

逗にそれは出来ない事だ。武士たる者が辻幻術の道具になって、衆人の眼に晒されるなどと云う事は恥辱である、――然し女は肯かなかった。

「わたくしは卑しくとも、御覧に入れる術は神祖より伝来の尊いもの、それを人集りの中で初歩とお蔑みあってはわたくしの一分も立ちませぬ、――是非とも函術の一手をお眼にかけますゆえお上り下さいませ。それとも、わたくしの幻術が恐しゅうござりまするか」

女は燐のように光る眼で、昵と静馬の眼を覓めながら艶然と微笑した。

「おい静馬、行こう、――」

伊兵衛が、女の眼ざしに妖気を感じて、そう囁きながら袖を引いた時、――静馬は反対に見えざる糸に操られる如く、ふらふらと壇上へ登って行った。

「御承知下さいまするか、忝う……」

女は驕った様子で一揖すると、箱の前蓋を外して静馬を中へ入れる、静馬は木偶のようにされるままになっていた――女は手早く蓋をして身を退いた。

其の二

箱は丁度静馬の胴と腰をすっぽり納め、上には首が、左右に腕が出て、下からは両足が見えるだけである。

「お立合の皆々様」

女は振返った。「唯今お眼の前にてお武家様のお体を拝借仕りました、是より当流の秘密とされて居りまする函術をお眼にかけまする。初めにお断り申しまするが、如何なる事が起りましょうとも、決してお騒ぎ下さいまするな、是は幻術でござります」

そう云って、一歩さがると、控えの少女から細刃の鋭い鋸を受取った。そして静かに箱の側へ歩み寄り、

「さてお武家さま、貴方さまは本当に美しいお手をしておいで遊ばします、わたくしにそのお手を頂かして下さいませぬか」

「――」静馬の唇が微笑に歪んだ。

「宜いと仰有る？……それは忝うござります、では遠慮なく頂戴致しまする」

女の眼が、急に豹のように残忍な光を帯び、ぬめぬめと湿った唇のあいだから、微かに触れ合う歯の音が洩れた。

見物の群衆は勿論、伊兵衛までが、何か唯ならぬ気配を感じて、拳を握りながら瞬きもせずに見戌っている。――と、女は右手に持った鋸をいきなり箱から出ている静馬の右手へ押当てて引いた。

「きゃーッ」と云う静馬の叫び、さっと迸る血潮と共に右腕がぽろりと落ちた。

ほんの刹那の事である。肺腑を抉る悲鳴と、凄じい勢で迸る血潮と、無気味な音を立てて壇上へ落ちた腕と、――群衆は錯覚を起したように声も出ず、憑かれた如く其処へ立竦んだ。伊兵衛は我知らず出ようとしたが、

――どんな事が起っても騒ぐな、是は幻術であると、念を押した女の言葉を思出して、辛くも其処へ踏止まっていた。

「さて片方は頂きました、でも片方では心が済みませぬ、もう片方も頂戴致しまする、――まあ何とお美しいお腕……」

女は上気した眼を苛々と輝かせながら、さっと左手へ鋸を当てた。今度はもう悲鳴は起らなかった。

静馬の顔は見る間に蒼白め、唇は白くなり、眸子は上へ釣上って、小鬢のあたりにじっとりと膏汗が流れている。

びゅっ！　と血の走る音がして、左手がどさりと女の足許へ落ちた。

「お腕は是で揃いました。さぞお苦しい事でござりましょうなあ――」

「む……」

「お苦しゅうござりまするか」

女は箱へ身をすり寄せた、鬢の毛がほつれて、昂っている表情が何とも云えず凄艶である。豊かな胸は大きく波打ち、火のように熱い息をしている――そして血走った両眼は、野獣のように恣な慾望に燃えていた。

「ではお苦しみを止めて差上げましょう」

女はさっと身を退くや、鋸を執直して静馬の首へ押当てた。

人々は鋸が骨を截る、慄然とするような音を聞いた。最早血の吹出る事もなく、静馬の首は斬取られて、控えの少女の捧げた朱盆の上に載せられた。――女は鋸を別の少女に渡すと、なかば喪心している群衆の方へ向って、

「皆々様お眼通りにて、御覧の如く唯今のお武家様の両手、お首を頂戴致しました、――けれども此儘ではわたくし殺人兇状の恐しい罪人になりまする、いち度頂いて了えばもう気も済みましたゆえ、お返し申すことに致しまする。――いざ」

そう云うと、箱の上蓋をあげて、斬取った両手と首を中へ入れ、蓋を閉じて、――静かに退り、瞑目して両手を懐中に、印を結び、呪文を唱え始めた。その数瞬が――伊兵衛には千秋にも思えたのである。

「迦留那破羅、献狗児仏――」

結句を呻くように結んで、さっと前蓋を外すと、女は小腰を踞めながら、手を伸ばして中から静馬を曳出した。箱へ入った時のまま、身にかすり傷ひとつない静馬の姿、——群衆は呪縛を解かれたようにほっと肩を下しながら、

「ふあーふッ」

と潮騒のように喝采を浴びせた。

伊兵衛は腋に冷汗の流れるのを感じながら、静馬を押しやるようにして、好奇の眼を光らせている人垣の外へ遁れ出た。

「馬鹿な真似をしたものだ」

伊兵衛は暗い方へ道を急ぎながら、友の顔を振返って叱るように云った。

「仕官の口が定った許りではないか、若しこんな事が知れたら……」

と云いかけて、伊兵衛は思わず歩みを止めた。

「おい静馬」

と相手の顔を覗き込む。

「うん——？」と振向いて静馬の眼を、穴の明くほど覓めていた伊兵衛は、背筋へ水を浴びたように、ぞっと悪寒の走るのを感じた。

違うのだ。それは静馬ではない、——体は間違いなく河村静馬である、顔も手足も、息使いも、正に親友河村静馬である。……だがそれにも拘らずそれは静馬ではない、箱の中へ入る前と、そこから出て来た彼とは違っているのだ。

「……そんな馬鹿な事が」

と自ら打消したが、伊兵衛の体に感じた悪感は強くなる一方である。

——静馬は眸子の散大した眼で、闇の中からぼんやり伊兵衛を見やったまま、ふいと白い歯を見せ

て笑った。

怪異

その一

その夜芝露月町の裏店にある陣守伊兵衛、河村静馬兄妹の侘住居では、二人の仕官祝いにささやかな酒宴がひらかれた。

静馬の妹は香折と云って、年は十七、雪国育ちで肌目の密な、面長の、ぬけるように色の白い、唇のしっとりと朱い、江戸にも珍しい美貌であった。――殊に今宵は心祝いのこととて、着物も替え薄く化粧もしているので、貧しい陋居が俄に明るく華かになったように思われる。

伊兵衛は、時折自分の方へそそがれる香折の眼に、我にもなく心を躍らせながら元気に盃を挙げた。

「たいそうお召しなさいますこと」

香折は微笑を含みながら、伊兵衛の悦ばしげな顔を見めた。

「今夜は呑みます。なにしろ出羽を立つときには、一年や二年浪人の苦しみを味う積でいたのに、こんなに早く仕官の途があったのですからな」

「本当に宜しゅうござりました」

「我々は、まあ男だから宜いが、世間馴れぬ香折どのに貧乏をさせ申すかと思うと、それが何より辛うござった」

「まあ、それはわたくしから申上げることですわ、――鶴岡藩で指折りの陣守さまが、浪々の辛さをお嘗めなさるかと思うと、わたくし本当においたわしくてなりませんでした」

まだ乙女気の飾らぬ口振ながら、聞いている伊兵衛は胸許へ温い泉の湧出るようなものを感じた。藩にいるうちは相見たこともなかった。お家が取潰されて浪人し、静馬と共に江戸へ出ようと決心した時、初めて互に顔を合せたのである。江戸までの旅は楽しかった。――伊兵衛は諏訪流の達者として人も許し、自分にも充分恃むところがあったので、家中離散と決った時にも却って、自分の前途に新しい展開が来たことを仕合せに思ったくらいである。然も、思いがけぬ道伴れに香折という者が現われ、旅路の日数を重ねるうちに、いつか仄かな愛情の芽しを示されるようになってからは、力強い希望が彼の勇気を百倍にした。

「お兄さま、お重ね遊ばせ」

香折の調子も何処か晴々としていた。静馬は蒼白い顔をして、むっつりとあらぬ方を見戍っていたが妹の声を聞くと黙って盃を差出した。

「河村、どうした、ひどく浮かぬではないか。気分でも悪いのか」

「む？　――なに……別に」

「なんだか今夜はお兄さまの御様子へんですのね、まるで人が違ったみたいですわ」

「――」

香折の言葉で、伊兵衛はふと辻幻術のことを思出した。

函術の実験台にされて出て来てから、様子に何処となく腑に落ちないところが見えたうえに、増上寺の切通しで、――慄然とするような笑いかたをされた時には、てっきり何か妖異があったものと思ったくらいである。それから家へ帰る途中も、帰ってからも、絶えず挙動に注意していたが、熟く熟く見れば別に変ったところもなく、唯なんとなく生気を喪い、幾らか憔衰しているように思われるだけであった。

さっきは自分の眼が誤ったのかも知れぬ、そう思っていつか其の事を忘れていたのである。――そこへ香折が、まるで人違いのしたようだと云ったので、伊兵衛は少々ぎくりとした。

「元気を出さぬか」

伊兵衛は盃を差出して、「拙者と違って貴公は呑める口だ、さあ盃を換えよう。——香折どののお手料理も冷えるぞ」

「——うん」

「それとも何か心配事でもあるか」

「……なに、そんな事は——」

静馬は眉を顰めて、ひどくたどたどしい調子で云う。まるで一言答えるのにも渾身の力をふるっているようだ。

「少し、頭が痛む——」

「酒がいけなかったかな、——ではもう食事にして休むとしよう」

伊兵衛はそう云って盃を伏せた。

訳もなく妙に重苦しい気持の内に食事が終ると、やがて香折は独り奥の小部屋へ退き、伊兵衛と静馬は毎ものように表の方へ寝床を並べて横になった。

「あら、雨が降ってきた……」

伊兵衛が行灯の灯を細めようとした時、隣りで香折の呟く声が聞えた。——耳を傾けると、庇に当る静かな雨の音がしていた。

その二

どのくらい経ったかしらぬ——。
伊兵衛は圧しつけられるような胸苦しさを感じて眼覚めた。いつか行灯は消えていた。部屋の内は墨を流したように暗い。

「――蒲団が重過ぎたのかな」

そう思ったから、掛け夜具を寛かにしようと、手を出した時――ふと妙なものが眼についた。天井の西の隅の方に、薄い霧のようなものがひと固りある。凝と見ていると、すうっと帯のように長くなったり、渦を巻くようにくるくると廻ったりするのだ。

「己の眼がどうかしたのか」

伊兵衛は夜着の衿で眼を押え、改めて見直したが矢張りたしかに見える。然もその霧のようなものは弘がったり流れたりしながら段々と下へさがって来たと思うと、不意に独楽のような象になって、つーと静馬の胸のあたりへ垂れかかった。

そのとたんに、

「むう――」

と云う呻き声をあげながら、静馬が半身を起したのである。闇のなかで、それがまざまざと見えた。と――次の刹那には、奇怪のものは再び散大して上へあがり、静馬は夜着の中へ音もなく倒れた。

伊兵衛は腋の下へじっとりと冷汗をかきながら、眼を放さず見戍っている。

「――変化だ、慥に……」

そう思う一方、

「今時そんな、変化などと云うものがあろうか。是は悪夢に違いない」

と打消してみた。然し悪夢ではなかった。いちど天床へ薄れて行った例のものは、暫くそこでたゆたっていたが、やがてまた帯のように伸び、くるくると渦を巻いては、下へ下へとさがって来た。

「むう――むう……」

静馬が再び呻きだすのを見て、

「いかん！」

と思った伊兵衛、

「河村――」

呼ぼうとしたが声が出ない。そのうちに奇怪のものは再び独楽のような象になって、静馬の上へつーと垂れかかった。

瀕死の呻きに似た声と共に、静馬の半身が起上った。

「くそッ！」

伊兵衛は片手を伸ばして枕許の大剣を取ろうとした。然し、――体はまるで痺れ薬を嚥まされたように、身動きすることさえ出来ないのだ。

垂れかかって来た奇怪のものは、すーっ、と尾を曳いて上へと動いた。すると静馬の体はまるで糸に操られる人形のように起上った。伊兵衛は声をかけようと焦った、起きようとして身悶えをした。けれど、喉元には鉛の玉が詰っているようで呻くことも出来ず、五体は千貫の巌で圧つけられた如く微動もしない。奇怪のものはくるくると伸びたり縮んだりしながら、静馬の周囲を廻っていたが、――やがてすっと横手の窓の方へ飛んだ。静馬は曳かれるようにその後から跟いて行ったが、窓際まで行くといきなり、障子と雨戸を押破り、空地になっている方へふらふらと出て行った。

静馬の体が外へ出るとたん、

「きゃーッ」

と云う悲鳴が隣の部屋で起り、同時に伊兵衛も自分の体が自由になったのに気付いたから、跳ね起きざま大剣を取って窓際へ走った。

戸外は闇を降りこめる雨だった。その闇のなかを凄じい勢で、あたかも空を走るように遠ざかって行く静馬の姿が、ほんの一瞬、幻想のように伊兵衛の眼に映った。

「河村、河村ーッ」

伊兵衛の叫ぶ声は、徒（いたずら）に深夜の静閑（しじま）を破るだけで静馬の姿は忽（たちま）ち見えなくなり、あとには寒々と雨の音だけがひろがった。――伊兵衛は全身水を浴びたように、慄然（りつぜん）としながら窓際に立竦んでいたが、ふと隣室の悲鳴を思出して引返した。

「――香折どの」

声をかけて合の襖を明ける、――有明（ありあけ）行灯の仄かな光に、掛け夜具の赤い裏がくずれ牡丹のように投出（なげだ）され、緋色の長襦袢を嬌めかしく着乱した香折が雪のような脛（はぎ）を露わに見せて悶絶している。

「香折どの、香折どの」

見るべからざる情景であった。伊兵衛は一瞬立停まったが、礼儀などに構っている場合でないのに気付くと、走り寄って抱き起し、

「気を慥にお持ちなされい。香折どの、伊兵衛でござるぞ」

耳へ口を寄せて叫んだ。声が通じたのであろう、香折はふっと我に返ったが、上ずった眸子（ひとみ）で見上げると、いきなり、

「あー怖い！」

と叫びながら、総身を顫わせて伊兵衛の体へ抱きついた。

「大丈夫、大丈夫でござる」

伊兵衛は娘の肩を抱緊（だきし）めながら、「伊兵衛が附いています、大丈夫です、大丈夫です」

と繰返し云った。

戸外（そと）は頻（しき）り降る雨――増上寺の鐘が陰々と午前三時（やつはん）を告げ始めた。

春雪

その一

「どうしてそんな顔をなさるの」

女は凝と眄んだ。

「これが地顔だ」

「——嘘……」

肉附の良い肩へ首を傾げながら、

「御機嫌が悪いのよ、眼にちゃんと出ていますわ、——ねえ、笑って」

「笑えば宜いのか」

鮎二郎は盃を呷った。酔いの出た蒼白い顔は、ぐっと深く眉を寄せて、不味そうに酒を舌で弄んだ。

「思出してらっしゃるのね」

女は上眼づかいに覓めた。

「——」

「思出してらっしゃるんでしょう、鮎さま」

「——何を」

「池の端の……おもだかで逢った女」

「馬鹿な」

「ほほほほ、お顔が染まった」

女は唇だけで笑ったが、「でも駄目、駄目よ鮎さま、あたし放しゃしないから。世界中のどんな女だって、あなたに指一本触らせやしません、——お諦め遊ばせ」

「もう遊ばしている」

鮎二郎は眼も動かさずに云った。

「おまえのお蔭で、鮎二郎は七千石の家を捨てた、世間も捨てた」

「そしておつう様も——？」

女の言葉は錐のように鋭かった。

鮎二郎はふいっと眼を閉じた、——池の端の茶屋で逢ってから、もう二十日余り経つ。節子姫はどうしているか、自分のじだらく三昧が、唯の放埒でないという事を、彼女だけは知っているらしい。然し……果していつ迄もそれを信じているだろうか？

「また——鮎さま！」

女は焦れるように云うと、膝をすり寄せて来てぐいと男を抱寄せた。

「眼を明いて頂戴、あたしを見るの、何も考えちゃ駄目、さあ——抱いて、ねえ、きつくきつく抱いて頂戴、鮎さまったら」

「……」

「云うことを肯かないのね」

「……」

「駄々っ子、憎い！」

女はきらきらと眼に焔をちらしながら、脂の乗りきった白い二の腕もあらわに、男の体を引緊め引緊め、狂ったように烈しい愛撫を繰返した。

鮎二郎は蚊に這われるような悪寒を感じながらも、凝乎とされる儘になっていた。女の愛撫がどこまで行くと止まるか知っているのである。——不思議な女だった。

鮎二郎がこの女を知ったのは半年ほどまえのことであった。むろん男の方から知ったのではない。女の告白に依ると、その半年もまえから女は鮎二郎に思いを焦していたのだと云う。——そして、丁度蜘蛛が糸をかけたように、男がまだ気付かぬうちから女の触手は網の目のように男を絡みしめ、はっと気附いた時には、既に鮎二郎は全く女の術中に堕ちていた。

然しその当時、伯耆守家の節子姫という許嫁のあった鮎二郎が、どうして素性も知れんこんな女の虜になったのか。そのうえ七千石の家柄を捨て、許嫁を捨てて市井じだらくの生活に入ったのは何故か——是には二つの理由があった。

鮎二郎は数年前から自家の家譜の修理を志し、伝来の記録、筆記類を整理しているうち、亡祖父の手記の中に妙な記事のあるのを発見した。——それは今から二十余年前、享保六年十月から始まって元文五年まで、およそ二十年のあいだに幕府の重臣が六名揃って奇怪な死を遂げているのである。

勘定奉行　成瀬若狭守忠親
若年寄　松室甲斐守次信
同　原田志摩守治之
大目附　矢部摂津守清行
側衆　島田越後守敏忠
大奥中老　芳野

右の六名である。然も年月は十年かかっているが六名ともその家族まで、一人残らず次々に変死を遂げているのだ。嫁した者も婿入りした者も同じことで、——遂に六家は孰れも絶家して了ったのであった。

祖父は何故かこの六家の滅亡を察していたらしく、年代順に朱筆で特記したうえ、

「――六家族の死態は幻怪妖異にして、世に流伝さるる時は人心を紊乱する惧れあり、然るゆえに孰れも密葬して事を隠密の内に始末せり。清心院の逝去も亦同じ」

清心院とは将軍綱吉の側室である。祖父は更にその結末へ、

「秘録す、禍根は楓山裡に在って遠く、妖異の淵源は永代の秘事に属す」

と記してあった。

鮎二郎がこの記録に興味を唆られたのは云うまでもない、なにしろ十年余日のあいだに勘定奉行はじめ六家族が、奇怪な死を遂げて絶家したというだけでなく、その原因がみな同じつながりを持っているらしいこと、前将軍家の側室までが被害に罹っていること。――更に「禍根は楓山裡にある」というから、事件は江戸城中に根ざしていると思われること、その素因は「永代の秘事に属す」と極書してあることなど――変事の外廓を窺うだけでも、相当に複雑多岐なものらしい。

「宜し、ひとつこの事件の真相を調べ出してみよう」

鮎二郎はそう決心して調査にかかった。

その二

ところで、鮎二郎がこの女の虜になったのは、丁度その頃のことであった。

何処から現われたか、素性も知れず、名さえも明かさぬこの女は、有ゆる手段を弄して鮎二郎を自分の手許まで引着けたが、――男の心が節子姫から離れない事を知ると、

「どうしても貴方が――諦めないなら、あたしの手でおつう様を亡き者にして了います。そうすれば貴方はあたしのものになりましょう」

と脅迫した。鮎二郎は笑って、

「そんな馬鹿なことが出来るか、相手は大名の姫ではないか」

「大名であろうと幕府の大老であろうと、女が一念を通そうと思えば出来ない事はありません。嘘だと思うなら調べて御覧なさい」

女は眼を妖しく光らせながら云った、「今から二十年ほどまえ、勘定奉行成瀬若狭守という人をはじめ幕府の要職に在る人が六人まで殺されたことがあります。――家族を合せたら三十人を越す数になるでしょう、それが全部変死をしたのです。是は秘密に葬られたため、世間には伝わっていませんが、原因は……或る女の一念が凝ってした事ですよ」

「――そんな……」

鮎二郎は仰天した。自分が祖父の手記から発見した極秘の記録を、この女は疾に知っているらしい、然もどうやらその原因まで――。

「その女はねえ」

と更に女は暗示する如く続けた、「或ることからその六人の血統を根絶しにすると誓ったのです、そしてその誓いを果したのです。――けれど捜し残りがありました。六人の内の大目附で矢部摂津守という人がいて、その人に生れたばかりの娘があったのを或る家へ養女にやってありました……それを見落していたと云う訳です。その養女というのが――若し節子姫の母親だったとしたらどう遊ばす？」

「だってその女は――」

鮎二郎は愕として「もう十年もまえに望みを果している筈ではないか、今頃になってそんな事を」

「――女は生きています」

刺すような声だった。鮎二郎はその時、殆ど慄然としながら、

「その女と云うのは、――おまえではないか？」

「ほほほほ、二十年まえの事ですよ、あたしの年を考えて御覧遊ばせ」

女は一笑に附して、「もう一度、繰返して申上げますよ、鮎さま――その女は今でも生きています、そしてあたしが節子姫の血統が何処から来ているか、ひと言でも話せば……二十年まえの火がどう燃えるか――ねえ」

鮎二郎は直ぐに酒井伯耆家の家譜を調べてみた。そして女の言った言葉が偽りでないのを知ると共に、全く自分をその女の掌中に任せて了ったのである。

一、節子の命を救うために。

一、女の正体を突止めて、六家族全滅の真相を摑むために。

斯様にして女と鮎二郎との不思議な交渉が始まったのである。鮎二郎が家を出ると、女は湯島天神の下にあるこの家を買取って男に与え、老女一人と婢三人を置いて鮎二郎の世話をさせ、自分の方から男の許へ通って来るのだった。――女は狂的に鮎二郎を愛していた。逢いに来るとその刹那から、まるで狂ったような情熱に燃え、奇怪極まる仕方で男を愛撫するのである。然し妙なことにはどんなに取乱しても、決して体の契だけは求めなかった。そして午後十二時になると必ず帰って行って了うのだ。

斯うして半年は経ったが、今に至るまで、鮎二郎には何も分っていない、女の素性も分らないし、何処に本当の住居があるかも分らない。

「おまえの身上を話さないか」

と云っても笑っているし、

「何処へ帰るのだ」

と訊いてもただ笑うだけだった。――まして六家族と清心院怪死事件の真相や、どうして女がそれを知っているかという事に至っては、今は全く五里霧中という状態である。

「――何を考えてらっしゃるの」

女が不意に顔をあげた。

「眠いのだ」

「嘘――嘘よ」

女は両手で男の頸を巻き、焰のように燃える眼で凝と覓めながら、

「それ御覧なさい、おつう様を思っていると、お顔にちゃんと書いてあります」

「己は――諄いことは嫌いだ」

「あたしも嫌いでしょう？　はっきり仰有いませよ、あたしは驚きませんから。どんなに嫌われたって離れやしない、鮎さまはあたしのもの、あたし独りのもの、どんな相手にだって渡しやしません、――鮎さまがあたしの手から放れるのは、あたしが……」

云いかけた時、寛永寺の鐘が陰々と十二時を告げ始めた。

その三

鐘の音が聞えた刹那に、まるで夢から覚めたように女の態度は変った。――男を抱いていた手を放し衣紋をつくろって坐り直すと、殆ど毎も定ったようにして、

「――お刻でございます」

と云う声がした。

「お入り」

「はい、御免遊ばしませ」

静かに襖を明けて、十四五になる少女が入って来た。女がいつも供に連れて歩く侍女である――然し読者が見たら意外に思うであろう、それは二十日ほどまえ、芝の青龍寺門前で辻幻術の介添をしていた少女である。

女が立って身支度(みじたく)にかかると、少女はつつましくそれを手伝いながら、

「表は雪になりました」

と云った。

「そう、――頭巾をお呉れ」

「はい」

二人の問答を聞きながら、鮎二郎はふと何か思いついたらしく、

「――雪か」

と呟いたが、すぐ打消すように其処(そこ)へ寝転んだ。

女が出て行くのを聞きすました鮎二郎は、急に立上って覆面をすると、雨具も着けぬ身軽さで庭へ下り、横手の潜戸から外へ出て行った。むろん女の後を跟(つ)けるためだ。

是までにも何度か試みたことである、兎(と)に角(かく)女の住居(すまい)だけでも突止めようと、あらゆる機会を狙ったが、毎も巧(たくみ)にまかれて了うのだった。然し、――いまの鮎二郎には、一日も早く女の家を捜出(さがしだ)す必要があるのだ。池の端の「おもだか」で、節子姫の守刀を銜(くわ)え去った斑猫、あの猫を見た刹那、鮎二郎は、

「女にみつけられた――」

と云うことを感じたのである。斑猫から発していた不気味なものと、折に触れて女の眼から放つ一種の妖気とが、のっぴきならぬつながりをもっているように思ったのだ。――その後、守刀(まもりがたな)のことは訊きもしないし、女からも話しはしないが、鮎二郎は女の手許にあるという事を疑わなかった。

何のために守刀を奪ったか理由は分らないが、なにしろ節子が肌に附けていた物を女の手へ渡しておくことは出来ない。

「是非とも取返さなくてはならぬ」

家を出た鮎二郎は板倉摂津邸の築地（ついじ）に添って切通しの方へ曲った。——更（ふ）けかかった街に、水っぽい大きな牡丹雪がとつとつと降頻（ふりしき）っている。人通りも絶えた巷（ちまた）は、僅（わずか）の間に白くなって、半丁ほど先を行く女と少女の姿を朧（おぼ）ろに見せていた。

「今夜こそ遁（のが）さんぞ」鮎二郎はそう呟いて跟け始めた。毎もとは違う、今夜は雪があるのだ、どう隠れようとも雪に残る足跡は消せまい。——それに決して乗物に乗らぬところを見ると、女の行先が遠いところでない事も分ったのだ。

女は本護院の前を左に折れた、鮎二郎は家並の軒先を伝いながら、半町ほどの間を置いて跟けて行く——溶けた雪が衿筋へ流れこむのも気付かなかったし、手足の指が寒さに凍えてくるのも知らなかった。

昌雲寺も過ぎ日光御門跡の長い築地も通り越した。そこを行当れば桜の馬場で、それを過ぎるとお茶ノ水になる。——毎も女の姿を見失うのはその辺であった。

女は振返りもせずに、桜の馬場へつき当ると左へ折れた。左が藤堂家の下邸で、それを少し行くと右手に聖堂がある。

「はて、毎もと道が違うぞ」

鮎二郎が訝（いぶか）しく思った時、——不意に、全く不意に女の姿が消えた。

「しまった！」

雪の上にはっきりと二人の足跡が残っている、それを伝って行くと、聖堂の裏手——丁度大聖殿の真裏に当るあたりで、足跡は築地塀の方へ寄ったまま絶えていた。——乗越（のりこ）すにしては築地塀は高過ぎるし、聖堂の中へ入るという事からして疑わしい。

「——ちぇッ」舌打をして戻ろうとする、振返った——その鼻先へ、いつ現われたか一人の男がぬっと立っている。

「あ……」不意をうたれて鮎二郎が思わず一歩退る。相手の男は、――死人のように蒼白めた顔へにやりと、氷のように冷酷な微笑をしながらじりじりと進み寄って来た。

その四

鮎二郎はぶるっと身慄いをした。――総身の毛が逆立つというのはそんな気持かもしれない。相手は着流しに雪駄を穿いた痩形の若者で、落窪んだ眼窩から、大きな、鋭い眼が光っている。血の気のない、紙のように蒼白い顔から迸るような邪気、――にやりと笑った表情は、まさにこの世のものならぬ凄愴さであった。

「――誰だ！」

鮎二郎は思わず左手に大剣の鍔元を握りながら叫んだ。

「――――」

返事はなくて、相手の唇がぴくりと痙攣る、と見た刹那！　鮎二郎が危険を感じて一歩跳退くのと、その空間へ相手の剣が打下ろされるのと同時だった。ほんの、実にほんの一髪の差で鮎二郎は真二つになるところだったのである。

「――名乗れ」

二三間退って鮎二郎は再び叫んだ。

「遺恨か、物盗りか!?」

「――」

「宮部鮎二郎と知っての事か」

依然として相手は答えず、鋩子尖を下げたまま、じりっ、じりっと詰寄って来る。

鮎二郎は剣の柄に手をかけたまま、二の太刀の呼吸を計っていた。――ゆえ知らぬ恐怖の感じは既に消えて、今は相手の無法さに対する怒りが燃上って来ていた。

今宵こそ「女」の行先を突止め、あわ良くば節子姫の守刀を取返そうと焦っている矢先に、思いがけぬこの邪魔である。

――くそっ、斬って呉れよう。

そう思切った刹那！

「――！」

相手の体に凄じい殺気が閃いて、ぱっと雪煙りがあがった。大股に跳躍しながら上段から斬下したのである。鮎二郎は僅に体をひらいて、右足を引きざま、抜討に相手の胴へ、

「えイッ！」

と一刀。相手がのめる、背中へ、歩を転じざまもう一刀、

「とうッ――!!」

充分に斬込んで跳退った。

初太刀も二度めも恐らく致命であったろう、相手はだだっと前のめりに、築地塀へ倒れかかったまま、暫く身動きもしなかったが、やがてずるずると崩れるように雪のなかへ倒れ伏して了った。

顔を合せた時から、斬伏せられるまで、遂に相手はひと言も口を利かなかった。それ許でなく、斬ってからも呻き声さえあげなかった。

「不思議な男だ、――」

手早く刀に拭いをかけて、鞘に納めながら鮎二郎は呟いた。

「何のために己を斬ろうとしたのだ、己が跡を跟けたので女が斬れと命じたのか、――否、そのくらいの事で彼女が、この鮎二郎を斬る筈はあるまい」

なんとも解せなかった。

「――まだ息があるかも知れぬ」

ふと気付いたので、倒れている男の方へ近寄ろうとした時、馬場の方から提灯（ちょうちん）の揺れて来るのが見えたので、

「みつけられては面倒、――」

と鮎二郎は足早に其処（そこ）を立去った。

もうひと息というところで、又しても女の踪跡を摑み損じた鮎二郎は、まだ未練があったので、明る朝、――飯もそこそこに再び出掛けて行った。

聖堂の裏手には、彼方此方（かなたこなた）に人集りがしていて、昨夜（ゆうべ）――鮎二郎の斬った屍体（したい）には薦（こも）が被せてあり、辻番が二人番をしていた。

「全く解（げ）せねえ話だぜ」

鮎二郎の側で四五人、頻りに噂をしている者があった。

「さっき御検死役が来ての話に依ると、もう死んでから百日くらい経つ屍体だと云うこった。己（おい）らもちらっと見たがね、――なにしろもう体あすっかり腐って、反吐（へど）が出そうなひでえ臭さよ」

「百日も経った死骸（しげえ）が、手に刀あ持って斬殺されたなんて話あ、年代記にもあるめえ」

「慥に、背中と脾腹の傷あ新しいという事だ、御検死附きの医者がそう云っていたのだから噓や冗談じゃあ有るめえ」

鮎二郎は背筋へ水を浴びたように、ぞくっと悪寒を感じながら立竦んだ。

渦紋

その一

「お下りでございますか」

「いま戻りました」

伊兵衛は大剣を脱ってあがった。

麻布片町坂の伯耆守邸へ、小屋を貰って住むようになってから月余、あの夜以来、――静馬の行方が知れないので、香折を身寄りの者と云い拵えて共に暮している のであった。

このひと月余りというものを、香折は流に浮く水泡のように落着かぬ気持で過した。兄妹二人きりの兄、不思議な失踪をした兄静馬のことも気懸りであったし、伊兵衛とひとつ屋根の下に生活することの、怖いような悦びの感動もあった、――共に住んでみると、伊兵衛の気性は一倍と頼もしく、この人になら自分を托しても、と思う気持は日を経るごとに強くなる許であったが、

「兄の生死も知れぬのに」

と思いかえしては、

「こんな事を考える時ではない」

と自分を叱るのであった。

伊兵衛は食碌五十石の外に、家中向き剣道指南として役料三十石を貰い、邸内の練武堂で毎日諸士に教授していたが、――暇さえあると街へ出て静馬の行方を探していた。だが繁昌を極めた大江戸の中で、おいそれと人が捜し当る訳のものではない、若しかして彼の女辻幻術師にでも遭ったなら

――と、その方にも注意を怠らなかったが、孰れも今日まで手掛りがないのである。

伊兵衛は然し常に、

「必ず静馬殿を捜し出してみせます」

と香折に云っていた。

「若しまた、静馬殿に万一の事があったとしても、この伊兵衛が居るからには、決して貴女に悲しい目はおさせ申さぬ、――どうか安心しておいで下さい」

そう云う時の男の表情が何を意味しているのか、香折にはよく分っていた。そして、

――兄がどうなろうと、伊兵衛さまさえお側にいて下すったら。

と云う烈しい愛情を感じて、思わず全身の熱くなるような羞恥に襲われるのだった。

「あの――お支度を」

香折が次間から着換を持って来ると、伊兵衛は其処へ坐ったままで、

「いや、――」

と振返った。

「またお上りでございますか」

「実は暫く留守になります」

「――え？」

「今しがた役向から呼ばれまして」

伊兵衛は向直って、「今宵から暫くのあいだ、根岸のお下屋敷の宿直を命ぜられたのです」

「――お下屋敷へ？」

「是は極く内密の話だが、数日来、お下屋敷に奇怪な事が続くとの事、なんでも宿直の番士がそのために二人ほど傷を負ったそうで」

「まあ、……厭（いや）な、——」

「多分盗賊であろうとの見込ですが、三回まで外から侵入した者があり、番士を傷（きずつ）けられたとなると、表向にも不取締りになるゆえ、拙者が出向くことになったのです、——なにしろ今お下屋敷には姫君が御静養中でござるから」

「——でも」

香折の眉は不安に曇った。

「大丈夫でございましょうか？」

「大丈夫かとは？——拙者の事か」

伊兵衛は笑って、

「その心配なら無用になされい、高言する訳ではないが、伊兵衛の剣法はその辺の飾り道具とは些（いささ）か違います、それも以前なら知らぬこと、——今の拙者は、迂闊（うかつ）に傷ひとつ受けられぬ体ですからな、お分り下さるか？」

「…………」

香折は男の眼を見た、そして直（す）ぐ、耳の根元まで染めながら俯向（うつむ）いて了（しま）った。

「香折どの、——」

伊兵衛はぐいと膝を寄せたが、

「ああ否（いや）」と急いで打消（うちけ）した。

江戸へ来る途中から、胸の奥深く秘めていた想（おもい）、いつか打明ける折があったら——と思っていた事を、今こそと衝動的に切出（きりだ）そうとしたのだが、次の刹那に、

——いけない、いま打明けると、思わぬ悪運が邪魔をしそうだ。

と感じたのである。人は幸福に当面するとき、本能的にその次に来るものを警戒する。伊兵衛は閃（ひら）

めくような不吉の予感に打たれて、唇まで出かかった言葉を呑んだ。

「では、是で出掛けます」

「――もう？」

「日暮れまえに行かなければなりません、留守中は淋しいでしょうが、隣りの鉢谷氏に頼んでありますから、暫く辛抱して下さい」

「はい、――」

香折は心細そうに見上げて、

「どうぞ、呉々もお大事に遊ばして」

「香折どのこそ」

伊兵衛は立った。

その二

伯耆守の下屋敷は、根岸権現を北へぬけた角地で、二町四方ほどある地所内の北はずれに「茗荷ケ池」という古沼があり、それを取囲んで杉の深い樹立が鬱蒼と茂っていた。

その附近は、十四五年まえまで「根岸の狸山」と呼ばれていた処で、昼中でも狐狸の姿を見かけたと云われ、事実いまでも夜更などになると、犬とも狐ともつかぬ獣の鳴声が聞えるほど寂しい場所である。――屋敷を建てるに当って狸山と呼ばれていた丘は切崩したが、古沼の方は泉池として残した方が良かろうと、多少の手入れをしたまま埋めずに置いたのであるが、周囲の樹立に遮られて、一日じゅう陽の射さぬ水面は蒼黝くどろんと淀み、気味の悪いほど水草が繁殖している。――水を澄ませるために、鯉や鮒などを放ってやるが、獺でも出るかして、二三日すると一尾もいなくなるのが常だった。

麻布から、日のとぼとぼ暮れに根岸へ着いた陣守(じんもり)伊兵衛は、下屋敷預(あずかり)の斎藤勘右衛門以下、八名の番士と会ったうえ、直ぐに屋敷内の見廻(みまわ)りをした。案内に立ったのは安岡総六という若い番士である。

「陰気な池でござるな」

茗荷ケ池の畔(ほとり)へ来た時、伊兵衛が訊いた。

「左様でござる、此度(このたび)の怪事の一番はじめは、七日ほどまえの深更でござったが、お庭番が見廻りの途中、この辺まで参ると、——そこの、その巨(おお)きな杉の木蔭から怪(あや)しい人物が立出(たちい)で、いきなり御殿の方へ行こうとするので騒ぎになったのでござる」

「どのような人物か御覧になられたか」

「拙者はついに見ずでしたが、着流しに大刀一本の浪人態(てい)だと聞きました」

「む、——して二度めは」

「その翌夜でござったか」

総六は振返って、「ふだんは庭番だけの夜廻りでござるが、前夜の怪事があるゆえ、番士二名が加わって御殿の周囲を警護して居ると、矢張(やは)り同じ刻頃、——宿直(とのい)の詰所で遽(にわか)に物騒がしい気配が起りました」

「——」

「駈けつけてみると、何処(どこ)から迷い込んだか、一疋(いっぴき)の大きな斑猫(まだらねこ)が、御殿へ通ずるお長廊下を御錠口の方まで荒して居たのです、——大勢かかって捕えようと致しましたが、遂(つい)に渡り廊下の辺で取逃し、庭へ追って出ますと……警護に立っていた二人の番士が、一刀ずつ浴びせられて倒れていたのでござる」

「曲者(くせもの)は？」

「誰一人、姿さえ見た者がないのです」

伊兵衛は池の畔に立って御殿の方を見やっていたが、ふと声をひそめて、

「これは穏当ならぬお尋ねかも知れぬが、この場限りお忘れ下さるとしてお訊き申し度い」

「なんでござるか」

「御病身とも伺わぬ姫君が、何故このようなお下屋敷などに御滞在遊ばすのでござるか」

「――ちと申兼ねますが」

総六は云い悪そうに唇をすぼめたが、「然し御新参のことゆえ、一応はお耳に入れて置くべきでございましょう、――実は、姫君はお上御正室のお腹にて、お世継ぎ幾之進様、お八重様お二方は御側室のお腹にござる。して、御正室が七年以前に御逝去遊ばされて以来、側室お牧様が一手に御奥の事を握られ……姫君にはお気毒な御身上となられ申した」

「御仲――御不和にござるな」

「御不和と申すまでなら兎も角、お牧様には格別妬心烈しく、姫の美貌を憎んで……是までにも度々あらぬ振舞に及ばれたと、――是は噂でござるが、耳に致して居ります」

伊兵衛は頷いた。

まだ仕官して僅にしかならぬが、家中の空気で、御部屋と姫との関係が穏ならぬ状態にあることは推察していた。――家臣の勢も順って二つに別れ、江戸家老沼田源左衛門の一統は姫を支持し、用人橋波忠兵衛とその一派は御部屋方として勢力を張っているらしい。今日、――下屋敷詰めを命じたのは家老沼田源左衛門であるが、その時声を励まして、

「下屋敷を窺う曲者、ひっ捕えて窮明せい、必ず逃がすな、――捕えたなら直ぐに知らせ」

と命じた。その言葉の裏には盗賊などに対するとは違った怒気が含まれていたのである。

「御案内御苦労でござった」

伊兵衛はやがて一揖した。

「あとは拙者一人にて見廻り度いと存ずる、お引取下さい」

「左様でござるか、では、――」

安岡総六は会釈して去った。

それを見送ってから、伊兵衛は古沼の畔を廻って、怪い人物が隠れていたという巨杉の後を検べてみた。――四辺は既に濃い黄昏に包まれていて、杉樹立の中は陰々と暗かったが、仔細に検ても足跡ひとつ無く、銭蘚苔の生えた地肌は、蛭でも棲むかと思われるほどじくじくと湿っていた。

その三

杉林の中を三十歩ほど北へ行くと、土塀になっている。土塀の向うは小笠原大膳太夫の邸で、これ又深い叢林、兵部邸の先は千駄木の御林と云って、幽邃な山林になっていた。

土塀に添って西へ廻ろうとした時である、伊兵衛は不意に背後へものの気配を感じ、

「――！」

ぴたりと足を停めた。

ものの気配というよりは、背筋へ一刀浴びせられた感じである、全身の神経が脊椎の一点に集って、それが鋭く縦に肉を引裂いたかと思われたのだ。――然しそう感じた刹那に、伊兵衛の想念は、相手に一刀反撃を与えていたのである。

足を停めた伊兵衛が、腰を浮かして居合の構えをとる、殆ど同時に、

「えい！」

「えい!!」

ふたつの掛声が起って、白刃の光が二条、夕闇の中にきらりと光芒を放った。

刃先の距離は九尺あまり、伊兵衛は杉の木を背に取って、正眼につけたまま相手を見やった。――

向うは痩形で上背のある体つき、黒い覆面をして、黒羽二重の重ね小袖、細身の剣を八双にとってい
る。

「――はて、……」

伊兵衛は訝しく思った、相手の構えに覚えがあるのだ、体つきと云い気合と云い、慥に覚えのある
相手なのだ……誰であろう、と思わず小首を傾げる、とたんに相手が、

「ははは、みつかったか」

と云って剣を下げた。

「――え？」

「拙者だ」

そう云って、刀を納め、手早く覆面を脱るのを見ると、いつか上野で犬の事から喧嘩になった宮部
鮎二郎であった。

「おお貴公か」

「失礼した、向うの木蔭からずっと貴公の後を跟けて居った」

鮎二郎は寄って来ながら、

「隙があったらと狙っていたが土塀の向うを見た時に構えが崩れた、――そこで一刀背筋へ浴びせた
のだが。遉に見事、こっちも脾腹へ正に一刀喰ったよ」

「――然し浅かった」

「こっちも骨までは斬れなかった」

「始めから拙者と承知の上か」

「無論だとも」

伊兵衛はにやりとして、

「では、あの時の預り勝負、此処で改めて片をつけると致そうかの」

「そんな事をしている時ではあるまい」

「――とは、……？」

「拙者も斬られ度くはないが、貴公は尚更、今宵から大事な勤めがある筈、――姫の警護を他にして私闘するほど、心得のない人物とは思われぬ」

「それをどうして知った」

「番士との話をみんな聞いた」

伊兵衛は眉をひそめて、「貴公、一体どうして斯様な場所へ忍んで来たのか、拙者と勝負を決するためにしては覆面をする要はあるまい」

「その事ならやがて分る」

「否、いま聞き度いな」伊兵衛は一歩出た。

「番士との話を聴いたとあれば、御当家の密事も察したであろう、此処は姫君の御殿にも近く、縁由の無い者の近寄るべき場所ではない、――次第に依っては、このまま見逃す訳に参らんぞ！」

「宜いのだ宜いのだ」鮎二郎は苦笑しながら、

「拙者もこの御殿に怪事があると聞いて、蔭ながら姫をお護り申すために出向いて来たのだ、――決して案ずるに及ばぬ」

「では何故に覆面をして、――？」

「敵にも味方にも顔を知られ度くない、それだけの理由だ、――それから陣守氏……とか申されたな、一応注意をして置くが、この度の怪事を軽々しく考えては間違うぞ」「――？」

「貴公は番士の話を聞いて、御部屋方の陰謀と思っている様子だが、無論それもあるかも知れぬ、が、それとは別にもっと恐るべき奇怪がある、それは」

「……陣守氏、──」

古沼の方から番士の呼ぶ声が聞えた。

「奇怪とは？」

「呼んでいる、みつかっては悪い、一言すれば、如何なる妖異があっても驚かれるな、と云って置く、

──又会おう」

そう云って鮎二郎は杉林の奥へ立去って了った。

その四

鮎二郎の残して行った言葉は、いつまでも伊兵衛の頭にこびり附いていた。

「御部屋方の陰謀、それもある、然し、──それとは別に、もっと恐るべき奇怪の事があるのだ……？」

なんとも解せぬ言葉だった。

「如何なる妖異があろうとも驚くな、──妖異とはなんだ、恐るべき奇怪とは何であろう。全体あの宮部鮎二郎という男、──拙者を当家へ推挙したほどだから、酒井家に何か関りのある者には相違なかろうが、果して姫のためには敵か味方か」

伊兵衛にはそれさえ訝しく思われた。

夕食が終ると、斎藤勘右衛門が今宵の持場を定めた。番士三名を御殿の庭前へ、残り三名を宿直に詰めさせ、勘右衛門は御錠口を守り、──伊兵衛は場所を定めず、臨機に行動すると決った。

「手に余らば斬っても宜いが、なるべくはひっ捕えるよう御家老の御達しでござる」

勘右衛門は一同を見廻しながら云った。

「門番、庭番、下郎たちには屋敷廻りを固めさせてあるから、御一統には専ら姫の御寝所大切にお働

き下されい、呉々も過(あやまち)なきように」

伊兵衛はそれから勘右衛門に伴われて、番士の詰める部屋部屋を見たり、廊下の配置、御殿へ通ずる御錠口から、再び戻って建物の外側に至るまで、残る隈(くま)なく検分した。

「曲者の侵入した場所は分りませぬか」

「いずれも不明でござる、土塀は高さ七尺に余るゆえ、若し之(これ)を越えたとすれば、鈎縄(かぎなわ)でもかけねばならぬ筈、――篤(とく)と検べたがその痕(あと)とてもござらぬ。尤(もっと)も、斯様に杉樹立なども多く、構えの広き屋敷ゆえ、忍込(しのびこ)もうとすれば如何なる法もござろうがの」

「――如何にも」

頷きながら、伊兵衛は現に今しがたも、人知れず宮部鮎二郎が侵入していた事実を思出(おもいだ)していた。

「憚(はばか)りながら、弓の御用意はございましょうか」

部屋へ戻って来て伊兵衛が云った。

「半弓ならば拙者の物がござる」

「鏃(やじり)の附いた矢もお持ちならば拝借仕(つかまつ)り度いが」

「取寄せましょう」勘右衛門は直ぐに人を呼んだ。

半田流の弓術を学んだ事のある伊兵衛は、鮎二郎の言葉に備える法として、先(ま)ず弓を執(と)る気になったのである。

如月(きさらぎ)二十三日の夜は、冷え徹(とお)るままに更けて行った。伊兵衛は午後十時(よつ)の鐘を聞くと共に、矢を四五本に半弓を持って庭へ下り、茗荷ケ池から杉林の中を、跫音(あしおと)を忍ばせながら見て廻った。然し何事もなかった。二三日来めっきり春めいていたのが、春寒とでも云うのであろう、日暮がたから急に冷え始めて、低く垂れた曇からは雪でも降るかとさえ思われるほどであった。

半刻あまり見廻って、すっかり体の冷えきった伊兵衛が、部屋へ戻って火桶の側へ坐ってから間も

なく、――御錠口の方から、勘右衛門の声で、

「曲者だ、出合え、出合え！」

と絶叫するのが聞えて来た。

「すわ!!」と番士たちが起つ、一歩速く、伊兵衛は半弓と矢をひっ摑んで長廊下へ出たが、何を思ったかいきなり雨戸を蹴放して庭へ、

「奥を頼むぞ！」

番士たちに叫んで置いて跳出した。

御錠口なら三四人もいれば充分、半弓を以て後を詰めようと思ったのだ。――庭へ出ると、宙を飛ぶようにして御殿の前庭へ、いまひと息という処で、だっと躓いた。「あっ！」倒れはしなかった、たたらを踏んで見返ると、倒れている人影、

「――番士だ、殺られたな」と感じたまま跳躍、丁度御錠口の外に当るところまで来た。その時、何者とも知れず、いきなり伊兵衛の眼前数尺の空間を、光のように掠め飛んだものがある。伊兵衛はさっと身を竦めて、手早く半弓に矢を番えたが、その刹那に再び、ふっと云うような、しゅっと云うような、異様な呼吸を吐きながら、伊兵衛の背後から頭上を越えて、空間を飛ぶものの影があった。

「――猫！」伊兵衛は直ぐに番士の話を思出した。

「斑猫だ」気付いて身構えをする、――眼前二間あまりの闇の中に、きらりと光る双眸。

「えい！」切って放つ矢。手応え無し、二の矢を継ごうとした時、がらがらッと烈しい物音がして、長廊下の雨戸二三枚が踏外され、だだ!! と数人の者が庭へ跳下りて来た。

「曲者だ、逃がすな」「追詰めろ、後を塞げ」

口々に喚きたてる声。屋内の灯影がさして、追詰める番士たちの中に、抜剣した一人の浪人態の男を照し出した。

「占めた！」と叫ぶ伊兵衛、弓矢を投出して大股に走り寄ると、「曲者は拙者が引受けた、各々は囲りをお詰め下さい、それに、――怪しい猫が居る様子、油断なさるな！」

「心得た」さっと番士たちが退く、代って伊兵衛がずいと出た。居合の一刀で相手の虚を衝き、傷けずして捕えようとする積である。然し、――灯影を背に、曲者の方へ一歩進んだ伊兵衛は、思わず、

「あ！　き、貴公は――」

と叫んだまま石のように其処へ立竦んだ。

＊この後、連載一回分欠落

遁道

その一

着物を着せようとしたが、節子姫はくったりとなって身動きもできぬ様子だ。――鮎二郎は手早く、女の衣裳で姫の体を包みながら、小脇へ手を廻して抱上げようとした。そして、その時ようやく自分の左右へ、背後へ、詰寄って来る人の気配を感じたのである。

「――しまった」

呻くように云って、咄嗟に懐剣を姫の手に押しつけるや、さっと身を退きながら振返る。壇上でとろとろと燃える微かな火に照されて、五個の姿がぼんやりと見える……鮎二郎の背筋を悪寒が走った。

「――彼奴だ！」

思わず、口を衝いて出た呟き。

彼奴とは、――自分で呟いてから鮎二郎は却って訝った。然しながく考えるまでもなく、歴々と眼

にうかんで来るものがあった。それはお捨を跟けて行った春雪の夜、——湯島聖堂の裏で出会った男である。斬って捨てて明る日行ってみると、

(死んでから百日余りも経った屍体だ)

と巷の噂にのぼっていた、——あの男。

暗がりを背に、じりじりと詰寄って来る五人の姿……その男たちの体から発するものは、紛れもなくあの夜、彼の男から受けた感じそのままなのである。

若しあの時の男が、

(百日余り経った屍体であった)

とすれば、いま眼前に詰寄っている五人の男も同じではあるまいか?——屍体が生きて動くなどと云う事は信じられないが、然しあの女を取巻く数々の出来事のうち、多くは変幻怪異の靄に包まれている。何処までが現実で何処までが幻なのか、突止めようとしても突止めることの出来ぬ一線の靄があるのだ。

鮎二郎は考が混乱して来るのを感じた、——男たちは痴呆のように無表情な顔をして、次々に大剣を抜き、宙を辿るような静かさでじりじりと圏を縮めて来る。

「あ……鮎さま、——」

絶え絶えにおつう様が叫んだ。——それが、がらんとした、墓穴のような、呪咀の部屋の四壁に哀切なこだまを伝えた。

「おつう様ここに、——」と鮎二郎が答えようとした時、男たちの内の二人が、さっと護摩壇へ跳上って来た。

だだ！　と壇が鳴った。四隅に立ててある竹の一本がへし折れ、垂れて来る注連縄を引摺って男の一人が壇から顚落した。

「おつう様、――鮎二郎はここに居ります」

彼は奪取った大剣を執って、男たちの動きに眼を配りながら叫んだ。

「起きて下されい、力を出して。――おつう様、鮎二郎が必ずお救い申しまするぞ」

「――鮎さま、……」

「早く、その着物を――纏って」

言葉半ばに、再び男たちが、二人は正面から、一人は左、残る二人は背後から、声もなく迫って来た。

「――くそっ!!」

鮎二郎は正面から斬りつけた一人の剣をひっ外して、颯と壇を跳下りる、刹那、体を捻って、今し後へ迫った一人が勾欄へかける片足、その高脛を下から一刀、

「えイッ」と斬放した。男がだっとのめって墜ちた時、鮎二郎は既に二三間跳躍して壁を背に立っていたし、四人の男たちは影の如く左右から取詰めていた。――おつう様は痺れて自由にならない手足で、懸命に身を支えながら、そして視力の鈍った眼は縋るように鮎二郎を覓めながら、ようやく女の衣裳をひき纏い、鮎二郎の渡して行った懐剣の鞘を払った。

(若し鮎さまが斬られたら、自分も是で心の臓をひと突に――)と思ったのである。

だだ!! 床を踏鳴らす音が起った。人影が入乱れ、ぎらりぎらりと剣が空を截った。瞬時に二人倒れた、続いて一人、――鮎二郎は大きく廻りこんで円柱を小楯に取った。

「――おつう様」

「鮎さま、……」

「もう大丈夫でござりますぞ、――あの階段のところまで行っていて下されい」

「――は、はい」

「元気を出して!!」

励声して叫ぶ。同時に、だっと斬って来る最後の一人、右に躱(かわ)して、壇の方へ、誘うように退いた。

「お起きなされい、おつう様」

この暇に……と呼びかけながら、詰変(つめかわ)って来る相手を見て、鮎二郎は愕(ぎょっ)とした。

その二

今まで五人を前にして気付かなかったが、最後に残った一人を、熟(よ)く見ると覚えのある顔なのだ。

「はて、――誰であったか」

一歩、二歩、誘いながら思いだそうとするが、分らない。相手は仮面のように動かぬ顔で、あたかも、眼に見えぬ糸で操られるかの如く、すーすーと詰寄って来る。

「――鮎さま！」

いつか階段の方へ去っていたおつう様が、その時鋭く叫んだ。

「人が、人が、この壁の向うに……」

「――ええ!?」

「誰かが、鮎さまを呼んでいます」

鮎二郎は不可(いか)ん！　と思った。――あの女が来た。そう思ったのである。咄嗟に壇上へ跳上って、左へ下り、相手の追求を避けながら姫の方へと走(は)せつけた。

「おつう様、危い、此方(こっち)へ！」

そう呼びかけた時、階段の右手に当る壁の一部が、土煙をあげながらどうと崩れ、三尺四方ばかりの穴が明(あ)いて、――そこからぬっと半身を現わした者がある。

「あ――」

鮎二郎がすばやく姫を援けて立つ。

「――宮部氏！」

意外な声、「拙者でござる」と云うのを見ると、思いがけぬ陣守伊兵衛ではないか。

「おお貴公陣守、――」

「姫君は？」

「無事だ」

「脱け道でござる、早く！」

鮎二郎は姫を伊兵衛の方へ押しやった、――追い詰めて来た男は、九尺ほどの間を置いて昵と此方を狙っている。

「えい――！」

鮎二郎は喝然と叫んで一歩出た。相手は剣を正眼につけたまま、引かれるようにすり寄って来る。

「宮部氏、早く」

伊兵衛は、姫を引入れて置いて振返った。そしていま鮎二郎と相対している男をひと眼みるや、

「あ、し、静馬！」と叫んで出ようとする、それより疾く、鮎二郎がだッと床を蹴って、相手の真向へ一刀、入れようとした。

「待った！」

伊兵衛は思わず絶叫した、

「拙者の朋友でござる、宮部氏暫く、――」

「なに貴公の友？」

鮎二郎は相手を剣先で圧しながら、不意に身を翻えすと、

「――参ろう」と云って壁の穴へ潜込んだ。伊兵衛は穴の口に剣を擬して、

「後詰は仕る、早く彼方へ」と促した。鮎二郎は姫を援起して暗がりの中を足探りに走った。――十四五間も行ったかと思う頃、伊兵衛が追いついて来た。

「もう大丈夫でござる」

と云った、「少し行くと石の段を登りますから、足許に気をつけられい」

「――貴公どうして此処へ来られた」

「根岸の御下屋敷より、あの男の後を追って参ったのでござる。もうお忘れかも知らぬが、彼は河村静馬と申して辻にて貴公と諍いをした折、一緒にいた男、――拙者にとっては無二の朋友でござる」

「お、あれか……」

何処かで見た男と思ったのは、あの時のことであったのかと、鮎二郎はようやく合点した。

「この抜け道まで追い詰めたところ、闇にまぎれて見失い、一度は引返そうかと存じたが、――どうでも伴戻さねばならぬ仔細がござるゆえ、捜し廻るうち貴公の声にて……姫君の名を呼ぶのを聞きつけ、是こそ神のひきあわせと壁を切破って……」

「――石段に参った、これを登るか」

「拙者が案内に立とう、段が高いから気をつけて、――姫君をお代り申上げようか」

「いや宜しい」

鮎二郎はおつう様を抱上げた。高い石段を四十余り登ると、花の香を含んだ風がすっと右手から吹いて来て、仄かに射し込む外の光が、石で畳んだ狭い隧道の壁を照し出した。その光で初めて、――左右の石壁に浮彫のあるのが見えた。彫ってあるのは支那の人物で、賦してある文字から判ずると、どうやら神仙伝を刻したものらしい。

「此処から出るのだ」

先導していた伊兵衛が、隧道の左手にある石段を登って行った。そして重い金具の軋りが起って、眼を射るような早朝の日光が、さっと隧道(トンネル)の中へ流れ込んだ。

「――おつう様、出ましたぞ」

鮎二郎が云うと、男の手に抱かれたまま、弱々と微笑しながら姫は何度も頷いた。――疲れの見える美しい双眸が、危地を脱した悦びと男に全身を任せた安心とに、恍惚とうるみを含んでいた。鮎二郎は抱いた手に力を入れ、眤と姫の眼に見入りながら石段を上った。

出たところは、湯島聖堂の中で、大聖殿の横手にある空井戸の口であった。――風に乗って匂ったのは、その空井戸の周囲に咲いている七里香の花であった。

声

その一

「ぎゃあ、――ぎゃあ、……」

紙鑢(かみやすり)の表を擦るような声である。壁を伝って天井へ、それから襖(ふすま)をばりばりと掻挽(かきむし)る音、はたと畳へ降りる気配、それに続いて再び、

「ぎゃあ、――」と啼(な)く声がする。

二人の少女が、――二刻まえに鮎二郎の迷っていた廊下に、身を寄せあって立竦んでいた。年嵩(としかさ)の方はお条(くめ)と云って十五、もう一人は瑞枝(みずえ)と呼んで年は十四、二人とも自分の生れた処は勿論(もちろん)のこと、父母の顔さえ知らぬ孤児で、幻術師長谷寺阿捨(おすて)と云う、彼(か)の女(じょ)の手許に育って来たのである。

然し、なんと奇妙な育てかたをされたことであろう。立歩きの出来る頃から今日まで、十余年の歳月が経っているのに、二人は曾(かつ)て一度もその女の顔を見たことがない、――否、見てはいるのだが、

一度として「眼に残る顔」がない。見る度にまるで違う人になる。これは顔だけではなく、身振りにも声にも現われる変化なのだ。それが動かすべからざる事実だと云うことに気付くまで、二人の少女は何十度心の底から戦慄し、怯(おび)えたことであろう。そして、やがてその事に馴(な)れて来た頃には、女の生活のどんなに不可思議な面をも、その有るがままに受容(うけい)れることを覚えたのである。

少女たちに取っては「幻術師長谷寺阿捨」が全部である、日輪も大地も、阿捨があって初めて在(あ)るのだ。

彼の女の生活は、二人が覚えて以来、曾て一定の連続したかたちを保ったことがなかった。一言(いちげん)にして云えば、彼女たちの生活は、常に女が演ずる「幻術」の一齣一齣(ひとこまひとこま)でしかなかったのである。そして少女たちは、全くその不安定な、絶えず印象の中断される感覚を現実として育って来たのだ。

然し、然し、いま二人の少女は、――十余年このかた馴れて来た感覚を、根こそぎ覆されるような場面に行当(いきあた)っている。

彼女たちは今宵、女の部屋に鮎二郎の居ることを知っていた。そして定めの刻限には、そこへ女を呼迎(よびむか)えに行かなければならなかった、――どんな事があろうとも、女は午後十二時(ここのつ)から明けの四時(ななつ)までのあいだを、

〈仕えの刻〉と称して密室に籠(こも)る習わしである。その密室が其処(そこ)から更に地下へ降(くだ)ったところにあるということ以外には、そこがどんな場所で、女が何をするのか全く分っていなかったし、知ろうとすることさえも許されていなかったが、――その習慣だけは決して変らないのだ。定めの刻限にお条が行った、――そして襖際に膝をついて、

「――申上げます」と云った。すると……部屋の中からは曾て一度も聞いたことのない声で、

「明けてはいかぬ、その襖――明けてはいかぬぞ」と荒々しく答えるのが聞えた。それは女の声ではなかった。壊れた琵琶を掻鳴らすような、ひどく乾いた嗄(しゃが)れ声で、然も、それに続いて起った呻きは

……檻に閉籠められた野獣の如く凄じい響きをもっていた。お粂は堪らずに、

「――お師匠さま」と呼びかけた。

「う……、う……」呻き声に、歯を嚙鳴らす音さえ聞える。――お粂は我にもなく走戻って、瑞枝と一緒に再び引返して来た。

部屋の中では、荒々しい呻きと、身の毛のよだつような呪咀の声がしている。そして更に、その声の他に、何か獣物の狂い廻る物音がしているのだ。

「――お師匠さまじゃない」

瑞枝が身を顫わせながら囁いた。

「誰だろう？……それにあの音、――そら、天井へ駈けあがって……」

お粂もわなわなと膝を慄わした。

その二

「お粂、お粂はいやるか」

暫くして呻きの中から呼びかけるのが聞えた。

「は、はい」

「切物を持ちやい」お粂は瑞枝と顔を見合せた。

「は、は、早うし居れ、早う」喰いしばった歯のあいだから喚く声だ、――二人は追われるように戻って、一口の短刀を持って来た。

「持って来たか」「――はい」

「雪洞を消しやい」お粂は云われるままに雪洞の灯を消した。恐ろしい重さをもった闇が、息も出来ぬように、全身の毛穴から滲込むように二人を圧しつけた。――部屋の中では人のいざり動く気配が

して、

「お粂、お粂ひとり、此方へ寄れ」と云う。

「――襖を明けい、……それで宜い」

闇の中で、ふっと女の香が近寄った、それが毎も阿捨の用いている香料であることはすぐに分った。

「近う寄れ、――寄るのじゃ」

「――はい」

「刃物は何処にある」

「ここにござります」

「短刀じゃな、宜い、抜け、――抜いて、その刃を上に向けて、柱へぴたりと着きやい」

お粂は云われる通りにした。

「確りと押えていやい」

「――はい」

お粂は両手で確りと柄を押えた。闇の中の人は、静かにすり寄って来た。柱へ背を当てたようだ。

――そして短刀の場所を捜すために、下から手で撫で上げて来た。……その手が、お粂の手に触った、
お粂は思わず、

「きゃ！」と叫んで手を引いた、――それは鮫の肌のように荒れて、かさかさに乾干びた皮膚だった。

血の温かさを失くした死人の手だった。

「むう……」恐ろしい呻きと共に、

「お、おのれ、何を喚く、――何が、そんなに恐ろしい、この……手か？」

「い、否え――」

「支えて居やい、早う、ええ早うッ」

お粂は全く生きた気持はなかった、――ただ相手の声に操られて、半ば喪心しながら懸命に短刀の柄を握っていた。

「もう放しても宜いぞ」

そう云うと同時に、お粂の手から短刀が捥取られた。――そして内側から襖が閉まった。

「――雪洞を点けやい、――点けたら二人とも部屋へ帰るのじゃ」

「はい」

「構えて部屋の外へ出るでないぞ、行きやい」

少女たちは追われるように、闇の廊下を走り去って行った。

襖の内では尚、暫くのあいだ獣物の啼声と、異様な人の呻きと呪咀とが続いていたが、やがて、――襖が静かに明いて、中から首だけそっと外を覗いた。

逆立った灰色の髪がおどろに乱れ、落窪んだ双の眼が、ぎらぎらと光っている。痩せた皺だらけの唇がまくれて、怒った野獣のように歯が剝出されている。――あの老婆だ、呪咀の部屋でおつう様を裸に吊上げ、鮎二郎を金鎖で縛った……あの妖婆である。然し、――いま身に着けている衣は、紛れもなく鮎二郎が当身をくれたうえ、夜具の中に押籠めて置いた阿捨のものであった。

老婆は其処に置いてあった雪洞を取上げて、脾腹を押えながら歩き出した。その足の廻りを、毬のようにすばやく、灰色の斑の毛をした猫がもつれて行く。

「へひひひひ」

老婆のくいしばった歯のあいだから、突然低い嘲笑がもれて来た。

「宮部一族、宮部一族、――先ずこれじゃ、血も絶やせ、根も枯らせ、……へひひひひ笑止や笑止や、わしのこの手から、どのような火が燃え出るか見ているが宜いぞ、――江戸城中、紅葉山の便殿の後に、掘られた穴はまだ塞がってはいないのじゃ。あの穴の底から、呪咀の手が招き居る、へへへへへ、ひひひひひ。楽しや、楽しや、月が変れば当将軍の子が生まるるわ、石子詰にさりょうとての——愁歎の幕はもう明こうぞ、して宮部一族と……あの小娘、伯耆守の小娘がその御供じゃ」

月が変れば将軍の子が生まれると云う、この老婆どうしてそれを知ったか、——今、将軍吉宗の側室久免の方が懐妊中で、出産の日も間近に迫っているという事は事実であったし、六十に及んでの子なので、吉宗の悦びもひと方でないという噂は、城中でこそ隠せぬ事ではあったが、まだ世間には知られていない筈である。

然しこの老婆は知っている。知っているばかりでなく、既に何事か深く企むところがあるらしいのだ。——足許に戯れ狂う猫と共に、やがて老婆の姿は呪咀の密室へと消えて行った。

ひでり雨

その一

鮎二郎は広縁の柱に背を凭せて、うっとりと眼を閉じていた。

おつう様の弾く琴の音が、春の陽に溶けて、頭の芯まで澄徹るように快く流れている。——狭くはあるが四条流に作った庭のはずれに、一本の山桜があって、盛りを過ぎた葩が絶えずはらはらと散っている。

〈十日まえの、あの恐怖の夜に比べると、なんという静かさ、娯しさであろう〉鮎二郎は琴の韻律に惹入れられるように、そっと胸のなかで呟いた。

彼の日、姫を救い出した鮎二郎は、「若様浪人」と名の通った下谷界隈は避け、この麻布台町の浄円寺裏の家をみつけて隠れ家にした。伯耆守家へも、自分の生家へも知らさないのは、あの女がどんな事をして探り出すか分らぬ不安があったからだ。

（父上さまにだけは――）と云う姫の言葉も拒け、老婆一人を雇って人眼に立たぬ暮しを始めたのであった。

琴の音が静かに歇んだ。――鮎二郎は余韻を楽むように、暫くは身動きもしなかったが、やがて低く、

「斯うしていると、いつか片町坂のお邸で、初めて貴女の琴を聞いた時を思出す、――あれは十年もまえの事であったろうか」

「鮎さまの御所望でござりました」

「わたくしが十二……鮎さまが十八、――八年まえでござります」「あの時の曲も、たしか千鳥」

「――亡き母の得手の曲で、琴と云えば千鳥それしか知らぬ頃のことであった……八年。おつう様にも鮎二郎にも、ずいぶん数奇な八年であったよ」

「――つうには悲しい事ばかり、……」

「それももう終る、あなたの体に絡みついている悲しみの糸、苦難の糸を、鮎二郎が残らず切放そう――おつう様」「……はい」

「貴女をおつう様と呼ぶのも、もう長いことではありませんぞ、ご承知か」「――――」

「片町坂の邸の門も、もう節子姫ではくぐれませんぞ。貴方の悲しい運命の雲が切れて、新しく春が甦えるのだ、――鮎二郎がその雲を切って捨てた時こそ」さっと、不意に冷やかな風が一陣、山桜の花を舞い狂わせて吹き過ぎた。――眼をあげて見ると、浄円寺の森の上から北へかけて、水面へ墨を落したような雲が蔽いかかっている、花時の気まぐれ空。

「――雨か」と鮎二郎が身を起しかけた時、――雇いの老婆が入って来て、

「あの、お客様でございます」と云った。

「客――？　客の来る筈はないが」「青山のお屋敷からと仰有って。年寄のお武家さまがお独りで」

鮎二郎は眉をひそめた、青山の屋敷と云えば自分の生家であるが、此処が知れるという訳はない。

「家違いではないか」呟きながら立って出て、玄関の襖を少し明けて窃ると意外にも源左衛門である。

「おお若、矢張り此処に」

「爺！」鮎二郎はそれを遮って、

「どうして此家を知った」「昨日の夕方でございましたが、門番所へ誰やら投文をして行った者があり、それに此家の所書が認めてございましたので」

「投文？――して誰か其の者を見たか」

「夕闇まぎれの事で、直ぐに門番が外へ出て見た時には、もう四辺に人の姿はなかったと」

「……みつけられた」鮎二郎は呻いた。――これを恐れればこそ伯耆守家へも知らさず青山へも黙っていた。それゆえにこそ十日余りこのかた、一歩も家から出ずにいたのである。然も、あの女は既に此家を突止めている。あの女を措いて誰に出来るか、――あの女だ、あの女に相違ない。

「なにしろ御無事と分って此上の祝着はございませぬ、根岸のお下屋敷で火の中へ入られた仔細、酒井家の斎藤様から見届けたと申して参った故、旦那様のお歎きは素より、この爺までが生命を縮めましたぞ」「止めい、話は後だ、――爺」

鮎二郎は声をひそめて、

「この家を直ぐに引払わねばならぬ、手を借りるぞ」「これは奇妙な」

源左衛門は訝しげに、「その投文に、――迎えに行くと住居を変える事になろうから、その用意もして行く様……と書いてございましたぞ」

鮎二郎はあっと立竦んだ、――女の眼が、蜘蛛網のように粘々と、自分の手足へ絡みついているのを感じたのだ。――片日照りの空から、さっと銀色の雨が降りだして来た。

＊この後、連載一回分欠落

藪の中

その一

「――え、石子詰、……将軍の女を」

「嫉妬だ」

鮎二郎は凝と空を見やりながら、

「五代様（綱吉）のお部屋、清心院様が嫉妬のあまり一味を語ったうえ、姫御出産と同時にこれを掠って、石子詰めにした」

「――無残な、……」

「幸い老お庭番がいて秘に救い出し、信濃国へお伴い申して守育てた、その姫が長ずると共に復讐の鬼となって、清心院様に加担人した一味の重臣を、十年にわたって次々と呪殺したのだ、――どう云う方法で復讐が行われたか分っていないが、兎も角も其時の一味はみんな全滅している。……その復讐の鬼が、あの夜聖堂の地下の密室にいたのだ」

鮎二郎の語り継ぐ言葉は、陣守伊兵衛を妖気で包んだ。――数々の事が分った。五十年にわたる妬心の地獄絵、血にまみれた復讐の相、……初めて知った妖異の根原の深く根強いのに、伊兵衛は思わず慄然となった。

「――ただ未だに分らぬのは阿捨という女の素性だ。五代様の御胤と名乗る彼の妖婆とどんな関係の者かそれが分らぬ、……根津の下屋敷の変事の時、あの猛火の中から節子姫と拙者を、どうして救出したか、それに毎も側を離れぬ斑猫も妖しい、すべてが幻怪不思議な霧に包まれている」

「――幻怪と申せば」伊兵衛が面を振り向けて、

「あの下屋敷の火事の折、忍入った怪しい男がございましょう……？」

「うん、聖堂の地下にいた彼か」

「実はあの男に就ても奇妙な事があるのです。それは、――拙者と共に酒井家へ仕官した日、戻る途中増上寺の切通しで、辻幻術の女に遭いましたが、その時幻術の女の工にかかり、どうした事か」

伊兵衛は静馬の奇怪な失踪を精しく語った。――これもまた鮎二郎を愕かせるのに充分だった。

「その幻術師は阿捨だ」

「拙者にもそう思われます」

「――色々の事が一本の糸に集って来た」

鮎二郎は、唇をひき緊め、身を乗出すようにして云った。

「阿捨がその糸を操っている。節子姫が清心院一味の血をひいている事実を探り出したのも彼女、聖堂の地下にある密室の鍵を握っているのも彼女、――だが、そんなら彼女は何者なのか、あの妖婆とはどんな関係にあるのだ、それさえ分れば……」

廊下を人の走って来る気配がした。

「――鮎二郎！」叫んで入って来たのは父蔵人である、――顔色が紙のように白い。

「変、変事出来だ」

「――父上！」

「御誕生の姫が掠われた」

蔵人の総身はがくがくと慄えていた。――鮎二郎は臥破と膝を立てた。

「如何して、――この警護の中を!?」

「合点が行かぬ。お上が御対面を済ませて御退殿遊ばすと程なく、局(つぼね)へ異様な斑猫がまぎれ込み、お末たち三人を嚙み殺す騒ぎに、うかとお詰を離れた――ほんの僅の暇だ」

「して何か怪(あやし)い者の出入は」

「お部屋様御信仰の老僧、瑞聖院の海慧と申す密教の修法者が待夜(たいや)して居った、――それが見えぬ」

宮部家滅亡の時、――と書いて寄越(よこ)した阿捨の投文、それが事実となって現われた。こんな事もあろうかとあれ以来、父の身辺を離れず、家子二十名と共に産殿の守護警衛を勤めていた。――それでなくとも厳戒の江戸城中、殊(こと)に奥殿をかけて密々の衛士(えじ)は、蟻の這入(はい)る隙もない程に配置されてある。その真唯中(まったなか)で遂に怪事が行われた。

「――海慧は何処(どこ)にいたのですか」

「御産所の控えに修法間を設(しつら)え、一名の侍僧と共に御祈禱申して居った、――局の騒動の起るまで、慥に誦経(ずきょう)の声がしていたのだ。ところが戻ってみると両名とも姿が見えぬ」

「――これだ、是だ！」

鮎二郎は呻くように云った。

「御役目の上に非常の事出来すべしという投文の謎はこれを指していたのです。瑞聖院の海慧の正体は恐らく彼(か)の妖婆に違いありません。父上、――先日お話し申した五十余年以前の惨事が、再び繰返(くりかえ)されようとしているのです。姫の御命は復讐の鬼の手に握られたのです」

「直ぐ手配をさせよう」

「お待ち下さい」鮎二郎は父を押止(おしとど)めた。

その二

「下手に騒いでは却って姫が危い、――城中はこのまま、直ぐに大目付へ人をやって、集められるだけの人数を湯島の聖堂へ集めるように云って下さい」

「――聖堂へ？」

「あとの事は鮎二郎が指図致します」

蔵人は倉皇と引返して云った。

「――陣守！」

「おう！」

「愈よ時が来たぞ、ぬかる勿」陣守伊兵衛は、側へひきつけて置いた弓を執って起った。

「どうする、聖堂へ行くか」

「いや待て、――」鮎二郎は大剣を差しながら、

「復讐が繰返されるとすればこの城中だ。曾て清心院一味の手で行われた石子詰め、――今宵御誕生の姫を掠ったのが彼の妖婆であるとすれば、必ず彼女は同じ方法を執るに相違ない、どうだ？」

「――慥だ！」

伊兵衛は強く頷いて、「然し、――その場所はお分りか」

「見届けてある」

「宜し、直ぐに参ろう」

「急いで彼等に覚られてはならぬぞ、――それから此に狼火煙火を持っている、彼女が来たら是を打揚げて眼を眩ますから、その機を外さず一矢を頼む」

「心得た！」

御小屋を出た鮎二郎は、内廓を固めている家子たちの屯に近寄って、五郎兵衛を呼出し、

「紅葉山の辺に狼火が揚ったら、即座に警護の人数を集めて取囲め、迅速にやるのだぞ」

「――畏りました」

「怪しい者が眼についたら容赦なく斬る、躊躇なくやれ。責任は鮎二郎が引受ける、必ずぬかるな」

「申附けまする」

固く云含めて其処を出ると、西丸へ通う内廓に添って小半丁行く。紅葉山の方へ切れると四方は鬱蒼とした樹立で、足下も見えぬ深い闇がひろがっている。――鮎二郎は伊兵衛と共に、殆ど足探りをしながら更に二三十間進んだ。やがて左手に当って、さやさやと風に戦いでいる竹藪の畔へ来た。

「――あの藪の中だ」低く囁いて、跫音を忍びつつ、静かに藪の中へ入って行った。

城中へ詰めて以来五日、鮎二郎はこの藪の中は眼をつむっても歩けるほど踏査してある。あの密室で妖婆の口からもれた呪咀の言葉はいつまでも歴々と覚えていた。

「紅葉山の便殿の藪囲い――」と実地に検べるとその藪こそ、今は取壊されているが五十年以前其所に建っていた便殿の藪囲いに相違ない。――然もその中央には凡そ十坪ほどの丸い草地があって、曾ての惨劇を語るかに見えている。

「静かに……」

鮎二郎はその草地にかかる一歩前で足を止めた。

「此処で待とう」

「まるで暗くて、見当がつかぬ」

「この先が草地になっているのだ。来るなら其処より他にない、――いつでも射立てる用意を頼むぞ」

「心得た」伊兵衛は一矢を弦に当て、二の矢を添えて身構えた。

二人は正に絶好の機会を摑んだのである。足場を定めた鮎二郎が、隠し持った火縄を、深く袖でかこみながら吹き熾しつつあった時、紅葉山の方から明かに人の来る気配、――忍びやかに竹叢を押分ける音が近づいて来た。

「――宮部氏！」伊兵衛が囁く、

「うん！」と鮎二郎も身を乗出した。

五十年の歳月を綴る復讐の呪が、まさに今その最後の一齣を結ぼうとするのだ、――伊兵衛は矢筈をとってぐいと左足を踏伸ばした。闇に馴れて来た眼は、星空の下にそれと分るほどの草の空地を見ることが出来る。

「陣守、慥に来た」

「――」

「一の矢を過つな！」

そう囁いて、鮎二郎は狼火煙火の筒を執直した。

竹叢の物音は益す近づいて来た、そして間もなく、黒い人影が――すーと草地へ現われた。その刹那、鮎二郎の手から、
だーん！

と凄まじい爆音がして、眼の眩むような光の尾が闇を引裂いて迸った。

その三

真昼のような閃光を浴びて、一瞬、――草地の中に立竦んだ者がある。恐らく僧海慧に化けた妖婆であろうと思っていた鮎二郎は、相手の姿をひと眼見るなり、

「――あ！」と叫んだ。意外にもそれは阿捨であった。

阿捨は殿中から紛れ出る時に装ったのであろう、中老の衣裳を着て、手には産衣で包んだ嬰児を抱えてはいたが。――不意に眼の眩むような光を浴びせられて、あっと立竦む、同時に伊兵衛が矢を切って放した。

狙いも良し、呼吸も絶好だった。光を裁って飛んだ矢は、身を翻えして逃げようとする女の、右肩の附根へ強かに突刺さった。

「あーッ」阿捨の悲鳴。

「しめた!!」と踏出しざま二の矢を番える伊兵衛、

「射るなッ」鮎二郎が叫んで出る、——同時に女は、抱えていた嬰児を落して、竹叢の中へのめるように倒れこんだ。

「仕止めた」

絶叫しながら二人が駆けつける、——と、意外にも女の姿が見えない。鮎二郎は火の迸る狼火の筒を藪の中へ振向けた。

「あ、逃げた」竹叢を掻分けながら、紅葉山の方へ消えて行く女の後姿がちらりと見えた。

「くそッ!」伊兵衛は矢継早に二の矢三の矢を射かけたが、風に戦ぐ藪の中を通す矢はなかった。

——然しこの附近には既に、狼火を見て五郎兵衛の人数が寄せている筈である。

「陣守、——姫をお抱き申せ」

「だがあの女」

「拙者が引受けた」

伊兵衛が、草地に投出されたまま火の出るように泣いている嬰児を抱きに引返す暇に、鮎二郎は狼火の火子を散らしながら、無二無三に藪を押分けて進んだ。——狼火は直ぐに煙硝を燃尽して消えたが、藪の外にはすでに提灯や松明の火が闇を焦がしていた。

伊兵衛は心焦りながらも、泣きしきる嬰児を、笹の葉に傷けぬよう袖で庇いつつ、後ればせに藪の外へ出た。一介の又者の身で、将軍家の女を手に抱いている、なんと奇妙な事実であろう。そんなせつぱくした渦の中にいながら、伊兵衛の気持は誰かに騙されているような、捉えどころのない不安を感じたのである。

藪を出ると、松明を振翳した一団の人々が、鮎二郎を取巻いているのを見つけた。

「――宮部氏！」呼びかけて走寄る。

「曲者はどうなされた」

「見えぬ」鮎二郎は遉に声をうわずらせて、

「紅葉山の周囲は隙もなく取巻いていた。狼火の揚った時には五郎兵衛の人数が此処を囲んでいた、――だが誰も見た者はない」

「あの手傷でこれだけの包囲を脱けることは出来まいが」

「――五郎兵衛」鮎二郎は老家扶を呼んで、伊兵衛の手から嬰児を渡し、耳へ口を寄せて何事か囁き命じた。五郎兵衛はあっと驚愕したが、――直ぐ七八名の者に周囲を護らせて去って行った。

「藪をもう一度検めて見るか」

「いや此処はもう宜い」鮎二郎は決然として、

「あの女のことだから、生命さえあれば是だけの広い闇、ことに依ると城外へ脱出するかも知れぬ。そのまえに聖堂の地下へ先手を打つ可しだ」

「それなら、早く、――」二人は後の警戒を命じて置いて、平河口へ駆けつけた。

一ツ橋御門を出ると足に任せて走った。――伊兵衛の心配はいま香折の身上にある。なんのために彼女が香折を掠ったかは分らないが、静馬の妹というだけで既に、なにか兄と同じ悲惨な事に遭っているような気がする。

――無事でいて呉れ、無事で。

伊兵衛は繰返し繰返し念じた。

昌平橋を渡るところで、大目附方の組下たち、約七八十名の者と会った。法水市右衛門というのが指揮して聖堂へ向うところである、――鮎二郎と市右衛門とは予て相識の間柄だったので、途中あらましの事情を語りながら、聖堂の門前へ着いた。

手配は迅速に行われた。御高門外の河岸、昌平坂の築地外、裏門、横手に夫々人数を伏せて、鮎二郎は伊兵衛と共に十名を連れて総門から入り、番所へ非常の趣を申入れて、装束所の裏手から薬草園の方へと踏込んで行った。

元文秘記

その一

薬草園の廃井戸は直ぐにみつかった。

伊兵衛は真先にそれを下りた、――然し、石廊へ通ずる鉄扉は固く閉されていたので、それを打壊すのに少し暇どった。

――この扉が内側から閉まっているのは、もう彼女が戻っているのではないか？　それとも此処は既に引払ったあとか？

不吉な予感は犇々と伊兵衛を苦しめた。

「――此処は旧書庫でござりました」

後で番所の者が云っていた。「石廊の壁に石の浮彫がござりますのは、清国の何とやら申す廃宮から移したものだそうで……いや、二十年以来、閉鎖したままでござります」

鉄扉は打壊された。――伊兵衛は弓と矢を片手に、先頭を切って石廊へ踏込んだ。すると後から松明を持って追いついて来た鮎二郎が、

「急ぐな、急いではいかん」と声をかけた。

「迂闊に行くとどんな罠が掛けてあるか分らんぞ、落着け――陣守」

「それより拙者は、もう彼女が此処にいないのではないかと思うが」

「大丈夫、――見ろ、この石上に生々と足跡がついている。聖堂の地下などという屈強の隠れ場所が、そう容易に他にあるものではない、必ず此処にいる」

後から人の走って来る気配がした。

「――宮部氏、宮部氏」

「おう！」振返ると法水市右衛門、

「どうした」

「怪しい女が大聖殿の横手で……」

「押えたか!?」

「いや取逃した」

市右衛門は息を瑞ませて、「――裏門の内側から不意に現われ、そのまま大聖殿の横手へ追い詰めたところ、まるで煙のように姿を見失ってしまった」

「――宜し」

鮎二郎は頷いて、「それでは人数を集めて、大聖殿の附近から薬草園の廻りを固めて呉れ。怪しい者が出たら構わずに斬る、頼むぞ」

「心得た！」市右衛門は即座に引返した。

「陣守、――入口は此他にもあるのだ」

「それに違いない」

「――急ごう！」

伴（つ）れて来た組下の者たちに、持っている松明へ火を移させ、二人が先に立って石廊を進んだ。——然しもう此辺と思われる場所へ行っても、曾て二人が脱出した密室への出口はみつからなかった。伊兵衛は焦った。

——あの女は戻っている、香折はあの女の手に握られている。静馬と同じように、もう香折も女のために悲しい姿にされているのではあるまいか。

そう思うと息の止まるような苦しさだ。

「掛矢を持って来い」

鮎二郎が叫んだ、そして左手の壁を打壊しにかかった。——一撃、二撃、土埃（つちぼこり）が濛々（もうもう）と石廊に溢れて、だあっと壁が崩れ落ちた。その土を浴びながら鮎二郎と伊兵衛は中へ跳込んだ。——と、其処（そこ）は小さな部屋で、今しも二人の少女が、恐怖の叫びをあげながら、寝衣（ねまき）のまま逃出そうとしているところだった。

「——待て、恐がるには及ばぬ」

鮎二郎がすばやく声をかけた。

「拙者だ、鮎二郎だ」

「ま、まあ……」

天神下の住居（すまい）で顔を見知っていた少女たちは、鮎二郎と見てがくりと膝をついた。

「阿捨は戻っているか」

「はい、——あの声が……」

顫えながら振返る、——向うの方で、獣のように咆（ほ）える女の声がした。

「陣守、ぬかるな」

「おう！」襖を明けて廊下へ出る。声を頼りに走って行くと例の護摩壇のある密室へ出た。

がらんとした、窖（あなぐら）のような、部屋いっぱいに、不思議な香の匂（におい）がして、例の奇怪な金銅像の前に、いつぞやの通り呪火（のろいび）が燃えている。その呪火に照されて、一人の女が護摩壇の上で咆え叫びながら狂い廻っていたが、――鮎二郎たちが踏込むと同時に振返って、

「う……来居ったか、――」と幽鬼のように歯を剝いた。

「陣守！」鮎二郎が叫ぶより疾（はや）く、伊兵衛の手で弓弦（ゆんづる）が鳴った。光のように飛んだ矢は、女の胸元へ真直に突立った。女の髪毛（かみのけ）が、生きもののように空へ躍り、凄じく呻きながら金銅像へ倒れかかった。

――そして片手を像にかけて、

「おのれ、――七生まで……」と云ったかと思うと、身を翻して階段口へと、風のように走った。伊兵衛は二の矢、三の矢を射かけた、――階段を登りつめるところで、三の矢が女の背の真中（まんなか）へ突刺さった。女は突飛ばされたように階段の上へのめり倒れた。

「それッ！」鮎二郎が脱兎の如く追った。

その二

階段をのぼりつめると、其処（そこ）に倒れた筈の女が見えない。鮎二郎は咄嗟に、――あの夜の部屋だ、と直感したので、躊躇なく廊下を右へ走った。三十歩にして先夜、彼が女と共にいた部屋の前まで来る。

「――此処（ここ）だ」と伊兵衛に呼びかけて中へ踏込むと――部屋の中に倒れている女二人、一人は体に矢二筋を負って絶命している阿捨、隅に、きびしく縛（いまし）められているのは香折だった。

「ああ――香折どの」伊兵衛は夢中で走寄りざま、

「香折どの、伊兵衛でござる」呼びながら抱起した。――娘は憔悴しきった面を、辛うじて挙げると、視力の弱っている眼を睜（あ）いて伊兵衛の顔を捜すように見た。伊兵衛は脇差を抜いて縛めを切放し、静

かにそこに横えてやりながら、

「もう心配はありませんぞ、気を丈夫にお持ちなさい、——拙者が分りますか、香折どの」

「……はい」香折は微かに唇を動かした。

「陣守、——これを見ろ……」と云われて振返ると、鮎二郎が倒れている阿捨を仰臥させたところだ。

「あッ——」伊兵衛は愕然と身を震わせた。なんという奇怪な事であろう、——いま鮎二郎が仰臥させたのは、老いさらばえた老婆の死体である。土気色に肉の落ちた、皺だらけの相貌、乱れかかる灰色の乾いた髪、——それはあの妖艶な阿捨とは似ても似つかぬ恐ろしい老婆の姿であった。

「——あの女ではなかったのか」

伊兵衛が息を吸込むようにして云った。——鮎二郎は凝と老婆の死顔を覓めながら、

「いや。あの女だ、——この衣裳を見ろ、肩の傷は先刻城中で貴公の射かけた一の矢の痕だ。二の矢、三の矢とも、慥に間違いなく射込まれているぞ」

「ではこの……」

云いかけたが、伊兵衛は何故とも知らず水を浴びせられたような悪寒に襲われて思わず後ろへ退った。

「分らない」鮎二郎は呻くように呟いた。

「——この老婆こそ、慥にあの護摩壇で呪咀の誓を叫んでいた復讐者だ。そして我々が此処まで追い詰めて来たのは正に阿捨だった、——とすると阿捨とこの老婆とは同一の」「そんな事が有り得ようか」

「——有り得ない、けれど……己には朧ろげながら分るような気がする」

「宮部氏、——!」鮎二郎は蹲んで、老婆の死体を覗込んだ。何処かに阿捨の俤がありはしないか、どこかに謎を明かすものがありはしないか、——と然しすっかり死相の表われた老婆の顔は、見るも

無残な苦悩の筋を畳んで、仮面のように硬化していた。
「分らん、矢張己には分らない」そう呟いて起上がった鮎二郎の眼に、不思議な涙がきらりと光った。

捜査の結果、地下の一室に驚くべきものが発見された。それらは骨に化したものから、十日前後のものまで、孰れも心臓部を抉取られた若い男女の亡骸で、その中には、彼の不幸な河村静馬の死体もまじっていた。然しそれ以上は、その地下の密室がどんなものであったか分っていない。その後いくばくもなく其処は埋潰されたし、一年後に記録所へ呈出した鮎二郎の「元文記事」という事件の始末書にも、(湯島台、某地に密室を設え)とあるだけで、聖堂の旧書庫には触れていないのだ。鮎二郎と節子姫の祝言はその年の秋に挙げられた。そして明る年の二月、鮎二郎は宮部家を継いで父の役御書院番を襲った。——陣守伊兵衛と香折が結婚したのはこれより後れ、静馬の一周忌が終ってから行われた。

それにしても、あの妖婆と阿捨が同一の人間であったという点をどう解釈すべきか、——是は、あの夜以来ばったり姿を見せなくなった斑猫と共に、解けぬ謎として秘録されている。

箕島の大喧嘩

金太と銀太

その一

ばりばりッと雨戸を蹴破る音、——だだッと入乱れる跫音につづいて、

「わ、大変だ！」という悲鳴がおこった。

奥座敷で子分たち二三十人を車座に、盆茣蓙を敷いていた櫓の権次は、唯事ならじと長脇差をひっ摑んで、

「どうした、なんだ卯平」というところへ、血だらけになった卯平が転げこんできて喚く。

「藤生一家のなぐりこみだ」

「げえッ」仰天した権次、とたんに車座の子分たちはわっと総立ちになる、中でも櫓の身内で鬼と呼ばれる熊ん蜂の大五郎、黒井の勝ん平という二人の腕利きが、脇差をひっこ抜いて、

「みんな慌てるな、己ッち二人がいるからにゃあ阿修羅王が韋駄天と組んで来たって驚くんじゃあね

え、緊めてかかれ」

「合点だ、ぬかるな！」と気負いたつところへ、ばたばたと襖を蹴倒して踏込んだ五人の壮漢、いずれも喧嘩装束で抜身を提げ、若駒のように逸りきっている。


これぞ甲州一円に名を売った貸元、藤生の文吉の身内で先頭に立ったのが小松村の銀太、横手の金太、二人は藤生一家の龍虎といわれる腕っこきで、特に銀太の方は別の名を「向う不見」というくらい腕も出来るが気の早いこと無類の暴れ者だ。それから痣の吉兵衛、お神楽の辰、一番うしろに顫えている色白の優男が「蒟蒻の清太」である、——見たところ役者のような美男で肉附も細く、「それ喧嘩だッ」と、いうとぶるぶる顫えだすので、蒟蒻という難有くない綽名がついちまった、藤生身内で正札附きの臆病者清太郎である。


「いたな、——権次ッ」金太が仁王立ちになって呶鳴った。

「縄張り荒しの返礼だ。文吉親分は徳性だから、今日まで見て見ねえ振をしていなすったが、てめえが何処までも沼田の紋兵衛を笠に衣て、鼻っ先まで荒し廻るのを見ちゃあ身内の己ッちが勘弁ならねえ、首を貰うから覚悟をしろ」

「洒落くせえ、うぬ等のような三下奴に、首を取られる権次じゃあねえ、まして——」

「ええ面倒だ、兄哥退きねえ」気早の銀太が苛って、「やい権次ッ、己あ喧嘩口上はからッ下手だ、直に挨拶をするからそう思え、この野郎ッ」ってえといきなりだッと斬込んだ。

「それ親分を斬らすな！」

「藤生の奴等一人も逃がすなッ」

「野詰めにしろ」と押取囲む権次の身内。金太は大声に、

「やい熊ん蜂に勝ん平、己らが今夜きたなあてめえたち二人を叩斬るのがお目当なんだ、横手の金太の脇差を喰えッ」喚きざま、面もふらず斬込んだ。

それッてえと忽ち乱闘が始まった、――なにしろ博奕打の事だから剣法も何もあったものではない、斬りつ斬られつと云いたいが、まるで殴合いである。

「こん畜生!」「このくそ野郎ッ」

「くたばれ!!」「兵六玉めッ」

喚く吸鳴る、半分は夢中で、めった矢鱈に刀を振廻すのだ。ずしーんばらばら! と壁を抜く奴がある。障子へ頭を突込んで尻を斬られる奴がある。そうかと思うと勢余って刀を板戸へ突込み、抜けないもんだから慌てて外へ逃げ出す奴がある。火鉢がひっくり返って灰神楽が立つ、茶箪笥がぶっ倒れる。

「ぎゃーっ、己あ肩から胸まで唐竹割りにやられたあッ」

と自分でご叮寧に傷の絵解きをしながら死ぬ奴がある。いや実に大変な騒ぎだ。――そのうちに銀太が、

「やい皆な聞け、権次の首あ小松村の銀太が貰ったぞッ」

「しめた、わあッ」と藤生方の勝関があがった。

もうその頃には、櫓の身内も大抵は斬られていたので、親分が殺られたと聞くと残った奴等はひと堪りもない。

「それ親分が殺られた」

「逃げろ逃げろ」と総崩れになって、裏と表から蜘蛛の子を散らすように、ばらばらと逃げ出してしまった。銀太は片手に血刀を振ながら、

「追うな追うな、金太兄哥もう止しねえ」

と叫ぶ、――金太は口惜しそうに、

「おめえは権次を斬ったからよかろうが、己あまだ熊ん蜂とも勝ん平とも手合せをしちゃあいねえん

だぜ。二人のうち一人でも宜いから叩斬らなくちゃあ、腹が癒えねえ」

「だって逃げたものを仕様がねえやな、――みんな無事か」

「おう、気の毒だが揃って無事だ」

「無事で気の毒がることたあねえや、此方へ顔を揃えてくれ」

その二

しゃっきりした顔で集ったのが四人、

「なんでえ、蒟蒻がいねえじゃねえか」

金太が土間の方へ出掛けていって、

「やい清太郎、――蒟蒻、――喧嘩あすんだから出て来ねえ、いねえのか……蒟蒻う」

「……います、――」

「どこだ、面あ見せろ」

「――へえ、……」

よく見ると土間の暗がりに、真蒼な顔をした清太郎が、両手で刀を前の方へ差出したまま呆やり突立っている。態の悪いこと、

「どうした腰でも抜けたか」

「え、え、――えへへへ」がたがた顫えながら、それでもようやく妙な声で笑った。金太は噴飯して、

「確りしろやい蒟蒻。おーい、清太は此処にいたぜ、今夜あ珍しくまだ両足で立ってらあ、早くきて見てやんねえ」

「そいつあ大出来だ」と出て来たが、木偶のように突張りかえった様子をひと眼見るなり、みんな一度に失笑して了った。清太郎は気まり悪そうに刀を納める。

「さあ引揚げよう」と揃って戸口へ。と、――金太が愕として立止まった、土間口に斃れている男二人、つくづく見ると驚いたのなんの、

「あれあれ！　ここに斃れてるなあ熊ん蜂の大五郎に勝ん平だぞ」

「なんだって？――やあ本当だ」

真に大五郎と勝ん平、然も二人とも判で押したように一刀ずつで、絶命している、――いや金太が腹あ立てたこと、

「吉兵衛、お主やったか」

「己あ知らねえ」

「辰の字か？」

「自慢じゃねえが迚も迚もだ」

銀太は無論知らなかった。

「解せねえ」金太は呻った、「鬼と呼ばれた此奴ら二人、ひと太刀ずつで斬られている。――吉兵衛が殺らず辰がやらず、銀太が知らねえとすると、いってえ誰だ、まさか清太じゃあねえだろう」

「へっへ……、まさかねえ」清太郎恥しそうに頭を掻いた。

「何を云やあがる、てめえでまさかって云ってりゃあ世話あねえや。――なにしろ妙な話だ、殊によると同志討ちかも知れねえ」

「大方そんなこったろう」金太はお目当の二人を斬損なったので、ぷんぷんしながら立出でた。

さて、その夜のなぐりこみの事情を簡単に記して置こう――当時甲州巨摩郡に二人の大貸元が対峙していた。

一方は藤生の文吉、一方は沼田村の紋兵衛と云って、元来この二人は兄弟分の盃を交した仲ではあったが、どういうものか七八年こっち段々と面白くない間柄になっていた。――殊に去年あたりから

は、徳性な文吉の温和しいのを宜いことに、紋兵衛身内の者がしきりに藤生の縄張りを荒し始めたのである。子分たちは歯嚙をして、

「渡世人の作法を破る沼田一家、なぐりこみをかけて鏖しにしろ」と息巻いたが、文吉はなかなか許さなかった。藤生身内にも金太、銀太を始めぱりぱりしたのが揃っているが、紋兵衛方には御家人くずれで一刀流の免許取り、石谷道十郎という凄い用心棒がいる、なにしろ「血みどろ道十郎」と云えば関東八州にも知らぬ者のないという遣手だから、迂濶に斬込んでも勝目はない、――しかし、その他にも少し仔細があるのだ。と云うのは文吉にお絹という一人娘があり、紋兵衛に弥太郎という息子があって、両家のうまが合っていた時分、ゆくすえはこの二人を一緒にしようと内々話が纏っていた。ところが今から十年以前、相手の息子弥太郎は、

――世間を見て修業するんだ。

と家をとび出してしまった。

それがお絹十、弥太郎十四の春だった。表向き仲は悪くなっているが、この関係がまだ判きり片がついていない。――文吉が思切って喧嘩を仕掛ける気持になれないのも、これが胸に閊えている原因の一つだった。

こうして藤生一家が胸をさすっている一方、沼田の身内はますます増長してきた。中にも櫓の権次は図々しく、藤生村の地内まで来て賭場をあける始末、――ついに堪忍袋の緒を切った「向う不見」の銀太はじめ重立った子分たちが、文吉へ膝詰談判をしての、今夜のなぐりこみだったのである。

口火は切られた、狼火はあがったのだ、――すわこそ藤生一家と沼田は大喧嘩だぞと、巨摩郡一帯は殺気立ってきた。

やくざ草鞋(わらじ)

その一

「ねえ、おっしゃいよ清さん」

「…………」

「幾(いく)つ?――二十五かしら、……」

「ひとつ下ですよ」

「――二十四。そうするとあたしと四つ違いだわねえ……間三つて良い年廻(としまわり)じゃない?」

藤生の文吉の住居(すまい)裏、――満開の桜が一本、やわらかな微風にはらはらと散る下で、例の蒟蒻の清太がせっせと草鞋を作っている。その側で文吉の娘お絹が、……春闌(はるたけなわ)の陽気にぼっと頰を上気させながら、草鞋の緒にする布(きれ)を裂き揃えていた。

「お国は、――江戸でしたわね」

「江戸といっても生まれたというばかり、あとは旅から旅の浮草育ちで、ねっから栄(は)えません」

「――ねえ清さん」お絹はふと熱っぽい眼をあげた、「――あんた生涯ここにいる気はない?」

「ちょっと布(きれ)を貰いますよ」清太郎は返辞(へんじ)を外(そ)らして緒巻きにかかる、その横顔を、――娘は怨めしそうに、昵(じつ)と覓(みつ)めているのだった。横手の空地では、朝っから、

「たっ、そらあッ」「こん畜生!」と妙な掛声をしながら身内の若い者がさかんに剣術の稽古をしている。無論、――近々に起るであろう沼田との喧嘩(でいり)に備えるためだ。

土蔵の蔭から、ひょいと銀太があらわれた。竹槍の稽古で全身汗みずく、井戸端へ行こうとして、

――桜の下の情景をみつけた。

「おやおや、あの蒟蒻め」

　銀太は眼を光らせたがいきなり、

「やい清太、ちょっと来い」と呶鳴った。

「へえ、――」清太郎はお絹に会釈して立ってきた。

「兄哥（あにい）、なにか用ですかい」

「太（ふて）い野郎だ、太（ふて）え野郎だぞてめえは」

「――なにかお気に障（さわ）りましたか」

「落着（おちつ）くない」銀太は顎（あご）でしゃくって、「いつ何どき沼田と喧嘩（でいり）になるか知れねえ場合だぜ、みんなああして剣術の稽古をしている中で、なんだてめえは。――のんこと草鞋なんぞを弄（いじ）りながら、お絹さんと下らねえお饒舌（しゃべ）りをしていやあがる、勘弁ならねえぞ」

「だって哥兄（あにい）、己（おい）らが草鞋を作らなきゃあ、今度の喧嘩に不便をするだろう」

「――な、なんだと」

「自慢じゃあねえが清太の草鞋あ日本一、十二刻ぶっ通しに暴れたって緒弛（おゆる）みもしねえ、――万一の時にゃあ清太の草鞋に限るって、いつか哥兄（あにい）もそいってた筈（はず）だぜ」

　喧嘩場では役に立たぬと極付（きわめつ）きだが、いかにも草鞋を作らせると立派な腕だった。――銀太もそいつは認めていたのである。

「そりゃあ左様よ、左様にゃあ違えねえが、それにしても太（ふて）え野郎だ」

「――そうか。哥兄（あにい）、分ったよ」清太郎はにやりとして、「哥兄（あにい）は己（おい）らがお絹さんと話をしていたんで怒ってるんだな、そうだろう……哥兄（あにい）」

「ば、ばかな事を言うな、そんな」銀太め、柄にもなく赧（あか）くなった。――清太郎は面白そうに見やっ

たが、

「それじゃあ云うけどもねえ、実あ……お絹さんは哥兄のことを話していたんだぜ」

「――なんだと、おい清の字」

「へっへっへ、蒟蒻から清の字にお取上げか、哥兄も現金だぜ」

「それで、……その、何て云ってた」

「――何がよ」空っ呆けている。

「何がって、今の話よ」「何の話だっけ」

「清の字、ひとを焦らすない、罪だぞそりゃあ」

「あ、お絹さんの話か、――へっへ、褒めてたぜ哥兄、とても褒めてたぜ」

「そうか、褒めてたか、なんてって褒めた」

「銀太さんは顔こそひょっとこのようだけれど」

「――余計なお世話だ」

「顔こそあの通りだけれど、気風なら腕節なら、本当に頼もしい男前だ、藤生一家を背負って立つというのは銀太さんのことだろうッて、――あ痛て！　誰だい殴るなあ」

「己だよ」いつ来たか、うしろへ金太が眼を怒らせて立っていた。

「あ、金太哥兄、――」

「待てこの野郎」金太は清太郎の肩を摑んで、

「この蒟蒻は唯の蒟蒻じゃあねえぞ銀太、このあいだお絹さんと話しているところをみつけたので、とっ捉えて窮明したら、いまおめえが聞いたのと同じ言を云って己らを丸めやがった」

「えッ、おめえも褒められたのか」銀太はがっかりした。

その二

がっかりして、その次に怒った。

「さあ野郎、もう勘弁ならねえ」

「二人で性をつけてやろう」

「この糸蒟蒻め」と拳を振上げるところへ、

「銀太哥兄、大変だッ」と駆込んできた、痣の吉兵衛。

「どうした吉兵衛」

「親分の用事で矢木村まで行ったが、あの辺一帯がざわついているんだ、変だと思ったから様子を訊くと、——沼田一家は明日の夜明けまえ、此方へなぐりこみをかける支度最中だと」「そりゃあ本当か、——」

「現に身内を集めているんだ、己あ飛んで帰ってきたぜ」

「よし、おめえすぐ総身内へ知らせてくれ、親分には己ッちがいおう、頼むぜ」

「合点だ！」ついに薪は燃え立ったのである。

「廻状が廻された。遠近の身内がどしどし集って来る、灯が入って暫くすると、藤生の住居は何処も何処も身動きならぬ人だった。——文吉は上座に坐って、

「みんな集ってくれたか」と列座を見廻して、「訳は改めていうまでもあるめえ、沼田との長え紛擾が到頭火を噴いた。今度こそ藤生一家の関ケ原だ、乗るか反るかやってみる積りだが、——一応みんなの意見も聴きてえ、承知か不承知か」

「承知でござんす」「待ってました」

「親分がお厭なら私たちだけでも」わいわいと異口同音に喚きたてる。——文吉は静かに制して、

「みんな同意でなによりだ、それじゃあすぐに喧嘩状をつけるから。――お絹、硯箱を取ってくれ」

お絹が差出す硯箱、文吉はさらさらと状を書いて左封じ。

「清太郎いるか」「へい」清太郎が前へ出ると、

「おめえこれを沼田へ届けてこい」

「おっとと、ちょっと待ってくんねえ」銀太がいざり出た、

「喧嘩の状をつけるなあ大事な役、ことに今度は一世一代てえ場合でござんす、こんな蒟蒻に……」

「出過ぎるぞ銀太」文吉は鋭く遮った、「蒟蒻だろうと何だろうと、己が睨んで己が遣るんだ、文句があるなら盃を返してから云え」

「いえ、と、とんでもねえ、そんな」

「清太郎、立派にやって来い」

「畏りました」にっこり笑って清太郎は立った。――日頃から要心ぶかい文吉が、殊更清太郎を選んだには訳があるに違いない、それにしても旨く行けばいいが……と、待てど暮せど帰らない、やがて四ツ（午後十時）も過ぎた。

「親分、――野郎ことによると寝返りを打ったかも知れませんぜ」

「まあ待て、書いてやった刻限は九ツ（午後十二時）だ、急ぐこたあねえから皆ぬかりのねえように身拵えをしろ、――お絹、酒の支度だ」

「あい」酒の支度が出来て、みんな死ぬ覚悟の盃、ぐるりと廻ったが、まだ清太郎は帰らない。四ツ半（十一時）になった。

「親分、もう四ツ半ですぜ」「――」

「何と書いておやんなさいました」

「刻は九つ、場所は箕島の天神山だ。――吉兵衛、外へいって見てこい」

吉兵衛は言下に出ていった。——妙にうそッ寒い変な気持がみんなの顔に漂い始めた。往復して早ければ半刻、遅くとも一刻あれば充分の道である。出掛けていってもう二刻半（五時間）いまだに帰らぬと云うのは普通じゃあない。

「親分見えませんぜ」「寝返りだッ」銀太が叫ぶと、

「しまった、そうだったか」

と悲痛に呻いて文吉の突立上るのと同時だった。

「さあみんな、行先は箕島の天神山、繰出すぜ」と振向く文吉、

「合点でござんす」総勢わっと鬨をつくった。

「少し許刻限が遅れている、急げッ」

「それ行け」どーっと繰出した。

藤生から信州街道を右へ入って、笛吹の川添を西へ十丁、更に与田新田を真直にぬけると鳶の森で、そこから爪先あがりに登り詰めたところが、桜で名高い箕島の天神だ。

「金太哥兄、道十郎は己らが貰うぜ」

先頭を切りながら銀太が叫ぶ。

「贅沢を云うな、おめえは此あいだ櫓の権次を眠らせたじゃあねえか、己あ熊ん蜂と勝ん平をふいにしているんだ、道十郎は己らのものに定ってらあ」

「くそを喰え、それじゃあ腕っこきだ」

「それこそくそを喰え」

二人とも「血みどろ道十郎」を我物と爪先争いに天神山へ、——続く同勢百七十余、雪崩のごとく殺到した。

落花の曲

その一

ところが、——いや、驚いたのなんの。

天神の社から半丁下ったところに広場がある、俗に「千本平」といって桜がみっしり植わっている、いまが丁度満開で、男を売る喧嘩場にはお誂え向きの場所だ。——逸りに逸って乗込んだ藤生一家の者が、どっとばかりにこの広場へ押出してみると……驚いた、満開の桜を焦がすかとばかり、どっと燃え上る篝火に照し出されたのは、もうべた一面の死骸、死骸死骸。

「ややッ、こ、これはどうしたんだ」

「おうッ、沼田身内の奴等だぜ」金太、銀太の二人が仰天する、——追いついてきた藤生の文吉が、

「やったか、——」と思わず呻いた。

いやどうも大した光景である、どれもこれも沼田一家の壮漢が、彼方に三人此方に五人、中には桜の幹に凭れかかったまま息の絶えている奴がある、まだ死に切れないで刀を杖に呻いている奴がある。

——眼に入るだけでも二十人はあろう。

藤生一家はまるで狐に憑まれたような具合で、暫くは茫然と立竦んだ。

「——親分、……!?」銀太が振返ると、

「清太郎だ」文吉が答える、「やつめ、喧嘩状を附けておいて、その足でここへ乗込み、唯た一人で喧嘩を買ったんだ」

「あの、——こ、蒟蒻が?」呆れて眼を剝く、ところへ、向うの丘の方からどっと人声がして、ばら

ばらと現われた一群の人波、――そのまん中で、阿修羅のように暴れているのは、正に蒟蒻の清太だ。

「あッ、本当に清太だ」

「清太一人だ」

「それッ清太を討たすな!!」金太と銀太が喚きながら駆けだす、それを合図に百七十人が雪崩をうった。

「沼田の奴等一人も逃すな」ひと揉みに揉潰せと押取囲んだ。

燃え熾る篝火、吹き散る花、時と人と情景と三拍子揃ったすばらしい大喧嘩だ。中にも金太と銀太は、互いにめぼしい相手を捜しながら、右に左に斬って廻る、――なにしろ沼田一家には石谷道十郎を始め、沢木村の留次、早桶の忠造、お相撲の伝という三羽烏、孰れも一騎当千の腕利きが揃っている筈、こいつを仕止めようと思うから二人とも夢中だ。ばったばったと斬りまくって丘の上に出る、……ひょいと見ると向うの古代桜の下に、清太郎が石谷道十郎と渡合っている。

「や、道十郎だッ」ってえと二人が駆けつけた。――だが遅かった。ギラリ！　白刃が閃めいて、

「いえーッ」喚きながら道十郎が踏出す、刹那！

「そら一本――んッ」すばらしい掛声と同時に、清太郎の体が沈んで後へ跳ぶ、道十郎が脾腹からばっと血を噴かせながら蹌踉く、ところへ跳込んで、

「こいつはおまけだ、そら！」ともう一刀。道十郎は頸根を半ば斬放されて横ざまに倒れた。――銀太が驚いたこと「あッ殺っちまいやがった」と走寄る。金太は恐ろしい鼻息で、「やい清太、てめえ太え野郎だぞ、己ッちを差措いて道十郎を斬るなんて、兄弟分の義理てえ事を忘れたか」

「済みません、つい……ものの機みで、――」

「何を云いやがる、機みで人を斬る奴があるか、だが、――てめえ見損った。恐ろしく凄え腕じゃあねえか」

「なあに、ほんの蒟蒻流でね」

「ふざけるな。ところで三羽烏の連中を見かけなかったか、早桶の忠造を――」

「――殺っちまった」

「なに殺った、忠造をか?」銀太が呆れて、「それじゃあお相撲の伝はどうした、来なかったか?」

「済まねえ――」

「なんだ済まねえたア」「……眠らせちゃった、――」

「なによッ?」「――眠らせちまったよ」

「そ、そ、それじゃあ沢木村の留次は?」「同(おな)ぐだ」

いや二人が眼を剝いた。銀太は思わず拳を振廻して、

「この野郎思い出したぞ、櫓の家へなぐりこみをかけた時大五郎と勝ん平を殺ったのもてめえだろう」

「うふふふ、ばれたか」

「何がうふふだ、熊ん蜂を殺り勝ん平を殺り、此処(ここ)じゃあまた石谷道十郎から早桶の忠造、お相撲の伝、沢木村の留次と、強い奴あみんな殺っちまいやがる、――てめえ日本中の強い奴をみんな殺る気だろう」

「――面目ねえ」

「勝手にしやあがれ」二人ともかんかんに怒っている。

その二

勝敗は見えた。

初ッ端(しょっぱな)から清太郎にひっ搔廻(かきまわ)され、重立った者を討たれた沼田一家は、新手の総攻めに遭ってひと

溜りもなく、半刻の後には味方の屍体を捨てたまま、山を降って信州路へと逃去ってしまった。

「勝負は定った、喧嘩は勝だ」

わあっ、と天神山を揺すような勝鬨、

「それ引揚げろ」

文吉を先頭に、花吹雪を浴びて山を引払おうとした。――とその行手へ、丸腰の壮漢が四人、戸板の上へ老人を担いで現われた。

「誰だ誰だ」金太が声をかけると、

「藤生の文吉どんはおいでなさるか」

「親分はおいでなさる、誰だい」

この様子を見た文吉、何を思ったかつかつかと前へ出てきたが、――戸板の上の老人をひと眼見るなり、

「――おお、沼田の紋兵衛どん」

「文吉どんか、恥を忍んできたぜ」と戸板の上に手をついたのは沼田の紋兵衛、見れば病瘻れて昔の面影もない。

「手をあげてくれ沼田の、大抵解は察してる積だが、おめえの口から理解が聞きてえ、みんな静かにしろ」

「――変なことになってきたぜ」子分たちは顔見合せて息をのんだ。――すると清太郎がそこへ進出て、

「その訳は私から申上げましょう」と片膝つき、「初めに打明けますが、私あ旅鳥の清太郎とは偽り、実あこの紋兵衛の伜で十年あとに旅へ出た弥太郎でござんす」

いやどうも、金太銀太の仰天したこと。強いのも道理こそ、蒟蒻などとは世を忍ぶ仮面で、実は紋

兵衛の一人息子だったのだ。

「私の留守に両家の仲が悪くなったと聞き、飛んで帰って様子を探ると、お父つぁんは中風症で寝たっきり、藤生へ楯をついているのはお父つぁんの知らねえことで、――石谷道十郎はじめ三羽烏の連中が、腹を合せての仕草でござんした。奴等あ藤生の御身内をやっつけ、ついには沼田の縄張を乗取るつもり――と、仔細が分りましたから、今夜喧嘩状の使いに立ったのを幸い、天神山へ誘き出してお父つぁんの代りにぶった斬ったのでござんす。決してお父つぁんには罪はござんせん、藤生の小父さん、どうか親父紋兵衛と仲直りをしておくんなさい、このとおりお願い申します」眼に涙をためて話すのを、篤と聞いた藤生の文吉、はたと膝を叩いて、

「紋兵衛どん、お主あ良い伜を持ちなすった。一年まえに家へ草鞋を脱いだ時から、見覚えのある幼な顔、たしかに弥太郎どんと思ったが知らねえ振をしていた、――今夜、状をつけに遣ったのも、なんとか喧嘩にしたくねえため、ところが今聞けば石谷一味の悪企み、実あそこまでは気がつかなかった」

「じゃあ、――分ってくれるか」

「分らずにいるものか、己とおめえは、まだ兄弟分の盃を割っちゃあいねえぜ」

「――文吉どん」紋兵衛は顫える手を差出した。

「紋兵衛どん、――これからあ昔の藤生と沼田、お主の病気が治るまでは、弥太郎どんの後見は文吉がするぜ」

「忝ねえ、この通りだ」

「おっと、そいつは気障だぜ」

合掌しようとする手を押しやって、

「さあ皆、――」と立上った、「これから家へ帰って祝いの酒宴だ、紋兵衛どんをお担ぎ申せ」

「合点でござんす」若いのがばらばらと駆寄って戸板を担ぎあげる。ぱらぱらぱらぱら、吹雪のように散りかかる桜。

「おう、弥太郎どん」文吉が呼んだ、——返辞がない。

「弥太郎どんはどうした」

「いま其処(そこ)にいたっけが——」と銀太が駆けだして、——見ると、向うの桜の下で、落花を浴びながら寄添(よりそ)っている男女ふたり、

「あ、——お絹さん」

左様、清太郎ではない。弥太郎の身を案じて、追ってきた文吉の娘お絹、弥太郎の無事な姿を見て、嬉しさ極まったか、——男の胸に縋(すが)りつき、身を顫わせて泣いている。

「うあ——い」銀太は天辺(てっぺん)から音をあげた。

「みんな構わずに引揚げようぜ、弥太郎どんもお絹さんもいる、いる事あいるが、桜んぼうが生(な)るまで動きそうもねえや、己(おら)あ負けたよ」

わっとあがるどよみ笑いに、またしても花がちらちらと舞う、ちらちらと、はらはらと舞いに舞う、

——天神山の空高く大将星が一つ、厳(おごそ)かに輝いていた。

面師出世絵形

くらべ打ち

その一

「——薄っ気味が悪いな」

鬼松が眉をひそめながら云った。

「おめえ先刻から己等の面ばかり見ているが、どうしてそうじろじろ見るんだ」

「見ちゃあ悪いいか」

「そういう訳じゃあねえが、なんだかおめえの眼つきは気味が悪くていけねえから」

「ふふん——」

相手は鼻でせせら笑った。

奇妙な男だった。——この近江路で鬼松といえば、熊髭の魁偉な面つきと共に、知らぬ者のないごろつき馬子である、強請や押借りは云うまでもなく、酔えば悪鬼のように乱暴をして手がつけられな

い、本名は松蔵というのであるが、街道筋の者は、

――鬼の松蔵、鬼松。

と呼んで、彼の姿が見えるとみんな道を避けて通るほどであった。ところがその若者は、――道で鬼松に会うといきなり、

――親方、一杯つきあって貰えまいか、
と向うから誘いかけた。

曾てない事なので遉の鬼松も少々面喰ったが、別に断ることもないので一緒にこの支度茶屋へ入った。それから一刻あまりも斯うして呑み合っているのだが、妙に気持が落着かない、――相手は年の頃二十七八、色の浅黒い痩形の町人風だが、どこか神経にぴりっとした尖りが見える、殊に落窪んだ両眼は粘りつくような気味の悪い光を帯びていて、それが絶えず鬼松の顔を覓めているのだった。

「――つまらねえ面だ」

やがてその若者が吐出すように云った。

「何処から何処まで下種に出来てやあがる、全く取得のねえ駄面だ」

「そいつあ、己等のことか」

鬼松が聞咎めた。

「そうよ、おめえの面よ」

若者は身を乗出すようにして、「この近江路で、おめえ鬼の松蔵とか云われているそうだが、評判ほどにもねえ間抜な面じゃあねえか、他人の振舞酒に筋のほぐれた態あ、まるでひょっとこのお悔みだぜ」

「――――」

恐ろしく思切った悪態である、鬼松はど胆をぬかれた。いったい何のために酒を奢って呉れたのか、

何のためにじろじろ顔ばかり見るのか、何のためにそんな悪態をつくのかまるで見当がつかない、けれどもひょっとこのお悔みと云われて黙ってはいられなかった。

「おい、おめえ正気で云ってるのか」

「念を押すにゃあ及ばねえ」

「なんだと、――」

「己の面の棚卸しをされて念を押すにゃあ及ばねえと云うのだ」

「――野郎！」

がらがらッと皿小鉢が砕け飛んで、鬼松が若者へ組付（くみつ）いた。わっと云って居合せた客たちが総立ちになる、――暖簾口（のれんぐち）から亭主が、

「松蔵さんいけない」

と駈出（かけだ）そうとした時、

「あれ危い、待って下さい」

と叫びながら、〈掃溜に鶴〉眼の覚めるような美しい娘が走り込んで来て、いきなり、――若者を殴ろうと振上（ふりあ）げた鬼松の腕へしがみ附いた。

「ええ放しやがれ」

「どうぞ待って下さい、お詫びはどのようにでも致します、どうぞ待って」

必死に絡（から）みつく娘の姿を見て、吃驚（びっくり）した亭主が駈寄る。

「これ松蔵さん、乱暴しちゃあいけない、浄津（きょっ）の嬢（いと）さんだ、近江井関の嬢（いと）さんだぞ」

「え――!?」

浄津の近江井関と云えば、いま日本で何人と指に折られる面作師（おもてつくりし）であるが、それ許（ばかり）ではなく、腹の大きい義侠心の強い性質と、お留伊（とい）という美しい娘があるのとで、この近江路の人々には有名だっ

た。——いかな鬼松もそのお留伊と聞いては乱暴は出来なかった。ひょいと気がぬける隙に、

「さあ、宇三(うさ)さん早く」

と娘は若者を援起し、ふところから小銭袋を取出(とりだ)して、

「是(これ)で後の事を頼みます」

と手早く茶店の亭主に渡すと、若者の体を支えながら外へ出て行った。——きびきびとした気合の好さ、ぐるりと遠巻きに見ていた人々は、

「どうだい、気転の利く嬢(いと)さんじゃあねえか」

「全く男でも彼(あ)あはいかねえ」

「遉の鬼松が毒気をぬかれてたぜ」

口々に賞讃の声をあげた。

その二

小坂の駅の地端(じはず)れに、軒の傾いた、壁の頽(くず)れた荒屋(あばらや)がひと棟、竹藪に囲まれて忘れられたように建っている。もう四五年このかた住む人もなく、乞食小屋のように荒果(あれは)てたこの家が、若い面作師宇三郎の住居(すまい)であった。

「——お酒なんか飲(あが)った例(ためし)のない貴方(あなた)が、どうしてこんなに召上(めしあが)ったんですの？　——苦しいのでしょう？」

「いや……」

「少しお横になると宜(よろ)しいわ」

「大丈夫です、どうか構わないで下さい」

すっかり悪酔をしたらしい、顔は血気を失って蒼白(あおじろ)く、肩で息を喘(あえ)いでいる、——お留伊は木屑の

散らばっている破畳の上へ、宇三郎を静かに横えると、厨から金椀へ水を掬んで持って来た。

「さ、お冷を持って参りました」

「済みません」

半ば起きかえって、ひと息に水を呷った宇三郎は、充血した眼を振向けながら、

「どうして又、貴女は——あんな処へおいでになったんです」

「お仕事の様子がどうかと思って……」

「——」

「下検の日限はもう三日さきに迫っていますのよ」

「ああ、知っています」

宇三郎は苦しげに眼を伏せた。

「宗親さんも外介さんも、もうお出来になったのですって、——ねえ宇三さま、貴方も日限までには間に合います？」

「そう思ってはいるんですが」

「——彼処にあるのは？」

お留伊は、部屋の隅の仕事場に、殆ど彫上っている三面の仮面へ振返った。——宇三郎は自ら嘲るように首を振って、

「駄目です、あんな物はお笑種です」

「それでは未だお出来になりませんのね」

「お留伊さん、否——嬢さん！」

宇三郎は思切ったように、「宇三郎は……今度は駄目かも知れません、若し間に合わないようだったら——諦めて下さい」

「そんな事を留伊が承知するとお思いになって？」

「でも万一の場合には」

「いいえ厭です」

娘は屹と頭を振った。

「貴方は今度こそ、今まで人の為ない活面というものを打つと仰有った筈、必ず二人に勝ってみせると仰有ったからこそ、――留伊は父さまの仰せを承知したんです。それを今になってそんな、そんな言……留伊は伺い度くありませぬ」

「正直に申しますが、嬢さん」

宇三郎は突詰めた面持で云った、「私は初めて本当の自分の値打が分りました、近江井関の門中、我が右に出る者なしと、他人を見下し己に慢じていた、今日までの自分を思うと恥かしくて死に度くなります。貴女にも、今度は百世に遺る活面を打ってみせるなどと云いはしましたが、いざ仕事に掛ってみると五里霧中、一鑿も満足な彫りが出来ません」

宇三郎は、近江井関と呼ばれる面作師、上総介親信の門下で、高井の宗親、大沼の外介と共に井関門の三作と称せられ、中でも一番師親信に望みをかけられている男だった。

すでに老年の上総介親信は、数年前から跡目を定めて隠退しようと考えていたが、三人のうち誰を選むかに困じ果てていた。――そこへ良い機会が来た、と云うのは三位侍従藤原紀から井関家へ羅刹の仮面を註文して来たのである。それは其年（天正十年）の七月七日、紀公の近江井草河畔に在る荘園に於て七夕会の催しがある、その折用うる猿楽の仮面で、紀公自ら着て舞うためのものなのだ。親信は是こそ又とない好機と考え、早速三人を呼んで、

――三作の内最も傑れたものを井関家の跡目に直し、また娘お留伊を妻せる。

という条件でくらべ打を命じた。

三人は勢い立った。中にも宇三郎は、是までの仮面が大抵は伝習の形式に囚われていて、先人の遺した型から脱け切れないのを遺憾に思った結果、――活面という独特の手法を思いついた。それは在来の面型から離れ、どんな仮面を打つにも夫々の性格を捉え、例え架空のものたりとも活けるが如く表現そうと云うのである、無論それに就ては塗方にも工夫を要するので、この数年来は殆どそのために精根を打込んでいたという有様であった。

それゆえくらべ打と聞いた時には、

――よし、この機会に活面の真価を発揮して一世を驚かしてやろう。

と私かに大きな野心を懐いて起ったが。――それとは別に、宇三郎と師の娘お留伊とは、かねてから人知れず未来を誓っていた仲なので、孰れにしても必勝を期さなければならなかったのである。

その三

「――活面として初めて世に問う作、どうかして羅刹の新しい形相を摑もうと苦心に苦心をしてみたが、如何に藻掻いても得心のゆくものが摑めず、……日限を前にして今は全く望みも絶果てました」

「――宇三郎さま！」

お留伊はすり寄って云った。

「貴方はいま、他人を見下した己に慢じていたと仰有いました。それを思うと恥じて死に度いと仰有いましたわね」

「私は馬鹿者です、何も出来ぬのら者です」

「そうですわ、若し此まま鑿を捨ててお了いになれば貴方の仰有る通りです、けれど宇三郎さま、――貴方には今こそ本当のお仕事の出来る期が来たのです、己に慢じていたという、その謙虚なお気持こそ、立派なお仕事の出来る素地です。留伊はそうお信じ致します」

娘の言葉は鋼鉄のような確信に満ちていた、宇三郎の眼が微かに光を放った。

「わたくしの眼を御覧遊ばせ」

娘が容を正して云った。

「三日後には下検があります、そして留伊は、一番傑れた作を打った方の妻です、——それは宇三郎さま、貴方を措いて他にはございません、貴方こそ選まれた方です」

「——」

「留伊は三日のあいだお待ち致します、そして若し日限までに貴方が浄津へお見えにならなかった時には……留伊は自害致します」

「——自害……？」

「留伊には貴方の他に良人はございません」

娘の眼は決死の色を湛えていた。

それだけ云い遺してお留伊は帰去った。——宇三郎は憑かれたような眼をして、昵と空の一点を覓めていた、お留伊の去ったのも知らなかった、頭の中には光を放つ雲がむらむらと渦巻き、体中の血が湯のように沸って来る、手に、足に、腹に、いつか底深い力の湧上るのが感じられる。

「——そうだ」

やがて喘ぐように呟いた。

「己は選まれた男だ、出来ない事があるか、打ってみせる、必ず立派なものを打ってみせるぞ！」

宇三郎は膝を叩いて起った。

力が甦えったのだ、一度絶望のどん底まで落込んだだけに、盛返して来た情熱はすばらしかった。

彼は仕事場に坐ると、新しい木地を取出して脇眼もふらず仕事にかかった。

宇三郎の仕事振りは、二面の木地を同時に彫る、興の続くあいだは一つの面を彫進め、或るところまで行って滑らかに興が動かなくなると別の面に鑿を移すのである、然し是は二個の違った物を彫るのではなく、「唯一無二の羅刹の形相」を二様の角度から追求する手法なのだ。——一鑿一彫、骨を削り肉を刻む苦心だった、或時は絶望の呻きをあげ、或時は歓喜の叫びをあげながら、殆ど二昼夜あまりは食事も執らず、夜も眠らず、鑿と小槌に生命の限りを打込んで仕事を続けた。

最後の小刀を終ったのは、日限の当日も午近くであった。下検だから仕上げの鑿は入れなくとも宜い。

「——出来た」

と道具を置いた時には、不眠不休の疲れが一時に出て、そのまま其処へ倒れて了い度い気持だったが、

「お留伊が待っている」

そう思うと凝乎としてはいられなかった。

かすかに饐えのきた粟飯で飢を凌ぐと、彫上げた仮面を筐に納め、ふらつく足を踏しめながら家を出た。

五月はじめの強い日光が、乾いた道の上にぎらぎらと反射して、精根の衰えた宇三郎の眼を針のように刺した。——暫くも行かぬうちに全身はぐっしょりと膏汗にまみれ、烈しい眩暈に襲われては何度も立停まらなければならなかった。

浄津へ半分、浜田郷へかかると間もなく、

「まあ——宇三郎さま」

という声に、気付いて見ると、向うからお留伊が急ぎ足に近寄って来る。

「お出来になれましたの？」

「——ようやく」

「まあ宜かった、ようこそ……」

お留伊は美しい額に、匂うばかり汗の玉を浮かせたまま、安堵の頰笑と共にすり寄った。

「迚も家にお待ちしていられませんので、お迎えに上ろうと思って来たんですの、――お持ち致しましょう」

「いや大丈夫です」

お留伊がいそいそと筐へ手を差出した時である。――街道の下から、十七八騎の武者たちが、凄じい勢で馬を駆って来た。

大将とみえる先頭の一人は、藍摺の狩衣に豹の皮の行縢を着け、連銭葦毛の逸物を煽り煽り、砂塵と共に疾風の如く殺到した。――陽盛りのことで人通りは少なかったが、子供たちが四五人往来で遊んでいた。

「ああ危い、馬が――」

と思わず宇三郎が叫ぶ、それを気付いて子供たちはぱっと散ったが、三歳ばかりの幼児が逃後れた。と、町並の軒先から、母親と思われる若い女が、

「あれッ、坊!」

絶叫しながら、狂おしく走出して来る、刹那! だあっと馬が襲いかかった。

変化相

その一

子を思う捨身の母、夢中で幼児の上へ覆いかかる、殺到して来た馬が、驚いてぱっと跳上った。と、

馬上の武士は片手で手綱を絞りながら、

「――無礼者ッ」

叫びざま、腰の太刀に手が掛る、抜討ちに、女を一太刀斬った。

「ひーッ」

喉の裂ける悲鳴。

「ああッ」

「無慚な！」

見ていた町人たちが蒼くなって喚く、女は頸根から血を迸ばしらせながら、それでも子供を抱えたまま四五歩ばかりよろめいて撞と倒れた。間近に起った出来事である、慄然として宇三郎は馬上の武者を振仰いだが、とたんに、

「おおっ！」と呻声をあげた。

「羅刹、羅刹、あれこそ己の探していた羅刹の形相だ！」

女を斬った刹那、馬上の武将の面に現われた残忍酷薄な相貌。――だが、宇三郎が眸を止めて見極めようと一歩出た時、既に相手は、狂奔する馬を駆って、一行の騎馬と共に風の如く通過ぎていた。

「あの顔、――あの顔」

宇三郎は憑かれたように、眼を閉じていま見た形相を空に描こうとする、然し、恐怖の一瞬に認めた淡い印象は、霧のように模糊として、もう再び彼の眼には甦えって来なかった。

「ええ彼ほどの相貌を見ながら」

歯噛みをしながら呟く、――と其処へ、蹄の音高く、前髪立の美少年が一騎戻って来た。倒れている女を取囲んで群衆は、

「それ、又来たぞ」

と左右へ散ったが、少年は馬上に手をあげ、

「ああ否、騒がずとも宜い」

と制して云った、「右大臣家には、中国征伐の事で癇癖を起して居られるのだ、気の毒なことをした、——若し女の身寄の者でもあれば、安土の城へ森蘭丸と云って訪ねて参れ、償いの代を取らせるであろう」

「——」

人々が黙って、敵意の籠った眼で見上げていると、少年は重ねて、

「必ず城へ参るが宜い、決して悪うは計わぬぞ——真に気の毒であった」

そう云い捨てて馬を回し去った。——砂塵のあとを見送りながら、

「それでは今のは右大臣様か」

「なる程、安土の殿のやり相な事だ」

と口々に囁き交わす群衆の中に、お留伊は初めて声を顫わせながら、

「まあ怖いこと、宇三郎さま早く」

「——お留伊さん」

早く参りましょうと促す娘の方へ、宇三郎が屹と振返った。

「宇三郎は此処から帰ります」

意外な言葉だった。

「それは又、——なぜ?」

「お聞き下さい。打明けて申しますと、私がこれまで苦心して来たのは、是ぞ羅刹という形相を摑むことが出来なかったからでした、どんなに想を練っても突止められなかった結果、私は生きている人間からさえ其をみつけ出そうとしたくらいです。——覚えているでしょう、三日まえの事を、あの支

度茶屋で鬼松に喧嘩(けんか)を仕掛けた、あれもそのためでした、鬼松を怒らせたら自分の求める形相が現われはしまいか……そう思った苦しまぎれの手段でした」

「まあ……」

「ところが今、――女を斬った右大臣信長公の面に、私はまざまざと見たのです、私の求めていた羅刹の相貌を！」

「それで、――？」

宇三郎は苦しげに息をつき、

「それは眼叩(またた)く間のことで、眼に止める暇もなく過ぎて了ったが、――暴悪可畏と云われる悪鬼、衆生を害迫して無厭足(あきたらぬ)と云われる羅刹の形相が、慥(たしか)に歴々(ありあり)と出たのです」

「お留伊さん、宇三郎を安土へ行かせて下さい。お約束通り、此処(ここ)へ一面打っては来ましたが、あれだけの形相を措いてこんな駄作を出すことは出来ません」

「安土へ行ってどうなさいますの？」

「右大臣家を附狙(つけねら)います、再びあの形相を見るまではどんな苦心をしても附狙います、――お留伊さん、貴女も近江井関家のお人、宇三郎の気持は分って下さる筈です」

「――」

「私にはもう井関家を継ごうなどという慾(よく)はありません、生命(いのち)を賭して羅刹の活面が打ってみ度いのです、行かせて下さい」

「おいで遊ばせ！」

お留伊は力強く頷いて答えた。

「父には、お打ちになった仮面(おもて)を頂いて行って、留伊から熟(よ)くお話し申します」

「ああ合点して下さいましたか」

宇三郎は眼を輝かして云った。

その二

「三位侍従家へ納めるのは七夕会、それ迄には充分間があります、浄津の方は留伊がお引受け致しますゆえ、お心置きなく」

「——忝ない」

「それから是を」

お留伊はふところから銭袋を取出して、

「実は今日、若しも貴方が未だお出来にならなかった時は、御一緒に他国する積で用意して来たものです、多くはありませぬがどうぞお費い捨て下さいまし」

「——何も云いません、この場合ですから辞退せずに頂きます」

宇三郎は眼に涙を湛えて受取った。

「では心急ぎますから是で」

「どうぞお体に気をつけて」

「貴女も、——」

熱く見交わした眼を、ぐっと引放して宇三郎は踵を返した。

家へ帰って貧しい旅支度をすると、一刻の猶予もなく上坂を出立した。——然し、彼が安土へ着いて三日めに、信長は中国征討の軍を督するため、安土城を出て幕営を京へ移す事になった。

「宜し、京へ——」

と宇三郎も直ぐに後を追った。

京へ入った信長は三条堀川の本能寺に館し、宇三郎は五条高辻の旅籠宿、梅屋五兵衛というのへ草鞋を脱いで、直ぐに浄津のお留伊の許へその趣を知らせた。

　安土にいる時には、足軽になってでも近づく積であったが、京へ移ってはそれも出来ない、来る日も来る日も、北野へ、清水へと見物に拵えて、本能寺の周囲を離れず見廻っていたが、館を出ぬ信長を見る法はなかった、――斯うして五月二十日を過ぎた。ようやく夏に入った太陽は、旱つづきの京の街を、焼くかとばかり照りつけている、宇三郎は毎日その陽に曝されて歩くうち、過労と暑気に傷ったのであろう、或夜突然と高熱を発して、旅籠宿のひと間に倒れて了った。

　四五日は殆ど夢中で過した、――そのあいだに夢とも現ともなく、枕許で宿の者たちが、

「国許へ知らせなければなるまい」

「処がよく分っていない」

「いつか国へ手紙を出した様子だからあの飛脚に訊けば分るだろう」

　などと云っているのを聞いた。

　――己は此処で死ぬのか。

　宇三郎は何度もそう思った。

　然し根強い執着を持った彼の生命は、間もなく勢を盛返して来た、元々過労と暑気傷りが原因だったので、快方に向うとなると早く、食事も進むようになって日増しに元気を取戻した。――そして月は六月に入った。

　天正十年六月一日の深夜であった、――何か唯ならぬ物の気配に、ふと眼覚めた宇三郎が、部屋から出て見ると、上框のところに宿の主人や、泊客たちが集ってざわざわと騒いでいる。

「どうしたのですか」

　と声をかけようとした。その時、表から此家の下男が遽しく駈込んで来て、

「慥に夜討でござります、本能寺を取囲んでいるらしく、まだ白川の方から軍勢がどんどん押寄せて

参ります」

「矢張りそうか」

「だがまた何とした事だ。いま右大臣様に敵対するような大将はいない筈だが」

「先公方様の御謀反ではないか」

「近所では叡山の荒法師共が、先年の仇討ちに攻寄せたのじゃと申して居まする」

「おお、あんなに鬨声が」

宇三郎は愕然として、

「本能寺へ夜討、——其は真か!?」

と進出た。宿の下男は痙攣たような顔を振向けて、

「真でござりますとも、何誰の軍勢か分りませぬが、慥に本能寺へ取詰めて居ります、あの物音をお聞きなされませ」

「——しまった!」

呻いて、そのまま外へ駈出そうとする、そのとたんに、門口から走込んで来た一人の娘があった。危く突当ろうとして、

「あ、宇三郎さま」

と叫ぶのを見ると意外や、お留伊。

「おお嬢さん、どうして此処へ!」

「貴方が御病気という事を宿から知らせて参りましたので、直ぐ浄津を立ち、今宵ようやく三条の茶久へ着いたばかり、明日はお訪ね申そうと思っていると、思いがけぬ本能寺の夜討でやっと此処まで逃げて参りました」

「それは思わぬ苦労をかけました、兎も角此処も危い——貴女は直ぐこの宿の者と遠くへ立退いて下

さい」

「立退けと仰有って、貴方は？」

「云うまでもない、是から本能寺へ行くのです、あの形相を見ぬうち信長公に万一の事があれば、宇三郎は死んでも死切れぬ」

「あ！　いけません、危い！　宇三郎さま」

「放して下さい」

「夜討の中へ、――貴方は殺されます」

狂気のように縋りつくお留伊の手を、力任せに振放して宇三郎は外へ――。

業火

その一

四条の辻は走せ違う武者たちで揉返していた。闇をぼかして、乾いた道から硝煙のように土埃が舞上っていた。――白川の方から馬を駆って来た一隊が、東洞院を坊門の方へ上りながら、

「二条城へ、――二条城へ！」

と鬨をつくった。其処でも此処でも、鎧や太刀や、物具が戞々と鳴った、徒士武者の一隊が大辻を北上しようとしていると、鬼殿の方から疾駆して来た伝令騎が、手旗を振り振り、

「四番手、南へ！」

と喚き喚きすれ違った。すると徒士武者たちはわっと歓呼しながら、濛々たる土埃と共に西院の方へ押して行く、――辻という辻が軍馬で埋まっていた。

宇三郎はその混乱の中を、無我夢中で駈抜けた。一度三条通まで出たが、そこは寄手の人数で身動きも出来なかった、直に引返して六角堂の下の小路を西洞院へぬけ、走違う武者たちのあいだにまぎれて、ようやく本能寺の濠へと辿り着いた。

「堀川口が破れた」

うわずった叫喚と共に、雪崩をうって西へ廻る軍勢の中へ、宇三郎は全く揉込まれていた。無慙や、堀川口は既に踏破られ、今しも先陣の武者たちがどっと浸入するところだ。――宇三郎は突飛ばされてのめった。起上る頭上に、剣が、槍が、凄じく撃合った。築地の犬走に添って走ると、単衣に腹巻した者や、寝衣だけの宿直の武士たちが、到る処に斬倒されて呻いていた、宇三郎は血溜りに足を踏滑らせて何度も転倒した。

客殿の庭でも既に、守護兵と寄手の者との惨たる死闘が展開していた。

――右大臣は、信長公は何処に？

狂おしく、只その事だけを念いながら、宇三郎は方丈の脇から高廊下の下を、客殿の方へ廻って行った、――病苦こそ去ったれ、まだ本復とは云えぬ体であったが、一念執着の火は燃えに燃えて、信長の姿を求める他には身の危険もくそもなかった。

客殿の横手へ出た時である。

「ああ――！」

と思わず声をあげて立竦んだ。――客殿の正面、勾欄に片足をかけて、矢継早に弓を射ている偉丈夫がある、左右に長巻を持った侍女たちがいるのを慥める迄もなく、

「右大臣家だ、信長公だ！」

狂喜して宇三郎は高廊下の下へ走寄った。

信長は生絹の白の帷子に紫 裾濃の指貫をはき、忿怒の歯を喰いしばりながら、弦音を絶やさず寄

手の上へ矢を射かけていた。――宇三郎は神を凝らしてその面を仰見たが、是程の場合にも不拘、曾て浜田の駅で見た形相が現われていない。

――駄目か。

宇三郎は呻いた。

――あれは白昼に見た幻なのか。……否、そんな筈はない、例え万人は誤り見るとも、この宇三郎の眼に狂いはない！　必ず、必ずあの形相は現われる。

胸の内に呟く時、信長の持った弦が音高く切れた。それと見て侍女の一人が、捧持っていた十文字槍を差出す、――とたんに、血刀を提げた小姓たちが二三人、方丈の方から走って来て、

「お上……火が、火が――」

と喚いた。信長が愕然として、

「なに、火？」

と振返る、その時、水牛の角の前立うった兜に、黒糸縅の鎧を着た武者が、勾欄に手をかけて跳上るのが見えた。

「あ！　推参な、下郎め!!」

みつけた小姓の一人が、駈寄りざま斬りつけた刃は鎧を打ってがっと鳴った。同時に相手は勾欄をまたいだまま、

「えーッ」

と一喝、大太刀で強かに小姓の脾腹を薙払った。見るより信長が、

「うぬ！」

と槍を執直す、それより疾く、

「其奴蘭丸が承わります、お上には奥へ」

叫びながら、一人の小姓が走り寄った。——浜田の駅で見かけた美少年だ、大槍を執って飛鳥のように肉薄すると、いきなり相手の武者の高腿へ一槍つけた。——武者は呻いて、太刀を返しざま槍を切放そうとする、刹那、小姓は素早く槍を手繰り、石突をかえして相手の首輪を突上げた。武者はだっと勾欄へよろめきかかったが、

「わあーっ」

と云う叫びと共に、後ろざまに高廊下から庭へ転落した。

然しその時既に、宇三郎は勾欄を攀登っていた。そして彼処にも此処にも、踏込んで来た寄手の者が、

「右大臣殿、見参！」

「二位公見参仕る！」

と喚き交す声を聞きながら、信長の後を慕って奥殿へと進んだ。

その二

奥殿へ入ると噎せるような煙の渦だった、一人の鎧武者が、槍を持って襖を蹴放しながら、渡殿の方へ走り寄った。——宇三郎は信長の姿を追って寝殿へ入ろうとする、控えの間に四五人の侍女たちが、いま自害した許とみえ、まだ呻声をもらしながら紅に染まって倒れている。と其処へ、二人の鎧武者が、宿直の若侍たちと斬結びながら殺到して来た。

「暫しのあいだ防げ、腹をするぞ」

信長の声である。

「お上の御生害ぞ！」

「孰れも斬死じゃ」

「御先途仕れ」

喚き喚き、若侍たちは必死の勇を鼓して、寄手の武者を次間へ追い詰めた。——寝殿の襖には既にめらめらと火が這っていた、眉を焦がす熱気、息苦しい煙の中に、

「蘭丸、蘭丸は居らぬか」

信長は上段にどっかと坐して叫んだ、返辞はなくて、斬結ぶ叫喚、打物の響が、段々に近寄って来る。

「——無念だ！」

信長は眉を吊上げて絶叫した。

その時、倒れた襖の向うに宇三郎がつく這っていた。宇三郎は今こそ見た——壁代も、御簾も、襖も、火龍の舌のような火が舐めている、業火だ、地獄変相図そのままの焔だ。そしてその火の中にどっかと坐して、肌を寛げている信長の顔に、見よ！　彼の待望んでいた形相がまざまざと現われているではないか。

「————」

息詰るような感動に思わず膝を進めながら、宇三郎は全身の神経を眼に集めて、昵と、昵と信長の面を覓めた。

「——右大臣殿、見参仕る！」

突然、名乗りかけながら、一人の荒武者が煙を背になびかせつつ踏込んで来た。

「——！」

信長は幽鬼のような眼で振返る、とたんに走寄った荒武者は、

「天野源左衛門候！」

と云いさまさっと一槍つけた。

「――御免」

「うぬ、八幡ーッ」

高腿を貫かれて信長が撞と腰をおとす、同時に西側の壁が、どっと火の粉を散らしながら崩壊し、天井の一部が燃堕ちて来た。

「あっ！」

宇三郎は危く身を退くと、

「見た、見た、見た」

と狂気のように叫びながら、煙の中を泉殿の方へ夢中で走った。

何処をどうして脱出たか知らぬ、火に追われ煙に巻かれ、転げている死体に躓きつつ、斬合っている人々のあいだを庭から木戸へ、堀川口を出ると、――走交う武者たちの向うから、

「宇三郎さまーッ」

と叫びながら、髪振乱したお留伊が、裾も露わに駈寄って来た。

「あ、お留伊さん！」

「宇三郎さま、御無事で、御無事で……」

喘ぎながら夢中で抱着く。

「此処は危い、早く！」

と宇三郎は抱えるようにして、四条の畷道を河岸へぬけた。兵たちの見えない処まで、息せききって走った二人は、やがて濃い乳色の霧の立罩める河原へ下りると、露にしめった夏草の上へ抱合うようにして倒れた。

「よく御無事で、よく……」

お留伊は男の体をひき緊め、涙に濡れた頬をすりつけながら云った。――宇三郎は、髭の伸びた頬

でそれに応えながら、

「お留伊さん、お留伊さん」

　と歓喜の声をあげた。

「悦んで呉れ、今度こそ判きりと見た、活面の雛形、世に又と無い羅刹の相を。今度こそ逭さぬ、――この眼に、この脳に、烙印のように判きりと刻みつけたぞ」

「嬉しい！」

「そうだ、宇三郎が千歳に遺す傑作、羅刹の面はもう出来たも同じことだ」

「宇三郎さま」

　娘は情熱に身を顫わせながら、男の胸へ、自分の豊かに盛上った胸を荒々しくすり寄せた。――空は既に明けかかっていた。そしてくっきりと空を劃する東山の峰々の上に、一夜の悲劇を弔うかの如く、茜色の横雲がたなびいていた。

芸道真髄

その一

　ひと月経った。

　七月三日の日暮れ近く、上坂の侘住居で、宇三郎は懈怠い体を破れ蒲団の上に横えていた。――湖の方から吹いて来る爽かな風に、この家を囲んでいる籔がさやさやと葉摺れの音を立てている、その落着いた静かな音は、そのまま宇三郎の心を語るかに思われた。

「――やったなあ」

彼は吐息と共に呟いた。

あれから直ぐに上坂へ帰って来た宇三郎は、癒えきらぬ病後の体に鞭打って、まる二十七日というもの仕事場に籠り、寝食を忘れて羅刹の面を打上げた。――そして、其を浄津へ届けるとそのまま、斯(こ)うして静養の蓐(しとね)に臥しているのであった。彼の気持はいま水のように澄んでいる、彼は確信を以(もっ)て羅刹の活きた形相を掴み、生命(いのち)の限り仕事をした。

――心ゆく儘(まま)に打った。

――是こそ百世に遺る作だ。

そう云う強い自信、輝かしい誇りが、胸いっぱいに脹(ふく)れあがっているのだ。今や已(すで)に、近江井関の名跡を継ぐ継がぬなどは、彼に取って些(いささ)かの問題でもなかったのである。

表からお留伊が駈込んで来た。

「宇三郎さま、父さま見えました」

「――そう」

「宗親さまも外介さまも御一緒でございます」

「では起きましょう」

宇三郎は起直って衣紋を正した。――今日は藤原家の荘園に於て、三人の打った仮面(おもて)の鑑査があった。選ばれた作に近江井関の跡目を譲り、お留伊を妻(めあわ)せるという、大事な決定のある日なのだ。然し宇三郎は鑑査の席へ出る気持はなかった。

――三位侍従などに何が分る、ただ親方さまだけに分って貰えば。

と思って家に残っていたのだ。

「――どうでしょう?」

お留伊が声を顫わせながら訊いた。

「大丈夫でしょうか」

「心配になりますか」

「だって……」

「まあお待ちなさい、直ぐ分りますから」

云うところへ、上総介親信が、二人の門弟と共に入って来た。宗親も外介も、宇三郎には兄弟子に当り、共に親信の家で辛酸を嘗めて育った間柄である。

「——宇三郎、おめでとう」

入るなり宗親が云った。

「其許のが選ばれたぞ、三作の随一、古今の名作と折紙がついたぞ」

外介も口急しく附加えた。

「猿楽四座の者も立会ったが、一議に及ばず其許の作と定まった」

「我らも初めて見たが、塗と云い相貌と云い全く凄じい出来栄え、侍従様は——余りに凄じくて肌に粟が生じると仰せられた」

「直ぐ宝物帳に加えられるそうだぞ」

「侍従家の宝物帳に載っているもので、近世では三光坊の一作がある許。是は其許だけではない近江派のために此上なき名誉だ」

次から次と口を衝いて出る讃美の言葉を、お留伊は堪えきれぬ涙と共に夢心地に聞いていた。——それに反して宇三郎は、唇に微かな笑を含んだまま、黙って頷いている許だった。

「——宇三郎」

やがて親信が、二人の言葉の切れるのを待って静かに口を開いた。

「はい」

「いま聞く通り、三作の内おまえの仮面が随一と定った」

「――」

「初めの約束通り、お留伊はおまえの妻にやる、おまえと娘に異存さえ無ければだ」

まさか此処でそれを云われようとは思わなかったので、お留伊は全身の血が一時に顔へ上るような恥しさに襲われ、双の袂で顔を隠しながら外向いた。

「それから、――」と親信は続けた。

「一作に選ばれた者には、井関家の跡を継がせると云ったが、些か考えるところがあるゆえ、是は暫く預って置く」

「あ……」

意外な言葉だった。

「それは、なにゆえでござります」

「今は云うまい」

色を変えて乗出す宇三郎の顔を、冷やかに見ながら親信は座を起った。

「――七夕会には、儂とおまえと二人、侍従家の猿楽に招かれて居る。まだ疲労が本復していない様子だが、是非拝観に上るが宜い、必ず待って居るぞ」

そう念を押すと共に、

「帰るぞ」と云って土間へ下立った。

――宇三郎も意外だったが、宗親も外介も、お留伊も、思いがけぬ親信の態度に呆れて、暫くは茫然と息をのむ許だった。

宇三郎の拳はわなわなと震えていた。

その二

それから四日め、――七月七日の夕景。

近江国山田、井草河畔にある三位侍従藤原紀の荘園は、七夕会の催しで賑わっていた。舞殿には既に猿楽の用意が出来て、保生一座の鳴物も揃い、芝居の筵には拝観の人々が刻の来るのを待兼ねていた。

舞曲は「悪霊逐い」と云う紀公の自作で、田畑を荒らす悪鬼、夜叉の類を、摂伏諸魔善神が現われて得度せしめると、無著羅刹が善性を顕現して、却って大に衆生を慈霑する――という主意で、羅刹は紀公自ら舞うのであった。

やがて刻が来た、――宇三郎は師親信と同座で、舞台のま近に畏っていたが、鳴物が始まると共にぐっと前へ身を乗出した。

「――宇三郎！」親信が低く云った、「気を鎮めて見るのだ、初めて晴の舞台に上るおまえの仮面、――熟く熟く見るのだぞ」

「は、――」宇三郎唇をひき緊めて答えた。

舞は厳かに始まった、――先ず保生久呂と保生進の扮する夜叉が出た、そして田畑を荒らす猛々しい演技があって、不意に調子の高い鳴物が起る、と……紀公の扮した羅刹が、直剣を捧げて颯々と舞台へ現われた。その時である、――眼も放たず羅刹の面を覓めていた宇三郎が、

「――おおッ」と無気味な呻きをあげた。

親信は鋭くかえり見た、――宇三郎の顔から見る見る血気が失せ、額にはふつふつと膏汗が吹出して来る、それにつれて五体が、まるで瘧にかかったように震慄し始めた。――そして、固く喰いしばった歯のあいだから、抑えきれぬ呻声をもらしたと思うと、両手で顔を蔽いながら其処へうち伏

して了った。

親信はただ冷やかにそれを見ていた、そして、やがて猿楽が終った時、静かに宇三郎の肩へ手をかけながら、

「宇三郎、終ったぞ」

と云った。宇三郎は俄破と起直って、死人のような顔を振向け、

「親方様、お願いがござります」

「云ってみるが宜い」

「どうぞ、どうぞ直ぐ侍従様に会わせて下さりませ、枉げてお願い致しまする」

「——宜し」親信は頷いた。

「羅刹の打主、侍従家も悦んでお会い遊ばされよう、案内してやるから参れ」と座を立った。

家司を通じて伺うと、直ぐに会おうということだった。二人はそのまま便殿へ導かれて行った。

——侍従紀公は丁度衣装を脱いだところで、入って来る親信師弟を見ると、

「ああ近う近う」

と機嫌よく身近へ招いた。——そして親信が宇三郎を紹介すると、悦ばしげに童顔をほころばして云った。

「おお其方が打ったか、過分の出来栄え満足に思うぞ、猿楽四座の者共も、古今稀なる逸作と賞して居った、麿の家の宝物帳に上せて永代伝えるであろう。——孰れ骨折は取らすが、望みの物があれば申してみい」

「は、分外のお言葉、唯々恐入りまする。仰せに甘えお願いがござります、——私の打ちました羅刹の仮面、いま一度検めさせて頂けまするよう」

「ほう、是を検めるというか」

糺公が何気なく取って差出す仮面、——宇三郎は少し退って、暫くのあいだ眤と、その面を見戍っていたが、何を思ったか不意にそれを膝の下へ入れてぐっとひと圧し、

「あ！　何をする」

糺公が叫んだ時、羅刹の仮面は膝の下で音高く二つに割れた。——侍従は嚇怒して、

「親信！　是は何とした事じゃ!!」

と喚く。親信は平伏して、

「ああ暫く、無作法の段は親信お詫び仕りまするが、是には宇三郎より申上ぐべき事がございまする筈、一応お聞き下されば忝う存じまする」

「うん、聞こう、聞こうぞ」

気色ばんで膝を進める糺公の前へ、宇三郎は平伏したまま静かに答えた。

「未熟の腕に打ちました仮面、お鑑識にかなって三作の随一に推されました事、一代の面目にございます。私も今日までは、是こそ百世に遺る作と、ひそかに自負して居りました、——然し、先程舞台に上るを見ました時、私は初めて増上慢の夢を覚まされました。是は名作どころか、悪作も悪作、仮面師として愧死せねばならぬ邪悪の作でございます」

「何故だ、訳を聞こう」

「申上げまする」

宇三郎は悲しげに、「——此度の作は、ゆえあって右大臣信長公の御顔を面形にとりましたもの、打つ折には無我夢中で、正邪の差別もつきませんでしたが、いま改めて見ますると、この仮面に現われて居りますのは——信長公の瞋恚の形相！」

「——」

「残虐酷薄の忿怒の相でございます」

紏公は微かに身震いをした。

「如何なる悪鬼夜叉を打ちましょうと、仮面には仮面として何処までも芸術でなければならぬ筈。それがこの羅刹は、一人の人間、信長公の瞋恚忿怒の相そのまま、仮面としては邪悪外道の作でござりまする」

「――宇三郎、適れだぞ」

紏公の前をも忘れて、親信は思わず弟子の手を握った。

「熟くぞ悟った、熟くぞ悟って呉れた、儂はその言葉を聞こうと思って今日まで待っていたのだぞ！」

「――親方様」

「適れだ、適れだ。この仮面が随一に選まれた時には、儂はおまえに井関家の跡目は許さなかった。然し今、今こそ許す、おまえに唯た今から近江井関を許すぞ」

宇三郎は言葉もなく其処へ泣伏した。――親信の眼にも涙が光っていた、そして侍従紏公の老いの眼にも。

是以上なにを語る事があろう、宇三郎はお留伊を娶り、河内大掾の名を許されて一世に栄えた。彼の彩色は殊に傑れていたため、「河内彩色」と云われている。――里俗伝えて曰う、その後彼は再び羅刹の仮面を打たなかったと。

四条畷

既に十年になる。長い、又、短かい十年であった。と正行は思った。敵の大兵団に包囲せられながら正行は、悠々と兵糧をつかい、思いを遠く昔にはせていた。

父正成が数十万に及ぶ海陸の賊の大兵を向うに一歩も譲らず、為めに忠誠の義軍が諸国に旗を挙ぐる動機となり、臣節の道の何たるか、又、そしてその道を国土の隅々にまで植付け、自らその精神を永遠に生かすべく湊川に壮烈な戦死を遂げてより早や十余年を経たのだ。今また自分も父の死と同じ死に勇んで死のうとしているのだ。

忘れもせぬ延元元年五月十六日。正行十一歳、父正成は摂津桜井駅に於て、「汝幼なりと雖も已に十歳を過ぐ。猶お能く吾が言を記せん。今日の役は天下安危の決する所、意うに吾れ復汝を見ざるなり。汝吾れ已に戦死すと聞かば、即ち天下尽く足利氏に帰せんこと知るべきなり。慎んで禍福を計較し、利に従い、義を忘れ以て乃父の忠を廃する勿れ。苟も我が族隷にして一人の存するものあらしめば、即ち率いて以て金剛山の旧址を守り身を以て国に殉い、死ありて他無かれ、汝の我に報ゆる所以は、此より大なるは莫し」

正成は倶に死せんと請う正行を叱咤して河内に帰らしめた。その父の偉大な訓が今ひしひしと身に甦ってくるのだった。父は偉大だった。巨いだった。正行はそう思った。正行はこの父をもつ自分を無上の誇りと感じた。

あの日。賊将尊氏から叮重に送られて来た父の首を見た時には流石に正行も、あの父の遺言を忘れ、気づいた時は母に短刀をもぎとられていたのだ。

「汝何ぞ惑える。乃父の汝を遺帰せしは、豈、汝をして自殺せしむるならんや、汝遺命を啣み帰り来って我に告ぐ、而して汝、先ず之を忘る。焉んぞ能く王事に任えん」

母のあの言が甦って来る。あの父、この母、正行はこの世、第一の幸せものだと思った。

それから十年。夢のように過ぎ、そして　夢寐にも忘れ得ぬ王道の事、父の忠烈をつぎ、己の力の足らざることどもであった。

正行の成長する間、この十年、名和、菊池、土居、得能等の諸将善戦して帝に仕え奉ったが尊氏の威勢は日と倶に盛んであった。

土居、得能の諸将も北国に破られ、太子は虜とならせ給い、この頃尊氏は新帝の弟を擁立した、これ北朝光明帝である。上下東西、殆どその政は轉動し、国土は常闇と化していたのであった。

恰度其頃三条景繁吉野の僧宗信を以って護良親王を助けしめ、正行に欣び従弟の和田正朝と共に吉野に入ったので、為めに再び、官軍の勢力は盛りかえすところとなったのだ。

帝は正行を正四位下に叙し帯刀となし、検非違使左衛門尉、河内守に兼任し給い、正行は将として四方に号令する身となった。

官、賊、一進一退、菊池重武、大館氏明、北畠顕家の弟顕信、結城宗広等善戦し、賊将尊氏の子義詮を破る。しかるに賊将高師泰、顕家を破り、顕家、名和義高等戦没。

師直は顕信を破った。新田義貞、見島高徳と共によく謀議善戦したが、山徒との策戦が円滑にゆかず、義貞も戦死し宗広も病没するところとなり、皇太子、成良親王は皆尊氏の弑殺するところとなり、義良親王を皇太子に立て奉ったが、八月帝病のために崩じ給う。

「朕国賊を滅し天下を平げざるを憾む。骨を此に埋むと雖も魂魄は常に北闕を望む。後人其れ朕が志を体し力を竭して賊を討てよ、否らざる者は吾が子孫に非らず、吾が臣属に非ず」と遺詔し給う。外史には、「剣を按じて崩ず」とあるがその御悲壮御壮烈なさまは目のあたり見る如しである。その気魄に群臣気沮みおののいて逃れようとしたが、宗信力説してようやく止めた。この時、正行、正朝兵二千を率いて来る。神器を拝し、後村上天皇位に即き給う。

新田義貞も敗戦後病死し、高徳も振わず、又東北の官軍も勢威なく、足利天下を擅にする有様だった。しかるに正行はよく父の遺志をつぎ奇襲奇略賊軍を撃砕すること度々に及んだ。

住吉の戦の時などよく数倍の時氏、顕氏の敵軍を撃滅した。

その時など正行は敵兵の溺るるものを救助し衣甲を与えて労わりこれを敵陣に送った。敵兵にして正行に仕えんと欲するもの続出する有様だった。正行は京師に迫った。尊氏は大いに懼れ、二十余州の兵を発して高師直を以て将となし撃たしめた。

正行は中納言藤原隆資を通じて上言していうに、

「先臣正成、嘗て微力を以て強賊を挫き、以て先帝の宸憂を安んず。天下再び乱れ、逆賊四襲するに及んで遂に命を湊川に致す、臣時に年十一。命じて河内に帰らしめ嘱するに余燼を収合し国讐を報復するを以てす。臣年已に壮なり、而も稟性羸弱、常に念う、今に及んで力戦せず、待つあるの身を以て慮るなき疾に罹らば上は不忠の臣となり、下は不孝の子と為らんと。而して今、賊の渠帥大挙して来り犯す。是れ真に臣が命を致すの秋なり、臣彼の首を護るに非ずんば則ち臣が首を彼に授けん。臣の生死今日に決す。切に希くば、一たび天顔を拝して行くことを得ん」

と、帝は連日、正行の善戦を労い給い、

「汝が忠を嘉す」

と賞し給い且つ、

「賊鋭を悉して来る、真に安危の決なり、然りと雖も兵の進退は宜しきに従うを貴ぶ、朕、汝を以て股肱と為す、汝其れ自愛せよ」

と仰せられ、正行伏して頭を挙ぐることが出来ず、涕涙久しくし悲壮の決意を以て出陣して来たのだった。

「かえらじとかねて思えば梓弓
　無き数に入る名をぞとどむる」

の歌と共に族党百四十三人の姓を如意輪堂の壁に記した。

正行の総兵約三千に対して、師直の率ゆるもの約八万。

正行三百騎の手兵をとって賊将細川清氏、仁木頼章の軍を破る。しかるに大兵団の包囲の下に小兵の奇智と勇猛さで戦っている正行方は次第に兵を損じ戦死者の数を増すばかり。馬は悉く斃れて使いものにならず、ここに於て正行は最後の一戦と心に定め、一先ず、兵をまとめ、堤に腰を下して悠々と兵糧をつかうのであった。

が、賊兵共、勇猛果敢な正行の戦い振りにはおそれをなしただ遠まきにするのみであった。

正行は過去を振かえり、自分をこの世に又なき倖せ者と思った。幼より今日まで王道の為に尽し一時もそのことより離れたことなく今またその志の為めに死す、武人としての本懐であると思った。

正行は食し終るや立ち上り、刀を握り直して声を大にし、衆に、「師直と死を決す！」と叫び、敵の心臓部目がけて突入したのであった。兵は将、正行を討たすなと口々に叫びあいながら、一兵よく百の敵を斃しつつ善戦したのであった。

しかるに師直の影武者が、「師直ここにあり」と名乗りながら正行の行手に立ちはだかったのである。正行にとって永年待ち望んだ機会だった。たちどころに首をはねたのである。

「抛二首于空一而手承者三」

というのであるから余程、うれしかったに相違ない。

しかるにその偽者であることを兵の一人が告げた。正行の悲忿激怒、誠に目にみえるようである。

「嗚乎汝もまた無双の国賊なり」

と叫びつつ首を大地に叩きつけ罵り且つ蹴ったのだ。

しかし、正行は軈て、己の衣の袖をきり、その首級をつつんで、

「その勇は賞むべきもの」といい乍らこれを隴土において刀をかざしつつ再び乱軍の中に師直を求め走った。

正行は遥かに師直の幟を見出し追い討ちせんと欲したが、正朝が、

「彼は騎、我は歩」及ばぬ故、偽って遁げ、師直の追うのを待って迎え討とうと提議したので、「よし」と答えて残兵五十余をひいて逃げ出したが、師直はこれを追わず、反って数百騎をひきゆる部下の副将を以って追撃せしめたので正行は大いに忿り、再びとってかえして戦う。そして師直に迫ったが残念乍ら、既に早朝から三十数合、兵はへとへとに疲れ、正行も亦激しく疲労していた。

しかし、勇をこして師直に突進したが、師直の兵は正行をめがけて斉射したため、正行は、恰るで、針ねずみの如くになった。

正行も今はこれまでと思った。十年の、楽しかった、苦しかった数々の、そして、父以来の他に譲らぬ忠節に、死んでゆく、欣びが——夢が——

その瞬時、脳中を駆けめぐった。そして、父以来の武人として善戦を我身ながら、この上もなく満足に感ずるのだった。

「已矣勿レ為二賊所一レ獲」

と叫び、微笑みつつ正時と刺し違えて戦死した。年二十二。

兵も悉く自刃し、誰一人として北に向って斃れぬものとてはなかったのだ。死しても尚その心は北伐の意気を示していた。

美少女一番のり

手負い

ここは飛騨と信濃の国境、ふかい渓谷と密林と断崖にはばまれて、昔から人跡まれな「摩耶谷（まやだに）」の山中である。

槍岳（やりがたけ）を主峰とする連山は、初夏というのに残雪をいただき、ふもとの樹々（きぎ）もまだみずみずしい銀鼠（ぎんねず）色（いろ）の若葉で、その枝葉がくれに駒鳥やかけすやぶうぐいすなどが、美しい羽色をほこらかに鳴きわたっている。……この平和な寂（せき）とした林間をぬって、今しもふたふりの白刃がまぶしく陽（ひ）にきらめきながら、山の尾根へ走りのぼってきた。

「まてッ卑怯者」

追手の武者はふたたびわめいた。

「敵にうしろをみせて、それでも武士か」

「――」

追われている若い武士が、その一言で思わずたちどまる、刹那！　追いせまった武者は、まっこうからだっときりつけた。双方ともすでに疲れはてていた。若い武士は体をひらいて右へさけながら相手の脇壺へ力まかせに一刀、深々ときりこんだ。同じ刹那に、相手の剣もまた若い武士の高腿を十分にきっていた。

「あっ」

「うーッ」

ほとんど同音にうめきながら、追手の武者はそこへてんとうし、若い武士はがくんと横へのめる、その足をふみはずして急斜面を、摩耶谷の方へはげしくすべりおちて行った。

何の手がかりもない崖だ、砕けた岩くずとともに、だあっと四五十メートルころがりおちると、下にしげっていた灌木林(かんぼくりん)の中へしたたかにほうり出された。——高腿に重傷を負っているうえに、岩のとがった所でからだを打ったから、しばらくは身動(みうごき)もできず、萌(も)え出した下草をつかんでうめくばかりだった。

しかしまもなく、若い武士はきっと顔をあげた。がさがさと灌木をふみわけて、こっちへやってくる妙な物音がきこえたのだ。

——追手か?

と半身をおこしたが、

「あ! 熊、熊——」

と顔色をかえた。

灌木をふみしだきながら、身の丈(約一・五メートル)にあまる一頭の大熊が、するどい牙をむき出し、無気味にうなりながらこっちをねらっているのだ。——若い武士は脇差の柄(つか)に手をかけながら、必死になっておき上ろうとした、と見るなり、熊はすさまじくほえると、いきなりうしろあしで立ち上っておそいかかろうとした。

——だめだ!

絶望のうめきをあげて脇差をぬきはなつ、ほとんど同時に、下の森の中から、

「五郎ッ、五郎ッ、おまち」

きぬをさくようなさけびが聞えて、熊はぴたりとそこへふみとどまった。

「何をするんです、また弱い仲間をいじめているんでしょう。わるさをするとお弓はしょうちしませんよ」

そうさけびながら、檜(ひのき)の密林の中から一人の美しい少女がとび出して来た。――年は十五六であろう、山桃の実のような血色のよいほお、つぶらな澄んだひとみ、丈長の髪を背にむすんでさげ、こんな山奥には珍しく着ているものもみやびていた。

「――あら！」

少女は低くおどろきの声をあげた。大刀を右手に半身を起している男の姿をみつけたのだ。しかし――その時若い武士は、熊の危害からまぬがれた気のゆるみと、重傷の痛みにたえかねたとみえて、くらくらとそこへ昏倒してしまった。

「五郎、こっちへおいで、五郎」

少女はいそいで熊をよびもどすと、そのまま森の方へ立ちさろうとしたが、たおれた手負いの苦しそうなうめき声を聞いておそるおそる引返(ひきかえ)し、

「どうかなさったのですか？」

と声をかけた。――しかし相手はもう答える気力もないらしく、見ると半身ぐっしょり血にまみれている。

「まあ……」

少女はさっと顔色をかえたが、すぐ意を決してしっかりとだきおこした。

「五郎、おまえの背中をお貸し、この方をおまえの家まではこんで行くのよ、――そっちをむいて、

さ、おすわりおし」

まるで召使をあつかうようだった。熊もまたいわれるままになっている。少女は手負いのからだを熊の背へ負わせると、自分はそばから介添をしながら森の中へと下りて行った。


人里を遠くはなれた飛騨の山中、摩耶谷の奥には、建武の時代から連綿とつたわる郷士の一族がすんでいた。

伝説によると、後醍醐天皇の勅勘をこうむってこの山間へ流罪になった殿上人の裔だということで、北畠賀茂という家を中心に十八軒の家が、まったく世間とはまじわりをたって生活している。

現在この一族を指導するのは、北畠十四代の賀茂老人であった。非常に厳格な人で、お弓という十六才になる娘があったが、殿上人の子孫にふさわしい教養と、また郷士の娘としての馬術、なぎなた、太刀の修業もきびしくおこたらせなかった。

かくて天正四年五月はじめのある日。――賀茂が庭へおりていけ垣の手入れをしていると、娘のお弓が小さな包をかかえて、横手の木戸からそっと出かけようとするのを見つけた。

「お弓、どこへ行く」

声をかけられて、娘はぎょっとふりかえったが、

「はい、あの、薬草をとりに……」

「ひとりで行くのか」

「いえ五郎をつれてまいります」

老人はにがい顔をして、

「そういつまで五郎につきそっていてはいかんぞ、なれていても獣は獣、ことにああ大きくなっては熊の本性が出る、うっかりするといまにかみころされてしまうぞ」

「大丈夫ですわ、五郎はお弓がひろってお弓がそだてたのですもの。きのうだって……」

いいかけてあわてて口をつぐんだ。

「きのうどうした？」

「いいえ、なんでもありませんの、では行ってまいります」

いいすててお弓は元気に出て行った。

部落を出て東へ二町（約二百メートル）あまりすると渓流がある、それをわたると摩耶谷いちめんをとりかこむ檜の密林で、他郷の者がうっかり足をふみ入れると、とうてい出ることができないという。——お弓はなれた足どりで、森の中の胸をつくような急斜面をのぼり、右へ右へとたどりながら、やがてこけむす巨岩のごろごろしている断崖の下へ出た。その断崖には巨岩にかくれて大きな岩窟（がんくつ）がある。お弓は小走りに、

「五郎、——五郎」

とよびながら近よった。

——ちょうどその入口に、大きな熊がまるで番犬のようなかっこうでがんばっていたが、お弓を見るとさもうれしそうに首をふりふり立って来た。

「まあおりこうだこと、ちゃんと番をしていたのね、お客さまはご無事かえ」

「ああ、無事でいます」

岩窟の中から声がした。お弓は身をひるがえしてその方へ入って行った。——そこにはやわらかい枯草をしとねにして、一人の若い武士が足をなげ出している。

「まあ、おきていらっしゃいましたの」

「気分がいいのでしばらくおきてみました」

お弓はそのそばへすわって、持って来た包を手早くときながら、

「もっと早く来ようと思ったのですけれど、人眼についてはわるいのでついおくれてしまいましたわ。――これが巻木綿（ほうたい）、お薬と、それからおにぎり」

「それは、――どうも」

「先にお傷の手あてをいたしましょうね」

お弓はかいがいしく身をおこした。

木曾の荒武者

「家へご案内すればいいのですけど、摩耶谷は他国の人をきらいますから、不自由でしょうがどうぞご辛抱くださいませ。――そのかわりお傷だけはお弓がきっとなおしてさしあげますわ」

「お弓どのとおっしゃるのですね」

若い武士は苦しそうに微笑して、

「私は高山城の者で苅谷兵馬といいます。摩耶谷のことはよく知っていました。ここにこうしておせわになるだけでも、何とお礼を申しあげていいやら……」

「まあそんなにおっしゃっては」

「いえほんとうです」

苅谷兵馬は熱心にいった。

「私は殿のおおせで、木曾方の城砦のそなえをさぐりに行ったのです。その帰りを鹿追沢のとりでの者に見つけられ、六人まではきりましたが最後の一人のためにこの傷をうけ、尾根からころげおちたところをあなたに助けていただいたのです。――あのままでいたら、大せつな報告もはたさずにまったく犬死をするところでした。おかげで命もたすかり、武士の任務をはたすこともできるのです、――ありがとう」

胸いっぱいの感謝に眼をうるませながら、心から兵馬は頭をさげた。お弓ははずかしそうにほおをそめて、

「わずかのことがそんなにお役にたつのでしたら、わたくしも嬉しゅうございますわ」

「ただ……ご存じかも知れぬが、高山城と木曾方とは、今にも合戦におよぼうという時、さぐり出したしまつをお城へもって帰れぬのが残念です」

「でもこのお傷ではねえ――」

「なおします、一日も早くなおします、そしてお城へ」

兵馬は歯をくいしばりながらうめくようにいった。

ちょうどそれから五日目の事である。例のとおり薬をぬりかえたり食事のせわをしたりして、またあしたと――岩窟（いわや）を出たお弓が、

「五郎、お客さまの番をよくするのよ、まちがいのないようにね、頼んでよ」

くりかえして熊の五郎にいい残して別れた。

岩をまわって外へ、いばらのおおいやぶの中を、檜の森の方へ下りようとすると、むこうの木かげから鉄砲を持った若者があらわれて、

「お弓さま、何をしていなさる」

と声をかけた。

「え――？」

お弓がびっくりしてふりかえると、大股に近よって来たのは、乱暴者の村井伝之丞（でんのじょう）だった。

「まあ伝之丞じゃないの、いきなりよぶものだから驚いたわ」

「何をしにいらしった」

「何って、――お、お薬草をとりにだわ」

「とれましたか」

伝之丞は鉄砲の台尻をたたきながら、妙なにやにやわらいをしていった。――お弓は常にその若者がきらいだった。

「とれてもとれなくてもおまえの知ったことではないよ。よけいなことはいわぬがよい」

「ははははは、お気にさわったらゆるしてください、まったくそんなことはよけいなことでござした。――時に、早くお帰りなさるがようございますぜ、いま老代さまにあうのだといって、木曾の荒武者どもが村へはいって行きましたから」

老代とは父北畠賀茂のことである。しかも木曾武士と聞いて急にお弓は心配になった。――もしや苅谷兵馬さまのことをかぎつけて来たのではあるまいか？

「私がお送り申しましょう」

そういってついて来る伝之丞にはかまわず、お弓は猿のように身軽く、密林の急斜面を走りくだって行った。――その時分、北畠家の玄関では、十名ばかりの鎧武者が、主の賀茂と相対していた。

「摩耶谷のご一族が、他郷の者とまじわらぬということは知っている」

部将と見える髭武者がいった。

「しかしこの乱世にわずかな一族であくまで独立して行こうというのはむりな話だ。それより今のうちに木曾殿へお味方すれば、この倍の領地と扶持がいただけるし、ながく安全を守護してもらえるというものだ」

「それはありがたいお話じゃな」

賀茂はまゆも動かさなかった。

「もっともそれについては、当家に摩耶谷の抜道を記したくわしい古図が伝わっているそうだが、近く高山城との合戦にぜひそれが入用なのだ。その古図を木曾殿に」

「差出(さしだ)せというのでござろう——おことわりじゃ、おことわり申す」

お弓が家へ入って来たのは、賀茂が断乎(だんこ)としてそうこたえた時だった。

「いかにも摩耶谷の抜道四十八路九百十余の迂曲をしるした古図はある。しかしこれはわが祖先が十余代にわたって調べあげた家宝で、他郷の者の眼にふれるべき品ではない」

「しかしその古図さえ差出せば五千貫の侍大将にとりたててやるという……」

「くどい、わが一族は摩耶谷に生き、摩耶谷に死ぬをもって本分とする、建武いらいこのおきてにそむく者は一人もないのじゃ、ことわる！」

にべもない一言に、部将はさっと顔色をかえ、いきなりこぶしをつき出しながら、

「それではあらためてたずねる。四五日以前、この谷へ高山城の間者がにげこんだはずじゃ、そやつをここへ出してもらおう」

「そんな者は知らん」

「知らんではすまされぬぞ、拙者のあずかる鹿追沢砦のそなえを探索に来たやつ、七人まで追手をきり自分も傷を負ってこの谷へ入りこんだこと、しかとつきとめてまいったのだ。へたにかくしだてをいたすとためにならんぞ」

「——おもしろいな」

賀茂は静かに冷笑して、

「手負いが逃げこんできたかどうか、聞きもせず、また見もせぬが、ためにならぬの一言は気にいった、摩耶谷にも建武のこのかたきたえにきたえた郷士魂がある、鐘ひとつうてば百余人、いささか骨のある者どもが集(あつま)ってこよう、おのぞみならばひとあわせつかまつろうか」

にやっと笑った老顔のたくましさ、——摩耶谷の人々が勇猛果敢な闘士ぞろいであることは、この

近国にかくれのない事実であった。

しかも他国の者には迷宮そのもののような、深い渓谷と密林を擁して出没自在に働かれては、とうてい五千や一万の軍勢でせめきれるものではない。

さすがに木曾の荒武者もそれは知っていたから、こうまっこうからきめつけられても、わずかな人数では返すことばさえなかった。

「よし、そのことばを忘れるな」

そう強がりをいって、くやしそうに部下をうながしつつ立ち去った。

ふすまのかげから、このようすを見ていたお弓は、ことなくおさまってほっとしながらも、さすがに苅谷兵馬の身の上が心配になってきた。

——木曾方では、兵馬が傷をうけて、この谷へ逃げこんだことを知っている。うっかりして、もし見つけ出されでもしたらそれまでだ。

——お知らせしなければならない。

そう思ったが、もうすでに陽もかたむいている時刻のことで、ふたたび家を出るわけにはいかなかった。

あくる朝早くと思ったが、人眼が多いのでつい刻をすごし、八つ半（午後三時）をかなりまわってからようやく家をぬけ出した。気のせくままに、息をもつかず走り走って、岩窟（いわや）の入口まで来ると、兵馬が断崖の外へ出て、かたむいた陽をあびているのが見えた。お弓は嬉しそうにとびついてくる五郎をおしやりながら、

「兵馬さま、いけません」

とかけよった。

「おお！　お弓どのですか」

「木曾の侍たちがあなたをさがしに来ています、早く中へお入りくださいませ」

「なに木曾のものが」

兵馬はがばと身を起したが、

「や――」

と森の方をみてひくくさけんだ。――お弓は助けおこそうとしながら、

「なんですの？」

「いまあの森の入口に人がいたように思ったのです、眼のあやまりかも知れないが……」

「見てきますわ」

お弓は岩をまわって、いばらのしげみをつたいながら森の方へしのびよって行った。――しかし、油断なくずっとさがしたけれど、どこにも人のいるけはいはなかった。

「大丈夫ですわ、誰もおりはいたしません」

「ではやはりなにか見違えたのでしょう」

お弓は兵馬を岩窟（いわや）の中へ助け入れながら、きのうの木曾武者と父との問答をくわしく語った。――兵馬はうなずきながら聞いていたが、

「そうですか、それではここにもながくおせわになってはいられませんな」

「いえ大丈夫ですわ、ここは村の者でも、めったに来ない場所ですから、注意さえしていらっしゃればけっしてご心配はありません」

「いやそれではないのです」

兵馬はきっと眼をあげて、

「木曾の者がここまで入りこんでくるところを見ると、戦（いくさ）の始まらぬ前に、どうにかしてお城へ報告をしなければ、せっかくの苦心も水の泡だし合戦も不利になる。……お弓どの、むりなお願いだが、

山ごしにのせて大縄の出城まではこんでいただくわけにはまいるまいか」

「さあ——」

「一生のお願いです、このとおり」

　頭をさげて必死のたのみだった。

——高山城の姉小路(あねのこうじ)家は、なが年のあいだ摩耶谷の一族を保護している人だ。父にはなしたらゆるしてもらえるかも知れない……お弓は決然と立った。

「よろしゅうございます、父に相談したうえ、ぜひともおのぞみにそうようにいたしましょう、すぐに、もどってまいりますから」

「——かたじけない」

「五郎」

　お弓はふりかえって、

「おまえおそばをはなれずに番をおし、どんな者が来ても兵馬さまをお護(まも)りするのだよ、わかったわね」

　熊はいかにも心得たように、首をふりながら身をすりよせ、妙に哀しげな声をあげて二声三声ほえた。

鹿追沢の奇襲

岩窟(いわや)を出て、檜の森を四五町（約四、五百メートル）あまりくだった時だった、背後にあたって、
だーん、だーん。
　と二発の銃声がきこえたので、お弓はぎょっとしながらたちどまった。風のない静かなたそがれで、密林の中は森閑(しんかん)としずまっている、——しばらくじっと耳をすましていると、

「うお……、うお……」

という悲しげな獣の悲鳴が森に木魂して聞えて来た。

——五郎！

と思うより先に、お弓は脱兎のごとくもとの道を取って返した。

四五町の道ではあるが、胸をつくような急斜面だから、登ってはしるには倍のひまがかかる。ようやく岩窟の入口までかけつけると——まず眼に入ったのは血まみれになってたおれている五郎の姿だった。

「あッ、やっぱりおまえ」

と立ちすくみながら、中をのぞくと苅谷兵馬も、半身を岩壁へもたせかけたまま、もう気息奄々としている。お弓は夢中でかけよった。

「兵馬さま、兵馬さま、お気をたしかに」

「おお、お弓……どのか、残念——」

「何者がこんなことを」

「岩陰から、鉄砲で」

兵馬は射ぬかれた胸をつかみながら、必死の力でふところから一綴の書物をとり出した。

「拙者はもう、だめです、これを、大縄の出城へとどけてください、お願いです」

「大縄の出城へ！」

「早く、拙者にかまわず、早く」

「ご安心ください、かならずこれはおとどけいたします」

「それから、五郎」

兵馬は苦しげに息をついて、

「五郎は、あなたのいいつけどおりよくまもってくれました。第一の弾丸（たま）は、五郎が拙者をかばって、射たれてくれたのです。ほめてやってください——お弓どの、くれぐれも、どうぞ」

「兵馬さま！」

あわてて手をさしのばしたが、兵馬は崩れるようにそこへたおれてしまった。

お弓はたくされた書物を手に、五郎のそばへ走りよった。思えばさっき別れる時、いつになく悲しげな声でほえていたが、獣の本能であの時すでに、こうなる運命を感じていたのであろうか。

「よく、よく死んでおくれだったねえ五郎、ありがとう、ほめて、ほめてあげますよ」

お弓はたえきれずにむせびあげた。

「おまえと兵馬さまの敵（かたき）は、お弓がかならずうってみせます、それまでは仏さまのおそばへ行かず見ていておくれ、わかったわね」

生きている人にでも聞かせるように、背をなでながら涙とともにいうと、お弓は、まだその辺にかくれているかも知れぬ狙撃者の目から逃れるため、いばらの茂みをつたいながら部落の方へ、けんめいに走りおりて行った。

裏口から屋敷へ入ったお弓、もうとっぷり暮れているのに、家の中には灯（ともしび）もついていず、あたりに下僕の姿も見えない、——胸さわぎを感じながら座敷へあがると、父の居間の方から人のうめき声がきこえてくる。はっとして入っていくと、障子のほの暗い片明りに、たおれている父の姿が見えた。

お弓はあっとぎょうてんしながらだきおこし、

「父さま、父さま」

大声によんだ。肩を袈裟（けさ）がけにきられていた賀茂は、けんめいに眼を見ひらきながら、

「お弓か、む、無念だ——」

「だれがこんなことを」

「村井伝之丞」

「あッ――」

「摩耶谷の、ぬけ道の古図を奪って、木曾へ走った、きやつ、――お弓！　きやつの行先は、鹿追沢の砦だぞ、父のかたきよりも、摩耶谷のおきてを破った奸賊、父にかわってうちとるのだ」

「はい、はい、わかりました父さま」

「行け、早く、――鹿追沢の砦だぞ……」

それだけいうのが精いっぱいだった。

今こそわかった。兵馬と五郎をうったのも伝之丞だ。きのう岩窟を出たところで出あったが、あの時もう知っていたにちがいない。

――卑怯者、あの裏切者!!

お弓はまなじりを決していった。

「父さま、伝之丞はきっとお弓がうちとってごらんにいれます。摩耶谷のおきてはかならず守られます、見ていて――」

お弓は涙をふるって立つと、手早く納戸から伝家の鎧をとりだしてつけ、なげしの大なぎなたをとって出る、――軒先につってある人よせの鐘を、力まかせに乱打した。

危急の鐘を聞いた一族の強者九十余名は、時を移さず具足をつけ武器を持ち、馬をひいて、たいまつをふりたてながら走せ集って来た。――お弓は人びとにむかって絶叫した。

「摩耶谷のおきてが破られたのです、一族の中に裏切者が出て、父賀茂を暗討にかけ、ぬけ道の古図をうばって木曾の出城へ逃げこみました」

「誰だ、その裏切者は誰だ」

「村井伝之丞」

わっと人びとがどよめきたった。

「追え追え、伝めを逃がすな」

「きって取れ、木曾へやるなッ」

「伝めを討て」

高く武器をうちふりながら口々に怒号した。――お弓は手をあげてつづけた。

「まだあります。伝之丞は、重傷を負って、身動のできぬ高山城の忠臣を、卑怯にも鉄砲でうち殺しました。古図とそれと、二つのてがらをもって五千貫の侍大将になるため鹿追沢の砦へ走ったのです。――父は摩耶谷のおきてにてらして討ちとれと遺言しました、お弓は今から父の名代として伝之丞を討つ覚悟です」

「行け行け、鹿追沢の砦をひともみにつぶしてしまえ」

「裏切者を討ちとれ」

どーっと喚声（かんせい）がゆれ上った。お弓はにっこりとほおえむと、若者の一人に、さっき兵馬からたくされた書物を渡して大縄の出城へ、

――摩耶谷の一族が鹿追沢の砦へ夜討をかけるから、姉小路の軍勢もすぐ繰出（くりだ）すよう――。

と伝言をそえて使者に立て、

「いざ！」

大なぎなたをあげてさけんだ。

「鹿追沢へ、鹿追沢へ」

怒濤のように鬨（とき）をつくって、一族九十余人は、まっしぐらに押し出した。

嶮路（けんろ）相つぐ深林渓谷も、なれた人びとには物の数ではなかった。鬼火のような無数のたいまつが、

密林をぬい、谷を渡り、尾根へ尾根へとのぼって行く。

かって知った抜道から抜道をつたいつつ、片時も休まず押しに押した同勢は、およそ深夜八つ（午前二時）ごろ、木曾方の出城鹿追沢の背面へあらわれた。

「夜討だ、夜討だ、出会え――」

番士の叫びに、城兵があわててとび出した時には、すでに館（たち）は火を発し、柵を押破（おしやぶ）り壕（ほり）をわたった摩耶谷勢が、お弓を先頭になだれをうってきりこんでいた。

えんえんと燃えあがるほのおを受けて、太刀がきらめき槍が光り、相うつ物の具、絶叫、悲鳴、惨たる白兵戦が展開した。――お弓は馬上に大なぎなたをとって、面（おもて）もふらず敵兵の中へきって入ったが、すでに虚をつかれた城兵は戦意を失い、ただ右往左往に逃げまわるだけだった。

「いいがいなき木曾勢よ」と馬首を立てなおしたとき、

「伝之丞がそっちへ！」と、ののしりわめく声がきこえた。

あっ！　とふり返ったお弓の眼に、今しも壕のかけ橋をわたって脱走しようとする伝之丞の姿がうつる。

「うぬ、卑怯者!!」

ぱっと馬腹を蹴って追った。

「伝之丞、まて」というこえにふりむいたが、

「ム、お弓、貴様か」

「父の名代じゃ、摩耶谷のおきてをやぶった罪、父の仇、高山城の忠臣を討った卑怯者、その首もらった」

「うぬ！　小女郎（こめろう）」ぬき打ちにきりかかる伝之丞、お弓はひらりと馬をおりるや、とびちがいに、

「えイッ」相手の剣をすさまじくはねあげるや、ふみこんではらいあげるなぎなた、かわすすきもな

く伝之丞の脾腹をきる、あっとうめいてよろめくところを、もうひとなぎ、肩から胸まで袈裟がけにきって取った。

「討った、討った、裏切者はしとめた」

さすがに乙女だった。朽木のようにたおれる伝之丞を見ると、はりつめていた気もゆるみ、声をふるわせ、夜空をあおいでつぶやいた。

「およろこびくださいませ、父さま、兵馬さま、——五郎もよろこんでおくれ、みんなのかたきはお弓が討ちました。摩耶谷のおきても……破られずにすみましたわ」

天をこがすほのお、死闘の叫喚をぬって、遠くえいえいと陣押しの声が聞える。——おそらく大縄の出城から、姉小路の手勢がおしよせたのであろう。……高く高く、ほのおに染められた空のかなたに、舞上ったとびが一羽、まるで摩耶谷勢の勝利を祝福するかのように乱舞しているのが見えた。

双艶無念流

袖に涙のかかる時

「お嬢様、御上使でございます」

家扶の大沢軍兵衛が走って来て云った。顔色も変っているし声も動顛していた。

宇女も愕っと胸を衝かれた。

父の与右衛門は先月はじめ江戸表へ出立している、主人の留守宅へ上使が来るというのは尋常のことではない。若しや父の身に変ったことでも有ったのではないか？

落着かなくてはいけない。

宇女は手早く身支度を改め、家扶と共に上使を迎えた。——そして、入って来た上使の顔を見たとき再び彼女の胸は震えた。

正木蔵人である。

中小姓の筆頭で藩中随一の美男、剣を持たせても指折りの一人だ。主君駿河守正依に侍して去年江戸へ出府したのだから、いま此処へ上使として訪れたのは、江戸邸から来たものに違いない。——蔵人とは幼な馴染である。然し今の彼からはそんな親しさは感じられなかった。彼はもの問いたげな宇

女の眸には応えず、上座へ通るとすぐ、

「――上意」

と、云って状を披いた。

軍兵衛は宇女より少し退って平伏した。

蔵人の声は鉄のように冷たく響いた。

「舟津与右衛門儀、上を憚らず不埒の所業に及び候を以て御手討に行わせらる。食禄、家、屋敷召上げ、家族の儀は重追放を命ず。以上」

「……………」

宇女は全身が一時に痺れるのを感じた。

雷撃のような宣告である。

父がお手討、――父が、お手討になった。……平伏したまま体が奈落の底へのけさまに顚落するかと思えた。然し直ぐ、いけない！　とりみだしては父の恥になると思い、心をひきしめながら、

「……御上意、恐入り奉りまする」

ようやくに答えた。

蔵人は状を納め、静かに上座をすべりながら、初めて慇懃に会釈した。

「なんとも、申上げようがありません」

苦しげな声だった。

「一年振りでお眼にかかるのに、こんな役目で来ようとは思いませんでした、御心中唯々お察し申します」

「有難う存じます」

宇女は会釈を返して、「それにしましても、父はどんなお咎めでお手討になったのでございましょ

うか」

「御諫言（ごかんげん）です、――そのとき誰も居合せなかったので精（くわ）しくは分りませんが、お父上の御気性ですから思切（おもいき）った御諫言だったのでしょう。それに……お父上の今度の御出府はお許しを得てありませんでした、それが殿をないがしろにしたという結果になったのです」

「……よく分りました」

宇女は頷いて云った。

「不埒という御上意ゆえ何事かと存じましたが、それならば父も本望でございましたろう。――また、わたくしへの御処分にはどう致しましたら宜（よろ）しゅうございましょうか」

「仕置役が明朝この屋敷を受取（うけと）りに参る筈（はず）です、それ迄（まで）に当地をお立退（たちの）きなさらぬといけません。お供すべき家来も下女一名、余の者は離散して退国するのが定（さだめ）です。……それで御相談なのですが」

蔵人は家扶に此場（このば）を外せと眴（めま）ぜした。

軍兵衛は心得て去る。

「なにしろ急のことで、貴女（あなた）の御思案には無理だと思います、それで考えたのですが、もと拙者の家にいた下僕が長尾村に隠居しているのです、老夫婦だけで気兼（きがね）もいらず、世間へも知れる惧（おそれ）のないところですが、一時それへお立退きなさいませんか、――御上意の表には反（そむ）きますが、若しそうなさるお積（つもり）なら今宵のうちに御案内します」

「難有（ありがと）う存じます、けれどそれでは、若し知れた場合には正木さまに御迷惑が……」

「否（いや）その心配なら御無用です」

蔵人は膝を進めて云った。「拙者はこの春から御側頭（おそばがしら）に取立てられました、自然お上の御側に仕えることも多くなりますので、良き折をみて舟津家の再興するよう尽力したいと思います。――今度このお役を拙者がお受けしたのは、実は此事（このこと）を貴女（あなた）に申上げたいためでした」

「…………」

　宇女は指を眼頭に当てた。

　蔵人の親切が、初めて乙女の胸へ悲哀を呼覚したのである。――袖に涙のかかるとき、人の情ほど切なく難有いものはない。雪崩に巻込まれたような昏迷絶望のなかで、ようやく宇女は一本の命綱を摑んだように思ったのである。

「御心配をかけて済みませぬ、では……どうぞ」

　そう云って噎びあげる宇女を、蔵人は痛ましげに見ながら、

「拙者は明日江戸へ帰ります」

　と低い声で云った。「江戸へ行ったら内田新八には拙者から知らせて置きましょう」

　そして彼は立上がった。――宇女は送って出ることも忘れて、内田新八という名を胸いっぱいに求め叫んでいた。

　それは彼女の許婚であった。

綽名は吃の新八

　駿河守正依の供をして、内田新八が帰国したのは其年の秋九月であった。

　新八は二百五十石の使番である。無念流の達者で、吃りで、色の浅黒い、右の眉の上に大きな黒子のある二十六才の青年だ。――吃の新八という綽名がある。

　彼の父新兵衛は五年前に死んだが、舟津与右衛門とは碁敵で、莫逆の交があった。新八と宇女との婚約は死ぬ前年に纏ったものであった。――家は大町二本榎にある。

　帰って来た新八の様子を見て、心を痛めたのは梶田彦右衛門老人であった。彦右衛門はその若主人を背に負う時分から守育てて来たので、気質の隅々まで熟く知っている、然し今度のように新八の落

着かない、そわそわした様子を見るのは初めてだった。

――舟津様の事でお苦しみなのだ。

与右衛門の御手討、宇女の重追放、この二つがまだ新八を苦しめているのだ。

そう思って彦右衛門は暗然とした。

帰国した夜は、無事に参観の供を終えた祝いとして、小宴を催すのが家例である。其夜(そのよる)も十四五人の客があって賑(にぎや)かに酒宴が開かれ、散会したのは十時を過ぎた頃であった。――ようやくほっとして新八が居間に寛(くつろ)ぐと、彦右衛門老人は静かに相対して坐りながら、

「舟津様の事はなんとも申上げようがございません、さぞ御心配なされて」

「いや！　その話は止(よ)そう彦右衛(ひこえ)」

新八は老人の言葉を遮って、

「それより暫(しばら)く保養したいと思うが、加地山の別荘は直ぐに住めるか」

「はい、――四五日前に掃除をさせ、戸障子も繕(つくろ)い畳替えも致して置きましたゆえ、いつお越しなされましても宜しゅうございます」

「では明日移ろう、月いっぱいは非番だから久し振(ぶり)でゆっくりと手足を伸ばしたい。源助と十次郎だけ伴(つ)れて行くぞ」

「爺(じい)はお供が成りませぬか」

「彦右衛がいると叱られる許(ばかり)で保養にはならぬからな、はははは」

新八はそう笑いながら、

「ああ」それからと調子を改めて、

「明日の朝、小松の宿まで人を迎えに行って貰(もら)わなければならぬぞ」

「――何誰(どなた)かお見えに……？」

「うん、ちと云い悪いが」

新八は初めて吃った。「つまり、斯うだ、あれだその、――ひと口に申せば、女だ」

「………？」

「当分のあいだ側女にして、若し彦右衛にも気にいるようであったら、然るべき仮親を立てて妻に直したいと考えている」

「――若！　それは御本心でございますか」

「むろん是には訳がある、己も此処まで深入をしようとは思わなかった、初めはただ酒の相手くらいの積で」

「お黙り遊ばせ！」

彦右衛門は烈しく遮った。「左様なことは聞く耳持ちません。若には宇女様という立派なお許嫁があるのをお忘れでございまするか」

「馬鹿なことを、与右衛門殿は御手討、あの娘は重追放で国払いとなったではないか」

「例え、重追放となられましても、お許嫁の約束まで反古には成って居りますまい。親御様同志が許された武士と武士との約束、向う様が御勘気を受けたからとて勝手に破約の出来ることではございませんぞ」

「彦右衛、――暇を遣わす」

新八は冷然と云った。

「出て行け、今宵の内に出て行け」

「わ、若……それは」

「己は内田の家名が大切だ。御勘気を蒙った者の娘、お国払いになった娘と縁を繋いで居れば、それだけでも殿の御意に反き奉る道理だ。此処は何を措いても他から妻を娶り、舟津との絶縁の證を立てるのが、家名のために必要だと思えばこそ斯うしたのだ。——それが不服なれば暇をやる。出て行け」

彦右衛門は両手を突いて声をのんだ。——そして、新八は外向いたまま、荒く呼吸していた。

窓の外は溢れるような虫の声だった。

「承知仕りました」

やがて彦右衛門が云った。

「小松までお迎えに参りまする」

「——宿は吉村、客の名は染と云う。……迎えたらそのまま加地山へ連れて来て呉れ、大切にするのだぞ」

「承知……仕りました」

彦右衛門の眼から涙がはらはらと溢れ落ちた。

胸震える乙女心

「あれが比良の峰、……暮雪の比良」

女はうっとりと眼をあげた。

「向うに見えるのが竹生島、鼻のつかえるような江戸住居に比べるとまるで嘘のような景色だわねえ」

「それも珍しいうちの事さ」

新八は盃を取りながら、

「もう半月もすれば飽々する」

「あたしなら一生でも飽きないわ。こんなところへ家でも建てて苦労知らずに暮らせたらどんなにいいだろう——でも迚(とて)もそんなことは出来ない相談だから」

「おっと口を慎んで、おまえは内田新八の女房の筈だぞ」

「それが本当ならねえ」

女は嬌(なま)めかしく身を捻(ひね)って、

「いっそ、本当に新さまを取ってやろうかしら」

「竹生島の弁財天は嫉妬深いからそんなことが聞(きこ)えたら忽(たちま)ち湖へ引込(ひきこ)まれて、龍の爪で八裂(やつざき)にされて了(しま)うぞ」

「新さまとの仲を妬かれるなら、八裂にされても本望でござんす」

「などと段々怪しくなって来たな」

「初めっから此方(このほう)は怪しいんですもの、そうでなくって誰が酔興にこんな」

「おっとまた口が滑る」

「手も滑ります」

くたっと肩を落して、二の腕まで覗かせながら燗徳利(かんどくり)を取る。

「はいお酌——」

燃えるような眼で、昵(じっ)と見る女から新八は眩しそうに外向きながら、

「蒼茫(そうぼう)として暮れるな」

と夕靄のたち始めた湖上へ眼をやった。——その眼がやがてぴたりと柴垣のあたりで止まった時、

……其処(そこ)の柴折戸(しおりど)を明けて、静かに入って来た娘がある。

舟津の宇女であった。

「……何誰(どなた)だ」

新八は盃を持ったまま、

「や、貴女は舟津の——宇女どの」

「御免下さいまし」

宇女は会釈をして縁先に近づいた。——新八の側にいた女は遉にそっと身を離した。

「御無事の御帰国、おめでとう存じます」

「だが、だが、どうして此処へ、重追放というお咎めを聞いたに」

「内田さま」

宇女は必至の眼をあげた。

「わたくしお断りを申しに上りました。貴方さまとわたくしとは、許嫁のお約束がしてございました筈。それは唯今わたくしからお断り申上げます」

「然し、まあ、そんなに何も」

「それだけ申上げれば他に用はございません。これで失礼を致します」

「あ！　宇女どの、まあ暫く」

慌てて呼止める声をそのまま、宇女は逃げるように柴折戸の外へ走出た。

涙は出なかった。

ただ全身がわなわなと震えた。——地につかぬような足取で、坂になった小径を一丁ほど下ると、……片側の藪の蔭から静かに正木蔵人が出て来た。

「——御覧になりましたか」

「……はい」

「お察しします」

蔵人は低く云って歩きだした。——宇女の頭のなかは暴風のように荒狂っていた。熱した血で身を焼かれるようだった。けれど懸命に涙を抑え、ともすればよろめきそうな足を一歩ずつ踏しめながら男に続いた。

「あの女は江戸の芸者です、名は染次とか云いました。どうして新八ともある者があんな卑い女に迷ったか、——実に心外です」

「どうぞ、もう何も仰有らないで……」

「止しましょう」

蔵人はふと立止り、

「そして宇女どの」

と娘の方へ振返った。

「改めて貴女にお話があります、不躾だとお怒りを受けるかも知れません、けれど終いまでお聞き下さい。——実は貴女に拙者の妻になって頂きたいのです」

「まあ……」

「新八があぁ成ったから云うのではありません。また貴女の不仕合につけこんで云うのでもありません、——拙者と貴女とは幼な馴染、ずっと以前から蔵人は心ひそかに貴女をお慕い申していたのです」

「——蔵人さま！」

「妻になって下さい。御勘気の赦免は拙者がきっと御引受けしますし、生れて来る子に舟津の家名を再興させる法もあります。宇女どの……承知して下さいませんか」

「……いけません」

宇女は絶え入るような声で云った。

「いけません正木さま。そのお言葉は身に余って嬉しゅう存じますけれど」

「けれど？」

「けれど、けれど宇女は……」

ひと足先に冥途へ行け！

「まさか、新八を思い詰めていられるのではないでしょうね、あのような節操のない奴」

「違います、わたくしは唯……」

と、宇女は苦しげに口籠ったが、

「正木さま、このお話はお忘れ下さいまし、今日まで長尾村に隠して頂いただけでも、御迷惑が掛りはせぬかとそれのみ心苦しゅうございました。このうえにまた貴方へ」

「お聞きなさい。その必要はないのです」

蔵人は力を籠めて云った。

「貴女は御勘気をどこまでも重く考えておいでだが、殿はもうお忘れになっています。然も余のお咎めとは違って御諫死なのですから、殿の御機嫌さえ直ればお父上は阿部家の忠臣、貴女の御赦免くらいは拙者の力でどうにでもなります。――それに、今こそまだ御側頭ですが、近々のうちに国家老田原伝左衛門が左遷され、拙者がその跡を襲う筈ですから、そうなれば大溝城下は拙者の手に握るも同様」

「握らせはせんぞ！」

突然そう叫ぶ声がした、

「――」

恟として振返る蔵人の前へ、道の右側にある叢林を押分けて内田新八が現われた。

「や、新八！」

「動くな蔵人、己はいま云った貴様の言葉を聞くために、今日まで詰らぬ廻り道をして来たんだ。慥に聞いたぞ」

「何を、何を聞いたと云うのだ」

「田原国老の後任だ、貴様だったのか、田原国老の跡を盗むのは。矢張り貴様だったのか、舟津与右衛門殿を殺したのは！」

「馬鹿者、血迷うな新八」

「血迷っているのは貴様だ。——元来国家老は交代勤めで、田原氏の後任は舟津殿に定っている。それをそうせずに自分が取って代ろうと企んだ奴が二人ある。一人は御蔵奉行旗野靭負、他の一人は今日まで分らなかった。然し今こそ分ったぞ、殿に御乱行ありと云って舟津殿に諫言を頼み、江戸へ呼寄せたのも貴様のした事だ」

「し、知らぬ、知らぬ」

「云うな、舟津殿から書面のあったことを聞いているんだ。旗野の仕事かと思っていたが、田原国老の後任が貴様だと聞いて、今こそ奸計の根が判きり分った。——宇女どのの歓心を買うために油断が出来て、国老の後任はこの蔵人だと、自分から奸計を暴露したんだ。……それからまだある」

新八はぐっと一歩出た。

「舟津殿は御手討ではないぞ」

「——」

「日頃の一徹な気性から、お怒りを押して直諫した時、無礼を名として舟津殿を斬った奴がある、貴様だ！」

「嘘だ、拙、拙者ではない」

「貴様だ、貴様のその手だ」

「違う、違う、お太刀の代りをしたのは唐沢大学だ」

「泥を吐いたな!」

新八はにやっと笑った。

「同類は唐沢だったのか、そいつも伝手(ついで)に聞きたかったんだ、蔵人――貴様は大学よりひと足先に冥途へ行くぞ」

「ちぇっ、くそっ!!」

捨身の抜打ちだった。

あっと云って宇女が面(おもて)を蔽(おお)う、とたんに、さっき新八の出て来た叢林から、一人の女がとび出して来たとみると、

「危い! お嬢さま」

と叫びざま、宇女を抱くようにして其場から走退(はせの)いた。

染次と呼ばれる女である。

新八は抜打ちを二三間避けると、柄(つか)へ手をかけたまま居合腰に相手を睨(にら)んだ。新八は無念流の達者である、然し蔵人も剣を執(と)っては家中屈指の腕を持っていた。

立場は新八が坂の上手(かみて)。
低く位置した蔵人には三分の利がある。――大溝藩随一の美男、女のように皮膚の薄い頰が蒼白(あおじろ)み、殺気を帯びているだけその表情は凄いような美しさだった。

「――蔵人、己(おれ)の勝(かち)だぞ」

新八が叫ぶと共に、大きく踏出(ふみだ)して空打(からうち)を入れる。刹那! 蔵人の剣は嚙みつくような勢(いきおい)で新八の足を払った。

蔵人は空打の虚を衝(つ)いたのだ。

新八はその虚を実にしたのである、蔵人の剣が新八の裾を斬裂(きりさ)いた同じ瞬間に、新八の剣は蔵人の

真向を断割っていた。

「――染次！」

新八は大剣に拭いをかけながら呼んだ。

「あい、此処に……」

答えながら、十二三間先の林立の中から、染次が宇女を伴って現われた。

「いい気転だ、うっかりすると蔵人め道伴れに、宇女どのを斬るかとはらはらしていたところだった。出来したぞ」

「それよりお嬢さまに訳を話しておあげなさいまし、わたしが罪になりますわ」

「もうその必要はあるまい」

新八は宇女に近寄って云った。

颯爽義剣奸臣を斬る

「宇女どの、貴女を袖にしたのは蔵人に油断をさせるためでした。この染次は初めから拙者と相談のうえ、ひと役買って来て呉れたのです。お分り下さるでしょう」

「……はい」

宇女は夢心地で頷いた。

「ただ、お恥しゅう存じます。あんな、はしたないことを申上げまして」

「いやそれが宜かったのです、貴女が本気に怒って下すったからこそ、蔵人にも油断が出たのですよ、――然し今はそんなことを云っている場合ではない」

新八は斬裂かれた裾を端折って、

「染次、おまえは宇女どのをお伴れして、これから直ぐ今津まで行って呉れ、あとから直ぐに彦右衛をやる」

「新さまはどうなさいます？」

「もう一人片付ける奴がある、殿のお太刀代りに舟津殿を斬った唐沢大学、拙者にとっては舅の敵、蔵人と同類なら御家のためにも斬らねばならぬ、それから一緒に立退こう」

「でもお一人で……大丈夫？」

「新八の無念流は江戸でもちょいと名を売っている。其方こそ頼んだぞ」

そう云うより早く新八はもう走りだしていた。

「——お気をつけて」

染次が伸上がって叫んだ。

「お怪我をなさいませんよう」

宇女も思わず叫んで、そしてぽっと頬を赤く染めた。——新八は走りながら高く手を挙げた。


唐沢大学の屋敷は堤町にある。

いちど大町の家へ帰った新八は、彦右衛門に、仔細を語って家内の始末を命じ、今津へ去った二人を追うように云遺すと、すっかり身仕度を改めて堤町へ出掛けて行った。

すでに夜であった。

夜食を摂っていた大学は、暫く待たせたうえ新八の待っている客間へ出て来た。——大学は近習頭の百五十石であるが、中村流の槍の名手で屋敷内に道場を持ち、国許では勿論だし江戸へ出ても家中の士に教授をしていた。現に棟続きの道場からは、稽古の掛声や烈しい跫音が聞えて来る。

下手をして道場へ聞えたら門人たちが駆けつけて来るに違いない、そうなると面倒だ。

——新八は一刀必殺を期した。

「珍しいな内田氏」

大学は坐りながら、「貴公が拙者を訪ねて来るというのは意外だ、――それとも世間の噂通り、美しい側女が出来て心境が変ったかな」

「心境は変らぬが、貴公に睨まれるのが怖くなってな。はははは」

「拙者が怖い？　妙なことを云うぞ」

「妙なことはないさ、田原国老が退いて正木がその跡を襲うと云うからには貴公の御意を損じてはいられぬ道理だ。拙者も世渡りというものを考えだしたよ」

「――その話、誰に聞いた」

「正木から聞いたよ」新八は砕けた調子で、

「正木が話したという証拠を聞かせようか、舟津与右衛門をお太刀代りに斬ったのは貴公だということまですっかり打明けて呉れたぞ」

「あいつ、そんな事まで……」

「唐沢！　事実だな」

殺気がびりりと大学を撃った、思わず左手が大剣へ伸びようとする。その動きの先を截って、

「えイッ」抜打ちの一刀が大学の脾腹へ入った、あっと云ってのめりながら、遉に大学は脇差を抜き、切尖を突出して二の太刀を受けると、

「く、曲者だ――」喚くやつを、

「舅の敵だ、覚えあろう」

踏込んで一刀、存分に肩から胸へ斬下げる。そのとき、茶を運んで来た若侍が、このさまを見たから仰天して茶器を取落し、

「や！　狼藉者」と喚きながら走去る。――新八はのしかかって止を刺すと、大学の髪毛ひと握りを

切って、そのまま庭へとび下りた。

御家を毒する奸物も除き、舅の仇も斬ってのけた。琵琶の湖畔に晴れて帰れる日はいつのことか知れぬが、いま故山を去る心に悔はない。急げ新八、たおやめふたり今津の浜に、胸ふるわせて待ち侘びているだろう。

寛政二年九月二十五日の夜の出来事だった。

極意葉一つ

天賦の才

飯篠家直は中興剣法の祖である。

下総国香取郡飯篠村の生、その流名を天真正伝神道流と云う。「天真正」とは鹿島香取両神をいうもので、即ち両神より家直に授け給う刀法だと早雲記は伝えている。――山城守家直、後に長威斎と号した、なかば伝説的な剣聖の一人である。

家直が山崎村へ移って、長威斎と号するようになってからの或る晩秋の一日、（恐らく文亀二年であろう）一人の少年が訪ねて来て教を乞うた。髪も乱れていず、衣服も貧くはない、骨太の小柄な体は敏捷そのもののようで、両眼の正中には少年と思えぬ剛毅な光を放っていた。年齢は十三、名は高幹、香取社司卜部覚賢の二男と静かな口調で述べる。その語気と眼とを観ていた家直は、

――是は唯者でない、と思い、また同時に尋常の修業願いで来たのではないということを察した。

「それで儂に何を頼みたいというのか」

「はい、無法なお願いでございますが、十日のあいだに天真正伝の秘術を教えて頂きたいのです」

「なるほど無法だな」

家直は睨みつけた。少年は然し瞬きもせず振仰いでいる。拒む余地を与えぬ必至の眼光であった。

――家直はその眼を暫く睨返していたが、

「次第に依っては教えぬことも無い、然し芸術の事は教えるより覚える方が大切だ、儂が教えても其方に覚る力が無ければ何にもならぬ、その力が其方にあるか」

「分りませんけれど覚えます」

「今まで刀法の修業をしたことがあるか」

「独り修業でございます」

短い会話のあいだにも、少年の身構や、呼吸や、眼の配りや、それらを統合する気魄には家直が是まで曾て看たことのない、一種の特異な鋭さが溢れていた。それは十年二十年の修業で得られるものではない、天賦である。生れながらに名人の凜質を備えていると云うのは斯る者を指すのであろう。

――家直は晩年に秘奥を極めた人で、まだ自分の会得した刀法の奥儀を伝えるべき門生を有っていなかった。

――この少年こそ！　そう云う悦びが湧然と家直の胸を温めた。

「庭へ下りておいで」

やがて家直は静かに座を立った。三歩を距てて少年は無言のままその後に従った。家直は庭の柴折戸を明けて出ると、垣の外を流れる小川の畔に立って振返った。

「此方へ来て御覧」

「――はい」

「水の上を木葉が流れて来るだろう」

「――はい」

「この木葉を止めることが出来るか、いや、手も足も使ってはいけない、呼吸で止めるのだ、眼の力と呼吸とで止めるのだ、――それが出来なければ儂の秘伝を教えても無駄だ。やって御覧」

そう云って、家直は庭へ入って了った。

流れの落葉

「行って参りました」

「御苦労、何か仔細があったか」

その明る夜である。少年の郷村へ様子を探らせにやった老僕が帰って来たので、家直は待兼たように、飲みかけの盃を置いた。

「土師道鬼という兵法者を御存じでございますか、門生三十余人を伴れて八州を荒し廻るという無道者でございます」

「噂は耳にしたことがあるな」

「あの高幹と申す子供が、その道鬼に試合を申込んだのだそうでございます、――と申しますが、あの少年の姉に深雪という美しい娘がございます」

深雪は近郷でも評判の美人であった。それを流込んで来た道鬼が見染めたのである。彼は高幹が兵法好きなことを知って、言葉巧に試合を挑み、それに勝つと共にがらりと本性を現わして、――勝てば婿になる約束だから、と云って卜部家へ居据って了った。

「何しろ三十余人の門生もあり、無道者ながら恐ろしく腕が出来ますので、側からどうする事も出来ず、朝から酒びたりで暴れ廻るのを唯見ている許との事でございます」

「そうか、そんな事情があったのか」

家直は眼を閉じた。――頼母しいやつと思ったのである。そんな切迫した事情があるなら、子供ならずとも先ずその事情を訴えて救を乞うのが普通だ。然し彼はそんな事には一言も触れず、ただ秘術の教を乞うただけである。

――自分の力で当面の大難関を打開しよう、何者の助力も頼むまい！　そういう確固たる意志が初めて、家直には判きりと感じられた。

こんな事があるとも知らず、少年は小川の畔に端座したまま、石のように水面を凝めて動かなかった。其処へ座ってから既に三十時間以上になる。――秋晩く、流に浮く落葉は次から次へと絶えない。彼は全身の精力を双眸に集中し、呼吸を鎮めて一葉一葉を、その水面に止めようと懸命に努力していた。

鷺ケ原の決戦

七日のあいだ食を採らなかったと云う。十三の少年には極めて無理なことだ。然し、そのときの人力以上の無理を押切る意力がなかったら、少年高幹の人生は別のものになっていたであろう。七日目の夕刻、小川の方で鋭い叫声がしたので家直が見に行くと、少年は枯草の中に失神して倒れていた。

――家直は側に立ったまま暫くそれを見下していたが、

「――高幹！」

と静かに声をかけた。

「木葉は止ったか」

白く乾いた少年の唇が二三度、痙攣るように動いたと思うと、

「……止りました」

低く嗄れてはいるが力のある声だった。家直はその語韻の尾を断截るように、

「起て、儂の眼前で止めてみい」少年の全身がびりっと震えた。

念は無辺際の力をもっていても、まだ十三歳の肉塊には力の限度がある。七日七夜、極度に精神を

消耗しながら文字通り不飲不食を続けた結果、いちど失神して倒れたのだから、本来なら身動きも出来ぬ筈(はず)だ。然し少年は静かに肱(ひじ)を曲げ、投出(なげだ)された脚を屈めながら、そろそろと身を起した、ようやく半身が起直ったと見えた刹那である。——えイッ！　——えイッ！

　同音の絶叫ふたつ、夕闇の中に魔風がたったかと見ると、家直の体は柴の垣根の内側にあり、少年高幹は右の手刀を突出(つきだ)したまま棒立になっていた。——一瞬前に家直の立っていた後の、栗の十年木の太い枝が、幹から引裂(ひきさ)かれて地を掃いていた。

「……お師匠様」

　少年は喘(あえ)ぎながら云った。

「一葉を止めるのは水の面(おもて)ではなく、わたしの心の眼でございました。千万の葉ありとも心の眼に止めるは唯一葉、千万の刀法秘術ありとも打込(うちこ)む太刀は唯一刀」

「高幹、——それが天真正伝の一だ、忘れるな」

　家直の頰には泪(なみだ)が光っていた。

　少年はそれから直(す)ぐ家へ運ばれ、粥を与えて静かに横たえられた。三日のあいだ、衰えた体を養って、希望した通り十日目に少年は家へ帰ろうとした。すると家直は、

「家まで帰るには及ばないぞ」

　と云った。

「儂がおまえに代って準備をして置いた、道鬼は鷺ケ原(さぎはら)で待って居る」

「お師匠様は、御存じなのですか」

「おまえが何も云わぬから儂が計ったのだ、門生たちの手で同類三十余人とも押えてある、儂も一緒に行くが助勢はしない、確(しっか)りやるのだぞ」

「難有(ありがと)うございました」

「負けると姉は道鬼に取られるぞ」

「——はい」

家直を見上げて初めて高幹は微笑した。

鷺ケ原へ行ってみると、土師道鬼はじめ三十余人の者は、既に身支度をして待構えていた。——広い原の中央どころ、この一団の周囲は家直の門生たちが厳しく取巻いている。高幹は静かに襷をかけ汗止を巻き、短袴の股立をかたく取ると、右手には二尺三寸の無反の木剣を提げて、一歩一歩を拾うように近寄って行った。道鬼は六尺棒を持って、近寄って来る高幹の方へ大音に、

「童！　今日は生けて置かぬぞ」

と喚いた。

……高幹は無言のまま、矢張り拾うような足取で進んで行く、距離は次第に縮ってあいだ二間足らずとなった、

——高幹の足が止まる、同時に、

「かあっ!!」

絶叫しながら道鬼が踏出した。

否！　踏出そうとしたのである。然し彼は六尺棒を大きく、頭上に振上げたままぴたりと動かなくなった。暫くして高幹はいちど止めた足を、静かに一歩すすめた。道鬼の胸が眼に見えるほど波を打ち始めた。両額にべっとり膏汗が吹出て来た、それでも彼は振上げた棒を下ろすことさえ出来ない。

——と、高幹が一声。

「えイッ」

叫んで跳躍する。

道鬼の棒は二つに折れ、その頭蓋骨の砕ける音が判きりと聞えた。——道鬼は声もなく横さまに顛

倒した。

少年卜部高幹後に塚原土佐守に貰われて塚原小太郎、つまり卜伝である。

家直から伝えられた「一の太刀」に就ては色々と説がある。講談などでは神影流の奥儀にさえ使っているが、飯篠家直が伝えたのは、松本尚勝と卜伝の二人だけというのが事実らしい。

ふりそで道場

春芝居

その一

「これは一体なんだ、訳が分らんぞ」

春日武太夫は自慢の鎌髭(かまひげ)を捻(ひね)りあげながら、さっきから独りでぶつぶつ怒っていた。

「出る奴も出る奴も黙りこくって、木偶(でく)みたようにぎっくりしゃっくり、眼玉を剝いたり逆とんぼを切ったり、まるで唖者の軽業ではないか、人を馬鹿にした奴等だ」

「黙ってろ武太夫、貴様はなにも知らんのだ」

「拙者がなにを知らん」

「胴間声をあげるなと云うに」

田所剛兵衛が舌打をしながら、

「あれは去年、中村座の顔見世で団十郎が創(はじ)めた、『無言だんまり』という演(だ)し物だ、歌舞伎はじまって以来の新趣向と、いま江戸人で知らぬ者はないぞ」

「それがどうした、拙者はむろん知らぬし、また寧ろ知らぬことを誇る。歌舞伎などという軟弱なものが流行るから世道が腐るのだ、なんだこの仰山な見物人は、……女童は仕様がないとしても、五体満足な男子たるものが、昼中から晴着を纏い酒食を擁し、あけらかんと馬鹿な面を並べているとは、言語道断な奴輩だ。ひとつ、此奴等を片ッ端から……」

「まあ落着け、仕様のない奴だな」

剛兵衛は舌打をして、「人間さえ見れば牙を剝いて咆えかかる、まるで狂犬だぞ武太夫、とにかく今日は吉三郎のつらねを聞きに来たんだから少し落着いて観ていろ」

「騒ぐと摘み出すぞ」

香月小五郎も側から叱りつけた。

安永十年三月、（此年四月、「天明」と改元）猿若町の森田座では、幸四郎、三津五郎、友右衛門、羽左衛門、菊之丞の一座に、上方下りの中村吉三郎を加えた豪華な弥生芝居で、連日割れるような大入りを続けていた。今日は既に中日過ぎなのに、午前十一時には札止という景気で、土間も桟敷も雛段もぎっしり詰っているが、殊に、……東桟敷に並んでいる七人連の侍客が、人眼を惹いていた。

——おい、夕顔組のお歴々だぜ。

——なるほど頭株が揃ってるな。

——右の端にいるのが鎌髭の武太夫よ、隣が朱鞘の剛兵衛、力二十人に余るてえ恐ろしい豪傑だ。続いて眼玉の小五郎、和田伝内、うしろの右が、金時の六郎兵衛、左が土屋丑之助、まん中にいるのが大将の新庄大学さん、又の名を夕顔侍とも夕顔業平とも云う、……どうでえ江戸一番の男振りじゃあねえか。

見物たちの噂とりどり、舞台よりも、この七人連れの方が人気を呼んでいる有様だ。

夕顔組。……それは宝永、承応の昔、旗本硬骨の士たちが党を組んで、白柄組とかよしや組とか号し、士風を昂揚するために江戸市中を暴れ廻った、その例に倣ったもので、頽廃の一途を辿る安永の武士道に挑戦すべく、同志の者二十余名が集って盟を結んだものである。……此処にいる七人はその中で頭株で、いま町人が噂をしている夕顔侍、夕顔業平と呼ばれる新庄大学こそ、この一党の総帥であった。

新庄大学とは仮の名、実は時の筆頭老中阿部豊後守正允の三男である。年は二十六歳、ずばぬけた男振りで、ひと頃、大きく夕顔を染抜いた陣羽織を着てのし廻ったところから、そんな綽名がついたし、またこの一党の名の由来にもなったのであるが、今ではもうそんな真似はしない、……夕顔組の存在が世に認められ、惰弱な武士や無頼遊俠の徒から恐怖の的になっている現在では、彼はもう一党の総帥として、がっちりと同志の者を抑え、軽挙妄動のないように手綱を引しめているのだった。

さて、今日の芝居見物であるが、これは中村吉三郎が一番目狂言の中で、上方役者には珍しい荒事を演じ、そのつらねの文句に、夕顔組のことを読込んであるという評判なのだ、そこで主立った者七人が見物にやって来たのである。

「さあ、そろそろ始るぞ」

「あの近江藤太という役が中村吉三郎だ、あれが引抜きになってつらねをやる」

「みんな聞き落しのないように気をつけろ」

七人はそう云って坐り直した。

「室町殿栄花曲舞」という無言だんまりは、中村吉三郎の扮した近江藤太を幕外に残して終る。と……その藤太が引抜きで石川五右衛門になり、花魁六方で花道を七三にかかってきまる、そこで問題のつらねが始った。

「東に筑波西に富士……」

という定り文句で、江戸八景を賞しながら、わけても夏の景物はと、愈よ夕顔組の評判になった。

……ぎっしり詰った観客は水を打ったように鳴をひそめ、吉三郎の声だけが小屋いっぱいに美しい反響を呼起した。

その二

ところが驚くべし、夕顔組の評判は評判だが、実は恐ろしく思切った悪口である。

「わけても夏の景物は、東男のまる裸、打水清き夕涼み、両国橋の揚げ煙火、由緒の色の濃紫、仲の町には絵灯籠……」

そこまではよかったが、やがて、「……噂と品は数あれど、笑止なものは夕顔評判、どうした風の吹廻しか、猫も杓子も夕顔と、色なま白き咲きぶりに、驚かされたり迷ったり、浮いた人気の馬鹿騒ぎ」

さあ、聞いていた武太夫が怒った。

「あいつ、あ、悪口をぬかすぞ」

と起とうとする、然し、剛兵衛がそれをぐっと押えつける間に、吉三郎は続けた。

「されど哀れや気毒や、秋風たてば実となって、棚からぶらりと曝しもの、やがて剝かれて干瓢と、成りゆく果は知れたこと」

「こいつ、もう勘弁ならんぞ!」

武太夫は喚きながら突立ちあがった。……これは怒るのが当然で、怒らなかったらどうかしている。

「河原者、そこを動くな」

猛虎のように咆えながら桟敷をとび出した。……見物はそら始ったと総立ちになる、わああという騒ぎに、科白を止めて振返った吉三郎、満面朱をそそいだ武太夫が、恐ろしい勢で花道へとび出して来たので、慌ててばたばたと舞台の方へ逃げだした。

「待て、待てやい河原者」

　武太夫は舞台のまん中で追つくと、幕を潜って逃込もうとする吉三郎の首筋を取って、ずるずると強引に引もどした。

「い、痛い、なにをなさる、これ、誰か来て呉れ、頭取を呼んで呉れ」

「うるさい、ど奴も出ることならん」

　武太夫は片手で吉三郎を吊上げながら、舞台の両袖からとび出して来た頭取や男衆たちを、その自慢の鎌髭を食反らせて睨みつけ、

「邪魔だてするとこの小屋もろとも押潰してしまうぞ。……やい青瓢箪」

「ど、どうぞお助けを」

「黙れ、拙者は夕顔組の春日武太夫、向うの桟敷には、新庄大学様はじめ、歴々のお方が六人御見物だ、それを承知で貴様、よくも夕顔組の悪口を申したな」

「け、け、決して左様な、左様な」

「えい！　つべこべ申すな、貴様の勇気にめでてな、いまの科白をもう一度云わせてやる、その代り云い終ったらその舌を引抜いて呉れるんだ、さあ云え、……云ってみろ」

「あッ痛、痛い、首が抜けます」

「どうせ舌を抜かれるんだ、いまの勇気でもう一度ぬかせ、やい云わぬか」

　ぐいぐい首を吊上げる。……満員の観客もどうなることかと息を殺していたとき、西の雛段の御簾を垂れたひと仕切から、

「夕顔組の御勇士、その者に罪はございませぬ、放しておやりあそばせ」

　と呼びかけた者があった。

舞台にいた武太夫は素より、全観客があっと云って振返った時、……御簾がきりきりとあがって桟敷の中がまる見えになった。……其処には若い武家風の娘が三人いた。二人は座り、まん中の一人がいまの声の主であろう、眼の覚めるような美しさを、これ見よがしに突立っているが、……その美しさよりも、更に人眼を驚かしたのはその身装である。

黒髪を束ねて背へ垂れたのは尋常だが、緋牡丹を染めた友禅の大振袖に、なんと紗綾織に牡丹を小さく縫取った男袴をはき、腰には大小、右手に鉄扇を持っている、……派手と云って、ちょっとこのくらい派手姿も稀だろう、観客たちはこれを見ると、

「……やあ鎌倉河岸の娘剣士だ」

「……ふりそで道場の女師範だ」

「……さあ面白くなったぞ、夕顔組と振袖道場の大喧嘩だ、芝居なんか止めちまえ」

わあっと一斉にどよみあがった。……武太夫は思わぬ相手にちょっと毒気を抜かれたが、

「其処の女、なんで止める、此奴に罪がないとは仔細を知って申したのか」

「如何にも、仔細を知って申しました、その者は人に頼まれて、つらねの中に夕顔組の評判を読込みましただけ、別に罪はございませぬ」

「人に頼まれたと？　誰だ、そう申すからは頼んだ相手を存じて居ろう」

「はい存じて居ります」

娘はにっと微笑した。屹としていた時よりは、その頬笑んだ顔がまたすばらしく艶だ、武太夫もちょっと眩しくなったらしいが、……鎌髭をぐっと食反らせて叫んだ。

「知っているなら聞こう、何者だ」

「お知りになりたいのなら申上げます」

「申せ、聞こう！」

娘はつと伸上って云った。

「わたくしでございます。……鎌倉河岸に道場を持つ箕作小藤でございます」

牡丹の棘

その一

真向大上段の挑戦である。……満員客止めの見物と、名だたる夕顔組の歴々を前に、それこそ絵のような美女が、堂々と宣戦布告したのだから、観客は大よろこびである。

「わあっ、出来したぞ日本一」

「ふりそで道場負けるな、後にはおいらが附いてる、確りやって呉れ」

喧々囂々たる騒ぎになった。

こうなると、夕顔組の桟敷でも引込んではいられない、互いに眼と眼で合図をしながら、大剣を取って一斉に起った。……すると、その時、さっきから黙って見ていた新庄大学が、「おい、みんな立上ってどうするんだ」

とはじめて口を切った。

「どうすると云って、むろん……」

「むろん？……」大学はすっと立ちながら云った。

「おい剛兵衛、貴公行って武太夫を伴れて来い、いやなにも云うな、行って伴れて来ればいいんだ。

それから皆、……帰るぞ」

「だが新庄……」

「もういい、帰るんだ。つまらぬ真似をする者は、組を放すぞ」そう云うと共に、大学は静かに桟敷を出て行った。

彼の威厳がどんな力を持っているかは、間もなく夕顔組の歴々たる六人が、観客たちの割れ返るような嘲笑を浴びながら、忿怒(ふんぬ)に身を震わせつつ森田座を逃げ出したことで分るだろう。それは正(まさ)に敵に後を見せて逃げたのだ、……場所も場所、相手も相手、正にこれ以上はないという派手な敗北である。

むろん、六人の余憤はおさまらなかった。……森田座を出た大学は、そのまま柳橋へ足を伸ばして「仲源」という料亭へあがった。其処(そこ)は大学の宿坊のようなもので、この二三年というものは、殆(ほとん)ど其処(そこ)に寝泊りをしていたのである。

大川は見晴しにしたいつもの座敷へ通ると、

「おい新庄、どうして逃げたんだ」

先(ま)ず武太夫が太い膝頭を叩きながら、

「あれだけの見物人の前で、あんな侮辱を受けながら、どうして黙って引込まなければならなかったんだ、……拙者は心外だ、心外だぞ」

「そんなに心外か」

大学はごろっと横になりながら、

「は、は、剛兵衛も伝内も小五郎も、みんな不服そうな顔をしているな。は、は、まあいいから、あんな事は忘れてしまえ」

「忘れてしまえでは済まんぞ」

金時六郎兵衛が、呶鳴(どな)るように云った。

「森田座にいた見物何百人、あれだけの人数が明日とも云わずこの評判をふり蒔(ま)くだろう、夕顔組は江戸中の嗤いものではないか」

「このままでは、我々は道も歩けん」

「寛永以来の武家気質と天下に謳われた、夕顔組の名もこれで廃った、我々は道化者にされてしまうぞ」

和田伝内は、恐ろしく大粒な涙をぽろぽろとこぼしながら叫んだ。

「このままでは済まされん」

「そうだ、このままでは済まさん、あの女の道場とやらへ押掛けて行って恥辱を雪ごう」

「女も道場も揉み潰してしまえ！」

みんな眦を決して起とうとした。……大学は横になったまま聴いていたが、

「みんな勇ましいな」

と微笑しながら云った。……そして、丁度そのとき、此家の娘おそのが、婢たちに酒肴を運ばせて入って来るのを見ると、

「おその坊、今日はうんと御馳走を出してやって呉れよ、お馴染の夕顔組が今日限り散り散りになるんだ、古い仲間の別宴だからな、出来るだけのもてなしを頼むぞ」

「あら、それ本当ですの、若さま」

おそのも驚いたが、六人の驚きはもっと大きかった。……みんな起とうとした膝を元に戻して唖然とする、おそのはその空気を見てとったらしい。

「若さま、なにか間違いがありましたの？　夕顔組が散り散りだなんて、……税所さま、みなさま一体どうなさいましたの」

「いいから此方へ酒を呉れ」

大学は起直って、盃を手にした。

「夕顔組は時勢の悪風を矯めようとして盟を結んだ、軟弱遊惰に落ちて行く武道を叩き潰し、寛永の武家気質に建直そうとして起ったのだ。……けれど、それが女童を相手に、喧嘩をするようになってはおしまいだ、人は知らずこの大学は御免を蒙る、今日限り、夕顔組は解散だ」

「若さま。……そんなことを仰有って、……」

「おその坊は知らないことだ、さあ注いで呉れ、せめて別れだけは気持よくやろう。……剛兵衛、受けて呉れるだろうな」

六人は石のように黙っていた。……そして再び盃を促がされた時、剛兵衛はむずと坐り直しながら、頭を垂れて云った。

「新庄、あやまった、勘弁たのむ」

その二

「若さま、行って参りました」

その翌る日の夜。……おそのが足早に入って来て、大学の側へ膝を突付けるように坐った。絹漉し豆腐のようだと云われる艶やかな頰に、ぼっと美しく朱がさして、乙女十八の表情の濃い眸子が、嫉ましげな微笑を湛えている。

「御苦労だった、分ったか」

「お美しい方ね、とッても、眼の覚めるような方ですのね。憎いわ、……若さま」

「味な文句を知っているんだな」

大学は静かに身を起して、

「けれど、その文句はこんな場合に使うんじゃないぞ」

「あらおかしい、ではどんなとき使えばいいんですの？」

「憎いなどという言葉は好きな同志の殺し文句だ、そいつはおその坊に心から好きな人が出来るまで、大事にそっと納って置くものだよ」

「あら……ひどい、若さま」

おそのは袂でぱっと面を包みながら、体ごとくるっと脇へ向いた。……吃驚するほど嬌めかしいしこなしである。大学は思わず眼を瞠って、

——そうだ、この娘ももうこんな年頃になったのだ。

と、鮮かな印象を胸に彫込まれた。

「よし、それで言葉咎めはもう打切りだ、頼んだ用を聞かして貰おう」

「いや、いや」

「なんだ、そんなことをいつまで恥かしがっているやつがあるか、さあ顔を出して」

「恥かしがってやしません」

「じゃ袂を放して話をしたらいい、煮え切らないと若さまは御立腹あそばすぞ」

「……憎いこと」

おそのはぱたっと袂を膝へ落して、うるみを帯びた大きな眼で昵と男を睨んだ。

「折角ひとが怒っていたのに。恥かしがっていたんじゃありません、怒っていたんですわ、でも、……どうせあたしなんか、あたしの気持なんか若さまには分って頂けないんだわ」

「そろそろ御立腹あそばすぞよ」

「いいわ、そんなにお聞きになりたいなら申上げますから」

おそのはふと眼を伏せたが、……直ぐに、まるで別人のような調子で話しだした。

「慥に鎌倉河岸にその道場がございました、諏訪流兵法指南、箕作小藤という看板が掲げてございますの、御師範はその小藤という方で、女のお弟子が少しと、男のお弟子たちがずいぶん通って来るよ

うですわ」

「男も来る。……江戸は広いな」

「でも、その小藤という方は達人なのですって、これまで何人も道場破りが来たけれど、一度も負けたことがないのですって」

「親とか兄弟とか、そういう者はいないのか」

「近所の噂ですから本当か嘘か分りませんけれど、元は上総の方の立派なお武家のお嬢さんで、今は親兄弟もないお独身だそうですわ」

「そうか、……上総の武家の娘……」

大学がなにか思出そうとするように、そう呟きながら眼を冥った時、……遠くの方で遽にけたたましい人の喚声が起った。

「……なんだ」

「さあ、見て参りますわ」

おそのが立って行った。

大学はそのまま寝転ぼうとしたが、表の叫声のなかに和田伝内の声がするのでふと耳を澄ました。……小五郎の声もする。

——なにごとだ。

捨てて置けぬ気がするので立上った。

「仲源」の表はいっぱいの人集りである、その群衆の環の中で、和田伝内と香月小五郎の二人が、遊び人態の男を取押えていた。

「太い奴だ、戻れ」

「戻って払うべき物を払って行け」

「い、痛え」

男は腕を逆に取られて悲鳴をあげながら、

「なにをしやあがるんだ、己あ食逃げなざあしねえ、払いはちゃんと済ましてあるんだ」

「嘘を吐け、払いをした者がなぜ逃る」

「構わん、曳ずって行け」

二人が男を引立てようとするところへ、

「暫く、ちょっとお待ちあそばせ」

と声をかけながら、群衆の環をかけ分けて進み出た者があった。……振返ってみると、例の箕作小藤である。

——あっ。

——又か。

と二人は息を引いた。

小藤はその思切って派手な姿で、静かに二人の方へ近寄って来ると、その妖艶な面にありありと冷笑の色を見せた。……薔薇ではない、どう譬えても緋牡丹である、鋭い棘を持った大輪の牡丹花という感じだ。

「失礼ながら、夕顔組の歴々でいらっしゃいますのね」

「…………」

「その男をどうあそばします」

夕顔組の乗込み

その一

「此奴は、この料亭で飲み食いをしたまま、代物を払わず逃げだしたのだ」

「我々が所用あって是へまいったところ、此奴が逃げだして来るあとから、店の者が追って出て食逃げだと申すのでひっ捕えた、……それがどうかしたか」

「ほほほほほ、よく分りました」

小藤はあでやかに笑った。

「そう申せば此家は『仲源』とやら、夕顔組の総師新庄大学さまの御宿坊だそうでございますのね。お隠しになることもございますまい、いま江戸で評判の夕顔組でございますもの、このくらいの事を知らぬ者はありますまい、皆さまが、食逃げ一人に眼色を変えてお働きなさるのも、御尤もですわ」

明かな罵倒である、小五郎が堪りかねて一歩出る、然しそれより早く小藤が、

「けれど、……その男が食逃げだということは慥なのでございましょうね」

「嘘だ、嘘だ、代はちゃんと払ってあるんだ」

男がやけに大きな声で喚きたてた。……すると店の者が押っかぶせるように、

「冗談じゃあねえ、昼から飲んで食って、五人も芸者を呼んで騒ぎあがって、そのまま手水へ立つ振をして逃げだしたくせに」

「いや払った、ここがどんなに高価い物を食わせるか知れねえが、此方は心算にして、祝儀も共に位近くの金を置いてある」

「まだそんなごたくをぬかすか」

「嘘じゃあねえ、座敷へ行って座布団の下を検めてみろ、小判が二枚ちゃんとある筈だ、おめえたちそれを慥めて来たのか」

意外な言葉である。

小五郎が振返ると、店の者もはっとしたらしい。……慌てて一人とんで行ったが、それより早く、新庄大学がすっと姿を現わした。

「小五郎、その手を放せ」

そう云いながら男に向って、

「おい町人、とんだ粗忽で済まなかったな、店の者が不粋で其方の洒落が分らなかったのだ、機嫌直しに拙者がひと口進ぜるから勘弁しろ」

「失礼ですが、新庄さまでいらっしゃいますね」

小藤がつと割って入った。

「夕顔組ともあるお方が、仔細も究めず、町人に恥を与え、ひと口遣って済ませるお積でございますか、例い町人でも、外聞というものがございましょう、若し貴方さまが食逃げだと云われ、このような人山の中で手籠にされたらどうあそばす、……御挨拶を承わりたいと存じますが」

「だが其奴は、まだ金を払ったかどうか」

「金は払ったに定っているさ」

大学は剛兵衛のいきりたつのを制した。

「その町人が金を座布団の下に置いてったのも、食逃げと思わせて夕顔組を誘いだし、逆捻じを喰わす幕尻も、みんなはじめから仕組んだ筋書きだ」

「なんと仰有る、そのお言葉はこのわたくしに仰有るのですか」

小藤が眉をあげながら出る。大学はつと一歩退きながら腰を跼めた。

「これは失礼、お耳に入ったらお許し下さい、いまのは手前同志の内証話、……町人、詫びの印だ、取って置け」

大学はふところ手を抜くと、十両一枚をちゃりんと投出しながら、大股に仲源の店へ立去ってしまった。

「まあ若さま！」

おそのは蒼い顔で迎えながら、

「なぜあんな人に謝ったりなさるの、どうして打懲しておやりになりませんの、大勢の人集りの中で、新庄大学さまともあるお方が、あんな女侍なんかに頭を下げたりして……」

「怒るな怒るな、森田座の芝居が柳橋まで出興に来ただけのことだ」

大学は平然と笑いながら二階へあがる。

「金持ち喧嘩せずさ、は、は」

「憎らしい！　若さまは」

おそのは追いつきながら云った。

「若さまはあの人が好きなんでしょ。森田座の話も聞きました、あの時だって今だって、若さまはあの女侍がお好きなもんだから……」

「おその、……」

大学が足を止めて振返った。……それでおそのは自分がなにを云ったかに気付き、殆ど息も止るような羞恥に襲われて俯向いた。

「おその坊までが、……この大学を嗤い者にするのか」

「……若さま、……あたし」

「いや冗談だ」

大学は然し直ぐに笑って、

「おまえの云う通りかも知れない、大学はあの娘武芸者が好きになったのかも知れない。腐れ切った今の駄侍どもに比べれば、あの娘の方が、ずっと立派な武士気質を持っている」

「もう仰有らないで、あたしお詫びをします」

「それなら酒だ」

大学は座敷へ入りながら云った。

「あの二人を呼んで来て呉れ」

その二人、和田伝内と香月小五郎は、その頃いっさん走りに、夕顔組の同志の許へと走っていた。……遂に我慢の緒を切ったのだ。続けざまの挑戦に、もうそれ以上の忍耐は出来なかった、森田座のとき居合せた六人を呼集めて、堂々と挑戦に応ずる決心をしたのである。

「もう退くなよ」

「むろんだ、武太夫も剛兵衛もよろこぶぞ」

二人は息もつかずに馳けに馳ける。……春暖の夜空に月が昇った、靄がおりて朧ろに霞んだ街を、風のように二人は走って行った。

その二

その翌る日の午過ぎである。

鎌倉河岸にある箕作道場の表は、門の中も門外の武者窓にも、黒山のような人集りでわっわっという騒ぎであった。……中ではいま、押かけて来た夕顔組の六人が、箕作小藤と試合の真最中なのである。

「あっ見ろ、今度は香月小五郎だ」

「眼玉の小五郎なら骨のある勝負をするぜ」

「そら立った、やるぞ」

「振袖の先生！　しっかり頼みますぜ」

「そいつもどうせ一本だろう」

口々に囃したてる。

道場の中では、既に武太夫が負け伝内が敗れ、六郎兵衛も土屋丑之助も敗北していた。然もみんな、定ったように真向へ一本で勝負がついている、……残るところ、小五郎と田所剛兵衛、二人とも顔面蒼白である。

小藤は例の通り、牡丹を染めた友禅の大振袖に襷をかけ、縫入りの男袴を股立ち高く取って、袋竹刀を青眼にゆったりと構えている。結んで背に垂れた髪は艶々と黒く、白の汗止めをした面は薄く朱をさして、雨後の芙蓉花の如くあざやかに美しい。……小五郎は上段に取っていたが、その眼は血走り、体勢は打を焦って、明かに動揺している。と突然、

「あ、やった！」

群衆の叫びと共に、小五郎の体は、小藤の左側を飛礫のようにすっ飛んでいた。……それには見向きも呉れず、

「……お次！」

と云う小藤の声に、無言で立上った剛兵衛は、あまりに出来る相手の腕と、同志の哀れな敗北に忿怒して、

「いざ！」

叩きつけるように云いながら進み出た。

小藤は再び青眼に取ろうとする、……それより早く、剛兵衛はずずっと出るよと見たが、そのまま提げていた袋竹刀を逆の方から持って行って、

「えいッ」

いきなり胴へ打込んだ。

正に「虚」の真唯中を狙った一撃だ、やったな！ と見た刹那、然し小藤の体は左へ外しながら、その袋竹刀は、的確に剛兵衛の真向で鳴っていた。

「如何？」

と二三歩退りながら小藤が叫ぶ。……道場の内も外も、門弟たちも群衆も、思わず声を合せてわっと鬨をあげた。

「折角お越しあそばした夕顔組の方々」

小藤は呼吸も変えずに云った、「……皆さまもう少しお出来なさるかと存じましたのに、何誰もあまりお相手甲斐がなくて、なんだかわたくし拍子抜けが致しました、ほほほほほ」

「無礼者！」

武太夫が大剣を摑んで立つ、

「女と思い手加減をしてやったに、その雑言は聞捨てならぬ、真の武芸が知りたければ真剣を執れ、真剣で勝負しよう」

「そうだ」

剛兵衛もすっかり逆上ていた。

「竹刀などでは女の小器用もごまかしには使える、此上は真の勝負、刀を抜け」

「抜け、我ら真の腕前を見せてやる」

六人とも大剣を取って立った。

……するとそのとたんに、

「待て待て、見苦しいぞ剛兵衛」

そう云いながら、不意に新庄大学がつかつかと道場へ入って来た。……着流しのふところ手、微笑を含みながら近寄るのを見ると、小藤もにっこと片頬で笑い、

「ようこそ、新庄さま」

と慇懃に会釈をし、

「貴方さまがお出ましになるのを、今か今かとお待ち申して居りました。……小夜、そちらの木剣を持っておいで」

振返って命するのを大学は耳にもかけず、六人の者を眼で叱り、表へ出ていろと合図した。……大学のそういう睨み方は、拒みようのない力を持っている、六人はすごすごと出て行った。

「いざ、お相手を致しましょう、新庄さま」

「……なに、なんです」

「お呆けなさいますな、わたくしと貴方さまとの勝負、今日まで待兼ねていたのでございます、いざお腕のほど拝見仕りましょう」

表で再び、わっと群衆がどよめきあがった。

裏おもて娘心

その一

「は、は、お互いの勝負と仰有る」

大学はふところ手のまま笑った。

「宜しい、拙者もその積で来たのだから勝負をつけましょう。然し……若い男女の勝ち負けはこんな無粋な処でやるものではない、四畳半の小座敷に、人眼を避けて水入らず、しっぽりやるのがお定りだ」

「猥りがましい、左様なこと聞く耳持ちませぬ」

「聞かぬ聞かぬで聞くやつさ」

そう云って大学は、平然と振り返った。

「おい、そこのお弟子さん、奥座敷へ案内をして呉れ、奥座敷はどっちだ」

「無礼な、えいッ」

叫ぶと共に、打込んだ小藤の木剣。……びゅっと呻ったが、大学はひょいと身を捻ったと思うと、木剣ごと娘の腕をぐっと小脇に抱え込んで、

「金持ち喧嘩せずか、は、は、は」

笑いながら、そのままずるずると小藤の体を曳ずって上へあがった。

見ていた門弟たちも、その落着きはらった態度に圧倒されて手が出せなかった、……大学は大股にずんずん奥へ入って行く、小藤は懸命に振放そうとするが、抱え込んだ大学の腕はびくともせず、逞しい男の体に抱辣められた女の力は、いつか嫋々と屈服して行くのが感じられた。

やがて居間と思える部屋の前まで来ると、大学は片手で襖を明け、女を中へ突放しながら、後手にぴったり襖を閉して云った。

「……訳を聞こう」

「………………」

「森田座のこと、仲源のこと、貴女はどうして夕顔組をそう眼の敵にするのか、夕顔組が貴女になに

かしたのか、この大学になにか恨(うらみ)があるのか。……その訳を聞いたうえで、納得がまいったら勝負もする、話されい」

小藤は振仰いで大学を見た。

人違いをするほどその表情が変っている、……森田座の時も、仲源の時も、さっき道場で彼を迎えた時も、鋭い棘のある牡丹という感じだったのに、……今は、ほんの僅(わずか)な時しか経っていないのに、小藤の顔からは鋭さも棘々しさも失せ、大きく瞠(みひ)らいた双眸には、哀れに怨(えん)ずる者の泪(なみだ)さえ浮んでいた。

「お話しなさい、伺いましょう」

小藤の美しい唇がぴくぴくと動いた。そして眸に浮んでいた泪が、はらはらと露のようにこぼれ落ちると見るとたん、彼女はわっと声をあげて其処(そこ)へ泣伏(なきふ)した。

大学は静かに坐った。

「結構だ、泣きなさい、遠慮はいらないから思うさまお泣きなさい。……人間は一生のあいだに、そう幾度も泣けるものではない。そして……その方が貴女にはよく似合っている」

「…………」

「森田座で見たときも、拙者には貴女が少しも女剣士には見えなかった。……丁度いまの、その姿が眼に浮かんでいましたよ」

小藤はせきあげ、せきあげ泣いていたが、その声はいつか、父親に甘える子供のような歔欷(すすりなき)に変っていた。……大学は静かな声で、まるで兄妹(きょうだい)にでも話すような調子で続けた。

「武芸の一流に秀でるよりも、上手に泣くことの出来る方が女の仕合(しあわ)せだ、例い武芸をやるとしても、それは男子に勝つためではなくて、立派な子を生みそれを育てるために役立たせればいい、……男が闘い、女が守る。これは説法じゃありませんよ」

「よく、……よく分りました」

小藤は泪を押えながらそっと云った。

「お恥しい事ばかりお眼にかけまして、今更なんと……なんと申上げようもございません、どうぞお忘れ遊ばして」

「そら、そんな美しい眼になった」

大学は笑って、「……それでいいんです、その美しさが貴女の本当の姿だ、貴女はもっとよく鏡を見て、その美しさを壊さないようにすべきです。……さて話を承わろう」

「いいえ、もう申上げる事はございません、自分の浅墓(あさはか)さがよく分りました、いずれお詫びにまいりますゆえ、今日はどうぞこれでお許し下さいまし」

「それもいいでしょう。……では改めてまた」独りになりたいのだ、そう察したから、大学は静かに立った。

「仲源にいますから、いつでもどうぞ、待っています」

「はい、お送りは致しませぬ」

小藤はじっと男の眼を見上げた。

大学が道場を出て来ると、外に待っていた六人の者は一斉に首を縮めて俯向いた、禁じられていた事を敢(あえ)て犯し、おまけに六人とも敗北したのだから、どんな雷が落ちるかと思ったのである、……大学は笑いながら、

「おいどうした、供待ちは辛かったろう、行って呑むから一緒に来い」

そう云って歩きだした。

その二

意外な大学の機嫌に、六人は死地から救われたような燥ぎ方である。……仲源の二階座敷で酒をかこみ、そろそろ暮れかかる頃には、みんな酔が廻ったのであろう。

「なにしろ驚いた、あの女め、まるで段違いに出来るんだからね」

「女を見縊ったのも慥だが、尋常の腕でないのも勿論だ、とにかく、六人が六人一度も竹刀の音をさせずに負けたのだからな」

「然し、腕が立たなくとも」

と六郎兵衛が真顔になって、

「あの美しさでは、我々は負けるに定っているぞ」

「それ金時が本音を吐いた」

どっとみんなが笑声をあげた。……酌をしていたおそのが睨みながら、

「そして、若さまはどうなさいましたの、お勝ちになりまして?」

「そんな事は訊くだけ無駄だ、勝ったればこそ綺麗な娘門人が二人、門まで送って出たではないか」

「矢張り、総帥は総帥だけの事がある」

「だが、……一体どうしてあの女はあんなに我々を附狙ったんだ、そいつが拙者にはどうも解せんぞ」

「それは夕顔組が天下の名物だからよ」

「おまけに総帥が江戸一番の男振りだ、あの女ならずとも、世間の評判になろうとする者なら、誰でも夕顔組に挑みかかるさ」

「そんな理由だろうか、それだけの……」

と武太夫が云いかけたとき、小女が足早に入って来て、

「あの、御婦人のお客さまが、こちらのお座敷へお伺いしたいと仰有って見えました」

と伝えた。……みんな顔を見合わせたが、大学はすぐにそれと感付いて、

「よしよし、叮寧(ていねい)にお通し申せ」と云った。

「誰だ、婦人客とは」

「まさか……小藤女史ではあるまいが」

「その通りだ」

大学は坐り直して、

「さっきの詫びに来たのさ。さあ……少し片付けて呉れ」

狼藉たる盃盤(はいばん)を片付け、みんな容(かたち)を正すところへ、……静かに客が入って来た。正に箕作小藤である、今は髪も武家風に結い、衣装も帯も年頃には地味なくらいの物を着けている、……髪かたちばかりではない、そっと入って来て末席に手を突いた姿は、武家の深窓に育ったものの慎(つつま)しやかな、床しい落着をみせていた。

「……御酒興のお妨げを致して申訳(もうしわけ)ございませぬ、実は明朝、江戸を引払って国許へ帰ろうと存じますので」

「ほう、お国へ帰る」

「はい、それで……今日までの無礼な仕方をお詫び申上げとう存じまして」

小藤は低く頭を下げながら云った。

「はしたない事の数々、皆さまどうぞお許し下さいまし、この通りでございます」

「もういい、手をあげて下さい」

大学は静かに制して云った、「……なにごとも済んでしまえば綺麗さっぱり、恐い顔はしているが

みんな心は美い奴です、国へお帰りになるとは残念だが、……幸い御縁のある者が揃っているから、このまま別宴ということにして」

「その事だ、さあどうぞ此方へ」

六郎兵衛が得たりや応と席を作る、然し小藤は、哀しげに微笑しながら、

「有難うはございますけれど、立帰って始末する物もございますから、皆さまのお怒が解けましたら、これで失礼申上げたいと存じます」

「然し、さっきの約束の話も聞きたいし、まあ少しは……」

「いいえ」

大学の執成しにも、小藤は矢張り首を振った。

「なにもお話し申す事はございませぬ、ただわたくしの不調法、田舎育ちの心驕ったままに、訳も分らず御迷惑をお掛け致しました。ただお赦しをお願い申上げるだけでございます、……どうぞ御勘弁あそばして」

「では、どうしてもこのままお帰りになりますか」

「折角の御酒興をお騒がせ致しました」

小藤は下を向いたまま、「……これでお別れ申します、皆さま、どうぞ御健固で」

そう云って静かに起とうとすると、それまで隅の方に、黙って身を竦めていたおそのが、いきなり立上ると、

「いけません、お出でになってはいけません」

泣くように叫ぶと、走って行って小藤の側へ崩れるように坐った。……そして、片手で小藤の袖を摑み、あっけにとられている大学の方へ振返ると、

「若さま、貴方は御存じないのです」

と涙に濡れた声で叫んだ。

「この方は、箕作さまは、若さまのお家の御家来です、お国許で旗奉行までお勤めなされた箕作角之進さまのお嬢さまです」

「なに国許の旗奉行」

「いけません、それを云っては……」

「いいえ申します」

慌てて遮ろうとする小藤には構わず、おそのは堰（せき）の水を切ったように続けた。

「角之進さまは七年以前お亡くなりになり、お嬢さまお独りで男のお子が無く、御養子もまだ定めてなかったため、箕作の御家名は、御改易になってしまいました。……お嬢さまは、その御家名を再興なさるお積で、そのお積で、若さまに近づこうとなすっていたのです」

「……それは真（まこと）か、真か、小藤どの」

「本当です、あたしはあの日、若さまに仰付（おおせつ）かって道場の事を探りに行きました、それですっかり知っていたんです、知っていたけれど、……けれど、それを云うことが出来なかったんです、云うと若さまが……」

自分から去って行ってしまう、という言葉だけはのんで、そのままおそのは泣伏してしまった。

……大学は静かに小藤を見やった。

「いまの話は、事実に相違ないか」

「……恐入（おそれい）りました、真に箕作角之進の娘でございます」

「江戸住（ずま）いで国許のことはとんと知らぬが、そんな事情があったとは気付かなかった。然し、望み通り余に近付けた以上、家名再興の事を云わずに帰るとはどうした訳か」

「お恥しゅうございます」

小藤は両手を突いて云った。

「家名が改易になりました時は、女なりともお役に立つべき者ありということを御覧に入れ、是非とも箕作の家を再興して頂こうと存じました。……わたくしは幼少の頃から父の手解きで剣法を学び、些か筋ありと申されましたのを頼りに、七年のあいだ師に就て懸命に修行を仕りましたところ、ものの紛れか人並ほどには使えるようになり、江戸へ出てまいったのでございます。……けれど今日、若さまにお会い申し、お言葉を伺いまするうちに、まざまざと自分の仕方のはしたなさに気付きました」

小藤はそっと袂を眼に押当てながら、

「……如何に家名再興のためとは云え、女の身で異様の姿を作り、人眼の中を恥しげもなく押廻ったことを思いますと、……そのまま消えてしまいたいほど浅猿しく、身の置きどころもない気持でございました」

「そうか、……そうだったのか」

「お願いでございます。どうぞ小藤のことはお忘れあそばして、……このままお暇をお許し下さいますよう」

噎びあげる声に、武太夫が誰よりも早く貰泣きの声をすすった。……大学はつと盃を手にしながら、

「もうよし、みんな湿っぽくなった、話を聞いてみれば深い縁のある者ばかりだ、快く一盞あげて、……別れよう。小藤、とおすぞ」「……は」

「みんなも涙を拭け、ふりそで道場と夕顔組と、恐ろしく派手な喧嘩だったがこれで幕だ、元気に呑んで小藤の首途を祝ってやれ」

「忝う存じます」

小藤は噎びながら平伏した。……武太夫も小五郎も泣いていた、剛兵衛も、そしておそのも、云う

べき事を云い切って、今はただながい憧憬（あこがれ）の的だった若さまが、これで自分から去って行くということを、……敏感な娘心に早くも感じながら、泣いていた。

その明（あく）る朝である。

門弟たちにも別（わかれ）を告げ、すっかり家も片付けて、国許から附いて来た二人の娘門人と共に、いま小藤が出立しようとしていた時、……道場の表へ訪れて来た者があった。

小藤が出て見ると立派な武士が三名、門前には尚（なお）数名の供侍と女乗物が据えてある。

「箕作小藤どのでござるな」

と使（つかい）の一人が云った、「拙者は阿部豊後守の家臣、勝川縫之助と申す者でござる、此度（このたび）そのもとのこと殿のお耳に達し、思召（おぼしめし）を以（もっ）て家名再興、食禄旧（もと）の如くお召出（めしだ）しと仰出（おおせいだ）されました、乗物も持参してござる、直ぐに邸（やしき）へお供を仕りましょう」

「え、え……あの……」夢かと驚く小藤の前へ、……向うからつかつかと大学が歩み寄って来た。

「勝川、すでに養子も定（き）まって居るという口上を落したぞ。……さあお立ちなさい小藤どの、恥じて隠れでもされてはと案じたから、婿君みずから迎えに来た」

「若さま！」

「否、……旦那さまだよ」

小藤は耳まで染めた。大学は「見退（みのが）せ」というように、笑いながら勝川縫之助に眴（めくば）せをしていた。

豪傑剛太夫

姉と妹

おっとりと若さま侍

「面へ来るだろう、びゅッと斬(こ)う、唸(うな)って来るんだ、あれがはッと見るとたんに切返して胴へ変る」

「そうだ。びゅッ！　と唸(う)なる」

「あれだけ気合の籠(こも)った打込(うちこ)みをどうした切り返(か)えせるかだ。大抵の者が切返しのまえは空打(からうち)で、こいつ来るなと勘で分るが、天堂氏のやつは全く手も足も出ないよ」

「あれには先生だって一目おくもの。甚五などに受けられないのは当然のことだ」

庄田四方七(よもしち)が笑いながら云った。……堅沼甚五郎は頰をふくらして、

「受けられないのは拙者だけじゃない、矢折だって舟形だって同様だ、そう云う庄田、貴公にしても同じじゃないか」

「だからさ、今更(いまさら)感心することはないと云うんだ。天堂氏の刀法は進道館はじまって以来のものと折

紙が附いているぞ」

播磨国丘野の城下町を、道場帰りと見える若侍たちが五六人、道具を肩にして声高に話しながら通る。……いま讃辞の的になっている天堂次郎兵衛(じろべえ)は、そんな話は興もないという顔で、五人の先を歩いていた。

庄田四方七が年長で三十歳、堅沼も犬丸も矢折も、舟形も二十六七の同年輩で、一人次郎兵衛だけが二十一歳の弱年だった。……彼は色白な円満な顔だちで、汚れのない澄んだ眼を持っているし、どこか坊ちゃん育ちらしい暢(の)びりした様子が見える。

「さあ到着到着」

「拙者が先陣を仕(つかまつ)ろう」

甚五郎がお先走りな調子で、大淀橋の袂(たもと)を右へ折れた。

大淀川の河岸に沿って、「田川」という懸(か)け行灯(あんどん)の出た門がある。打水のしてある敷石伝いに三四十歩入ると、古びた造りの料亭の玄関へ出た。甚五郎はそこから左にある柴折戸(しおりど)を開け、如何(いか)にも勝手知った様子で、別棟になっている離室(はなれ)へとあがった。……一行の声を聞きつけたのであろう、女中たちが三人、母屋(おもや)の方から急いでやって来た。

「まあようこそ、お待兼(まちか)ねでございますよ、若さま」

「お出(いで)が遅いからって、さっきから焦(じ)れていらっしゃいますよ。本当に若さまがいらしってからお染ねえさんもすっかり変りましたわ」

「よっぽどあたしたちも贅(おご)って頂かなくちゃ」

「命が続きませんよ、若さま」

女中たちはいきなり次郎兵衛を取巻(とりま)いて嬌声をあげる。……四方七はにやにやしていたが、甚五郎は忽(たちま)ち頬をふくらして、

「おい婆あ共いい加減にしろ、天堂氏は貴様たちのような海千山千のお相手申す御仁ではない。男が欲しくば此処に活のいいのがいるぞ」

「海千山千で悪うございましたねえ」

「甚五さんが活のいいのは酒を呑んでいるときばかりでしょ。お城や道場では毎も青菜に塩の吐息ばかりして」

「今夜の酒は誰にたかろうかってね」

　きゃらきゃらと笑いが炸けた。

　こいつ云ったなと、甚五郎が立とうとした時、庭伝いに此家の姉娘お染がやって来た。白い肌が冴えたように美しい。上背があってすんなり伸びたいい体だ、もう二十三四にはなるだろう、細い半月の眉と、きゅっと引緊った唇許に険がある。

「なにを嬉しがってるんです。甚五さん」

「う、嬉しがってる？　……拙者が」

「いらっしゃいまし、あなた」

　お染はすっと上って、次郎兵衛の方へ眼を送りながら、

「お話がありますからちょっと」と云って振返り、「みなさん、若さまをちょっとお借り申しますよ。……おまえたち呆やりしてないで早くお支度をお運びな、庄田さんが苦りきってらっしゃるじゃないか」

「苦ってるのはみんな御同様だ」

　四方七は笑いながら、

「眼の前から二人揃ってどろんと来られてはな、お染の男嫌いも怪しくなったぞ」

「怪しいどころですか」

お染は挑むように笑い、立上った次郎兵衛の手をぐっと抱込(だきこ)みながら、

「この通り、見栄も外聞も捨てましたわ」

「ちぇ——無念、拙者討死(うちじに)じゃ」

どすんと尻餅をつく甚五郎に、人々は弾みのない笑声(わらいごえ)をあげる。……お染はそのまま次郎兵衛を促して庭へ下りた。

母屋の内証とは別に、お染の居間と思われる四畳半、箪笥(たんす)、鏡台、長火鉢と並んで色彩(いろどり)の華(はなや)かな、嬌(なま)めかしく香料のしみ込んだ部屋へ、……導かれるまま次郎兵衛はおっとりと通った。

「散らかしたままで、ごめん下さいまし」

「……やあ」

約束の五十両

坐ると直(す)ぐ、次郎兵衛はふところから、封印のままの五十両包を取出して、

「約束のものだ、取っておいてくれ」

と差出(さしだ)した。お染は淋しげに笑って、

「どうも御心配をおかけ致しまして……でもねえ若さま、折角(せっかく)なんして頂いたのですけれど、どうか是(これ)はそちらへお納め下さいましな」

「どうして。……約束だから持って来たのではないか。それとも他で都合がついたのか」

「いいえそんな事はございませんわ」

お染はふっと眼を伏せた。……やや俯向(うつむ)いた頸筋(くびすじ)が、次郎兵衛の眼先(めのさき)にあった。肌理(きめ)の密(こまか)いしんなりとした円みが、紅絹裏(もみうら)の襦袢の襟に消えるところで、むっちりとした肩肉のふくらみを覗かせている。……次郎兵衛は眩(まぶ)しそうに眼を外(そ)らして、

「他で都合がつかぬとすると、では、どうしてこの金が要らないのだ」

「実は、先日お話し申したときには、他処に都合のつく心当りがありましたの。若さまにそれだけ頂けば、あとは其方で都合して借金が抜けると思ったのですわ、……けれど当にしていた方が駄目になってしまいましたの」

「……では是だけでは足りないと云うのか」

「はい、元利合せて百二十五両ございませんと、この家は貸主に取られてしまいます、……どうせ足りないのですから、折角のお志ですけれど……どうかお怒りなく」

「気持のいい断り方だ」

次郎兵衛はおっとりと微笑した。

「例へ足りなくても、眼前に五十両という金を置かれれば取りたくなるのが人情、それを眼もくれず返すというのは嬉しいな」

「あら……だってそれは」

お染は謎のような眼を送りながら、

「それは若さまですもの。これが唯のお客だったらわたしだって……」

「その言葉を忘れないでくれ」

次郎兵衛はお染の眸子を捉えながら云った。

「あとの金は故郷許へ使をやって直ぐ取寄せる。早馬をやるから往復五日、……六日めには届けよう」

「いいえ若さま、そんな大金をあなたに」

「まあいい、後金を持って来るまで、これは其方へ預っといて貰おう。……それとも、拙者の金を受取っては後が怖いとでも云うか」

「まあ憎いこと」お染は嬌然と睨んで膝を寄せた。「あたしはいっそ、怖くなってみとうございますわ、……御存じのくせに」

「なにをする」

「えへん、えへんえへん」

廊下をどしどしと来た舟形善平、

「気障なことを申すようだが開けますぞ。……や、これはこれは、これは此処ばかり早くも夏がまいったそうな、や暑い暑い」

「いやな舟形さん、なんとやらは犬に蹴られて死ねばよいと申しますよ」

お染はついと起ちながら云った。

「その方は心配なく、唯今あっちで犬丸に蹴立てられて参ったよ。ははは、さて天堂氏、我等はこれより浜へ行って呑もうと云うのだが、貴公はどうなさる」

「それは面白い、時候もよし拙者も一緒にまいる」

「あらあ若さま、お染を置いてけ堀ですか」

「帰りにはみんなで寄るよ」

怨じ顔に眉をひそめるお染をあとに、次郎兵衛は舟形と共に庭へ下りた。

下男に行厨を提げさせて、もう酔の廻りかけた足どりで裏口から揃って河岸へ出る。……弥生三月、山陽道の春は既に晩く、そろそろ日が傾きかけている時分なのに、浜の方から吹いて来る風は、潮の香を含んで暖かかった。

「おや、……庄田氏が見えないな」

次郎兵衛がふと気付いて立止った。

「やあ四方七先生は最早やつぶれましたよ」

「酒には弱い男でな、ははははは」

四人が声高に笑ったとき、うしろから、お染の妹奈津が追いかけて来た。

お奈津は十八で、姉とはまるで型の違った乙女である。顎のくくれた円顔で、血色のいい頬から額まで稚い水蜜桃のような生毛が生えている。肩も胸もふっくらと豊かな線を持っているし、姉の凄艶さに比べてこちらはどこまでも愛くるしいという感じだった。

「若さま、……お忘れ物でございます」

声だけは姉に似ている。

「ああそれはご苦労」

「これをお忘れなさいました」

円い胸を波うたせながら追いついたお奈津は、高蒔絵の印籠を次郎兵衛の手に渡した。……そしてなにやら、思詰めたような眼で男を見上げると、

「若さま、お故郷から余りお金をお貰いになってはいけませんわ、若さまはまだ……」

「なに、はっきり云ってごらん」

「いいえ、……あたし」

お奈津は急に耳まで染めながら、慌てて踵を返した。

豪傑剛太夫

千石船をひとりで浜へ

浜で呑みながら月の出を見た五人が、暮れた道を帰って来る途中のことだった。

大淀川の河岸伝いに、三本松の処へさしかかると、後から一人の恐ろしく巨きな武士が来て追い抜いた。……恐ろしく巨きい、背丈は六尺五六寸もあろうか、肩なんぞはまるで巌のようだし、節くれ立った手足は松の古木のように、袖と裾からにゅっと突出ている。腰の刀がまたすばらしい物で、凡そ四尺二寸はあろう、朱鞘に南蛮鉄の角鍔という拵えで、そのまま天秤棒を差したように見える。顔がまた凄かった、頰から顎まで熊のような髭が生え、太くて濃い眉の下に、ぎょろりとした巨眼が光っている。

「おい、邪魔だぞ木偶共」

彼は五人のうしろへ近づくと、嗄れた野太い声で喚きたてた。

「陣場剛太夫のお通りだ、道を空けろ」

「あ……陣場」犬丸と舟形が、振返るより早く、堤になっている道から横へとび下りた。むろん甚五郎もそれに続いた。……しかし次郎兵衛は、訳が分らないので振返ったまま立止っている。そこで当然この二人は相対峙することになった。

剛太夫はぎょろっと眼を光らせながら、次郎兵衛の頭から見下ろした。

此方も傲然と相手を見上げた。

「貴様は聾か」

剛太夫が呻くように云った。

「陣場剛太夫が通る、道を除けろと申したのが貴様には聞えなかったのか」

「聞えた、たしかに聞えた」

「それなら退け、仲間は向うにおるぞ」

「退くことはない」

次郎兵衛は昂然と額をあげた。

「貴公の通る余地はある、遠慮なく通るがよかろう」

「おのれ！……剛太夫に楯突く気だな」

「それが気に障ったか」と一歩出ようとした時、甚五郎が堤の下から慌てた声で、

「いけない！」と制止した、「……天堂氏、お止しなさい、陣場殿に逆っては駄目だ」

「お譲りなさい天堂氏」

舟形善平も呼びかけた。

次郎兵衛はそれでも相手を睨めつけていたが、剛太夫はいまの声を聞いてにやりと笑った。

「そうか、貴様が噂に聞いた新参者だな。百姓の伜のくせに、金で天堂の家名を買い、いっぱし侍になったつもりでのし廻っているというのは、……よし、骨を試してやる抜け」

乱暴な話である、そう喚くと共に、剛太夫はいきなり腰の大剣を抜いた。

まさかと思っていた次郎兵衛、なにしろ四尺二寸という天秤棒のようなやつが、いきなりぴかっと鼻先を掠めたので、あっと思ったとたんに、堤の下へとび下りていた。

「わははは、逃げぶりは見事だぞ」

剛太夫は夕闇の中でからからと笑い、

「今日はこれで別れるが、こんどまた道で会ったら気をつけろ。俺は我慢しても四尺二寸の長船が嚙みつくぞ、わははははは」

存分に嘲弄して立去った。

次郎兵衛は茫然と見送っていた。肉体的に圧迫を感じるあの巨体と、鼻先を掠めた長剣の光の恐怖が、まだ感覚に痺れを残しているのである、……犬丸と甚五郎は吐息をついて、

「天堂氏、危いところだったぞ、あれだけは手出し無用だ」

「貴公は知るまいが、あの陣場は殿が御懇望で召抱えられた豪傑でな、三十人力五十斤の鉄棒を使う

そうだ。なんでも前には越前家で二千石取っていたというぞ」

「なにしろその頃、千石船を一人で浜へ曳上げたというから凄い。あれは化物だ、人間ではない、決して逆ってはなりませんぞ」

「除けるんだ、彼奴の通る道は除ける、それが丘野藩家中の心得なのだ」

次郎兵衛は橋の袂で四人と別れた。

どうにも再び「田川」へ寄る気持が無くなってしまったのである。……彼はいま陣場剛太夫の云った通り農家の子であった。農家と云っても備後国三原の在で、年貢米の五千俵も取る大地主の二男である。幼い頃から剣術が好きで、旅の武芸者などが泊るたびに手解きをして貰ったのが、生来その才能があったのであろう、めきめき上達して来ると共に、こんどはどうしても武士に成りたくなった。親たちは反対だったが、隣村にいる郷士の一人が乗気で、遂に親を説伏せ、自分と知音の間柄にある丘野藩の、天堂与右衛門にその話を持込んだ。……士道の最も衰えていた寛政年度のことで、他にも例は数え切れぬほどある。与右衛門は五百金を貰って隠居し、ここに次郎兵衛はようやく目的を達した。

即ち馬廻り二百石、天堂次郎兵衛と名乗る武士に成ったのだ。

皮肉なめぐり合せ

丘野へ移って来て半年。

閑職の馬廻りで暇があるから、せっせと藩の進道館へ通っているあいだに、庄田四方七はじめ五人の者と知己になった。……そしてこの人々は忽ち次郎兵衛を中心に、一日も離れぬ友情で結びついたのである。

次郎兵衛は嬉しかった。

当分のあいだは百姓あがりがと、卑しめられるのを覚悟していたのに、直ぐ五人の友が出来たお蔭でその恥辱も受けずに済んだし、五人に誘われて初めて料亭の門をくぐるや、其処にも美しい人がいて、初対面から好意を向けてくれた。

——矢張り侍になってよかった。

この頃では全く我世の春という気がしていたのである。

そこへ今日の出来事だ。

陣場剛太夫は明らさまに「百姓の伜」と嘲笑した。いちばん惧れていた言葉を、真正面から叩きつけて来たのだ。

そして彼は長剣に脅されて逃げた。

「……無念だ、なぜあの時」

独りで屋敷の方へ帰りながら、次郎兵衛はなんども口惜しそうに呟いていた。

「だがいつか、きっといつか彼奴を、……彼奴をこの手で……」

めぐりあわせというものは皮肉である。そう思って帰った翌る日、彼は進道館で稽古を済まし、毎もの五人と「田川」へ行こうとして来る途中。……中の橋通りの辻でばったり剛太夫と出会ってしまった。

剛太夫は右へ曲ろうとするやつを、ひょいとこの六人連れを見るや、そのまま真直に此方へ歩いて来た。

「いけない、陣場だ」

五人は足早に左へ曲った。

然し次郎兵衛は立止った。……彼独りが往来のまん中に立止ったのを見ると、剛太夫はちょっと「意外な」という顔をしたが、そのまま大股に踏寄って来た。

二人は六尺ほど隔てて相対した。

明るい陽の下で見ると、剛太夫の偉躯は一段とすばらしい。殊にその異常に巨きな両眼は、閻魔の像のように眼窩からとび出して光っている。食い反らした鬼髭も、盛上った肩つきも、全身が恐ろしい圧力を以て、さながら巨巌の動ぎ出たような感じだ。

次郎兵衛は懸命に肚に力を入れ、歯を食いしばって立っていた。……脈のひと搏ちが無限のように思われた。

すると突然、剛太夫が、

「……陣場が通る、道を除けろ」と喚いた。

次郎兵衛の体は、彼の意志に反して、その喚き声にはね飛ばされた如く、ふらりと右へ道を避けた。

剛太夫は大股にのっしのっしと立去った。

庄田と堅沼が走って来て、次郎兵衛を抱えるようにして、「田川」へ伴れ込んだ。……次郎兵衛は放心した者のように、黙ってみんなのする通りになっていたが、心の中は嵐のように混乱していた。

――恐ろしい奴だ。

――己は不甲斐ない男だ。

そんな言葉が綾になって入乱れた。

「なにを考えているんだ」

甚五郎が笑いながら、

「天堂次郎兵衛ともある者が、あんな化物のことで機嫌を損じてはいかんぞ。やい婆あども、早くお染さんを呼んで来い」

「そうだ、天堂の若さまがおむつかりだと云ってな」

「さあ呑め、大きいのでいこう」

矢折勝之丞が盃洗を空けて差した。

「よし心得た、幾らでも来い」

次郎兵衛は蒼白めた顔をあげて、

「この盃洗で競べ酒をやろう、拙者に勝った者には金十両だ、誰かないか」

「誰かと訊くまでもない、拙者だ」

と甚五郎が乗出した。

幾杯呷ったろう、お染が来てなんども止めたことを覚えているし、相手の甚五郎がへたばったのも知っている、しかしそのあとはまるで夢のようだった。

焼けつくようなひどい渇きに、ふと次郎兵衛が眼覚めてみると、女の羽織で光を除けた行灯が、ぼんやりと点っていた。

——酔い潰れたな。

そう思って水を飲もうと身を起す。

「お眼覚めですの」

直ぐ側で声がした。……見るとお奈津がそこにいた。

「お奈津さんか、みんなどうした」

「おひやでございましょう？　……もうぬるんだでしょうから汲み替えてまいりますわ」

「いやそれでいいから一杯」

「でもちょっとお待ちなさいまし」

お奈津は水差を持って急いで汲み替えて来た。

火のような喉から胃まで、冷たい水がきりきりと快くしみ通った。たて続けに三四杯、眼を瞑って呷るのを、お奈津は眉をひそめながら見戍っていた。

「ああ旨(うま)かった、有(あり)がとう」

「御気分は宜(よろ)しゅうございますの？　酔いざましのお薬がございますけれど」

「いや大丈夫、もう少し休まして貰って帰る」

怖ろしき白昼の夢

「御気分が宜しかったら、あたし少しお話があるのですけれど」

　お奈津は眼を伏せながら云った。……次郎兵衛はかまわず横になった。

「こんな恰好で失敬だが、なんだ」

「お怒りにならないで聞いて下さいましね。どうぞこれをお持ちになって、……これからはもう此処(ここ)へお出でなさらないで下さいまし」

　そう云って、お奈津は、封印のままの五十両包をそっと枕もとへ差出した。……次郎兵衛は訳が分らぬという顔で、暫(しばら)く金包とお奈津を見比べていたが、

「どうしたんだ、これは拙者が昨日、お染に」

「ええそうですの、若さまのお金ですの、姉が若さまをお騙(だま)し申して取った金ですわ」

「……拙者を、騙した」

「あなたはなにも御存じないのです、姉はもう何年もまえから、庄田さんと夫婦同様の仲なのですわ。二人は相談のうえ、あなたを騙してお金を取ろうとしているんです」

「お奈津さん、おまえまさか、お染と拙者の仲を割こうとしてそんなことを……」

「いいえお聞き下さいまし。それればかりではございませんの、堅沼さんも矢折さんも、犬丸、舟形みなさんが若さまを騙しているんです。みんな若さまの前ではお世辞の百万駄羅(だら)を並べていますけれど、それは……若さまがお金持ちで、お故郷から幾らでもお金が来るからですわ。だからみんな若さまを

煽てて、呑んだり遊んだりしているんです。けれど蔭では……蔭では」

「蔭では、なんと云っている」

次郎兵衛は起直った。

「それをお知りになりたいとお思いですか」

「聞かして呉れ、お奈津」

「宜しゅうございます」

お奈津は静かに立って、

「あたしが申上げるより、実の証拠をお聞かせ致しましょう、……どうぞお静かに」

そう云ってそっと廊下に出た。

次郎兵衛はお奈津の言葉を信じてはいなかった。信じようにも余り意外な話で、まだひどく酔が残っている頭では、いきなり真偽の判断がつかなかったのである。……しかし、お奈津に導かれて行って、例の離室の外に佇んだとき、彼の耳に聞えて来た声は無惨なものであった。

「……うん、褒め方は甚五がいちばん旨い、あの切返しを褒めた時なんか秀逸だぞ」

「しかし先生でも一目おくは言過ぎだ」

「馬鹿な、あんな木偶のような棒振り剣術、我々でさえひと捻りに出来るものを、先生が一目おくと云うぐらいは違い過ぎて笑い草だ」

「おい甚五、大きく出たぞ」

「冗談じゃない、酒と遊びが大事だから旨くあしらってるが、さもなければあんな百姓、拙者の投げ突で片輪にするところさ」

「みんな夫々苦労をしているのねえ」

お染の声だ。……酔っているらしい。

「お武家のあなた方がそれだもの、あたしが可愛いい四方さんのために、色眼のひとつも使うのは当りまえかも知れないわ」

「そう思って精々たのしむか」

「馬鹿、そんなこと云って、怒るわよ。……百二十五両稼ぐ身になってごらんなさい、相手が無垢な山の芋だけに、幾らあたしだって少しは気が咎めるし」

それ以上聞く必要があろうか。

次郎兵衛はそっと其処を離れた。……お奈津が影のように附いてきた。……酔がすっかり醒めて、春の夜気がひんやりとふところへ忍入る。……次郎兵衛は母屋の縁先まで来ると、ふと立止って振返った。

「有がとう、お奈津さん」

「……済みません、堪忍して……」

「いいんだ、誰が悪いのでもない、拙者が馬鹿だった。それだけのことだ。……けれど、お奈津さんはどうして、どうしてこれを知らせてくれる気になったんだ」

「……あたし」

お奈津は俯向いたまま云った。

「もう先から知っていました、そして、幾度も若さまに、それとなく申上げましたわ」

「うん……今になると思当るよ」

「あたし若さまがお気の毒で、……いいえ、そうじゃない、そうじゃないんです」

急にお奈津は袂で顔を蔽うと、

「あたし、若さまが好きだったからです」

そう云い切って、そのまま家の中へ駈けあがってしまった。

夢は破れた。

女も友達も裏切り者であった。金の力で農夫の伜から武士(さむらい)になり、我世の春と浮かれていたのは、みんな白昼の夢であった。……彼は忿怒(ふんぬ)と絶望と屈辱の焔(ほのお)に燃えながら、しかしそれを懸命に抑えつけて家へ帰った。

笑う次郎兵衛

白刃乱れとんで

それから五日めの夕刻である。

あれ以来進道館へも出なかった次郎兵衛が、飄然(ひょうぜん)と料亭「田川」へ現われた。……今日も離室(はなれ)には庄田四方七はじめ五人の者が集(あつま)っている。そこへ庭伝いに来た次郎兵衛は、

「やあ天堂氏の御入来だ」

という甚五郎には見向きもせず、

「庄田さん」と呼びかけ、ふところから金包を取出して四方七の前へ抛出(ほうりだ)した。

「お染に約束した金です。先日のと合せて百二十五両、あなたから遣って下さい」

「どうしたんだ天堂、こんな金など、拙者は別に関(かかわ)りはない筈(はず)だが」

「くどくは云いません」

次郎兵衛は冷笑した。

「その方が面倒が省けていいと思うからあなたに渡すんです。これからもあることだ、金が入用なら女などは使わず、堂々と借りに行く方が男らしいですよ」

「なに、なにを云うか天堂」

「また甚五はじめ犬丸も矢折も」次郎兵衛は向直って、「……酒が飲みたかったら、おべんちゃらを並べるより、正直に飲みたいと云うがいい。仮にも二刀差している者が、幇間の真似をするのは恥辱だぞ」

静かに云い捨てると、そのまま踵を返した。

五人は唖然と顔を見合せたが、事すでに露顕と気付いたのであろう、互いに眼配せをすると斉しく、押取り刀でとび出すと、

「待て土百姓ッ」

喚きながら前後を取巻いた。……それを待っていたらしい、次郎兵衛はさっと立直ると、大剣にぐっと反を打たせながら、

「なんだ、……用があるなら聞くぞ」

「抜け！」

「いまの過言、赦せぬ」

詰寄る五人を冷やかに見たが、呼吸一つ、やっという叫びと共に、体を沈めた彼の手から白刃が光のように伸びた。

一閃、二閃、三閃。

あっ！　あっ！　という悲鳴と、はね飛ぶ剣と、手と足が、まるで人形箱をひっくり返したように庭上へ散乱した。殆ど呼吸にして十を数える暇もなかった。

「……若さま！」

お奈津が狂気のように、跣のまま駈けつけて来たとき、次郎兵衛は静かに大剣を拭っていた。

「若さま、こ、こんな事をあそばして」

「みんな鋒打だよ、お奈津さん」

次郎兵衛は唇を歪めて笑いながら、

「次郎兵衛は道化者にされていたが、刀法だけは道化ではなかった、……それを、それを見せてやりたかったんです。医者を呼んで来て手当をしてやって下さい。それから……拙者はこれでお別れします、……あなたのお蔭で眼が覚めました。百姓は矢張り百姓……故郷へ帰って田を耕します」

「若さま、……」

「お奈津さんと別れるだけが未練だ、どうか丈夫で仕合せに暮して下さい」

そう云い終ると、次郎兵衛は足早に外へと出て行った。

むろん、それで怒が晴れた訳ではない、五人を叩伏せたくらいでは、彼の骨にまで食込んでいる屈辱の痕は薄れようがないのだ。……大淀橋を渡って呉服町へかかった時である、備後の国許から一緒に来ている下僕の佐助が、向うから息をきらせて走って来た。

「若旦那様……若旦那様」

「どうした佐助」

「お城から御使者でござりますぞ、……急な御用ということで、きっと此方だろうと御案内してまいりました」

云いながら振返るところへ、使番の和泉主馬という若侍が走せつけて来た。

「天堂氏、御意でござる」

「……は」

「お召抱え中の陣場剛太夫、君に無礼を致して退藩仕った、討って取れとの御意でござる」

「拙者に、……陣場を……」

「陣場を討つ者、貴公を措いて他に無しと、御師範の意見でござる」

はけ口を求めていた忿怒を、存分に満足させる機会だ。藩の師範が自分を認めていたと知る愉快さも感じない、剛太夫がどんな罪を犯したかも考える必要はない、ただ……今なら、全身を剛太夫に叩きつけて行けそうだ。

「心得た、して陣場はいずれへ」

「海道を東へまいった、直に行けば明石領に入らぬうちに追いつきましょう」

「よし。……佐助」振返って、「引払いの支度は出来たか」

「へえ、すっかり荷造りは済みました」

「お使番に申上げる、討手はたしかにお受け仕った。しかし陣場を討つが御当家への奉公納め、もはや帰藩は致さぬから御前よしなに」

「な、なんと……天堂氏」と呼んだ時には、次郎兵衛はもう脱兎の如く駈けだしていた。

月の出三人旅

追いついたのは其処から半里ほど先で、麻生宿のはずれ地蔵ケ原のとっかかりだった。……殆ど息もつかずに走って来たので、剛太夫の姿を夕靄の彼方にみつけると、次郎兵衛は走るのをやめてゆっくり呼吸をととのえた。

宿間に当るので、黄昏近い街道は往来の人もない、……次郎兵衛は静かに近寄ると、

「剛太夫待て、上意だ！」

剛太夫は足を止めて振返った。……彼が振返って、その巨きな両眼が火のように光るのを見た刹那、あれほど張を持っていた次郎兵衛の闘志は、それこそ香炉上一片の雪の如く、すうっと力を喪ってしまった。

そして抑えようのない恐怖感が盛上って来た。

「上意だと？……俺を斬ると云うのか」

剛太夫はにやりと笑った。

「俺は上意討を受ける覚えはない、しかし望みなら相手はしてやる。みごと斬るか」

「……むろんだ！」

次郎兵衛は必死に叫びながら、大剣の柄に手をかけた。……剛太夫は静かにそれを見ながら、同じように例の天秤棒へ手をやった。

凡そ十秒、やっと叫んで次郎兵衛が抜く、とたんに四尺二寸の長剣がぴかっと眼膜に映った、と思う刹那。……次郎兵衛は我知らず、反射的に踵を返して逃げた。

逃げたのである。しかし直ぐ、

――いかん、卑怯な！

と自ら叱咤して踏止り、ひょいと振返って見ると。……意外なことには、剛太夫も天秤棒を肩に担いで、四五間あまり逃げた恰好で、此方へ振返っている。

――おや？　あいつ逃げようとしたぞ！

という表情が、両方の顔に同時に浮んだ。

二人は向直った。……そして恐ろしく少しずつ、じりじりと詰寄った。次郎兵衛はたしかに相手が「逃げようとした」のを見たのだ、……どうしてだか理由は分らないが、逃げようとする以上は向うも己を恐れているに違いない、そう思うと勇気が出て来た。……二人の間隔はまた元の通りに縮った、刹那、

「えーいッ」

次郎兵衛が絶叫して一歩出た。

とたんに、……なんと、剛太夫の体は、まるで丸たん棒を倒すように、仰反さまにでんとぶっ倒れ

てしまったのである。なにしろ六尺五六寸もある巌のような巨体が、掛声ひとつでひっくり返ったのだから、……次郎兵衛は唖然とした。そして暫くは夢でも見ているような気持で、地上に長々と伸びている剛太夫の姿を見まもっていた。

三十分の後。……街道から少し入った草原の中で、次郎兵衛の汲んで来た水を飲みながら、剛太夫は悄然と語っていた。

「俺は豪傑ではないであす、俺は奥羽の水呑百姓の子に生れたであすが、七つの年から急に体が巨くなり始めて、十五六になるともう三十貫ちかい巨男になったであす。……お医者が云うには、なんとかてえ病気だそうであして、こんな体あしていても力あなし、腰あ弱し、野良仕事も満足には出来ねえ、おまけに飯は人の五人前も食わねば納まらねえという体であす。親たちあ困じ果てたで、……迚もおめえが居たであ家が持たねえ、気の毒だが因果だと思って何処へでも行ってくれろ、そう云ってお金を二分呉れたであす。……俺も因果だと思って、江戸へ出たら見世物にでも使って貰うべえと思って、二十一の春泣く泣く親兄弟に別れて故郷を出あした。すると……江戸へ出るその途中、仙台様の御城下はずれでばったり旅のお武家様に突当りあした、俺あ田舎者で口は利けず、これあ無礼討ちになるだべえと思って、震えたまま突立ってあした。……すると不思議なことに、そのお武家あいきなり紙に金を包んで、どうか勘弁して呉れろと向うから詫びを云うだ」

「おまえの恰好を見て恐ろしくなったのだろう」

「後で考えたらそうであした。……そこで俺あ試しに、それからお武家に会うとわざわざ突当ってみあしたが、五人の内三人は向うから詫びを云っては銭を呉れるであす。さあ占めた、俺あ古着屋でお武家の支度を買い、また稼いではこの刀を買いして江戸へ出あした。今度は道場破りであす、先ず玄関へかかると『鞍馬八流、天道、神蔭、一刀流力量三十人を越える陣場剛太夫』とな……この鬼髭を食い反らして呶鳴ると、十軒が十軒、銭を包んで居留守をつかうであす。……そんな風な事を二三年続けるうちに、丘野の殿様の眼に止って三百石でお召抱えになったであすが、むろん一度も、勝負などした事あねえ。俺がこの眼玉を剝出して、強そうな顔して『陣場が通る、道を除けろ』と云うと、誰も彼も横っ飛びに逃げあす、へえ……それで済んで来たであす。ところが、おまえ様あ怖うがしただ。おまえ様の眼付は火のようであした。これはもう此処にいては危ねえ、いまにこの人間のために化の皮を剝がれるだ、……そう思ったもんだから、三年間の溜ってる禄米代を貰って逃げだそうと思ったであす。……ところが殿様は内政御逼迫で、お金を下げる訳にはいかねえと仰有る、……で俺あ癪に障ったで悪口を云って……」

「わはははは、あはははは、あははははは」

次郎兵衛は笑いだした。拳で腹を叩き、身を揉みながらややしばらく笑った。

「そうか、それで分った、その話を聞いて己の胸もさっぱりとした。これで当節の侍気風もすっかり分ったよ」

「馬鹿なもんであす」

「馬鹿なものだ。……実は己も武士を止めるんだ、そして故郷へ帰って百姓をする。当節の腐った侍に比べれば、百姓の方がずっと立派で高潔だ、なあ剛太夫……己と一緒に備後へ来い、おまえが一生食い潰すだけはやるぞ」

「ほ、本当だかね」

「本当だ、二人でこの地面を」次郎兵衛はどしんと「土」を踏んで云った、「この地面を耕して静かに暮らそう」

「じゃあ、じゃあ、もう豪傑商売はしねえでもいいだね」

ちょっと待て！　向うの街道を駕が飛んで来る。……旅支度のお奈津を乗せて。……月が来た。

五万石の弟子

その一

「その足はなんだ！」

弥五郎は右手で竹刀を青眼につけたまま、右手をつと伸ばして門人の足を指した。

「その腰はなんだ、眼をどこにつけている、貴公それでも剣道の稽古をしている積か」

「……はっ」

「道具を脱れ」

そう叫ぶと、大股に行って竹刀を捨て、木剣を取って戻って来た。……そして門人がまだ茫然として立っているのを見ると、

「なにを木偶のように立っているんだ、道具を脱れと申すに、素面素籠手になって木剣を持つんだ、早くしろ」

「……は、は」

門人は慌てて支度を更えにかかった。……これを見て道場の隅に控えている他の門人たちは——また荒稽古が始ったぞ。

——相手が悪いのに。

というように、互いに眼を見交わせながら膝を固くした。

素面素籠手になった若者は、藩の老職、島田将監の子で三之丞という、この道場では中軸どころを遣う男だった。……すっかり支度を改め、木剣を持って進み出た彼の顔は、さすがに蒼白めていたし、ひき結んだ唇許には、深く心を決めた者の烈しい意力が刻まれていた。

「みんなも熟く見て居れ」

弥五郎は控えている門人たちに向って云った。

「貴公たちの稽古は、まるで面と籠手と竹刀との遊びだぞ、打たれても怪我をしないからいい、また竹刀が道具に当ればいいと思ってる、そんなことで剣の道が学べるか。……毎も云う通りわが流儀では打ち込む太刀はただ一刀としてある、一刀致命の太刀だ。この理合が分らぬ者は、これからみんな素面素籠手、木剣で稽古をつける」

びゅっ！　と木剣を振って、

「さ、まいれ」

と、向直った。

「竹刀と違って当ると怪我をするぞ、骨の一本二本、ぶち折る積で来い」

「……御免」

三之丞は一歩さがって位取をした。

弥五郎は木剣を脇に取り、半身に構えて気合を入れた。……隅に控えている門人たちはみんな息をのみ、自分がその木剣の下に坐らされたような気持で、体を硬くしながら眼も放たず見戍っている。

三之丞の呼吸の烈しさは胸膈をひき裂くかと思われ、青眼の木剣が脈を搏つようにするっと上段に変った。

その動きを引き込むように、

「それ、此処だ！」

と弥五郎が叫んだ。

倒れかかっていた物が支えを外されたようなかたちだった弥五郎の「此処だ」という叫びと共に、三之丞の体と木剣とが一文字を描くかと見え、床板を踏み鳴らして猛然と打ち込んだ。

弥五郎は僅に身をひねっただけだった、然し脇に構えた木剣は、打ち込んで来る三之丞の木剣を、斜十字に切った。

がきッ！　というものの折れる音がした。三之丞の木剣は半から折れた、そして折れた半分は飛んで行って、道場の羽目板へ生き物のように突き刺さった。

「……あっ」

三之丞はたたらを踏んで、危く倒れることから免れたが、手が痺れたのであろう、持っていた半分の木剣をぼろっと落す、その面前へ弥五郎が、

「ゆくぞ！」

と叫びながら、木剣を相手の喉元へつきつけてだっと踏み込んだ。

殆ど目叩する暇もない瞬間のことだった。

三之丞はよろよろと後へ退る、弥五郎はそのまま追い込んだ。そして、背中が羽目板へどんとぶっつかった時、三之丞はまるで眼が覚めたように、

「まいった、まいりました」

悲鳴のように吸鳴りながら、床板の上へびたっと坐ってしまった。

「いまの意気だ！」

弥五郎は木剣を下ろしながら、

「剣道というものは技の巧拙を学ぶものではない、心の構だ……抜いて斬る、その肚構えを学ぶものだ。武士が刀を抜くということは一生になんどもあるものではない。そして一旦抜いたときは斬るか斬られるか、どちらかの一つだ。死生は一刀に懸っている。……竹刀で道具を叩き合うと思うな、素裸で真剣の立合いだと思って稽古をしろ、それでなければ十年の修行も念仏踊りに及ばんぞ」

三之丞は両手をついて、泣いていた。……門人たちは依然と身を縮め、みんな息をのんで頭を垂れていた。

その二

「……酒は、よそう」

「召上りませぬか」

「うん、……暫くよそうと思う」

弥五郎は暗い眉つきで飯茶碗を取った。広い庭ではないが垣境に枝をさし交わした柾が、びっしりと若葉を重ねているし、杉、竹林などの配置も面白く、とっぷりと暮れた宵闇にすかして見ると、奥深い山里にいるような感じを唆られる。

道場とは鍵の手になった別棟の住居。いまその庭を前にして夕餉の膳に向った弥五郎は、毎日きまりの晩酌にも手を出さず、心浮かぬさまで直ぐ食事にかかった。

心の浮かぬには原因があった。

乗松弥五郎は鹿島神流のながれを汲む剣士で、いまから五年まえ、江戸に於て藤堂和泉守高豊にみいだされ、三百石を扶持されて家中の師範に当っていたが、それから二年の、寛延二年の春、国許であるこの伊勢ノ国一志郡久居へ移り、城下の高辻に道場をたまわって今日に及んだ。

久居では老職の筈見長門が肝煎になって呉れた。道場を拡げたのも、別棟の住居を建てたのも長門の世話だった。……そして去年の秋十月には、自分の姪にあたる者を選んで弥五郎にめあわせて呉れた、現在の妻かなえがそれである。

かなえは良人より十二歳年下で今年二十一になる、さして美人というのではないが、如何にも心ざまの美しい、そして明るい気質の女だった。……弥五郎は口数の寡い、毎もむっつりとしている方だから、かなえが嫁して来てからは急に家の中に灯がとぼったようだった。仕合せな、落着いた生活がはじまった。

すると今年の早春、参勤の暇で帰国した和泉守高豊は、また新しい剣士を一人伴れて戻った。……滝川治部という男で年は三十二歳、諏訪流を遣うとかいう、これがやはり城下に道場をたまわって、弥五郎と相師範ということになった。

相師範の出来ることは互いの励みにもなり、また家中の武道繁昌ともなるので、弥五郎は稽古に一層の張合が出て来た……ところが、どうした訳か、滝川治部が稽古を始めてから間もなく、弥五郎の道場から次ぎ次ぎと門人が欠けはじめた。最初はそれほど気にもとめなかったが、あまりひどくなるので調べてみると、みんな滝川治部の道場へ移って行くのである。多いときには百人を越した数が、半分になり、現在では三十足らずという。嘘のようなことになった。

原因は稽古ぶりにあった。

弥五郎の稽古は烈い、家老の子も百石取りの門人も差別なく、おしなべて平等に、然も呵責なく稽古をつける。

——打ち込む太刀は一刀、一刀致命。これがわが流儀の根本である。

そういう意気を些かも崩さない。また、それくらいの道場になると大抵は「代師範」の制があるものだ。師範代になれるということは門人たちにとって励みの種でもある。……然し弥五郎はその制を採らなかった。

——この道に代師範などというものはない、そんな者を置くのは師範の慢怠だ、自分はどんな初心者をも必ず自分で教授する。

万事がそういう調子だった。

これに対して、新しく相師範になった滝川治部はまるで逆だった。彼の稽古ぶりは悪く云うと「赤子を撫でるよう」だった、善く云えば親切叮嚀、諸事穏かで痒いところへ手の届くような教え方だった。

弥五郎の門人に殿村角之進という者がいた、素質もあり、よく稽古をするので、門人中ぬきんでた腕をもっていたが、第一にこの角之進が滝川道場へ移った、……そして間もなく其所で師範代に抜擢された。

難より易につきたいのが人情だ、

——そんなことで剣の道が学べるか。

と呶鳴りつけられるよりも、

——もひと修業でござる、確りおやりなされ。

と云われる方が気持はいい、人気がどっちに移るかは明白なことである。

「なにか御心配ごとでもございますか」

「……うん」

「お顔色がすぐれませぬ、お加減でもお悪いのでしたら少しおやすみあそばしませぬと」

食事を終っても、なにか凝乎と考え込んでいる良人の様子を、かなえは……その気持がよく分っているだけに……哀しい気持で見やった。

「なあかなえ」

と弥五郎はふと庭の方へ眼をあげた。

「……はい」

「拙者はこれから筈見さまをお訪ねしようと思う。そして御相談をして来ようと思う」

「……はい」

「このままでは、いまに道場が空になるだろう。お扶持を頂くてまえも恥しいからな」

弥五郎の声には、孤高な人の寂しい韻が溢れていた。かなえは答えるすべを知らず、俯向いてじっと己の膝を見つめていた。

その三

「なに、……暇を呉れと？」

「は、左様に申し出ましたが」

「なにか不服でもあるか」

和泉守高豊は木剣を削りながら、大きな眼でじろりと筈見長門を見た。

木剣削りなどというと瘦せ浪人の内職を思わせるが、高豊は五万石の主人である。まだ三十七の壮年で武道を愛すること篤く、江戸在府中は自ら柳生家に稽古を受けるのがならわしであった。……そのくらいだから日常も質素第一、すべて寛永ぶりの武士気質を以て範としていた。

「不服と申す訳ではございません」

長門は縁側に端座していた。

「お扶持を頂戴して居るのが心苦しいということでございます」

「訳の分らぬことを申す」

「むろんそれには仔細もありまするが」

「申してみい」

「このたび相師範としてお取立てになりました滝川治部、あれが道場を開きまして以来、これまで弥五郎の稽古を受けて居りました門人共が、次第に治部の道場へ移り去ってしまいます」

長門は、昨夜訪ねて来た弥五郎の話を、そこであらまし和泉守に語った。……むろん稽古ぶりの違いのことも精しく説明した。

「右のような次第にて、弥五郎の道場にはもはや三十人足らずの門人しか残って居らず、それとてもいつ治部の道場へ去るか知れぬ有様だと申します」

「……なるほど、そういう訳か」

高豊は削刀で木剣の腹を撫でながら、

「然し門人が減ってもいいではないか、何百人教えるから扶持を貰う、何十人だから貰えぬというものではあるまい。余が扶持するのは弥五郎を見込んだからで、教える人数の多寡に依ったのではないぞ」

「わたくしも左様の旨を申し諭しましたところ、このように門人が去るのは、一面から云えば自分の腕が未熟だということにもなり、したがってお上のお鑑識違いと風評が出ようも知れず、若しその点を判然とすることが出来るなれば、続けて御奉公を仕りたいと申しまする」

「その点を判然させるとは、……」

再び高豊の眼がぎろりと光った。

「つづめて申しますれば、御前に於て、治部と試合いを仰付けられたいとの意かと存じます」

「なるほど」

「それで御意を伺いに参上仕りました」

高豊は削りあげた木剣を右手に持直し、暫くその切尖を見つめたまま黙っていたが、

「弥五郎は一徹者だな」

と静かな声で云った。

「あれだけの腕を持っているのに、なにもそう偏屈に考えぬでもよさそうなものだ」

「なにぶん当人の身になりましては」

「勿論そこがまた良いところでもある。……人間はなかなか両方うまくはいかぬものだ」

そう云ってまた暫く考えていた。

「如何……御意を申し遣わしましょうや」

「仕様があるまい、表立てはならぬが、将監の屋敷ででも試合を見るとしよう」

「お許し下さいまするか」

「日取はそちに任せる、表沙汰はならんぞ」

長門は拝揖して御前を退った。

下城するとその足で、長門は高辻の道場を訪れた。稽古中だったので、少し待つあいだ道場を覗いてみると、正にがら空きといった感じだった、門人の数は二十五人に足りなかった。

――なるほど是では無理もない、是では一概に偏屈だとはいえぬ。

長門は話に聞いたよりもひどいのに呆れ、弥五郎の立場に同情した。

その日はお許しの出たことだけ告げて帰ったが、二三日経って場所と日取の知らせがあった。……場所は老職島田将監の屋敷、日は四月（新暦五月）十八日である。

弥五郎の望は城中の試合いだった。一藩の人々のまえで立合い、自分の腕が和泉守の鑑識違いでなかったことを証拠だてたかった、治部のような幇間教授は出来なくとも、まことの腕を家中一般に認めさせたかったのである。……然し主君の命だから押返して願う訳にはいかない、不満ではあったけれど、当日は定めの時刻に島田邸へ出頭した。

場所は大庭に設けてあった。

すべて簡略にというので、庭上の砂を掃き清めてあるばかり、幕張もなにもない。和泉守高豊は遠乗りに出た帰途、喉を潤しに立寄ったという形式で、近習三名と広間に休息していた。

弥五郎が控えの間で待っていると、長門が御前から退って来た、

「支度は出来たか」

「はい、拙者の方は宜しゅうございます」

「では始めるが」

長門は容を正して、

「いまお上から御意があった」

「……はっ」

その四

「今日の勝負はとりたてて雌雄を決するには及ばぬ、おのおの兵法の心得のほどを示すに止めよ、勝つも負けるも遺恨あるべからず、……以上の如く仰せであった」

「御意のほど確と承わりまする」

「よくよく心得てな。……ではまいろう」

長門は案内のために立った。

滝川治部とは、いちど御前で顔を合せたことがあった。然し面と向っては口を利いたこともなく、ましてその太刀筋を見るのは今日が初めてである。……庭へ出て、定めの位置につくばった彼は、向うに控えている治部の姿を見ると、抑えていたものが胸へつきあげて来るようで、なんとも平な気持ではいられなくなった。

介添役の島田将監が二人に合図をした。

二人は両方から進み出た。そして御前に向って拝礼するとはじめて正面に互いの眼を見合って会釈した。

「未熟でござる、どうぞ御教授のほど」

治部が柔（やわら）かな声で云った。……弥五郎には全く意外な挨拶だった、自分の方が新参だからという意味かも知れない、けれど自分も師範役である以上、御教授のほどと云うことはない。

——門人の稽古もこの調子でやるのだな。

弥五郎はそう思いながら、

「御同様に」

と答えて立ちあがった。

治部はどちらかというと背丈の低い、肉附の豊かな体づきで、眼が小さく、唇が薄く、ぜんたいにどことなく軽薄な、人の意を嚮（むか）えるような表情をもっていた。……弥五郎は九尺あまり隔てて位取をしながら、相手の面上にその表情を読んで、

——斯（こ）ういう顔で人気を取っているのか。

と烈しい軽侮を感じた。

「……いざ」

「……いざ」

二人は相い青眼につけた。

和泉守高豊は、そのとき縁側ちかく座を進め、馬乗り袴（ばかま）の膝へ手を置いて、凝乎（じっ）と勝負の様子を見成った。……介添役島田将監と筈見長門はその下座に、三名の近習番はずっと離れて見ていた。

弥五郎は直ぐに相手の腕を見抜いた。

——己（おれ）の勝（かち）だ。

そう思った。まるで段違いとはいえないまでも、正面に立合える相手ではない。

——どうしてこんな男をお取立てになったのか。

却って和泉守の気持を不審りながら、弥五郎はすっとひと足出た。

治部はもう汗を滲ませていた。

無声の気合で、ぐいっ、ぐいっと、呼吸のはなを詰められるので、彼はもう息苦しくなり、弥五郎に気合を緩められると大きく喘いだ。

「……えいっ」

弥五郎が第一声を放った。

治部は弾かれたように五六尺とび退った、むろん弥五郎は隙もなく間合を詰めた。

治部の頰には汗が玉をなして流れた。

もう勝負は見えた、一合するまでもなく、もう一声かかればそれで治部はまいってしまうに違いない、みんなそう思った。……ところがどうしたことか、追い詰めて行った弥五郎が急に動かなくなった。

——なにをしているのだ。

みんなが息をのんだとき、庭上では弥五郎と治部とが殆ど同音に、

「まいった」

「まいった」

と叫びながら左右へとび離れていた。……訳の分らぬ勝負である、将監も長門もなかば茫然としたが、和泉守は手をあげて、

「両人とも大儀であった、近う」

と声高く二人を招き寄せた。

「弥五郎はさすがにあっぱれだな」

縁下に平伏する二人を見下ろしながら、高豊は微笑を含んで云った、

「治部はよく闘ったぞ、両人それぞれ特徴のある、面白い勝負だった。これからも共に相い励んで奉公をたのむぞ」

「はあっ」

二人は汗も拭わず低頭した。

別間で盃をたまわり、島田邸を辞して出ると、長門は弥五郎に話があるからと云って一緒に己の屋敷へ導いて行った。……長門にはどうしても勝負の不審が晴れなかったのである。それで屋敷へ帰ると直ぐ、居間に相対して、

「今日の勝負は如何(いかが)なされた」

と心外な面(おも)もちで云った。

「明(あきら)かに貴殿の勝と儂(わし)は見た、いや儂ばかりではない、お上にもそう御覧あったに違いない、それを貴殿は」

「如何(いか)にも、如何(いか)にも仰せの通りです」

「なぜだ、ではなぜ勝たなかった」

「その必要が無くなったのです」

その五

弥五郎は静かに眼をあげて、

「高慢を申すようですが、勝負は拙者の勝でございました、然し今日勝ったところで、去り行く門人を留めることは出来ません、それが分りましたので無勝負にしたのです」

「それだけでは分らぬ、仔細を聞こう」

「拙者は常々、武道は厳しきものと考えて居ります、教えるに容赦なく習うに懈怠なく、力いっぱい、身も心もうち込んで学ばなければならぬと思います。今日までその積で自らも勉め門人の指導にも当ってまいりました」

「それは儂もよく存じて居る」

「けれども今日、滝川どのと立合っていますうちに、ふと斯様なことに気付きました」

　弥五郎は眼を伏せて云った、

「拙者の教授法は水の飽くまで澄むが如く、それに耐えられる少数の者にはよいが、一般の者には厳しきに過るため、遂には水浄くして魚棲まぬ結果となります。……それに反し滝川どのは術こそ拙者に劣れ、門人を教えるには叮嚀親切を第一にし、代師範の制を設けて励みもつけるなど、実に周到な苦心をしています。斯ういう教え方ならば例え才能なく、興味を持たぬ者までも道を学ぶ心が出てまいります」

「……うん」

「しょせん当節では、滝川どのの教授法こそ実地の役に立つと申すべきで、どちらへ門人が就くかということは、どちらの師範の腕が優れているかということとは別でございます。そう分ってみれば、いまさら勝負に勝つ要もなく、無勝負にしたのでございます」

「……そうか、そうであったか」

　長門は聞き終って頷きながら、

「貴殿にそう得心がまいったのはなにより、お上も仰せらるる通り、貴殿は貴殿の教授法を以て、今後とも御奉公を頼みますぞ」

「さて、……拙者はその積で居りますが、門人のない師範は例がございませんでな」

弥五郎は寂しく笑って立った。

家へ帰っても彼は寂しかった。気遣わしそうに様子を訊く妻にも、ひと言、勝ったと云っただけで居間へ通った。……然し食事のとき酒を求めて、常よりも過したと思うと、急に明るく酔った声で、笑いながら云った。

「今から云って置くが、おまえも近々うちに他国しなければならぬかも知れぬぞ」

「……他国をしなければ？」

「門人はもっと減る、時勢の風だ、しまいには一人も来なくなるであろう、そうなれば……退身するより他にないからな」

「……はい」

「お上から如何ようのお沙汰があろうと五人や十人の師範をするのに、三百俵のお扶持は頂いては居れぬ、分るであろう」

「……はい、お察し申上げまする」

「不運の良人を持って気毒だが、許して呉れ」

「勿体ないことを仰有います、わたくしこそなんと申上げて宜しいやら、……」

かなえには良人の寂しい気持がよく分った、それで我慢し切れずに、袂をそっと眼へ押当てた。……弥五郎は妻の小さな肩が、哀れに顫えるさまを暗然と見戍っていた。

その翌朝のことである。

定刻を過ぎても、道場へ出た門人の数は十五人の数を越さず、然も出席した者たちさえ、なんとなく尻の落着かぬ様子を見て、

――昨日の試合の始末を知ったな。

と弥五郎は気付いた。誰か洩らしたかは知らない。然し昨日の試合が無勝負だと分れば、もはや久

居藩中の評判の落着くところは明かである。

「今日は稽古は休む」

弥五郎はがらんとした道場を見廻しながら、響きのない声で吐きだすように云った。

「斯様に門人が減る一方では、拙者が師範を致しても仕様がない、今日限り……」

「先生！」門人の一人が彼の言葉を遮った、

「お玄関に誰か声が致します」と云ったときである、玄関の方から高く――お成り！　と呼ぶ声が聞えた。……お成りといえば主君の他にない、弥五郎はそのまま玄関へ走って行った。玄関には和泉守高豊が立っていた。

「あっ、これは」

「弥五郎、入門にまいったぞ」式台の下へ平伏する弥五郎に高豊はくくと笑いながら云った、

「今日から在国中は稽古にまいる、表沙汰にはならぬ、勿論忍びでまいる。どうだ、……余を門人にして呉れるか」

「……勿体のう、……」

「百石武士を百人教えても一万石、余は一人で五万石じゃ、三百俵の扶持は高いなどと申すまいな」

「……殿」

「案内せい、直ぐ稽古を始めようぞ」

弥五郎は泣いていた、泣きながら、主君の後姿に向って平伏し、胸いっぱいに叫んだ。――この君のために死のうぞ。

戦国少年記

まえがき

天正十年（およそ三百四十年まえ）三月十二日の日くれがたのことだった。甲斐の国古府の城（今の山梨県甲府市の近く）から東のほうへ二十粁あまりのところに天目山という山がある、その山の北がわの高原を、三人の鎧武者が息もたえだえに走っていた。

はげしい合戦をして来たものとみえて、三人とも鎧の袖はちぎれ草摺は裂け、からだは槍きず刀きずでいっぱいだった。まん中にいるのは白髪の老人で、ほかの二人はその家来であろう、鋸のように刃こぼれのした刀を杖に左右から老武者をたすけながら、芽ぶきはじめた草原をよろめきよろめき走っていた。するとしばらくしてから、この主従のあとをはげしく追いかけて来る者があった。人数は五人いた、みんな抜いた刀をもち槍の穂さきをぎらぎら光らせていた。

老武者はふりかえってこれを見ると、

「源左衛門、追手だ」

といいながら、覚悟をしていたように立ちどまった。

「この手きずではもう動けない、わしは又七と二人で此処でひとふせぎする。おまえはその御宝物をまもって落ちのびるがよい」

「心よわいことを仰せられますな、もうひと走りで田野の里へはいります。どうぞもうしばらくごしんぼうをねがいます」

「いや、もうそのいとまはない」

老武者はしかりつけるようにいった。

「その御宝物を安全なところへ納めるためには、わしの命などはどうなってもよいのだ。源左衛門、早くいけ」

「はい、はい」

「みれん者め、追手がみえるぞ」

源左衛門とよばれた家来は、自分の背なかへ括りつけてある錦の包のむすび目をしらべ、涙のいっぱいたまった目で老武者をみあげた。

それから思いきったように頭をさげ、

「それでは仰せのままにおわかれ申します。又七あとをたのむぞ」

というと、ひとりだけ先へけんめいに走りだした。

草原がつきるところから楢の木の林になる、まだ芽のふくらみはじめたばかりの林のなかを、ひとすじの道が笛吹川のほうへくだっていく、源左衛門はその道をひた走りに走っていった。けれども、やがて、またうしろから追いついて来る人の足音が聞えて来た。

——もう追手が追いついて来た。

源左衛門はすぐにそう思った。すれば、いまわかれて来た主人と又七とは、もう討死をしてしまったのである。ふりかえって見ると追手は二人になっていた、あとの三人はおそらく又七に討ちとられたのであろう。しかし追いつめて来るいきおいはすさまじかった。源左衛門のきずつき疲れたからだではとてもそれ以上逃げのびることはむずかしい。

——もういけない。

はやくも源左衛門は覚悟をきめた。そして背なかに括りつけてあった錦の包をときおろし、右がわの藪の中へ押しこんだ。それから刃こぼれだらけの刀をとりなおして、道のうえに立ちふさがった。

追いついて来た敵はこのありさまを見てちょっと立ちどまった。源左衛門のすがたがあまりにすさまじくみえたから。全身のきずからながれだす血しおは鎧を染めていた、ふり乱れた髪毛は顔にたれかかり、大きくみひらいた目は悪鬼のように光っていた。ほんとうにそれは悪鬼のようにみえた、それで追いつめて来た敵の二人は思わず立ちどまったが、しかしそれはほんのひと息の間だった。

「さいごの一人だ、逃すな」

こえ高く叫ぶのといっしょに、刀をひらめかして突進して来た。

たそがれの林のなかは夕靄にかすんでいた。斬りむすぶ三人のすがたは、靄につつまれて、影絵のごとくおぼろだった。けれどもそれはながいことではなかった、源左衛門の決死の刀はまず敵の一人を斬りふせた、どっと倒れたとき鎧の音がした。そしてそのすぐあとで、残った敵の一人と源左衛門とは相討になって、右と左へのめるようにうち倒れた。

源左衛門はまだ死んではいなかった。

「あの御宝物を安全なところへ納めなければならない」

目もみえなくなっているのに、そのことがあたまからはなれなかった。そうだ、御宝物を安全なところへ、……源左衛門はそろそろと手をのばした、そして起きあがろうとした。

林のなかはすっかり暗くなっていた。どこか遠くで牛のなくこえがした。あたりはしんとしてなんの物音もない。起きあがろうとした源左衛門は、しかしそれで力がつきたものか、片手をさしのばしたまま動かなくなった。

源左衛門は死んだ。

追手もみんな死んだ。

錦の袋にはいった「御宝物」は、藪のなかに押しこまれたままだ。

ずいぶん時が経ってから、さっきの牛のなきごえがまた聞えた。こんどはずっと近い、林のすぐそこである。そして、それから間もなく一人の野武士が、一頭の牛をひいて暗がりの道をしずかにこっちへやって来た。

落武者塚

その一

「よせ伝太、まだいけない」

「だいじょうぶです」

「だめだというのに」

いちめんに穂の出ている薄(すすき)のしげみのなかに、二人の少年が身をひそめている。秋の太陽はいまあかあかと天目山のいただきを染め、しずかに澄んだ山の空気をふるわせながら、渡りはじめた鴨のこえが空をかすめていく。

少年たちは弓矢をふせていた。むこうの小松原のなかに一匹の小熊がいる、二人はそれをねらっているのだった。けれども小熊はさっきからすこしも落ちつかないで、あちらこちらとじゃれまわっているため、矢を射かけることができないのであった。……少年の一人は名を高市児次郎(たかいちこじろう)といって年は十五歳、この近くに屋敷のある郷士（その土地に古くから住んでいて主人をもたない武士、多くは百姓を兼ねている）の子で、きりっとした顔だちの、眉のひいでた、なかなかすぐれた人品である。べつの一人は鹿ヶ谷の伝太という名で、児次郎のうちの家来すじにあたる猟師の子であったが、父も母も亡くなったので、いまでは高市家にひきとられてくらしていた。年は十六歳、色の黒い、からだの骨の太い、目の大きな、まるで怒った猪のようなかんじの少年だった。

「若さま、やつは寝ころびましたぜ」

「だまっていろ」

児次郎は低いこえで叱った。

「おまえは猟師の子のくせに、狩のしかたをすこしも知らないんだな。獲物を見てそうあせったり、なにかいったりするやつがあるか」

「でも今やらなければ逃げてしまいます」

「ほんとうにそう思うならやってみろ」

「やってもいいのですか」

「おまえがそう思うならやってみろ」

伝太はにこっと笑った。そしてすぐに身を起しながら弓矢を持ちなおした。

少年の腰のあたりまでしかない小松原のなかで、小熊はごろりと横になり、蟻でもつぶして来たものか、しきりに掌を舐めている。矢頃（射手と的との距離）は三十歩ばかりでちょうどよい。伝太は矢をつがえた。小熊はまだぺろぺろと掌を舐めている。

ききき、と弓がきしんだ。弦はいっぱいに引きしぼられた。そら！　とみたとたんに、小熊はうおつと咆えながら、身をひるがえして逃げた。そして伝太の射た矢はむなしく小松のしげみのなかへ突っ立った。

「うまいな伝太」

「しまった」

伝太はくやしそうにちぇっと舌うちをした。

「あいつめ、おらをからかってけつかる」

「知っていたんだよ、ちゃんと知っていてさそいをかけたんだ。もうすこし待っていればつかれてくる、そのときやればまちがいはないんだ」

児次郎が笑いながらそういった。伝太はきまり悪さとくやしさで、顔をまっかにしながらぶつぶついった。そして、小熊がどこへ行ったか見ようとして、すぐそばの草むらのなかにある小さな石の五輪の塔に足をかけた。児次郎はそれを見るとおどろいて、

「伝太なにをする」

「なんですか」

「その足をとれ、落武者塚へ足をかけるやつがあるか」

大ごえに叱られて伝太はまごまごした。みたところ、石を五輪に積んだだけのどこにでもありふれた小さな塚である。まわりには草がおい茂り、赤い実をつけた野茨（のばら）が枝をさしのべていた。

「これが落武者塚というんですか」

伝太は大きな目でつくづくと見まわした。

「話には聞いていたけれど、これがそうだとは今まで気がつきませんでした」

「あまり人には知らせないことになっているんだ」

「どういうわけですか」

「武田の御家来を埋めてあるからだ」

児次郎は塚の前に弓をついて立ち、遠くを見るような目つきではなしだした。

「今からちょうど十八年まえのことだったそうだ、武田信玄公のおん子、勝頼さま御一族は、織田と徳川の軍勢に攻めやぶられ、天目山においてかなしい御さいごをあそばされ、武田家は滅亡した。それは伝太も知っているだろう」

「知っています、そして、それを思うと悲しいです」

「そのときのことだ。勝頼さま御さいごの場所から落ちのびて来た三人の勇士が、此処(ここ)で追手の兵にとり巻かれ、はげしく斬りあって遂(つい)に討死をしたのだ」

「みんな討死してしまったのですか」

「みんなだ、三人とも討死をしたんだ」

　児次郎はちょっと目をつむった。それからまたしずかにつづけた。

「そこへ父上が通りかかった、そして三人の落武者のなきがらを集めて此処(ここ)へ葬り、人にはないしょで供養してあげたのだ」

「どうして人にないしょなんですか」

「それは戦(いくさ)に勝った織田や徳川のほうへ知れると、どんなむごいことをされるかわからないからだ。たとえば落武者のなきがらを葬った父上にだって、きびしいおとがめがあるかも知れない。だからなるべく人には知らさないんだ」

「そうですか、そういうわけですか」

　伝太はため息をつきながらいった。

「それで今でもあまり人が知らないんですね。今は徳川家康の領分ですからね」

　西風がしずかに草原を渡り、赤い野茨の実が美しく光りながら揺れた。十八年まえのすさまじい戦(たたかい)の跡を、いま吹き渡る秋風はなにを語ろうとするか、児次郎はふたたび目をとじて、じっと風の音に聞きいるようすだった。

「おや、若さま」

とつぜん伝太が身をひいた。

「やつめ、また来ました」

そういって指さすほうを見ると、右がわの薄のなかで、がさがさとかすかに物の動くけはいがしている。

「こんどはきっと仕とめてみせます」

伝太はそういいながら、手ばやく弓に矢をつがえて、もの音のするほうへ進み寄った。

その二

およそ五米（メートル）ほどさきの薄のしげみが、たしかに何かいるとみえて、まだしきりにがさがさと揺れている。伝太はそこをねらってきりきりと弓を引きしぼった。

おや！　と思ったときである、まさに切って放そうとしたとき、とつぜん薄のなかから一人の少女が立ちあらわれた。

「伝太あぶない！」

児次郎が叫んだ。伝太もびっくりして、あやふく弓をふせた。

まったくもうひと息のところだった。少女もびっくりしたようすで、立ちあがったままこっちを見ていた。年は十四、五であろう、さげ髪の根もとをきっちりと結び、旅すがたをしているが、卑（いや）しからぬ目鼻だちの上品な少女だった。このあたりでみかけたことのない顔なので、児次郎がまずこえをかけた。

「あなたは何処（どこ）の人ですか」

「…………」

少女は黙っていた。

「こんなところで何をしているんです。もうすこしで怪我をするところでしたよ。なにをしていたんです」

それでも少女は答えなかった。答えなかったばかりでなく、児次郎が進んでいこうとすると、いきなりふり向いて逃げだした。

「怪しいやつだ、つかまえて来い、伝太」

「はい！」

伝太はすぐ追いかけた。そこはいちめん薄の原で、隠れるすきがない。山そだちの伝太はたちまち追いつき、うしろから少女の襟首をつかんだ。すると少女はひょろひょろとよろめき、草の上へばたりと倒れてしまった。

「らんぼうをしてはいけないぞ」

そう叫びながら児次郎が駈けつけた。

「どうしたんだ」

「襟首をつかんだら倒れてしまったんです」

「どいてみろ」

少女は草の上にうつぶせに倒れ、はげしく背になみをうたせていた。児次郎はそばへ寄ってよびかけた。

「なぜ逃げるのだ、おまえはなに者だ」

「………」

「返事をしないとつれていくぞ」

少女は苦しそうに息をはずませながら、顔をあげて児次郎を見、伝太を見た。それからふるえごえでいった。

「あなたがたは、悪者ではないのでしょうね」

「自分からおれは悪者だというやつもないだろう、私はこの田野郷に古くから住んでいる高市家のもので、名は児次郎という、これは家来の伝太という者だ」

「わたくしこのへんの事はなにも存じませんので、びっくりして夢中で逃げたんです」

「こんなところでなにをしていたんです。そのようすでは旅をして来たとみえるが」

「はい、遠いところからまいりました」

二人が悪者でないとわかってようやく安心したものか、少女はそっとからだを起した。

「父をたずねて京都へいく途中なのですけれど、道をまちがえって此処（ここ）まで迷って来てしまいましたの」

「あなた一人だけの旅ですか」

「はい、わたくしは上野（こうずけ）の国のもので、名を小菊と申します。父は麻売（あさうり）あきんどで、三年まえに荷を持って京都へのぼりましたが、それきりなんのたよりもございません」

そっと目を拭きながら少女はつづけた。

「わたくしは母と二人で待っていました。すると去年の冬のはじめから母が病気にかかり、いろいろと手あてをしたのですけれど、今年の春、とうとう亡くなってしまいました。それで、わたくしは父に会いたくなり、京都へ行けばきっと会えるものと思って、親類の者がとめるのもきかず、出て来たのでございます」

「そうですか、それはずいぶんお気のどくな、かなしいおみのうえですね」

児次郎はまぶたの裏が熱くなった。伝太もあわれにかんじたものか、いつか大きな目にいっぱい涙をためていた。

「けれど京へのぼってさがすあてがあるのですか」

「父はまえから佐和山の石田治部（三成）さまの御用をつとめていましたので、佐和山へまいったら居どころがわかると存じます」

「それはいけない」

児次郎はいそいで頭を振った。

「治部さまは徳川の軍勢と関ヶ原で合戦をしてやぶれ、佐和山の城は攻めとられたということですよ」

「まあ、それはほんとうですか」

「十日ほどまえに上方（関西地方のこと）から帰って来た者が話していました。石田軍はさんざんな負戦で、大将三成はゆくえ知れずだということです」

話を聞いているうちに、少女は身をふるわせながらうつ向いてしまった。児次郎はそのようすがあんまり気のどくなので、

「とにかくいちど私のうちへ来ませんか。旅をして来てつかれてもいようし、京のようすがよくわかってから出発してもよいでしょう。うちへ来てすこし休んでおいでなさい」

「でも、ごめいわくをかけるばかりですから」

「めいわくなことはありません、困っているときは誰でもおなじです。さあ、いっしょにおいでなさい」

「ありがとうございます、それでは」

少女はうれしそうに涙を拭いた。児次郎は手をのばして、しずかに小菊をたすけ起してやった。

その三

高市家はずっと古くから田野の郷に住んでいる郷士だった。昔は武田の殿さまから領地をあずけられたこともあるという話で、屋敷のまわりには空壕（水のない堀）だの、砦を組んだ跡などがのこっている、そしていかめしく土塀をめぐらせた広い庭のなかには、家来たちの住む長屋や、武器食糧をいれる土蔵や、うまや、牛ごやなどが建っている。城というものができるまえには、これに矢倉を作るだけで戦ったのであった。こういう構を館造り（たてづくり）といっている。

児次郎にたすけられて来た小菊は、二三日するとすこしずつ元気をとりもどした。昼間は児次郎たちといっしょに、山を駈けまわって熊や鹿を追いだしたり、林のなかへはいって茸をさがしたりして遊んだ。そういうときはずいぶんはしっこくて、さすがの伝太も、

「おどろいたおてんばだなあ」

と、あきれるくらいだった。

するとある日のこと、三人で山遊びをして帰って来た児次郎が、ふと父の居間のほうへ行ってみると、そこには見なれない客が来て父と話をしていた。高市家にはよく客が来る、古い家柄だし名高い郷士なので、領分を見まわってあるく武士や、身分のわからない浪人などもある。高市家ではどんな人が来ても親切に泊めてやるし、旅費がなくて困っている者には、旅費をやって出発させるのがきまりだった。

けれども、いま父と話をしている客は、めずらしく雲水（うんすいは旅の僧）であった。もうかなりの老人で、顔は日にやけて黒く、からだは痩せているが松の木のように節だかでたくましい。白くなった長い眉毛の下にある目は、細くて、まるで眠っているようだけれども、ときどきかみそりのようなするどい光を放っていた。

客のようすを見て児次郎がひき返そうとすると、父の与吉右衛門がみつけて、

「ああ児次郎、いいから此処へおいで」

とよびとめた。それで、児次郎はしずかに近よって行って廊下へすわった。

「これがいまお話し申した児次郎です」

与吉右衛門は老雲水にむかってそういった。それから児次郎へふりかえった。

「児次郎、こちらは鞍馬寺の御僧で、いまごいんきょのうえ、諸国をめぐっておいでなさる閑雪さまとおっしゃるかただ、ごあいさつを申しあげるがよい」

「はい」

児次郎はきちんと手をついた。

「私は児次郎と申します。ようこそお立寄りなされました」

「おう、わしは閑雪じゃ」

老僧は細い目でじっとみつめながら、

「よい目をしてござるな、なかなか賢そうなお子じゃ、年はいくつになる」

「十五歳でございます」

「そうか、そうか、十五歳か、ふうん」

老僧はしずかにうなずいていたが、やがて与吉右衛門のほうへふりかえった。

「高市どの、これは龍になりますぞ」

「そうおぼしめしますか」

「龍になる、ただしこのままではだめだ」

老僧は自分の言葉に自分でうなずきながらいった。

「これから百瀬の滝（たくさんの滝、かんなん辛苦のたとえ）をのぼらねばならぬ、もしそれができ

たら、かならず龍になります」

「それがまことなら、仰せのままに致しましょう」

「閑雪の鞭はちと荒いぞ」

そういって老僧はこえ高く笑った。

なにを話しているのか、児次郎にはまったくわからなかった、龍になるとか、百瀬の滝をのぼるとか、荒い鞭だとか。どうやら自分のことらしいが、さっぱりその意味がわからなかった。

「いったいあの閑雪とは何者なんだろう」

児次郎はいくたびもあたまをひねった。

あれはほんとうに鞍馬寺の僧かしら、あのからだつきは僧というよりも武士にみえる、目つきだって坊様にしてはきつすぎるし、すわった身がまえは武術を知っているかたちだ。

――ただ者ではない、たしかにただの雲水ではない。

夜の食事がすんで寝所へはいってからも、児次郎はひとりでそのことを考えていた。

戦国の世である、いろいろな人がいろいろに身なりを変えて、敵国のようすを探ったり、地理をしらべるために国ぐにをまわっているときだ。ことに太閤秀吉が死んでから、徳川氏の勢力がしだいに強くなり、大阪城とのあいだにとかくおだやかならぬ評判がある。おりもおり、石田治部少輔三成はおとろえゆく豊臣氏のために旗あげをしたが、関ヶ原の一戦にやぶれて今はそのゆくえも知れぬという。こういうさわがしい、風雲のけわしい時だから、何処(どこ)にどんな人間があらわれるかわかったものではない。

「たしかにゆだんのならぬ老人だ」

児次郎は寝床のなかでぎゅっと拳(こぶし)をにぎっていた。

夜はしだいにふけていった。屋敷のなかはみんな寝しずまって、ときおり裏のほうで番犬の吠(ほ)えるこえがするだけである。しかしそのなかで、客間のともしびだけはいつまでも消えず、いつまでも低い話しごえがつづいていた。

秘めたる巻物

その一

客間のなかでは、与吉右衛門と閑雪とが、たがいに額を寄せてなにごとか話していた。二人とも顔つきがぐっとひきしまっていた。話すこえも真剣だった。ともしびの光をうけて、閑雪の細い目はするどくきらめいているし、与吉右衛門の手は膝の上でふるえていた。

「そのお話はまことでござるか」

「まことでござるとも」

閑雪は身をこごめて話しつづけた。

「初めからお話し申そう。……そもそも、武田家の祖先は源義光の子義清で、いまからおよそ五百年まえ、白河天皇の永保年中に、甲斐の国へ目代(もくだい)（のちの代官のような役目）としてまいった。そのとき義清は、源家伝来の白旗一旒(いちりゅう)と宝珠一篋(ひとはこ)、頼光公のもちいられた兜(かぶと)、黄金づくりの太刀などという宝物を持って来られた」

「そういう話は私どもも聞いております」

「これらの品々は、武田家の宝物として代々たいせつにまもりつたえられて来たが、信玄公の世になってから、いつともなく何処(どこ)かへかくされてしまった」

閑雪はここでちょっと話をきった。そしてすこし息をやすめてからさらにつづけた。

「信玄公はさすがにお偉いかただ。ご自分の子の勝頼どのが、大将としての器量をもたず、戦国の世に武田家をもり立てていくことができないだろうと考えた。そればかりではない、自分が死んでしまえば間もなく武田家が滅亡するということも察していたらしい。そこで、まえにいった宝物と黄金二百万両とを集め、大きな石の棺（ひつぎ）の中へ封じこめて、諏訪湖の水底ふかく沈めてしまったという」

「どうしてまた湖水の底へなど沈めたものでございましょう」

「つまり、勝頼どのがほろびても、五百年の歴史のある武田家をほろぼしたくない、いつか再興させたいと考えたのだ。そして、その石棺を沈めた場所は、信玄公ひとりしかご存じなかったのだ」

「ではもうわからないのでござるか」

「わからなくはない」

閑雪はぐらりと肩をゆすった。そしてさらにこえをひそめて、

「というのは、武田家には有名な『甲州流軍学』の巻物があった、その巻物は五巻あるのだが、そのなかに石棺を沈めた場所が書きしるしてあるという。このことは徳川でも織田でも知っていたので、勝頼どのが天目山で一族とともに死んだとき、両軍ではその巻物をみつけだそうとしてずいぶん苦心した」

なぜか与吉右衛門の顔はそのときすっと蒼（あお）くなった、そして目をあげて、さもいぶかしそうにじっと閑雪をみつめだした。それには気づかないのか、老僧はなおもしずかに話しつづけた。

「いくらさがしても、その軍学書五巻は出てこなかった、一族とともに焼けてしまったものか、それとも誰かが持って逃げたのか。その五巻の巻物がないかぎりは、武田家の宝物は湖の底にうもれたままかえらないのだ」

おどろくべき話である。しかしおどろくべきことはそれだけではなかった、すこしまえから閑雪の顔をじっとみまもっていた与吉右衛門は、話がとだえるのを待って、

「……ご老師」

と、するどくよびかけた。閑雪もはじめてあるじのようすに気づいた。

「あらためておたずね申すが、こなたはまことに鞍馬寺のごいんきょでござるか、おそらくそうではござるまい」

与吉右衛門の目はすこしも動かず老僧のうえにあった。閑雪の目もそのときにわかに光りだした。

「ほう、これは妙なおうたがいじゃな、どうして鞍馬寺のいんきょでないといわれるのだ」

「こなたがまことに世捨人なら、お話のような秘密をご存じのはずがない。ことに武田家の宝物、石棺を沈めたことなどは秘中の秘事で、鞍馬寺の御坊などにどうして知れるはずがあろう」

「……ではわしを何者だというのか」

「それだけの秘事をご存じとあるからは、信玄公のおそばにいた人でなければならぬ、しかも、ただおそばにいたというだけでなく、信玄公に重くもちいられた人でなければならぬ」

「……ほう」

「そして、それだけの人物はただ一人しかいない」

「…………」

「軍師、真田昌幸どのだ」

たたみかけるようにいって、与吉右衛門は自分の膝をはたと打った。

「昌幸どの、もう兜をぬいでもようござりましょう」

「ふふふふふ」

閑雪は低く笑いだした。それからしずかに両手の指をもみながら、

「姓名まで当てられてはかくしきれまい、なるほど真田昌幸、ただ今では紀州九度山（くどさん）にいんきょした閑雪でござる」

「それで私も話がしよくなりました」

二人はそこでこえを合わせて笑った。

児次郎の思ったとおり、果して閑雪はただ者ではなかった。武田信玄の六将の一であり、また信州上田城のあるじとして、安房守に任官したことのある真田昌幸その人であった。武田氏が天目山にほろびてからのちも、昌幸は上田城につよい勢力を張っていた。そして石田三成が関ヶ原の戦をおこしたとき、家康がたびたび招きに来たのをことわって三成をたすけたが、そのかいもなく三成が敗戦してしまったので、昌幸はその子の幸村とともに紀伊の国九度山へかくれた。頭をまるめて閑雪となのっているのはそのためで、いまではこのように人目をしのびながら、諸国をまわっているのであった。

「さて、こうなったら、あらためてお話し申すことがござる」

与吉右衛門はすわりなおした。

その二

「あなたが此処(ここ)へ来られたのは、今お話の軍学書五巻をさがすためでござろう」

「おっしゃるとおり。しかもできるだけ早くさがしだしたい、と申すのは徳川家でもいまひっしになってさがしているからだ。高市どのもすでにお察しであろうが、家康は太閤殿下のごゆいごんをやぶり、天下を自分のものにしようと計略をめぐらせておる」

「まさにそのようでござるな」

「そのうえに、徳川家も清和源氏の新田から出た家がらなので、石棺の中に封じこめられた源家伝来の宝物がぜひほしい、またその中には二百万両という古金(こきん)がはいっている。どちらにしても、大阪とひと合戦あるものなら、そのまえにこれらを自分のものにしたい。そこでいまほうぼうへ手わけをして、武田流軍学書の五巻をさがしているのだ」

「しかしいくらさがしても、それはむだ骨折りでござるよ」

与吉右衛門がなにかわけありげにいった、昌幸はちょっと眉をあげた。

「それはなぜでござる」

「その巻物のありかを知っているのは、この与吉右衛門ただ一人でござるから」

「なんと、おっしゃる」

閑雪はおどろきの目をみはった。

「こなたが巻物のありかをご存じとな」

「いかにも知っております、もちろん、そのような秘密があるとは知らず、今日（こんにち）まで何人（なんぴと）にも知らさずに、私ひとりでかたくまもってまいりました。そのかいあって今日こそとりだす時がまいったのです」

「それは何処（どこ）に、何処（どこ）にござる」

せきこむ閑雪の前へ、与吉右衛門はすっと立ちあがっていった。

「お立ち下さい、ごあんない申しましょう」

「と申すと？」

「この屋敷の裏山でござる」

そう聞いて閑雪もすぐに立ちあがった。もうま夜なかをすぎている。今なら人目につく心配もあるまい、二人はしずかに客間からでかけた。

供の部屋には閑雪の家来で、貝賀（かいが）虎之助という若者が泊っている、この虎之助をそっとよび起して、三人の者はそっと屋敷のそとへぬけだした。人にみつけられてはいけないから、むろんあかりは持たない、かすかな星あかりをたよりに、そろそろと坂道をのぼって行った。

「今から十八年まえ」

あるきながら与吉右衛門が話しだした。

「天正十年三月十二日の夕方のことでござった。そのまえの日、田野の郷で勝頼公が御自害おそばされ、合戦はおわったと聞きましたので、私は山むこうの親類の安否をたずねにまいりました。その戻りみち、天目山の裏へさしかかると、武田がたの落武者と思われるものが三人、それから徳川軍の腕印をつけたものが五人、はなればなれに、あい討ちとなって死んでおりました。その落武者のうち一人だけ、ずっとはなれた檜の木の林のなかで死んでいた者がありましたが、その近くに、なにやら錦の袋にはいった物が落ちていたのです」

与吉右衛門はそのとき、思いかえすだけでも心がおどるとみえ、話すこえもすこしふるえてきた。

「なんであろうかと、その袋の中をしらべてみますと、おどろいたことには武田流軍学書の巻物で、天、地、人、時、機の五巻でござった」

「ほう、するとその落武者たちが持ってたちのいたのじゃな」

「此処(ここ)まで落ちのびて来て、武運つたなく死んだものでござろう。私はすぐに家から鉄櫃(てつびつ)を持ってまいり、五巻の軍学書をおさめて地中へ埋めました、そしてしるしのためにその上へ五輪の塔を建てて置いたのです」

「今でもそのままあるのじゃな」

「人には三人の落武者の死体を葬ったと申して、誰にも手をつけさせず、きょうまで十八年のあいだ無事にまもってまいりました」

「おてがらでござる」

閑雪はうめくようにいった。

「亡き信玄公も地下でさぞごまんぞくにおぼしめされよう。ようこそなされた、おてがらでござる」

話しながらいくうちに、三人はいつか落武者塚の近くまで来ていた。つまさきのぼりの坂を左へ折れると、もう百歩あまりでその場所へいきつくのだ。せんとうに与吉右衛門、それから閑雪、虎之助の順で、いましも坂のまがりをすぎたときであった、

「や！　あれはなんだ」

そう叫びながら与吉右衛門がふいに立ちどまった。闇のかなたに松明（たいまつ）の火がみえる、木立にさえぎられてよくわからないが、どうやら落武者塚のあたりとみえた。閑雪もすぐにその火をみつけた。

「誰かおりますな」

「ふしぎだ、こんな夜なかに誰も来るはずはないのだが」

「虎之助、足音をたてるな」

三人はそっと身をひそめながら、足ばやにそっちへ近づいて行った。

松明の火はまさに落武者塚のところだった。しかもおどろくべきことは、今しも二人のたくましい男が、五輪の塚をほりおこし、小さな鉄櫃を土の中からとり出していた。なおよく見ると、すでに錠をこわして蓋をあけ、一人の少女が手燭をさしつけながら、その鉄櫃の中へ手を入れているところだ。

与吉右衛門はその少女の顔をみた、そしてあっと大きく叫びながらとびだした。

「くせもの、動くな」

その三

これよりすこしまえのことである。

寝しずまった高市家の奥の部屋で、ぐっすりとよく眠っていた児次郎は、しきりに誰かのよぶこえを聞いて目をさました。

「若さま、若さま」

こえは障子のそとである。

「なんだ、伝太ではないか」

「たいへんです、お起きくださいさ若さま」

「どうしたんだ」

児次郎の起きだすようすをたしかめて、伝太がちょっと障子をあけた。

「小菊さんがいなくなりました」

「なんだと？」

「あの旅の娘がいなくなったんです」

児次郎はてばやく着替をして、刀を右手にさげながら廊下へ出て来た。自分の持っている手燭のあかりをあびて、伝太の顔は蒼くなっていた。

「いなくなったとは、どういうわけだ」

「まるでわからないんです」

伝太の膝はふるえていた。

「さっきあまり犬が吠えるので、怪しい事でもあるのかと思って見まわりをしたのです、すると小菊さんのいた部屋の戸がすこしあいているんです」

「あるきながら話せ」

児次郎はさきに立って庭へ出た。小菊の泊っているのは、この母屋とはべつになっているいんきょ所だった。伝太は手燭の火を消さないように、袖のところでかこい、児次郎のために足もとを照らしながら、

「それで戸のすき間から名を呼んだのですが、どうしても返事がありません。だから中へはいってみたのです」

「いなかったのか」

いんきょ所のほうへまがろうとしたとき、児次郎はふと左がわの土塀の上へ目をやって立ちどまった。そこになにか白いものがある。

「伝太、手燭をみせろ」

つかつかと近よってみると、それはうすい桃色の紐であった、それが土塀の上からだらりとたれている。紐は見おぼえのある小菊のものだった。児次郎はすぐに伝太の肩をかりて土塀の上へのぼった。そして上から手をひいて伝太をもあがらせ、手燭を消さぬようにそとがわへとびおりた。

「手燭をこっちへかせ」

「おっ、足あとがある」

伝太が叫んだ。あかりでよく見ると、土塀の下のやわらかい土の表に、大きな男の足あとがいくつもついていた。まだ新しい、それに一人ではないようだ。

「伝太、小菊さんは誰かにさらわれたらしいぞ、足あとを消さないようにしろ。まだそれほど遠くへいくはずはない、追いかけてたすけるんだ」

「でもこの夜なかでわかりますか」

「下へくだれば番所がある、天目山の裏を越えて笹子道へ行ったにちがいない、いそげ」

足あとをたどりながら、二人はけんめいに駈けだして行った。

土塀に紐がひっかかっていたのは、悪者が小菊をさらって乗越(のりこ)えるとき落したもので、あとは二人か三人で小菊をかついで逃げたものと、児次郎はそう思った。しかしなんのために、そんな危険をおかしてまで小菊をさらっていく必要があったのかということは、考えなかった。ただ小菊が誰かにさらわれたと思い、たすけなければならぬと決心したのである。夜ではあるがなれた道だった、足あとは土橋をわたって左へまがる、はたして天目山の裏へむかったらしい、坂へかかるともう道はひとすじだ、足あとには構わず、手燭も消して、二人はできるだけ早く駈けのぼって行った。

そのとき児次郎がもしまっすぐに行ったら、落武者塚のところで父や閑雪にであったにちがいない、そしてつぎに起るような失敗はしなかったであろう。けれども児次郎はあせっていた。早く小菊をたすけたい。それには悪者たちのさきまわりをするのがよいと思った。だから途中まで来たとき間道（ぬけ道）へはいった。

「若さま、どうするんです」

「やつらは笹子道へ出る、だからさきまわりをして待ちぶせをかけるんだ」

「だいじょうぶですか」

伝太はちょっとためらったが、若い主人がどんどん走っていくので、これもすぐにあとを追った。間道はけわしかった。細い道で、左右から藪がおおいかぶさっている。二人はそれを押しわけるようにして駈けのぼった、のぼりつめると天目山の東がわにある高原で、落武者塚のほうから来る道といっしょになる。その道の合するところへとびだした児次郎は、息をはずませながら左右を見まわした。

——悪者たちはすでに通りすぎたか。

——それともまだ来ないのか。

耳をすませて、じっとようすをうかがったが、よくわからない。身のたけに余る穂薄のあいだを、道は北から南へのびている、山の夜の空気は冷えきって、もう死に絶えたか虫のこえも聞えなかった。

「若さま、人の足おとがします」

伝太がふいにささやいた。

「ほら、むこうのほうから」

「……たしかに」

落武者塚のほうから、たしかに人の走って来る足おとが聞えた。二人はすばやく薄のなかへとびこみ、刀の柄をにぎって、息をひそめて待ちかまえた。足おとはみるみる近づいて来る。星あかりで、みるかぎり薄の穂がぼんやりと白い、その穂薄のあいだの道を、ひた走りにやって来る人かげがみえた。

小菊が笑う

その一

薄のしげみのなかに身をひそめていた児次郎があっと叫んだ。

走って来たのは小菊である。なにか包みものを抱えていた。夢中で走って来て、駈けぬけようとするところを、児次郎がとびだしてよびとめた。

「小菊さんお待ちなさい」

「あっ」

小菊はまるで突きとばされたように、そのまま走っていこうとする、児次郎は追いぬいて、そのゆくてに立ちふさがった。

「児次郎です、お待ちなさい」

「……ああ、あなたでしたか」

「おたすけしようと思って駈けつけたのです。もうだいじょうぶですよ」

小菊は苦しそうに、はあはあと肩で息をしながら、きらきらと光る目で児次郎をみあげていた。

「伝太のしらせで、あなたのいなくなったことを知り、きっと悪者のためにさらわれたのだと思ったのです。やつらはどうしました」

「はい。あの、……悪者たちは」

少女はあえぎあえぎいった。

「このむこうで休んでいたとき、ゆだんをみすまして逃げましたの、下のほうへ追っかけて行ったようでした」

「それはよかった、けがはないですか」

「はい、ございません」

「とにかくうちへ帰りましょう、それから……」

「いいえお待ちください」

小菊はきゅうに頭をふった。

「わたくし此処(ここ)から京都へまいります」

「なんですって」

児次郎はびっくりした。小菊は落ちつかぬようすで、あるきだしながら話した。

「わけをお話し申しましょう。じつは今夜、わたしは京都へいくつもりで、ちゃんと支度をして出て来たんです」

「それでは悪者にさらわれたんじゃないのですか」

「まあお聞きください、おうちに弥五郎という下男がいるでしょう」

「おります、下男ではなく家来です」

「あのかたが、京都へつれていってやるといったのです。わたくしも早く父に会いとうございますし、そういってくれるのをさいわい、ゆうべから支度をして、今夜そっとお屋敷をぬけだしたのです」

「どうして私にそういってくれなかったんですか」

「申しあげれば、まだあぶない、もうすこしようすをみてからにしろとおっしゃるにちがいないと思いました。それで、悪いとは存じましたが出て来ましたの、すると、この裏山まで来ますときゅうに、弥五郎という人にだまされたのだと気がついたのです、いく道が京都とははんたいのほうなんです」

「弥五さんはそんな悪者じゃない」

うしろで伝太がわめいた。児次郎はそれを叱りつけておいて、

「それですきをみて逃げたんですね」

「そうです。ですからもうお屋敷へは戻りたくないんですの、それに京都へいくつもりで、すっかり支度をして来たのですから、このまま出立いたします。どうかおゆるしくださいまし、わたくしもう決心をしているのですから」

「そうですか」

かたく心をきめた小菊のようすをみて、児次郎はもうとめてもむだだと思った。それに早く京へのぼって父に会いたいという気持もよくわかる、すきにさせるほうがよいと考えた。

「そう決心したのならしかたがない、では私が街道へ出るまで送っていきましょう」

「いいえそれはいけませんわ」

「あなた一人でこの山道がいけるものですか。おい伝太」

伝太はふくれていた。

「私は小菊さんを送っていく、わけは聞いていたとおりだ、おまえはさきに帰って、このことを父上に申しあげてくれ」

「いやです、伝太もまいります」

ぐっと口をひき結んで、伝太はがんこに頭をふった。

「若さまがいくのに伝太だけ帰れますか、ごいっしょに送っていきます」

「ばかなことをいうな、私のいないことがわかったら父上がご心配をなさる、おまえは屋敷へ帰るん

だ。いうことをきかぬとおこるぞ」

「だって、若さま」

「だまれ、帰れといったら帰るんだ」

伝太はくやしそうに唇を噛んだ。どうしてもついて行きたかった、けれどもそれ以上なにかいえば児次郎におこられる。それでしかたなしに、一人でしょんぼりと帰って行った。

「ごめいわくをかけてすみません」

「なにわけのないことです。ではいきましょう、足もとによく気をつけないといけませんよ」

高原の夜道を、二人はしずかに南へむかってあるきだした。

その二

夜があけかかっていた。白みはじめた東の空に、高く高く、ちぎれ雲がひとつ、ぽっと赤みをおびた紫色に染まっている。まだ鳥も鳴きはじめない夜明けまえのしじまを縫って、谷川の瀬音がさむざむと秋のひびきを伝えて来た。

そこはもう初鹿野（はじかの）の里である。谷からわきあがる霧は、あたりを乳色にぼかしはじめた。

「ひどい霧ですこと」

「寒いでしょう」

「いいえ、寒くはございません」

小菊は肩をすぼめながら、抱えている包みものをゆりあげた。

「もうすぐ街道です」

短袴（たんこ）（裾のみじかい袴（はかま））の裾にかかる朝露をはらいながら、さきに立っていく児次郎は、ときどきうしろへふりかえりながら力をつけた。道は西へまわって、しばらくすると下りになる、やがて笛吹川の支流の河原がしらじらと見えはじめた。

「そら、もうそこに道がみえますよ」

「あれが甲州街道でございますか」

「そうです、此処(ここ)からおりましょう」

二人はまがっていく道の途中から、木の根づたいに街道へおりた。

「これをまっすぐにいくと勝沼です」

「はい、ようわかりました」

小菊はていねいにあたまをさげた。

「わがままを申しまして、たいそうごめいわくをかけました。きょうまでお世話になりましたことは忘れませぬ、どうぞお父上さまにもよくお礼を申しあげてくださいまし」

「京までは遠い道のりです。どうかご無事でいらっしゃるよう。それから一日も早くお父上にお会いなさるよう祈ります」

「ありがとう存じます。児次郎さまもどうぞご健固(けんご)でおいであそばせ」

わかれのあいさつをしているとき、遠くのほうから馬の鈴の音が聞えて来た。しゃんしゃん、しゃんしゃん、その音は笹子のほうからひびいて来る。二人は思わずふりかえって見た。

朝まだき、霧のただよう街道を、小荷駄（荷物をはこぶ馬）がやって来る。しかも二頭や三頭ではない、ずっと列をつくって二十頭あまりもつづいていた。こんな時刻に、こんなたくさんの小荷駄が通るというのはめずらしいことだ。

——いったい何さまの荷物だろう。

児次郎は道のわきへよりながら、ふしんそうに見まもった。

甲斐の国は勝頼がほろびてから、浅野長政の子、左京太夫幸長が領主として治めていた。しかし関ヶ原に戦がおこるとともに、長政も幸長も出陣してまだ帰っていない。つまり甲府はいま留守城なのだ。これだけの荷をはこぶのは領主の御用くらいのものだが、関ヶ原から凱旋したのだとすれば、東から来るのはへんである。

——いったい誰のものだろう。

そう思いながら見ていると、やがて小荷駄の列は近づいて来た。

列の先頭には馬に乗った武士がいた。それから鉄砲足軽が二十人いた。そしてそれにつづいて来た一頭の馬の背には、まったく意外にも「岡崎殿御用」と書いた大きな札が立ててあった。

児次郎はそれを読んでさらにおどろいた。岡崎どのというのは徳川家康の第一の子、三郎信康の妻徳子のことである。信康が三河の国岡崎の城主であったときに輿入れ（嫁いりのこと）をしたのでそう呼ばれているのだ。しかし信康は天正七年に死んだので、徳子は見星院となのり、遠江の国堀江の城にいるはずであった。

——へんだぞ、堀江にいる岡崎どのが、なんでこんなところへ来たのだろう。

児次郎はわけがわからなかった。しきりに考えていると、小菊があらためてわかれをつげた。

「ではおわかれ申します」

「まあお待ちなさい」

児次郎は行列を指さしてとめた。

「この荷駄が通りすぎてからにするがよいでしょう、埃をあびてたいへんですよ」

「埃にはなりますけれど、いっしょにいけば心じょうぶでございます」

「ああ、それはそうだ」

「ではごめんくださいまし」

小菊はあたまをさげると、そのままするすたと、小荷駄の列のあとを追ってあるきだした。

「どうぞ気をつけて」

児次郎は手をあげてさけんだ。

「帰りにはきっと寄ってください、待っていますよ」

小菊はふりかえった。そしてちょっと腰をかがめたが、こんどは足ばやに去って行った。

児次郎はしばらく見送っていたが、馬の足もとから舞いたつ埃がひどくて、まもなく小菊のすがたはみえなくなった。ああもう行ってしまった、そう思うときゅうにつかれがでてきた。夜なかすぎから、眠らずに山道を駈けまわったのである、しかしこれでもうよい、自分のすべきことはすんだ。

「そうだ、帰ってひと眠りしよう」

そうつぶやきながら、児次郎はもと来た道のほうへひき返した。

まわりを山にかこまれた甲斐の国は日の出がおそい、しかしもうすっかり朝だ。のぼりはじめた太陽が山々のひだに反射して、たちこめていた濃い霧が、にわかにゆれながら消えていく、そして木木の梢(こずえ)では、いきいきと小鳥が鳴きはじめた。児次郎が重い足をひくようにして、山道の下まで来たときだった、上のほうからあわただしく駈けて来る足音といっしょに、

「若さま、若さま」

と、伝太の叫ぶこえがした。

その三

なにごとだろうと見ると、伝太のあとから父の与吉右衛門と閑雪と、その供の虎之助とがいっしょに駈けて来た。

「ああ、父上なにごとですか」

「娘はどうした、小菊という娘は」

与吉右衛門がとびつかんばかりにさけんだ。

「小菊さんがどうしたのですか」

「あいつは悪者です」

伝太がわめいた。

「あいつをつかまえなくちゃならないんです、どっちへいきましたか」

「児次郎、あの娘をとらえろ」

「いったいどうしたんです、小菊さんはいま勝沼のほうへ行ったばかりですが」

「わけはあとで話す、逃すな」

与吉右衛門のただならぬようすに、児次郎はともかくも街道へとびだした。伝太はそれよりも早く、得意の棒をかいこんでつぶてのように、まるくなって西へとんで行った。

そのありさまは、獲物にとびつく隼(はやぶさ)ともいえよう。児次郎が追いついたときには、すでになにかはじめたらしく、小荷駄の列がわらわらと崩れていた。そしてけいごの武士たちが伝太を中にぐるりととりかこんでいる、伝太は棒を大きくふりあげ、おどろの髪をさかだてながら、喉も裂けよとわめいていた。

「あの娘をよこせ、娘をかえせ。あいつは賊だ、田野郷の高市さまの屋敷から、たいせつな物をぬすみだしたくせものだ。かえせ！」

児次郎は大ごえに、

「伝太、らんぼうをしてはならんぞ」

とよびかけながらはせつけた。そのあとから与吉右衛門、閑雪、虎之助の三人も追いついた。それをみたけいごの武士たちは、なんと思ったかぎらりと刀を抜いた。与吉右衛門はおどろいて、

「お待ちください、怪しい者ではござらぬ、また決してらんぼうも致さぬ。ただこの列のなかへくせ

者がまぎれこんだゆえ」

「だまれ、だまれぶれい者」

馬上の武士がむこうからどなりつけた。

「くせ者とはなんだ、これは甲府城へおしのびでお立寄りあそばした、岡崎殿のお荷駄であるぞ、土民のぶんざいでつまらぬことを申すな」

「しかし、あそこにおります」

児次郎がさえぎって手をあげた。指さすかなた、すばらしい鹿毛（かげ）の駿馬（しゅんめ）にまたがって、小菊がゆったりとこちらを見ている、そのまわりには、小具足をつけた四、五人の武士が、まるで守護するもののように立っていた。児次郎はそれを指さしながら、

「私どもがたずねているのはあの娘です、あの娘をこちらへおわたしくだされればよいのです」

「たわけたことを申すな」

馬上の武士はあざ笑っていった。

「あの娘とはなんだ、あれにおわすは、おそれおおくも岡崎殿のご息女、菊姫ぎみであらせられるぞ」

「なに、……菊、菊姫ぎみ、……」

児次郎はのけぞるばかりおどろいた。するとそのとき、馬上の少女はにっこりと笑いながら、すずしいこえで、

「児次郎とやら、見送りたいぎであった」

とよびかけた。

「わらわは岡崎の菊姫じゃ、この顔をよう見知っておきやれ」

「……あっ」

児次郎は立ちすくんだ、与吉右衛門も関雪も、あまりの意外さにこえが出なかった。菊姫をのせた馬をまもって、岡崎殿の小荷駄の列は、ゆらゆらと甲府城へむかっていく。

——菊姫、菊姫、あれが家康の孫の菊姫だったのか。

児次郎は少女の笑い顔を思いうかべながら、まるで気ぬけのしたように立ちつくしていた。

やがてすべての事がわかった。

小菊となのった少女は、ほんとうに岡崎殿の三番めの姫で、年は十五歳。まるで男のように活潑(かっぱつ)な気性であらあらしい事を好み、小太刀もうまいし、水泳も馬術も上手だった。なによりも大名の姫ぎみなどにおさまっているのがきらいで、ちょっと目をはなすとすぐ城をとびだしてしまう。それで人びとは、

——岡崎殿の菊は男咲きだ。

といいはやした。けれども菊姫はただむやみにあばれまわるのではない、女ではあるが戦国の世の騒がしさをよく知っていて、すこしでも徳川家のやくに立ちたいというのぞみがあったのだ。それで武蔵から下野(しもつけ)、上野、相模の国ぐにも知っているし、またこの甲斐の国へもいくたびか来ていた。

なぜ甲斐の国へ来たことがあるかというと、まえにしるしたとおり、甲府城には浅野長政がいた。浅野は太閤秀吉の恩をうけた大名で、心から徳川氏に服しているかどうかわからない、それで菊姫はなんどもようすを探りに来たことがあるのだ。しかしもちろんこんど来たのはそれとはまるで目的がちがっていた。

天目山に勝頼が滅亡したとき、家康のほしがっていた「武田流軍学書」五巻がついに発見されなかった。たしかに天目山までは勝頼が持って逃げた、それからあとがどうしてもわからないのである。それを聞いた菊姫は、きっと自分でみつけだしてみせると決心した。そのときさいわいにも、母の見星院徳子がおしのびで甲府城をおとずれることになった。これこそよき折とばかり、菊姫はひと足さ

きに乗りこんで来たのである、もっともこんどは従者を二人つれていた。

　天目山の裏で、児次郎たちが小熊を追いまわしていたあの日、小菊はすぐそばの薄のなかにいた。そして運よくも、児次郎が伝太に落武者塚の話をしてやっているのを聞いたのだ。考（かんがえ）のすばやい小菊は、すぐに「これだ」と思った。それで麻売あきんどの娘だなどといって児次郎たちにゆだんをさせ、あの夜、従者としめしあわせて塚をほりかえしたのであった。

　はたして落武者塚の下には鉄櫃があった、その中から錦の袋にはいった巻物があらわれた。

　――これだ、武田流軍学書の五巻。

　夢中でとりだしたとき、与吉右衛門や閑雪たちがはせつけたのである。二人の従者はすぐに刀を抜いてふせいだ、姫は逃げた、けんめいに逃げた。しかし、逃げだすときに、袋の中から巻物が二巻だけすべり落ちたのである。

　落ちた巻物は天、地の二巻だった。

　姫が持去（もちさ）ったのは人、時、機の三巻であった。武田家の秘宝のありかを知るべき軍学書五巻はこうしてふたつにわかれてしまったのだ。

旅立ち

その一

　児次郎はすっかり旅じたくをして、きちんと父の前にすわっていた。父のそばには閑雪がいる、かれらはいまわかれの盃をとりかわしたところだった。

「よいか児次郎、そなたはこれから、閑雪どののお供をして京へのぼるのだ」

「はい」

「その目的の一は鞍馬寺だ」

菊姫が落していった天の巻、地の巻の二巻をしらべると、石棺のかくし場所を知るためには、鞍馬寺へいかねばならぬということがわかった。鞍馬寺へ行ってどうするか、それは姫の持去った三巻に書いてある。つまり、軍学書五巻には、石棺のかくし場所が書いてあるのではなく、ほんとうの「かくし場所を書いたもの」が鞍馬寺のどこかにあるということを教えるものだった。さすがに用心ぶかい信玄のやりそうなことだ。

姫の持去った三巻がなければ、鞍馬寺のどこをさがしたらよいかということはわからない。しかし、いずれにしても、場所は鞍馬寺とわかっているので、児次郎は閑雪といっしょに京へのぼることになったのだ。

「よいか、わが高市の家は、代々甲斐の郷士として武田家とはふかいゆかりがある、父が軍学書五巻をまもっていたのもなにかの縁であろう、されば石棺の沈め場所をさぐり、武田家の宝物をとりだすのは、甲斐の郷士たるわれらのつとめだ、それを忘れずにしっかりとやれ」

「はい、よくわかりました、力のおよぶかぎりやってまいります」

「さいごに教えることがある」

与吉右衛門は手をあげていった。

「ここにおいでになる閑雪どのはただの雲水ではない。まことはさきの上田城のあるじ、真田安房守昌幸侯であるぞ」

「……それは」

児次郎は大きく目をみはった。閑雪の昌幸は笑いながらうなずいた。

「そうじゃ、安房守昌幸じゃ、いまは紀州九度山にいんきょして閑雪という。あの夜、与吉右衛門どのにみあらわされてのう」

「……さようでございましたか」

ただ者でないとは思ったが、天下第一の軍師とよばれる昌幸とは意外だった。しかしただ意外だというばかりではない。これからその昌幸といっしょに京へのぼるのだとわかって、児次郎の心はわきたつようなよろこびにおどった。

「これからは昌幸どのを師とも父とも思え、どんなかんなんしんくにあおうとも、くじけず、たゆまず、りっぱな人間にならねばならぬぞ」

「はい、よくわかりました、お教えは決して忘れません」

「ではいけ。閑雪どのおたのみ申す」

児次郎は刀を手に立ちあがった。

伝太は玄関のそとで待っていた。さんざんせがんだあげく、彼も児次郎の供としていっしょにいくことを許されたのである。なにしろ生まれてはじめて広い世の中へでかけられるのだ、もうまるで、あたまのなかは旅のさきへ飛んでいた。

与吉右衛門は屋敷の門まで送って出た。そこでもういちどわかれの言葉がとりかわされた、そして児次郎は旅への第一歩をふみだした。一行は四人、閑雪の真田昌幸と、その従者の貝賀虎之助、児次郎には伝太がついて。また、虎之助の背にある笈（おい）（旅の僧が持物をいれて背負う道具）のなかには、天地二巻の軍学書がはいっていた。

慶長五年九月（今のほぼ十月に当る）二十八日の朝だった。

田野の里を出立して、その日は韮崎（にらさき）に泊り、新府城趾（じょうし）に勝頼の戦ったあとをみまった。新府城趾は韮崎の駅の西北、釜無川（かまなしがわ）に沿った七里の岩という断崖の上にある。信長と家康に前後から攻めたてられた勝頼は、天正九年そこに新しく城を築き、古府城にたいして新府城ととなえ、みずから其処（そこ）に主力をひきいて移り、織田軍をひとうちに撃退する陣がまえをそなえたのである。それから一年あまりで天目山にほろびるまで、勝頼は其処にいた、すなわち新府城こそ、武田氏五百年の歴史がさいごの幕をとじた跡なのである。

閑雪が児次郎をつれて、この城趾をおとずれたのは日くれがたのことであった。なんと荒涼たる景色であろう、崩れ落ちた矢倉や、ばらばらにころげている土台石が、むぐらなす秋草のあいだに白い肌をさらしている、火をかけて焼いたという兵糧倉のあとは、まだ黒く土の焦げあとがみえていて、葉の黄色になった一本の蔓草が、ひょろひょろと這っているのもあわれだった。

「よく見て置け、児次郎」

閑雪はしずかに手をあげ、左右をさし示しながらいった。

「この断崖の下には釜無川の急流がある、こちらは一面の平野だ。古府をすてた勝頼どのは、ここを不落のまもりとして選び、必勝の陣がまえをたてられた。この川は西から来る織田軍をふせぐとともに、徳川勢に攻められたばあい、味方にとって背水の陣となる。児次郎は背水の陣ということを知っておるか」

「はい、そこがどんづまりで、逃げれば水に落ちて死ぬという陣がまえのことです」

「そうだ、つまり戦いぬくよりほかに生きる道のないことをいう。それにもかかわらず、織田軍が攻めて来るとひとたまりもなく落城して、勝頼どのはふたたび古府城へのがれ、ついに天目山でおはてなされた」

話しているうちに、閑雪のこえはどうやらはげしいいかりをおびてきた。

「どうして勝頼どのはこの新府城でやぶれたか、さいごのまもりときめたこの陣地が、どうしてそうたやすく落城したか、それを考えてごらん。興亡盛衰には時のいきおいがある、けれども、その時のいきおいに押されてしまうのは弱い人間だ、智恵も力もたらない人間がいつも時のいきおいに負けてしまうのだ」

　閑雪は児次郎にふりかえってつづけた。

「よくお聞き、児次郎。甲州流の軍学は世間にもてはやされている、しかしまたある人びとは実地のやくにたたぬともいう。どうしてやくにたたぬというのか、考えてごらん」

「……はい」

「甲斐の国を去るにあたって、いまいった二つをおまえに宿題としてやる、よく考えて、そのわけがわかったら答えるのだ。いそぐことはない、よく考えて答えるのだぞ」

「……はい」

　児次郎はきっと唇を結んでうなずいた。

　あくる日から山路にかかった。いくにしたがって坂がひどくなり、道はますます嶮しくなる、児次郎や伝太はもとより山育ちで、そんなことにはへこたれなかったが、老年の閑雪も笈を負った虎之助も健脚だった。左がわに遠く、もう雪をいただいた白峰山の峰をながめながら、美しくもみじした林をぬけ、清水の流れる岩道をすぎ、穴山、日野春とすすんで、ようやく八ヶ岳の高原にはいった。

　その夜は暮れてから小淵沢の宿に草鞋をぬいだ。

　小淵沢はちいさな駅であるが、甲斐と信濃の国ざかいになっているので、甲府城の出番所（関所のようなもの）があり、出入りの旅人をしらべることも厳重であった。けれど昌幸は鞍馬寺のいんきょ閑雪として、りっぱに身分を証拠だてる物を持っていたし、あとの三人は供の者としてあるので、べつにとがめられるようなことはなかった。

その二

　高原の朝は乳色の霧にとざされていた。

まだほの暗いうちに小淵沢の宿をでかけた四人は、霧のうず巻く道を諏訪(すわ)のほうへむかってあるいていた。すると三里ヶ原とよばれている広い野のなかで、うしろから追って来る人のこえを聞いた。

「おーい、おーい」

「その四人待て」

四人は立ちどまった。うしろから五人の武士が、馬をあおって駆けつけて来た。

「番所の者ではございませんか」

「そうらしいな」

そううなずいた閑雪は、なにか察したものとみえてすばやく、

「みんないつでも刀を抜けるようにして置け、だがわしが合図をするまで動くな」

といった。児次郎はすぐに袴の紐をしめなおし、草鞋の緒がしっかりしているかどうか踏みためしてみた。

馬上の武士たちが乗りつけて来た。五人とも小具足をつけている、そのうちの一人は背に鉄砲をしょっていた。乗りつけて来た先頭の一人だけが、馬をおりて大股に近よった、眉の太い、頰髯(ほほひげ)のあるいさましい面(つら)がまえである。

「昨夜小淵沢に泊った、鞍馬寺の老師でござるな」

「さよう、鞍馬寺のいんきょ閑雪でござる」

「このなかに！」

と、武士はぎろりとにらんで、

「このお供のなかに、高市児次郎と申す者がおるはずだが、どれでござるか」

「高市とな。……さような者は」

「おかくしなさるか！」

武士は閑雪の言葉をさえぎってわめいた。それといっしょに、馬上にいる武士の一人は早くも背から鉄砲をとり、火縄を吹きながら銃口をこちらへさし向けた。児次郎は膝がしらがふるえるのをかんじた。生まれてはじめての経験である、目の前にせまった危険は大きい、しかも自分がその中心なのだ、児次郎はおさえつけられるように息苦しくなった。

「なにもかくすことはない」

閑雪はほほえみながら答えた。

「そのような者はおらぬからおらぬと申したまで、お疑いがはれぬなら、番所まで戻っておしらべをねがおう」

「神妙なことだ」

相手の武士は、閑雪のおとなしい言葉に気をよくした。

「われらは甲府城からきびしく申しつかってまいったのだ。高市児次郎なる者がおらぬというなら、いちど番所までお戻りをねがう」

「おやすい御用、いんきょが気さんじのいそがぬ旅じゃ、さあまいりましょう」

そういって向きなおった。向きなおったとたんに、閑雪の手があがり、持っていた杖がいきものの如く飛んだ、びゅっ！　と風をきって飛んだその杖は、鉄砲を構えている武士の顔のま上にはっしと当った。

あっという叫びと同時に、持っていた鉄砲はだあん！　と空へ火を吹いた。

「児次郎、虎之助、ぬかるな！」

閑雪がそう叫ぶよりも早く、虎之助が笈を投げだして、抜きうちに髯の武士の片腕を斬りおとした。そして伝太はさらに早く、棒をふるって馬上の武士の一人にとびかかっていた。

しかし児次郎だけは動かなかった。刀の柄に手をかけたまま、道の上にかたく立ちすくんでいた。

体じゅうの血が凍ってしまい、骨という骨が石にでもなったようだ。児次郎は鹿島神流という剣法をならった。そのころはまだ剣術も発達しはじめたばかりで、後世のようにきちんと整ったものではなかったが、鹿島神流というのは杉本備前守政元から出た流儀で、気風の高い、かたちのすぐれた剣法だったという。少年ながら児次郎はよい手すじをもっていて、めきめきと腕前をあげ、きょうまでたびたび武芸者と仕合をこころみたが、木太刀ではほとんど負けることがないようになった。

それが今はどうだ、生きるか死ぬかのどたんばにぶつかって、骨は石のようにこわばり、筋はかたくひきつり、身うごきをすることさえできないのである。

「えいっ、えいっ」

「おうっ」

すさまじい掛けごえが耳をうつ。白刃がきらりきらりと空を切って光る。あるじを斬りおとされた馬が、悲しげにいななきながらはねとんでいる。

番所の武士はすでに二人になってしまった。伝太はじまんの棒を目にもとまらぬ早さで相手へ打ちこんでいく、虎之助は一人を笹原のなかへ追いつめている。……児次郎はそのこえを耳に聞き、そのありさまを眼前に見ながら、まるで木で作ったもののように立ちすくんでいた。

八ヶ岳から吹きおろす野分が、森を越え林をかすめ、見わたすかぎり生いしげっている薄原に、草葉の波をうたせながら吹きわたっていく、その揺れかえる草原の中で、伝太と虎之助はさいごの二人と必死にたたかっているのだ。

このあいだに、いつか閑雪が児次郎のそばへ来て、じっとようすを見まもっていたが、やがて低いこえで、

「児次郎、どうした」

とよびかけた。そのこえは低く、しずかだったが、児次郎の耳には霹靂（かみなり）のようにひび

いた、そして「あっ」というなり、彼はくたくたと地面へすわってしまった。

じっさいに刀を打ちあって戦うよりも、もっとはげしい、はりつめた神経が、閑雪のひとこえで一時にほぐされ、こわばっていた肉がばらばらにゆるんで、われ知らず尻もちをついてしまったのである。

「みんな討ちとりました」

大ごえにわめきながら、伝太と虎之助が、波うつ草のなかを走って来るのがみえた。

その三

もう表の街道はとおれなくなった。四人はそこから右へはいり、ふかい草原のなかを、かすかに通じている杣道(そまみち)づたいに、八ヶ岳のほうへといそいで行った。

「いったいどういうわけでしょう」

虎之助があるきながら首をかしげた。

「甲府城からの申しつけだといいましたが、高市の若さまにどうして甲府城から追手などがかかったのでしょうか」

「わけはわかっておる、あのあばれ者じゃ」

閑雪はゆっくりといった。

「あばれ者といいますと？」

「岡崎殿のむすめ、あの菊姫じゃ」

「ああ、あの……」

「落武者塚から持って逃げた巻物、中をあけてみて天と地の二巻を落したことに気づいたのだ。つまり、児次郎が天地二巻を持って旅へ出たことがわかったのだよ」

「そうだ、それにちがいない」

伝太がとんと棒を突きたてながらいった。

「あいつは悪く智恵がまわるから、きっとそうにちがいない。だがなんというおてんばな娘だろう、若さまやおらをだまして、うまうま御宝物を横どりしておきながら、そのうえまだこっちの物までねらうとは。ちぇっ、あいつはしんからずるいやつだ」

「そうむやみにおこるな、そのおかげで、伝太はじまんの棒をぞんぶんにためすことができたではないか」

「それでも憎いやつですよ、まったく憎いです。こんどもしあいつに会うときがあったら……」

そういって伝太は、まるでそこに菊姫がいるかのように、棒を持ちなおしてびゅっ！　びゅっ！　と空（くう）をうった。閑雪は笑いながら、

「あるとも、会いたくないといっても会わずにはいられないぞ。なぜなら、菊姫はこちらにある二巻がほしいのだ。きょうの失敗がわかれば、こんどは手を変えてくるだろう」

「ほんとうですか、ほんとうにくるでしょうか」

「もちろんだ。いくたびでも、いく十たびでも、自分もやって来るにちがいない。いや、こういっているうちに、もうそこらへ追いかけて来ているかも知れぬ」

「え？　ここへですか」

伝太はびっくりしてふりかえった。その恰好があまりしんけんだったので虎之助が思わずぷっとふきだした。

児次郎はだまってあるいていた。

はずかしさで、伝太の顔もみることができない。自分が誰よりも臆病者で、卑怯者のような気がする。伝太は猟師の子で、剣術なども知らず、自分の勝手な法で棒をつかうのがせいぜいである、それ

なのにあれだけの働きをした。ふだんは役に立ちそうもない六尺棒で、あんなみごとな戦いぶりをみせた。

——それなのに己はどうだ、己のざまはどうだったか。己は鹿島神流をならった、これまでいくたびも武芸者と仕合をし、たいていの者に勝つだけの腕がある、世間からは高市の小天狗などといわれていた、それなのにあのざまだ。あのすさまじい戦を目のまえに見ながら、刀を抜くこともできず、馬鹿者のように突っ立っていた、ああ……。

はずかしいだけではない、考えれば考えるほど、児次郎は自分がなさけなくなった。くやしくなった、泣きたくさえあった。

「児次郎、すこし休もうかな」

閑雪がふとそういった。

「虎之助と伝太はさきへ行け、わしと児次郎は此処ですこし休む」

「はい、ではおさきへまいります」

伝太はちょっとためらっていたが、虎之助はそう答えて、伝太をうながしながら、ずんずんさきへあるいて行った。

「児次郎、此処へ来てかけぬか」

二人が去るのを見送ってから、閑雪はそういって、道ばたに倒れている朽木へ腰をおろした。児次郎は朽木にはかけず、土の上に膝をつき、両手をおろして閑雪の前に頭をたれた。それはあやまちをした子供が、親の前へ叱られにでたようなすがたであった。

閑雪はながいあいだ黙って見ていた。そしてややしばらくしてから、

「児次郎、また一つ宿題ができたな」

と、しずかにいいだした。

「おまえは剣法をならった、木剣仕合ではなかなかすぐれた腕前があるというけれども、いざ生死のどたんばというところで手も足もでなくなった、身うごきもできなかった」

「めんぼくしだいもございません」

「泣くことはない、これは泣くような事ではない。よく考えてみろ、武田勝頼どのは武田流の軍学にくわしかった、軍学の教えるとおり新府城に陣がまえをした。しかしひとたび織田軍に攻められると、たちまち落城してしまった。よいか、新府城にやぶれた勝頼どのと、きょうの児次郎の場合とはよく似ている、ひじょうに似ている、ようく考えてごらん」

「……はい」

児次郎は小さな拳で涙をおしぬぐい、喉をしぼるようにむせび泣いていたが、つと閑雪をふり仰いで、

「お教えはようわかりました。それについてあらためてお願いがございます」

といった。

「ねがいとはなんだ、いってみい」

「此処で私においとまをいただきたいのです、児次郎はこのまま京へのぼる気になれません。おそばをはなれて、自分ひとりになってみたいのです、どうかそれをおゆるしください」

「……児次郎、それはほんとうの気持か」

閑雪の目はつよく児次郎をみつめた。

「ほんとうに心からそう決心をしたのか」

「はい、一人になって、自分にどれだけの力があるかためしてみたいのです、どうか児次郎を一人にしてください。鞍馬寺へはかならずまいります、この心がもっと強く、世の人にはずかしくない人間になって、まいります」

「よし、よく申した」

閑雪の頬にそっと満足の笑がうかんだ。

「人間の一生は修行だ、世の中は広く大きい、かんなんしんくは限りもなくある、その一つ一つが修行なのだ。くじけず、たゆまず、どんな困難をもきりひらいていく、これが人間の一生だ。いけ児次郎、鞍馬寺で会える日を待っているぞ」

児次郎は涙にぬれた目でじっと閑雪を見あげた、閑雪の細い目のなかには、菩薩のような慈悲の光があふれていた。そのとき高原の白樺の林をわたって、しみいるような野分がしょうしょうと西から吹きわたって来た。

おとこ菊

その一

甲府城のやかたの奥では、見星院(けんしょういん)徳子を前にして、三人の老臣と、肥えた一人の僧とが、なにかひそひそと話しあっていた。

老臣のうちもっとも年うえの一人は、家康が三郎信康につけてやった附家老で、堀田備中守(びっちゅうのかみ)といい、信康が死んでからもずっと見星院のそばにつかえている。また肥えた僧は遠州万弘寺(まんこうじ)の浄誉(じょうよ)僧正といって、見星院のあつく信仰している人であった。

いまこの人びとは、三巻の巻物をひろげて、書いてある文字をいろいろとしらべているところだった。いうまでもなく、それは武田流軍学書のうち、人、時、機の三巻だ。

ふいに、襖(ふすま)のむこうで足音がした。人びとはぎょっとしてふりかえった。誰も来てはならぬとかたく申しつけてあるのに、足音はずんずん近づいて来てすっと襖をあけた。……あらわれたのは菊姫だった。しかしなんという変りかたであろう。天目山で見たときのような貧しい身なりではない、綾と錦のまばゆいような衣装も、美しく飾(かざり)をさした髪かたちも、さすがに大将軍家康の孫娘にふさわしく、けだかさに輝くばかりのすがたであった。

「備中、秘文(ひもん)の謎はとけましたか」

きびきびといいながら、菊姫は広間のなかへはいって来た。見星院は眉をひそめて、

「またそのように不作法な、侍女もつれずに出あるいてはならぬと申すのがわかりませぬか、おつつしみなさい」

「はい、気をつけますする」

菊姫はにこっと笑った。

「でも母上さま、いまそんな手ぬるいことをしてはいられません、世の中が泰平になったら菊もおとなしくいたします、それまではどうぞわがままをおゆるしくださいまし。ねえ、よろしいでしょう母上さま」

「しょうのないお子だこと」

見星院はしかたなしに苦笑した。

「ほんとうにそなたは男に生まれたがよかった、母にはとてもしつけができませぬ」

「菊もほんとうにそう思いますわ」

平気でそういいながら浄誉僧正にふりかえった。

「僧正さま、その巻物のなかの謎がとけましたか。菊は一日も早く武田の石棺がほしいのです、関ヶ原の勝戦(かちいくさ)のお祝にそれを持って京へのぼり、おじいさま（家康のこと）にさしあげてよろこんでいただきたいのです。勝戦のお祝ですから一日も早くしなければいけないんです、謎はとけまして？」

「だいたいのところは相わかりましたが」

つづけざまに問いつめられて、浄誉はすこし閉口したらしい。堀田備中守がそばからとりなすように、

「姫これをごらんくださいまし」

といいながら、いまなにか書きつけていた一枚の紙をさしだした。

「ただ今ようやく、これだけの文字を拾いだすことができました」

「見ましょう」

菊姫はその紙を手にとった。それは三巻の軍学書のなかに梵字（ぼんじ）（古代インドの仏教に用いた文字）でかくし言葉になっていたものを、拾いだして順々に合わせたものである、しかしまるで謎のような断片にすぎなかった。

「だいしちのくら。にしのぬりごめんはちばん」

「ぼんおんごじごとに。ひろうことひゃくはちじ」

書いてあるのはそれだけだった。浄誉はそばからそのかな文字を指でさしながら、

「だいしちは『第七』くらは『蔵』にしのぬりごめは『西の塗籠』でござりましょう。つまり第七の土蔵の西の塗籠八番となります、これは場所を書いたものと存じます」

「またぼんおんごじ云々（うんぬん）は、梵音五字ごとに拾うこと百八字という意味で、これは読みかたでござりましょう」

備中守が言葉をさしはさんだ、

「要するに、第七の土蔵の中に何かあって、それを梵音五字ごとに百八字読めば、石棺を沈めた場所がわかるのだと存じます」

「その土蔵はどこにあるのじゃ」

菊姫はじれったそうにきいた。

「西の塗籠の中にあるというのは何じゃ、それがわからなければ役にたたぬではないか。その土蔵はどこにある」

「それはこの三巻には書いてございません。よほどしらべてみたのですが、土蔵がどこにあるかということは相わかりません」

「ではやっぱり、天と地の二巻がなくてはいけないのね」

菊姫はじっと唇を噛みしめたが、

「いいわ、どのようにでもして、かならず菊があの二巻を手にいれましょう」

「もうおやめ、もうこれ以上はいけません」

「いいえ母上さま、菊はどうしてもおじいさまへのお祝に武田の石棺がほしいのです。いちど思いたったことは、菊はかならずやりとげます、これ備中」

「はっ」

菊姫はすっと立ちながら、

「田野の郷士、高市与吉右衛門を召捕っておいで、いそぎます」

「なにを仰せられます」

堀田備中守はびっくりして手を振った。

「それは相なりません、すべて土着の民（古くからその土地に住んでいる者）というものは、新しい領主にはたやすくなじまぬものです。ことにこの甲斐の国は、五百年のながいあいだ武田家の恩をうけており、気風のはげしい土地でございます。高市家は豪族ゆえ、さようなことをすれば一族が黙っておりません。かならずひと騒ぎおこります、その儀はかたくおとどまりをねがいます」

「たのまぬ、備中は腰ぬけじゃ」

菊姫は怒りのこえをあげて出て行った。

その二

児次郎が屋敷を去ったのは昨日の朝だった。

それを知るとすぐ、考のすばやい菊姫は児次郎が天地二巻を持ってでかけたのだということを察した。そこでけさ早く、三方の街道口へ使者をとばして児次郎を捕えろと命じたのである。

しかしもうすでに正午をすぎているのに、どこからもなんのしらせもなかった。もしもとり逃すようなことがあったら、そう考えるといても立ってても落ちつけなかった。それでふと思いついたのは、高市与吉右衛門を召捕ることだった、与吉右衛門を召捕って人質にすれば、児次郎がいかに心づよくとも天地二巻をさし出すにちがいない。

——そうだ、そうするよりほかにない。

備中守はいけないといったけれども、菊姫の決心はうごかなかった。この城には浅野幸長の留守城代がいる、それに命じて与吉右衛門を召捕らせよう。すぐにそう気づいて姫はやかたをとびだした。

小淵沢の番所から、急使が馬をとばして駈けつけたのはその時だった。

「どうしやった、児次郎を捕えたか」

菊姫はせきこんできいた。急使の若者は汗だらけの額をぬぐいもせずに、

「はっ、仰せつけの者と思われる一行、すでに小淵沢を出立いたしましたあとにて、すぐ追手をかけましたが、三里ヶ原と申すところにて追手は五名とも斬伏せられました」

「追手がぜんぶ斬られた？……ではとり逃したと申すのか」

「はっ、街道すじへはすぐさま手くばりをいたしましたが、いまだにそのゆくえは相わかりません」

「ええふがいない！」

姫はふんぜんと地を蹴った。

「菊がみずからまいる、案内しや」

そういって奥へはせ入ったと思うとすぐ、身軽な着物に着替え、馬乗袴(うまのりばかま)をはき、小太刀を腰にさしながら出て来た。今までのりっぱな、輝くような美しさからみると別人のようである。岡崎殿の菊はおとこ咲をしたという、おとこ咲の菊がまた本性をあらわしたのだ。

「出るぞ、馬ひけ！」

てきぱきと命じて、誰がとめるいとまもなく、急使の若武者と馬の轡(くつわ)をならべ、はやての如(ごと)く甲府城から出て行った。

穴山の駅で馬を替えた。坂につぐ坂である、いかに菊姫があばれ者でも、自然の嶮(けわ)しさに勝つことはできない。日野春へ来たころには、暮れやすい秋の日はすでに西の山脈のかなたへ落ちかかった。

「此処(ここ)までまいればもう僅(わず)かでございます、すこしお休みあそばしては」

「おまえつかれたら休むがよい」

菊姫はにべもなくいった。

「わらわはさきにいきます」

「いいえ私は慣れておりますが」

使(つかい)の若武者は姫のつよさに舌を巻いた。二騎は疾駆をつづけた、すこしも早く小淵沢(こぶちざわ)へいかなくてはならぬ、そして児次郎を追いつめるのだ。菊姫のあたまはその考でいっぱいだった、それでぴしぴしと鞭をあてながら馬をあおって行った。

夢中で駆っていく二騎のあとを裸馬(はだかうま)に乗った一人の若武者が、さっきからみえがくれに迫っていた。

誰も気づかなかったが、彼は甲府の町はずれからずっと菊姫のあとをつけて来たのである。蓬(よもぎ)のような髪を藁(わら)しべでたばね、垢(あか)じみたぬのこを着て短袴(たんこ)をはいて、腰には柄(つか)を藤蔓(ふじづる)で巻いた山刀をさしていた。眉の濃い、日にやけた、顔つきのたくましい、山男とも野武士ともみえる男だった。

篠尾の里へかかった。小淵沢まではもうひと駆けである、あたりは夕暮の色が濃くなって、往き来の人もとだえた高原の道を、菊姫と使の若武者とは真一文字にとばしていく。すると、あとをつけていた男がきゅうに馬をはやめた。前の二騎はまだ気づかない、しだいに両者の距離がちぢまって、もうひと息とみたとき、迫って来た若者はぱっと両足で馬の腹を蹴った。

馬は蹄(ひづめ)で大地を打ち、風のように前へ突進した、あざやかな手綱さばきであった。

――なにごとぞ。

ふいにおこったはげしい馬蹄のひびきに、姫が思わずふりかえったとき、まっしぐらに追いつめたかの若者は、山刀を抜いてみね打ちに一刀、使の若武者の背をしたたかに打つ。あっといって落馬するのをそのまま、さらに馬を寄せたとみるや、矢のように走っている馬上の姫を、さっと抱きあげ、おのれの馬の前つぼへ俯向(あおむ)けにひき据えた。

「ぶれい者、はなせ」

菊姫はひめいをあげた。

「くせ者じゃ、誰かまいれ、誰か……」

叫びながら、けんめいにのがれようとしたけれども、がっしと押えつけた若者の腕は、姫をびくとも動かさなかった。そしてそのまま道を右に折れ、夕闇のせまる草原のかなたへと、無言のまま遠く消えて行った。

その三

谷から巻きおこる霧が、白樺や岳樺(だけかんば)の林を灰色につつんでいる、すっかり暮れた山の空気は冷えきって、棒を持つ伝太の指はこごえそうだった。虎之助がさきに立ち、それから閑雪（かんせつ）、伝太と一列に、三人はだまって林のなかをのぼっていく。もうずいぶんのぼった。

——若さまは行ってしまった、お一人で、伝太を捨てて行ってしまった。

さっきから伝太のあたまはそのことでいっぱいだった。どうしたのだろう、閑雪にたずねてもくわしい話はしてくれなかった。

——児次郎は一人で修行するのだ、いままで高市家の若として大切に育てられて来た、つまり籠（かご）で育った小鳥だ。そのまま世間へ出ても役にはたたない、大空はひろくて、隼（はやぶさ）もいれば鷲もいる、弱い籠そだちの小鳥はすぐその猛鳥どもの餌（え）じきになってしまう。

閑雪はそういった。

——児次郎は強くなるのだ、まず鍛えるのだ、誰の力もかりずに、自分ひとりで修行するためにでかけたのだ。

閑雪の言葉はわかったようでわからなかった。伝太はただ児次郎のそばにいたい、若い主人のそばから離れたくない。もし若さまが籠そだちの小鳥だとして、隼や鷲がおそいかかるとしたら、伝太がこの棒できっとそいつらをうち払ってみせる、それが家来の役目ではないか。

——だのに若さまは行ってしまった、伝太を捨てて行ってしまった。

いつか三人は林をぬけ、嶮（けわ）しい爪さきのぼりの岩地にかかるところまで来た。道のかたわらに高い一本の楡（にれ）の木がある、それをみつけた虎之助が、

「御いんきょさま、しるしの楡でござります」

といった。閑雪は足をとめて、

「おお、もう此処（ここ）まで来たか」

「狼火（のろし）をあげましょうか」

てた。

「うんあげるがよい」

虎之助は笈をおろした。そして中から細長い筒のような物をとりだすと、少しはなれた地面へ突立てた。

――なにをするんだろう。

伝太はふしぎそうに見ていた。虎之助は腰にさげていた燧袋（火うち石とほくちを入れる袋、昔はそれで火をつけた）をとりだし、かちかちと音をさせて、筒の口火へ火をうつした。そして虎之助がうしろへさがるとまもなく、ぱあん！　と火薬が破裂して、青い流星のような火の玉が空高く舞いあがった。

ぱあん、ぱあん、ぱあん！

青のつぎに赤、そしてまた青、赤と、四つの火の玉が美しく夕闇の空でくるくると舞った。

伝太は魔法でも見せられたように、びっくりしてぽかんと空を仰いでいた。すると、それからほどなく、むこうの夕闇に松明の火がちらちらと見えて、四人の男がこっちへ走って来た。みんな野武士のようないでたちで、年も若く、たくましい若者たちであった。

走って来たかれらは、閑雪を見るといっせいにそこへ平伏した。

「ほう、十兵衛か、ひさびさじゃな」

閑雪がこえをかけると、いちばん前にいた髯だらけの男が顔をあげた。

「御いんきょさまにも御壮健のごようす、十兵衛はじめ一同およろこびを申しあげます」

「此処でもみんな無事でおるか」

「はい、いずれも熊のごとく壮健にござります、いざご案内をつかまつりましょう」

そういって十兵衛は立った。

――ああそうか、真田のかくし武者、これが「かくし武者」にちがいない。

このようすを、さっきからじっと見ていた伝太は、はじめてだいたいのわけがわかった。真田昌幸は上田城をひきはらったが、家来の内から十人をひと組としていく十組となく、諸国へ忍びの者をくばったと伝えられている。これを「真田のかくし武者」といって、隠密（今の軍事探偵の如きもの）の役もするし、いざという時には敵の城へまぎれこんで火を放つ役もする、また街道口の要所にひそんで、敵軍の進んで来る道を地雷火で爆破もするという、いろいろ大切な役目をもっている人びとだった。

十兵衛と呼ばれた髯だらけの男は真田十勇士の一人で海野十兵衛といい、げんざいではこの権現岳にかくれて、甲斐と信濃の国境の見張りをしているのであった。

這松を踏みわけながら、八ケ岳へむかってのぼること五百歩ばかり、それから崖に沿って右へすこしくだると、入口の高さが四米ほどもある洞穴の前へでた。そこにも四、五人の若者がいて、土下座で閑雪を迎えた。

閑雪が今しも洞穴の中へはいろうとしたときである。闇のむこうに馬のいななくこえが聞えて、誰かこっちへ走って来る者があった。

「おい海野、みやげを持って来たぞ」

大ごえに叫ぶのが聞えた、そしてすぐに、一人の若者がなにか肩にかついであらわれた。

「みやげだ、すばらしいみやげだぞ」

つづけさまにわめきながら走って来たが、そこに閑雪が立っているのをみると、おッといって棒立ちになった。

「あっ、こ、これは」

「樋口小六じゃな」

閑雪が笑いながらよびかけた。

「おどろくことはない九度山（くどさん）のいんきょだ、相変らずそちは元気なこえをだすな」

「は、はい、その」

「みやげとはなんだ、その肩のものか」

「い、いかにも、その……」

まごまごしながら、樋口小六はかついでいたものをそこへおろした。みんなあっといった、それは一人の美しい少女であった。よほどつかれているとみえて、下へおろされてもふらふらと倒れそうになる、小六はあわてておさえながら、ひどくぐあいのわるそうな目つきで、閑雪の顔をみあげていた。

「あ、あいつだ」

伝太がはじかれたように、少女のほうを指さしながら叫んだ。

「御いんきょさまあいつです、小菊です、若さまをだましたおてんば娘です」

「……うん」

それはまさに菊姫であった、そして伝太の叫びごえが聞えたものか、閉じていた目をあけて閑雪を見、伝太をみつけた。

「小六、その娘をどこからつれて来た」

「はっ、その、それはつまり」

樋口小六はごくっと喉をならした。

「つまり、こうでございます。先日うちから甲府城へ、岡崎殿がおしのびで来ております、それでなにか獲物はないかとねらっておりますと、きょうこの姫が、供を一人つれただけで小淵沢のほうへやって来ました、でございますから追っかけて捕えてまいったのです！」

「ばかなことをする！」

閑雪は大きなこえで叱りつけた。

「なんのために捕えて来たのだ、姫いちにん捕えて来てどうしようというのだ。おまえたちは、そんなつまらぬ事をするために此処（ここ）にかくれているのか、小六！」

「申しわけがございません、ひらに、ひらに」

　小六は蒼（あお）くなってとびさがった。

「すぐに、すぐに送りかえして来ます」

「あたりまえだ、馬で小淵沢までお送りするがよい。伝太」

　伝太をつけてやろうと思って、そう呼びながら閑雪がふりかえった。返事がなかった、そして、伝太のすがたはいつのまにかみえなくなっていた。

「つい今まで此処（ここ）にいたのですが」

　虎之助がふしんそうに見まわしながら、

「さがしてまいりましょう」

「いやさがしてもむだであろう」

　閑雪は暗い山のかなたをじっとみやりながら、ひとりごとのようにつぶやいた。

「あれは児次郎のあとを追って行ったのだ、山そだちではあるが主人おもいの忠義なやつだ、うまく会えればよいが……」

苦行の道

その一

「こら、なにをするか！」

いきなりどなりつけられて、児次郎はふらふらとよろめいた。みると、腰のまがった白髪の老人が、青竹の杖をつきながらこっちへやって来る、おちくぼんだ両眼がぎらぎらと光り、銀のような髪がぼうぼうと逆立っていて、まるで鬼かとおもえる凄さだった。

児次郎はひと足さがりながら、いま手をのばしていた山柿の枝を指さした。

「なにもしはしません、いまこの山柿をひとつたべようとしていたところです」

「なんでそれをたべるのだ」

「腹がすいているから、空腹だからです」

「空腹なら何処(どこ)でどんな物をたべてもよいのか。人間は物をたべなければ腹がすく、誰のせいでもない。おまえさんがいくら空腹であろうと、ことわりもなしに山のものをとってたべる法はないぞ」

「この山はご老人のものですか？」

あまり老人の怒りかたがひどいので、児次郎はむっとしながらきいた。老人は白髪の頭をゆらりと振った。

「いいや、わしの山ではない」

「ご老人の持山でないのなら、どうして山柿ひとつをそのようにおこるのですか。これが里に近く、ひとの作っているものとわかれば、私もはじめからことわって貰(もら)います、しかしこんな山奥だし、自然に実っているものだと思ったのでたべようとしたのです」

「ほほう、おもしろいことをいうのう」

老人は意地の悪い笑いかたをした。

「人の作ったものならことわる、自然のものだから黙ってたべてよいというのじゃな。ふん、ではきくがの、どうして人の作ったものならことわらなければならんのかい？」

「それはつまり、人が肥料をやったり、虫を取ったり、それを実らせるためにいろいろ骨を折っていないのです」

「するとと山で自然に実ったものは、誰も骨を折っていないからよいというのか」

児次郎は黙って老人の顔をみまもった。老人はぐっとそれをにらみかえして、

「おまえさんはなにも知らんとみえる、すべてこの野山にできるものは、人の骨折りだけで実をむすぶものではないぞ、人がいかに力をつくしたところで、天地のめぐみというものがなければ、野山はたちまちほろびてしまう。よいか、太陽の光と、雨と、風と、それから土と、これだけのめぐみがあってはじめて野山のみのりがあるのだ。天地のめぐみはとりもなおさず国のめぐみだ、誰に礼をいうよりも、まず国の恩、天地の恩に心から頭をさげなくてはならぬ。いま山柿をとろうとしたおまえさんに、すこしでもその気持があったか」

児次郎はいつかうなだれていた。老人はそのようすをつくづくと見て、

「百姓は身を粉にして農作をするが、まいにち日の出に礼拝し、みのりには鎮守の神に初穂を捧げる。国と天の御恩をよく知っているからだ。この山柿は自然のなりもので、このじじいの物でもなし誰のものでもない、けれども天地のめぐみ国のめぐみなくしては山柿のみのりもないのだ、そしてそのめぐみのありがたさをよく知り、国のため天地のためによく御恩がえしをしている者だけが、そのめぐみにあずかることができるのだ。……おまえさんにそのねうちがあるか」

児次郎のうなだれた頭はいつまでもあがらなかった、大きな、重い重い石で上からおさえられているような気持だった。

小淵沢の奥で閑雪とわかれてから十余日、山を越し谷を渡ってひたむきにあるいて来た。できるだけ嶮しい道、きびしい寒さや飢とたたかうつもりだった。昔話に聞いている偉い人たちが、深山幽谷にわけ入って身を鍛え心を練ったように、自然の荒々しい力のなかで自分をためそうと考えた。夜は

岩かげ藪のしげみに寝た、腹がすけば木の実をとってたべた。さいわい秋のことで木も草もみのっている、山にかかって一日たべないことがあっても、すこし谷間へくだれば飢はしのげた。

けれども今、見知らぬ老人の言葉を聞いたとたんに、児次郎は生まれてはじめて心から自分のおろかさを知った。

高市家という豪族の子に生まれ、十五歳までなに不足なく育ってきた。広い屋敷、あたたかい寝所、ゆたかな食事、まもってくれる多くの家来たち。世間の荒い波風をよそにのびのびと育つことができたのは親の恩である、それを知らない児次郎ではなかった。けれども、その親の恩の上に、もっと広く、もっと大きな「恩」のあることには気づかなかった。

人は親の恩によって生まれ、親の恩によって育つ、しかし四季の晴雨寒暖、天のめぐみ、国土のめぐみなくしては親も子も一日として生きてはいられない。

――そうだ、自分はきょうまでそれを知らなかった。山柿ひとつもむだにみのっているのではない、それには天のめぐみ、国のご恩があるのだ、そのありがたさに気づかないで取ってたべるのは、天と国とからぬすむのも同じことだ。

児次郎は今はっきりとそこに気づいた。悪かったと思った、それで心からお礼をいおうとして顔をあげると、もうそこには老人のすがたはみえなかった。

「あ、……ご老人」

児次郎は思わずこえをあげ、あたりを見まわしながら叫んだ。

「ご老人、どこにおいでです、ご老人」

こえは森にこだましたが、どこにも返事はなく、すがたもみえなかった。

その二

伊那谷を越したのは寒い烈風の日だった。

氷のように冷い天龍川を渡ると、目のまえに烏帽子岳、駒ヶ嶽の山々がみえた。ことに駒ヶ嶽はぬきんでて高く、吹きすさぶ烈風の空に雪の積った峰をくっきりと描いていた。

——よし、あれを登ろう。

児次郎はそう心をきめた、それで諏訪形という里で焼米と味噌を買い、黒川のながれに沿って登りはじめた。

はじめのうちは道らしいものもあったが、黒川の谿谷へかかるとほとんど人の足跡は絶えてしまった、藪をわけ、木の根にすがり、岩角をたよりに登るのである、それでも谷川に沿っているうちはよかったけれど、森林にはいってからの苦しさはひどかった。どっちを見てもふた抱えもみ抱えもある檜や杉が枝をさし交わしているが、胸をつくような登りですぐに喉がかわく、死ぬほど飲みたくなっても水がないのだ。がまんができなくなって味噌をなめたが、ちょっとのあいだかわきがとまったと思うとそのあとで倍も水がほしくなる、笹の芽を噛めばよいのだがおりあしく笹もなかった。そのうちに日が暮れかかると、空気はきゅうに冷えはじめた。登っているうちはよいが、ちょっと休むと寒さでからだがこごえそうになる、しかたがないから夢中で登りつづけた。

寒さをしのぐ場所がないので、その夜はすこしも眠らなかった。朝は目の前へ幕をおろしたような霧だった、どのくらい登ったかと、霧の晴れるのを待ちかねて見まわしたが、どちらを見てもおなじ檜と杉の森であった。焼米を噛み、味噌をなめて、また登りだした。日光が森の梢のあたりへ来たとき、右がわの百米ほどさきを猿の大群がはしりすぎて行った。それは何千という数で、年老いて毛の灰色になったものや、いたずらそうな子供や、まだ母に抱かれたのや、大小さまざまだった。かれらは先頭にたっている一匹の大きな猿のあとから、はげしく鳴き交わしながら、木の枝を伝ったり地上を這ったりして、潮のすぎ去るように山の上のほうへと通りすぎて行った。

甲斐の故郷にも猿はいるけれども、そんなに何千という大群を見たのは初めてだった、児次郎はしばらくつかれを忘れて、その群がみえなくなるまで見送り、なお遠くから聞えてくる鳴きごえの消えてしまうまで、檜の幹にもたれてじっとしていた。

駒ヶ嶽へまっすぐに登ろうとして、児次郎はいつか方向をまちがえたのである、自分でそれに気づいたのは三日めのことであった。昼のうち日光のあたる僅かな時間に、地面へ横になってうとうとするほかは、寒さのために眠ることができず、ただ夢中であるきつづけていた児次郎は、道をまちがえたと気がついたとき骨の髄からふるえあがった。いくら行っても檜と杉の森だった、あの日いちど猿の大群に会ってからは獣のこえも聞かない、このように深い谷の、このような森のなかに迷いこんだら、やがては飢えるか寒さのために死んでしまう。

――谷川をみつけよう、いちど里へおりて出なおすほうがいい。

児次郎はにわかに決心を変えた。すると、きゅうにそのはて知れぬ森がおそろしくなってきた。一刻も早く谷川をみつけたい、一刻も早く人に会いたい、人の住む家の煙が見たい。まるでうしろから追いかけられるように、めちゃくちゃに下へ下へと駈けくだった。

かなりくだったと思うころ断崖の上へ出た、高さ五十米（メートル）ほどの壁のようなきりぎしで、足がかりもなく、すがっておりる蔦（つた）かずらもない、どっちへまわったらおり口があるかと見まわせば、右も左も奥の知れない森林である。

「おーい、おーい」

児次郎は夢中で叫びはじめた。そのこえは森から谷にこだまとなって消えた、なおもこえのつづくかぎり叫んだ。

「おーい、おーい、おーい」

それからめくらめっぽうに駈けだした、滑ったり、躓（つまず）いたりしていくたびも転んだ、手や足をすりむいた。ずっとまえから草鞋（わらじ）の緒（お）に食われていた足指は、また皮がやぶれて血が点々とながれだした。けれどもそんな傷の痛みなどはかんじるひまもなかった、ただけんめいに駈けて行った。

人間の力にはかぎりがある、そんなむちゃな駈けかたがいつまでもつづくものではない、ことにつかれきっている児次郎は、やがて息がつまり、目がくらんできた、そして倒れてしまった。

——水がほしい。

そう思ったのがさいごで、倒れるなり児次郎は気をうしなった。

あたりは森閑（しんかん）として音もない、みっしりと枝をさし交わした檜の、高い高い梢のうえで鳥の鳴くこえがした、なんの鳥だろう、ぎょうぎょうと忌わしいこえで鳴くが、すがたは見えない。朝から曇った日で、空気はひどく冷えていた、雪にでもなるのであろうか、暗い灰色の雲が低くのしかかるように垂れている。気をうしなった児次郎は、檜の根かたに身をなげだしたままいつまでも動かなかった。

夕闇がしだいに濃くなって、まもなくはらはらとしぐれだした。そしてふと、遠くのほうに、落葉を踏むかすかな音が聞えだした。こんな山奥の森のなかを、いまじぶん何者があるいているのだろう、人か？　それとも獣か？　足音は消えたり聞えたりしながら、しだいにこっちへ近づいて来る。ずいぶんもどかしい足どりだったが、やがて木の間から一人の男があらわれた。

編笠をかぶって、背なかに木剣の袋をしょっている、まばらに髭（ひげ）のはえた顔は日にやけて黒く、腰にはおそろしく長い刀をさしていた。武術修行のさむらいであろう、のっしのっしと、力のある歩調でゆっくり登って来たが、ふと、倒れている児次郎のすがたをみつけて立ちどまった。

こんなところに少年が倒れているのをみて、旅の武士もふしぎに思ったらしい。

「気絶しているようだな」

そうつぶやきながらしばらくようすを見ていたが、やがてそばへ寄って児次郎の肩をゆすりながら呼んだ。

「しっかりしろ、どうした！」

大きなこえが聞えたものか、児次郎はかすかに目をあいた。ぼんやり武士の顔がみえた、しきりになにかいっているけれど、夢をみているようでなにもわからなかった。

「これはよほどまいっている」

旅の武士はひとりでうなずくと、少年のからだをひき起し、やっといって自分の肩にかつぎあげた。はらはらと、しぐれは森の梢をうってはげしく降りだしてきた。

その三

児次郎が目をさましたのは、鼻をつままれてもわからない闇のなかだった。どこにいるのか、自分がどうなっているのか、まるでけんとうがつかなかった。起きようとすると、

「どうした、気がついたか」

と、枕もとで人のこえがした。

「……はい」

「待て待て、いま灯（あかり）をつけてやる」

むっくと起きるけはいがして、かちかちと燧石の火花がみえた。間もなく小さな蠟燭（ろうそく）に火がともった。そのあかりで、ぼんやりと照らしだされた旅の武士をみいだしたとき、児次郎はおぼろげながらわけがわかった。

――そうだ、森のなかで倒れていたところを、この人にたすけられたのだ、肩へかつがれるまではおぼえていたが。

思いだしながら児次郎は起きあがった。旅の武士はそれをみると、まばらに髭のはえた顔でにっと笑った。

「ほう、もう起きられるな。なに礼をいうにはおよばない、元気がでればなによりだ、腹がへっていたらたべ物があるぞ」

「まだたべたくはありません。しかし、此処はどこでございますか」

いいながら見まわして、はじめて岩の洞穴の中にいることに気がついた。

「空木嶽といって、駒ヶ嶽の南にある山の中腹だ。東へくだれば伊那谷の赤穂だし、西へくだれば木曾谷の上松の里へでる。そこもとは何処から来た」

「私は、……甲斐の国からまいりました」

「甲斐の国から、それは遠方だな」

旅の武士はあきれたように目をみはった。

「いったい、甲斐の国からなんのためにこんなところへ来たのか、これからどこへいくのか」

「……なんと申したらよいか」

児次郎はちょっと返事に困ったが、すぐ思いきったように、

「じつはこのからだと心を鍛えるために、山々谷々を修行しているのです」

「からだと心を鍛える？」

「はい、どんな困難にも負けず、どんな危険も恐れない、鉄壁のような心とからだになりたいのです、それで雪の駒ヶ嶽へ登るつもりだったのです」

「そうか、……うん、そうか」

旅の武士はいくたびかうなずいた。

「それはけなげな志だ。みれば武家の子らしいが、その決心を変えてはいけないぞ、どんなつまらな

い事でも、しまいまでやりとげるのは容易なことではない。まして身心を鍛えなおす修行などというものは、千人がこころみて千人が失敗する、たいていはいい加減なところでよしてしまうものだ。それではなんにもならない、ただのひまつぶしだ、そんなことならはじめからやらぬほうがいい、そうだろう」

「はい、よくわかります」

「わかっていてむずかしいのがこの道の修行だ。転んだら起きろ、倒れたら起きろ、力のあるかぎり命のつづくかぎりやるんだ。がんらい人間は弱いものだが、一心岩をもぬくといって、ひとたびこうときめた心にゆるぎがなければ、この世の中にできない事はひとつもない。いそいでもだめだ、休んでもだめだ、いそがず休まず、じりじりと行け、大股に、力をこめて進むんだ。……白蟻というものを知っているだろう」

「知っております、小さな白い蟻です」

「その白蟻という虫が、鑿だの手斧だのを持つことができると思うか」

白蟻が鑿や手斧を持てるはずはない、へんなことをいうと思って児次郎は返事に困った、旅の武士はつづけて、

「持てないだろう」

「持てません」

「そうだろう、だが、あの白蟻というやつが、家の大黒柱をがらん洞に食ってしまうのを知っているか」

それは知っていた。ひと抱えもあるような太い柱も、いちど白蟻がつくと穴だらけにされてしまう、児次郎はなんども見たことがあった。

「鑿も手斧もなく、小さな針一本も持たずに、どうして大黒柱を食いやぶるか。ふしぎはない、あの

ちっぽけな口だ、指さきでもつぶせるあの小さなからだの、その尖(さき)にあるちっぽけなとがった口だ、あの口で、すこしずつ、目に見えぬくらいすこしずつ、じりじりと嚙んでいくんだ。じりじりと、……そして遂にはがらん洞にしてしまうのだ」

旅の武士はそこで言葉を切った、そしてしばらく黙って蠟燭の火をみつめていた。

「いいか、心が弱ったら白蟻のことを思え、もうだめだと思ったら、大黒柱をがらん洞にする白蟻の力を思うのだ、わかったか」

「……はい」

児次郎はつよく胸をうたれた。昼のことを思いだしたのである、はて知れぬ森の深さに恐れて、きゅうに里へおりたくなった、めくらめっぽうに駈けだして、遂には気をうしなって倒れた、あのときのなさけない気持を思いだしたのである。

――おれは臆病者だった、三里ヶ原のときとすこしもちがってはいない。つよい決心をしたつもりでいながら、まだ心もからだもなまくらだ、よく考えなおさなくてはだめだ。

じっとりと腋の下に汗がにじむほど、児次郎は自分がはずかしくなった。

「さあ、もうひと眠りしようか」

やがて旅の武士がいった。

「あした起きてあるけるようだったら、いっしょに木曾へくだってもよい」

「あなたは何処(どこ)へいらっしゃるのですか」

「私か、私は、……大阪へいく」

ごろりと横になって、旅の武士はそのままかたく目をつむってしまった。

あくる日その武士といっしょに木曾谷へおりた。駒ヶ嶽へ登ることはやめた、どうせ鍛えるならもっと嶮しく、もっと荒い山へ登りたくなったから。そしてそれには木曾の御嶽(おんたけ)の峰がよいと考えついたのである、それで木曾の上松までくだった。

わかれるまで、旅の武士は名をなのらなかった、児次郎の名もきかなかった。上松の里でいよいよ袂をわかつときがくると、旅の武士は髭ののびた顔でにっこりと笑いながら、

「白蟻のことを忘れるなよ、じりじりと、いそがず休まずやるんだぞ」

と、大きなこえでいった。

「もう会うことはあるまい、りっぱな武士になるよう、祈っているぞ」

そして手を振りながら、木曾街道を南へと去って行った。児次郎は雨あがりの道に立って、谷あいの街道をしだいに遠ざかっていく、旅の武士のうしろすがたをいつまでも見送っていた。

その四

上松の里は木曾で指おりの町である。福島城下ほどりっぱでもなし賑やかでもないが、家数も多く人の出入りもはげしい、それは山から伐りだしてくる名高い木曾の檜が、この上松へ集って、そこから積出されるためである。だから家なみはそまつだけれど、諸国から材木を買いに来るあきんどや、筏乗や樵（木を伐る人）などの泊るはたご宿が多かった。

町へはいるとむっと鼻をつくほど檜の香が匂っていた、家と家とのあいだには幾つも材木置場があって、ぴかぴか光るような角材や、まだ皮のついたままの檜が山のように積んであった。児次郎はそのみごとな有様をながめながら、町のはずれまで行って小さな宿へ草鞋をぬいだ。そしてずいぶんひさしぶりで湯をあびた、これから御嶽に山ごもりをするのだから、ひと晩ゆっくりからだを休めたかったのである。

木曾の御嶽は夏でも寒いという、秋もすえのことで、夜になると谷あいの町はひどく冷える、晩の食事は炉ばたをかこんでみんないっしょにした。これも児次郎には初めての経験であった。すばらし

く大きな炉には顔の焦げるほど火が燃えていた。自分自分の小さな箱膳を持った客たちは、ぐるっとその炉のまわりにすわり、口ぐちにめずらしい話をしながら食事をするのであった。

それぞれ国がちがい、来る道のちがっているあきんどたちだから、話すことも色とりどりだった、けれどもやはり戦の話がいちばん多かった、関ヶ原の合戦がおわり、天下が大阪と関東とにはっきりとわかれたことは、そういうあきんどたちのほうがかえってよく知っているようすだった。

「太閤さまはご不運なかただ」

という者があった。

「日本国中をきりなびけ、朝鮮へ兵を出すご威勢だったが、お亡くなりになって何年も経たぬうちにこの有様だ。関ヶ原の戦でよくわかるが、こんどの天下はもう徳川さまのものだ」

「ばかなことをいうものではない、いま威勢を張っているお大名がたは、みんな太閤さまのご恩で出世したのだ、徳川さまだっておなじことだ、なんで天下を横取りするようなことがあるものか」

「いやそれはちがう、徳川さまは三河の古い家柄で、昔からりっぱな大将だった、べつに太閤さまのおかげで出世したわけではない」

それから諸国の大将たちの噂になって、ふたたび関ヶ原の話がではじめた。石田三成が亡き太閤の恩を忘れず、豊臣氏のためにあえて旗あげをしたことは、なんといってもこの人びとの感心のまとだった。

「お気のどくに、味方の足なみが揃わなかったばかりに負戦で、関ヶ原をおひとりで落ちのびたという話だが、今はどこにどうかくれておいでなさるか」

そういって同情のため息をつくなかに、さっきから黙っていた一人が、そのときふと顔をあげていった。

「治部（三成）さまは斬られましたよ」

「……え？　なんですって」

「治部さまは徳川がたの兵につかまって、京の四条河原で、お斬られなすったんです」

みんなの箸がぴたっと止った、児次郎も思わず顔をあげた。

「私は大阪の者ですが、来る途中くわしく話を聞きました。治部さまは浅井郡の井口村というところで、病気のために身動きもできないところを捕えられたのです、捕えたのは田中兵部少輔さまで、それから京へ送られ、この十月（今のほぼ十一月）はじめ、四条河原でお斬られなすったのです」

みんなこえをのんだ、誰の目にもいたましい武将の死にざまが見えるようだった、なかにはそっと念仏を唱える者もあった。

「さっきからみなさんのお話をきいておりましたが」

と、その大阪のあきんどがしずかにつづけた。

「大阪にいて世間のことを考えますと、いまどなたかのいわれたとおり、こんどの天下はどうしても徳川さまのものですね、これまでずいぶん強い大将もいましたが、戦に強いばかりで国を治めることを知らなかった、自分の威勢を張ることには強いけれども、日本国を泰平にしよう、禁裏さまのお心をやすめ奉ろうという考をもっている大将はいなかった、明けても暮れても戦につぐ戦です、百姓も町人もくたくたにつかれてしまいました、禁裏さまのご心配は申しあげるのもおそれおおいことです。……私は三河に親類がありまして、まえからよく徳川さまのお噂を聞いていますが、あのかたは戦に強いばかりでなく国を治める徳をお持ちです、智恵も大きい、人にも好かれる、そのうえ仕事をいそがない、すこしずつじりじりとやっていく。この人ですよ、この人が天下を取ればきっと世の中が泰平になります、禁裏さまのご信用も厚いし、諸国の大名がたも今ではたいていお味方です、このつぎはまちがいなく天下さまですよ」

大阪はそのころ日本の中心だった、そこの商人がいうことだから誰も口では反対することができなかった。しかしみんな不平そうだった、一代の英雄太閤秀吉の天下が、そうやすやすとほろびるはずはない、みんなそう思っているらしい、けれども「徳川氏の天下になれば戦乱もおさまり世の中が泰平になる」という言葉だけは、誰の顔にもあかるい希望を与えたようだった、そして児次郎はそれをありありと見た。

世の中が乱れはじめてからずいぶんの年月である、戦国といわれてから三十年もたつ、民たちはつかれた、みんな泰平をねがっている、泰平になると聞いただけで、こんなに人びとの顔は希望にかがやく、人びとはいまなによりも泰平をもとめているのだ。

「ほんとうにそうだ、乱世が続きすぎたからな」

自分の寝床にはいってから、児次郎はひとりでそっとつぶやいた。

雪の御嶽

その一

信濃の国木曾の御嶽は、富士、浅間とともに霊山として名が高い。

山の高さは三千米（メートル）を越え、夏でも雪の消えないところがある、嶮岨（けんそ）なことも富士におとらないが、その峰に御嶽権現の祠（ほこら）があるので、六月から十月までのあいだ参詣のために登山する者がすくなくなかった。ふもとから頂上まで七里といわれ、峰が二つにわかれていて、一方に三社、一方に五社の小さな祠がある。また三つの池があって、その一つは夏でも雪水を湛（たた）え、大願のある人が荒行をする「垢離場（こりば）」になっていた、そこは地獄谷ともよばれて、普通の者ではなかなか行けない難所だった。

権現の本社はふもとの黒沢にあった。木曾家信が造営したものだ、早く延長三年（紀元一五八三年）に鎮座したものへ、天文十二年（紀元二二四四年）に拝殿、読経堂、神殿、宝蔵などを建て加えてりっぱな社につくりあげられた。そのため黒沢は賑やかな部落になっていた、参詣する人のための宿とか、土産ものを売る店などがならび、季節にはよそからもあきんどがたくさん入りこんで来たりした。

十二月はじめのある日、馬に乗った鎧武者が、十四、五人の徒士をつれて黒沢へやって来た。そして権現社の前にある本社橋のたもとへ高札を立てて去った。

「どこのおさむらいだろう」

「なにが書いてあるんだ、この高札はなんのおふれなのか」

「また戦でもあるのではないか」

人びとはいま立てられた高札をとり巻いて、いかにも不安そうにがやがやと騒ぎはじめた。

「誰か字の読める者はいないのか」

「早くお社へ行って禰宜さまを呼んで来い」

そういっているところへ、むこうから四十あまりになる背たけの高い、頰骨の出たまっ黒な顔つきの男がやって来た。

「わしが読んでやる、どいたどいた」

「やあ熊七さんだ、みんな前をあけろよ」

よく知られている男とみえて、みんなすぐに道をあけた。熊七は腕ぐみをしたまま、ぬっと高札の表をねめあげた。

「なんと書いてあるね熊七さん」

「考えていないで早く読んでおくれ」

「いい事かい、悪い事かい」

みんな心配でたまらないとみえ、そばからわいわいとせきたてた。熊七は黙っておしまいまで読んでから、おそろしくしゃがれた太いこえで、

「さあ聞かせてやるからみんな黙れ」

とわめきたてた、

「これは京極若狭守(わかさのかみ)という人の高札だ、こんどその人が、この木曾の領分をおあずかりになった、つまり御領主だ。まず初(はじめ)に、関ヶ原の合戦はおわったということが書いてある、石田治部さまは京の四条河原で斬られておしまいになった。これからは徳川さまを天下さまと思い、そのつもりでみんな怠(おこた)りなく、安心して家業をはげめというのだ」

そこまでいうと、熊七はいきなり、

「この大悪人め！」

とわめきながら、その高札に手をかけて引抜いてしまった。

「なにが徳川の天下だ、徳川とはなんだ、家康とはなに者だ、太閤殿下の家来ぶんではないか、太閤さまのおかげで武蔵守百万石の大名になったのではないか、そのご恩も忘れて天下さまなどとは」

熊七がそうわめきたてているとき、とり巻いている人びとのうしろで、

「おい熊七さん、おさむらいが来るぜ！」

と、大ごえに叫んだ者がある、みんなぎょっとしてふりかえった。さっき高札を立てて去った徒士ざむらいが十人ばかり、まっしぐらにこっちへ駈けて来る。その高札をどうするか、そっと見張っていたのにちがいない、集(あつま)っていた人びとはそれと見て八方へ逃げちった。

「狼藉ものをみつけたぞ」

「御高札に手をかけるとは上をおそれぬ大悪、そこうごくな」

さむらいたちは口ぐちに叫びながら、太刀をひきそばめてつめ寄った。熊七はいま抜きとった高札

をとりなおして、ぐいとさむらいたちをねめつけたが、

「わしは動かぬ、わしは動かぬが、きさまたち動くなよ」

そう叫んだとみると、その大きなからだがまるで燕のように躍動し、高札が風を切って右と左を打った。あっという間もなかった、ふいをくらって二、三人ばたばたとうち倒された、

「手ごわいぞ、ゆだんするな」

「遠巻きにしろ」

呼びかわしながら、さむらいたちがさっとうしろへさがった。するとそこへ、

「熊七さん加勢をするぜ」

とわめきながら、横のほうからとびだして来た者があった。加勢と聞いてさむらいたちが向きなおるひまもなく、その男は六尺棒をふるってとびこんだ。これは熊七よりもさらにすばやく、熊七よりもはるかに強かった。六尺棒はぶんぶんとうなりをあげた、みるまに此処でも二、三人うち倒された、それでさむらいたちはどっと崩れたった。

「逃げるか、のら犬めら！」

加勢の男は鉄砲だまのようないきおいでしゃにむに追いこんでいく、そうなるともうひとたまりもない、さむらいたちはさきを争って逃げだした。

「もういい、もういい、ながいをするな」

熊七は手を振りながら呼びとめた。

その二

さむらいたちが逃げだしたすきに、熊七も加勢の若者をつれて反対のほうへと逃げた。

そのときになってはじめて気がついたが、若者と思ったのはまだ十四、五歳の少年だった、ほころ

びだらけの木綿ぬのこに、縄のような帯をしめ、腰には短い刀を一本さしている、ぼうぼうにのびた髪毛(かみのけ)、色のまっ黒な顔、すばらしく大きな目だま、みるからに不敵そうな少年だった。

「おまえは見たことがないな」

走りながら熊七がふしんそうにきいた。

「どこの子だ」

「旅の者さ、遠くから来たんだ」

少年も走りながら答えた。熊七はますますわからない顔つきで、

「旅の者が見も知らないおれのために、どうしてあんなあぶない加勢をしてくれたんだ」

「したかったからさ」

少年は大きな目をぎょろっとさせた。

「あの高札は、熊七さんがやらなければ、おらがたたき割るつもりだったんだ、ばかにしていやがる」

「そうか、それじゃあさっき、さむらいが来るぞってどなったのもおまえだな」

「それより何処(どこ)まで逃げるんだい」

「もうひと走りだ。おまえが熊七さんなんて名を呼ぶもんだから、京極のさむらいたちに名を知られてしまった、何処(どこ)か遠くへしばらく身をかくさなくてはならないだろう」

「ああそうか、それは悪かったなあ」

裏の山道をよほど走った、西野川と白川のながれがいっしょになるところを、白川に沿って登ると、やがて道はしだいに急な坂になり、屋敷野という小さな村にはいった。

「わしのうちはあれだ、ちょっと寄って支度(したく)をなおしていくがいい」

「ああ、腹もへってるんだよ」

村の裏にあたる杉林のなかに、一軒のひどく貧しげな家があった、それが熊七の家だった。中へはいってみると、道具らしい物はなんにもなく、ただすぐ目についたのは、鉄砲が三挺、熊突き槍が四、五本たてかけてあることだった。

「熊七さんは猟人（猟師のこと）かい」

「なんだ、いまになって気がついたのか、いかにもわしは猟人だよ、しかも熊狩りの名人だ、ほんとうの名は七郎次というんだが、それでみんなが熊七とあだ名をつけてしまったんだ」

そう話しながら、熊七の七郎次は炉で火を焚きはじめた。それから大きな鍋に洗って来た粟と米をいれ、燃えだした火の上にかけてどっかりとすわった。

「ところでおまえの名はなんていうんだね」

「鹿ヶ谷の伝太っていうんだ」

「威勢のいい名前だな。それでこれから何処へいくんだ」

「何処へいくって、べつに」

伝太の顔つきがきゅうにしょんぼりとなった、

「べつにあてはないんだ、じつは人をさがしてあるいてるんだよ」

「人をさがしてるって？　親か、それともきょうだいか」

「ご主人さまなんだ、高市児次郎さまといってね、十五におなりなさる人なんだ。信州ざかいではぐれちまって、それからずいぶんほうぼうおさがし申して来たんだけれど……熊七さん、もしやそういう人に会ったことはないかい」

「そうだな、お名前も聞いたことはないし、会ったようなおぼえもないなあ」

権現岳のかくし武者の洞穴の前で、関雪の目をのがれてとびだした伝太は、児次郎のあとを追って西へ西へとやって来た。どうせみんなのいくさきは京の鞍馬寺である、修行しながら児次郎もそっちへ行ったにちがいないと思って、信濃路を塩尻へでた、それから北へ松本、越後の高田とまわったが、おもいかえしておなじ道をもどり、この木曾路へとはいって来たのであった。

「それで、高市というおまえのご主人は、およそどっちへ行ったというけんとうぐらいはついているのかね」

「ついてるともいえるし、ついてないともいえるんだ、ご主人はおひとりで世間へでて、ご修行をなさるといっていかれたんだ。でもいつかは京へおのぼりなさるんだから、おらもこうして西へさがしていくんだよ」

「それじゃあどうだ、わしも京極家のさむらいたちに名前を知られてしまったから、この御嶽を向こうへ越そうと思うが、おまえもいっしょに行かないか」

「そうだなあ、行ってもいいけれど、まさか若さまが御嶽にいらっしゃるはずもなし……」

話しているうちに粟粥（あわがゆ）がふつふつと煮たってきた、伝太はすすめられるのを待ちかねて、舌の焦げるような熱い粥を夢中ですすった。

「ずいぶん腹をすかしていたとみえるね」

「きのうからなんにもたべないんだよ、持っていた銭がすっかり無くなっちゃったもんだからね」

「二日もたべないであれだけ戦えたのか？　そいつはたいへんな腕前だ、あの棒がぶんぶんうなりをたてていたところは凄かったぞ」

「三日や五日たべなくったって」

熱い粥をたべたので、伝太の額には大粒の汗がふきだしていた、それをぐいと撫（な）であげながら、

「いざとなれば五人十人の相手はお茶の子さ、おらの若さまなんかもっと強いぜ」

「いい元気だ、この戦国にはそのくらいの元気がなくっちゃ人並なことはできない、その意気でうんとたべるんだ、二日や三日はたべなくてもすむようにな」

「ああ、おらもそのつもりでご馳走になってるんだよ」

心からうまそうにたべるようすをみて、熊七は自分のたべる分まで伝太にやった。

食事がおわるとすぐに七郎次は支度をはじめた、猟人はいちど山へはいると十日も二十日も山から山をあるきまわるので、簡単に食事のできる道具を持っている、それをひと包にして鉄砲と槍を持てば、それですっかり支度はできたのだ。伝太はまだ迷っていた、木曾路を尾張か美濃（みの）へ出るつもりだったし、そのほうが児次郎に会えるのぞみが多いと考えたのである。けれどもいま、七郎次といっしょに京極若狭の家来をさんざんなめにあわせたのだから、七郎次があぶないとおなじように、木曾路をいくことは危険になってしまった。

「どうする、いっしょにいくか」

「だって御嶽へあがったって、若さまに会えるとは思えないからなあ……」

「だから、御嶽を越して飛驒（ひだ）へぬけて、それから美濃へ出たっていいだろう、どうせ京へのぼるんならおなじことじゃないか」

「そうだろうか」

ずいぶん迷ったけれど、やがて伝太はきゅうに決心がついた。

「おらやっぱり木曾路をいくよ」

「だって京極のさむらいたちが見張ってるぞ」

「おら若さまをさがしてるんだ、自分のからだの危険なんか考えてる時じゃないんだ、こっちへいけば若さまに会えそうな気がしているんだから、すこしくらいあぶなくってもこっちへいくのがほんとうだ」

伝太はそういって立ちあがった。七郎次はふっと涙がこぼれそうになった。

「それはおまえのいうとおりだ。そして、それだけのまごころがあればきっと会える、負けないでしつかりやってくれ」

「ありがとう、熊七……じゃない七郎次さんも無事で逃げられるようにね」

ふたりは家のそとへ出た。いつの間に降りだしたのか、ちらちらと粉雪が舞いはじめていた。

その三

屏風（びょうぶ）のようなかたちの崖にかこまれて、青ずんだ千年水を湛えた池がある。崖のおもてはいちめんに氷柱（つらら）が張りつめているし、池にも氷が張っている。あたりはどっちを見てもまっ白な雪だ、山も谷も区別がつかない、どこもかしこも目の痛くなるような白い雪の世界である。

そこは御嶽の峰でふつうに地獄谷とよばれているところだった。よほど信心のあつい人が垢離行（身のけがれを洗うつとめ）をする場所であるが、夏のうちでもひじょうに道が嶮岨なため、なかなか近寄ることができない、まして冬の季節になると雪と氷にとざされて鳥もかよわずといわれているくらいである。それにもかかわらず、いま冬のまっさかりというときに、地獄谷の池の氷を割って、すっ裸になった少年がひとり、その中で垢離をとっていた。

いうまでもなく高市児次郎である。

あれからどんな荒い修行をしたのだろうか、からだはすっかり痩せてしまい、目もひどく落ちくぼんでいる。ちょっとみると生きている人のようなかんじがしない、……風はないが粉雪が降っているので、児次郎の裸のからだは頭から雪まみれだった。

上松の里から登って来て二十日あまりになる、峰の金剛堂に草鞋をぬいで、まいにちこの地獄谷へ垢離に来ている。人のこえも聞かないし、獣や鳥のかげも見ない、山は雪にあけ雪に暮れる、あらゆる物が死につくしたような世界で、たったひとり、心を練り、からだを鍛えているのだ。

——どんな苦しさでもやってこい、どんなつらいことでもやってこい、自分はその苦しさつらさに勝ってみせる。苦しさがはげしいほど、それに勝つ自分の力がためせるんだ。どれだけの力が自分にあるか、人間にどれだけの力があるものかためしてみるんだ。

口では「がまん」とか「にんたい」とかいうけれども、じっさいに大きな苦しみやむずかしい事にぶつかって、どこまでもがまんをしぬき、にんたいをしぬくということはなかなかできることではない。標高三千米（メートル）を越す高山の真冬、雪と氷と、肌をつんざく烈風と、底知れぬ寒さとは、言葉や文字でつたえられないすさまじい威力をもっている。児次郎もなんどか決心がにぶった、もうだめだ、もうがまんができない、いくたびそう思ったか知れない、しかしそう考えるたびに空木嶽の洞穴のなかで旅の武士からいわれたことを思いだした。

――身を鍛え心を練るということは千人がやって千人がむずかしい、たいてい中途でだめになってしまう。それならはじめからそんな事をしないほうがよい。

児次郎の耳にはまだその言葉がはっきりと残っていた。それでまた「なにくそ」と元気をふるいおこすことができた。

――さあこい、世の中にありとある苦しみやつらいこと、どんな困難なことでもこい、おれは負けやしない、このからだと心が鉄壁のようになるまでは、どんなことにも耐えしのんでみせるぞ。

からだは痩せていくが、心はそれと反対につよい動かぬ力をもちだした。雪も降れ、氷も張れ、烈風も吹け、寒さもこい、もはや児次郎はすこしも迷わなくなった。寒さも苦しさもかんじない、自分の心とからだがもっと強く、どんな大事にであってもゆるぎのない力をもつように、りっぱに鍛えあがることをしずかにねがうだけだった。

氷を割って、池の中に裸で垢離をしていた児次郎は、きゅうにとじていた目をあけ、崖の上のほうへ耳をすました。

なにか物音がしたのである。心がよく澄んでいるから、聞きあやまるはずはない。なんだろうと思

っていると、

たーん。たーん。たーん。

と、谷にこだまして鉄砲の音がきこえ、それにつづいて、なにか叫び交わす人のこえが、かすかに遠くひびいてきた。

お堂へもどる時刻になっていたので、児次郎はしずかに池からあがり、からだを拭いて崖の蔭(かげ)にぬいでおいた着物をきた。猟人が熊でもうったのかと思ったが、ここは霊山だから殺生は禁じられている、なにか普通でない事がおこったにちがいない、そういう気がした。

はだかで水の中にいたときよりも、着物をきたときのほうが寒さをつよくかんじる、児次郎は歯をくいしばって、しめつけられるような寒さとたたかいながら膝っきりある雪の急斜面を登って行った。峰の金剛堂はきわめて小さなおこもり堂（祈願のため信者がおこもりをする）で、木組や壁こそがっちりとしているが中はじかに床板で、すき間から吹きこむ粉雪がいつも白く凍っている、登山者のある季節には番人がいるけれども、季節がおわるとみんな山をおりてしまうし、堂の中にある道具るいも持去(もちさ)るから、寝るのにもほんの蓆(むしろ)一枚くらいしかない、児次郎にはその蓆一枚が錦の夜具よりも尊く、粉雪の凍りついているそまつなお堂が、善美をつくした御殿よりもありがたくかんじられた。

地獄谷から登って来た児次郎が、いまその金剛堂のほうへまがろうとしたとき、

「やっ、いたぞ、あそこにいたぞ」

という叫びごえがして、黒沢道のほうからまっしぐらに駈けて来る者があった。思わず立ちどまってみると、足もとに雪煙をあげながら、七、八人の武士がこっちへはせつけて来た。

「そいつだ、逃すな！」

そうわめきながら、黙って立っている児次郎のまわりを、たちまちぐるっととり巻いてしまった。児次郎にはわけがわからなかった。それでしずかに見まわしながら、

「なにごとですか」

と、こえをかけた。夢中でおっとり巻いた武士たちは、ようやく人ちがいをしたことに気づいたらしい。

「なんだ、ちがうではないか。これはまだ少年だぞ」

「熊七という男ではないな。しかし」

一人が前へすすんで、

「おまえはこんなところでなにをしている。何処(どこ)の者で名はなんというのか」

「名は高市児次郎、甲斐のものです」

児次郎はすらすらと答えた。

「このお山へこもって修行をしております」

「修行だと？　ふん、子供のくせに」

武士たちは鼻で笑ったが、

「われわれは京極若狭守さまの家来だ。いま熊七と申す悪人を追いつめて来たのだが、このあたりで誰ぞみかけなかったか」

「見たら見たと正直に申せよ。つまらぬかくしだてなどすると、おまえも捨ておかんぞ」

「どうだ、誰か逃げて来たやつがあったであろう」

「存じません」

児次郎はしずかに頭を振った。

「今まで私は地獄谷におりました。鉄砲の音と遠くで人ごえのするのを聞きましたが、此処(ここ)へ登って来るまでにはなにも変ったことはありませんでした」

その四

「それにまちがいはあるまいな」

おどかしであろうか、一人がぎらりと刀を抜いてつめ寄った。

「もし嘘だったら命はないぞ」

「正直にいうほうが身のためだぞ」

「はっきり返事をしろ」

右からも左からもわめきたてた。児次郎はべつにおどろくようすもなく、ひと足さがってしずかに手をあげ、

「このあたりの雪をごらんなさい」

と、指さしながらいった。

「見るかぎり膝を越す雪です。人が通れば雪に跡がつくはず、私に嘘をつくことはできても、足跡を消すちからはありません。よく雪の上をごらんになるがよいでしょう」

そういわれて、武士たちはあわててあたりを見まわした。なるほどいちめん膝を没する雪だ。さらさらと粉雪こそ降っているが、人の通った跡がそう早く消えるわけはない。そこには地獄谷から来た児次郎のものと、自分たちの踏みちらした足跡があるだけで、ほかにはまるで人の通った跡がみえなかった。

「おい、いこう。むこうの谷かもしれん」

「そうだ。きっと石室（いしむろ）のほうだ」

武士たちはそういいかわしながら、いそいで元のほうへかけ去った。

児次郎はしずかに金剛堂へもどった。ひさしぶりで人間に会い、人間のこえを聞いたので、なんと

なく心にちからが出たような気がした。堂の裏にはおこもりをする人たちのために、炊事をする釜場がつくられてある。児次郎はまいにちいちどずつそこで粥をつくってたべていた。いままた干飯（ほしいい）（いちど炊いて干しかためたもの）をとりだして釜場へ来たが、焚木（たきぎ）が足りなくなっていたことに気がついたので、すこしさがった谷の林へ焚木をとりにおりて行った。

すっかり雪に埋っている枯木林へ、腰まである雪を踏みわけながら、そろそろとおりていくと、遠くのほうでまた鉄砲の音がした。

たーん。たーん。たーん。

「またやっているな。みつけられたのかもしれない。ぜんたいどんな悪い事をした男だろう」

つぶやきながら、しばらく耳をすましていたが、それっきり鉄砲の音も聞えず人のこえもしなかった。児次郎は枯木の枝を折りとって縄でたばね、肩にかついで釜場のほうへもどって来た。すると、釜場のなかに誰か人がいて、いましも焚木をもしつけているところだった。

――なに者だろう！

児次郎は思わず足をとめた。そのとき相手も物音で気がついたのであろう。かまどの前からすっと立ちあがってこっちを見た。その目と児次郎の目とがぴたりとぶつかった。

「おどろかして申しわけありません」

男がひょいと頭をさげながらいった。

「しかし私は決して悪人ではありません。あなたにごめいわくも掛けません。どうかご安心をねがいます。高市の若さま」

「…………」

児次郎は自分の耳をうたがった。高市の若さま、……その男の口からはっきり自分の名がでたのである。

「どうかその焚木をくださいまし。粥ごしらえは私がいたします」

「おまえは誰だ。どうして私の名を」

「存じています。さっき京極の家来たちと話していらっしゃるのを聞いていました。もっとも若さまと呼ぶにはほかにわけもありますが、まあとにかくその焚木をくださいまし」

これがいま京極の家来たちのさがしていた男だとはすぐに察したが、べつになにか自分のことを知っているらしい。妙なやつだと思いながら、児次郎はかついでいた焚木をわたした。

「あのさむらいたちと問答をなすっていたところはおりっぱでございましたな。八人もだいの武士がそろっているのをまるで木偶(でく)のようにおあしらいなすった。失礼ながらとても十五というお年とは思えませんでした」

「私はただあたりまえな返事をしていただけだ。それよりも、おまえがもし京極どのに追われているのなら、こんなところでぐずぐずしているとあぶないぞ」

「なにあんな木偶ぞろいなら安心なものです。それより若さまに申しあげたいことがございますが、あなたは伝太という少年をご存じですか」

「知っている。私の供のものだ」

「やっぱりそうでしたか、それは残念なことをいたしました」

「伝太に会ったのか、伝太になにかまちがいでも」

「いいえそんなわけではありません」

男はぴしぴしと、焚木を折ってかまどへくべながら、「わたくしはこのふもとの、屋敷野というところにいる七郎次と申す猟人でございます。五日まえのことでしたが」

と、しずかなこえで、黒沢の本社まえで京極若狭守の高札をひき抜いたことから、伝太と木曾路でわかれるまでのくわしい話をした。御嶽へ登ってしまえば安全だと思っていたら、山の七合目の下にある百間滝の小屋で、きのうとつぜん京極家の追手にとり囲まれた。あやういところで逃げだしたけれど、それから今まで、三笠山とこの峰とのあいだを休む間もなく追いまわされていたのである。

「わたくしをこんなにはげしく追いまわしているのですから、木曾路へ行った伝太さんはたぶん無事だろうと考えますが、わたくしのいうことをきいてこのお山へ登れば、若さまに会えたのだと思うとかわいそうでございます」

児次郎ははじめて、伝太が自分のあとを追って来たことを知った。七郎次の話を聞いていると、まるでそこに伝太のすがたを見るような気持だった。

「そうか、伝太は私をさがしにでたのか」

「木曾路をいくのはあぶないと申しましたら、若さまをさがすのが第一だ。自分の身のあぶないことなんか考えているときではないといいました。まことに大人もおよばぬりっぱな心がけで、わたくしは思わず胸が熱くなりました」

児次郎は伝太に会いたくなった。自分でもそう思うが、それよりも自分をさがすために苦労している伝太がかわいそうだった。

「これから追いかけても間にあうかしらん」

「たぶん追いつけないだろうと思います。なにしろもう五日も経っておりますから。それよりも、いずれは京へのぼるといっていましたから、わたくしといっしょに飛騨へおくだりなさいませんか」

「くだってもよいが、飛騨へくだってからどうする」

「いま思いだしましたが、伝太さんをさがすのによい手づるがございます。しかしくわしいことはあとにして、まず腹をこしらえるといたしましょう。どうやら粥ができたようですから」

ふたりは鍋をお堂へはこんで、熱い粥をふきふきたべた。このあいだに日が暮れはじめ、あたりがしだいに暗くなって来た。鉄砲の音も人ごえもあれっきり聞えない。あきらめたのかそれともけんとうちがいをさがしているのか、ともかく此処は安全になったようすだった。

「伝太をさがす手づるがあるといったが、その手づるとはどういうことだ」

「これはごく内密のことですが」

七郎次は箸をおいて、

「美濃と近江の国ざかいに三国岳と申す山がございます。その山の西の谷間に、『くらやみ谷』というところがあって、そこに薄田隼人という人のかくれが（世間にかくれて住む家）があるのです」

「薄田隼人？ それは隼人兼相というかたではないか」

「若さまはご存じですか」

「……うん」

故郷にある高市家へは、いつも諸国のさむらいや浪人たちがやって来た。薄田隼人という人もいちどたち寄ったことがあり、父からたびたびその話を聞かされていた。まえの名を岩見重太郎といい、のちに薄田隼人兼相となって大阪城の秀頼の家来になっているはずである。

「その人なら話に聞いているが、しかし大阪城にいるのではないのか」

「おもてむきはそうですが、ずっとまえから三国岳のかくれがにいて、さかんに浪人たちを集めているのです」

「大阪城のまもりにするためか」

「そうです。いずれ徳川軍とひと合戦あるはず、そのときのために決死の一軍をつくろうとなすっているのです。それで海道口にはいつも部下の人が見張りに出ていますから、伝太さんをさがすのにはよい手づるだと存じます」

「よし、伝太にも会いたいが、隼人どのに会えるのもしあわせだ。それではそこへまいろう」

「ご案内をいたしましょう」

七郎次はうれしそうに立ちあがった。いつ雪がやんだものか、お堂の軒をかすめて、すごいほど冴えた月がみえていた。

湖畔の春

その一

近江の国高宮の駅に、斎藤孫左衛門という旧家がある。慶長六年二月中旬、（今のほぼ三月中旬に当る）この家の門前に「岡崎殿御用」という札が建てられ、その附近には徳川軍の兵馬がおびただしくとまっていた。

ここは石田三成の本城、佐和山に近いので、関ヶ原の戦はすっかりおわりをつげたが、まだ徳川の軍勢は要所要所をかたくまもっている。しかしいま高宮の駅に兵馬がたくさんとまっているのはそのためではない。京へのぼる「岡崎殿御用」の行列と、関東へくだる本多佐渡守の行列とがたまたまいっしょになり、佐渡守がいま岡崎殿の宿所へごあいさつに出ているからであった。

斎藤家の奥座敷では、いま佐渡守正信が岡崎の菊姫にごあいさつをすませたところだった。

「佐渡どのはどういう御用で関東へおくだりじゃ」

「おそれながらさる正月、あたらしく東海道五十三駅がさだめられました。これは内府（家康）さまのおぼしめしにて、交通のもといとなる大切なご制度でござります。それにつきまして佐渡は、駅々の順路をしらべるために関東へくだるのでござります」

その年の正月、家康は天下を治める第一の手段として東海道五十三駅の制をきめた。これは江戸と大阪をむすぶ道順をはっきりさせるためで、荷物や手紙をはこぶのにその距離を計ったり、運賃をきめたりするのに必要なことだった。それまで誰も手をつけなかったのを、はじめて家康がその制度を作ったのである。

「それはご苦労じゃな」

「おそれいりますな。して姫には、伏見へおのぼりでござりますか」

「おじいさまにお祝の品を持ってまいる」

「それはそれは」

佐渡守は菊姫の性質をよく知っていた。それで「お祝の品」と聞いてにわかに膝をすすめた。

「姫君おんみずからのおはこびでは、さぞ世にまれなるお品でござりましょう。佐渡めにもひと目おがませてはいただけませぬか」

「みせたいが、ここにはない」

菊姫の美しい顔がちらっと笑った。

「はて、ここにないと仰せられますと？」

「そのわけはな、佐渡、お祝にさしあげる品と申すのが、そちも聞いていよう信玄の石棺なのじゃ」

「……なんと仰せられます」

「武田家重代の宝物、黄金数十万両をおさめて諏訪の湖底へ沈めたという、あの石棺をお祝にさしあげるのじゃ、おどろいたか」

「おどろきました。誰でもこれはおどろきまする」

佐渡守正信はずっと膝をのりだした。

「しかしそれはまことでござりますか」

「まことじゃ。菊が自らさがしもとめ、菊が自らさがしあてたのじゃ。だがその沈めた場所をはっきり知るには、おじいさまのお力をかりなければならぬ」

「と仰せられますると？」

「石棺を沈めた場所が、ある経巻のなかに書きこんである。その経巻さえ見ることができれば石棺を手にいれたもおなじことなのじゃ」

「してその経巻はいずれにござります」

「鞍馬寺じゃ。……京の鞍馬寺にあるのじゃ」

なんと！　菊姫はすでに鞍馬寺ということを知っている。どうしてだ。天地の二巻を見てしまったのだろうか？　いやそうではない。武田流軍学書、天と地の二巻は真田昌幸の手にある。姫はまだその二巻をみてはいなかった。ではどうして鞍馬寺だとわかったのだろう。

あのとき小淵沢で樋口小六につかまり、権現岳にあるかくし武者の洞穴へつれていかれた。しかし昌幸は小六のしたことをひじょうに怒って、すぐ姫を小淵沢まで送りかえさせた。小六はそのまま権現岳へもどったが、姫はすぐに甲府へは帰らなかった。それからずっと小淵沢にいて、附近の百姓や樵たちがなにか知ってはしないかと聞いてまわった。

ずいぶんひまのかかる仕事だったが、しかしやがてその苦労はむくいられた。境という村の樵が、あの日たまたま閑雪と児次郎との話を聞いていたのである。

――やがて鞍馬寺でおめにかかります。

児次郎がそういった言葉をはっきりとおぼえていたのだ。

――第七の蔵、というのは鞍馬寺の経蔵（経文をしまって置く土蔵）だ。それにちがいない。たしかに京の鞍馬寺だ。

利巧な菊姫はすぐにそうかんじた。しかしいそがなかった。へたにいそぐと閑雪に気づかれる。しばらくは黙ってじっとしているほうがよい。そして閑雪たちのゆだんするのを待って鞍馬寺へいこう。そう思ったのである。そしてこんどいよいよ、伏見城にいる祖父家康のところへ、ごきげんうかがいにいくという名目で、京へのぼって来たのであった。

「あいかわらず姫はご活潑でおわしますな。武田の石棺がまことに発見いたしましたら、内府さまにはなによりのおよろこびでござりましょう。ではこれよりすぐ鞍馬寺へおはこびでござりますか」

「いや伏見へまいる。おじいさまのお力をおかり申さなければならぬゆえ、まず伏見へまいって、それから、……」

菊姫はにっと笑った。その目はすでに勝利の光に耀いていた。

その二

高宮の駅を出立した菊姫の行列は、「岡崎殿御用」という札をさきにたて、湖畔の道を大津へとむかった。

早春のみずうみはうららかに晴れ、遠く比叡、愛宕の山々が青く霞んで見える。姫は輿に乗っていた。槍を持った武士が四人、徒士が十二人、輿のうしろには足軽二人で唐櫃をかついでいる。中には武田流軍学書三巻がはいっているのだ。

この行列のうしろを、さっきから見えがくれにつけている者があった。まぎれもなく鹿ヶ谷の伝太だ。

「へんだ、どうもへんだ」

伝太はひとりで首をかしげながら、

「若さまにはこれほどさがしても会えないのに、ここであのおてんば娘に会うというのはへんなめぐりあわせだ。おまけにあの唐櫃、あれはたしかに臭い」

伝太の目もするどい、早くも唐櫃の中になにがあるかを察していた。

「伏見城へいくということだから、きっと軍学書三巻を持っているにちがいない、持っているとすればあの唐櫃の中だ」

はじめはただ菊姫の行列と知ってあとをつけていたのだが、そこに気がつくと伝太の顔つきが変ってきた。

――よし、あの唐櫃の中のものを取りかえしてやろう。

もともとあの三巻はご主人のものだった。それを菊姫がうまく若さまや自分をだまして横取りして行った。若さまが小淵沢から自分を置いてどこかへ行ってしまったのも、つづめていえば菊姫のためである。よしあいつを取りかえしてやろう。決心がつくと早い。いちど心がきまるとほかのことは考えない。真一文字に目的へ突進する。それが伝太の気質だった。

やるなら待ちぶせだと思って、伝太はすぐに道を裏へぬけ、ひた走りに行列のさきへ出た。

高宮から四里いくと観音寺の駅がある。そこをさらに南へ出はずれたところは、左右が松林で道もせまい。松林のうしろは山手が田、海手が蘆原（あしはら）になっている。伝太はさきまわりをしてこの松林のなかに身をひそめた。もう日はかなり傾き、湖水のほうから濃い夕靄（ゆうもや）がながれて来る。みるみるうちに蘆原も松もおぼろにかすみ、頭の真上の高い空に、ひとところだけ茜（あかね）いろに夕映えの雲がのこっていた。

ついに菊姫の行列がやって来た。

先頭に槍を持った武士が二人、つぎに徒士が六人、菊姫の輿、輿の左右に二人、それから唐櫃と、それをまもる徒士六人、この順でだんだん近づいて来た。伝太のかくれているところから道まで三十歩ほどある。いく人の影がおぼろにかすむほどの距離だ。

――よし今だ！

伝太は背をこごめてとびだした。まっしぐらに走るその背中で、濃い夕靄が渦を巻いた。三十歩あまりをひと息に走って道へ出る。やりすごした行列のうしろへ迫って、いきなりしんがりにいる武士の頭上へびゆっ！　と六尺棒をうちおろした。

「あっ、くせもの！」

ひめいをあげながら倒れたので、行列の人びとは仰天しながらふりかえった。

「おおっ、くせもの」

「くせものだ。お輿をまもれ」

わっといちじに叫びたてる。それより早く、伝太はつぶてのごとく前へすりぬけ、唐櫃をかついでいる足軽をなぎ伏せながら、さらに供先へと突破した。しんがりにおこったすさまじいひめいと、「くせものだ」という叫びごえに、行列はぴたりと停り人びとはうしろへひきかえした。その列のみだれをしめたとばかり、伝太はあべこべに供先へすりぬけて、

「こっちはおれが引きうけた。輿をやれ！」

と、こえをかぎりに叫びたてた。くせものはうしろだと思った武士たちは、この叫びを聞いてうろたえた。前のほうにも別にくせものがいると思ったのだ。

「ゆだんするな。前にもいるぞ」

「お輿をまもれ、お輿のそばを離れるな」

口ぐちにわめきたてる。前と後と、両方に気をとられて、たちこめる靄とともに行列はわらわらと崩れたった。そのわずかなすきが、伝太にとっては百人の味方であった。

「えいっ、えいっ！」

とくいの六尺棒で二、三人うち倒すと、燕のようにすばやく、足軽が投げだしたままになっている唐櫃のところへはせつけた。するとそのときである。輿の簾（すだれ）をすっとかかげて、鉄砲の筒口があらわれたと思うと、

「みなの者、あぶないぞ」

と、菊姫のこえがした。そのこえが耳にはいったので、あっと伝太がふりかえる、とたんに筒口から火花がとんだ。

だあーん！

「あっ、ちくしょう！」

伝太のからだが毬(まり)のようにころげた。

その三

うらうらと日があたたかい。

三国岳のふところにある「くらやみ谷」の、ふかい杉の森にかこまれたこの屋敷は、まわりにきびしく土塀をめぐらし、空壕(からぼり)、石塁をもってかためた、さながら小さな城というべき構(かまえ)だった。

児次郎は物見の丘（展望台）にのぼり、はるかに琵琶湖の水を見ながら、さっきから、あたたかい早春の陽にぬくまっていた。

この屋敷は薄田隼人のかくれがである、御嶽から熊七の七郎次につれられて、此処(ここ)へ来たのは正月なかごろであった、あるじの隼人兼相はいなかった。大阪城へ行ったという、それからきょうまでながいこと待った、浪人を集めるために、隼人の部下の者が三つの海道口に出張(でば)っている、その人たちに伝太の人相（すがた顔つき）をよく話し、それと思われる者をみたらつれて来てくれるようにたのんであるのだ。

湖の水は日ごとにぬるんでくる、比良の山なみの雪もいつしか溶けて、谷間にかおっていた梅の花もおおかたは散ってしまった。

「伝太はもう京へのぼったのかもしれない」

児次郎はふとそうつぶやいた。

この物見の丘から屋敷の内庭がみおろせる、そこではさっきから、三十人ばかりの浪人たちが武術の稽古をしていた。からみあう槍の音や、はげしい木剣のひびきにまじって、元気な人びとの叫びごえが聞えてくる。かれらの多くは関ヶ原で負けた石田軍の落武者で、いつかは大阪と徳川とのあいだに大合戦がおこるものと信じ、そのときこそ豊臣氏のために、身命をなげうってはたらこうという人びとだった。

だからまいにちの稽古もはげしく、そのこえは戦場で発するような力をもっていた。

――いよいよ合戦となったら、こんどこそ家康をうちとめてくれるぞ。

――あっぱれ一番槍の功名をして、万石大名に出世してやるぞ。

誰の目にもありありとそういう気持があらわれている。児次郎は朝夕その目つきを見、そういう言葉を耳にした。いさましいと思い豪気な人たちだと思った、けれどそれはただそう思っただけであった。なぜだろう、そういう壮烈なかくごをみれば、しぜんとこっちの心もはずむものである。おどりやすい少年の気持からすれば、いっしょに大阪城へたてこもり、いざ合戦となったら徳川の大軍とめざましく戦ってみたくなるはずだ。しかし児次郎の気持はしずかだった、むやみにはずみもしなければおどりあがることもなかった。ただしずかに、黙って人びとの元気なようすをながめていた。

「高市の若さま、若さま」

下のほうから走って来た者がある。七郎次かなと思った、七郎次は伝太をよく知っているので、まいにち海道へ見張りにでかけているのだ。

――伝太がみつかったのか。

そう思って児次郎が物見の丘からおりるところへ、下からこの屋敷の小者（下男）が駈けつけて来た、七郎次ではなかったのである。

「若さま、おもどりでございます、薄田の殿がいまおもどりでございます」

「隼人どのが帰られた？」

「はい、若さまのことをお聞きになってすぐ会いたいと仰せです、どうかお早く」

「わかった、すぐにまいる」

「どうか早くおいでくださいまし」

小者の去っていくあとから、児次郎も庭へとおりて行った。

薄田隼人はいま大阪から着いたばかりだった。秀頼公に正月のお祝を申しあげるため、ひとめをしのんで大阪城へいき、こんども若狭から琵琶湖の北をまわって帰って来たのだ。隼人兼相はまえの名を岩見重太郎といい、力が強く、武術にすぐれた勇士だった。かつて天の橋立（日本三景の一、京都府与謝郡にあり）で父の仇討(あだうち)をしたときには、三百五十人を敵にまわしたというくらいで、その勇名は国ぐにになりひびいていた。もと筑前の国小早川氏の家来であったが、いまは豊臣秀頼につかえ、一方の旗頭として重くもちいられていた。

児次郎がちかづいていくと、屋敷のひろえんに腰をかけていた隼人が、

「やあ、これはこれは高市の若」

と、大きなこえで呼びかけた。

「ようこそわしをおたずねなされたな、この隼人をおぼえておいでか、さあこっちへ、此処(ここ)へ来てよく顔を見せておくりゃれ」

「お留守におじゃまをしておりました、高市児次郎でございます」

ぴたっと手で袴をはらい、相手の目をみつめながら腰をかがめてあいさつをした。

「おお、みごとなご成人ぶりだな、わしが田野の郷におたち寄り申したおりは、まだずっと幼くおいでだったが、みごとみごと、あっぱれみごとなご成長ぶりじゃ、して与吉右衛門どのにはご壮健でおいでなさるか」

「家を出まして半年になります。私も父の無事をねがってはおりますが、たよりをしませぬゆえようすは一向に存じません」

「ほう、それはまた、なにかわけがありそうな話じゃの。まあよい、上へあがってから聞くとしよう、……、玄蕃(げんば)せんそく（足を洗う水）をもて」

隼人はびんびんとよくひびくこえで叫んだ、むこうから小者が二人、手樋とせんそく盥(だらい)を持って走って来た。

その四

信玄の石棺についてはなにもいわなかったが、閑雪の昌幸といっしょに故郷を出てからのことを児次郎はあらまし話した。隼人がもっともよろこんで聞いたのは、木曾御嶽までの苦しい修行のくだりで、そこではなんども感歎のこえをあげた。そして話がひととおりすむと、

「それで、これからどうなさる、修行の旅をつづけられるか、それともその伝太という者のみつかるまで待っていなさるか」

「じつはさきほど、出立することにきめたのでございます」

「それはまたどうしたわけだ」

隼人はすこし不満らしかった。

「さっきからの話を聞いて、わしもじつは相談したいことがあったのだ。と申せばおわかりじゃろう、家康の本心はいよいよきまった、いずれ正面からひといくさなければすむまい、そのためわしも天下の浪人を集めておるのだが、どうだ若、そのもともわれらと馬をつらね、大阪城のためにひとはたらきする気はないか」

「せっかくのお言葉ではございますが、私はごめんを蒙(こうむ)ります」

「なぜいやだ、甲斐の人びとにとっても徳川は敵であろう、こんど合戦となれば関ヶ原とはわけがちがうぞ、関ヶ原には石田三成が大将であった、されば太閤恩顧の大名たち、なかにも加藤、福島、黒田、細川、浅野など、ちからある大名がかえって徳川に味方した。しかし秀頼公お旗あげとなればこれらの者も大阪入りじゃ、まさに天下わけめの大合戦であり、大阪の勝利は目に見るごとしだ。そなたほどのすぐれた器量人は、ひと戦いで一城のあるじに出世ができるぞ」

「それは仰せのとおりかもしれません」

児次郎はしずかに笑っていった。

「けれども児次郎は一城のあるじになりたいとは思いません、また国持大名に出世をしたいとも思いません」

「ふしぎなことをいう」

隼人はあきれて目をみはった。

「武士の子とうまれ戦国の世に人となって、一国一城のあるじになりたくないとはどうしたわけだ。まさか戦場に出るのが恐しいわけでもあるまいが」

「戦場にめぐりあったことがないので、恐しいかどうかはまだわかりませんが、児次郎には児次郎の望（のぞみ）がございます」

「その望を聞こうではないか」

「口では申しあげられないことです、どうかおききなさらないでください。そして、このまま出立させていただきます」

言葉つきはあくまでしずかだったが、びくとも動かぬ心のかたさは、ありありとその眉にあらわれていた。人に真似（まね）のできない荒修行をして来て、すでに児次郎の心はうごかぬちからを持っていた。ひとの言葉などに誘われないちから、自分の信ずることをはっきりとおこなえるちからを持っていたのである。

「なかなか不屈なつらだましいじゃの、ではどうしても此処(ここ)を去るか」

「まことにお世話をかけましたが……」

いいかけたとき、庭へばらばらと、七郎次が駈けこんで来た。

「若さま、高市の若さま」

「おお熊七、ここだ」

児次郎は隼人にあいさつして、えんがわまで出て行った。七郎次は肩で息をしながらとんで来た、片手になにか紙きれを持っていた。

「こ、これを、ごらんください」

「なんだ、落ちついて話せ」

「落ちついている場合ではございません、どうか早くこれを読んでくださいまし」

「見せろ」

児次郎は紙きれをうけ取った。それにはつぎのような文字が書いてあった。

触れ申すこと
一、甲斐の国、鹿ヶ谷の伝太と申す者、このたび岡崎殿おん行列にたいし、無礼のふるまいあるによってからめ捕り、野洲(やす)城の土牢にとじこめ候(そうろう)。近日ひきいだして打首にいたすべく、この儀ところの者どもへ触れいだし候。
慶長六年二月　野洲城代

「伝太が、伝太が土牢へ」

「高宮から大津まで、道すじいたるところにこの貼紙がしてございました」

「なにか噂を聞かなかったか」

児次郎もさすがに顔色を変えた。

「聞いてまいりました。三日まえのことだそうです、岡崎殿の行列が観音寺のはずれにかかりましたとき、そのお輿に打ってかかった少年がありましたそうで、よほどめざましくはたらいたそうでございますが、お輿の中から鉄砲でうたれ、ついに捕えられてしまったという話でございます」

「たしかに伝太だ、岡崎殿の行列へとびこんだというからにはまさに伝太にちがいない、よし」

児次郎はしずかに立ちあがった。

霧の湖上

その一

「やい！　縄をとけ」

伝太はこえいっぱいにわめきたてた。

「徳川のさむらいは礼儀を知らないのか、おいらは泥坊やなんぞじゃないんだぞ、りっぱに戦って負けたんだ、生きていようとは思わないんだ、はやくこの首を斬れ、やい首を斬れ！」

うす暗い牢の中であった。観音寺で行列を襲い、もうひと息で唐櫃の中のものを奪いかえそうとしたとき、菊姫の放った鉄砲でふとももを射抜かれた。骨はなんともなかったし、ただ肉を射抜かれただけだったが、はずみをくらって倒れたところを、折りかさなって捕えられ、そのまま野洲の出城にあるこの牢へひかれて来たのであった。

「ちくしょう、鉄砲なんかうちやがって」
それがなによりくやしいらしい。

「おいらは一人、貴様たちは十六人もいて、鉄砲を持ちださなけりゃかなわなかったんだろ、卑怯者め！　卑怯だぞやい！」
野洲は安土の出城である。ここは城の搦手（うしろそなえ）にある土牢で、久しく使わなかったものかひどくかび臭いし、おまけにまわりに湧き水でもあるとみえ、きみの悪いほど湿気がつよい。きょうで三日、伝太はこの暗がりのなかでぞんぶんにあばれていた。こえかぎり叫び、縛られたままからだごと牢格子へたたきつけ、床を踏みならしながら、

「やい、誰もいないのか」
とわめきつづけた。

「縄をとけ、さむらいなら作法をまもれ、菊姫の卑怯者め、出て来い、伝太が恐しくて来られないのか、やい菊姫、出て来い」

「……やかましい」
とつぜん低く答える者があった。

「や、来やがったな、誰だ」

「おまえがいま呼んでいた者です」
しずかなこえでいいながら、手燭を持って近づいて来たのは、まさに菊姫だった。伝太はさっと牢格子へとびかかって、

「菊姫、菊姫、やっぱり貴様か、おいらを鉄砲でうったのはやっぱり貴様だったか」

「でも命はたすけてあげましたよ」
菊姫はからかうように笑った。

「頭でも背中でも、どこでも、一発で命のねらい所があったのに、わざと足をうってあげたんです、おまえそれを知らないの」

「よけいなお世話だ、縛られて牢へ入れられるくらいなら、一発でうち殺されたほうがよっぽどましだ。へん、なにをいやがるんだ」

「いばったってだめ、甲斐の山奥で熊を追いまわしているのとはちがいます。これからはあたしのいうことをよくきいて、はっきりと返事をするんです」

「へん！　誰が聞くもんか、おまえさんなんぞ顔を見るのもいやだ」

「児次郎はいまどこにいますか」

　菊姫は低いこえでいった。

「武田流軍学書二巻はどこにあります。それをおいい、児次郎と軍学書二巻はいまどこにあるの、伝太、はっきりといっておしまい」

「はっはっは、こいつはお笑いぐさだ」

　あんまり面白くもなさそうなこえで笑い、ぐっと前へ顔をつきだしながら、

「そういわれてなにもかもしゃべるほど、この伝太をばか者だと思っているのかい、おまえさんの家来にはそんな臆病者がいるかもしれないが、高市さまのご家来はもうすこし骨があるんだぜ、ばかにするない！」

「おまえは知らないんでしょう、なんにも知らないからそういうのね、そうだろう」

「な……なにを知らないっていうんだ」

「児次郎のいるところを、軍学書のあるところを。ねえ、みんな知らないんでしょう」

「知ってらい、そんな、そんなことくらい」

「ほほほほほほ」

こんどは菊姫が笑った。

「かくしてもだめ、伝太は熊なんか相手に育ったから、心に考えてることがすぐ顔へ出てしまう、おまえの目を見ているとまるで心の中が見とおしですよ」

「なんとでもいえ、菊姫の卑怯者、もうなにをいっても聞いちゃあいねえぞ」

「そうかしら、きっと聞いていないかしら」

姫は意地わるなこえつきでいった。

「ではいってあげるけれど、きょうからねえ伝太、道の辻々へ貼紙をだしたのよ。この牢の中に伝太をとじこめてあるって、そして近いうちにひき出して斬ってしまうって」

「そ、それがどうしたんだい」

「それをねえ。……それを児次郎にみつけてもらうつもりなの、児次郎は家来おもいだから、みつければきっとたすけに来るでしょう」

「ちくしょう、そして若さまを罠におとそうっていうのか」

「こっちでは待っているだけよ、来ようと来まいと児次郎の勝手です、そして戦は智恵のある者が勝つんです」

「ええい卑怯者！」

伝太はからだごと、鉄砲だまのように牢格子へたたきつけた。ふいをくって菊姫がさっと身をひいたとき、いつも帯にさしている姫の小太刀から、笄（刀の鞘についているへらのようなもの）がぬけてかたりと落ちた。

姫はそれに気がつかなかった。

「さあさあ、思うぞんぶんおあばれ、おまえの力でこの牢をこわしてごらん、そのうちには此処で児次郎に会わせてあげます」

「待てっ菊姫、いくならこの縄をといていけ」
からかうような笑いごえを残して、菊姫はむこうへ去って行った。

その二

遠ざかっていく姫の足音を聞きながら、伝太の大きな目は闇の一点をじっと射るようにみつめていた。

牢格子のそと、つい鼻先の床の上に、姫の小太刀からぬけ落ちた笄があるのだ。その落ちた場所を見まちがえないように、全身の注意をあつめてみまもっているのだ。菊姫の足音が聞えなくなり、あたりがもとのまっくらやみになっても、おなじ闇の一点をみつめたまま伝太はしばらく動かなかった。なんの物音もしない、誰の見ているようすもない、もうだいじょうぶだ。

伝太はそろそろと身をこごめた。目はまだそこをみつめている。それから左の足を格子から出し、しずかに床の上をすべらせていった。うっかりあせってすると遠くへ蹴とばしてしまうかもしれない、そう思ったから苦しくなるほどからだを折りまげ、できるだけ爪さきを遠くへのばした。

ここらあたりだと思ったが、なにもさわらなかった。光の下で見たものを、光が消えてからおなじ場所にさぐりあてるのはむずかしい、おなじ場所をみつめているつもりでも、闇になるとしぜんに目のほうでけんとうがはずれてしまう。ことに伝太のばあいには、姫に気づかれないように見ていたのだからなおさらのことだ。……もうだめか。いちどはそうあきらめかけたが、さいごのひとねばりが成功して、やっと爪さきに笄をさぐり当てたのは、それからおよそ一時間ほどのちのことであった。

「おいらが此処にいれば、そしてもしも若さまがその貼紙をみれば、きっと若さまはたすけにいらっしゃる、そうすれば菊姫の罠にかかってしまうんだ」

伝太はそう思うと胸が苦しくなってきた。

「早く此処をぬけださなければならない、そして若さまが罠にかかるのをふせぐんだ」

　竿を中へ入れたが、ぐるぐる巻きに縛られているので手が使えない、まず竿を口にくわえ、うつ向きながら歯とあごの力で、ごしごしと縄を切りはじめた。

　竿には刃がついていない、ただ尖端だけがうすくとがっている、そこで縄を切ろうというのだ。ずいぶん骨のおれるしごとだった、しかし伝太はひっしである、二時間あまりかかったが、ついに縄の一本を切ることができた。

「しめた、切れたぞ」

　一本切れればあとはぐるぐるとける、たちまち両手が自由になった。息をつくひまもおしい、すぐに竿を手に取って、右がわの壁板を破りにかかった。

　はじめたのが夜の十一時ごろであろうか、建物は古く、壁板はもろくなっていたとはいうものの牢舎だ、それに二三日よく食事をしていないうえに、わめいたりあばれたりして、からだはくたくたに労れている、しかも足には鉄砲でうたれた傷がある、薬をつけて手あてはしてくれたが、まだはげしく動くと傷は痛む。

「このくらいの痛みがなんだ」

　伝太は歯をくいしばった。

「片足や片手がなくったって、こんなぼろ小屋なんかぶちこわしてみせるぞ。誰だと思う、へん！　高市児次郎さまの一の家来だ」

　頑張った、命かぎり頑張った。城内を見まわる番士の、番柝（ひょうし木）の音を三度まで聞いた。一時間ずつにまわるとして、およそ三時間はすぎたわけである。人間がひっしになるとちから以上のちからが出るものだ、やがて壁板の一部は切りやぶられた。

　あとはぬりごめの土である、これを突きやぶるのは雑作もない、もうひと息、つかれも忘れたし傷の痛みも忘れた。もうひと息、ほとんど夢中で頑張った。そしてさいごのひと突きで笄はぬりごめのそとへ出た。

夜は明けかかっているが、まだあたりは暗かった。

野洲川が琵琶湖へながれ入るところは、対岸が堅田の浦で、湖がぐっとふかくくびれているせまい場所である。見るかぎり低く朝霧がたっていて、そよとの風もない湖面はいちめん幕を張ったようにけぶっていた。

牢をぬけだした伝太は、川に沿ってひと息にそこまで走って来た。海道へ出てはすぐみつけだされる、湖を渡って堅田へあがり、ひとまず鞍馬山へ登ろうと思った。鞍馬寺にはもう閑雪真田昌幸が行っているはずだし、ことによると児次郎のようすがわかるかもしれない。それでまっすぐに湖畔へやって来たのである。

「舟だ、どこかに舟はないか」

岸まで出て見まわしていると、ふいにうしろで鉄砲の音がした。

たあーん！　たあーん！

「もう気がついたのか」

伝太はぎょっとして、すぐに枯蘆のしげみのなかへとびこんだ、そこは腰までつかる水で、下はふかい泥地だった。かまわずさきへ進んでいくうちにも、鉄砲の音はしだいに近くなってきた。

だあーん、だだだあーん！

たしかに、牢をやぶって逃げたことを城兵がみつけたのだ。そして、見よ、伝太のうしろへ、早くも追いついて来る足音が聞える、枯蘆を押しわけるがさがさという物音が、ひじょうな早さでうしろへ近づいて来るのだ。

「えい、あの棒があれば二人や三人」

歯がみをしながら、腰っきりある水の中をけんめいに逃げた。

その三

霧がうずを巻き、枯蘆がばりばりふみ折られた。もういかんと思ったとき、

「えいっ」

というするどい気合のこえがうしろでおこり、ひめいをあげて誰か水へ落ちるのが聞えた。

「こっちだ、此処にいるぞ」

「こっちへ追いつめたぞ」

呼びかわすこえと、走って来る人の足音が湖上の霧をゆらゆらと揺りたてた。伝太ははっと身をすくめた、追われているのは自分ではない、自分のうしろに誰か追いつめられて来た者があるのだ。

——このすきに逃げられる。

そう思ってふり向くと、明かるくなって来た朝のひかりと共に、霧がうごきはじめて、つい百米ほどさきの湖上に一艘の小舟が浮いているのが見えた。野洲川からながれだしたものらしい。まさに天のたすけである、伝太はすぐ着物をぬいで、くるくると頭にしばりつけ、しずかに湖のなかへすべりこんだ。

このあいだにも、つい右手の蘆のなかではすさまじい斬合いがつづいていた。えいっ、えいっというかけごえや、刃の音などが、耳をうつほど近く聞える。伝太は泳ぎだした。

湖心のほうから風が吹きはじめた、水面にたちこめている濃い霧が、にわかにつよくながれだして、まばゆい朝の太陽が、そのきれめからさっと千万の光の矢を射かけた。小舟まで約百米、早春の水は肌を刺すように冷かったが、伝太はしずかに泳ぎついた。

舟へ泳ぎついてからはじめて、伝太はうしろへふりかえった。

——鉄砲をうちながら追って来たのは野洲の城兵にちがいない、そうすると追われていたのは関ヶ原の落武者ではないか。

そう気がついたのである。そこですばやく舟へと這(は)いあがり、水を拭いて着物を着ながら岸のほうを見やった。

霧はうすくなっていた、岸べの枯蘆のあいだに、四、五人の人影がいりみだれ、きらりと刀がひらめいたとみると、追う者と追いつめられている者とが左右へはなれた。追手は三人、みんな小具足をつけている、その人びとにとりかこまれているのは少年だった。伝太の目はいきなりその少年のすがたにくいついた。

——あっ!

と、こえがのどにつまった。

「わ、若さま、若さまだ」

あぶなく前へのめりそうになったほどのおどろきだった。少年はまさに児次郎である、ながいあいださがしもとめていた主人、夢にも忘れず心配しつづけてきた主人を、そんな風にとつぜん見出(みいだ)したのである、伝太はおどろきとよろこびで息がつまりそうになり、すぐ足もとにあった棹を取って、ぐいぐいと舟をこぎだした。

舟をこぐということはたやすくはできない、ことに「棹は三年、櫓(ろ)は三月」といわれるくらいで、棹ではなかなかこげないものである、甲斐の山奥でそだった伝太が、はじめて舟をこぐのだからうまくいかないのはあたりまえで、いくらやっても舟はただぐるぐるまわるだけだった。

「だめだ、泳いでいこう」

いちどはそう思った、けれど舟がなくては、児次郎をたすけても逃道(にげみち)がない。そこに気づいたので、もう法もなにもなく、ただ腕力にまかせて無理やりに岸へと舟を押しすすめた。一秒、一秒、命のち

ぢむようなあせりかたで、それでもようやく舳先がずずっと浅瀬へ乗りあげる、とたんに伝太は棹を持ったままとびあがり、

「若さま、伝太がまいりましたぞ」

とわめきながら駈けつけた。そのとき児次郎は湖のほうを背に、三人とあい対していたが、伝太のこえを聞くとすぐ、つっと左へ身をうつしながら叫んだ。

「手をだすな、此処はおれひとりで片つける、いそいで舟をさがして来い」

「舟はあります」

「よし、ではすぐ出せるようにして置け」

児次郎の言葉がおわらないうち、追手の一人が槍をもって正面から突っかかった。それといっしょに、右にいた一人も、児次郎の脇をねらって、たたきつけるように斬りこんでいった。挟みうちである。

「えいっ　えいっ」

「やあっ！」

あぶない！　とみえたとき、児次郎のからだは乙の字を書くように跳躍し、突っこんできた槍の千段巻を切りはなして、その余った力で脇をねらって踏みこんだ一人の面上を打った、伝太は舌を巻いておどろいた。

なんというみごとな太刀さばきだろう、鹿島神流の腕前は甲斐にいたときからよく知っているが、いま見る児次郎はまるで人がちがうようだ。からだと、呼吸と、剣と、この三つのものが一本の糸のようにつながり、しかものびのびと大きく、すこしのみだれもなく、受ける太刀、打ちこむ太刀と、いささかのむだもなく敵を倒していく。

——ふしぎだ、まるでせんの若さまではない、まるで人がちがっている。

伝太は大きな目をいっぱいにみひらいたまま茫然と立ちつくしていた。その僅かなあいだに、児次郎は残った二人をうち倒していた。

「伝太、舟はどこだ」

「こっちです」

「加勢がやって来る。いそげ」

伝太はさきへ駈けだした。

その四

舟が百米ほど湖上へ出たとき、城のほうから加勢の人数がはせつけて来た。棹はもうとどかなかった。伝太が櫓をかけると、児次郎が立って来て自分で押した。岸にはほかに舟がないので、はせつけた城兵たちは汀に折敷き、ねらいうちに鉄砲をうちはじめた。水面をはしる銃声につれて、びゅん！　びゅん！　と弾丸が舟の左右をかすめる、二、三弾は舟べりに当って板を砕いたのもあった。

児次郎はすぐに櫓の押しかたを悟った、そして舟はすべるように、たちまち着弾距離（弾丸のとどく距離）をひきはなした。

「おどろいたなあ若さま」

「なんだ」

「いつ舟のこぎかたを覚えたんですか。さっきの戦いぶりだってすばらしいもんだし、こんどはこんなにうまく櫓をつかうし」

「つまらない事を感心するんだな」

「だってあんまりふしぎですから」

「ふしぎなことがあるものか」

児次郎は舳先を堅田の浦に向け、ぐいぐいとたくみに櫓を押しながら、

「剣だって櫓だって、つまるところは呼吸ひとつだ。鳥刺し（もち棹で鳥を捕る人）の名人が槍術の達者を負かしたという話がある、からだと、気と、物と、これを統一する呼吸がわかれば、あとはその物の理にしたがうだけなんだ。しかしまあそんなことはどうでもいい、おまえよく牢から逃げられたな」

「やっぱり若さまはたすけに来てくだすったんですね」

「貼紙を見たからすぐやって来たんだ。しかしどうも城内のようすがあやしい、こいつは罠にかかったと気がついたので、すばやく追手を切りはらって逃げのびて来たんだ」

「みんな菊姫のしごとなんです、おらも自分が牢の中にいると若さまが罠にかかると思ったので、ゆうべ牢をやぶって逃げたのです」

そういって伝太は、笄一本でぬけだすまでの苦心を語った。

「けれども、若さまはきょうまで何処（どこ）にいらしったんですか」

「伊那谷（いなだに）から駒ヶ嶽へ登ったり、木曾の御嶽（おんたけ）で山ごもりをしたりしたよ、木曾では伝太の知っている男に会った、覚えているだろう熊七という猟人（かりうど）だ」

「熊七にお会いになったんですか」

伝太は目をまるくしておどろいた。

「伝太が木曾路へ行ったすぐあとで、御嶽山で会ったんだ、そのとき熊七からおまえの話を聞いたので、私もおまえに会いたくなって山をおりて来たんだ」

児次郎は三国岳の薄田（すすきだ）隼人（はやと）のかくれがにいたことや、熊七が菊姫の貼紙を持って来たこと、それからすぐに野洲へ乗りこむまでのことを、あらまし話してきかせた。

「それで閑雪さまはいまどうしているか」

「伝太も権現岳でおわかれしたきりですが、もう鞍馬寺へおいでになっているだろうと思います。きっとそうだと思います」

「そうかもしれない」

児次郎はふと野洲城のほうを見やった。

「菊姫が京へのぼるとすれば、閑雪さまもかならず鞍馬寺にいらっしゃるだろう、なにしろあの姫はすばらしくいい頭だ、どんなところから鞍馬寺へ目をつけるかもしれない」

「これからすぐ鞍馬寺へまいりましょう、若さま」

「うんいこう」

児次郎はぐっと櫓に力をいれた。

追手の舟がみえないうちに、二人は堅田の浜へ着くことができた。坂本から比叡を越すのが道順であったけれど、坂本には徳川の軍兵が駐まっているので、堅田へあがるとそのまま、裏比叡の横高山というのへ登り、それを大原の里へでる裏道をとった。

みちのりはそれほど遠くはないが、嶮しい山と谷を越すので、二人が大原へ着いたのはあくる日の暮れがたであった。

黒木売りで名高い大原の里は、いま紅梅のまっさかりで、日だまりの窪地にはちらほらと桃の咲きだしているところもあった。

「ずいぶん平和なところですね」

伝太はあんまりあたりがしずかなので、きょとんとしながらいった。

「紅梅がかおり桃が咲き、畑ではのんびりと人が畑を打っている、まるで戦国の世とは思えないところですねえ、若さま」

「おまえもそう思うか、伝太」

麦のすくすくとのびた畑のまえで、児次郎はふと立ちどまりながらいった。

「私が山々谷々をあるいているあいだに、いちばん考えたのはそれだった。……平家が勝ち源氏が勝ち、北条が勝ち織田が勝ち、戦乱のつぎに戦乱がおこり、天下は甲から乙、丙へとうつっていく。しかしそのうしろに」

と、児次郎は畑のほうへ手をさしのばした。

「この世界があるのだ、栄華ものぞまず贅沢もほしがらず、自分のつとめをこつこつと力いっぱい果している世界が。……みろ伝太、この人びとがなにをしているかを。この人びとがいちどでもおのれの利益のために刀を取ったことがあるか、自分が偉くなるために、誰かに戦争をしかけたことがあるか？　……この人たちは天のめぐみの尊さを知り、御国のご恩を知っている、そのご恩にむくいるために、自分たちのいろいろな欲をおさえてこつこつと働いているのだ。伝太、これがほんとうの御国の民だぞ、心から御国のご恩を知り、御国のために自分を捨ててはげむ、これがほんとうの御国の民だぞ」

児次郎のこえはかすかにふるえていた。伝太もいつか低く頭をたれた。

「いままでの武将たちはこの人びとを忘れていた。あっぱれ手柄をたてて一国一城のあるじになろうと思う人はあった。兵馬の権をとって天下に号令しようとする人はあった。しかしみんなおのれの功名、おのれの栄華をのぞむだけで、御国のため、国民のためを思った者はない、平氏ほろび源氏ほろび、北条、足利、織田、みんなほろびてしまう、御国と御民(みたみ)を忘れるものはみなほろびる。なぜだ伝太！……日本は神国だ、神のみすえの、禁裏さまのすべたまう国だ、禁裏さまのみこころにそわないものは、栄えることをゆるされないのだ」

児次郎の目に涙がうかんだ。信濃(しなの)の山で会った老人のすがたが、いまありありと目に見える、ひとつの山柿にも天のめぐみと国の恩を知る人たち、この二つの恩にむくいるため。親から子、子から孫へと、黙って、力いっぱい働きつづける人たち。その人たちの正しいすがたを教えたあの山柿の老人こそ、児次郎の目をさましてくれたひとなのである。

「私のいまいったことを忘れないでくれ、伝太。そして、これから私がなにをするかということを見ているんだ」

「はい、決して忘れません」

伝太はぎゅっと唇をひきむすんでうなずいた。児次郎は山を指さしていった。

「ではいこう、鞍馬山へ」

僧正ヶ谷

その一

千年杉がすくすくと天をついている。

あい迫っている谷間はふかく切立ち、日光はみっしりと枝をさしかわした杉の梢(こずえ)にさえぎられて、爪さき登りの径(こみち)は真昼でも夕がたのように暗い。その嶮しい坂道を、大きな焚木(たきぎ)の束をせおった男が二人、不動堂のほうへ登っていく。ふたりとも髭(ひげ)だらけで、髪は藁(わら)しべで結び、つぎはぎのある腰きり布子(ぬのこ)に、素足わらじ、山刀を一本さした樵(きこり)のすがたである。しかしよく見ると、先にいくは関雪真田昌幸の従者だった貝賀(かいが)虎之助だし、もうひとりは甲斐の権現岳にいた樋口小六であった。

「すこし休もうか」

虎之助がそういって足をとめた。

「休もう、弱ねをあげるようだが肩の骨が折れそうだ。まだ刻限には間があるのだろう」

「通る道はきまっているんだ、いそぐことはないよ」

二人はせおっていた焚木の束を下へおろした。

額からたれる汗を押しぬぐうと、まだ春浅き山の冷い空気は、すぐに肌へさむざむとしみとおってくる。虎之助は道ばたの岩角へ腰をかけながら、

「知っているか、此処が僧正ヶ谷だ」

「僧正ヶ谷だって？」

「これを登って不動堂から右へいくと鞍馬寺へでる。平治（紀元一八一九年）の昔、源義経がまだ牛若丸といっていた頃、鞍馬寺へあずけられて成長し、やがてこの谷へかよって、天狗に剣術を習ったという伝説のあるところだ」

「ほう、話には聞いたが、ではこれがその僧正ヶ谷なのか」

「そうだ、ちょっとあれを見ろ」

虎之助は手をあげて、崖の岩のおもてをゆびさした。そこにはまるで刀で斬りつけたような裂けめがいくすじも見えていた。

「この岩のおもてにある裂けめは、牛若丸が剣術を習ったとき、その刀が当ってできたあとだとつたえている」

「ふうん、なるほど刀のあとのようでもあるなあ」

小六はしげしげと崖のおもてをみまもっていたが、やがていかにも感心したようにため息をついた。

「するとこの崖は、幼い牛若丸を見たことがあるんだな、この道もこの杉の木も、牛若丸のすがたを見、こえを聞いたんだな。……そう思うとなんだかへんな気持がするぞ」

「よせよせ、つまらぬことをいうと僧正ヶ谷の天狗に笑われるぞ」

「なあに、笑いたければ笑わせておくさ、もうすこしすれば、びっくりして高い鼻をへし折るようなことを見せてやるんだ。おい天狗どの、ひとつ笑ってみる気はないか」

「よせ小六、誰か来る……」

小六はぴたりと黙った、そして虎之助といっしょにいそいで焚木の束をせおった。

不動堂のほうから小具足をつけた徒士武者が五人、あたりの木かげ、岩かげをねめまわしながらおりて来た。二人は道のわきへかた寄り、からだを折るように低くおじぎをしていたが、近づいて来た武者たちの先頭にいた一人は、ぎろりと二人をねめつけながら立ちどまった。

「貴様たちどこへいく」

「へい、へい」

虎之助がおそるおそる答えた。

「わしどもはこれからはあ、貴船明神さまへ焚木を持ってまいりますだ」

「村はどこだ、名はなんという」

「わしどもは静市野のもんで、これは太兵衛、わしは虎蔵と申しますだ」

「そっちへ向いてみろ」

二人をうしろ向きにして、焚木の束をしらべはじめた。小六の顔がさっと蒼くなった、虎之助も目をぎらりと光らした。しかしそれはほんの僅かな間で、しらべていた武士はすぐによしといった。

「いいからいけ。まっすぐにいけよ、うろうろしておると首があぶないぞ」

「へい、ありがとうございます」

二人は膝まで頭をさげた、そして武士たちが遠く去ってから、えちえちと坂を登って行った。

不動堂を越してしばらく登ると道が二つにわかれる、右へまがると鞍馬寺、左へいくと貴船神社である、虎之助と小六は、その道を左のほうへまがって、右がわの小高い岡の上へあがった。

「このへんがよかろう」

「道が見とおしだ、此処ならだいじょうぶ」

うしろは竹やぶである、貴船神社のほうから来る道が、弓なりにまがって目の下を左へと通っている、そこを来る者があれば犬一匹も見のがしはしない、人をねらうにはもってこいの場所だ、二人はそこへ焚木の束をおろした。

その二

「さっきこれをしらべられたときにはどきっとしたぞ、もういかんと思った」

「拙者もだめだと思ったよ、もうすこし念をいれてしらべられたら、みつかったにちがいない、まったく冷汗をかいた」

「拙者は腰の山刀に手をかけた、いざとなったらたかが五人だ、斬りふせて谷へ蹴おとしてしまえと思ってな」

「いや、なにしろあぶないところだったよ」

話しながら、焚木の束をほどいて、二人はその中から一挺ずつ種ヶ島の銃をとりだした。かれらがさっきあんなに顔色を変えたのは、そんな物がかくしてあったからなのである。

しかし、かれらは此処でなにをしようとするのであろうか、二挺の鉄砲は誰を狙撃するためのものだろう？……ねらう相手は徳川家康である。

家康はいま京の伏見にいるはずである。世間の人びとはもちろん、味方の諸大名、譜代旗本の人たちもそう信じている、けれどもほんとうは数日まえに伏見をぬけだし榊原康政、本多平八郎の二人と、武者十人ばかりをつれただけで、貴船神社へあらわれているのだ。

貴船神社に一日とまり、きょうは山道づたいに鞍馬寺へわたるのであるが、この山の人びとさえまだなにも知らない事実を、虎之助と小六とは知っていた。ことに小六は、権現岳で菊姫をさらって来たことから昌幸にひどく叱りつけられた、そのためかれは身をはじて権現岳をとびだし、家康を討ちとって身の恥をとりかえそうとしていたのだ。小六はあらゆる苦心をして家康をつけねらった、そして遂にこのすばらしい機会にめぐりあったのである。

「おい、むこうから誰か来るぞ」

虎之助がささやいた。のびあがって見ると、百姓風の老人とその孫ともみえる娘がこっちへやって来る、老人は背に青菜をせおい、娘は鍬をかついでいた。

「家康が化けているのではないか」

「そうかもしれない」

二人は銃を取りあげた、

「貴公は顔を知っているのか」

「残念ながら知らない、聞いたところによるとからだが肥えて、あから顔で、髪はしらがをまじえているそうだが」

「あの老人どこか似ているぞ」

「しかし、そうするとあの娘はなに者だ」

小六が銃の火口をぷっと吹いたとき、虎之助がいきなり肩をつついて、

「おい、あれを見ろ」

といいながら道のかなたを指さした。

弓なりにまがった道が、いちど低くさがり、さらに貴船山のほうへと登って木の間がくれに見えなくなる、そのなだらかな坂道を、十四、五人の武者たちが列をなしてこっちへ来るのがみえた。

「あれだ、あれにちがいない！」

二人はそっとうなずきあった。そのとき百姓の老人と娘とは、二人のかくれている丘のすぐ下を通りすぎていた、老人はなにか口のなかでぶつぶつ小言をいい、娘のほうは悲しそうにすすり泣をしながら、……しかし小六と虎之助にはもうそんなものは聞えもしなかった。かれらは銃を構え、引金に指をかけて、近づきつつある獲物をじっとにらんでいた。

先頭に馬へ乗った鎧武者が一人、徒士五人おいて山駕がひとつ、左右に徒士二人、そのうしろに馬で二人、つづいて五、六人の徒士、そういう順で列はゆっくりと進んで来る。

「小六、あの山駕の中だ」

「たしかに！」

「ぬかるなよ」

二人は折敷の構をした、銃口を山駕に向けてぴたりとねらった。

行列はいちど木の間にかくれた、それから間もなく丘の裾をまわって近づいて来た。まだ、もうすこし、……列はしだいに近くなる、山駕との距離は五十米にはいった。小六は片目をつむってねらいをさだめた。

だあん！　すさまじいこだまをおこして銃声が谷々へはしった。わっというこえとともに、山駕が横倒しになり、その中から一人の老人がころげだした。見るより早く、虎之助の銃口が火花をとばした。

だあん！　しかし見よ、そのとき行列の武者たちは、山駕と老人を捨てたまま、ぎらりぎらりと抜きつれながら、二人のいる丘のほうへばらばらと走って来るではないか。小六の第一弾で駕が射ぬかれ、ころげ出た老人は虎之助の第二弾で胸をうたれて倒れた。しかし護衛の人びとはそれには見向きもせず、いきなり二人にとびかかって来たのだ。

「しまったぞ小六、にせ者だ」

「もういかん」

小六と虎之助は無念の眼を見かわした。二人は腰の山刀を抜き、ひしめき寄せる敵のなかへ、おもてもふらず斬りこんで行った。

そのとき、その場所から東へ五百歩ほど行った千年杉の木の下道に、さっきの百姓風の老人と娘とが立ちどまっていた。

「ねえおじいさま、菊の申しあげたとおりでございましょう？」

「ふん、ばかな奴らじゃ」

「でもあの山猴でいらしったら、いまごろそうはおっしゃれなかったのですわ」

娘はそういって笑った。ああその笑い顔、なにか塗って黒くしてあるが、そのさかしい目つきは岡崎の菊姫ではないか？　正に、それは菊姫である、しかしそれでは老人は誰か、青菜をせおったうすぎたない老人は？

鞍馬寺

その一

京から来る道と、大原から来る道とが、鞍馬の里でいっしょになる、その道の辻のまん中に、いま大勢の男女が集ってなにかやかましくののしり騒いでいた。

よく見ると、その群衆にとりかこまれて奇妙な「さらしもの」があった。

辻のまん中に、松丸太で作った獣の檻のような物が二つ置いてある、そしてその中に一人ずつ人間がいれられているのだ。檻の前には高札が立ててあって、そこには左のような文字が書いてある。

一、ここに捕えたる者は、鞍馬山をあらした賊である。旅人を傷つけ、金銀を奪い、多くの悪事をはたらいて、諸人のわざわいとなっていた者である。七日のあいだ此処にさらし、市原野において斬刑におこなうものである。

取巻いているところの人びとは、高札の文字を信じてひどく怒っていた。

「見やい、山賊だそうな」

「悪人づらをしておるわい、あの手で人の物をぬすんだのじゃろ」

「お役人の手をまつまでもない、われらが石でぶち殺してくれうず」

「そうだ、石でうち殺してやれ」

口ぐちにののしり叫びながら、てんでに石を拾って投げはじめた。すると突然、檻の中にいた男の一人が、

「われわれはかくごをきめているぞ！」

と、のどいっぱいに叫びだした。

「これは家康の計りごとだ、このまわりには見張りの人数が伏せてある、われわれをたすけようとすれば、その人数に取巻かれるんだ。出るな、われわれは命を捨てている、家康の首をあげようとしてしくじった、しかしするだけの事をしたんだ、死ぬことを恐れてはいない、手だしをしないでくれ」

あまりに凄い叫びだった、髪は乱れ、衣服は裂け、うしろ手に縛られたからだは傷だらけである。しかしその目は獅子のように輝き、そのこえには熱血があふれていた。

「いいか、誰も手をだすな、われわれに構わないでくれ、われわれはよろこんで死ぬぞ」

群衆はちょっとなりをしずめたが、すぐにまた石を投げ、ののしりだした。

どよみあがる人垣の中から、もみ出されるように二人の少年が出て来た。高市児次郎と伝太であった、二人とも悲しげな目をして、黙って鞍馬道のほうへまがった。すでに日暮れがたのことで、町を

出はずれるとあたりはかすむほどの夕靄だった。

「若さま、虎之助さんでしたね」

「もう一人は樋口小六という人です、権現岳で会ったからまちがいはありません」

伝太がそっとささやいた。

「黙ってあるくんだ」

「でも若さま、あなたは、まさか、まさかあの二人を、このまま見すてていらっしゃるんじゃないでしょうね」

「おまえはたすけるつもりか」

「……だって」

「虎之助どのがいっていたとおり、あの附近には徳川の兵が伏せてある、ああして仲間を捕えようとする計りごとだ、たすけに出ればみんなおなじ目にあうぞ」

二人のあたまは、いまその目で見てきたあわれな光景でいっぱいだった。だからうしろから一人の老僧が、しずかにつけて来るのには気づかなかった。

「でも若さまの腕前があればそうむざむざ負けるとは思えません。虎之助さんたちはいま、家康を討とうとしてつかまったといいました、それを賊だなんて書いてさらしものにするのは卑怯です、おらはがまんがならない」

「だが伝太、家康どのに不意討をしかけたのは卑怯じゃないのか」

「えっ?……だって若さま」

「だい一、家康どのを討取ってどうしようというのだ、家康の首をあげれば天下が泰平になるのか。豊臣の天下はいま徳川氏の勢力におされている、だが家康ひとりを討取っても徳川氏の勢力はほろびはしないぞ。そんなつまらぬ事のために、大切な命をうしなうような人びとはあるかいもない、私は捨てていく」

「よくいった児次郎」

ふいにうしろでこえがした。児次郎も伝太もぎょっとしてふりかえった。さっきから二人のあとをつけていた老僧は、網代笠をあげながら、しずかに近よって来た。児次郎はあっといった。

「これは、閑雪さま」

「いかにも閑雪だ。ひさかたぶりじゃな」

それは閑雪の昌幸であった。伝太は救われたように、

「ごいんきょさま、貝賀さんと樋口さんをごらんになりましたか。お二人はあのように」

「まあ黙れ、いま児次郎の申したことが正しいのだ。あの二人はわしのかたく禁じたことをした。家康公を鉄砲でねらったのじゃ。むろん失敗してあのざまとなったが、二人としてはするだけのことをして死ぬのだ。たすけてやっても生きてはおれぬ。黙って見すてるのが慈悲じゃ」

「でも……おらは残念だ」

伝太はくやしそうに拳をにぎり、力まかせに地面を踏みつけた。閑雪はさきに立ってずんずんあるいて行った。

その二

黙って見すてるのが慈悲だという。閑雪の言葉はほんとうだった。虎之助と小六は禁じられたことをした。真田の家来として、命令にそむくことは死ぬことである。二人はそれを知っていた。知っていて命を投げだしてやったのだ。それが失敗したからには、たとえたすけられても生きてはいられないのである。むしろ自分のした事のために、斬られて死ぬのが本望にちがいない。児次郎にはそれがよくわかっていた。

「どうだ児次郎、修行をして来てすこしはみやげができたか」

坂道にかかると、閑雪があるきながらそうこえをかけた。

「はい、みやげと申すほどではございませんが、いつぞやいただいた宿題の答を持ってまいりました」

「ほう、あの答ができたか」

「まず小淵沢(こぶちざわ)のことを考えました」

児次郎は閑雪のあとから、一歩ずつしっかりと力をこめて登りながら、低いこえでいった。

「私は鹿島神流の刀法をすこしばかり知っていました。それがあのとき、関守(せきもり)の武士たちに取巻かれて刀を抜くこともできず立ちすくんでいました。……つまり刀法は知っているが、それを生かす力がなかったのです」

「……うん。それで?」

「知ることはやすく、実行することはなかなか困難です。知識は行いのたすけになるもので、行う力のない者が知識にたよると、いざという時になにごともなし得なくなります」

「……うん」

「勝頼さまの場合もそれと似かよっております。勝頼さまは武田家の正統で、甲州流の軍学に達しておられました。しかし戦(いくさ)は軍学だけでやるものではありません。新府城がいかに軍学の法にかなっていましても、それをまもる軍兵の、戦いぬく力がなければ、砂山を積んだほどのねうちもなくなると思います。勝頼さまは軍学を知りながら、戦いぬく力に欠けていたのです。めつぼうは当然のことだと思います」

「そうだ、それだ」

閑雪はしずかにうなずいていった。

「人間は知識に縛られてはいけない。あまり知識ばかり追っていると実行する力がなくなる。また力にばかりたよると事をやぶるもとだ。知と力と、この二つが合致してはじめて大事を成すことができるのだ。……児次郎、いろいろ苦心をしたとみえるな」

「苦心と申すほどのことはございませんでした。そして、むだなまわり道ではなかったと思います」

「おまえがいいみやげを持って来たから、わしも褒美にいいことを聞かせよう」

閑雪は足をとめた。

「石棺のありかをしるした物がようやくわかったぞ」

「わかりましたか」

「うん、天と地の二巻はただ鞍馬寺へいけとだけあった。わしはあれからすぐ山へ登って、鞍馬寺の執行（事務頭という役）智念和尚といっしょに、寺の記録をしらべはじめたのだ」

閑雪が鞍馬寺のいんきょと称していたのも、智念和尚とながい知合いであったからで、こんども閑雪のしらべにはひじょうな手助けをしてくれた。鞍馬寺は桓武天皇の延暦年間（紀元一四五六年）に建立されたもので、その当時すでに八百年の歴史をほこる古い巨刹であった。だから記録をしらべるといってもなみたいていな苦心ではなかったが、しかしやがて一つの発見をした。

「それは、境内に経文をおさめる蔵が八つある。その第七の蔵は古くから扉をとざしたままあけたことがなく、『あかずの蔵』という名さえついているくらいだ。寺の記録によると、ここには武田家で納めた経巻があるという、そしてその経文は梵字と漢字のまじったふしぎなもので、誰にも読むことができないし、また読むと必ずわざわいがあるといいつたえ、これまで誰も手をつけた者がないというのだ」

「すると、その経文の中に、石棺の沈め場所が書いてあるというのですね」

「すくなくとも、そのほかにはこれと思われるものがない」

「蔵をあけてごらんになりましたか」

「まだじゃ、寺には厳しい掟があって、むやみに経蔵をあけることはできない。それできょうまで待っていたのだが、いよいよゆるしがでてあける時が来たのだ」

「それではいそがないといけません」

児次郎は観音寺の駅で京へのぼる菊姫とであったことを話した。伏見の家康をたずねるということであるが、この鞍馬寺にけんとうをつけたのかもしれない。

「ことにふしんなのは樋口、貝賀お二人がどこで家康をねらったかということです。あの辻にさらしてあるところをみると鞍馬山のなかではないか、もしそうだとすると、家康は菊姫といっしょだと思います」

「その心配はじゅうぶんある。ではすぐにも経蔵をあける手はずにしよう」

「いそぐぞ伝太」

三人はにわかに足をはやめて登った。

その三

寺の別当につくと、草鞋(わらじ)をとくひまもおしく、執行智念を案内にたのんで、三人は経蔵へとむかった。

杉の巨木がひしひしと幹をつらねていた。苔(こけ)むした石段が細く、その木のあいだをまがりまがり登っていく。あたりはまったくのくら闇で、耳ががんとなるほどひっそりしている。手燭を持った智念をさきに、その石段を、右へ登っていくと、しばらくして石垣で築きあげた台地へ出た。そこに土蔵が三棟あった。それが第六、第七、第八の経蔵である。三棟とも壁は剝げ屋根は傾いて、あたりは草ぼうぼうと、みるからに荒れはてたものだった。

「これが第七の蔵、つまり『あかずの蔵』でござります」

智念はその前に立っていった。三人は手燭の光でぼんやり照らしだされた経蔵の、荒れはてたすがたをみて思わず息をのんだ。

秘庫はいま眼前にある。武田信玄の秘宝をおさめた石棺のありかは、まさにかれらの前に開かれようとしているのだ。巨額の黄金、義光の兜、源家の白旗、宝珠。それらの実物は、いまその一重の扉の奥に秘められてあるのだ。閑雪はふりかえって、

「伝太、おまえ石段の上で見張っておれ」

そう命じてから、扉の前へすすんだ。執行智念が手燭をさし向けた。閑雪は大きな錠に手をかけ、鍵穴に鍵をさし込もうとした。そして愕然とこえをあげた。

「鍵があいておるぞ!」

「なに……」

「鍵があいておる。それ」

閑雪が手をはなすと、その大きな錠はにぶい音をたてながら地面へ落ちた。みんなあっといった。閑雪はすぐに扉をひらき、さらに中の網戸をあけた。経蔵の中は墨をながしたような闇である。閑雪は手燭を取った。

「児次郎、ゆだんするな」

「はい」

二人は手燭の光で足もとを照らしながら、一歩ずつ拾うように中へはいって行った。かび臭い匂がむっと鼻をつく。なんの物音もしない。二人の足音だけが、四方の壁に重たく反響した。するとまったくふいに、ぱっと闇をひき裂いて灯火がかがやきだした。

まさにおもいもよらぬ出来事だった。ふいをうたれて、さすがの閑雪も児次郎もあっと立ちすくん

だ。無人の経蔵の中で、いきなり煌々たる灯火をあびたのだから無理もあるまい。しかしおどろきはそれにとどまらなかった。二人の正面に二基の燭台がある。その燭台のあいだに人が坐っているのだ。一人はしらがまじりの髪に、肥えたまるいからだつきの老人。それとならんで、美しく着飾った姫が一人。ふたりは、まだおどろきからさめない閑雪と児次郎のほうへ、したしみのある笑顔をみせていた。

「安房どの（閑雪のこと）ようござったの」

老人が細いしずかなこえでいった。

「もうおみえじゃろうと思うての。せんこくより待ちかねていたところじゃ。立っていずとまあこれへおこしやれ」

「……これは、これは」

閑雪もにっこと笑った。

「案にたがわず内府（家康のこと）におわしましたか。余人ではあるまいと存じたが、いささかおどろき申した」

「この孫めにつれられての、ほっほっほ」

老人の笑いごえを聞きながら、児次郎は黙って姫をみつめていた。姫も児次郎をみあげていた。

……いうまでもなく菊姫、そして内府というからには老人は家康であろう。かれらが此処にいるとすれば、もはや秘経は取去ったあとにちがいない。児次郎はつゝと腰の刀へ手をやった。それをみた菊姫がするどく、

「おやめなさい児次郎！」

とよびかけた。

「そんなことをしてもむだです。この経蔵のまわりには人数が伏せてあります。もう騒いでもむだで

す」

「お考えちがいをなさいますな姫」

児次郎は鞘ごと両刀をとり、隅のほうへ置きながらいった。

「内大臣家のごぜんゆえ、作法として刀をとるだけです」

「菊の負じゃな」

老人はにこっとして、

「さあ安房どの、おことがみえたら、ひと口たべて貰おうと思って支度をして置いた。内大臣家康も安房守昌幸もない。こよいはただの老ぼれ同志、ゆっくり世間ばなしでもいたそうではないか」

「それも面白うございましょう。では児次郎、ごぞうさになろうかな」

閑雪は児次郎をうながして進んだ。そこには酒肴の用意がしてあり、二人の席も設けてあった。児次郎は姫と、閑雪は家康と、それぞれあい対してしずかに坐った。

ふしぎな酒宴がはじまった。片方はまさに天下を握ろうとする一代の英雄、片方は豊臣家の恩にかんじてあくまで大阪城のまもりたらんとする智将。やがて天下を二つにわけ、兵馬をもってあい戦おうとする敵と敵である。その二人がいま酒をくみかわしているのだ。家康は内大臣の衣冠をぬぎ、昌幸は大軍師の甲をとって、まるでふたりの百姓おやじのように、なごやかに笑い興じながら盃をあげはじめた。

その四

「児次郎、菓子をおあがり」

菊姫はほほ笑みながら、たかつきに盛った菓子をすすめた。

「おまえともいろいろ追いつ追われつしたけれど、もうそれも今夜かぎりおしまいです。仲なおりをしましょう」

「私はべつに姫を追いまわした覚えはございません。また姫は鞍馬寺の秘経をお手にいれたかもしれませんが、まだ安心なさるには早いと思います」

「ほんとうにそう思って？」

「思いますとも、秘経はいま姫のお手にあるでしょう。けれどもそれは姫のお手にあるというだけのことですよ」

「菊の手にあるとどうして考えるの、児次郎」

菊姫は笑いながらいった。

「秘経はたしかに貰いました。でもそれはもう三日もまえのことです。いつか児次郎は、小淵沢で閑雪どのとわかれるとき、『鞍馬寺で会う』といったでしょう。あの言葉を樵が聞いていたんです。菊は苦心してそれをさぐりだしました。それから京へのぼり、おじいさまの御威光で、あなたたちより三日早くこの秘庫を開くことができたんです。……三日まえに、秘経はこの山をおろしてあるんです。もう児次郎がいくら騒いでもむだですよ」

「くりかえしていいますが姫、まだ安心するには早うございますよ」

家康がふとこっちへ目をむけた。

「児次郎、そなたは信玄公の石棺がそれほどおしいのか。ここまで来たら男らしく手をひくものじゃ。未練は男に似合わしくないぞ」

「仰せゆえ申しあげます」

児次郎はしずかに向きなおって、

「石棺はもと武田家の秘宝でございます。これをまもるのは甲斐の国人のつとめ、おのれの欲ではございません。石棺は武田家再興のため沈められたものです。もし武田家再興がだめならば、石棺もまた、諏訪の湖底に沈められてあるべきものです」

「しかし貴重な財宝を捨て置くのは、天下のためにもったいないことだと思うがどうじゃ」

「いま天下のためにもったいないのは、沈められた僅かな財宝ではございません。もっと大切な、もっと重要なものがほかにいくらでもございます。内府さまがもし天下をお望みなれば、これらのものにこそ、一時も早くお手をつけられるべきだと存じます」

「ほうほう、そんな大切なものがあるとは知らなんだ。なんじゃな児次郎」

「天と、国と、民です」

ずばりといって、児次郎は膝へ手を置いた。家康の細い目がきゅうに動かなくなった。児次郎はひと言ずつ句切るようにつづけた。

「私は此処へまいる途中、木曾路のさる宿であきんどたちの世間ばなしを聞きました。そのとき大阪の商人がこのようなことを申しておりました。『禁裏さまのみこころにかなわぬ大将はながく天下をとっていられぬものだ』というのです」

「おそれおおいことじゃな」

禁裏さまという言葉を聞いたとき、家康はそうつぶやきながら頭をさげた。

「おおみこころにかなうとは、どういうことでございましょう内府さま。この国は神代の昔から大君をみおやとあおぎまつっております。国おさまり民やすくしてこそ、おおみこころにかなうと申しましょう。幾十百年うちつづく戦国の世に、天下びとはつぎつぎと代りましたが、いずれもおのが一族の栄華と権力を思うばかりで、国と民をだいいちに考える大将はいませんでした。禁裏さまのみこころにかなおうと考える大将はいなかったのです。……内府さまがまことに天下をお望みなれば、これをなによりの財宝となさるはずです。いく億万の黄金宝珠はなくとも、この心こそ天下びととなるだいいちの宝だと思います」

家康は目をとじていた。児次郎の言葉に心をうたれたのか、それとも自分の胸にふかく思いあたるものがあったのか。かなりながいあいだ黙っていたが、やがてしずかに目をみひらくと、細いしずかなこえで、まるっきりべつのことをいいだした。

「児次郎はこれからどこへいく、安房どのとごいっしょかな」

「甲斐へもどります」

言下に児次郎が答えた。

「ほう、大阪へまいるのではないのか」

「このたび国ぐにをまわりまして、甲斐の山野がほかの国にくらべて荒れていることに気がつきました。国の基(もと)は田園にあります。私は故郷へもどって、荒廃した山野をたてなおしたいと思います」

「安房どの、児次郎の言葉をなんと聞かれた」

「内府のためにおしあわせだと聞きました」

閑雪昌幸はしずかに笑いながらいった。

「児次郎を敵にまわしたら、来るべき戦にひと苦戦はまぬがれません。故郷へかえるというのは内府のおしあわせでござります」

「ほっほっほっほ」

家康はうなずき笑って、

「これ菊」

とふりかえった。

「わしから児次郎へのみやげじゃ。あの秘経をわたしてやれ」

「いやでござります」

菊姫はにべもなく答えた。

「秘経は菊が苦心をして手にいれたものです、ほしければ児次郎は自分の力で取ればよいのです」

「私もそのほうが望みです、此処（ここ）で姫からいただこうとは思いません」

児次郎も平然とやりかえした。そのときである。とつぜんこの経蔵の扉口（とぐち）が騒がしくなり、

「ええい放せ、放せ、こいつら！」

という叫びごえとともに、ばたばたと蔵の中へなだれこんで来た者がある。見ると伝太だった。うしろには松明（たいまつ）を持った武士たちが四、五人、伝太をひきもどそうと争っている。

「これこれ、しずまれ、しずまれ」

家康が手をあげて制した。

「それは客人の供じゃ。そのようなもてなしがあるものではない。構わぬから放してやるがよい」

「へん！　ざまをみろ小足軽め」

伝太は肩をつきあげていった。児次郎は立って行って、

「しずかにしろ伝太、内大臣家康どののごぜんだぞ」

「え、えっ？」

伝太は棒をのんだように立ちすくんだ。児次郎はさっき置いた両刀をとって腰にさし、作法ただしくあいさつをしていった。

「ごぞうさにあずかりました。これにて私はごめんを蒙（こうむ）ります」

「ではわしもおさらばをつかまつろう」

閑雪も盃を置いた。かくして鞍馬寺のふしぎな酒宴はおわった。

秘宝の櫃

その一

〽おつづら馬がまいる
　伊吹のお山は雨か
　供衆千人、弓も千張り……。

馬子唄（まごうた）がうららかに晴れた海道へひびく。

いま近江の国醒ヶ井（さめがい）の駅を出た小荷駄の列が、春の日ざしをいっぱいに浴びながら、美濃のほうへとゆっくり進んでいく。徳川秀忠の御用の茶を送るということで、警護の人数は二十人ばかりしかいない。騎馬五人、鉄砲足軽五人、徒士十人である。宇治の銘茶をいれたという茶壺の櫃をのせた馬をなかに、のんびりと道を進んでいた。

この小荷駄からずっとおくれて、児次郎と伝太の二人があるいていた。秀忠御用の茶とは嘘で、櫃の中には鞍馬寺の秘経がはいっているのだ。二人はそれを奪いかえすために、ずっとあとをつけているのである。

鞍馬山をおりた児次郎は、秘経をどこへ運ぶか、じっと見張っていた。

菊姫はいろいろと策略を用いた。第一に鞍馬寺を発した経櫃は、百余人の武者で厳重に京へ送った。これはにせだということがすぐにわかった。第二は五十余人でまもって大阪へ。第三はまた百二十人ばかりで関東へ発した。そして第四、第五と、まぎらわしいものがいく組となく山から運びだされた。

しかし児次郎はじっと見ていた。かれは秘経が江戸へ送られるとかたく信じた。大阪城にはいま秀頼を擁して、徳川家に対抗する勢力がもりあがっている。表面はおだやかだが両家のあいだに開戦の危険が迫っていることは知らぬ者がない。そんな土地に秘経を置くわけがないのだ。またおおげさな人数で送るのもごまかしである。児次郎はなにものにもくらまされない目で、根づよくじっと見まもっていた。そして遂に目的のものをつきとめたのである。

まもる人数もすくない。秀忠御用の茶といって、おもて海道をのんびりといく。これがたいせつな秘経を送るものとは誰の目にもみえないだろう。しかし児次郎は見やぶった。これこそ秘経の行列とみてとったのだ。

「どこでやるんですか。若さま」

新しく手にいれた六尺棒を持って、伝太はじれったそうにきく。

「まだまだ、せいてはいけない」

「だって早くしないと、どんな邪魔がはいるかもしれませんもの」

「人にとられるのを心配して、青いうちに柿をもぐ者があるか、じたばたあせっても川の水をさかさに流すことはできないぞ。そうせかせかしないで待て、いまにその棒で思うさまあばれさせてやる」

ふくれている伝太をなぐさめながら、児次郎はしずかに小荷駄のあとをつけて行った。

醒ヶ井の駅を出た道が登り坂になって、柏原のほうへとまがっていくところへさしかかったときである、商人風の男がひとり、足ばやに追いついて来て、

「高市の若さまではございませんか」

と、ささやくように呼びかけた。そして児次郎がびっくりしてふりかえると、笠をすこしあげて笑い顔をみせた。

「お忘れですか。熊七でございます」

「おお七郎次か」

「や、木曾の熊七さんだ」

児次郎も伝太も、意外な人があらわれたので目をみはった。熊七はおなじ足どりでならんであるきながら、

「いまはゆっくりお話をしているひまがございません。若さまと伝太さんのように見えましたので、ちょっとお知らせがあって追っかけて来たのです。どうかあとへおもどりください」

「もどれ？……どうしてだ」

「もうすこし行くと戦がはじまります。むこうへいく小荷駄がございましょう、あれをこれから奪い取るのです」

児次郎はまたおどろかされた。小荷駄をねらっているのは自分たちである。それを熊七がどうしようというのか。

「しかしなんのために、あの小荷駄を奪い取ろうというのだ」

「じつは薄田さまの計りごとです」

「薄田？……隼人兼相どのか」

「そうです。かねて集めていた『くらやみ谷』の浪人衆の腕だめしに、秀忠御用の小荷駄を奪って、徳川家にひと泡ふかせようというのです」

「そうか。隼人どののしごとか」

「このさきの切通しで斬って出る手はずになっています。お怪我（けが）があるといけませんから、どうかあとへおもどりください」

すっかりわかった。この山をうしろへ越えれば三国岳である。そのふところの「くらやみ谷」にかくれて、浪人たちを集めていた薄田隼人兼相が、その浪人たちを使って合戦の腕だめしをしようというのだ。しかし、なんという奇妙なめぐりあわせであろう。これはまるで、児次郎のためにわざと計

ったような出来事ではないか。

その二

「よく知らせてくれた」

　児次郎は思わず微笑しながら、

「だがもどるには及ばないぞ」

「なんとおっしゃいます」

「私もあの小荷駄を追って来たのだ。くわしいことはあとで話すが、あの馬に着けてある櫃をぜひとも手にいれなければならぬ」

「これはおどろきましたな、ではずっとつけていらしったのですね」

「そうだ。だから七郎次、あの荷駄には手をださぬよう隼人どのに伝えてくれ。あとはどうしても構わない。あの荷駄だけは児次郎にまかせてくれと」

「しかし、それはもうおそいかもしれませんぞ」

　熊七はそういいながらのびあがって見た。まったく、もうそのひまはなかった。

　三国岳の山稜が柏原へむかってなだらかにくだる。その山裾の道が左右の崖でかこまれている狭い切通しへ、秀忠御用の小荷駄がさしかかったとき、東のほうから騎馬武者五人をさきに、三十人ばかりの一隊がこっちへ進んで来た。その先頭には伊達家の印旗を立てている。小荷駄のさきぶれの者がこれを見て、

「秀忠公御用の行列じゃ。控えましょう」

　と、大ごえに呼びかけた。伊達家の一隊はこれを聞くとすぐに印旗を伏せ、騎馬武者は馬からおりて、ずらりと道の両がわにわかれて並んだ。

小荷駄はそのまましずかに進んでいく。すると、突然、道のわきに避けていた伊達家の者の中から、

「かかれーっ」

と叫んでとびだした者があった。とたんに三十余人が刀を抜き、槍の鞘をはらい、わっとときをつくって小荷駄の列へ襲いかかった。みごとな奇襲である。小荷駄の人びとはあっといったが、さすがに心得のある者をえらんだとみえ、すぐに抜きつれて防戦した。

熊七をさきに、児次郎と伝太がはせつけたのはそのときだった。

「伝太、ぬかるな！」

「心得ました」

「あの櫃だぞ。ほかのものに目をくれるな。行ってあの馬をはしらせろ」

叫びながら、児次郎は用意して来た木剣を右手に、まるでつぶての如く(ごと)踏みこんで行った。

道は狭い切通しである。薄田隼人の指揮する浪人軍もよく戦ったが、小荷駄をまもる徳川の武者たちも勇敢に防いだ。もうもうたる土煙のあいだに、刃(やいば)が光り槍が飛んだ。あい打つ物具(もののぐ)、雄叫び、逸走する馬、倒れる人のひめいが、狭い切通しいっぱいにすさまじく反響した。

児次郎はすこしもあせらず、木剣をふるって敵をつぎつぎに倒しながら、しだいに経櫃のほうへと近づいていた。伝太もすばらしい戦いぶりをみせた。かれはじまんの六尺棒をふるって、縦横に敵をうち伏せながら、すでに荷駄馬の真近(まぢか)まで迫っていた。

そのときである。護送の騎馬のなかから、月の輪の前立(まえだて)うった兜をきた一人の若武者が、さっと馬を寄せたとみるまに、経櫃を積んだ馬の手綱をとって、ぱっと東へはしりだした。あっといって薄田勢の者が追いかけようとする。しかし護送の人びとは力を集めてさえぎり、

「お馬を追わすな。ここで死ね」

とばかり必死を期して逆襲に出た。

児次郎はこのとき戦場の東がわにいた。それで、若武者が荷駄馬をひいてはしり去るのを見たとたんに、自分も道のかたわらにいた放れ馬をひき寄せ、ひらりととび乗るより早く、持っている木剣を鞭の代りにして、「のがさじ」とばかり追って行った。

若武者は追って来る者があるのを知っていた。それで切通しをぬけるなり、すぐ左の細い山道へと馬を乗りいれた。……伊吹山のほうへ爪さき登りに高くなっている道だった。荷駄の馬をけんめいにはげましながら、いくまがりもして登ることしばし、急に左手が断崖になって、深い谿(たに)にのぞむ桟道へ出た。

下は姉川の上流が泡を嚙んでながれている。この桟道へ出たとたん、ひかれて来た荷駄の馬は、いきなり断崖を見ておどろいたのであろう。ひひんと高くいなきながら、ぱっとうしろへはねあがった。

「これ、どうよ」

若武者はとっさに手綱をひきしめたが、それがかえって悪かった。荷駄馬ははげしく首を振ってあともどりをする。そのとたんに崖から脚を踏みはずし、ざ、ざざざと崩れる岩とともに断崖をすべり落ちた。

「あっ!」

若武者はびっくりして馬をとびおり、いそいで兜をぬぎながら、断崖のはじへ行って下をのぞきこんだ。兜をぬいだ顔の白さ、黒髪のふさふさと長い美しさ、鎧を着たすがたこそりっぱな若武者だが、それはまぎれもなくまだうら若い少女だった。

その三

「……この道だ」

やわらかい土の表に、乱れている馬の蹄の跡をたしかめて、児次郎は山道へと馬を乗りいれた。

切通しをぬけて二粁あまり、ひっしと追ったが若武者の馬が見えない。はじめて脇道へそれたことに気づいたので、けんめいに引返して来た。そしてようやく、伊吹の山道をみつけたのである。道は細く、しかも爪さき登りで嶮しかった。相手は荷駄をひいているのでまだそれほど遠くいくはずはない。児次郎は馬をあおりながらしゃにむに登って行った。

するとまもなく、道はいきなり断崖の上に出た。そして、その桟道のなかほどに一頭の馬がぽつねんと止っているのをみつけた。

「馬がいる。たしかにあの若武者の馬だ」

児次郎は馬をとびおりた。すぐ目についたのは、かたわらに脱ぎすててある鎧と兜だった。これもさっき逃げた若武者のものである。

「どうしたのだ。こんなところに鎧や兜をぬいで、なにごとだろう」

わけがわからなかった。それで近寄ってみると、桟道に止っている馬の鞍に、太い綱がしっかりと結びつけてあり、その綱が左がわの断崖へと垂れさがっている。児次郎はすぐにその綱をつかみながら、身をのりだして断崖の下をさしのぞいた。そして思わず、

「あっ、これは、……」

と、声をあげた。

断崖の中途に、鎧直垂だけになったさっきの若武者が、綱の先に経櫃をしばりつけ、自分もその綱にすがりついたままゆらゆらとつりさがっているのだ。児次郎は大ごえに、

「あがれ、あがって来い」

と叫んだ。そのこえは谷間にこだました。

「あがらなければ綱を切るぞ、命はたすけてやるからあがって来い。それとも綱を切って放そうか。

返事はどうだ」

若武者は返事ができなかった。もうちからがつきていたのである。それで悲しそうに上をふり仰いだ。児次郎はそれを見た。その悲しげな顔を見て思わず目をみはった。

「やっ、こなたは菊姫……」

ふり仰いだ顔は菊姫だった。児次郎はその意外さにおどろくよりも、すぐに姫をたすけあげることを考えた。

「いま上げてさしあげます姫、手を放してはいけません。もうすこしの辛抱ですからがまんしていらっしゃい」

力をつけておいて、馬の力で引上げようとした。しかしよく見ると、綱は断崖の途中で岩角に当っている。その角でひどく擦(こす)られたために、もう半分くらいすり切れていた。馬の力でそのまま引けば綱は切れるにちがいない。児次郎は心をきめた。そして手ばやく短剣を抜いて口に銜(くわ)え、その綱にすがってそろそろと断崖をおりはじめた。

「動いてはいけませんよ姫。綱がすり切れているんです。そのままじっとしていてください」

下は目のくらむような絶壁で、姉川の谿流(けいりゅう)がはるかに白く泡を噛んでいる。墜(お)ちればむろんからだは粉みじんだ。児次郎はなるべく綱に重みのかからぬよう、両足を崖へすべらせながら、しずかに、しずかにおりて行った。

「もうひと息です。手を放してはいけませんよ姫。じっとして、……じっとして」

「児次郎」

姫の口から泣くようなこえがもれた。すでに全身の力が尽きはてたこえだった。

「あぶない。もうひと息です。姫しっかり」

児次郎は叱りつけるようにいいながら、するすると菊姫のところまでおりた、そして片手でしっかりと姫を抱えた。

「……児次郎、荷駄が落ちて、経櫃がその木の根に引懸(ひっかか)っていました。それで、菊が綱をおろして、馬の力で上げようとしたのです」

「元気をだして姫、そんなことはどうでもよい。しっかり私につかまっているんです」

「秘経は返します、菊は負けました」

児次郎は上を見た。岩角に当っている綱はしだいにほぐれていく。このままではもうすぐ切れてしまうであろう。もうためらっている場合ではない。……児次郎はすこしからだをすりさげると、短刀を持ちなおして、姫の取りすがっているところから下のところを、ぶつりと一刀におし切った。

「あっ児次郎、なにをするの」

菊姫がそういうよりも早く、経櫃は断崖にはねかえりながら転々と墜ちていき、谷底の岩に当って粉砕した。そして泡だつ谿流のうえに飛散(とびち)り、水に巻きこまれて、ちりぢりにながれ去った。

おしむべし。信玄の石棺のありかを示す鞍馬寺の秘経はこの世から消えた。武田家の秘宝は、これでふたたび世の中へ出ることはなくなったのだ。

「どうして秘経を切りおとしたの？」

「この綱はもうこれだけの重さにたえられないのです」

「では菊をつきおとせばよかったのに、そうすれば秘経はおまえのものでした」

「甲斐の武士は、……ねえ姫」

児次郎はにこっと笑いながらいった。

「こんな場合には、誰でも、人間のほうをたすけますすよ」

「でも児次郎は菊を憎んでいたのでしょう？」

「その返事はおあずかりします。しかし覚えておいでですか、信玄公の石棺は武田家再興のためにある。その望がなくなれば、ながく湖底に沈められてあるべきだ。鞍馬寺で私はそう申しました。そして、いまそのとおりになったのです。これで石棺はふたたび世に出ることはなくなったのです。……姫、いまこそ私たちは仲なおりができますよ」

いいおわるとともに、児次郎はぐっと姫を抱えあげた。しかしそのとき、桟道の上へ馬蹄のひびきと人の足音が近づいて来て、

「あそこだ。馬がいる」

という、伝太の叫びごえが聞えた。そしてすぐに、崖の上から二、三人の顔が下をのぞきこんだ。

「若さま、若さま、ご無事ですか」

それは伝太だった。

「高市の若、あぶない芸当をしておるな」

それは薄田隼人兼相だった。熊七の顔もあった。児次郎は元気なこえで叫びかえした。

「芸当はこれからですよ。この綱は切れかかっています。隼人どの、どうかしずかに上げてください。うまくいったら拍手喝采です」

「よし、みんな手をかせ」

隼人のわめくこえが断崖に高くひびいた。

「あせってはいかん。しずかにやるんだ。それっ、うまくいったら若が拍手喝采だというぞ、しっかりやれ。そらひいた。そら」

「それ引け、しずかにやれ、そらっ」

こえは大きく、あかるく谷にこだまする。綱はしずかに引かれ、児次郎と菊姫とはだんだん上へとのぼっていく。……春の日は見わたすかぎり晴れあがって、高い高い空に、北へ渡る鳥のこえが聞えていた。

あとがき

夏の日ざかりであった。

信濃の山々の上にはもくもくと雷雲が立っているが、甲斐の空は青く澄んで、焦げつくような太陽がさんさんと照りつけている。ここは田野郷の山のなかで、西に遠く笛吹川のながれている平地をのぞむほかは、三方とも起伏の多い山にとりかこまれている。甲府盆地の暑さはかくべつだ。日ざかりのひと時は風も死に、照りつける太陽の熱で、山といわず野といわず、まるで燻しにかけられるようなかんじだった。

その山の中腹に、いま二人の少年が汗だらけになって働いていた。

林と笹を伐りひらいて、五段歩ばかりの畑ができている。畑といっても畝はない。小さな竹が見るかぎり突立ててあって、その根元のところに、あまり畑ではみなれない植物が芽をだしている。二人の少年はいま、その伸びている芽の蔓を、そばに突立ててある竹に、一本ずつ結びつけているところだった。

「ああ、もうまいった」

そういって起きあがったのは伝太である。

「若さま、すこし休ませてください。のどがからからで息もつけません」

「弱いことをいうな」

そういってふりかえったのは児次郎だった。

「このひと側をやればおしまいだ、そうしたら笛吹川へ泳ぎにつれてってやるぞ」

「ええっ、笛吹川へいくんですか」

「うれしいだろう」

「冗談じゃありません、笛吹川までは此処から四里（約十七粁）もありますぜ」

「だから往復かけ足さ」

児次郎は笑いもせずにいった。

「それをたのしみにもうひとかせぎやろう。元気をだすんだ」

「若さまにはかないませんよ」

伝太はうんざりしたようすで、汗のながれる額をひょいと拭いたが、そのとき丘の下から、こっちへ登って来る者をみつけて、

「おやっ、誰か来ますよ若さま」

と、ふしんそうなこえをあげた。

「ごらんなさい。女の子です」

「女の子だって？」

児次郎も身をおこした。むれるような草いきれのなかを、一人の少女がいそぎ足に登って来る。質素なかたちはしているが、このあたりの者ではない。よく見るとそれは岡崎の菊姫だった。

「あっ、岡崎のおてんば娘だ」

伝太が大ごえに叫んだので、あわてて児次郎がそれをおさえた。

「そうです。岡崎の菊ですわ」

菊姫はしずかに笑いながら、二人のほうへ近づいて来た。

「甲府城へ使に来たので、ちょっと寄ってみたくなったのです。児次郎さまも伝太もお達者でしたか」

「ごらんのとおりです」

児次郎は自分のみなりを指さしながら、

「この頃は百姓になって、朝からこうやって働いています。姫にもご壮健でなによりでございますね」

「伊吹道ではありがとうございました」

姫は目を伏せながらそっと頭をさげた。

「あのとき死んだつもりで、菊もこの頃はよい娘になる修行をしています。もう馬にも乗りません。城をそとにとびあるくこともありません。母上さまの仰せをまもって、おとなしく女の道をはげんでいます」

「それはなによりうれしいお言葉です」

児次郎は大きくうなずきながら、

「戦国の世はもうながくはない。これからはみんな心をひとつにして、泰平のいしずえを築くべき時です。ばらばらにではなく、国と民とがひとつになって、男は男の道を、女は女の道を、しっかりとまもっていきましょう」

「はい、菊はかならず、よい女になります」

「児次郎も甲斐いちばんの百姓になりますよ」

ふたりはしっかりと目を見合わせた。どちらの目にも力があふれ、どちらの顔にも希望と決心とがかがやいていた。姫はやがて畑のほうへふり向きながら、

「これはなにを作っていますの？」

「葡萄（ぶどう）です。甲斐の山地は葡萄に合うので、私はこの附近を大きな葡萄畑にするつもりです」

「菊にもてつだわせてください」

そういうより早く、菊姫は裾をはしおり、袂（たもと）から紐をとりだして襷（たすき）をかけた。

「しかしこれは骨がおれますよ」

「骨がおれても、あの断崖の綱にすがりついているほど苦しくはないでしょう」

姫はほほと笑った。

「あのときのことを思えばたいていな苦しさにはたえられます。岡崎へ帰ればまた会うこともできないのですから、どうか夕方までおてつだいをさせてください、……伝太さん、菊にやりかたを教えてね？」

「へん！　じゃなかった。よ、よろしいですとも」

伝太はまごまごして赤くなった。

「こっちへおいでなさい。この蔓をね、こうやってこの竹へ結びつけるんです。つまり蔓が竹へからみつくようにするってえわけですよ。こうやるんです」

「うまいな伝太」

児次郎が笑いながらいった。

「のどがからからにしてはよく舌がまわるぞ。その元気でこっちの畑も一枚やってしまおう。そのあとで姫をお送りするんだ」

「どこまでお送りするんですか」

「きまっているさ。甲府城までだ。さあ、それをたのしみにしっかりやれ」

伝太はまたうんざりした。さっきは笛吹川までで四里、甲府城まで送るとすれば夜になってしまう。菊姫に畑のてつだいをさせるのは愉快だが、これはつまらないことになったぞと思った。

菊姫はもう蔓むすびで夢中だった。児次郎も伝太も黙った。……信濃の山々にのしかかっていた雷雲は、いましも東へと崩れはじめた。おそらく、もうすぐに甲府盆地へ爽快な夕立がくることだろう。慶長七年六月はじめ、あたりの山々はわくような蟬しぐれだった。

鎧櫃

妹

草鞋を作っていた手を止めて、四郎兵衛は思わず妹の横顔に眼をみはった。

——美しくなったな。

ふと、眼の覚めたような感じでそう思った。着ている帷子は、洗い晒してもう地色もよくはわからない。帯は、いろいろの布切を継ぎ合せたものだ。油もつけない髪は、むぞうさに結んで背へ垂れている。どこにひとつ娘らしい彩どりもなく、むざんなほども貧しいなりかたちをしているのに、やわらかく緊まった頰からふっくりと二重にくくれる顎、そして衿足へとながれるなめらかな膚は、今にも溶けるかと思えるほど、匂やかに艶々しい。無心に針をはこんでいる指も、すんなりと柔軟に伸びて、爪尖は紅をさしたように潤んでいる。……三年にわたる貧窮の生活も、萌えいでる若い命は抑えることができなかった。現在の身の上が暗澹としているだけに、花期をあやまたぬ命のふしぎさが、四郎兵衛の眼をみはらせたのである。

——だがこの美しさも、結局は実をむすばずに散ってしまうのだ。

四郎兵衛は、心の内でそう呟いた。緊めつけられるように胸が痛んだ。いま自分がなにを考えているか、それを妹が知ったらと思うと、息ぐるしさに叫びだしたくさえなり、うむと口をひき歪めながら、再び仕事に向った。

壱式四郎兵衛は、もと鳥居元忠（彦右衛門）の家来だったが、三年まえ元忠の意に触れることがあって勘当された。――折をみて必ず帰参のかなうように計らう。望みを棄てずに暫らく辛抱しろ。そうかたくいって呉れる旧友の言葉をたよりに、妹の萩尾といっしょに立退き、遠いしるべの伝手でこの酒波の里へ身を隠した。酒波は近江のくに高島郡にあり、琵琶湖に面した今津の浦から二里ほどの在に当る。……そのころ旧主の鳥居元忠は、徳川家康の側去らずで、殆んど京か伏見に詰めていたから、少しでも近くという意味で、そんな場所を選んだのであった。

かれには貯えというほどのものも無かったので、はじめから僅かな持物を売り食いの暮らしだった。本来そんな山里で、武家の道具を買うような者がある筈はないのだが、ところの資産家で佐伯又左衛門という者が、兄妹の身の上に同情したようすで、何品に限らずこころよく買って呉れた。……佐伯家は古い郷士だし、由緒ある家系で知られていたが、当主の又左衛門は二十七歳になるのにまだ独身だった。父も母もなく、噂によるとかれ自身も病弱のため、その年まで娶らずにいるのだという。高い築地塀に囲まれた屋敷構えは森閑と奥深く、まわりには空壕の跡などもあって、むかし館城だったことを示していた。……そこには男ばかり二十人ほどの家僕がいるほか、女というものは老婆のかげも無く、武家造りの表門はかたく閉められたままで、いつもひっそりと人の出入りも稀なようすだった。四郎兵衛は持物を買って貰うために時おり佐伯家を訪れたが、応待に出るのは家扶の権之允という老人で、当の又左衛門にはいちどきりしか会わなかった。たったいちど会った印象によると、背丈こそ高く人品こそ秀でていたが、病身らしく瘦せて皮膚の色も白く、眉間にはどこやら暗いかげさえ刻みつけられているようで、青年らしい精気というものがまるっきり感じられなかった。

――これだけの豪家に生れながら、気のどくにながいきはしないぞ。

そのとき四郎兵衛は、そう考えたほどだった。

すると、住みついて一年ほどしたとき、権之允という老家扶が訪ねて来て、――妹御をてまえ主人の嫁に貰いたい、といいだした。あまりに思いがけない縁談だったが、四郎兵衛は鄭重（ていちょう）に、――まだ年がゆかぬから、という理由で断わった。かれはいずれ旧主へ帰参するつもりでいたし、こんな山里の、しかも病弱な、たのみがたい男に、妹の一生を托（たく）したくはなかったのである。しかし、それから一年して去年の秋、再び老人がおなじ話をもちかけて来た。こんどは四郎兵衛も、はっきり謝絶した。

――実は、旧主のもとに約束を交わした者もございますので、せっかくながらこの縁談は、ご無用に願います。

――それなら、なぜ初めにそういわぬ。権之允老人はそういって怒った。

――年が若いと申すから一年待ったのに、今になって約束があるとはこの老人をばかにする気か。

本当に怒ったとみえ、これまでの恩義がどうのということまで口にだした。むろん、持物を買ってやったという意味を、さすのである、それでこんどは、四郎兵衛が怒った。はげしい口論になり、老人は席を蹴って去った。

文

佐伯家と縁が切れたのをしおに、四郎兵衛は草鞋つくりを始めた。妹の萩尾は、まえから縫物の賃仕事などをしていた。もう売る物も無くなっていたし、兄妹が稼げばどうやら粥（かゆ）を啜（すす）るくらいのことはできた。――もう暫（しばら）くの辛抱だ、帰参さえかなえば、……そう思って、吉報のある日をたのみに貧窮の明け昏（く）れを送って来た。すると今年（慶長五年）の六月のことだったが、――徳川家康が会津の上杉氏討伐の軍（いくさ）をおこした、という風評が聞えて来た。四郎兵衛は、いよいよ時節だと思った。出陣となれば、帰参のゆるしが出るに違いない。今日か明日かと待っていた。だが、なんの知らせもなかった、次ぎ次ぎと東へ征く諸将の噂を聞きながら、かれは幾たび元忠の膝下へ馳けつけようと思ったか知れなかった。けれども、あれほど約束した旧友がいるのに、今もって帰参の迎えがないのは、勘気が赦りていないからである。とすれば押して馳けつけるのは、主人の勘当をないがしろにすることで、ますます不興を買うに違いない。

――ああ弓矢八幡。

かれは生れてはじめて、神に祈った。しかし、その甲斐もなかった。十日ほどまえに徳川本軍の東へ進発したことがわかったのである、……旗本本軍が発したとなれば、鳥居元忠が加わっていない筈はない。

――やっぱりおゆるしはないのか、このまま朽ちてしまえという思召しか。

四郎兵衛は、まったく絶望した。この軍におくれるようなら、生きている望みはない、――いっそ妹を手にかけて自害しよう。この二三日は、そこまで思い詰めていたのである。

「……兄上さま」

妹に呼ばれて四郎兵衛は、はっとわれにかえった。いつか日は昏れかかって、廂をすべって来る光も、ようやく手許に届くばかりだった。萩尾はもう、縫物を片よせていた。

「少しお休みあそばせ。ただいま夕餉のおしたくを致しますから……」

「今日も昏れたか」吐きだすようにいって、ふとふりかえったとき、立ってゆく妹の袂から、はらりとなにか落ちたのをかれはみつけた。――萩尾、なにか落ちたぞ、そう云おうとして口まで出たが、かれは急にぐっと黙った。見ると、いま袂から落ちたのは、一通の封じ文だった。

――誰から来た文だろう。

かれは不審に思ったので、妹が厨へ去るのを待って拾いあげた。表には、「萩尾どの」としたためである。裏をかえすと、「佐」という一字が記してあった。いきなり胸へ、刃(やいば)をつきつけるような一字だった。四郎兵衛は、さっと蒼(あお)ざめた。文を持つ手が震えだした。「……萩尾、ここへまいれ」かれは、坐り直して呼んだ。萩尾は、なにごとかというようすで戻って来た。四郎兵衛はその顔をひたとねめつけながら、

「今日おまえは外で誰かに会ったな」

「……はい、あの……」

「誰に会った、誰だ」萩尾の顔から血の気のひいてゆくのが見えた。そして眼を伏せながら、低いこえで答えた。

「酒波寺のお納所(なつしょ)へ縫物を届けました戻り道で、佐伯さまとお会い申しました」

「これまで幾たび会った」

「今日はじめてでございます」

「嘘ではあるまいな」刺し通すような兄の眼を、萩尾は面(おもて)をあげてひたと受け止めた。まぎれのない眼だった。四郎兵衛は、封じ文をさしだした。

「この文は、承知で受け取ったか」

萩尾は文を見たがしずかに頭(かぶり)を振った。

「いま、おまえの袂から落ちたものだ。知って受け取ったのか、知らなかったのか」

「……存じませんでした」

「きっとだな」はいと頷くのを見さだめて、四郎兵衛は座を立ちあがり大剣を取った。萩尾はぶるぶると身を顫(ふる)わしながら、「兄上さま」と、呼びかけた。四郎兵衛は、草履へ片足をおろしてふりかえり、

「すぐ戻って来る、待っておれ」そういって、大股に出ていった。

佐伯の屋敷は、丘ひとつ越した向うである。日はようやく昏れはて、夕靄のおぼろな田川では蛙の声がしきりだった。——かたく閉してある表の潜り門をはいったかれは、まっすぐに玄関へいって、又左衛門の名を呼んだ。すぐに若い家僕が出て来た。

「用件は私が取次ぎます。どういう御用ですか」

家僕の眼は、あきらかに軽侮の色を示していた。四郎兵衛は、嚇と怒りの声をあげた。

「取次ぎではわからぬ。主人を呼べ」

「この家にさような作法はない」

「踏み込むぞ」かれは式台へ足をかけた。家僕は、「狼藉者だ」と、叫んだ。すると、待っていたように、脇玄関のほうから四郎兵衛のうしろへ、五六人の者がとびだして来た。しかし、殆んど同時に、廊下を走って来る足音が聞え、

「騒がしいぞ。しずまれ」といいながら、又左衛門があらわれた。

決闘

「なんの御用だ」

手燭を持った少年をひとりだけ残し、家僕たちをさがらせた又左衛門は、冷やかにこちらを見おろしながらいった。……四郎兵衛は、ふところから封じ文をとり出してつきつけた。

「貴公は、武士のむすめに附け文をした。落魄しても、武士には武士の面目がある。承知だろうな」

「まず……いい分を聞こう」

「おれの住居へ来て、妹の前に土下座をしてあやまれ。その迎えに来たのだ」

「佐伯又左衛門は、……」と、相手はにっと微笑しながら云った。「生れてこのかた、ひとに頭をさげたことはない。この文についても、あやまる必要は認めないよ」

「恥を恥ともせぬというのだな」

「むろん恥だとは思わん」又左衛門は、傲然といった。「萩尾どのを妻にほしいという気持は、潔白だ。家扶をやって作法どおり求婚をしたが、いちどは年が若いといい、次いでは婚約があるなどと不たしかなことをいう。当座のいいぬけだということはわかりきっていたし、断わる理由も見当がつかぬではない。そこもとには、この又左衛門が柔弱たのむに足らぬ男とみえたのだ。……自分はあっぱれもののふだが、佐伯又左衛門はとるに足らぬ男だと、そう見たそこもとの眼を、おれはよく覚えている」

「それが眼違いだとでもいうのか。女に附け文をするような男を、柔弱と見たのが誤りか」

「附け文には限らない。場合によればもっと思いきった方法もとる。男が妻を選ぶのは、真剣なのだ。萩尾どのを妻に申し受けるのは、気まぐれや出来ごころではないからな。……だがおれが柔弱かどうかをきめるのは、別のはなしだ」色も変えずにそういい切る又左衛門の態度を見て、四郎兵衛はむらむらと新らしい闘志を唆られた。それは、附け文に対する怒りとはまるで別のものだった。

「あっぱれよく申した」かれは、快哉を叫ぶようにいった。「……では改めて、おれから果し状をつける。望みならば、否とはいわぬよ」

「望みならば、みごと受けるか」

「よし、場所は津野神社の松山、時刻はあすの明け七つだ、いいか」

「一つ条件がある」又左衛門は、屹と眼を光らせながらいった。「……場所も時刻もいい。だが、萩尾どのには内密だ。あのひとには、知られたくない。この条件を守って貰おう」

わかりきったことをといい、四郎兵衛は踵を返してそこを去った。

居間へ戻った又左衛門は、うるさくいい寄る家僕たちを遠ざけ、独り座に坐ると、思わず太息をついた。——さて困ったことになった、そう思ったのである。かれが、萩尾をおのれの妻にと思いきめてから久しい。伝統の城ともいうべき古い屋敷のなかで、男ばかりの召使と暮らして来た明け昏れは、侘しいものだった。飽き飽きするほども単調な侘びしい生活のなかで、ふと萩尾をみつけ、かの女を妻に貰おうと思いきめてから、かれは二十七歳にして初めてこの世へ生れ出たようなよろこびを感じた。――これで佐伯家にも生命が吹きこまれるだろう、そう確信した。それから二年このかた、たとえどのような障碍があろうとも、必ず萩尾を妻に娶ってみせるという決意に、ゆるぎはなかったのである。

「……幾ら思案してもしようがない」かれは、思い切ったようにそう呟やいた。「……萩尾を娶ることと果し合とは別だ。果し合は男と男との勝負だ。勝ってゆこう。すべてはそのあとのことだ」そう決心すると、気持がらくになったのであろう。二た間かなたの権之允の部屋で、声高になにか話しているのが耳にはいった。……それは藤七という家僕で、半月ほどまえ大阪へ用達しに出してやった者である。

――ああ藤七が帰ったのか。そう思いながら、聞くともなしに話しごえを聞いていたが、「……伏見、……鳥居さま、……籠城……」などという言葉が耳についたので、にわかに向き直って聞きすました。

「そうです、鳥居元忠さまです」藤七は、そういっていた。「……鳥居さまを総大将にして千八百人、伏見の城へたてこもって、石田さまの軍勢を一手にひきうけての合戦です。寄せ手は、四万余騎ということでした。……鳥居さまは、全軍城を枕に討死のお覚悟とみえ、城下の町家を払い橋々を落して、援軍の道も絶った必死の軍配です」

そこまで聞いて、又左衛門はあっといった。そしてすぐに、家扶の部屋へと立っていった。

四郎兵衛は裏の筧で水を浴び、残りなく身を清めた。骨の髄から、さっぱりした気持だった。三年このかたの鬱々たる心の垢がながれ落ちて、久方ぶりに胸いっぱいの呼吸ができるような感じだ。

——案外あれで骨のあるやつだった。

それも心の晴れた原因の一つである。豪家の若主人で風にも当てず育てられ、蒼白けた皮膚と同様にその性根もふやけた男だと思った。それが堂々と正面をきって、「萩尾を妻にと望む心は潔白だ」と云い、「附け文どころか、もっと思いきったこともする。男子が妻を選ぶのは真剣なのだ」と云った。果し合を承知した態度も、萩尾には知らせたくないという言葉もりっぱである。家柄の育ちのよさもあるし、どうして胆力もなみなみではない。

——この上は、明朝の勝負をみたうえで。

もし又左衛門の言葉がこけおどしだったら斬ってしまう。そして妹をつれて、この土地を去ろう。だが、もしたのむべき人物だったなら、妹を托して自分だけ立ち退こう、……四郎兵衛はそうきめていたのである。

「……萩尾、これへまいれ」部屋へはいったかれは妹を呼んだ。「少し申し聞かすことがある。そこへ坐れ」

萩尾は、しずかに兄と対して坐った。心の動揺はまだ鎮まっていないとみえ、額のあたりは血の気がなく、行灯の光をうつしてほつれ毛が微かにふるえていた。

「おまえには苦労をかけた。この三年、口にいえぬ貧窮の生活に、よく耐えて来て呉れたと思う。——おれのちからでもういちど世の花を見せてやりたいと思ったが、運つたなくしてどうやらそれも望めないようだ。そこで、……いま改めていうことがある……」

と、四郎兵衛が、そこまでいいかけたとき、この家の表へ馬蹄の音が近づき、すぐに雨戸を叩く者があった。「たのもう、壱式どの、明(あ)けて呉れ」戸を叩きながら呼ぶ声を聞いて、兄妹ははっと息をのんだ。それから萩尾が立っていって、雨戸を明けた。はいって来たのは、佐伯又左衛門だった。そして、……かれは鎧櫃(よろいびつ)を背負っていた。「四郎兵衛どの、お支度(したく)だ」かれは啞然としている兄妹の前へ、ずしりと鎧櫃を置きながら云った。「……そこもとの御主人、鳥居元忠どのは、伏見に籠城しておいでだ」

「なに主人が伏見に……？」

「石田軍四万の兵をひきうけ、鳥居どのはじめ僅か千八百の将兵が、必死を期しての籠城だという。おそらく、全滅はまぬかれまい。鳥居どのも、その決心とみえる。……もはや、赦免を待つときではないぞ」

「まことか」四郎兵衛は臥破(がば)と立った。「それはまことか、佐伯どの」

「家僕の一人が、伏見で現に見て来た。すぐ馳けつけるがよい、四郎兵衛どの。……甲冑は佐伯家重代のもの、馬も逸物(いつぶつ)を曳(ひ)いて来た。果し合はあずかりだ」

「……かたじけない」

　四郎兵衛は、万感をこめた眼で、食いいるように又左衛門を見た。又左衛門も、ひたとその眼を見かえした。両者の心は、いま紙一枚の隔(へだ)てもなく結びついた。そのくい合った眼と眼が語るもの以上に、なんの言葉があろう。

「……頂戴(ちょうだい)する」そういって四郎兵衛は、にっと微笑した。又左衛門も笑った。そして、「すぐお着けなさい。手伝いましょう」と立ちあがり、

「萩尾どの、盃の支度をたのみます」

　と呼びかけた。鎧を着る四郎兵衛は頰が紅(あか)くなり、抑えても抑えても微笑がうかんできた。

八重雲(やえぐも)をひき裂いて、天日(てんじつ)がさんさんと光を放ちだした。晴れのときが来たのである。「よろこび」というにはあまりに大きなよろこびが、歓声をあげて、全身をかけめぐる感じだった。

「出陣の祝いだ。萩尾どのもこれへ」

支度ができると、又左衛門は兄妹と鼎(かなえ)に坐った。四郎兵衛がまず盃をあげ、それを妹へまわした。そして萩尾が終ると、

「その盃、萩尾どのから拙者に頂きたい」と又左衛門がいった。「よかろうな、四郎兵衛どの」

「おたのみ申す」

四郎兵衛は、ただひと言そう云ったきりだった。盃は、又左衛門の手から再び萩尾へ戻った。萩尾はそのとき、耳の根まで染め、盃を持つ手がみえるほどふるえた。

「……萩尾」三度めの盃になったとき、四郎兵衛が云った。「さいぜん改めて申すことがあるといったが、それはもはやいう必要がなくなった。……佐伯家は由緒ある御家系だと聞く。小身者のむすめだと嗤(わら)われぬよう、心をこめて仕えなければならんぞ。女のつとめも命がけだ、それを忘れるな」

「……はい、兄上さまも御武運めでたく」

そういって、かためを終った盃を兄へかえすとき、萩尾の眼からあふれ落ちるものがあった。四郎兵衛がさいごの一盞(いっせん)を取った。又左衛門は、「祝儀を申そう……」

といって坐り直し、しずかに鉢本(はちのき)を謡(うた)いだした。

「……かようにおちぶれては候(そうら)えども、御(ご)らん候え是(これ)に物具(もののぐ)一領長刀ひとえだ、又あれに馬をも一疋(いっぴき)つないで持ちて候。……唯今(ただいま)にてもあれ鎌倉に御大事あらば、ちぎれたりとも此(こ)の具足取って投げかけ、錆(さ)びたりとも長刀を持ち、痩せたりともあの馬に乗り、一番に馳(は)せ参じ……」

「さて合戦はじまらば」と四郎兵衛はそのあとを受けながら立った。「……敵(かたき)大勢ありとても、敵大勢ありとても、一番に破(わ)って入り、思う敵と寄合(よりあ)いて、死なん此身の、——佐伯どの」とかれは、下

へおりてふりかえった。

「壱式四郎兵衛、さむらいと生れて今日の冥加に逢う。天下一の仕合せ者でござる。礼はあの世から、──御免」

「心おきなく、存分におはたらき下さい」

「うん、萩尾も、……さらばだ」

にっと溢れるように笑って、四郎兵衛は力足を踏みながら出ていった。……馬が嘶き、やがて蹄の音が戛々と遠ざかるまで、又左衛門と萩尾はじっと耳をすましていたが、やがて又左衛門が感動を抑えかねた声でいった。

「武士の生きかたほど、羨ましいものはない。ゆきつけば死ぬときまった伏見城へ、……さむらいの冥加だといって走せつける、あのよろこばしげな四郎兵衛どののようすは、輝やくようであった。萩尾どの──忘れまいぞ」

はいと答えて萩尾は眼をあげた。涙のあとのしっとりと濡れた双眸は、あたらしい命の光を湛えている。又左衛門は、それをじっと見まもりながら、大きくしずかに頷いた。

附記

壱式四郎兵衛はその頃元忠の心に違う事あって暫く辺土に逼塞す、こんど伏見の大儀を聞いていえらく、我れ此時に穏便にあらば、何れの時か勘気を謝せん、ただ伏見城へ推参して討死を遂げ、其罪を贖わんと、伏見に行き遂に討死して忠を尽せり。〔鳥居家中興譜〕

赤緒の草鞋

一

出羽のくに鶴岡の酒井家に八森弥太夫という者がいた。近習番で身分は軽かったが、田宮派の居合の名手であるのと、いつも草鞋（わらじ）に赤い緒を用いているのとで名高かった。そういうと派手がましい男のように思えるが、じっさいは無口でおとなしい、どうかするとすぐ顔を赧（あか）らめるような人がらで、性質も「ばか律義」といわれるほど篤実だった。……酒井は徳川譜代のなかでも重い家柄で、当主の左衛門尉（さえもんのじょう）忠真は二十三才のとき将軍綱吉の側御用をつとめ、病弱のため辞してからもずっと奥詰に任じていたし、鶴岡十四万石がもともと奥羽諸藩の鎮（しず）めという位置だったから、家中には三河以来の武士気質がよく保たれていて、素朴な生活ぶりと尚武の風がさかんであった。そのなかでも馬廻（うままわ）りとか近習番、先手組などの青年たちには、藩風を背負って立つというような気概を誇る者が多く、はげしい武術の稽古ぶりや粗暴にちかい挙措動作などでほかの人々とは際立っていた。こういう空気のなかで「篤実」だとか「無口でおとなしい人がら」などが尊敬される筈（はず）はない。八森弥太夫は軽侮とまではいわなくとも無視されていたことは明らかで、「ばか律義」という評はその表われの一つだといっても間違いではなかった。

かれは国老役所の事務をとるのが勤めであった、仕事は早くはなかったが正確で、いつも老人のように辛抱づよく、こつこつと与えられた仕事に没頭していた。出仕も退出も判で押すようにきちんとしているし、定刻のほかには茶を啜りに立つこともない、また詰所にいるあいだはたとえ手が空いていても雑談をしなかった。誰か話しかけるとそれがどんな言葉であろうと構わず「さよう」とひと言だけは答える、そして用もないのに急いで筆をとるとか紙をひろげるとかして、相手に言葉を継がせないようにするのだった。夜講の集りとか遠乗りなどにはたいてい仲間はずれにされたし、同席していつか隅のほうに押しやられて、いるのかいないのかわからなくなる。しかしかれにはそのほうが安気だとみえ、岩に着いた栄螺のように、おとなしくじっとおのれの席を守っていた。……こういう点だけ拾ってゆくと、二十五才という年齢や田宮流の名手だということは陰に隠れて、いかにもじじむさい、鬱陶しいだけの男にみえるが、必ずしもそうばかりでないことを証拠だてたこともある。

或年の秋のことだった。どういう話のはずみでか「いったい八森の田宮流はどれほどのものなのかね」と云いだした者があった。それに答えられる者はひとりもいなかった。「なにしろそういう定評だけで見たことがないからな……」「そういえばまったく誰も見た者はないだろう」「ではどこからそんな定評が生れたんだ……」日頃まるで無視しているだけに、話題にのぼると反対にみんな関心を唆られた。「ひとつ試してみたらどうだ」「やるべし」試すなら方法はこうだとすぐに相談がきまった。弥太夫には神尾伊十郎という友人がいた。二百石の書院番で、かれとは身分も違うしもう二人も子がある、しかし性が合うとみえてよく訪ねて来るし、独身の弥太夫をしばしば晩餐に招いた、そういうときはよく更けてから帰るので、かれらはその機会を狙ったのである。……その夜は月が冴えていた、高畑にある神尾の家から八森の自宅へ帰る途中に杉林がある、その附近は屋敷もなく、片側は藪の繁った寂しい場所だった、若者たち五人は杉林の中に隠れて待っていた。弥太夫の来たのは十時を少しまわった頃で、月光で青白く浮いてみえる道をゆったりと歩いて来た。五人は頷きあった。そしてかれが林の前へさしかかったとき、ひとりが両手で口を囲いながら、「弥太夫、弥太夫……」とふたこえ呼んだ。弥太夫は立ち止まった、そしてなにか忘れ物でも思いだしているように、足もとを見おろしたままじっとそこに佇んでいた、そこでもういちど「弥太夫、弥太夫……」と呼んだ、かれはふり向きもしなかったが、やがてしずかに腰帯をとって鉢巻をし、襷をかけた。袴の股立を高くとり、下駄を揃えてぬいだ。

おちつきはらった入念な身拵えがこちらの五人にはよく見える、しかもそのおちついた所作には一種の鬼気のようなものがあり、次ぎになにが起こるかを明らかに示していた、若者たちは慄然と息をのんだ。弥太夫ははじめてこちらへ向き直り、一歩一歩しっかりと地を踏みしめながら、しずかに杉林の中へはいって来た、……一歩ずつしずかに、若者たちのひとりが身を跼め、樹下闇を求めてすばやく逃げだした、残りの者もそのあとに続いた。弥太夫はゆっくりと声のした辺まで来て、そのまましばらく息をひそめていたが、やがて「……なんだ、誰かのいたずらか」そう呟やき、さしたることもないというようすで、道のほうへ戻っていった。

その事があってからのちは、誰もかれの田宮流を疑う者はなかったのである。

二

弥太夫の人がらがそういう風であるだけに、その草鞋の赤緒にはいっそうひとの眼をひいた。誰でもいちどはその理由を訊かずにいられなかった、「これは亡父の訓えです……」かれはこころよく説明する、「合戦に臨んで負傷すると、流れ出る血は足へさがって来る、ほかのところは見えないが足先は眼につき易い、そのとき草鞋の緒が白いと血に染まって赤くなるから、ああ傷を受けたなと気づいて心がよろめくものだ、それゆえ武士はつねづね赤緒を用いて眼を馴らして置くのがよい、……亡父がよくそう申しておりましたので、その心得で用いています」誰に訊かれてもそのたびごとにそういまどき戦国ぶりでもあるまい、といって嗤う者もあった。どちらも弥太夫には痛痒を感じない評だったが、ひとり神尾伊十郎が思いがけないことを云った。「……そこもとの心得には誤りはない、けれども草鞋に赤緒はどうしても少し眼立ちすぎる、異装にまぎらわしいと思うがどうであろうか」それは友人として案じて呉れる言葉だった。かれはそのときよく考えてみた、そしていま泰平の世だからこそ異装にまぎれるかも知れないが、心得が戦場の訓えに通ずるとすれば、泰平の風俗には合わなくとも武士としては異装ではない、寧ろ当世の風に倣うことのほうこそ戒むべきだと思い、「わたくしはやはり、つねに血に染む草鞋を踏みしめる気持で、この緒を用いてまいろうと思います」と答えた。伊十郎はそうかと頷いたきりで、それ以上はなにも云わなかったし、それからのちも決して草鞋のことは口にしなかった。

元禄八年の夏、霖雨がつづいて奥羽地方はひじょうな凶作にみまわれた。庄内の沃田をもつ鶴岡藩も米価が金十両につき米二十俵という騰貴ぶりで、家中の士はいうまでもなく領民の困窮は目前に迫ってきた。これよりさき寛文十二年に、河村瑞賢が幕府への献策によって酒田港に倉庫を設け、ここに貯米して直接大阪へ積出す法をとっていた。つまり蔵元制のはじめであるが、消費を主とする封建経済には善し悪しで、やがてこれが借財の堆累となり、財政逼迫の素因の一つになったのである。……そのときも凶作による米価のなお昂騰すべきをにらんで、大阪の蔵元商人は酒田貯米の積み出しを督促してきた、しかし藩としては領内の凶荒を前に貯蔵米の引渡しはできない。蔵元との経済関係から拒絶することは不可能だが、なんとしても積み出しの延期は計らなければならなかった。国老たちは協議のうえすぐに江戸邸へ急使を派すことになったが、そのまえに事情を具した書状を持って先触の使者が立った。命ぜられたのは八森弥太夫であった。

鶴岡から江戸への道は二つあった。笹屋通というのが百二十四里強、小坂通が百二十里である。山坂の多い不便はあったが里数が少ないので、弥太夫は小坂通をとり、下僕の久七を供に鶴岡を立っていった。

山形から湯原の番所を過ぎるまで雨だったが、福島盆地へはいると雨だけはあがり、二本松から白河までは僅かに晴れた。……白河を出て白坂へかかったときである、宿の中ほどの四辻になっているところで、かれは脇のほうから転げて来た笠を踏みつけてしまった。はずみというのだろう、ああと思ったのはたしかだが避けられなかった。尤もそれはありふれた筍笠だったので、かくべつ気にもとめずそのままゆき過ぎようとした。するとそのうしろへ待てと喚きながら三人の男が追って来た。「そのおさむらい待って貰いましょう」そういうのを聞いてふり返ると、人足とも駕籠舁きともつかぬ男たちがばらばらと来て弥太夫の左右を塞いだ。「ひとの冠り物を踏みやぶって挨拶もなしにゆくという法があるか」そう云ったのはからだの小さい、しかし頬骨のあたりになんとなく不道徳な感じのある、眼のするどい男だった。「おれはこの土地でも少しは知られた沼裏の松造という者だ」男はそう云った、頭へ冠る物を土足にかけられては勘弁ならぬ、武士には武士の作法があるだろう、作法どおり謝罪してゆけと思いきった無礼さで挑みかかった。このあいだにまわりへ人立ちがしていたし、供の久七が血相を変えて出る隙を覘っていた。弥太夫は男たちがなにを要求しているかを察したので、笠をぬぐとすぐに幾千の金を包み、「いかにも拙者の粗忽であった。些少ではあるが笠の代も払おうし、このとおり詫びもする、どうか堪忍して呉れるように……」そう云って鄭重に頭をさげた、松造という男は金包を受取った。「笠の代金を払うのはあたりまえだ、しかし詫びのしようはまだ気にいらぬ」かれは蛇のような眼つきでこちらをしつこく瞶めながら云った「土下座をして貰おう」

三

無法なことをと堪りかねて久七が叫んだ。しかし弥太夫は「控えろ」ときびしく叱りつけ、なんの躊躇もなく地面へ膝をつき、手をおろした。その頭上へ、三人の男たちはなお卑しい笑をあびせかけたが、弥太夫はとうとう眉も動かずに済ませてしまった。

使の役目をぶじにはたした帰り道のことだった、ちょうど白河で泊ることになったその夜、供の久七が暇を欲しいと申し出た。かれがさきの日主人の恥辱を雪ぐために、いとまをとって白坂へ引返そうと考えていることは弥太夫にはすぐにわかった。ならぬと云うと案の定そのことを云いだし、「いかにお役目が大切なればとて、土下座までなさるとはあんまりでございませんか、武士は名こそ惜しけれとさえ申しますものを……」しまいには弥太夫の仕方をふがいないもののようにさえ訴えた。

「おれの恥を恥として呉れるのはうれしいと思う、しかしおれの考は少し違うぞ」弥太夫はしずかに云った。「武士は名こそ惜しけれというが、それはおのれ一個の名ではない、御しゅくんにつながり国につながる名を惜しむので、自分ひとりの恥辱で済むことなら堪忍するのが本当だ、武士はもと命さえ御しゅくんに捧げているではないか……」あの場合も土下座くらいで済めば安いものだ。諄々とそう云うのを聞くと、久七はともかく低頭しながら言葉の過ぎたことを詫びた。けれども心から納得したのではないとみえ、そこから鶴岡へ帰るまでむっつりしていたし、帰ってからもどこかに棘の刺さったような眼つき口ぶりがぬけなかった。

さいわい白坂での出来事は誰にも知れずに済んだ。そしてその年が暮れあくる元禄九年の五月、左衛門尉忠真の参勤出府にあたって、八森弥太夫も供に加えられた。まえの年の使者の役が機縁になったものか、国老役所詰から三ノ間常出仕にあげられ、江戸、国許ともに側近の勤めとなったのである。家禄には変りはないが役目の上では昇進なので、親族や知友に祝われて鶴岡を立った。……季節は梅雨にかかろうとして、見えるほどの山々の上には雨雲が低く垂れ、朝から蒸す日が多かったけれど、降られもせずに旅を続けて、白河に着いた。そのとき城主は大和守松平直矩であった。左衛門尉忠真は招かれて城に二日滞在し、おもだった家臣たちも饗応を受けた。こうして三日めに白河を発した行列が白坂の宿へさしかかったとき、弥太夫にとってまたまた不幸な出来事が起ったのである。

弥太夫は左衛門尉の乗物から三十歩ほどうしろにいた。ああ白坂だと思い、去年の事を思いかえしたが、服装も違うし笠で面は隠れているし、列の中のことなのでかくべつ警戒する気持はなかった。ところが宿へはいってゆくと間もなく、道の左がわに並んでいた住民たちの群の中から、ふとかなりこわ高に笑いだす者があった。笑いながら「……おい見ろ、いつか此処で土下座をしたさむらいがいるぜ」と云った。弥太夫にはその言葉がまるで耳へ針でも打たれたようにするどく聞えた。われ知らずそっちへふり返ると、沼裏の松造となのったあの男の蛇のような眼が、嘲笑をうかべてじっとこちらを見あげていた。そして弥太夫がふり返るといっしょに、松造のそばにいたもう一人の男がこう云った、「……あれは庄内さまの家来だったのか、さても酒井の殿さまはいい御家来がいるものだな」かなり高い声だったので、列のなかでも不審そうにふり返る者があった。しかし理由を知らないからなんのことかわからず、そのまま行列はそこを通り過ぎてしまった。

……白坂を越せば下野のくにである。その日は新居が泊りで、着いたのはまだ陽のあるうちだったが、弥太夫はすぐに供頭をたずねて御暇を願い出た。――御奉公なりがたい事情ができたので、この場かぎりながのいとまを戴きたい、そう繰り返して歎願した。家臣から暇を乞うということはなかなかむずかしかったし、殊に旅中のことなので、供頭はその不可能なことを訓して拒絶した。「……それでは致方がございません、まことに不本意ではございますが」弥太夫は呟やくようにそう云って宿所へさがった。けれどもむろん諦らめたわけではない、暇乞の訴状を書いて密封し、下僕の久七を呼んでそれを渡した、「……明朝になったらこの書状を御供がしらへお手渡し申せ、明朝でよいから」「お預り申しました、けれど旦那さまはどうかなさるのですか……」久七は行列のしんがりにいたのでなにも知らなかったのだ――自分は急の仰付けで先へ立つことになった、おまえは御供について来ればよい。弥太夫は簡単にそう云うだけだった。そして久七がさがるとすぐ支度を直し、同僚の眼につかぬようにすばやく宿所をぬけ出していった。

白坂へ戻り着いたのは夜の七時まえだった、かれはところの庄屋をたずねて門を叩いた。それは伝統の古い家柄の郷士だったそうで、広い屋敷のそこ此処に館造りの跡が遺っていたし、土生勘之亟と名乗る当主の老人も古武士のような風格をもっていた。深い樹立のある庭に面した客間には古風な燭台がひとつ、いま炷いだと思える香がほのかに馨っていた。弥太夫はその馨をききながら、やや暫く心をしずめるように瞑目した。

四

「よろしゅうございます、三名ともよくわかっておりますからすぐ捕えるように手配を致しましょう」老人は快よく承知した。そして人を呼んでその旨を命じたのち、「……念のためお伺い申すが、三名の者をどうなさるお考えでござるか」「斬ります」弥太夫はしずかにそう答えた。「……なるほど、そうでござろう」老人はゆらりと頷ずいた、「しかしそのあと始末はいかがなさるか」「むろん自裁いたします」はじめから心をきめていたのである。老人は膝の上に置いた扇を脇へおろし、じっと弥太夫の眼をみつめた、「……お答えはよくわかります、けれどもそれは少しつき詰めすぎはしませぬか、推察でもあろうが三名は無頼の徒でござる。去年ご堪忍なすったように、もういちど堪忍なさることはできませぬか、そうして下されば三名の処置はこの老人がおひきうけ申しますが」「……せっかくですが、やはり自分で斬ります」「しかしあたら武士が無頼の徒と命のとりかえはあっぱれとは申せますまい、ここはぜひもういちどご堪忍なさるべきかと思います」「……ご親切はよくわかります」弥太夫はちょっと目礼をしてから云った。「よくわかりますけれども、それでは武士の道が立たぬのです。……去年かれらの前に土下座までしたのは、わたくし個人の恥辱で済むからでございました。けれどもこんどは御しゅくんのおん名が知れたのです。わたくし一個の名などはどうでもよい、御しゆくんと藩家の名が出たうえはもはや他にとるべき手段はございません。そうお考えにはなれませぬか」老人はじっと弥太夫をみつめていたが、ふとその眼を伏せて、脇へ置いた扇を再たび膝の上へ直した。それから眼を伏せたまま低く呟やくように云った。「……いかにも、いかにも」そしてもうなにも云えなくなったようすで、目礼をしてしずかに立っていった。

老人の心づくしであろう。間もなく姉妹とみえる若い娘が二人、美しく化粧をして酒肴の膳を運んで来た。弥太夫はまるで飲まなかったが、老人の気持がいかにも心に触れるのでかたちだけ杯を受けた。酒を湛えた堆朱の杯の底が燭台の光をうつして深い虹色に輝やくのや、美しく飾った二人の娘たちの慎ましい給仕の姿は、弥太夫にとって運命のはなむけのように思いがけなく温かい印象だった。……老人は少しおくれて席へ戻った。「三人はいま捕えて曳いてまいりました。始末は明朝のこととして、今宵はごゆっくりお過し下さるように」そう云って老人は自分でも杯を手にした。「いろいろご雑作をかけました、わたくしは嗜なみませんので……」弥太夫は杯を措いて食事の箸をとりあげた、では客をかせに自分が戴こう、老人はそう、笑って杯をあげ、当面の出来事は忘れたように、古い思出ばなしなどを始めるのだった。

食事が終って少し休んでから、弥太夫は捕えられて来た三人に会った。かれらは屋敷内にある仮牢の中にひき据えられていた。——自分だけで会いたいから、弥太夫はそう断わって、手燭を持って独りでそこへはいっていった。三人はいかにも不逞な姿で腰縄のまま横になっていた。はいって来た弥太夫を見ても、ただ眼を光らせただけで身動きもしなかった。……かれは松造という男のそばへ近寄って「おまえたちに一つ訊きたいことがある」と穏やかな調子で云った。「……あの行列の中から、どうしておまえたちはおれをみつけたのだ。どうしておれだということがわかったのだ」「ご念のいったお訊ねだ……」松造という男は鼻で笑った、「そんなことは三つ子でもわかる。旦那はれっきと目じるしを附けておいでだからね」「目じるしとはなんだ」「草鞋でさあね……」もういちど鼻で笑って、松造はくるっと向き返った、「赤い緒の草鞋なんてそうざらに有るもんじゃあねえからな……」そのひと言は弥太夫の心をひき裂くものだった。かれの双頰から額へかけてさっと蒼くなり、聞きとれぬくらいだったが口から呻きごえが漏れた。手燭の光も見えなくなるような気持で、あてがわれた部屋へ戻った弥太夫は、小机の上に用意してあった紙を展べ、心をしずめながら墨を磨りはじめた。

——武士の嗜なみというものは、なんと深く広くそしてきびしいものだろう。弥太夫は寧ろおどろきに似た気持でそう思った。——自分は日々の勤めに身命を以て当った。亡き父の訓えを生かし、つねに血染めの草鞋を踏みしめるという心得で草鞋につねに赤い緒を用いてきた。むろん今の世の風俗に似合わぬことはわかっていたが、世相に追随する必要はないと信じて友人の忠告も拒けた。そこには武士の嗜なみとしての確信があったからだ、……しかしその確信は誤まっていた。嗜なみは性根にある。かたちではない。赤い緒は心にこそ結ぶべきで、草鞋にすげてはならなかった。神尾どのの言葉は正しかったのだ。

かれはいま神尾伊十郎の前に低頭する気持で、しずかに遺書の筆をとった。書きはじめると間もなく、老人があらわれて「いまこなたさまの供だと申す者がたずねてみえましたが」と告げた。——久七が、弥太夫はちょっとおどろいたけれど、かれが事情を察して追って来た気持はすぐにわかった。それで「暫く待つようにお伝え下さい」そう云って再たび筆をすすめていった。

……異装にまぎらわしければとの御忠言いまこそ思い当りそろ。遅蒔きにはござ候えども、このこと合点つかまつり候うえは心おきなく存じそろ。まことに武士の日常ほど深く慎しみ戒むべきものはこれ無く、身命を惜しまずと口舌には易くも申し候なれど、眼に見えざる心底のほどこそ大事中の大事にござそろ。生得おろかにして今生には道を誤り候も、来世には幾らか増しなる御奉公もつかまつるべく、その一念をもって生害つかまつりそろ。ただいま不肖の心裡まさしく申上ぐれば、まことに光風霽月にて片雲もござ無くそろ。庭前の虫声しきりにして、僅かに望郷の想いを喚り申しそろ。

御武運めでたくと筆を止めた十尺に余る遺書を、神尾伊十郎は息もつかずに読み終った。そしてさきにつくばったまま歯をくいしばって泣いている久七のほうへ、しずかにふり返って呼びかけた、「……そうして、その三人は斬ったか」「はい、まことにおみごとに、一刀ずつでお仕止めなさいました。まことに水もたまらぬお手際でございました」「切腹もさぞりっぱなことだったろう、おれにも見えるようだ……」はいと云いながら久七はまた両手で面を掩った。「泣くことはない」伊十郎は寧ろ自分の感動を抑えるように云った。「……あしたに道を識れば、ゆうべに死すとも可なりという、八森が死んだのはこの気持だ、ほかに方法がないではない。それはかれも知っていた筈だ。けれどももののふの道を正すためにはこの上もない死だ。まさしい生き方を知ったために死ぬ、これこそ武士の死だ、泣くことはないぞ」云いながら、しずかに遺書を巻き返していた伊十郎の眼は、もういちど末尾の文字のうえに止まった、――庭前の虫声しきりにして僅かに望郷の想いを喚り申しそろ……と。

編者解説

末國善己

山本周五郎が戦前に発表した時代小説は、探偵小説ほど未発見の作品は多くない。それでも散逸が激しい「講談雑誌」や少年雑誌、注目される機会が少ないマイナー雑誌や専門誌などに掲載された作品は、埋もれたままになっている。

周五郎の探偵小説を探す過程で見つけた時代小説は、『山本周五郎探偵小説全集』の別巻（作品社、二〇〇八年四月）、〈周五郎少年文庫〉の『臆病一番首』（新潮文庫、二〇一九年一〇月）に収録してきたが、〈周五郎少年文庫〉の完結後、山本周五郎の作品を蒐集（しゅうしゅう）されている小林俊郎氏から連絡をいただき、貴重な雑誌をお借りすることができた。これが本書『山本周五郎［未収録］時代小説集成』の刊行に繋がったのは、先に刊行した『山本周五郎［未収録］ミステリ集成』（作品社、二〇二五年二月）と同様である。

本書には、『山本周五郎探偵小説全集』にも、〈周五郎少年文庫〉にも収録されていない、周五郎が戦前に発表した時代小説の中でも特に珍しい作品ばかりを収録した。その多くは単行本未収録で、単行本が底本として流布している作品の初出誌版、逆に初出誌が底本として流布している作品の初単行本版なども収めた。興味のある方は、バージョン違いの作品を比較してみるのも一興である。

編者解説では、作品の仕掛けや結末に言及している場合もあるので、未読の方はご注意いただきたい。

「宇都宮釣天井」（「少年少女譚海」一九二七年一〇月号）

日光参詣の帰路に宇都宮城の御殿に泊る予定だった江戸幕府二代将軍・徳川秀忠を、城主の本多上野介正純が重石を乗せた釣天井の仕掛けで圧殺しようとした宇都宮釣天井事件は、宇都宮城を避けた秀忠が強行軍で江戸城に戻った、秀忠が正純を改易したなどが結び付いて生まれた巷説である。歌舞伎や講談では釣天井で狙われるのが三代将軍・家光で、将軍の座を家光と争って敗れた弟・忠長の後見役だった正純が、家光を恨み暗殺を計画したとする作品もある。本作は宇都宮釣天井事件の外伝で、本書が単行本への初収録となる。日光参詣へ行くのは秀忠だったが、発熱により家光が代参になる本作は、宇都宮釣天井ものの様々なエッセンスを組み合わせて設定を作っている。講談などでは〝天下のご意見番〟とされている大久保彦左衛門が登場するのも、宇都宮釣天井ものでは定番である。

老人の注進で正純の陰謀を知った家光一行は、身代りを立てて二手に別れ、どちらが本物の家光か分からなくして江戸を目指す。正純の家老・河村靱負は、家光が乗った駕籠を推理し狙撃を命じる一方、多勢を用いて駕籠を襲撃させるので、頭脳戦とアクションの両方が楽しめ、講談的な豪傑も活躍する盛りだくさんの内容になっている。

「孝行力士　佐野山権平」（「少年少女譚海」一九二八年五月号）

落語、講談、浪曲で広く知られていた横綱谷風と佐野山との人情相撲をベースにした作品で、本書が単行本への初収録となる。

谷風は実在の力士だが、力と人格を兼ね備え「谷風の七善根」と呼ばれる虚実不明の美談で有名である。十両の佐野山に病気の母親がいると知った谷風が、相撲会所に根回しして佐野山との取組を実現させ、贔屓筋に多額の懸賞を付けさせてわざと負けたエピソードもその一つである。

佐野山の親孝行に心動かされて家を訪ねた谷風が百両を母親の見舞いとして渡し、それから佐野山は稽古に力を入れて二段目筆頭になり、ついに深川八幡の奉納相撲で直接対決が実現する本作は、二人の取組みが決まったのは佐野山の努力の結果であるとしており、勝敗も谷風がわざと負けたのか、佐野山が実力で勝ったのか曖昧にしている。そのため、少年少女向けらしく他力本願ではなく、努力の大切さを解くテーマが際立っており、ラストはミステリにおける〝最後の一撃〟のような切れ味になっていた。

「伊勢音頭恋寝刃」（「講談雑誌」一九二九年一〇月号）

近松徳三ほか作の歌舞伎『伊勢音頭恋寝刃』（一七九六年初演）をベースにした作品で、本書が単行本への初収録となる。

歌舞伎の『伊勢音頭恋寝刃』は、一七九六年に伊勢古市の遊廓油屋で、医者の孫福斎が、相手をしていた茶汲み女のお紺が阿波の藍玉商一行の座敷に行ったことに激高、下女のおまんがなだめて帰宅をうながすが表口で預けていた脇差を受け取ると油屋の者や客に斬り付け三人が死亡、九人が怪我をした実際の事件・油屋騒動を題材にしている。観光地だった伊勢で起きた油屋騒動は、事件から一〇日で伊勢松阪で芝居になり、一月後に大坂で上演されたのが『伊勢音頭恋寝刃』である。

『伊勢音頭恋寝刃』は、阿波の大名家の家老の息子・今田萬次郎が将軍に献上する青江下坂の名刀を探すよう命じられ、伊勢で入手するもお家乗っ取りを目論む徳島岩次の奸計で遊蕩にふけり、その費用を捻出するため青江下坂を質入れし、折紙（刀の鑑定書）を偽物とすり換えられてしまう。萬次郎の窮地を救うために奔走するのが、今田家の家来筋で今は伊勢の御師（伊勢神宮を参拝する人のために、案内、宿泊などの世話をする神職）をしている福岡貢である。何とか青江下坂を手に入れた貢は、恋仲の遊女お紺がいる油屋で萬次郎を待つが、仲居の萬野が遊女のお鹿を呼んでくる。貢とお鹿が会っているところにお紺が現れる。お紺は貢に愛想をつかし徳島の商人・岩次になびくが、これは貢のために折紙を手に入れる策略だった。そうとは知らない貢は侮辱されたと怒りを募らせ、青江下坂を手に萬野や岩次の一味を次々と斬り付ける。貢は鳥羽の伯母の家まで逃げると切腹。本物と偽物の入れ替えが繰り返された青江下坂だが、貢が自刃に使った青江下坂は本物で、それを手にした萬次郎が阿波へ旅立つところで幕となる。

周五郎は『伊勢音頭恋寝刃』にそれほどアレンジを加えておらず、複雑な筋立ての原典の理解を助けるように巧くまとめている。原典と本作を比べてみてほしい。

「生血を吸う闇峠（くらやみとうげ）の妖怪」（「短編」一九三〇年五月号）

タイトルそのままに妖怪退治の伝奇小説で、KAWADE夢ムック『山本周五郎　背筋を伸ばす反骨の文士』（河出書房新社、二〇一八年四月）に収録されたが、単行本には初収録。本書では初出誌を底本にしている。

闇峠に「人を啖（く）い殺す」化物が出るとの噂が広まった。剣術自慢の姉崎多聞が怪異の正体を暴くために闇峠へ向かうが、細い絹糸のようなもので十重二十重（とえはたえ）に巻かれ喉笛を嚙破（かみやぶ）られた無惨な死体で見つかり、姉崎の親友で槍の名手の木下三之助が仇を討つため出掛けるが帰ってこなかった。藩の剣術指南番の山田雲龍は実力はあるが傍若無人で、弓術指南の長谷部壮太郎に弓は「子供遊びの真似（まね）」と暴言を吐く。槍と弓はどちらが強いかを争うことになった二人は、妖怪を退治した方が勝ちと決め、最初に雲龍が、次いで壮太郎が闇峠に向かう。

妖怪を倒す計略をめぐらせていた壮太郎だが、その計略は妖怪の力技に敗れ、壮太郎も力技で対抗する展開は、周五郎作品には珍しい。妖怪の攻撃は、歌舞伎の演出を参考にしたように思えた。

「幽霊奴（やっこ）の助太刀」（「講談雑誌」一九三二年七月臨時増刊号）

色と欲に幽霊（ただ本物か、幻かは判然としない）がからむ因縁話で、本書が単行本への初収録となる。物語の舞台となる松井田宿は中山道の宿場で、隣の坂本宿が難所の碓氷峠の東の入口のため、峠越えの前に休む人が多かったのに比べると宿泊客は少なかったが、信州諸藩の年貢米の集積地だったことから栄えていたようだ。

松井田宿の木賃宿に、女と供の男が泊っていたが男が死んでしまう。宿の息子・与太郎は、娘を嫁にもらいたいと考えていたが父親は反対。これまでの旅籠賃（はたごちん）、薬代などを支払わせて追い出そうとする。娘は男の初七日までは泊めて欲しいと、二百両もの大金を出す。与太郎は色欲から娘を狙い、父親は大金を我が物にしようとするが、その欲望ゆえに破滅するラストは、教訓的な因果応報譚になっていた。

「乱刃ふたり蔵人」（「新少年」一九三六年一一月号）

尚武の国薩摩に生まれながら武張ったことを嫌う少年を主人公にした戦国もので、本書が単行本への初収録となる。

土岐十郎兵衛の後妻お弓は、夫の遺言に従って継子で一八歳の蔵人（くらんど）を父親のような勇士にしようと薙刀（なぎなた）を手に稽古を付けていた。だが柔和で木剣より書物を好む蔵人は、稽古を嫌がっていた。大友の枝城肥後国白松城への総攻めが決まるが、蔵人が命じられたのは留守居役だった。代々御旗本筆頭で戦になると先陣に旗を翻（ひるがえ）した土岐家に生まれ初陣（ういじん）になる蔵人が留守居役なのが不満なお弓は、戦場に行けるよう嘆願書を出すというが、武術が苦手な蔵人は土岐家を横領するためお弓が自分を殺そうとしているのではと、疑心暗鬼に陥る。一度決まった留守居役は変更されないと考えていた蔵人だったが、新たに旗本組五百人頭として出陣する命令が出た。お弓は出陣を渋る蔵人に激高するが、意外なまでに早く引き下がる。翌朝、陽も高い頃に目覚めた蔵人は、皆は出陣した後だと考えるが、許嫁（いいなずけ）の小雪は、今朝の馬揃えに土岐家の旗差物を持ち兜甲冑を着て長巻を持った武者が出ていたという。もう一人の蔵人は誰か？

一応の謎はあるが、それを解決する方向に進むのではなく、義母の真意を知った蔵人が武士として成長する教養小説風の物語となっている。本書の収録作には、戦時下にありながら英雄豪傑を否定する作品が少なくないが、本作は少年向けということもあり、当時の常識に添うように戦で手柄を立てる重要性が強調されていた。

「化物五十人力」（「新少年」一九三六年一二月号）

「蚊とんぼ玄二郎」と侮られていた足軽が思わぬ活躍をする物語で、本書が単行本への初収録となる。

飛騨国村岡藩に五両二人扶持で召し抱えられた楯野玄二郎は、蚊とんぼのように小柄で痩せていて組頭の「どこかに見所がある」という言葉を誰も信じていなかった。足軽の役目として弓の箭（や）に使う淡竹（はちく）を採っていた玄二郎たちは、背丈七尺（約二一二センチ）で筋骨隆々、乱暴狼藉が過ぎるため悪武兵衛の異名がある陣守武兵衛が組頭の娘お津弥を妻にすると近づいてくるのを目にする。立ち向かった玄二郎の勇気に免じてその場を立ち去った武兵衛だが、お津弥への執着はなくなっておらず、お津弥を攫（さら）うと主君・佐々木信濃守の前に現れ、この娘を妻にするので仲人をして欲しいという。あまりの無礼に怒った信濃守は武兵衛を討つよう命じる。一国の領主が討伐を命じたので、家臣は手段を選ぶ必要はないが、戦いの舞台となった持仏堂は名建築で数多くの宝物も収められていて、それらを傷付ける危険性がある弓、鉄砲が使えないとされている。玄二郎と武兵衛の一騎打というクライマックスを作るために、周五郎が細部にまで目を配っていることがよく分かる。

一刀流、槍術などの使い手たちが武兵衛に挑むが返り討ちにあい、最後に庭の隅で戦いを見ていた玄二郎が討手に名乗りをあげる。武術の腕ではなく、知恵で武兵衛を破る玄二郎は、ある藩の御家騒動を知恵で解決する「日日平安」（「サンデー毎日」一九五四年七月涼風特別）の菅田平野に通じるヒーローといえる。

「颱風・静馬の唄」（「新少年」一九三七年一月号）

死んだと思っていた息子が帰ってきたことから始まる騒動を描いており、本書が単行本への初収録となる。

信濃松本藩で六百石の物頭を務める瀬尾新兵衛の息子・静馬は、一〇歳の時に家中の少年たちと雪中登山に行き雪崩に巻き込まれた。他の少年たちは救援隊に助け出されるが、静馬は死体が発見されず生死不明になってしまう。それから一三年後。静馬が帰ってくる。山中に住む猟人に助けられた静馬は記憶喪失になっていたが、武士の子と見抜いた猟人によって隠棲している老剣士に預けられた。老剣士のもとで修行し記憶が回復してきた静馬だが、修行半ばで帰宅できないとしてさらに数年を過ごし、猟人が死に、老剣士から帰宅をうながされ山を下りたという。静馬が行方不明になっている間に、新兵衛は家老の二男・庄三郎を養子に迎え、静馬が妻にしようと思っていた双葉は庄三郎と結婚することが決まっていた。

生きて戻った当初は歓迎された静馬だが、庄三郎に荒稽古をつけては「柔弱者」と罵倒し、父親にも乱暴な口を利き、庄三郎と双葉の仲を割こうとするなど、乱暴狼藉を働くようになる。我慢を重ねた庄三郎は、静馬と戦う決意を固める。

豪傑があっさり負ける展開は本書収録の「豪傑剛太夫」に近いが、負けるまでのプロセスと、負けた理由にはそれぞれ捻りがあり、本作は人情が強調されている。

「斑猫呪文」（「講談雑誌」一九三七年一月号〜七月号）

怪異が起こり、幻術師が暗躍し、怪しい斑猫が随所に顔を出す中、長く続く陰惨な事件を調べる伝奇小説で、本書が単行本への初収録となる。残念ながら初出の「講談雑誌」一九三七年四月号と六月号が発見できず欠落となったが、だいたいの内容は把握できるだろう。

仕官先を探しに江戸へ出てきた浪人の河村静馬と陣守伊兵衛は、大身旗本の世継ぎながらなぜか浪人に身をやつしている宮部鮎二郎と喧嘩になるが、互いの腕を認めて別れた。鮎二郎が立ち去った後、老武士が詫びに来て伯耆守家に推挙してくれた。伯耆守の娘で鮎二郎の許婚・節子は、宮部家から縁組を取り消され、事情を聞くため茶屋で鮎二郎に会うが、詳しい理由はわからなかった。伯耆守の屋敷を出た静馬と伊兵衛は、机の上に瓜の種を置くと芽が出て葉と蔓を繁らせ実を結ぶ辻幻術を見るが、静馬は「幻術の初歩」と呟く。この幻術は「植瓜術」で、『今昔物語』巻二八第四〇「外術を以て瓜を盗み食はるる語」にも描かれている古典的な術なので、静馬は知っていたのかもしれない。その呟きを聞いた女幻術師は「秘手『函術』」を披露するといって静馬を函の中に入れるが、出てきた時には別人のようになっていた。

数年前から宮部家伝来の記録、筆記類を整理していた鮎二郎は、約二〇年の間に幕府の重臣六人が家族もろとも変死している事実を知り、事件の真相を突き止めようとしていた。鮎二郎につきまとっている謎の女はなぜか極秘の連続変死事件を知っていて、その原因は「或る女の一念」だという。変死事件はまだ終わっておらず、節子が狙われていると判明し、伊兵衛も事件に巻き込まれていく。

敵は「死んでから百日くらい経つ屍体」を動かして鮎二郎を襲わせるが、これは日本の小説にゾンビが出てきた早い例の一つといえる（国枝史郎が翻訳し一九三九年五月に松光書院から刊行したパルプマガジンのアンソロジー『恐怖街』には、「ゾンビー」の表記があるG・T・フレミング・ロバーツ「地獄礼賛」が収録されている）。くしくも本作が発表されたのと同じ一九三七年八月に、死んだ侍が謎の老人の秘術で蘇り自分を殺した者たちに復讐する東宝映画『怪奇江戸川乱山』（下村健二脚本・監督、羅門光三郎主演）

が公開されている。ゾンビものが出てきたのは、一九三二年のアメリカ映画*White Zombie*（ガーネット・ウェストン脚本、ヴィクター・ハルペリン監督、ベラ・ルゴシ主演）が一九三三年に『恐怖城』のタイトルで日本公開された影響があったのかもしれない。

ある怨念が発端になった事件は、年を経るごとに多くの人物を巻き込み、愛憎が渦巻き複雑怪奇に入り組んでいた。謎あり、活劇あり、恋ありの波乱に満ちた物語は、怪しい人物、奇怪な建築物、幻術師、動く屍体、斑猫などが怪奇色を濃くしていくのでゴシック小説のようなテイストがある。

「箕島の大喧嘩」（「少年少女譚海」一九三七年四月号）

甲州巨摩郡の大貸元・藤生(ふじう)の文吉と沼田村の紋兵衛の対立を軸にした股旅物で、本書が単行本への初収録となる。同じ地域に対立する二つの一家があり、大喧嘩が重要な役割を果たす展開は、下総(しもうさ)の飯岡助五郎一家と笹川繁蔵一家の争いを題材にした講談の天保水滸伝をモデルにしたようにも思える。

藤生の文吉の身内に、色白で喧嘩になるとふるえ出すため「蒟蒻(こんにゃく)の清太」と呼ばれている清太郎がいた。文吉の賭場に紋兵衛一家が殴り込みをかけるが、藤生一家の龍虎の異名がある小松村の銀太、横手の金太らが撃退した。皆が引き揚げようとしたところ、一刀で殺された紋兵衛一家の熊ん蜂の大五郎と勝ん平の死体を見つける。

両一家の仲が悪くなかった頃、文吉の娘お絹と紋兵衛の息子・弥太郎を夫婦にする話があり、弥太郎は修業の旅に出たまま一〇年が経っていた。紋兵衛方に一刀流の免許を持つ石谷道十郎なる凄腕の用心棒がいることと、お絹と弥太郎の結婚話があったため文吉は思い切った喧嘩ができなかったが、それが紋兵衛一家を増長させていた。

紋兵衛一家の猛者二人を斬ったのは誰か、というミステリ的な謎が牽引する本作は、細々(こまごま)とした設定がすべて伏線になり意外な真相を浮かび上がらせ、すべての問題が丸く収まる大団円になるだけにカタルシスが大きい。

「面師出世絵形」（「富士」一九三七年九月号）

職人小説で本能寺の変の外伝にもなっている本作は、初出誌に発表された後、「羅刹の面」と改題されて『土佐の国柱』（博文館、一九四〇年一〇月）に、「羅刹」と改題されて『羅刹　山本周五郎選集第四集』（操書房、一九四七年六月）に収録された。タイトルからして現在の流布本は「羅刹」が底本と思われるが、本書は初出誌を底本とした。

日本屈指の面作師である近江井関の弟子・宇三郎は、先人の型から脱し「夫々の性格を捉え、例え架空のもの」でも「活けるが如く表現」する活面なる独自の手法を思いつき、それを「くらべ打ち」で披露しようと「羅刹の新しい形相」を作っていた。

「くらべ打ち」に勝利すると、近江井関の娘で宇三郎とは相思相愛の留伊を妻にできるのだが、「悪鬼のように乱暴」な鬼松も新しい羅刹のモデルにはならなかった。この展開は、面作師の婿を迎えた次女と、貴人の側仕えを夢見る長女に確執があり、二人の父の面作師・夜叉王が、修禅寺に追われた鎌倉幕府二代将軍・源頼家に似せ面を頼まれるも、作った面に死相が出てしまう岡本綺堂『修禅寺物語』（「文芸倶楽部」一九一一年一月号）を思わせるし、「羅刹の新しい形相」を作りたい宇三郎は、「舞楽面にも能面にもない全然新しい悪人の仮面を刻」むのを「心願」とする女面作師の月子が出てくる国枝史郎『神州纐纈城』（「苦楽」一九二五年一月号～一九二六年一〇月号、未完）を彷彿させる。

子供を守るため武士が乗る馬の前に飛び出た女が、馬上の武士に斬られた。その武士「右大臣信長」の形相に理想の羅刹を見た宇三郎は面を打つが満足できず、再び信長のあの形相を見るため安土へ向かう。現代人がイメージする信長は、冷酷だが先見性や合理精神がある改革者だろうが、信長の合理精神が強調されるようになるのは坂口安吾「鉄砲」（「文藝」一九四四年二月号）以降で、広まるのは戦後になってからである。それまでの信長は、四世鶴屋南北作『時桔梗出世請状』（一八〇八年初演）で、勅使饗応役を命じた光秀に無理難題をいって叱責し、最後は森蘭丸に鉄扇で打たせるなど冷酷さのみが強調されていた。本作は、改革者とされる前の信長像をうかがうことができる。本能寺滞在中に光秀軍の襲撃を受けた信長は、自刃して火に飲まれる。宇三郎が、その瞬間の信長の顔に「世に又と無い羅刹の相」を見るのは、女が車の中で生きたまま焼かれるのを見て地獄変相図の絵を完成させる良秀を主人公にした芥川龍之介「地獄変」（「大阪毎日新聞」「東京日日新聞」一九一八年五月一日〜二二日）を意識したように思えるが、焼かれる女を見て絵を完成させる良秀に対し、宇三郎は師に諭され信長の最期の相をモデルにした羅刹が実は未熟な作であったと悟る。本作のラストには、芸術至上主義の否定と、修業には終わりがないという周五郎の想いが込められていたのではないだろうか。

「四条畷」（「国民道」一九三七年一二月号）

南朝を支えたが四條畷の戦いで高師直率いる幕府軍に敗れ、弟の正時らと自刃した楠木正行を主人公にした歴史小説で、本書が単行本への初収録となる。

特に明治以降、後醍醐天皇に忠義を尽くした楠木正成と夫人、子の正行は、正成が忠君愛国、夫人が良妻賢母、正行が忠孝両全の規範とされ、歴史、修身の教科書、唱歌などで日本人が目指すべき理想とされた。それは大久保馨『教材精説　私の国史教育指導　尋五』（明治図書、一九三〇年三月）に、「父正成の遺志を継ぎ若年の身を以って一意叡慮を安んじ奉らんと、砕骨奮戦した楠木正行の事跡を明に」し「功績をたたえつつ益々義勇奉公、忠君愛国を涵養する」とあることからもうかがえる。

自分が死んだら足利氏の天下になるので、その流れを阻止するために生きろという父の訓、父の遺志を忘れるなという母の言葉を胸に成長した正行が、師直との決戦を挑むまでの物語は、正成と夫人、正行を顕彰する戦前の歴史観で執筆されている。

『太平記』の正行は、師直の大軍が迫ると、辞世の句「返らじとかねて思えばあずさ弓なき数にいる名をぞとどむる」を残し、遺髪を奉納して出陣したことから玉砕を覚悟していたとされ、戦前はこの解釈が広く信じられていた（近年は、玉砕説を否定する歴史学者も少なくない）。だが本作の正行は、敵の大軍に味方の数を減らされながらも、大将である師直の首を狙って逆転をはかる冷静な戦術家とされている。最期まで勝利のために戦う正行の姿には、戦死を名誉とするような戦時下の価値観へのささやかな抵抗が込められていたようにも感じられる。

「美少女一番のり」（「少女サロン」一九五一年二月号）

山本周五郎が戦前に「少女倶楽部」に発表した何作かの短編は、偕成社が一九五〇年六月に創刊した「少女サロン」に転載された。「美少女一番乗り」（「少女倶楽部」一九三八年四月号）を改題した本作もその一編で、「少女サロン」版の単行本への収録は本書が初となる。「少女倶楽部」版は苅谷兵馬が木曾方の兵に追われながらも戦う場面から始まり、各章にタイトルはなく数字のみだった。だが本作では、冒頭の剣戟シーンがカットされ、章題が付けられ、区切りが異なっている章があるなど異同がある。ただ、隠れ里の危機にヒロインが立ち向かう内容には大幅な変更はない。

人里離れた飛驒の山中にある「摩耶谷」には、建武の時代から連綿と北畠賀茂という家を中心に一八軒が世間と交わりを絶って生活していた。戦国時代に入ると「摩耶谷」も乱世と無縁ではなくなり、世に出て英雄になりたい村井伝之丞という若者も現れていた。北畠一四代の賀茂老人の娘で一六歳のお弓は、高山城の武士で木曾方の城砦の備えを探りに行ったが露見して追われ、六人を斬ったが傷を受け尾根から転げ落ちた兵馬を他郷の者と交わらないという掟を破って密かに匿った。兵馬の行方を追う木曾方の武士と、「摩耶谷」の抜け道を記した古地図を差し出せば五千貫の侍大将にするとの木曾方の話に乗りたい伝之丞の思惑が、「摩耶谷」を混乱に巻き込んでいく。

「摩耶谷」で暮らしているのが後醍醐天皇の配下という設定は、本作が「少女倶楽部」に発表されたのが、一九四〇年に開催される神武天皇即位から二六〇〇年の記念事業の準備が進み、日中戦争下で対米開戦が現実味を帯びていた時期だったことを踏まえれば、天皇に忠誠を誓う愛国心を育てる意図があったのは間違いないだろう。だが「摩耶谷」の住民が後醍醐天皇の忠臣ではなく勅勘(ちょっかん)を蒙(こうむ)った逆賊で、武人として立身したい伝之丞の野望が挫かれる展開には、周五郎の時勢への抵抗もうかがえる。

「双艶無念流」(「講談雑誌」一九三八年四月号)

藩内の派閥抗争に恋愛がからむ物語で、本書が単行本への初収録となる。

中小姓筆頭で美男、剣の達人でもある正木蔵人が上使になり、江戸で舟津与右衛門が「不埒な所業」を理由に手討にされ、国許の家族は重追放になったと告げに来た。蔵人は与右衛門の娘・宇女(うめ)に、上意には背くが自分の隠居した下僕の家で暮らすことをすすめ、その間に舟津家再興のために尽力するといった。帰国した宇女の許嫁・内田新八は、重追放になった舟津家と縁を結ぶのは主君の意に背くとして、江戸から連れて来た芸者の染次を妻にするといい、諫言した守役の梶田彦右衛門に暇を出した。新八に婚約破棄を告げた宇女は、蔵人から結婚を申し込まれる。

伏線がないので唐突だが、与右衛門の死から始まる陰謀劇は周到で、それを見破る探偵役の推理と敵を欺く計略は、犯人の息の根を文字通り止める展開もあり、快刀乱麻の痛快さがある。無念流の達人ではあるが蔵人とは反対に男振りは冴えない新八が活躍するのは、周五郎らしい。

「極意葉一つ」(「講談雑誌」一九三九年八月号)

飯篠(いいざさ)家直に弟子入りした卜部高幹(うらべこうかん)が、流れる落葉を見続けて剣の極意を掴むまでを追った実録風の小説で、本書が単行本への初収録となる。

後に高幹を養子にする塚原土佐守は家直の高弟だったとされており、ここから周五郎は高幹が家直に弟子入りする物語を着想したように思える。

『本朝武芸小伝』『撃剣叢談』などの武術の伝書をまとめた『武術叢書』（国書刊行会、一九一五年五月）が刊行されてから、中里介山『日本武術神妙記』（大菩薩峠刊行会、一九三三年一二月）、直木三十五『日本剣豪列伝』（『直木三十五全集　第一一巻』所収、改造社、一九三五年四月）など、武術の考証、武術家の評伝を書く作家が増えた。武術の史料が入手しやすくなっていた一九三二年、巌流島の決闘で、対決の時間に遅れたり、敵よりも長い武器を使ったりする計略を考えたのは宮本武蔵の剣技が未熟だったと主張した直木三十五と、生涯に三〇数度の真剣勝負を行い一度も負けていない武蔵を剣の達人と評価した菊池寛が、武蔵が名人かをめぐって論争し、これに吉川英治が参戦した。吉川の『随筆宮本武蔵』（朝日新聞社、一九三九年八月）によると、これが直木の逆鱗に触れ「武蔵を賞めた側に立った菊池寛と共に、僕も文藝春秋の上で怒鳴られた」という。直木の武蔵批判に応えるため吉川が書いたのが、大作『宮本武蔵』（「朝日新聞」一九三五年八月二三日～一九三九年七月一一日）で、本作も作家が剣豪に興味を寄せていた流れの中で書かれた可能性が高い。ただ周五郎は、後に高名な剣術家になる高幹の広く知られている名を最後まで明かしておらず、この構成はミステリのテクニックを活かしたのかもしれない。

「ふりそで道場」（「講談雑誌」一九四〇年五月号）

女剣客を主人公にした作品で、本書が単行本への初収録となる。

江戸の森田座では、松本幸四郎、坂東三津五郎、大谷友右衛門らが出演する弥生芝居が大入を続けていた。森田座では、江戸初期の旗本奴のように男伊達を気取る夕顔組のことを読み込んだ中村吉三郎のつらねが評判になっていて夕顔組が見物に来るが、つらねの内容が悪口だったため夕顔組が騒ぎを起こす。激怒する夕顔組を止めたのが、ふりそで道場の女師範と呼ばれている箕作小藤だった。小藤が出てくると、なぜか夕顔組の新庄大学が仲間に声をかけて引き揚げていった。大学は常連の料亭の娘おそのに小藤の道場を調べさせるが、小藤に面目を潰された他の夕顔組は道場に乗り込んで小藤に戦いを挑む。小藤の腕は確かで夕顔組の面々は遅れを取るが、大学の登場で次第に小藤の過去と夕顔組を目の敵にする理由が明らかになっていく。

大学が「武芸の一流に秀でるよりも、上手に泣くことの出来る方が女の仕合せだ、例い武芸をやるとしても、それは男子に勝つためではなくて、立派な子を生みそれを育てるために役立たせればいい」といい、この言葉に小藤が納得する展開は時代の制約を感じてしまう。

「豪傑剛太夫」（「譚海」一九四〇年五月号）

剣術道場「進道館」始まって以来の英才と折紙が付いた天堂次郎兵衛と、六尺五六寸（約一九七〜二〇〇センチ）の巨体、岩のような肩、節くれ立った手足に四尺二寸（約一二七センチ）の大刀を持ち、怪力で千石船を一人で浜へ上げたという豪傑・陣場剛太夫の戦いをクライマックスにしており、本書が単行本への初収録となる。

新参者ながら道場仲間に一目置かれ、料亭の娘お染の借金を肩代わりするため五〇両の大金を出すなど内証が豊かな次郎兵衛だが、出会えば道を譲るのが心得といわれるほどの剛太夫と出会ったことで、知られざる過去が明らかになっていく。やがて剛太夫が主君に無礼をして退藩し、次郎兵衛に上意討ちの命令が下される。剛太夫に追いついた次郎兵衛は、意外な告白を聞くことになる。

本作は武士や豪傑を皮肉っているが、周五郎は同時期に、三春藩が大坂の役の勇士・夏目図書を探して召し抱えようとする「豪傑ばやり」（「講談倶楽部」一九四〇年一〇月）でも同じテーマを描いており、一連の作品が対米開戦の機運が高まった頃に書かれたことを思えば、英雄豪傑を求める時代の空気に一石を投じようとしたようにも思える。

「五万石の弟子」（「警防」一九四一年九月号〜一〇月号）

江戸で藤堂和泉守高豊に仕え剣術師範を務める乗松弥五郎と、新たに剣術師範になった滝川治部の試合に向けて進む物語で、本書が単行本への初収録となる。

鹿島神流の流れを汲み「一刀致命の太刀」を根本とする弥五郎は、防具を着けず木剣で打ち合う荒稽古をし、師範代を置くのは師範の怠慢として自ら稽古を付けたが、その厳しさ故に弟子が去り今では三〇人足らずになっていた。一方、諏訪流を遣う治部は、「親切叮嚀、諸事穏かで痒いところへ手の届く」指導を行い、能力を認めた者は師範代に取り立てたので稽古のモチベーションが上がり、かつての弥五郎の弟子までが道場に通うようになっていた。扶持が「三百石」の弥五郎は、主君の和泉守に弟子が少なくなったので致仕したいと申し出る。それを弥五郎が治部と試合をしたいという意味だと解釈した和泉守は、表沙汰にならないよう試合をさせよと命じる。

明治以降、富国強兵による近代国家の建設を目指した日本は、強兵になるよう子供の身体を鍛えるため、学制が成立した一八七二年から教科の一つに「体術科」を置いた（一八七三年に「体操科」に改称）。国民学校令が出された一九四一年から「体操科」は「体錬科」に改称され、「身体を鍛錬」し「精神を錬磨」して「濶達剛健なる心身を育成」し「献身奉公の実践力に培う」のが目的とされた。そのため「体錬科」の教師は、努力と忍耐を強要し、規律や精神論を重視したようだが、これは弥五郎の稽古に近い。荒稽古の弥五郎が弟子に見限られ、それとは正反対の稽古をする治部が多くの弟子を集める展開は、スパルタ式の体錬が求められていた時代への批判も感じられる。

弥五郎と治部の試合の結果を見た和泉守が下した裁定は、大岡裁きのような公正さと人情味があり、その意外性はどんでん返しとしても面白い。

「戦国少年記」（鶴書房、一九四二年三月）

本作は一九三九年六月号から一九四〇年三月号まで雑誌「六年生」に「秘文鞍馬経」のタイトルで連載され、加筆修正の上で「戦国少年記」と改題され単行本化された。戦後はタイトルを『秘文鞍馬経』（鶴書房、一九四八年五月）に戻して再刊されたが、その後は周五郎の全集、傑作集、文庫などに収録されることがなく、再び読者の前に現れたのは『山本周五郎慕情物語選　上』（文化出版局、一九七七年十月）に収録された時である。現在は、『秘文鞍馬経』（河出文庫、二〇一八年九月）で容易に入手できる。戦後に刊行された『秘文鞍馬経』は、一九四八年刊の鶴書房版が底本と思われるが、本作は一九四二年刊の鶴書房版『戦国少年記』を底本にしている。

周五郎は、お家再興のため武田勝頼の娘に会う旅を続ける武田家遺臣の少年四人が、諏訪湖に眠る石棺の場所を記した五巻の巻物の争奪戦にかかわる『悪龍窟秘譚』（「少年少女譚海」一九三二年六月号〜一九三三年二月号）、中学生の牧野欣一たちが最新の潜水服などを使い諏訪湖の湖底に沈められた武田信玄の石棺を探す「湖底の秘密」（甲野信三名義、「新少年」一九三六年一月号）などを発表しており、諏訪湖に眠る武田家の財宝を題材にした本作も、お気に入りのモチーフを使ったといえる。

本作と戦後の『秘文鞍馬経』は、共に財宝の隠し場所を記した五巻の巻物の争奪戦で、登場人物も変わりはない。ただ真珠湾攻撃の三カ月後に刊行された本作には、主人公の高市児次郎（たかいちこじろう）が「日本は神国だ、神のみすえの、禁裏さまのすべたまう国だ、禁裏さまのみこころにそわないものは、栄えることをゆるされないのだ」と口にするなど、あまり本筋とは関係ない場面で天皇への忠義、神国日本に生まれた誇りを強調する描写が散見される。これらは戦後の『秘文鞍馬経』には見られないので、戦後は反権力、反権威を貫き庶民の視点で物語を作った周五郎が、規制の厳しかった戦時下にどのような姿勢で創作活動を行ったのか、その苦しい胸の内をうかがうこともできる。

甲斐の名門・武田家は、織田・徳川連合軍に滅ぼされた。その直後「錦の包」に入った「御宝物」を持って逃げる武田方の三人の落武者が、徳川方に討たれ全滅した。物語は、それから一八年後、徳川家康が関ヶ原の合戦に勝利した直後から始まる。

郷士の家に生まれた児次郎は伝太を連れ、落武者三人を埋めて供養した落武者塚に来ていた。そこに佐和山の石田治部（三成）の御用を務める商人だった父が行方不明になったので、親類が止めるのも聞かず京へ向った美しい少女・小菊が現れ、児次郎は家に招いた。戦前の少年少女向け冒険小説では、ボーイ・ミーツ・ガールでコンビ結成というパターンが多いが、周五郎は、それを逆手に取って意外な展開を用意しており驚きも大きいのではないか。

同じ頃、児次郎の父・与吉衛門を、鞍馬寺の老僧だという閑雪（かんせつ）が訪ねていた。閑雪によると、息子の勝頼が家を滅ぼすと見抜いた武田信玄は、お家再興のため伝来の宝物と黄金二百万両を巨大な石棺に入れて諏訪湖に沈めたという。三人の落武者が持っていた「錦の包」には、財宝の隠し場所を記す五巻の巻物が入っていたのだ。

落武者を弔った与吉衛門は、包を落武者塚に埋めていた。閑雪たちは落武者塚へ行くが、包はひと足早く敵の手に渡っていた。敵を追う閑雪たちは戦いになり、巻物のうち二巻は閑雪たちが手にするが、残る三巻は敵に持ち去られてしまう。

閑雪の正体が明らかになると、その配下も含め庶民に親しまれた英雄、豪傑たちが数多く登場し物語に華を添えることになる。

閑雪たちが入手した二巻によると、京の鞍馬寺に石棺の隠し場所を知る手掛かりがあるらしい。だが鞍馬寺のどこに手掛かりがあるかは、敵が持つ三巻がなければ分からない。児次郎は伝太を連れ、残る三巻を手に入れるため京へ向かう旅に出る。だが児次郎と伝太は早い段階で別行動をすることになり、小菊も加えた離合集散が先の読めないスリリングな展開を作っていた。

　閑雪は旅立つ児次郎に、なぜ甲府流の軍学を学んでいた勝頼が築いた新府城が簡単に落ちたのか？世間にもてはやされている甲府流軍学だが、実地の役に立たないという人もいるが、それは何故(なぜ)か？この二つを宿題として与える。また鹿島神流を学び木太刀の試合では負け知らずだった児次郎は、真剣勝負では身動きができず伝太にも遅れを取ってしまう。閑雪は、剣法を知っている児次郎が土壇場で動けなくなったことと、甲府流軍学を学びながら国を滅ぼした勝頼は同じなので、挫(くじ)けず理由を考えよと諭す。自分の力を信じていた児次郎が挫折し、修行をして更(さら)なる高みを目指そうとする展開は、吉川英治『宮本武蔵』を意識したようにも思える。

　精神を高めるために剣の修行をする求道的な武蔵が、名誉と出世のために剣を学ぶ佐々木小次郎を倒す巌流島の決闘に向けて進む吉川の『宮本武蔵』が、功利主義や利己主義を批判し国家への忠誠を求める国家総動員法的なイデオロギーにからめとられてしまったのは否定できない。本作にも同じような危うさがあるが、完璧に見えた甲府流軍学にも弱点があり、そこを見極めて補う冷静さがないと国が滅びる可能性があると指摘することで、勢いに乗っている時こそ足元を見直す重要性を描いている。本作が日本軍が快進撃を続けていた時期に書かれ、その後の日本が勝頼と似た亡国の道をたどったことを思えば、このメッセージは的を射ていたといえる。

　なお「雪の御嶽」の章の冒頭に、「延長三年（紀元一五八三年）」「天文十二年（紀元二二四四年）」とあるが、「延長三年」は西暦で九二五年、皇紀で一五八五年、「天文十二年」は西暦で一五四三年、皇紀で二二〇三年なので、「紀元」が西暦でも皇紀でも間違っている。修正が難しいので、底本のママとした。


「鎧櫃」（「講談雑誌」一九四四年六月号）

鳥居元忠は、駿府で今川義元の人質になった松平竹千代（後の徳川家康）に随従した頃からの側近で、関ケ原の合戦の直前、家康が上杉景勝を討伐するため諸将を率いて出兵（会津征伐）すると伏見城を預けられた。家康の出陣中に石田三成らが挙兵し、寡兵が籠城する伏見城を攻めた。籠城軍は一〇日以上持ちこたえるが、ついに落城し元忠は討ち取られた。本作は、関ケ原の合戦の前哨戦となった伏見城の戦いの外伝で、初出誌に発表後、「鉢の木」と改題、加筆修正され『日本士道記』（晴南社創立事務所、一九四四年一二月）に収録された。「鉢の木」は『やぶからし』（新潮文庫、一九八二年一月）、『山本周五郎全集　第一九巻』（新潮社、一九八三年一〇月）などにも収録され、いずれも『日本士道記』を底本にしているが、本書は初出誌を底本にした。初出誌版の単行本への収録は、本書が初となる。

元忠に勘当された壱式四郎兵衛は、妹・萩尾を嫁にしたいという資産家の病弱な当主・佐伯又左衛門の縁談話を断ってから、萩尾がしていた縫物に加え自分も草履作りを始めた。家康が会津討伐を決め、出陣になれば帰参が許されるかもしれないと考える四郎兵衛は、萩尾の袂から「封じ文」が落ちたのに気付いた。「封じ文」は又左衛門からの「附け文」で、武士の娘に「附け文」をしたことに激怒した四郎兵衛は直談判に行く。又左衛門は頭を下げろという四郎兵衛の要求を拒否し、二人は明日の明け七つに近くの神社で決闘することになる。その直後、元忠が籠城したとの知らせが届き、それが決闘と萩尾・又左衛門の結婚話を思わぬ方向へ進めてしまう。

この展開は、本作も「鉢の木」も大きな違いはない。ただ「鉢の木」は「そのような運命が一夜のうちにめぐって来ようとは思いも及ばぬことであった。もしも半日まえにそう予言する者があったとしても、おそらくかれは一笑に付してかえりみなかったに違いない」の書き出しから始まるが、本作の冒頭部はまったく異なっているなど文章、構成に違いがあるので、周五郎が大幅に手を加えたことが分かる。最後の「附記」は、「鉢の木」ではカットされている。

又左衛門との確執、萩尾の結婚に決着をつけ後顧の憂いを断った四郎兵衛が、圧倒的に不利な状態にある伏見城へ向かうラストは、サイパンが陥落しアメリカが日本爆撃の拠点を手にしたのと同じ一九四四年六月に本作が発表されたことを踏まえれば、死が必定でも戦地へ行くよううながす物語と読むことができる。ただ決死の戦場へ行く四郎兵衛を、絶対に安全な場所から「武士の生きかたほど、羨ましいものはない」「さむらいの冥加だといって走せつける、あのよろこばしげな四郎兵衛どののようすは、輝やくようであった」と又左衛門が賛えているのは、銃後から戦争を賛美し、兵士を前線に送っている状況への皮肉ともとれる（本作の発表以降、アメリカ軍の日本本土空襲が本格化し、国内が必ずしも安全ではなくなるが）。

「赤緒の草鞋」（「新武道」一九四四年九月号）

太平の江戸時代にあって戦国の古武士のように生きる男を主人公にした作品で、本書が単行本への初収録となる。

出羽国の酒井左衛門尉忠真に仕える八森弥太夫は、身分は低かったが田宮流居合術の名手で、草履に赤い緒を用いることで知られていた。酒井左衛門尉家は徳川四天王の一人に数えられる忠次から始まる三河時代からの徳川家譜代家臣で、忠次の孫の忠勝の代に出羽庄内藩に移封され、忠真が将軍綱吉の側用人だったのも史実である。

弥太夫は早くないが正確に仕事をこなし、同僚と交際することもなく地味に生きていたが、なぜか草履は派手な赤緒だった。ただこれは華美を好んでいるのではなく、合戦で負傷したら血が足へ下がり傷を受けたとすぐに分かり動揺するので、常に赤緒を用いて眼を馴らせという亡き父の訓えを守っているからだった。

江戸藩邸への急使に選ばれた弥太夫が、白河を出て白坂にかかった時、三名の無頼者に難癖をつけられた。弥太夫は無頼者に金を渡し土下座をして事態を収拾するが、これは自分だけが恥辱を受け主君の酒井左衛門尉の名を守るためだった。その時は弥太夫の思惑通り酒井左衛門尉家との繋がりは人に知られなかったが、目立つ赤緒によって、土下座をしたのが酒井左衛門尉家の家中と後に知られてしまう。

本作が発表されたのは太平洋戦争末期であり、華美や贅沢が批判され、天皇（国家）への忠誠が重要視されていた。地味かつ実直に生き、何より主君に絶対の忠誠を誓う弥太夫は、当時の日本人の理想像として創出されたのではないか。赤緒の草鞋も「武士の嗜み」ゆえに用いていたが、一見すると華美に見えるが故に弥太夫が悲劇に見舞われたり、名誉の死を遂げたりする展開からは、華美を極度に忌避し、美しい死を礼讃する時代の空気も垣間見える。

【献辞】

編者解説でも触れましたが、『山本周五郎［未収録］ミステリ集成』と同じく、本書は小林俊郎氏のご協力がなければ刊行できませんでした。記して感謝いたします。

『山本周五郎［未収録］ミステリ集成』の【献辞】で、資料を提供いただいた出版美術史研究家の三谷薫氏のお名前を「三上薫氏」と誤記してしまいました。たいへん失礼なことをしてしまい、お詫びの言葉もありません。ここに訂正させていただきます。

三谷薫氏に資料を提供していただいた横溝正史の作品を『囚人南海島』と誤記してしまいました。正しくは『南海囚人塔』です。訂正して深くおわび申上げます。

【付記】

「斑猫呪文」掲載の「講談雑誌」一九三七年四月号と六月号、周五郎の時代小説が発表された「愛国少年」の一九四二年七月号から一九四三年三月号を探しています。所有している機関、または個人をご存知の方は編集部へご一報いただけると幸いです。

編者解説の冒頭に「山本周五郎が戦前に発表した時代小説は、探偵小説ほど未発見の作品は多くない」と書きましたが、本書に収録する作品を探すため戦前から一九五〇年代頃までの雑誌を調べていたところ、周五郎の連載小説を二作見つけました。そのうちの一作は「愛国少年」に発表され開始と終了の巻号までは突き止めたましたが（ただし間違っている可能性もあります）、戦後の倶楽部雑誌に発表された作品は、いつ連載が始まり、いつ終わったのかも分かりませんでした。周五郎の書誌は、木村久邇典編『人物書誌大系　第一七巻、山本周五郎』（日外アソシエーツ、一九八七年一月）が最も情報量が多く、同書の遺漏を戦前の探偵小説を中心に拙編「山本周五郎年譜」（『山本周五郎長編小説全集　第二十六巻　青べか物語』所収、新潮社、二〇一五年二月）で補いました。ただ、まだ遺漏が少なくないと判明しましたので、今後も調査を続けていくつもりです。

山本周五郎（やまもと・しゅうごろう）

1903～1967。山梨県生まれ。小学校を卒業後、質店の山本周五郎商店の徒弟となる。文芸に理解のある店主のもとで創作を始め、1926年の「文藝春秋」に掲載された『須磨寺附近』が出世作となる。デビュー直後は、倶楽部雑誌や少年少女雑誌などに探偵小説や伝奇小説を書いていたが、戦後は政治の非情を題材にした『樅ノ木は残った』、庶民の生活を活写した『赤ひげ診療譚』、『青べか物語』など人間の本質に迫る名作を発表している。1943年に『日本婦道記』が直木賞に選ばれるが受賞を辞退。その後も亡くなるまで、あらゆる文学賞の受賞を拒否し続けた。

末國善己（すえくに・よしみ）

1968年生まれ。文芸評論家。編書に『国枝史郎探偵小説全集』、『国枝史郎歴史小説傑作選』、『国枝史郎伝奇短篇小説集成（全二巻）』、『国枝史郎伝奇浪漫小説集成』、『国枝史郎伝奇風俗／怪奇小説集成』、『野村胡堂探偵小説全集』、『野村胡堂伝奇幻想小説集成』、『探偵奇譚 呉田博士【完全版】』、『山本周五郎探偵小説全集（全六巻＋別巻一）』、『山本周五郎［未収録］ミステリ集成』、『【完全版】新諸国物語（全二巻）』、『岡本綺堂探偵小説全集（全二巻）』、『短篇小説集　源義経の時代』、『戦国女人十一話』、『短篇小説集　軍師の死にざま』、『短篇小説集　軍師の生きざま』、『小説集　黒田官兵衛』、『小説集　竹中半兵衛』、『小説集　真田幸村』（以上作品社）など。

山本周五郎［未収録］時代小説集成

2025年4月15日初版第1刷印刷
2025年4月20日初版第1刷発行

著　者　山本周五郎
編　者　末國善己

発行者　青木誠也
発行所　株式会社作品社
〒102-0072 東京都千代田区飯田橋2-7-4
TEL.03-3262-9753　FAX.03-3262-9757
https://www.sakuhinsha.com
振替口座00160-3-27183

装　幀　　小川惟久
装　画　　太田聴雨「牡丹灯籠」
本文組版　前田奈々
編集担当　青木誠也、鶴田賢一郎
印刷・製本　中央精版印刷株式会社

ISBN978-4-86793-087-8 C0093

【作品社の本】

〈ホームズ〉から〈シャーロック〉へ
偶像を作り出した人々の物語

マティアス・ボーストレム　平山雄一監訳　ないとうふみこ・中村久里子訳

ドイルによるその創造から、世界的大ヒット、無数の二次創作、「シャーロッキアン」の誕生とその活動、遺族と映画／ドラマ製作者らの攻防、そしてBBC『SHERLOCK』に至るまで――140年に及ぶ発展と受容のすべてがわかる、初めての一冊。ミステリマニア必携の書！　第43回日本シャーロック・ホームズ大賞受賞！

ISBN978-4-86182-788-4

名探偵ホームズ全集（全三巻）

コナン・ドイル原作　山中峯太郎訳著　平山雄一註・解説

昭和三十〜五十年代、日本中の少年少女が探偵と冒険の世界に胸を躍らせて愛読した、図書館・図書室必備の、あの山中峯太郎版「名探偵ホームズ全集」、シリーズ二十冊を全三巻に集約して一挙大復刻！　小説家・山中峯太郎による、原作をより豊かにする創意や原作の疑問／　矛盾点の解消のための加筆を明らかにする、詳細な註つき。ミステリマニア必読！　第40回日本シャーロック・ホームズ大賞受賞！

ISBN978-4-86182-614-6、615-3、616-0

世界名作探偵小説選
モルグ街の怪声　黒猫　盗まれた秘密書　灰色の怪人
魔人博士　変装アラビア王

エドガー・アラン・ポー、バロネス・オルツィ、サックス・ローマー原作　山中峯太郎訳著
平山雄一註・解説

『名探偵ホームズ全集』全作品翻案で知られる山中峯太郎による、つとに高名なポーの三作品、「隅の老人」のオルツィと「フーマンチュー」のローマーの三作品。翻案ミステリ小説、全六作を一挙大集成！「日本シャーロック・ホームズ大賞」を受賞した『名探偵ホームズ全集』に続き、平山雄一による原典との対照の詳細な註つき。ミステリマニア必読！

ISBN978-4-86182-734-1

【「新青年」版】黒死館殺人事件

小栗虫太郎　松野一夫挿絵　山口雄也註・校異・解題　新保博久解説

日本探偵小説史上に燦然と輝く大作の「新青年」連載版を初めて単行本化！　「新青年の顔」として知られた松野一夫による初出時の挿絵もすべて収録！　2000項目に及ぶ語註により、衒学趣味（ペダントリー）に彩られた全貌を精緻に読み解く！　世田谷文学館所蔵の虫太郎自身の手稿と雑誌掲載時の異同も綿密に調査！　“黒死館”の高楼の全容解明に挑む、ミステリマニア驚愕の一冊！

ISBN978-4-86182-646-7

泉鏡花きのこ文学集成　**飯沢耕太郎編**

「牛肉のひれや、人間の娘より、柔々（やわやわ）として膏（あぶら）が滴る……甘味（うまい）ぞのッ」。“世界に冠たる「きのこ文学」作家”泉鏡花の8作品を集成！　『原色日本菌類図鑑』より、190種以上のきのこ図版を収録！　その魅力を説く「編者解説 きのこ文学者としての泉鏡花」付！

ISBN978-4-86793-032-8

【作品社の本】

小説集　黒田官兵衛　末國善己編

菊池寛「黒田如水」／鷲尾雨工「黒田如水」／坂口安吾「二流の人」／海音寺潮五郎「城井谷崩れ」／武者小路実篤「黒田如水」／池波正太郎「智謀の人　黒田如水」／末國善己「編者解説」

ISBN978-4-86182-448-7

小説集　竹中半兵衛　末國善己編

海音寺潮五郎「竹中半兵衛」／津本陽「鬼骨の人」／八尋舜右「竹中半兵衛　生涯一軍師にて候」／谷口純「わかれ　半兵衛と秀吉」／火坂雅志「幻の軍師」／柴田錬三郎「竹中半兵衛」／山田風太郎「踏絵の軍師」／末國善己「編者解説」

ISBN978-4-86182-474-6

小説集　真田幸村　末國善己編

南原幹雄「太陽を斬る」／海音寺潮五郎「執念谷の物語」／山田風太郎「刑部忍法陣」／柴田錬三郎「曾呂利新左衛門」／菊池寛「真田幸村」／五味康祐「猿飛佐助の死」／井上靖「真田影武者」／池波正太郎「角兵衛狂乱図」／末國善己「編者解説」

ISBN978-4-86182-556-9

小説集　明智光秀

菊池寛「明智光秀」／八切止夫「明智光秀」／新田次郎「明智光秀の母」／岡本綺堂「明智光秀」／滝口康彦「ときは今」／篠田達明「明智光秀の眼鏡」／南條範夫「光秀と二人の友」／柴田錬三郎「本能寺」「明智光秀について」／小林恭二「光秀謀叛」／正宗白鳥「光秀と紹巴」／山田風太郎「明智太閤」／山岡荘八「生きていた光秀」／末國善己「解説」

ISBN978-4-86182-771-6

小説集　北条義時

海音寺潮五郎「梶原景時」／高橋直樹「悲命に斃る」／岡本綺堂「修禅寺物語」／近松秋江「北条泰時」／永井路子「執念の家譜」／永井路子「承久の嵐　北条義時の場合」／三田誠広「解説　北条義時とは何ものか」

ISBN978-4-86182-862-1

小説集　徳川家康

鷲尾雨工「若き家康」／岡本綺堂「家康入国」／近松秋江「太閤歿後の風雲　関ヶ原の前夜」「その前夜　家康と三成」／坂口安吾「家康」／三田誠広「解説　徳川家康とは何ものか」

ISBN978-4-86182-931-4

小説集　蔦屋重三郎の時代

吉川英治「大岡越前」（抄）／邦枝完二『江戸名人伝』より「鶴屋南北」「喜多川歌麿」「葛飾北斎」「曲亭馬琴」／国枝史郎「戯作者」「北斎と幽霊」／永井荷風「散柳窓夕栄（ちるやなぎまどのゆうばえ）」（抄）／解題

ISBN978-4-86793-056-4

【作品社の本】

山本周五郎探偵小説全集（全六巻＋別巻一）

第一巻　少年探偵・春田龍介／第二巻　シャーロック・ホームズ異聞／第三巻　怪奇探偵小説／第四巻　海洋冒険小説／第五巻　スパイ小説／第六巻　軍事探偵小説／別巻　時代伝奇小説

末國善己編

山本周五郎が戦前に著した探偵小説60篇を一挙大集成する、画期的全集！　日本ミステリ史の空隙を埋める4500枚の作品群、ついにその全貌をあらわす！

ISBN978-4-86182-145-5、146-2、147-9、148-6、149-3、150-9、151-6

野村胡堂伝奇幻想小説集成　末國善己編

「銭形平次」の生みの親・野村胡堂による、入手困難の幻想譚・伝奇小説を一挙集成。
事件、陰謀、推理、怪奇、妖異、活劇恋愛……昭和日本を代表するエンタテインメント文芸の精髄。
【限定1000部】

ISBN978-4-86182-242-1

岡本綺堂探偵小説全集（全二巻）

第一巻　明治三十六年〜大正四年／第二巻　大正五年〜昭和二年

末國善己編

岡本綺堂が明治36年から昭和2年にかけて発表したミステリー小説23作品、3000枚超を全2巻に大集成！　23作品中18作品までが単行本初収録！　日本探偵小説史を再構築する、画期的全集！

ISBN978-4-86182-383-1、384-8

出帆　竹久夢二　末國善己解説

「画（か）くよ、画くよ。素晴しいものを」。大正ロマンの旗手が、その恋愛関係を赤裸々に綴った自伝的小説。評伝や研究の基礎資料にもなっている重要作を、夢二自身が手掛けた134枚の挿絵も完全収録して半世紀ぶりに復刻。ファン待望の一冊。

ISBN978-4-86182-920-8

岬　附・東京災難画信　竹久夢二　末國善己解説

「どうぞ心配しないで下さい、私はもう心を決めましたから」。天才と呼ばれた美術学校生と、そのモデルを務めた少女の悲恋。大正ロマンの旗手による長編小説を、表題作の連載中断期に綴った関東大震災の貴重な記録とあわせ、初単行本化。挿絵97枚収録。

ISBN978-4-86182-933-8

秘薬紫雪／風のように　竹久夢二　末國善己解説

「矢崎忠一は、最愛の妻を殺しました」。陸軍中尉はなぜ、親友の幼馴染である美しき妻・雪野を殺したのか。問わず語りに語られる、舞台女優・沢子の流転の半生と異常な愛情。大正ロマンの旗手による、謎に満ちた中編二作品。挿絵106枚収録。

ISBN978-4-86182-942-0